本书得到儒家文明省部共建协同
创新中心的资助

宋代的学术文化与辞赋创作

刘培 著

中华书局

图书在版编目(CIP)数据

宋代的学术文化与辞赋创作/刘培著. —北京:中华书局,
2024.8. —ISBN 978-7-101-16710-8

Ⅰ.I207.224;B224.05

中国国家版本馆 CIP 数据核字第 2024XL9442 号

书　　名	宋代的学术文化与辞赋创作
著　　者	刘　培
责任编辑	陈　乔
装帧设计	刘　丽
责任印制	韩馨雨
出版发行	中华书局
	(北京市丰台区太平桥西里 38 号　100073)
	http://www.zhbc.com.cn
	E-mail:zhbc@zhbc.com.cn
印　　刷	三河市中晟雅豪印务有限公司
版　　次	2024 年 8 月第 1 版
	2024 年 8 月第 1 次印刷
规　　格	开本/920×1250 毫米　1/32
	印张 13⅛　插页 2　字数 370 千字
国际书号	ISBN 978-7-101-16710-8
定　　价	80.00 元

目　录

导 论

社会心理与文化焦虑是推动学术文化发展的有力助推器，它是现实政治与文化愿景的反差所引发的，往往借助于对文化传统的继承与创新的矛盾表现出来。这种矛盾的否定之否定发展，呈现为学术思想的推陈出新，以学术思想为内核的社会文化因之也发生递进衍变。社会文化发展的历史，也是学术思想的发展史，更是社会心理与文化焦虑的演变史。因此，探讨宋代社会心理与文化焦虑的演变历程能够较为准确地把握其学术文化发展的内在动因。

从 960 年陈桥兵变赵匡胤黄袍加身到 1279 年崖山海战少帝投海，享国三百十九年的赵宋王朝创造了辉煌灿烂的文化，将华夏文明推向了一个新的高峰。要勾勒宋代文化的发展历程，必须深入其学术思想，进而探索其社会心理和文化焦虑在不同历史时期的演变发展。文学是一个时代心灵感受的写照，文学史是一个时代心态演变的历史，它真实地记录着一个时代的社会心理和文化焦虑，哪怕是在政治强权的胁迫下言不由衷的文学，也可以通过它了解时代政治的文化氛围和强权对人性的塑造、扭曲与戕害。从宋代文学的视角来研究其社会心理和文化焦虑，进而勾勒其学术思想发展的内在冲动，这应该是研究宋代社会文化发展的一个切实可行的途径。

在古代文学诸文体中，辞赋由于其独特的形制和功用，与当时社会的政治生活、学术思潮、文人心态等有着极为密切的关联，而且也是最能揭示时代文化内在冲动的文体之一。一些在学术语言表述中无法揭示或者被人们忽略的问题，也许是辞赋表现所关注的对象。比如，宋初学术的发展方向与文人对重建太平秩序的焦虑与期待、盛世愿景与学术发展方向、学术思想“转向内在”与文人对儒家国家治理观念的重新解读、华夷之辨与士人节操、耕读传家观念与理学对士绅阶层的洗礼等等问题，学术语言的表达或许干瘪钝拙，但恰恰是文学表现的优长，尤其是由于辞赋体式上铺排而灵活的特点，更容易把文学表现发挥到极致。因此，我们选择宋代辞赋为着眼点，分析学术思想与社会文化的演进轨迹，这样更能够深入地理解宋代文化的发展的动力和为人们所忽略的那些具有决定意义的因素；同时通过学术思想与社会文化的视野，也更能深入地理解宋代辞赋的形态。

在理学前夜的宋代学术思想，其发展与皇权专制程度的加强是否存在互动关系？宋初学术何以向道德性命之学推进呢？这种种问题，当时的学术并没有明确的答复。但是在文学中，一个显著的特征，就是忠爱之思悄然滋长。这表明，如何确立儒家思想和它憧憬的秩序的合法性等一系列问题，成了士大夫的共同焦虑。在当时渲染王朝声威的赋作中，忠爱之思得到饱满的表达。而且，在捍卫专制集权之外，人们不得不设法对皇权的恶性膨胀与滥用有所防备。忠于华夏文化、加强皇权，并对皇权进行规范——教化帝王，成为士人的共识，这便是宋初学术思想与社会文化发展的内在动力。宋初的辞赋喜欢展现对君王的爱恋之情，往往在道德层面对君王有所讽谏，希望通过治心、涵养道德把君王塑造成具有内圣品格的王者。宋代儒学复兴，儒者雄心勃勃，他们不但要教化帝王，还要把儒家要义贯穿到底层社会。

儒学的复兴，从一开始就彰显着深切的淑世情怀，中唐以来对王纲解纽的忧虑，在此时深化为开万世太平的深思和政治实用主义。宋儒从对皇权的规范与约束，到对士风文风的整饬，再到对士人心灵的重构、本体论的开创，完成了学术的一次重要转型。庆历、熙宁及其前后一段时间,围绕着变法引发的政治、学术的振荡,把宋代学术引向深入。北宋中期兴起的疑传惑经的风气,是经世致用的学术思潮的具体反映。平易流畅、切于时弊的文学风尚和经世致用的儒学思潮一起,为政治革新导夫先路。这种切于时弊的主张,对辞赋创作而言,一反过去的颂美倾向,说论煌煌,深中时病。辞赋还对探讨治乱兴亡之理存有极大兴趣,在抒发思古之幽情的同时饱含着恢复古道、开创太平盛世的热望。以儒者胸怀来观照现实、表现人生的辞赋也大量涌现,隐逸之志当中的气节内涵得到充分阐发,无论穷达都心系天下的人生得到张扬。咏物赋创作中,种种物象被附丽上某种高尚的特点。

北宋中期的政治革新是儒学实用主义在政治生活中的具体反映。短暂的庆历新政之后,变革思潮已成不可阻挡之势,终于引发了更为深入、规模更大的熙宁变法。庆历以后,学统四起,是这场变革乃至后来的元祐更化等政治事件的重要理论支撑。从熙宁到元祐年间,因政治革新导致的结党纷争,其背后是儒学各派之间的斗争。如果说庆历新政期间士人尚气节重操守,使得党争与学术之争还保持着君子风度的话,那么,熙宁以后的政治与学术斗争则意气相争的倾向越来越浓厚。这除了在专制皇权社会里政治斗争缺乏必要的法律约束以及政治道德的缺失之外,还与儒学本身的学术排他性密切相关。可以说,在新旧党争的学术之争中,最根本的矛盾在于对现存体制的认识。王安石企图通过对教育与选士的改革,把士改造成政府的一部分,政府把它的活动扩大到所有的人,因此,他力求统一士的价值观,一道德以同天下之俗。司马光等则认为没有必要改变社会结构,对现存体制的治理在于使之积极发挥应有的作用,而非改弦更张。王安石等表现出的大举更张、力排异议,以及近乎独断专行的为政风格,则营造出一种偏于法术的为政之道的话语空间,这使得熙宁新政似是而非地被罩上了法家用事的阴影。当新法扰民的担忧变成现实时,很容易唤起人们潜在的对儒家王道能否得到贯彻的焦虑。王安石及其后继者对于旧党的借题发挥置之不理,任由评说,甚至有的人还直接以法术之道游说君王。当时辞赋中对法家用事政治形态的书写与反思,就反映了人们对现实政治的这种忧虑。

从中唐以来,儒学一直执着地企图规范和约束文学创作,也许儒者认为文学表现和艺术思维会冲淡士人对道德修养的恪守。早在欧阳修主盟文坛的时候,以岩穴处士为主体的偏执儒者就试图以儒学思想和表现上的陈规来规范学术文化,规范儒学,此风受到欧阳修的有力遏制。王安石变法的儒学实用主义特点,使得其对士人在文华风采和胸襟学力方面的历练保持着警觉和排斥,这使得当时的人才观、文学观均已发生了深刻的变化,这是引发律赋地位动摇的直接诱因。熙宁年间宋廷颁布贡举新制,罢诗赋而以经义取士。王安石的科场变法罕见地得到了以司马光为首的旧党人物的理解和支持。熙宁新制的最终目的是废除科考,以学校教育选士,经义取士也只是权宜之计而已,宋廷也曾按此思路推行“八行取士”。其实,科举是官方和士人的一种交易或者博弈,不管是诗赋抑或经义、策论,最终是要在科场上被工具化,因此,这次科场改制注定是难以达到关乎治道的初衷的。古文创作在诗文革新运动背景下日趋繁荣,古文自由表达的优势被给予了特别的关注,文学观念也因此发生变化。罢诗赋取士折射出已经成为主流文学观念的儒家文道观对科场衡文标准的不满。经义取士后,针对它的钻营也就开始了,科场变革的初衷因之大打折扣,因此元祐更化部分恢复了诗赋取士。从北宋后期以来辞赋创作质量的下降趋势可以窥见儒学实用主义文道观对学术文化的深刻影响。

宋代的儒学复兴意在复兴三代礼乐王政,以建立完善人间秩序和政治宪纲,而要达到这个目的必须淳风俗厚人伦,确立士人风范就成了致太平的重要内容,解决人生的价值和意义,是宋代儒学题中应有之意。因此王安石、苏轼等引道入儒,融合儒学和庄学,以济儒学之穷。宋代的道德性命之学兼具关注道体和礼乐教化的特征。在上,他们提倡内圣外王;立身,他们重视自我内省和自足自怡。尤其是“元祐学术”,把对礼乐教化的恢复和个人精神的超越性追求发挥到一个思索人生的高度。苏轼等人的辞赋创作强调对“道”的感悟,追求理趣,追求对社会人生和自然宇宙的彻底理解和对现实人生的彻底超越。文学作为一种生活状态进一步融汇到士人生活当中,进一步反思人与社会、人与宇宙的关系,反思人生状态。这种社会文化特征隐含着学术思想在形上的构建中不愿流于玄虚而力求落实到人生问题、基本问题的努力。

两宋之际党争的学术之争成分不断弱化,蜕变为权力之争、利益之争。在相当长的时间里,新党用事,其学术品格中的“尚同”因素衍化为对皇权专制的维护和对异己势力的打压,宋初以来士大夫们对皇权的约束与规范化为乌有,专制政治大行其道。专制政治与歌颂文学是一对孪生兄弟,政治上的极权专制需要高度一致的意识形态作为保障。较之其他学术,王安石所倡导的新学更具专制主义政治品格。两宋之际的新学独尊期间,极权专制进一步强化,歌颂文学大行其道。统治者更愿意让人们相信他们的权力是上天赐予,而非暴力攫取,具有不容置疑的合法性和唯一性。当时的颂美辞赋许多是表现极权统治的合法性和神圣性的。国家形象是一个国家对自己的认知,两宋之际的颂美辞赋表现的国家形象不仅仅是作家个人的感知,它代表意识形态在发声,表现的是权力对国家形象的塑造。当时有些辞赋还直接歌颂圣王美政,积极为其寻求理论支撑。颂美辞赋不能简单地理解为文人向极权政治展示无限雌伏、无限谄媚的心理状态的工具,它还可以构造虚假民意,图解政治意图,强化意识形态,以此向极权献忠纳诚。

北宋的覆亡是在新党主政下发生的,新法被反对者与亡国联系起来，变得恶名昭彰，富于理想主义的变法之门因此而在南宋初期被彻底关闭了，秉持道德保守主义的反对派一面高扬文化中心主义的旗帜，一面酝酿着学术文化的重新整合。在这一重大转折时期的前夜，文化阶层从北宋那里延续下来的国家形象在传统话语与惨淡的现实之间艰难调适，最终，它转向内在，转向了自我充实与自足发展。从当时的辞赋创作中，可以清晰地勾勒出国家形象的这种转变。南宋初期辞赋中的国家形象由恩威并重转向内敛和平，由神圣庄严转向平易朴实。这种转变不仅昭示着学术文化在两宋之际的重要转型，也昭示着传统中国皇权专制时期学术文化的重大转型。北宋辞赋中的国家形象经历了从安详的盛世到神圣的国度的演变历程，南宋初期国家形象就是在此基础上的急转。这种急转，不仅是北宋覆亡引发的意识形态发生断裂使然，也是国家精神在危亡中重新寻找出路的表现。在高宗之后的国家形象发展中，经由文化阶层的共同构建，形成了一种焕发着和平、宁静、秩序之光辉的乡土中国形象，耕读传家、风俗淳美，成了国家形象的底色。在这个过程中，朝廷已经退居幕后，地方意识得到强化。新的国家形象不再围绕着帝都、皇帝和万国拱卫的壮丽朝廷展开，而是具体到一个个家庭和个人，一片片田野湖山，一座座村镇城池。家庭生活，山川风物，城市乡村的风俗教化，这些帝国疆域内的林林总总，共同构成了国家的形象。

理学的兴起与发展扎根于儒学复兴所引发的对心性本体的思索，是南宋最为受人关注的文化事件，它不仅塑造了学术文化形态，也深刻地塑造着以后的中国文化。理学立足于道德与秩序，追寻存在本然以及一切知识的源头，确立一种贯通自然、社会与人类的绝对真理。理学并没有改变过去的知识与信仰体系，而是在其上添加一个“理”，在其下添加一个“性”，使知识的各个领域在性与理的约束下具有了完整性和统一性。理学对人生问题的思考和规范同样是在性与理的范畴之内进行的。朱熹等理学人士的辞赋创作，很好地阐释了何为君子、理学人生等等问题。格物致知与曾点气象在朱熹的思想体系中是一个内在的统一过程。通过格物致知,祛除人心之蔽,领略天理流行,进而上升到曾点气象的精神境界,这是理学精心设计的人生历程。理学的人生观具有很强的超越性,它并不是指向满足人的基本生存需要,而是指向实现人生的真正价值。理学为人生开示的超越之路是以德性修养为旨归,把圣贤作为标准的人格追求。在这条超越之路上,人生自由选择的机会被大大缩减。以朱熹为代表的南宋中后期的辞赋创作深受理学思想的濡染,形成了平实、渊雅的美学风格,但这一时期的辞赋缺少灵动的情思与勃勃的生气也是不争的事实。平心而论,理学家描绘的世界蓝图类似于柏拉图的理想国,它否定了世界的丰富性与多样性。

乡田同井、出入相友、守望相助、疾病相扶持的田园诗般的生活愿景是深植于传统的一个恒久的梦。这个梦勾连着经济、政治与社会发展的不同形态,融会于古代中国的知识与信仰之中。在不同的历史时期,它往往呈现出形态各异的美境。辞赋在南宋的发展过程中,逐渐疏离对人生问题的思索而转向展现田园乡居生活。这种转向固然与创作队伍的下移有关,但更是主流社会价值观念发生变化使然。在当时,心悬魏阙之思淡化而轨物范世热情彰显,个人修养与家庭伦常在致太平方面的意义受到普遍重视,这就是理学从敬德修业以发展家族角度给予耕读传家的生活信念以全新的解释。辞赋所表现的主流生活观念的这种转变以及理学对此后乡土中国之观念世界的深刻塑造意义非凡。在农业社会主导下的传统中国,勤力稼穑、贵谷务本是人们最基本的治生之道,然而要整齐门内、声施乡里,发展个人和家族,融入士绅阶层,则必须通过倡导诗礼继世的家风来实现。耕读传家成为乡土中国生活观念的底色。

理学思想的主要传承者是士绅阶层,它通过士绅对乡土中国生活方式加以规范。可以说,士绅阶层是理学生活观念与生活样态的背景和总和,它潜移默化影响着社会风貌的方方面面。理学对乡土中国的影响具有宏大叙事的特点,具有层次性和丰富性,因而,士绅阶层的文化内涵是相当丰富的。士绅阶层以修己立人为中心的人生哲学具有极大的包容性,修己,融入了抱道守真的人生境界,并使读书穷理与科场功名在一定程度上取得了一致;立人的齐家"事业",则指向了生活的本然状态,关联着幽隐生活的种种意趣和儒家关于太平之世的种种憧憬。积善兴家、诗礼继世就不仅仅是生活信条,更是生活境界,因此,洋溢着温情与守持精神的耕读传家观念,足以担负起一个民族、一种文化对人生、生活的理解与愿景。

木樨科桂花,即岩桂,在唐宋以来逐渐进入庭院园林,因而受到人们关注,得到了一定程度的审美表现,也成为辞赋创作的重要题材之一。南宋以后,文化重心的南移,这为南方各地遍地生长的岩桂与主流文化的深入结合提供了更为广阔的图景。其时,理学正向社会蔓延,并日渐改变和重塑着人们的生活信念。岩桂生活于庭院、园林之中,是人们习见之物,而且其所承载的高世遁隐与月宫折桂等象喻是人生所直面的问题,被赋予全新意义的耕读传家观念务必对岩桂的种种意象进行改造和重组,使其变成新的生活观念的文化象喻。因此,岩桂意象的内涵丰富而具有层次性,它承载着耕读生活的种种意趣和理想,是中华民族割不断的"乡愁"象喻。耕读生活所昭示的,是人与自我、自然、家庭、社会的种种关系和因之构成的生命意识和人生境界,是中华大地上形成和发展起来的道德价值和审美信念,是我们民族薪火相传的最深沉的精神追求。

在整个南宋时期,理学基本上保持着滋长蔓延的趋势,即使是在庆元党禁期间,其影响力也不可小觑。理学的发展是自下而上的,它通过书院、闲居的理学人士以及具有理学色彩的地方官员等,在地方上对人们的观念信仰等施加影响。因此,南宋社会在其持久而深入的浸润之下,国家治理理念发生了变化,观念世界、国家想象也随之发生了改变。国家作为强权的象征已经悄然退居幕后,天下(国家)作为"州县之积"的观念逐渐深入人心,地方作为国家治理的立足点和国家形象的缩影异常清晰地浮现于观念世界当中,人们对国家的想象也落实到地方上来。辞赋清晰地记录了当时社会文化的这种改变。当时的辞赋更多笔墨描写地方风化和民情。在辞赋描写中我们看到,在当时的为政理念中,注重用高尚的人格感化民众,无为政治被提升到为政准则的地位,教化成了为政的核心,士绅阶层在地方行政中担当着重要角色。

南宋王朝始终局促于北方夷狄政权的浓重阴影之下,它忍气吞声,负重致远,以光复和传承华夏文明自任。因之,它褪去了雍容闲雅,而趋向内敛严谨,表现出强烈的危机意识,并通过理学在心灵上修筑起一道捍卫华夏文化的长城。华夷之辨是《春秋》大义之一,它要明辨的是华夏与四夷的不同。这包括所处地理、习俗与文化上的差异,其中,文化的差异是其核心。它既主张内诸夏而外夷狄,又推崇以华化夷,彰显华夏本位主义,这也为后来的文化中心主义奠定了思想基础。这一观念,在北宋除了宋初石介等人严明华夷之别以尊王攘夷之外,并没有引起思想界太多的关注和发挥。南宋以来,辞赋中所表现的对故国人民的眷恋,对华夏文化的捍卫,对道统延续的重视,都是以华夷之辨为理论支撑的。但是这种观念已经和传统有所乖离,它已经不具有以夏化夷的内容,而是坚持"夷狄行中国之事曰僭","得天下者,未可以言中国;得中国者,未可以言正统",复仇意识得以彰显,孤独坚守的道德节操被空前重视。这深刻地塑造着以后的传统文化。这种保守的文化中心主义理念几乎是出于本能地拒斥传统的变革和一切外来的文明,这对以后的中国产生了深远的影响。南宋人重节操,与北宋时期范仲淹等人提倡的气节不太相同,气节有忧患天下的担当意识在,而节操,则重在个人对道德观念的坚守,和气节相比,节操更偏于内在,注重心灵的砥砺修炼。这种文化品格的形成与理学对社会价值观念的重塑密切相关，而理学在人心灵上做功夫的动因，则离不开北方的蛮夷投向南方的浓重阴影，华夷之辨在南宋是以夷夏之防的内涵浸入其文化之中的，是严明夷夏之防的文化底色塑造了南宋重视节操的文化品格，较之北宋的雍容闲雅，南宋多了些坚韧和孤独。南宋人的节操观念，在文学创作中表现较为充分。在文学创作中，松竹梅从园林构景中脱颖而出，在格物致知式的审美涵咏中，其象喻得以凝固。松竹梅意象是当时时代精神的象征，也最终成为中华民族不屈精神的写照，华夷之辨观念演生出来的危机意识、家园意识在它的象喻中得到很好的体现。在辞赋作品中，“三友”的象喻由于其表现手法上的铺张扬厉和层层渲染，展现得更为充分。“岁寒三友”喻象，尤其是梅花象喻的确立，是基于“岁寒”环境而逐步完成的，是立足于华夷之辨思想的凸显与强化。

理解任何历史时期的关键，在于找出决定该时期社会形态的主要动力。确定社会发展形态的动力，往往是以社会心理与文化焦虑来呈现的。因此，从社会文化学的视野来审视文学，我们或许更能够把握社会文化和学术思想的脉搏。

第一章　宋初学术思想的走向及其动因

——辞赋创作视野下的皇权专制与道德重建

在理学形成之前的宋代学术思想,何以向着重视心性修养的方向推进呢,其发展特征和轨迹与皇权专制是怎样互动的？这些问题,我们打算从辞赋创作的角度来寻绎答案。之所以选择辞赋,是因为在当时人的心目中,辞赋是严正的文体,属于高文典册,同时,其篇幅的自由灵活也更适合展示人们心灵的方方面面。辞赋在沟通政治学术与心灵情感方面的优势,或许使我们能够窥测到某些为人们所忽略的学术思想因素,尤其是学术思想借以生发的心理动因。

第一节　宋代学术的出发点:尊君爱君

在宋初辞赋当中,朱昂的《广闲情赋》和杨亿的《君可思赋》颇为引人注目。这两篇赋都在表现对君王的依恋和思念,当然,这是对楚辞"男女比君臣"的承袭。不过,把自己想象成一位多情的女子,在作品中抒发着对同样是男子的君王的取悦思念恋慕哀怨等种种情绪,对于古代的中国男子来说实在是比较难为情的。因此,汉代的人喜欢假托屈原之口来表现,而更多的文人则选择用诗词来含蓄地表达。用擅长铺张排比的赋来出神入化地宣泄这种情绪,尤其是突出对君王的绵绵爱意,而不仅仅是政治失意的怨恨控诉,这在汉代以后是非常少见的。在宋初,这样的作品出现了,这实在是值得玩味的事情。

朱昂是由五代入宋的文人，据说他的《广闲情赋》作于宋初，并受到陶渊明《闲情赋》的启发①。《广闲情赋》几乎是对《闲情赋》亦步亦趋的摹写，其所谓“广”并不是内容上的踵事增华，而是把“闲情”由男女之爱推而广之到尊君之情②。因此，抒情主人公也由男性转变为女性，以扣合男女比君臣的模式，其倾诉的对象，是君王，而非心仪的女子③。陶渊明的赋作主体是十个浪漫的愿望④，此赋亦然。在朱昂的十个愿望中，前两个发愿分别为“愿在首而为弁”、“愿在足而为舄”⑤，这和陶赋“愿在丝而为履”同一机杼，“弁”和“舄”是地位尊

① 据《宋史》卷四三九《文苑一·朱昂传》：“宋初，为衡州录事参军，尝读陶潜《闲情赋》而慕之，因广其辞。”北京：中华书局 1985 年，第 13006 页。

② 显然，朱昂没有深究“闲情”的具体含义，而是按照唐代以来一般文人的认识，将其理解为男女之情。其实，陶渊明赋是沿袭汉代“定情”、“止情”诸赋的路数来创作的，其所谓闲情，就是指应该防备、规范的情感，“闲”乃闲邪存诚之“闲”，是防备、禁止之意。如《周易·乾·文言》：“闲存其诚。”孔颖达疏：“闲邪存其诚者，言防闲邪恶，当自存其诚实也。”又如《后汉书·列女传·孝女叔先雄》：“家人每防闲之，经百许日后稍懈，雄因乘小船，于父坠处恸哭，遂自投水死。”朱昂的赋题已经失去防备之意。

③ 有论者认为其倾诉的对象是古代的圣贤（参见赵逵夫主编：《历代赋评注》第六册，成都：巴蜀书社 2010 年，第 14 页），这或许是对赋中“将使同方姬、孔，抗迹孙、蘧”理解有误造成的。其实这句话是说要使自己如周公、孔子、孙武、蘧伯玉，不管得时与否，都要“精骛广漠，心游太虚”，而非把这些人作为倾诉的对象。文中的期望对方不乱德、担忧自己白首而不见招等，均可以看出是针对君王而发的感慨。而且，和陶渊明的《闲情赋》一样，其所发的愿望四句一节，每节前两句是发愿，后两句是表达自己对愿望可能无法实现的忧虑，后两句是指向自己的，而非对方。不明乎此，很容易造成歧义、误解。

④ 陶渊明借鉴了张衡《定情赋》的巧思“思在面为铅华兮，患离尘而无光”而把它敷衍成四句一节。

⑤ 本书所引辞赋，均引自上海辞书出版社、安徽教育出版社 2006 年版《全宋文》，并参校文渊阁本《四库全书》，为了行文方便，除特殊情况外不再胪列出处。

贵的男子才有资格使用的，这暗示了抒情对象的身份。接下来的几个愿望“在衣而为袂”、“在目而为鉴”、“在地而为簟”其情爱的暗示比较明显，其构思也是来源于陶渊明的“在衣而为领”、“在裳而为带”、“在莞而为席”。不过作者通过进一步的阐发冲淡了言情的格调，在“愿在服为袂”之后，赋中写道“异化缁之色涅，宁拭面而道穷”①，化用西狩获麟的典故，以表示自己辅佐受命之君的用意。其他愿望也均是围绕志在当世展开，言情的成分相对淡漠，如“愿在觞而为醴”是希望君王“不乱德而溺真”，也鞭策自己“革谲性以归淳”；“愿在握而为剑”和“愿在橐而为羽”等，希望大有为于当世的用意就更明显了。这十个愿望均是围绕着立德和立功展开的，与前文“将使同方姬、孔，抗迹孙、蘧”相扣。这篇赋所表达的积极入世的思想相当俗套，但是引人深思的是，他的入世激情是通过倾诉爱意的形式来体现的，尊君才是这篇赋的核心所在。朱昂主要生活在太祖、太宗时期，在皇权专制积极加强的情形下，其爱慕君王的情感倾诉应该具有深刻的文化内涵，这很值得我们关注。

杨亿的《君可思赋》是一篇典型的抒发忠愤之情的作品，作于真宗大中祥符五、六年间（1012—1013），作者由于受到朝臣的排挤而自剖心迹。“君可思”语出《楚辞·九章·惜诵》：“终危独以离异兮，曰君可思而不可恃。”王逸注：“言己行忠直，身终危殆，与众人异行之故也。”这句话用来概括这篇赋的内容完全适用。赋叙写了自己的仕宦经历和为群小的嫉妒的苦闷以及受到君王赏识和宽

① 《公羊传·哀公十四年》记载：“麟者仁兽也。有王者则至，无王者则不至。有以告者曰：‘有麕而角者。’孔子曰：‘孰为来哉！孰为来哉！’反袂拭面涕沾袍。”一般儒者认为这是孔子受命之瑞。何休解释说：“夫子知其将有六国争强，从横相灭之拜，秦项驱除，积骨流血之虞，然后刘氏乃帝。深闵民之离害甚久，故豫泣。”

宥的感激之情①。值得注意的是，一般的抒发被小人排抑的郁愤之作多像屈原那样，指责君王被蒙蔽或者昏聩，此赋则不然，它以较大的篇幅抒发对君主的忠爱之情，“夫民生在世兮，事之攸同。子之能仕兮，父教之忠。念委质而勿贰兮，本陈力以首公。虽代耕而徯禄兮，曷期侈以图丰？亦怀材而待试兮，将乘时而奋庸”。入仕的目的是为了乘时奋庸，这看似冠冕堂皇的表述在之前的五代时期并不多见，这至少说明，作者认为当时是一个文人大有作为的时期，朝廷给文人们提供了施展才能的机会，效命朝廷就是要实现人生的价值“忠”。因此，作者感叹道：“岂望夫连城之报，岂爱画饼之名？嗟民生之朴忠，希在昔之遐踪。思不出位，罔贪天功。慕台骀之业官，肯有二事；念犁弥之辞赏，愈激厥衷。庶克终于雅尚，聊有裨于素风。”他以先贤的事迹自勉，专心于王事，不求个人得失。在崇尚隐逸还有一定影响的当时，他的这种人生态度是颇具代表性的。即使朝廷的环境是“贤登朝而共嫉，女入门而各媚”，结党营私，排挤善类，他对所遭受的被贬抑没有微词，反而高调宣扬君主对自己的垂爱和宽容，“耿求贤兮不及，慎乃宪而惟康，延登休貌，义问覃详。伊蓬心之受惠，怜橘性之有常。置之近署，采以寸长。遇忠见察，润物无伤。犯四禁而多恕，缓千编而不遑”。甚至左迁僻远，远离君王，仍然“岂不忘悲哀作主，畎亩思君？羁心蘖苦，别诸丝棼”。杨亿在宣扬一种久违了的道德观，对君王的效忠和对皇恩的由衷感激是士人立身的根本、道德的起点。他的仕途的种种不快在对君王的仰慕依恋中得到

① 《宋史》卷三〇五载：“王钦若骤贵，亿素薄其人，钦若衔之，屡抉其失；陈彭年方以文史售进，忌亿名出其右，相与毁訾。上素重亿，皆不惑其说。亿有别墅在阳翟，亿母往视之，因得疾，请归省，不待报而行。上亲缄药剂，加金帛以赐。亿素体羸，至是，以病闻，请解官。有嗾宪官劾亿不俟命而去，授太常少卿，分司西京，许就所居养疗。尝作《君可思赋》，以抒忠愤。”第 10082—10083 页。

化解，感激平和而缠绵。赋中流露的对君王的情感与朱昂的《广闲情赋》是一致的。

“亲亲尊尊”是传统儒家非常重视的处理人际关系准则，“亲亲”大体上要求“父慈、子孝、兄友、弟恭”，突出情感的交流，“尊尊”是要求在家庭内部、生活当中、君臣之间要遵守尊卑关系，讲求的是秩序和等级。对于君王，尊尊是第一义的，可是这两篇赋则着重在宣扬对君王的爱，这可以说是对尊尊之义的深化或者突破。也就是说，他们宣扬的尊君更强调对君王发自内心的爱恋。这种忠爱之思的宣扬绝不止于这两篇赋，而是当时文学创作的一种重要倾向，甚至可以说是一种文学创作思潮，只不过这两篇赋比较抢眼罢了。

人们多关注于宋初文学的淡泊隐逸的情调，却忽略了忠爱之思的悄然滋长。其实，辞赋中这种内容是不少的，王禹偁的《园陵犬赋》借园陵犬以寄托思君之义。李调元《赋话》卷十引《古今诗话》载，太宗死后，其爱犬罗江桃花犬哀嚎不已，因之以毙。此赋是应真宗之命而作。赋中犬眷恋主抑郁而死一节尤为感人，“欠舐鼎以登仙，对遗弓而恋主。卧锦荐兮罔安，啖鲜食兮弥苦。丰颅载减，负重鍮而不胜；病骨其羸，求弊盖于何所？”睹物思主，忠肠断绝。在《韩诗外传》卷九有一段关于丧家之犬的议论：“子曰：赐，汝独不见夫丧家之狗欤？既敛而椁，布席而祭，顾望无人，意欲施之。”①据此，犬与恋主忠君的信念结合起来，如杜甫的《天狗赋》也是抒发忠君之情的。王禹偁此赋是对这一传统的继承。夏竦的《放宫人赋》则通过描绘宫人辞别君王的心情来抒发忠爱之思。赋中这样描写宫女离别宫苑的心理，“莫不喜欢如梦，心摇若惊。踟躕而玉趾无力，眄睐而横波渐倾。鸾镜重开，已有归鸿之势，凤笙将罢，皆为别鹤之声。于是

① 韩婴：《韩诗外传集释》，北京：中华书局1980年，第324页。

银箭初残，琼宫乍晓，星眸争别于天仗，莲脸竞辞于庭沼。行分而掖路深沉，步缓而回廊缭绕。嫦娥偷药，几年而不出蟾宫，辽鹤思家，一旦而却归华表”。将归家心切与眷恋君王的矛盾心理刻画得如此细腻传神，恋君之情跃然纸上。田锡的《望京楼赋》借登楼远眺抒发恋君之情，“云成宫阙，似瞻丹禁之间；吾岂匏瓜，久恋沧江之上？虽泛兰桡，游泳乎子陵之滩，沙虱有毒，又巇险乎鸣渊”。作者的恋君之情不像李白那样“狂风吹我心，西挂咸阳树”表达得酣畅淋漓，而是借鄙薄隐逸，魂萦丹禁委婉地表达出来。他的《郡楼抒怀》诗可能与此赋作于同时，其中说：“帝乡永日凭栏望，心羡浮云向紫宸。”与此赋风格相同。可以说，忠爱之思，在宋初的文学中是一个比较重要的主题，甚至在柳永的乐章中，我们也可以感受到这种情感的表露。

专制政治和颂美文学是一对孪生兄弟，宋初也不例外①。在渲染王朝声威的冠冕堂皇的歌颂之作中，忠爱之思同样得到饱满的表达。在这些作品中，这种情感往往表现为如沐春风、如饮醇酒、深深陶醉、手舞足蹈般的感受。对于眼前的太平，文人们在凝神品味，而

① 宋初以来，祥瑞纷纭，冠冕堂皇的颂美文学也有一定的市场，吴处厚《青箱杂记》卷六曰：“人臣作赋颂，赞君德，忠爱之至也，故前世司马相如、吾邱寿王之徒，莫不如此，而本朝亦有焉。吕文靖公、贾魏公则尝献东封颂，夏文庄公则尝献平边颂、广文颂、朝陵颂、广农颂、周伯星颂，大中祥符颂、灵宝真文颂，庞颍公则尝献肇禋庆成颂，今元献晏公、宣献宋公遭遇承平，嘉瑞杂遝，所献赋颂，尤为多焉。”如陶穀《紫芝白兔赞》，徐铉《颂德赋》，胡旦《河平颂》，田锡的《河清颂》、《籍田颂》、《太平颂》，刘锡的《至道圣德颂》，苏易简的《拟大言赋》，丁谓《大蒐赋》，王禹偁的《藉田赋》、《大阅赋》，刘筠《大酺赋》，阮昌龄《海不扬波赋》，杨亿《天禧观礼赋》，夏竦《河清赋》、《景灵宫双头牡丹赋》、《大中祥符颂》，晏殊《西掖植紫薇赋》，宋庠《瑞麦图赋》、《国阳大报颂》、《孝治颂》，胡宿《黄离元吉赋》，宋祁《陈州瑞麦图赋》、《上苑牡丹赋》、《皇太后慕谒清庙赋》、《皇帝后苑燕射赋》、文彦博《圣驾幸太学赋》、《王畿千里赋》、《圆丘赋》，范镇《大报天赋》，等等。

不是颂歌献媚，对君王，对朝廷，他们不是刻意表现得恭顺卑下，而是由衷的热爱、心悦诚服。如乐史的《莺啭上林赋》，以鸟之得时喻人之遭逢太平，“由是出彼幽谷，来依紫宸。信叶候之无爽，谅飞鸣之有因。庶籁犹沉，乍啭九重之囿；一人耸听，因思万国之春。寒轻而结杏初妍；日暖而夭桃正丽”。那在禁苑中沐浴着春光婉转歌唱的鸟儿不正传达着文人们幸逢圣朝的欣喜吗！杨侃的《皇畿赋》作于真宗时。作者避京师不写，写京郊畿甸，是为了阐明皇德广被，由近及远，普泽天下之意。由于作者将目光转向京畿，就避开了对都邑宫观的铺张扬厉，从而为颂美赋开辟了一个新天地。赋作刻意描绘了万物欣欣向荣的景象，“郊原膴膴，春草萋萋。边烽不警，牧马争嘶。厩空万枥，野散千蹄。陂闲牧南，沙平走西，一饮空川，一龁空原。去如雾散，来若云连。地广马多，古未有焉。若乃任土出于民心，献芹比于古俗。园茄早实，时果先熟。瓜重南门，笋宜修竹。鬻于市兮利既兼倍，进于君兮恩必沾休。时或戴胜降桑，蝼蝈未鸣，野人登麦以先至，蚕妇贡丝而已成”。“柳笼阴于四岸，莲飘香于十里。屈曲沟畎，高低稻畦。越卒执耒，吴牛行泥。霜早刈速，春寒种迟。春红粳而花绽，簸素粒而雪飞。何江南之野景，来辇下以如移。雪拥冬苗，雨滋夏穗。当新麦以时荐，故清跸而新至。”这些风光，在过去的颂美赋作中是不曾出现的。在作者笔下，郊原之上牛羊成群，蔡汴之上荷花飘香，华实蔽野，黍稷盈畴，马放南山，越卒执耒。可以看出，作者被王朝的新气象新局面彻底陶醉了，对朝廷、对君王的深挚的爱就流注在这样的陶醉之中。

在这些创作中不难发现，在尊君与爱君之间，或者说在亲亲与尊尊之间，宋人更倾向于爱君、亲亲。从深层原因考虑，这与宋王朝的建立使得文人处境得到好转密切相关。从现实利益考虑，王朝的一统气象和重文政策给读书人提供了施展抱负的舞台，与士大夫共治天下的旗帜①和彻底的科举制度等措施，保障了学而优则仕成为现实，这都令他们欢欣鼓舞，使他们找到了从安史之乱以来久违的归属感。这种感受，在文学中表现为对君王深深的爱恋，而不仅仅是高调的虚声颂美。一个非常有趣的现象是，宋初的文学特别喜欢表现春天的景象，尤其是表现春天的和谐和惬意，有的甚至在其中融入了对君王的赞美（如田锡的《春色赋》），正是当时文人普遍的心态。他们欣逢其时，如沐春风，他们对君王和朝廷的爱戴是发自内心的。尤其是，王朝的崇文政策使知识恢复了庄严的意义，国家彻底走出了五代以来武人拥兵作乱的局面，他们因此高度认同这个气象雍容的朝廷。文学作品中表现的对君王的忠爱，也是这种认同的具体反映。宋王

① 李焘：《续资治通鉴长编》（北京：中华书局，1979 年）卷二二一记载，神宗与文彦博等议论交子、保甲等变法举措时，彦博主张祖宗法制俱在，不须更张以失人心，神宗曰："更张法制，于士大夫诚多不悦，然于百姓何所不便？"彦博曰："为与士大夫治天下，非与百姓治天下也。"（北京：中华书局 2004 年，第 5370 页）文彦博的这句话历来被解读为朝廷与士大夫治天下的典型例证，我们认为这种认识有失浮泛。从当时的语境来看，君臣之间考虑的是具体的行政在利百姓与取悦士大夫之间如何权衡。士大夫作为知识阶层，历来的皇权几乎都要与之合作，并不是宋代才开始与士大夫治天下的，只不过朝廷在这方面表现得更积极、更彻底。在中国的专制政体下，皇权、士绅阶层、大众构成一个金字塔型的社会结构。在士绅阶层足够强大、对皇权的依附性较弱、具有自身的知识体系时，它会有效抑制专制政权的恶性膨胀，会对社会的相对公平公正和大众的利益起到维护捍卫作用；当士绅阶层较弱、对皇权的依附性加强，社会阶层呈现哑铃结构时，皇权直接面对大众，其对社会资源的霸占和对大众的盘剥压榨将会加剧。我们知道，治理天下是以知识文化为依托的，如果哪一个政权抛弃了知识、抛弃了知识阶层，宣称以大众中最贫困的那部分为核心来建立统治秩序，这种努力无异于缘木求鱼，或者只是一种政治宣传的幻象，因为其结果必然是建立起一个抛弃了对政权具有约束作用的中间阶层的极端集权的政治形态，在古代中国，这种极端表现虽然没有出现，但是其魅影却一直笼罩在读书人头上。宋初以来的厚待文臣提倡文教的方针，促进了士绅阶层的迅速壮大，宋代学术尤其是理学的兴起，正是这个阶层参与政权与社会的积极努力。

朝从立国开始就致力于加强中央集权，守内虚外。这些举措，兑现了读书人沉埋已久的一个梦想。从唐代安史之乱以来，国家饱受大权旁落、统治失序之苦。韩愈等一些有识之士希望通过提倡尊王攘夷、恢复儒家思想来加强中央集权，通过文化保守主义的倡导来重建秩序，树立皇家的权威。从当时人对韩愈的推崇，对尊王攘夷思想的提倡，对文化边界的严守与捍卫，可以明显感受到他们要求加强中央集权、君主专制的诉求和对当下这个高度集权的王朝的认同和捍卫的热情①。宋廷较为宽松的政治环境使得文臣可以畅所欲言，台谏制度和异论相搅的帝王之术也在鼓励士大夫慷慨论政，而且太祖、太宗等也表现出了礼贤下士的气度，这也进一步拉近了君臣之间的距离，激发了忠爱之思的滋长②。可以说，文学作品中表现出的时代心理特性是直感的、浅层次的，但是透过宋初文学的忠爱之思，我们就会发现，宋代学术的成长发展，正是基于对王朝的忠诚和归心，立足于对王朝专制一统的维护，这是宋代学术发展的底色。

---

① 这方面的思想，石介的《中国论》具有代表性。对于宋廷的加强中央集权，后来的范祖禹赞叹道："唯本朝之法，上下相维，轻重相制，如身之使臂，臂之使指，民自徒罪以上，吏自罚金以上，皆出于天子。藩方守臣，统制列城，付以数千里之地，十万之师，单车之使，尺纸之诏，朝召而夕至，则为匹夫。是以百三十余年，海内晏然，谋闭而不兴，寇窃乱贼而不作。"（《范太史集》卷二二《转对条上四事状》，《文渊阁四库全书》，上海古籍出版社 1987 年影印，下称文渊阁四库全书本）

② 徐铉在《君臣论》中指出："君人者，推赤心以接下者也；臣人者，推赤心以事上者也。上下交感，政是以和。故大《易》之义，在上者其道下降，在下者其道上行，则曰：'天地交，泰。'上者自居其上，下者自居其下，则曰：'天地不交，否。'……圣帝明王鉴其若此，故屈己以下士，推诚以接物。"（《全宋文》第 2 册，第 209 页）朱昂的《广闲情赋》直白地把君臣关系处理成男女关系，正体现了君臣上下交感的观念。宋初文臣普遍看重君臣交感沟通，从目前文献来看，当时文臣的奏章既有具体的行政建议，也有治国策略的讨论和建言，而且太祖太宗也不断地在求直言，频繁叩问臣僚。

宋初三教并重，道家的无为而治的思想甚至居于治国的主导地位，但是，儒学的发展势头强劲。韩愈等提倡的具有文化保守色彩的儒家治国理念已经从历史记忆中浮现出来，明晰起来，如何把眼下的集权政治固定下来，如何确立儒家思想和其憧憬的秩序的合法性等一系列问题，就成了士大夫共同的焦虑①。当务之急，必须从历史遗产那里寻找对现实集权政治服务有用的成分，宋初礼学、《春秋》学的发展正是在这样的形势下发展的。礼学的核心是别尊卑，这既是高度集权的统治秩序必须的要求，也为士人的忠爱之思提供了有力的支撑。《春秋》学在当时也称为显学，《春秋》一书的主旨之一就是正名分、辨华夷、行褒贬，而这完全契合于宋代统治者着眼纲纪而“奖王室，尊君道”的需求，而且，宋儒发挥的就是其中尊王的思想。孙复的《春秋尊王发微》成书最早，也最具代表性。他治《春秋》最大的特点就是置传统的“三传”于不顾，而以己意来讲“圣人”的“微言大义”，其实就是在发挥尊王的大义，而且，他更强调君王的绝对权威②。可以说，宋初辞赋当中流露出的忠爱之思，与学术上的尊王思想是一致

① 例如欧阳修就说：“甚矣，五代之际，君君臣臣父父子子之道乖，而宗庙、朝廷，人鬼皆失其序，斯可谓乱世者欤！”（《新五代史·唐废帝家人传》，北京：中华书局1974年，第173页）

② 在《春秋尊王发微》中，他开宗明义：“孔子之作《春秋》也，以天下无王而作也，非为隐公而作也。然则《春秋》之始于隐公者，非他，以平王之所终也。何者？昔者幽王遇祸，平王东迁，平既不王，周道绝矣。观夫东迁之后，周室微弱，诸侯强大，朝觐之礼不修，贡赋之职不奉，号令之无所束，赏罚之无所加。坏法易纪者有之，变礼乱乐者有之，弑君戕父者有之，攘国窃号者有之。征伐四出，荡然莫禁……《春秋》自隐公而始者，天下无复有王也。”（孙复：《春秋尊王发微》，文渊阁四库全书本，第147册，第3页）解释“元年春王正月”时，他说：“夫欲治其末者，必先端其本；严其终者，必先正其始。元年书王，所以端本也，正月所以正始也，其本既端，其始既正，然后以大中之法从而诛赏之，故曰元年春王正月也。”（同上，第3页）如桓公十五年，“春二月，天王使家父来求车”，孙复即曰：“天王使家父来求车者，诸侯贡赋（转下页注）

的，它是皇权专制与学术思想互动的结果。

第二节　规范皇权与教化君王

如上所述，宋初辞赋中流露出的忠爱之思是基于安史之乱以来士人阶层对政治失序的普遍焦虑。因此，在捍卫专制集权之外，他们还不得不设法对皇权的恶性膨胀与滥用有所防备。毕竟殷鉴不远，大唐一些君王的败德和中唐以来的权力失衡一样，已成挥之不去的梦靥，加强皇权并对之进行规范——教化帝王，便成了士人的共识。

宋初学术的起点正是以尊王为基础来构建政治秩序和思想秩序，他们承接的是中唐韩愈们的思路，从儒家学说中发掘其实用价值。注重“复性”，通过感发人的善性来达到淳风俗，心灵成了沟通道德培养与国家秩序的桥梁。治心的关键是君王必须以高尚的道德君临天下。君王的道德成了移风俗致太平的第一要素。他们发掘了传统儒家关于内圣外王的思想，要求君王必须向道德完人的方向迈进。其忠爱之思也正立足于此。在当时具有文化保守倾向的语境中，尊王攘夷、华夷之辨，说到底，就是要确立儒家思想的尊崇地位，其思路是确立“道统”，以彰显华夏文明的延续性。这一方面是在树立儒家治国思想的独尊地位，另一方面也是暗示士人作为华夏文明的传承者，其所具有的帝王师的地位。他们在强调其

（接上页注）不入，周室材用不足也。”（同上，第 22 页）对于这一事件，《春秋》各传都认为这是讥天子非礼，如《公羊传》即谓“王者无求”，但不同在于，孙复则单责诸侯，认为是由于诸侯贡赋不入才导致周王室财政出现困难。而且，在孙复看来，君有天大罪恶也不能杀。比如，文公十八年，“莒弑其君庶其”，孙复云：“称国以弑，众也。谓肆祸者非一，故众弑君，则称国以诛之，言举国之人可诛也。”（同上，第 69 页）孙复的这种高调的尊王倾向在宋初是具有一定代表性的。

对儒家思想的解释权，希望确立与政治权威分庭抗礼并对之具有约束力量的思想权威，或许是出于“真理”被皇权劫持的考虑，他们努力把“道”置于皇权之上，表现出捍卫道统的高昂的热情。宋代的“道”“势”之争，正源自士人的这种努力。朝廷在加强专制程度的同时，努力扩大其所仰赖的统治基础士绅阶层，而士绅们回报王朝的就是为生民立命为万世开太平的儒家治国思想。宋初文学在高扬尊君的主题之外，还在高谈阔论君王的道德与国家治乱的关系，在思考治国之本等问题。这些看似陈词滥调的言论绝非空洞的说教，而是在张扬道德理性，在把儒家的治国思想付诸实施。在文学创作尤其是辞赋创作中①，我们可以真切感受到宋初士人的这种焦虑。我们注意到，与以后的文人们对歌颂当道怀着浓烈的兴趣颇为不同，宋初的文人们更喜欢在道德的层面对君王有所讽谏，希望通过治心、涵养道德把君王塑造成具有内圣品格的王者。这

① 从科举考试赋题逐渐转向议论儒家治道也可反映出士人对教化帝王的执着。如：《训兵练将》（太平兴国二年）、《不阵而成功》（太平兴国三年）、《春雨如膏》（太平兴国五年）、《六合为家》（太平兴国八年），《颍川贡白雉》（雍熙二年），《一叶知天下秋》（端拱元年）、《圣人不尚贤》（端拱二年），《卮言日出》（淳化三年，以上太宗朝）；《观人文以化成天下》（咸平三年）、《有物混成》（咸平五年），《天道犹张弓》（景德二年），《清明象天》（大中祥符元年）、《大德曰生》（大中祥符二年）、《礼以承天道》（大中祥符四年）、《铸鼎象物》（大中祥符五年）、《道常无名》（大中祥符七年）、《置天下如置器》（大中祥符八年），《君子以厚德载物》（天禧三年，以上真宗朝）；《德车载旌》（天圣二年）、《圣有谟训》（天圣五年）、《藏珠于渊》（天圣八年），《房心为明堂》（景祐元年）、《富民之要在节俭》（景祐五年），《应天以宝不以时》（庆历二年）、《戎祀国之大事》（庆历六年），《盖轸象天地》（皇祐元年）、《圜丘象天》（皇祐五年），《民监》（嘉祐二年）、《尧舜性仁》（嘉祐四年）、《王者通天地人》（嘉祐六年）、《寅畏以飨福》（嘉祐八年，以上仁宗朝）。加上雍熙二年、咸平三年、景德二年又试“不合格者”三赋，即《庭燎》、《以贤为宝》、《建国皇极》，宋初殿试赋 36 题。

是他们对王朝重建太平厚待文臣的衷心的回报，意欲在这个天下一统的时代有所作为，实现儒家的治世梦想，他们不是后世那种司空见惯的帮闲文人。

与汉初汲取秦亡教训一样，宋初的人也不约而同地把唐代和五代时期作为反思治乱的对象。当时人们在议论国政时，多愿意以前朝为鉴，而且还出现了许多借鉴前朝的专论和著作①，而唐太宗的丰功伟业尤为宋人注目。当时人对太宗皇帝的评价肯定其勤政、纳谏等，而对其重视武力征伐、好尚声誉颇多微词，《新唐书·太宗本纪》就说："盛哉！太宗之烈也！其除隋之乱，比迹汤、武；致治之美，庶几成、康。自古功德兼隆，由汉以来未之有也。至其牵于多爱，复立浮屠，好大喜功，勤兵于远，此中材庸主之所常为。"②司马光也说："太宗文武之才，高出前古。驱策英雄，罔罗俊乂，好用善谋，乐闻直谏，拯民于汤火之中，而措之衽席之上，使盗贼化为君子，呻吟转为讴歌，衣食有余，刑措不用。突厥之渠，系颈阙庭，北海之滨，悉为郡县。盖三代以还，中国之盛，未之有也。惜其好尚功名，而不及礼乐，父子兄弟之间，惭德多矣。"③人们对太宗的批评主要在于他不修礼义，不能完全纯用儒术治国。宋初抑制武人，守内虚外，与唐太宗的功绩

① 如石介作《唐鉴》、范祖禹作《唐鉴》、尹源的《唐说》、张唐英的《唐论》等。而欧阳修主编的《新唐书》、《新五代史》更是以古为鉴的煌煌之作。

② 欧阳修:《新唐书·太宗本纪·记赞》，北京:中华书局 1975 年，第 48—49 页。

③ 《稽古录》卷十五，丛书集成初编本。范祖禹也说："太宗之伐高丽，非独恃其四海之富，兵力之强也，本其少时奋于布衣，志气英果，百战百胜，以取天下。治安既久，不能深居高拱，犹思所以逞志，扼腕踊跃，喜于用兵，如冯妇搏虎，不能自止，非有礼义以养其志，中和以养其气，始于勇敢，终于勇敢而已矣。《记》曰:'所贵于勇敢。'强有力者贵其敢行礼义也。天下无事，则用礼义；天下有事则用之于战胜。用之于战胜则无敌，用之于礼义则顺治。太宗于天下无事，不知用之于礼义，而惟以战胜为美也。是故以天子之尊而较胜于远夷，一战而克，自以为功，矜其智能，夸示臣下，其器不亦小哉！"(《唐鉴》卷三)

对比鲜明,人们因此而强调这种国策合于儒家的意义。王禹偁的《绪诫火文》(赋体)中,依《左传》取义,以火喻兵。《左传·隐公四年》曰:“夫兵,犹火也,弗戢,将自焚也。”他认为武力虽然为兴国立邦不可缺少,但是,稍有不慎就会遗患无穷。安史之乱以来的殷鉴不远,他主张以仁德御武力,即可张弛有度、刚柔并济,他说:“斯火也,防之在德,救之在仁。省征赋之烟焰,去侵伐之刍薪。礼乐兴而绠缶斯具,刑政明而畚挶是陈。如此则除害于六合,防灾于四邻,又乌有煨烬万国而烟煤兆人者哉。”班固在《汉书·刑法志上》中说:“文德者,帝王之利器,威武者,文德之辅助也。”王禹偁对武力的看法与班固是一致的,表现出对帝王走向唐太宗那样好尚武功的忧虑。端拱元年(988)秋天,宋太宗行大蒐礼,丁谓奏上《大蒐赋》。大蒐是古代五年一次的勒兵之礼,这本是炫耀武力的极好题材,丁谓却并没有着力于军队的声威气势的描写,而是突出行大蒐礼的井然有序,借以表现宋室恪守儒教,人民各司其职,各得其所。因此,在赋中,对军队行进顺序的描写十分详尽,对于田猎的场面只作了简笔勾勒。赋作大谈符合儒教的田猎之道:“诸侯卒事以俨雅,百姓突围而交加。上方敛绥以惨怆,众乃靡旗而喧哗。围开一方,悯尽杀也;舍顺取逆,彰怀来也;出表不顾,耻逐奔也;等别三杀,贵宗庙也。得匪上以显孝思,下以不僭乎?鸟兽之肉,不登器者无取;貔虎之士,罔用命者有诛。”这与班固在《东都赋》中颂扬东汉天子以仁心儒术行田猎之道的说教如出一辙。丁谓指责道:“后之王者,反礼叛经,荒乐诛杀,放怀荡情。”这也因袭了班固《西都赋》对西都田猎尽情诛杀,违背天理的非难。丁谓在赋的结尾陈说他作赋的理由说:“所以赋大蒐而歌盛礼也,俾千古知至德之巍巍。”由此可见,《大蒐赋》与班固《两都赋》崇文治、反对武力征伐的用意是相同的。当然,他们也不是完全地抛弃武备,而是希望武备能成为仁道的辅翼。王禹偁的《大阅赋》作于真宗咸平二年

(999)。真宗崇文偃武,欲以恩德怀柔强胡。在西北、北方强敌睥睨的形势下,这种思想是苟且偷安、不思进取心理的表现。王禹偁认识到这种思想的潜在危险,借此赋来诡文谲谏。作者指出太祖以武力奠定基业,希望真宗重视武备:"惟圣克念,惟皇聿修。方欲生擒颉利,血灭蚩尤。辑大勋而光祖考,练武经而平寇雠。以为天生五材,孰能去其兵革,武有七德,予将整乃戈矛。"赋中反复申说在大敌当前的情况下,武备对民生社稷的重要意义,"屹屹然立不败之地,堂堂乎成无敌之师。以虞待不虞,则祸乱息矣;治多如治寡,则进退随之。所谓有备无患,居安思危,保宁宗社,震慵蛮夷"。主张强化武备,以保证国家社稷的安定。

当时人们的反思不仅限于前朝,他们的目光贯通古今,想要建立起以君王的道德为中心的系统的儒家治道思想,司马光编纂《资治通鉴》正是这种动机的反映①。赵湘的《姑苏台赋》是一篇讽谕佳作。这篇赋模仿杜牧的《阿房宫赋》,但完全抛弃了对宫观的描写,纯以夫差、西施的荒乱之迹结构全篇。全文以"独乐"与"与民同乐"为文之枢纽,深入地探讨兴亡之理。文章对夫差荒淫的描写,深切地揭示了君主的荒淫误国,是全赋最为精彩的部分:"肉如山焉,或腐而弃之;酒如河焉,或厌而倾之。遂使一人两人笑,而千人万人悲;一人两人饫,而千人万人饥。悲者之声百倍于歌之声;饥者之情千倍于酒之酲。呜呼!夫差之心也,西施乐则知,天下人不乐则不知。知者则忧其忧,不知者亦不增其羞。夫差之耳也,西施欢则闻,天下人哀则不闻。闻者则忧其不欢,不闻者亦不察其哀。使人惶惶,不知

① 除了对唐代反思的专题论述外,我们还可以看到宋人对治乱兴替的全面而广泛的反思,如田锡《伊尹五就桀论》、余靖的《秦论》、《汉论》,石介的《汉论》(上中下),富弼的《论治乱之要疏》、张方平的《三代建国论》、《四代受命论》、《南北正闰论》、欧阳修的《正统论》(上下)、宋祁的《诋五代篇》等。

所裁。忠臣之言，贱如红埃，一旦乐极，越兵东来。”这段文字立意全仿杜牧《阿房宫赋》的结尾部分，只是议论说理更为细致深入，赋的结尾历数君主在对亡国之君悲叹之余，不知以古为鉴，以至于自己又为后人悲叹，从而加强了全篇的讽谏意味。从汉王延寿《鲁灵光殿赋》开始，通过对宫观殿宇的描写来寄寓怀抱成为宫观殿宇赋的传统形式，在以后的发展过程中，宫观的描写逐渐淡薄，议论的成分越来越多了。唐代杜牧的《阿房宫赋》、孙樵的《大明宫赋》逐渐摆脱描写殿宇的窠臼，唯以讽世为务。陈襄的《咸阳宫赋》也是模仿杜牧《阿房宫赋》之作。杜赋对阿房宫的描写虚实相生，曲尽情状；陈赋则采用铺陈手法，细致描绘阿房宫之壮丽、苑囿沼之丰饶，表现出汉大赋惯用的于上下四旁言之的描写手法，由此可见陈襄对文辞作为“载道之舟”的审美功能的重视。赋的结尾阐述以德治国、节用薄敛之道，希望帝王能够待天下以“诚”，内圣外王。陈襄在这篇赋中阐述反对奢侈，主张轻徭薄赋的主张，其现实针对性是非常明显的。

张咏的《声赋》也是一篇借题发挥，陈说治乱之理的佳作。张咏自号“乖崖”，为人刚毅果敢，敢逆龙麟。描写人声的辞赋代不乏作，如晋代成公绥的《啸赋》、唐张德升的《声赋》、杨发的《大音希声赋》等。这些赋皆着眼于对人声之美妙的描绘，张咏的《声赋》则从“声音之道与政通”的观点入手，阐述声成之文，乃王化之本的道理。张咏在《进文字表》中说：“臣尝著《声赋》一篇，妄记皇王治乱之本。”①作者首先指出仁者之声与天地并生，他说：“观其得一之发，清清泠泠，凉寰洗瀛，万类听之，如懵而醒。仁信之发，溶溶弈弈，呼道振德，万类听之，如白破黑。曰礼曰义，相迭而起，鸣孝响悌，骇心清耳，万类听之，如愁得喜。”这实际上指出儒家的纲常是与天地并生的，是宇

① 《全宋文》第6册，第88页。

宙间的常道,顺之则天地大治。“若本不正而声不清”,违背这些纲常,则大伪斯兴,情欲沸空,天下大乱,民生涂炭。作者十分出色地描写了暴秦苛政引起的“怨声”,“秦怪一声,天摇地坑。烘赫火烈,荒茫海倾。阿房犖材,柝臬山回。紫塞筑垒,訇轰震雷。钳圣愚儒,四海睽孤。刮剥亡命,痛脑连胫。于是民失其业,怨口喋喋。野薄其农,荆飚榛风。刑失其矩,民哀无所。兵甲填委,死为怨鬼。故怨之为气也,散为嚣尘,积为屯云,闭郁六合,阳灵不曛。怨之为声也,烈风相倚,怒涛兼起,鬼哭于郊,神号于市。川谷为之斗击,山峦为之崩圮”。作者用极富感染力的语言,形象地描绘了礼义不行、怨声四起的乱世图景,表达了倾心儒术的浩然之气。梁周翰的《五凤楼赋》即这方面的成功之作。赋的开篇,介绍五凤楼的地理形胜、宋初的文治武功,继写五凤楼的形制,接着畅论治乱之要,历举夏、商、楚、秦之败绩,指出:“崇饮”、“嗜色”、“迁怒”、“穷兵”、“甘谀”、“溺谗”乃社稷倾覆的原因。他把帝王的修养视为兴废的关键因素,反映了在心性本体上重建统治秩序的愿望。

由于众所周知的“三冗”问题,宋代黎民百姓的税赋负担是相当沉重的,而且厚养文臣也造成了贫富分化的加剧,这显然和儒家的治国之道相悖,因为儒家主张轻徭薄赋、藏富于民①。但是这个问题宋初关注的人并不多。王禹偁的《吊税人场文》就此对君王和麻木的大臣们提出了抗议和呼吁。这篇赋依据《礼记·檀弓下》的“苛政猛于虎也”命意,又受到柳宗元《捕蛇者说》的启发,把苛政比作毒蛇猛虎。赋的开篇即以苛政与猛虎相提并论,具有极强的冲击力。

---

① 哀公问于有若曰:“年饥,用不足,如之何?”有若对曰:“盍彻乎?”曰:“二,吾犹不足,如之何其彻也?”对曰:“百姓足,君孰与不足?百姓不足,君孰与足?”(《论语·颜渊第十二》)先富民,民富则君足,认为应当“藏富于民”。这种思想在孟子的学说中得到进一步发挥。

赋中形象地描绘了暴虎荼毒生灵之凶暴,"爪利锋起,牙张雪矗。岩乎尔游,溪乎尔育。匪隐雾以泽毛,惟咥人而嗜肉。豺伴貙邻,林潜草伏。啸生习习之风,视转眈眈之目"。写虎之凶暴其目的是为了衬托苛政害民之刻毒阴狠,赋中还描绘了生灵惨遭虎祸的惨烈场面,"骨委沟壑,血膏林麓,恨魄长往,悲魂不复。旅人无东海之勇,嫠妇起太山之哭泣"。但是,较之于虎之搏人,苛政更有甚者,赋中进一步写道:"於戏! 虎之搏人也,止于充肠,官之税人也,几于败俗。则有泉涌鹿台之钱,山积巨桥之粟。周幽、厉之不恤,汉桓、灵之肆恣,是皆收太半以充国,用三夷而祸族。牙以五刑,爪以三木,搏之以吏,咥之在狱。马不得而驰其蹄,车不得而走其毂。铍在匣以谁引,矢在弦而莫属,斯场也大于六合,斯虎也害于比屋。"这段文字对苛政的抨击是空前的。作者指出,与举天下之财力以饱其谗吻的暴君恶吏相比,虎之搏人实在是不足道的。在他看来,暴君恶吏是一群比虎更凶残的吸食民膏的恶兽,整个国家机器乃是吃人的工具,其为害及于比屋,天下之人鲜有逃脱者,天下乃是一个吃人的税人场。作者抨击的力度之大,激愤之深,目光之犀利,在当时相当少见。在宋初文人追求平淡逸趣的空气里,王禹偁此赋堪称惊世之呼喊,代表着宋初抨击时政的最强音。类似的作品还有他的《诅掠剩神文》。

对待神仙怪异等,儒家的态度是实用主义的,比较变通。它既"不语怪力乱神",采取一种回避的态度,又主张神道设教,希望借重某神秘力量来为统治服务。宋初以来,道教得到帝王的嘉许,发展势头迅速,尤其是真宗时期,通过天书降神,大兴祥瑞,东封西祀,折腾了十多年,其目的就是为了掩盖澶渊之盟的城下之耻,粉饰太平,进一步确立王朝的合法性。直到仁宗朝的前期,依然是祥瑞纷呈,一派"盛世"的景象。文臣们对这种情形给予了适当的容忍,尤其是对于祥瑞，他们虽然一再告诫皇帝这是不可凭信的①，但是也附和着创作了一些颂美王朝的作品，包括辞赋，以宣上德而尽忠效。不过，真宗举国家之力来装神弄鬼欺世盗名，这和宋初儒学表现出来的理性精神和实用主义颇为轩轾，而且，这也让人们联想到历史上的秦皇汉武以及唐玄宗等败德之君的谬举。

真宗大规模的封祀活动是从大中祥符元年（1008）开始的，其机缘是真宗在景德四年（1007）、大中祥符元年（1008）两次梦见天帝降

---

① 宋代文人对祥瑞基本上抱着较为冷静的态度，他们反复申言所谓祥瑞其实只是自然现象，与国家治乱没有必然联系。田锡《符瑞图序》的说法颇具代表性，他说："暗君暴主，不无祯祥，衰世乱邦，亦有符瑞。故王莽矫诈而白雉入贡，晋恭衰微而驺虞乃来。"他认为祥瑞乃是"天之六气，杼轴元化之万物，陶熔成质。在生植之多品，因邂逅而不类。所以禾之秀也，成异亩而同颖；谷之实也，或一年而再稔。实天地偶然之理，非时政必应之感"。他还含沙射影地指出："以贤人为瑞，则国之福也。贤之不来，由谗邪奸佞之为灾；为灾不已，则智者填言以避祸，怨者有心以思乱；思乱不已，则揭竿于耒耜，争危于社稷。当是时，虽获九苞之禽，双觡之兽，俾靖邦国之难，不可得也已。"（《全宋文》第 5 册，第 241—242 页）田锡在强烈地暗示呈献祥瑞者可能有些是谗慝之臣，人君沉迷祥瑞，是国家祸乱之源。余靖《正瑞论》也说："国之兴也，在乎德，不在乎瑞；国之亡也，在乎乱，不在乎妖。"（《全宋文》第 27 册，第 36 页）但是，和祥瑞相对的灾变，士人们则采取另外一种态度，他们坚持认为灾异是上苍的谴告，必须慎重对待。这一点继承了董仲舒借天变来约束帝王的动机。比如赵普的《论彗星奏》、苏绅的《以灾异言政事疏》、蔡襄的《论灾异实由人事奏》等。当然也有人指出灾异实由"时数"，非关政治，针对这种言论，富弼在《论灾变而非时数奏》中凛然地指出："然臣窃知累有人奏，请凡百灾变，皆系时数，不由人事者，不知有之乎？若诚有之，此乃奸人谄佞之说，上惑圣聪，臣所谓不近正道者也。"他指出儒者重视灾变而不重视祥瑞的原因在于警示人君，"昔仲尼作《春秋》，不书祥瑞而独书灾异者，盖欲以警戒人君，使恐惧修德，以应天地之变，不闻以灾异归之时数也"（《全宋文》第 28 册，第 364 页）。对祥瑞和灾变态度的不一致，恰恰反映了士人期望获得约束君王权力的愿望。在熙宁七年的大旱中，反对王安石变法的人大言灾变天谴，希望阻止变法的进程，把王安石赶下台。

临，并赐天书。由此引发了近十年的封祀活动，并在全国范围内广建宫观。真宗们策划这次活动是相当冷静和务实的，王钦若就说："惟封禅可以镇服四海，夸示外国。然自古封禅，当得天瑞希世绝伦之事乃可尔。""天瑞安可必得？前代盖有以人力为之者，惟人主深信而崇奉之，以明示天下，则与天瑞无异也。陛下谓《河图》、《洛书》果有耶？圣人以神道设教耳。"①其渲染盛世图景掩盖澶渊之耻的用意非常明显。不过，这难逃过有识之士的法眼，孙奭就直白地指出："将以欺上天，则上天不可欺；将以愚下民，则下民不可愚；将以惑后世，则后世必不信。腹非窃笑，有识尽然，上玷皇明，不为细也。"②

辞赋擅长采用诡文谲谏，在这件事情上颇多讽谏。宋白的《三山移文》模仿孔雉圭的《北山移文》。文章开首以"三山之英，十洲之灵，排烟拂雾，勒移山庭"展开对好仙之辈的口诛笔伐，"岂其侈靡轻浮，猖狂迅速，习夏癸之奢，用商辛之酷？将大道以为戏，剿万民而逞欲，何其谬哉！呜呼！龙驭不存，鼎湖长往，万古千秋，英灵肸蠁。世有秦皇，爰及汉帝，既崇既高，益骄益炽。然而貌若希夷，情忘橐籥，窃祀神山，滥封乔岳，污吾真风，轻吾上药，虽笃志于仙材，竟无心于天爵"。"废元元以不治，仰苍苍而是求。燕昭何足比，子晋不能俦。及其妄说斯行，贪诚弥勇；智刃挥霍，灵台飞动。乃阅意海隅，窃奢世上。泛楼船而济重溟，建祈年而侔大壮。兰桡馥其天风，桂栋凌乎称象。望仙阙而何极，顾人寰而如丧。"崇奉神仙而荒废政务，不体恤天下苍生而专务玄虚，这和一些朝臣的说法

① 陈邦瞻：《宋史纪事本末》卷二十二，中华书局 1977 年，第 162 页。真宗主演的这场奉祀闹剧由于有违儒家治国宗旨激起了朝野上下的广泛争论。

② 孙奭：《上真宗论群臣数奏祥瑞》，《全宋文》第 9 册，第 354 页。

遥相呼应①。他担忧沉迷神仙的君王会因此荒废政务，“大宝非贵，三清是属。耻万机之琐屑，隘六合之局促。将纪号于真图，任销声于帝箓”。多少希求长生的君王不是落得灰飞烟灭的下场，仙乡不可求，“至于柏梁灰烬，承露飘零，甲帐空兮烟怨，羽人去兮秋风惊。昔求长生跻寿域，今见委骨在穷尘”。而且，沉迷神仙会对世俗民风产生不良的影响，与君临天下的地位很不相称，“且夫奄有神器，化育群生；将天地以合德，与日月而齐明。岂可使风扆寂寥，龙图销毁，帝道荒芜，天潢泥滓，游心于幻路，教臣民而以诡计？”司马相如的《大人赋》是刺人君好仙之作，但他从神仙生活清苦、不可耽恋入手来规讽，主文而谲谏，缺乏讽谏的力度。宋白此赋则从儒家的治道着眼，希望君王行大中正道来治理国家。

李觏的《麻姑山赋》也是诋仙之作。作品对神仙的存在提出质疑，“其间则有名天之洞，礼神之堂。高台层瑶，吸日月之光；缭垣筑粉，孕芝兰之香。偏门曲廊，入迷其方。斜轩乱窗，或温而凉。况乎御龙膏之酒，倚云和之瑟，一饮一石，一醉千日。安知亿万人，尘衣飞蚤虱。其或黯然而雾，飘然而雨，跬步之内，则朦无所睹。夜长漫漫，山空月寒。鹤群戏风，舞羽蹁蹁。老猿抱子，吟声欲干。怪物参差，松柯水湄。或步或驰，或啸或悲。仙乎鬼乎？千态万状而使人心疑。别有涧石之迤逦，圆潭之无底，是曰蛟龙之所止。懒而为旱，怒而为

① 比如孙奭在《谏幸汾阴》说：“比年以来，水旱相继，陛下宜侧身修德，以答天谴；岂宜下徇奸回，远劳民庶，盘游不已，忘社稷之大计？其不可六也。夫雷以二月出、八月入者也，育养万物有人君之象，失时则为异。今震雷在冬，为异尤甚。此天意丁宁，以戒陛下；而反未悟，殆失天意，其不可七也。夫民，神之主也。是以圣王先成民，而后致力于神。今国家土木之功，累年未息；水旱几沴，饥馑居多。乃欲劳民事神，神其享之乎？此其不可八也。陛下必欲为此者，不过效汉武帝、唐明皇巡幸，所至刻石颂功，以崇虚名，夸示后世尔。”（《全宋文》第9册，第355—356页）

水。嗟我力耕之民，辍衣食之资，而为祷祠之费。岩岫冥冥，古无人行。百兽饥死，虎狼夜鸣。是何假上真之名，而神奸之所凭也”。李觏为赋十分重视塑造充满诗情画意的意境，这段文字传神入画地勾勒出清冷幽深的神仙洞天福地，借此来暗示修炼的辛苦，这种手法可能受到司马相如《大人赋》的启发，相如极写神仙生活的清苦，以劝谏君主神仙之不可学。对于真宗信奉的神仙，李觏持否定态度。在《重修麻姑殿记》中，李觏说：“故秦汉之际，神仙之学入于王公，而方士甚尊宠，然或云延年，或云轻举，皆人耳间事，久而未验，众则非之矣。”①他尤其看重奉祀神仙靡费财力，浪费民力。在《礼论·第七》中，李觏指出封禅之虚妄不经，并引文中子的话指出：“封禅之事非古？以夸天下，其秦汉之侈心乎？”②在《麻姑山重修三清殿记》中李觏说：“工之巧者必至，材之良者必备。或改以新，或完以旧，昔挠以隆，昔卑以崇。赭焉而霞烘，垩焉而云溶。真仪之位得以如礼。山英水灵，若喜若慰。虽大道之要，本乎淡泊，安在土木之华而后张显？”③否定神仙，反对靡费，这就是李觏对奉祀神仙的态度。因而在赋中，他反复强调事仙之浪费，“嗟我力耕之农，辍衣食之资，而为祷祠之费”。“彼其叛稼穑之功，遗室家之乐，越天常而慕冥冥，宜乎白首于丹灶之下，幽死而无所托也。”礼仙不仅靡费钱粮，而且注定一无所获。此外，李觏的《疑仙赋》和宋祁的《诋仙赋》也是在这样的语境下创作出来的深刻作品。

杨亿的《天禧观礼赋》是当时重要的一篇典礼赋。此赋作于天禧元年（1017）。这一年正月，真宗诣玉清昭应宫，荐献，上玉皇大帝宝册、圣祖宝册。不久，又谢天地于南郊。至此，真宗亲自导演的天书

① 《李觏集》卷二十三，北京：中华书局，1981年，第255页。

② 《李觏集》卷二，第23页。

③ 《李觏集》卷二十三，第255页。

封祀活动在历时近十年之后告一段落。杨亿此赋即是为这次祭祀活动献上的颂歌，同时也是对近十年的封祀活动作一次总结。赋作详细地铺陈真宗感梦受天书。杨亿大量运用典故，以典雅华美的语言铺陈真宗感梦的谎言："先是，景德之夕也，宸关靖冥，齐居洁清，修令乃慎，观书中程。息偃宁处，希微告征。犹苍水之感禹梦，同金人之翔汉庭。戒期晤语，锡瑞幽经。专洗心而淳濯，果颁文于紫清。"真宗的这套谎话当时极少有人相信，杨亿如此正经地道出，或许有言外之微旨。赋的主体部分写真宗在玉清宫祭祀天神和天书的过程，也极尽典雅丽则之能事。在赋的结尾，杨亿写道："原夫历祚之永，推炎汉以洎前唐；载祀之久，惟孝武逮于明皇。当元鼎之际，幸甘泉而祠泰畤，奉郊以致礼。且元符绝闻，曷以昭夫天意？洎天宝之岁，尊金阙而造曲里，惇宗而考瑞。然真游匪接，奚以贞乎道契？"在嗜好封祀这一点上，真宗与汉武、明皇是极为相似的。真宗也以汉武、明皇自比。杨亿认为在天人感应这一点上，真宗有感梦之事，要胜汉武、明皇一筹。他这样写，用的是皮里阳秋的手法，应该有反讽的深意。在当时，朝臣们已经指出真宗刻意学习明皇的荒谬，因为在儒家的治国理念当中，荒淫无耻、专宠小人、荒废国政、崇祀的唐明皇是败德之君的典型①。此外，程琳的《子奇赋》用引申归谬的方法，大谈仙术不食五

① 孙奭在《上真宗论天书》中说："唐明皇得《灵宝符》、《上清护国经》、《宝券》等，皆王鉷、田同秀等所为，明皇不能显戮，怵于邪说，自谓德实动天，神必福我。夫老君，圣人也。傥实降语，固宜不妄，而唐自安、史乱离，乘舆播越，两都荡覆，四海沸腾，岂天下太平乎？明皇虽况得归阙，复为李辅国劫迁，卒以忧终，岂圣寿无疆、长生久视乎？以明皇之英睿，而祸患猥至曾不知者，良由在位既久，骄亢成性，谓人莫己若，谓谏不足听。心玩居常之安，耳熟导谀之说，内惑宠嬖，外任奸回，曲奉鬼神，过崇妖妄。今收见老君于阁上，明日见老君于山中。大臣尸禄以将迎，端士畏威而缄默。既惑左道，既紊政经，民心用离，变起仓卒。当是之时，老君宁肯御兵，宝符安能排蒲邪？"（转下页注）

谷，仙草仙树无土而生，以此来批驳重农之道：“丽土含滋，条枝葳蕤。何世何地，而独无斯，有丹者桂，有白者榆。月窟星躔，扶疏陆离，本不根著，顾能倒垂。”这段看似荒唐的论调，反讽的意味是十分浓厚的。司马光在《交趾献奇兽赋》认为，“不若以迎兽之劳为迎士之用，美兽之贾为养贤之资。使功烈煊赫，声明葳蕤，废耳目一日之玩，为子孙万世之规，岂不美欤”。这段话是借仁宗之口道出，告诫当道者不要一味好大喜功，粉饰太平，而应勤于政事，践儒家德政之途，以使国泰民安，并畅言保民而王、化育四方之道，其立论和《孟子》德治的思想一致。这篇赋集中阐发了儒者对祥瑞的看法。

辞赋陈说治乱之道的内容反映了人们对于教化帝王的关注，尤其是真宗崇祀的举动使他们觉得归于大中至正之道是多么迫切，他们议论的核心，普遍地倾向于帝王建用皇极。

第三节 重建道德与淳厚风俗

宋代儒学不但要教化帝王，而且要把儒家要义贯穿到底层社会。与朝廷共治天下的士人，连接着君王与大众，是践行治世理想的核心阶层，士人是否具有君子素质，能否担当起为天地立心、为生民立命的重任，便成为开万世太平的关键。作为对皇权专制和厚养文士的回应，士人需要对自己继续“重塑”，因此，其学术品格中具有强烈的

(接上页注)(《全宋文》第9册，第361—362页)在《谏祠亳州太清宫奏》中他又说：“陛下封泰山，祀汾阴，躬谒陵寝，今又将祠于太清宫。外议籍籍，以谓陛下事事慕唐明皇。且以明皇为令德之主耶？甚不然也。明皇祸败之迹，有足为深戒者。”(《全宋文》第9册，第359页)

道德诉求①,它直指心灵,沉潜内省,希望通过自身的人格升华逐渐向君子人格靠近,直至臻于仁者之境。

---

① 从对科举的看法上我们也可以窥见宋初以来人们对道德的重视。宋初虽然诗赋取士,但是许多人已经针对德行问题提出不同看法了。包拯《论取士奏》云:"乡曲不议其行,礼部不专其任,但糊名誊本,烦以绳检,复于轩陛,躬临程试,三题竞作,百篇来上,不逾三数日,升降天下士。其考较去留,可谓之精且详乎?臣亦恐非进贤退不肖之长策也。"(《全宋文》第25册,第326—328页)王禹偁《送谭尧叟序》云:"古君子之为学也,不在乎禄位,而在乎道义而已,用之则从政而惠民,舍之则修身而垂教。舍之则修身而垂教,死而后已,弗知其他。科试已来,此道甚替,先文学而后政事故也。然而文学本乎六经者,其为政也,必仁且义,义理之有体也;文学雅杂乎百氏者,其为政也,非贪则察,涉道之未深也。是以取士众而得人鲜矣,官谤多而政声寝矣。"(《全宋文》第7册,第428页)李觏《上范待制书》云:"国朝患其或私谒也,是糊其名,易其书,混致于考官之手。固不知其立身之行,于蛊之才。虽有仁如伯夷,孝如曾参,直如史鱼,廉如于陵,一语不中,则生平委地。况执其柄者,时或非人。声律之中,又有遗焉。荐于乡,奏于礼部,第于殿庭,偶失偶得,如弈棋耳。名卿大臣,以其无举知之责也,闭其口不复言。天下士悦视同术,疏若秦、越。於戏!学道之无益也如此,夫宜其腐儒小生去本逐末。父诏其子曰:'何必读书?姑诵赋而已矣。'兄教其弟曰:'何必有名?姑程试而已矣。'故有缣缃凝尘,不记篇目,而致甲科。惟薄污辱,市井不齿,而谐美仕。劝善惩恶,将安在邪?""俗诚大坏矣,学者为官不为道,仕者为身不为君。见得其虎,闻丧其鼠。父子昆弟之诏告,妻妾之耳语,非富非贵,如举其讳。上之人又从而启之,赏先于功而功不立,罚轻十过而过不改。无事而禄,有事而赏,位孺稚、舆货财而后行,则是禄为我有,而事以赏佣也。礼义既销矣,而赏罚且玩,阶之吝其准乎?"(《全宋文》第41册,第348页;《李觏集》卷二十,第219页)孙何《论诗赋取士》中为诗赋取士辩护,也不得不从德行入手,"唐有天下,科试愈盛,自武德、贞观之后,至贞元、元和以还,名儒巨贤比比而出。有宗经立言如丘明、马迁者,有传道行教如孟轲、扬雄者,有驰骋管、晏,上下班、范者,有凌轹颜、谢,诋诃徐、庾者。如陆宣公、裴晋公,皆负王佐之器,而犹以举子事业飞腾声称;韩退之、柳子厚、皇甫持正,皆好古者也,尚克意雕琢,曲尽其妙。持文衡者,岂不知诗赋不如策问之近古也?盖策问之目,不过礼乐刑政、兵戎赋舆、岁时灾祥、吏治得失,可以备拟,可以曼衍,故汗漫而难校,澳涊而少工,词多陈熟,理无适莫"(《全宋文》第九册,第205页)。

在宋初学术的缓慢发展过程中，道德人格始终是重要的命题之一，直至发展成激励名节的道德运动。激励名节之成为风气是在仁宗亲政之后。仁宗意欲有所作为，曾下诏力戒浮文。庆历二年，仁宗诏令御试“应天以实不以文”，为新政作舆论准备。古文与儒家思想、政治变革具有亲缘关系，于是，范仲淹、欧阳修等具有变革意识的作家敏锐地觉察到时代的政治方向，积极倡导一种与现实政治相适应的文学风尚来补偏救弊，经世致用。这给儒学复兴的进一步推进提供了契机。因此，经世致用的呼声和革新文风是相表里的，而要做到这一点，就必须革新人才，把缓慢推进的道德提升运动推向一个新的高度。积极呼吁礼义廉耻的是范仲淹和欧阳修等人，他们将其视为国之四维，以更为严厉的标准来确立道德规范。在评价五代能臣冯道时，欧阳修严厉谴责冯道在几个朝廷供职的行为：“传曰：‘礼义廉耻，国之四维；四维不张，国乃灭亡。’善乎，管生之能言也。礼义，治人之大法；廉耻，立人之大节。盖不廉，则无所不取；不耻，则无所不为。人而如此，则祸乱败亡，亦无所不至；况为大臣而无所不取不为，则天下其有不乱，国家其有不亡者乎！予读冯道长乐老叙，见其自述以为荣，其可谓无廉耻者矣，则天下国家可从而知也。予于五代，得全节之士三，死事之人十有五，岂于儒者果无其人哉？得非高节之士恶时之乱，薄其世而不肯出欤？抑君天下者不足顾，而莫能致之欤？予尝闻五代时有王凝者，家青、齐之间。为虢州司户参军，以疾卒于官。凝家素贫，一子尚幼，妻李氏，携其子，负其遗骸以归。东过开封，止于旅舍，主人不纳。李氏顾天已暮，不肯去，主人牵其臂而出之。李氏仰天恸曰：‘我为妇人，不能守节，而此手为人所执邪！’即引斧自断其臂，见者为之嗟泣。开封尹闻之，白其事于朝，厚恤李氏而笞其主人。呜呼！士不自爱其身而忍耻以偷生者，闻李氏之风，宜少知愧哉。"①他用夫妻关系来比况君臣关系，认为臣子应该像妇女那样为倒台的前朝守节，否则就是忍耻偷生，没有廉耻。这是对君臣关系非常严苛的规范。我们知道，男女比君臣虽然是古老的传统，但是它只适用于君与臣的关系处理上，欧阳修把它扩大到对逝去的前朝的守节，这在历史上可能是首次提出，其对以后中国奴性意识的成长具有非凡的意义②。欧阳修特意提到冯道的《长乐老自叙》，说他不该以

① 《新五代史》卷五十四，北京：中华书局，1974 年，第 611—612 页。司马光对冯道的评价也继承了欧阳修这种论调，"天地设位，圣人则之，以制礼立法，内有夫妇，外有君臣。妇之从夫，终身不改；臣之事君，有死无贰。此人道之大伦也。苟或废之，乱莫大焉！范质称冯道厚德稽古，宏才伟量，虽朝代迁贸，人无间言，屹若巨山，不可转也。臣愚以为正女不从二夫，忠臣不事二君。为女不正，虽复华色之美，织纫之巧，不足贤矣：为臣不忠，虽复材智之多，治行之优，不足贵矣。何则？大节已亏故也。道之为相，历五朝、八姓，若逆旅之视过客，朝为仇敌，暮为君臣，易面变辞，曾无愧怍，大节如此，虽有小善，庸足称乎！或以为自唐室之亡，群雄力争，帝王兴废，远者十余年，近者四三年，虽有忠智，将若之何！当是之时，失臣节者非道一人，岂得独罪道哉！臣愚以为忠臣忧公如家，见危致命，君有过则强谏力争，国败亡则竭节致死。智士邦有道则见，邦无道则隐，或灭迹山林，或优游下僚。今道尊宠则冠三师，权任则首诸相，国存则依违拱嘿，窃位素餐，国亡则图全苟免，迎谒劝进。君则兴亡接踵，道则富贵自如，兹乃奸臣之尤，安得与他人为比哉！或谓道能全身远害于乱世，斯亦贤已。臣谓君子有杀身成仁，无求生害仁，岂专以全身远害为贤哉！然则盗跖病终而子路醢，果谁贤乎？抑此非特道之愆也，时君亦有责焉。何则？不正之女，中士羞以为家：不忠之人，中君羞以为臣。彼相前朝，语其忠则反君事雠，语其智则社稷为墟；后来之君，不诛不弃，乃复用以为相，彼又安肯尽忠于我而能获其用乎！故日，非特道之愆，亦时君之责也"（见《资治通鉴》卷二百九十一，北京：中华书局，1956 年，第 9511—9513 页）。

② 在这里，欧阳修混淆了天下（国家）、王朝（政府或者某一居于统治地位的政治集团）概念之间的区别，将其完全等同了，也就是把"尊君"与"爱国"混同了。他把那个古圣先贤开创的灿烂悠久的华夏文明以及负载着它的土地和人民等同于通过暴力抑或革命夺权的王朝和政权，这在一定程度上是对华夏文明的矮化和贬低，也是对天下苍生的矮化和贬低。他要确立一种（转下页注）

自己历仕多朝为荣。在天下板荡、朝代陵替频仍之时，历仕多朝，这是非常正常的事情，而身处乱世能够有所作为、惠泽苍生如冯道者，更属不易。欧阳修的指责完全是为了强调礼义廉耻而吹毛求疵、借题发挥①，照他的论调，宋初的许多能臣甚至太祖太宗皇帝，都要入无耻

（接上页注）四海之内莫非王土、率土之滨皆为奴才的道德观念。他的思想是对“私一姓”和“家天下”观念的发挥。他的思想对以后的思想专制具有重要的启发作用。其实，从汉代以来，爱国的核心就是热爱中华文化，热爱承载中华文化的土地和人民，而帝王是作为中华文化的代表被崇奉的，只有当帝王代表着中华文化，代表着广大中华土地上的人民的利益时，忠君和爱国才是统一的，如果帝王倒行逆施，民不聊生，爱国和忠君就会出现乖离。对于昏君和衰败的王朝，士大夫是没有义务“忠”的。关于王朝命运的“三统循环”说和“五德终始”说就是从天命德运的角度来说明王朝的气数是有限的，对帝王的忠是建立在政通人和、天命眷顾的基础上的。西汉宣帝时盖宽饶引《韩诗外传》指出：“五帝官天下，三王家天下。家以传子，官以传贤。若四时之运，功成者去，不得其人则不居其位。”（班固《汉书》卷七十七《盖宽饶传》）西汉成帝元延元年（前12）谷永上书云：“天生蒸民，不能相治，为立王者以统理之，方制海内非为天子，列土封疆非为诸侯，皆以为民也。垂三统，列三正，去无道，开有德，不私一姓，明天下者乃天下之天下，非一人之天下也。”汉代人的忠君观对后世的影响是深刻的，在民本思想基础上任贤者为君，不私一姓，不愚忠于朝廷，这是中国古代有理智的士大夫忠君的一个重要的前提，宋代的士大夫也不例外。欧阳修不是不明白这一点，他之所以要如此强烈地尊王，就是要提倡、强化礼义廉耻的道德观。

① 冯道在《长乐老自叙》中历数了自己的宦游经历后说道：“静思本末，庆及存亡，盖自国恩，尽从家法，承训诲之旨，关教化之源，在孝于家，在忠于国，口无不道之言，门无不义之货。所愿者下不欺于地，中不欺于人，上不欺于天，以三不欺为素。贱如是，贵如是，长如是，老如是，事亲、事君、事长、临人之道，旷蒙天恕，累经难而获多福，曾陷蕃而归中华，非人之谋，是天之祐。六合之内有幸者，百岁之后有归所。无以珠玉含，当以时服敛，以籧篨葬，及择不食之地而葬焉，以不及于古人故。祭以特羊，戒杀生也，当以不害命之物祭。无立神道碑，以三代坟前不获立碑故。无请谥号，以无德故。又念自宾佐至王佐及领藩镇时，或有微益于国之事节，皆形于公籍。所著文章篇咏，因多事散失外，收拾得者，编于家集，其间见其志，知之者，罪之者，未知众（转下页注）

之列了。当时的辞赋清晰地反映了学术思想在革新人才方面的努力。

宋初以来的隐逸风气很盛，不管是庙堂显贵，还是乡野穷士，多把闲雅淡逸作为自己的生活追求。宋初学术对这种风气采取的是“提升”的途径，即在这种生活理想中注入“道德人格”的内容，使高蹈肥遁具有合乎儒家的道德完善、保持名节等等内容。这和后世那种消灭旧世界制造新人类的雄心勃勃的计划迥然有别。从当时的辞赋中，我们可以感受到人们发掘隐逸文化当中的道德名节含义的努力。严子陵的事迹颇为时人关注，在北宋早期的钱勰的《钓台赋》中，严子陵被看成一个善于全身远害的人物，“然后知先生照未然之成败兮，识几至之存亡。婴禄利而不动兮，得光武而益彰者也。又若氛祲方结，鲸鲵未戮；四海沸腾，真人隐伏。莫高匪山，莫幽匪谷。苟见诮于木石兮，怅同群于麋鹿。蔑亢世之高踪兮，昧话言之骇俗。虽不能得与此台而并传兮，固亦无加损于自足”。说他具有窥探萌蘖先机的本领，预测到不久的动乱，先人一步遁入深山。这其实是重复了隐居以全身远害的主题，没有涉及对隐者的人格评价。比钱勰稍晚的张伯玉的《钓台赋》则更倾向于抒发对严子陵人格的仰慕，“伊昔子陵，

(接上页注)寡矣。有庄、有宅、有群书，二子可以袭其业。于此日五盥，日三省，尚犹日知其所亡，月无忘其所能。为子、为弟、为人臣、为师长、为夫、为父，有子、有犹子、有孙，奉身即有余矣。为时乃不足，不足者何？”(《旧五代史》卷一百二十六，北京：中华书局，1976年，第1661—1664页)这是对自己人生自足的一种表达，似乎上升不到“无耻”的地步。和这篇文章相类的如南朝齐的虞玩之的上表告退的文字：“臣闻负重致远，力穷则困，竭诚事君，智尽必倾，理固然也。……直道事人，不免缧绁，属遇圣明，知其非罪，臣之幸厚矣。授命于道消之晨，效节于百揆之日，臣忠之效也。降庆于文明之初，荷泽于天飞之运，臣命之偶也。不谋巧宦而位至九卿，德惭李陵而忝居门下。尧舜无穷，臣亦通矣。”萧子显《南齐书》卷三十四《虞玩之传》，北京：中华书局，1972年，第610—611页。而且，虞玩之也是“世历三代，朝市再易”，他并没有因此感到羞耻。

贪幽自遂。辞光武叠石九层，以尽平生之志。尔乃凭高易感，览旧多伤。尘事与清波不返，红苹同白芷徒芳。相逢投饵之时，寒流淼淼；始及临川之日，远岫苍苍。今古堪悲，跻攀尽趣。潮平昔日之岸，风动当时之树。石上少留，人间多故。游丝乱举，初同触目之疑；野竹随低，忽有沉钩之误。迹是人非，萧条晚晖。万里之碧嶂如画，几片之白云不归。鹭立斜分之浦，鱼惊半毁之矶。尽目而风波莫问，满山之松桂相依。……比夫燕昭筑而礼士，汉孝武登以求仙。构金玉之毕至，遂尘埃之共捐。曷若兹所，成于自然”。这段荒寒景象的描写，似乎是在追思自己的一个朋友或者一段刻骨铭心的往事，不像是凭吊一位东汉时候的古人。看来，作者对严子陵的认识已经超越了一个普通隐者的范畴，而是把他当作自己心灵的一个方向，一个往古的知己，这种情绪包含着对隐居求志的渴望，对不慕荣利的人格的自觉追求。庆历年间，以范仲淹为代表，激励士风，崇尚重道义、尚名节、厉廉耻，严子陵的人格被赋予了重视名节的含义，在《严先生祠堂记》中，范仲淹明确提出严子陵，“在《蛊》上九，众方有为，而独不事王侯，高尚其事，先生以之。在《屯》之初九，阳德方亨，而能以贵下贱，大得民也，光武以之。盖先生之心，出乎日月之上；光武之量，包乎天地之外。微先生不能成光武之大，微光武岂能遂先生之高哉？而使贪夫廉，懦夫立，是大有功于名教也”。也就是说，严子陵不是一位普通的隐者，他的隐居是在襄助名教，在为光武的王朝确立一种人格风范，这样，他的避世已经不是落实在道家的思想上了，而是以儒家的淳风俗为旨归①。隐士种放的《端居赋》通篇

① 这种评价角度并非范仲淹首倡，在作于太平兴国年间的刁衎的《严先生钓台碑铭》中，已经有这样的看法：“然而巢、许抗志，饮牛欲全其节也；夷、齐饿死，扣马以谏其君也。至于逃其国而弃其家，违其亲而远其兄者，无足道哉。未若先生忘故人而忘大位，疾夫冒于宠名也；游紫闼而隐青山，戒夫溺于富贵也。励君以攘其私昵，勖臣以保其公器。教之大者，此其志焉。……矫激不乱大伦，孤高无偏于小节，千古之下，一人可知。”（《全宋文》第6册，第19—20页）

以议论为主，表达隐居励志的理想。值得注意的是，他是从儒家的立场出发来阐释隐居的意义的，赋中说："故孟轲有言，虽有镃基，不如逢乎有年，颜氏几圣，乐在陋巷。亦将育乎令德。兹穷通之自信，匪古今之可尤。顾窃位而择肉兮，予诚自羞；宁守道而食芹兮，中心日休。予将息万竞，消百忧，养浩然之气于蓬茅之下，饮清源于渊默之流。"①这种论调和在心性本体上树立儒家道德准则的思潮相一致。

使隐居具有浓烈政治含义的是伯夷、叔齐的义不食周粟。但是在王朝建立之初，针对他们的歌咏或许被理解为对"革命"成功的新君的含沙射影，而且在五代宋初，隐居多被理解为像林和靖的梅妻鹤子或者陈抟的修道华山，而不是伯夷、叔齐那样的采薇而食。因此，直到明道、庆历年间，辞赋当中才出现了对伯夷、叔齐的歌颂，其阐发角度和范仲淹对严子陵的理解一致，是激励名节。蒋堂的《首阳山赋》作于庆历六年（1046）。汉人杜笃曾作《首阳山赋》，全文通过与伯夷、叔齐鬼魂的对话展开情节。杜笃生活于两汉之际，这篇赋可能作于新莽易代之时，故而借以表达不食周粟的情怀。蒋堂此赋与杜笃赋在结构上不同，他是凭吊遗迹，直接抒发对两位高士的缅怀之情。杜赋的开篇描绘了首阳山长松落落，卉木蒙蒙的景色，构建一个

① 种放《自明》可以说是对这篇赋的一个很好的诠释："怀其道，思其时，生热人之志欤。夫圣人者，惧道不明、志不坚，乃退学于山林寂寞之乡，以求其志。志既获，则学专乎心。心、志俱达，学而益坚，其道不得不明。心、志、道俱达，则能坚正明白，虽万是非，皆能断于心矣。故志弗坚，则闭关以治志。既治而道未明，则就圣以治道。志与道偕治，则求于时，施其用，以济生民焉。若夫子治于洙泗求其志，适乎宋、如乎周治其道，乃游诸天下下，欲施其用。卒将不能，则有删《持》、演《易》、修《春秋》存其教。噫！予不敢希圣人意，始用古文，如京师，干一二有名者，竟寂寥无闻，人不我知。友予旧者，或喻我易其学，以泛滥为是。予思之，岂古人求志笃道之意耶！乃还终南、居空山，庶几治予道、求予志，非徒乐乎晦迹山林，远去人迹，而与鸟兽同群，木石为伴也。"（《全宋文》第10册，第217—218页）

远离尘世的境界。蒋赋的开篇也描绘了首阳山的景色,但作者只以“古木苍苍,愁烟凄凄”勾勒,其用意显然与杜赋不同,是以古木愁烟来象征伯夷、叔齐具有悲壮色彩的笃守气节的情怀。赋的主体部分直陈对二位高士的仰慕,“山之云兮荟蔚而兴,山之风兮清微有声,意夷、齐之光灵兮倏变而成。山之木兮岁寒不折,山之兰兮香摧不灭,意夷、齐之气质兮既化而结”。作者感叹道:“贤乎哉!救时以仁,垂教以义。生有一朝之耻,殁无万世之丑。激贪夫廉,立懦夫志。宜乎竦闻其风,无泯厥祀。”这几句话可能是从范仲淹的《严先生祠堂记》中化用而来的。由此也可见出此赋激励名节的用意。

宋初的辞赋逐渐关注于对仁者境界的探讨,体现出激励名节思想的深化。叶清臣的《松江秋泛赋》十分形象地展现了淡泊而淑世的人生境界。赋的开篇,描绘了清秋时节萧散澄明的松江美景,“泽国秋晴,天高水平。遥山远碧,别浦寒清。循游具区之野,纵泛吴松之澨。东瞰沧海,西瞻洞庭。槁叶微下,斜阳半明。樵风归兮自朝暮,汐溜满兮谁送迎。浩霜空兮一色,横霁色兮千名。于是秋潦未收,长干无际。澄澜万顷,扁舟独诣。社橘初黄,汀葭余翠。惊鹭朋飞,别鹄孤唳。听鱼根之递响,闻牧笛之长吹”。人与自然不是对立的,而是充分亲和,融为一体。清爽的秋风,半明的斜阳又给这种境界增添了无限的韵味。作者特别突出了景致的高旷辽远和生机勃勃,在万顷茫然之中,惊鹭朋飞,渔歌传响,汀洲之翠与社橘之黄相互映衬,远与近、动与静、声音与色彩巧妙配合,使画面具有一种低昂互节的韵律美,这是自然的美韵,也是作者心灵的写意。这是一种由济世救民的思想升华到与天地万物相亲和、相融和的仁者境界,是“大乐与天地同和”的艺术境界。立足于这种包容万物的仁者情怀,作者凭吊了避世隐居的范蠡、张翰、陆龟蒙,对他们选择的人生道路表现出和而不同的态度,他说:“缅三子之芳徽,谅随时之有宜。非才高见弃于荣路,乃道大不容于祸机。申屠临河而蹈壅,伯夷登山而食薇。皆有谓而然尔，岂得已而用之。”每个人的人生道路都有其因缘，不可强求。赋的结尾写道：“思勤官而裕民，乃善利之远猷，彼全身之远害，盖孔臧之自谋。鲜鳞在俎，真茶满瓯。少回俗士之驾，亦未可为兹江之羞。”认为没有必要面对隐士高人而自羞，自己的人生道路也是天性使然，也可遥接张、陆等辈之风流。探讨仁者情怀的辞赋还有蒋堂的《北池赋》、陈襄的《古琴赋》、范仲淹的《秋香亭赋》、蔡襄的《慈竹赋》等。

对道德的重视也促使人们对那些古圣先贤充满敬意，尤其是对那些儒家道统具有薪火相传之功劳或者积极传播礼乐文明的人①。由于孟子的学术强调王道和治心养气，更符合时代的需要，因此，宋初以来孟子的升格努力一直在持续②，这就为道德提升提供了更为

① 如孙复《儒辱》中推崇孟子、扬雄、韩愈，“噫，圣人不生，怪乱不平，故扬墨起而孟子辟之，申韩出而扬雄距之，佛老盛而韩文公排之，微三子，则天下之人胥而为夷狄矣。惜夫三子道有余而志不克就，力足去而用不克施，若使其志克就其用克施，则芟夷蕴崇绝其根本矣。呜呼，后之章甫其冠，缝掖其衣，不知其辱，而反从而尊之者，多矣。得不为罪人乎。由汉魏而下迨于兹千余岁，其源流既深，根本既固，不得其位，不剪其类，其将奈何，其将奈何。故作儒辱”（《全宋文》第19册，第309—310页）。

② 对孟子的认识，人们不仅仅停留在其接续圣统，使斯文不坠方面，更重要的是他捍卫礼义廉耻的人格力量。孙奭在《孟子正义序》云：“夫总群圣之道者，莫大乎六经。绍六经之教者，莫尚乎《孟子》。自昔仲尼既没，战国初兴，至化陵迟，异端并作，仪、衍肆其诡辩，杨、墨饰其淫辞。遂致王公纳其谋以纷乱于上；学者循其踵以蔽惑于下。犹洚水怀山，时尽昏垫，繁芜塞路，孰可芟夷？惟孟子挺名世之才，秉先觉之志，拔邪树正，高行厉辞，导王化之源，以救时弊；开圣人之道，以断群疑。其言精而赡，其旨渊而通，致仲尼之教，独尊于千古，非圣贤之伦，安能至于此乎？”（《全宋文》第9册，369—370页）种放《述孟志上》云：“孟轲当周之衰，其道亚孔子二与尧、禹并。然孔孟皆无其时与位，存乎教，光于无穷。行乎后世，利乎天下，与复载并功，与日月并明、其道德礼法于生民，赖于今日者，其功岂下帝舜之殛四凶，大禹之平水土邪？则孟轲之志犹夫子也，其志在乎施仁义、兴礼乐而行王者之事也。……以力服人者，非心服，力不赡而弱不制强也；以德服人者，心悦而诚服，于（转下页注）

坚实的思想基础。李觏的《吊扬子》赞美扬雄在新莽篡权、纲纪大坏之际声张圣道,垂之空文:"其指在于三纲兮,尤切切于君臣。君道光而臣道灭兮,尊卑之分以陈。"①对于立德立言的人格充满向往。狄遵度的《石室赋》和《凿二江赋》歌颂了文翁和李冰在蜀地建立的功业。《石室赋》歌颂汉代在蜀地教化生民的文翁赋的开篇描绘了祭祀文翁的石室的景象,"石室之幽,古城之陬。烟剥雨落,苔萃藓稠。断劲顽而植立,攒众磊而互鸠。鳌首屹以孤挺,虹气摅而外浮。诮筑金之用侈,陋铭燕之积偷。杰立西土,邈视千秋"。虽然历经风雨的侵蚀,但文翁石室依然气象峥嵘,卓然屹立。据《汉书》卷八十九《文翁传》载:"(文翁)景帝末为蜀郡守,仁爱好教化,见蜀地陋有蛮夷风,文翁饮诱进之。"②赋中充满激情地赞美文翁变夷为华的功绩,并对

(接上页注)天下无不顺也。"(《全宋文》第10册,第215页)释智圆在《辨荀卿子》中说:"仲尼即没,异端丛起,正道焚如,天下生民不归杨则归墨。惟孟轲、荀卿子著书以明乎圣道,周游以说其时君,志在黜霸而跻王也,驱浇而归淳虽道不见用,而空言垂世,俾百代之下去邪崇正,尊仁义,贵礼乐,有履而行者,则王道可复焉。故世谓大儒者必以荀、孟配之而称之。"(《全宋文》第15册,第254—255页)孙复在《兖州邹县建孟庙记》中说:"孔子既没,千古之下,攘邪怪之说,夷奇险之行,夹辅我圣人之道者多矣,而孟子为之首,故其功巨。……嗟乎!君君、臣臣,夫夫。子子,邦国之大经也,人伦之大本也,不可斯须去矣,而彼皆无之,是驱天下之民舍中国而之夷狄也,祸孰甚焉。非孟子孰能救之。故孟子慨然奋起,大陈尧、舜、禹、汤、文、武、周公、孔子之法,驱除之以绝其后。拔天下之民于夷狄之中,而复置之中国,俾我圣人之道炳焉不坠。"(《全宋文》第19册,第314页)其他如孙抃的《辨孟》。

① 孙复《辨扬子》与这篇赋对扬雄对新莽政权的看法相近,"千古诸儒,咸称子云作太玄以准易。今考子云之书,观子云之意,因见非准易而作也,盖疾莽而作也。……子云既能疾莽之篡逆,又惧来者蹈莽之迹复肆恶于人上,乃上酌天时行运盈缩消长之数,下推人事进退存亡成败之端,以作太玄,……大明天人终始顺逆之理,君臣上下去就之分,顺之者吉,逆之者凶,以戒违天咈人与戕君盗国之辈。此子云之本意也"(《全宋文》第19册,第304页)。

② 班固:《汉书》卷八十九,北京:中华书局,1962年,第3625页。

文翁无比追慕，“室之奠兮，知公之德，安以肆兮。室之坚兮，知公之德，纯以一兮。室之磊兮，知公之德，杰以卓兮。室之魁兮，知公之德，室不可隳”。作者如此推崇文翁反映了宋人对汉文化的自信和对推广汉文化的重视。在《凿二江赋》中，狄遵度还表彰了在蜀地治水的李冰。在赋的结尾，作者称赞李冰的功绩曰：“蜀之为国，非地之中，宜乎夷貊之杂处，鱼鳖之与同。有李侯者至，然后别类于水物。有仲翁者至，然后同俗于华风。然则今所及栋宇而处，衣冠而嬉，皆二公之所翳。”在作者看来，李冰治水不仅在于兴利除害，更在于改变了蜀民的生活习惯，这是蜀地施行教化的基础。其他如陈洙的《漫泉亭赋》是凭吊唐人元结，蒲宗孟的《肆业堂赋》是凭吊诸葛亮等，着眼点均在人格的崇高和济世救民的使命感方面。

当然，对道德人格的追求只有上升到本体的层面才能形成体系，才能以此建立起知识和信仰体系，才能发挥持久的影响力，中唐时候的韩愈、李翱等积极主张“复性”，其用意正在于此。宋初，重新构建体系的条件已经成熟，在强调道德人格的同时，一些人士已经向形上的层面构建知识体系的方向努力了，赵湘就是宋代早期的这样一位学者。他的《正性赋》是一篇宣扬儒家修身养性思想的论文。其赋曰：“斤道斧德兮，振乎纪纲；绳圣墨贤兮，求诸栋梁。崇仁乎高墉兮，磊义乎墙；构礼于庑兮，作乐于廊。惟聪启户兮，惟明启房。惟智是奥，惟孝是堂。始经中而营外，终藻文而绘章。严其阃兮，魑魅不得而飞扬；职其事兮，淫乱不得而弛张。次三皇兮，为虞而为唐；后二帝兮，为禹而为汤。尹完旦葺兮，其址荧煌；丘整轲修兮，厥道芬芳。伊奸回之肆毒兮，情性为殃；惟昏愚之嗜味兮，仁羲攸荒。随浇逐浮兮，深为沧浪；积乱堆邪兮，如彼高岗。蠹壤朽桷兮，为韩为庄，拔柱倾基兮，为墨为杨。始绝圣弃智兮，其祸微茫；终反道败德兮，罹毒汪洋。孰当救之兮，舍短从长。非正夫性兮，其何以当？惟其固之兮，罔用弗减。俾之求象兮,系于苞桑。”①而且,在形而上学的层面构建儒家道德体系更具有文化上的自足性和排他性,以后沿着这条学术道路发展起来的理学的排他性在宋初的具有思想性的儒者那里已经表露出来。《宋史·吕大临传》载:“富弼致政于家,为佛氏之学。大临与之书曰‘古者三公无职事,惟有德者居之,内则论道于朝,外则主教于乡。古之大人当是任者,必将以斯道觉斯民,成己以成物。岂以爵位之进退,体力盛衰为之变哉?今大道未明,人趋异学,不入于庄,则入于释,疑圣人为未尽善,轻礼义为不足学。人伦不明,万物憔悴,此老成大人恻隐存心之时,以道自任,振起坏俗。若夫移精变气,务求长年,此山谷避世之士独善其身者之所好,岂世之所以望于公者哉。’弼谢之。”以达尊大老而受后生之箴规,良不易也。

儒家把人的一生理解为不断锻炼德行的过程,这篇赋就是在指引人们必须走这样的人生道路,才能够开太平之基。其他的人生,都是异端邪说。看得出来,赵湘要把那些道德准则作为天经地义的至高无上的法则来对待,在《原教》中,他详细阐述了道德的先天性,“道之为物也,无常名,圣人之所存者七。《中庸》曰:‘率性之谓道,修道之谓教’,而其具有五:仁、义、礼、智、信,合而言之,是为七。柏栗、有巢之世,其民饮茹而朴,道易而教隆,不亲亲,不子子,巢之穴之,然则七者具于其中矣。圣人者,能因其化,不烦于教也,故七者不复萌。尧舜以降,氓之性不由道矣,然而圣人者不以其不由教而弃之。……而后教之以七者。禁不齐则以礼,礼不齐则以刑。示之以君臣、父子、夫妻之事,节之以喜、怒、哀、乐、爱、欲之道。是七者之教,圣人无他心,但欲其复道而已矣……教者本乎道,道本乎性情,性

---

①《易·否》:“其亡其亡,系于苞桑。”孔颖达疏:“若能其亡其亡,以自戒慎,则有系于苞桑之固,无倾危也。”后因用“苞桑”指帝王能经常思危而不自安,国家就能巩固。

本乎心，非在乎无知有知之相害也。尧舜之后，汤、文、武、周公、孔子咸以是教天下，无他说焉。……杨、墨、之小，申、韩之异者，皆所以惑人之心。心惑则情性乱，情性则道异，道异则教舛，君臣、父子之不分，暴乱、奸邪之不息，其欲教有知至于无知，呜呼！其可知其几矣！"①道，就是儒家的道德准则，圣人只是道德的传声筒和实践者，遵从圣人的教导，履道而行，才是人的正路，国的正路，开万世太平的唯一途径。

宋初的学术发展是建立在尊君的基础上的，并以此构筑起道德体系和知识体系。他们看重君主的道德力量在开万世太平方面的意义，强调士大夫在责难和匡济方面的话语优势。因此，他们努力使儒家的道德思想系统化，形而上学化，并努力用这个体系来改造文化。当时辞赋的创作比较清晰地记录了文人当时的思想焦虑和学术在发生期的这种动向。

① 《全宋文》第 8 册，第 369—370 页。

第二章　经世致用与激励名节

——北宋中期的儒学复兴与辞赋创作

儒学具有极强的参政品格，对于具体的儒者来说，参政的方式不外两种：或以柔媚之术取悦当道，为专制皇权唱颂歌喝大彩，或为王朝永固、生民安康而孜孜以求。儒学在宋初的发展，从一开始就彰显着匡时济俗的淑世情怀，中唐以来对天下分崩的忧虑，在此时深化为开万世之太平的深思和强烈的政治实用主义。宋儒从对皇权的规范与约束，到对士风文风的整饬，再到对士人心灵的重构、本体论的开创，完成了中国学术的一次重要转型。庆历、熙宁及其前后一段时间，是儒学发展的重要时期，围绕着变法引发的政治、学术的振荡，深刻地影响着宋代文化的走向。当时的辞赋创作，清晰地折射出儒学发展的种种特征。

第一节　经世致用与谠言论政

宋代儒学要向政治实用主义迈进，必须具备政治伦理的品格以及形而上的特征，才能在更广阔的层面规范社会人生，实现梦寐以求的大同理想。也就是说，它必须完成这几方面的工作：一是其思想的合法性和唯一性，比如形成完整的能够尽可能地包容各种思想的学理体系；二是它必须具有对现实政治乃至社会人生进行规范的可操作性；三是具有整饬和提升世道人心的世俗色彩。它必须是融合劝上与化下为一体的形而上的哲学体系。北宋中期的儒者面对的，就是这么一项艰巨的意识形态重构工作。当时的儒学复兴，严格地说，就是儒家学术的重建。

要完成对儒家学说的重建，就必须突破传统的章句之学，开拓相对自由的学术空间。"宋初三先生"尤其是胡瑗，是推动儒学向这个方向发展的重要人物之一。他所提倡的"明体达用"之学得到广泛的回应。明体达用，即从根本上把握儒学的精神，并施之于政事。也就是通经致用。而从根本上把握儒学的精神，就得摆脱章句之学的束缚，甚至摆脱儒家元典和经典化了的传注的束缚，依己意揣摩圣人奥旨。北宋中期兴起的疑传惑经的风气，是经世致用的学术思潮的具体反映①。学术界关注比较多的欧阳修、刘敞等对经籍的重新阐释和发挥，其着眼点其实是现实政治。他们似乎更重视从儒学典籍中汲取对现实社会具有指导意义的因素，而对把儒学提升到哲学的、面对根本问题的层面，似乎并不感兴趣②。王安石倒是意识到了这一点，但是其学术浓厚的实用主义色彩冲淡了对这个问题的进一步思考。儒学上升到哲学的层面，要依赖以后的道学人士的孜孜以求。当然，疑传惑经并不是抛开经传肆意发挥，而是通过对经传的辩驳与

① 王应麟《困学纪闻》卷八引陆游论述当时疑经风气道："唐及国初，学者不敢议孔安国、郑康成，况圣人乎？自庆历后，诸儒发明经旨，非前所及，然排《系辞》，毁《周礼》，疑《孟子》，讥《书》之《胤征》《顾命》，黜《诗》之序，不难于议经，况传注乎！"文渊阁四库全书本。

② 欧阳修反复强调通经致用的意义，在《与张秀才第二书》中他说："寻足下之意，岂非闵世病俗，究古明道，欲援今以复之古，而翦剥齐整凡今之纷淆驳冗者欤？然后益知足下之好学，甚有志也。然而述三皇太古之道，舍近取远，务高言而鲜事实，此少过也。君子之于学也，务为道，为道必求知古，知古明道，而后履之以身，施之于事，而又见于文章而发之，以信后世。其道周公、孔子、孟轲之徒常履而行之者是也；其文章则六经所载至今而取信者是也。其道易知而可法，其言易明而可行。"（《欧阳文忠公全集》卷六十六，文渊阁四库全书本）他强调的是探寻古道并以之修身、行事，他并没有意识到在探寻圣人之道的基础上将其发扬光大，走向探寻社会人生的根本问题，乃至宇宙的根本问题。

重新解读来探讨圣人之心、圣人之意，由经典本文来推求圣人本义，融会贯通经籍，不拘泥于经传①。可以说，疑传惑经和尊经崇道是相

① 比如刘敛就说："凡九经非皆出于孔子，师儒相传，舛错抢攘，龃龉不安者不可胜数。虽前世通儒，未有能通一者也。然则九经可谓中有先王之道矣。谓九经皆先王之道，非也。"(《彭城集》卷二十七《与韩持国论侍讲不合称师》，文渊阁四库全书本)认为九经含先王之道，但不是皆先王之道，并且舛错抢攘、龃龉不安者不可胜数。这与儒典的师徒相传有密切关系。李清臣也持这样的观点："自秦焚书之后，学者不得完经，亡者已亡，而存者大抵皆杂乱，已不可全信。汉之儒者各守所见，务以自名其家，亦非有圣人之言，而托之于圣人，学者谓圣人之重也，不敢辄议，又从而传师之，故五常之道为之不明，斯教之大害也。"(《宋文选》卷十八《李邦直文・礼论下》，文渊阁四库全书本)特别指出没有怀疑精神的株守一家之学是儒学发展的大害。欧阳修指出："自《六经》焚于秦而复出于汉，其师传之道中绝，而简编脱乱讹缺，学者莫得其本真，于是诸儒章句之学兴焉。其后传注、笺解、义疏之流，转相讲述，而圣道粗明，然其为说固已不胜其繁矣。……《六经》之道，简严易直而天人备，故其愈久而益明。其余作者众矣，质之圣人，或离或合。然其精深闳博，各尽其术，而怪奇伟丽，往往震发于其间，此所以使好奇爱博者不能忘也。然凋零磨灭，亦不可胜数，岂其华文少实，不足以行远欤？而俚言俗说，猥有存者，亦其有幸不幸者欤？"(《新唐书・艺文志》卷五十七)认为厚实之经学和圣人之道或离或合，不可尽信，也不可全废。王安石深刻反思传注之学遗圣人之意而纠缠于并不可靠的经籍文字是胶柱鼓瑟、闭目塞听，"古之学者，虽问以口，而其传以心，虽听以耳，而其受以意，故为师者不烦，而学者有得也。孔子曰：不愤不启，不悱不发，举一隅不以三隅反，则不复也。夫孔子岂敢爱其道，惊天下之学者，而不使其蚤有知乎？以谓其问之不切，则其听之不专；其思之不深，则其取之不固；不专不固，而可入者，口耳而已矣。吾所以教者，非将善其口耳也。孔子没，道日以衰熄，浸淫至于汉。而传注之家作，为师则有讲而无应，为弟子者则有读而无问，非不欲问也，以经之意为尽于此矣。吾可无问而得也，岂特无问，又将无思，非不欲思也，以经之意为尽于此矣。夫如此，使其传注者皆已善矣，固足以善学者之口耳，而不能善其心，况其有不善乎！宜其历年以千数，而圣人之经，卒以不明，而学者莫能资其言以施于世也"(《宋文鉴》卷一百三十《书洪范传后》，文渊阁四库全书本)。宋人的这种追寻圣人之意，对儒典全面反思的精神是开启宋学的动力。

辅相成的。经典之所以历久弥新，在于它能给予不同时代、不同读者以不同的启示。在探寻圣人微言大义的过程中，元典与时代、个人诉求之间产生的联系或者契合点，足以生成适用时代的新学术。疑传惑经的学风，正是宋人在探寻适用他们时代的新学术、新思想。由于个人的角度和政治学术背景的差异，其所生发的学术思想当然会有差别，不过，经世致用则是当时儒者从经传中得到的共同启示，或者说是生发出的共同的学术主张。它贯穿于当时学术文化的各个层面。

宋代辞赋发展到中期，表现出的对现实的深切关怀，正是经世致用思想在文学创作中的具体反映。其实，儒学发展中的经世致用思潮，是对仁宗亲政后意欲有所作为的呼应。作为变革政治的一项措施，仁宗下诏力戒浮文，范仲淹、欧阳修等敏锐地觉察到政治动向，积极倡导一种与现实政治相呼应的文学风尚来补偏救弊。可以说，学风和文风的改变，是互为表里的。由于要提倡明道之文，所以要革新诗文，尤其是要力倡平易流畅的古文。古文与儒家思想、政治变革之间具有亲缘关系，中唐时期的古文运动即与宣扬儒家思想的要求和革新政治的愿望有着直接的联系。宋初的柳开等人也通过创作古文作为复兴儒教的手段。当时，平易流畅、切于时弊的文学风尚和经世致用的儒学思潮一起，为政治革新导夫先路。这种切于时弊的主张，对辞赋创作来说，即是反对过去的一味颂美，畅论政治。在这种观念影响下，当时的辞赋，歌颂的成分日趋淡薄，现实性增强，有些赋甚至类同政论文。在论政赋当中，李觏的《长江赋》和崔易伯的《感山赋》尤其具有代表性。

在当时儒者当中，李觏的实用主义倾向是非常突出的①，他的

---

① 李觏的学术成就主要在《易》学和《礼》学方面。他治《易》不取象数而独寻义理，昌明君臣之义。他的《易论》十三篇讨论了为君之道、为臣之道、为政的常经与权变、修身与齐家、招祸与避祸等，形成了一套较为完整的政治学体系。他的《周礼致太平论》五十一篇，详论以礼治国的方方面面，表现了他有心于天下家国的情怀。

《长江赋》讨论江南地区的政治经济地位。在《寄上富相公书》中，李觏讲了这样一段话："觏庆历四年尝以书言南方事，必达左右矣，后二年，作《长江赋》，欲干黼室之听，而无路以通。"（《李觏集》卷二十八）可见，《长江赋》作于庆历六年（1046），和作于庆历四年的《寄上富枢密书》一样，是讨论江南之事的一篇赋作。在《寄上富枢密书》中，李觏称："当今天下根本在于江淮，天下无江淮，不能以足用；江淮无天下，自可以为国。"（《李觏集》卷二十八）并详细探讨了江南地区军事、经济方面的重大意义。《长江赋》与这篇文章的主旨一致。此赋从三个方面讨论长江一带的地理形势。首先，他讨论了长江地区在军事上的特殊价值，他说："出如登山，入如沉泉，退无所止，进不得前。龙螭蛇鼋，固执杀生之权；虾蟹琐琐，犹或贾勇而争先。嗟乎！生之难，成之难，父母君师之所爱，而托命于其间。幸而免者，盖有之矣，不幸而免者，何可胜纪？"他没有述川渎之美，而是在着力表现地势的险恶，借以强调它的军事意义，既可防北进之胡虏，也是乱臣行逆的天然屏障。其次，作者指出长江两岸的富庶和重利轻义的民风，"扬、荆、巴、蜀、交、广、瓯、闽，地有常产，物有常珍。衣有食者，器有玩者，歌童舞女，诡异妖冶，官所不取，则掠之私舍。孰贤孰才，贪哉鄙哉。重装叠载，逾江越淮。然则视长鲸之怒东海，不啻如蠛蠓之浮杯"。与此赋题材相同的郭璞的《江赋》历数长江水族之丰富，两岸物产之丰饶，而此赋于此则略述，因为北宋时期，江南地区在经济上的地位是人所共知的，不必费辞。他强调此地风俗之诡谲，则颇有深意。风俗浇薄，民不知礼义，则难治，且恃长江之险、物产之丰，易于作乱。他敏锐地看到了长江地区潜在的不稳定因素。第三，他强调长江地区关乎天下稳定之大局。他说："呜呼！山川之阻，土地之富，天下有道，则王之外府，天下无道，则奸雄所处，盖足于财用而利于守御。"这几句话十分精当地概括了长江地区在关乎治乱方面的价值所在。如果联系到靖康之难以后江防对稳固南宋政权的价值和洞庭湖一带的叛乱，我们不得不惊异李觏犀利的政治眼光。

崔易伯的《感山赋》长达七千余言，围绕太行山的军事意义追溯古今，对北宋的军事、政治进行了深入反思。全赋除对太行山的地理、物产进行详细描写之外，尤其关注此地的历史沿革和军事、政治上的地位。太行、桑干地区，自古就是汉族与北方民族杂居之地，是民族融合的重要地区。赋中详细论述了太行山的军事价值和当时北方地区潜在的危机。辞赋批驳了以德绥北方的幼稚之举，并且呼吁坚强北方防务，指出用度不足不是漠视北边的借口，人民贫困的根本原因是土地兼并和豪强的膨胀，并不是因为充实北边的消耗。可以说，仁宗亲政后的朝野上下，士气高昂，积极向上，中唐以后儒学所具有的忧患意识被发扬光大。

第二节　汲取历史与接续圣人薪传

除对现实政治诤言说议外，当时的文人还对治乱兴亡之理怀着极大的兴趣。范仲淹是北宋中期著名的政治家，也是一位辞赋作家，他特别看重律赋。在策论逐渐取代律赋的情况下，范氏的辞赋观和律赋创作颇为引人注目。范仲淹今存赋 39 篇，其中古赋 3 篇，律赋 35 篇，另有《荠赋》是残篇。范仲淹的文学观是实用主义的载道文学观，他积极提倡一种融通唐律与宋律的赋风。他曾编辑《赋林衡鉴》一书，多选唐律，在该书序文里，范氏给律赋以极高的评价，他把重视词藻的唐代律赋视为上溯三代两汉，直达圣人心传的途径之一，主张通过对唐律的研习来接续《雅》、《颂》传统。他说："圣人稽四始之正，笔而为经；考五声之和，鼓以为乐，是故言依声而成象，诗依乐以宣心，感于人神，穆乎风俗，昭昭六义，赋实在焉。及乎大醇既醨，旁流斯激，风雅条散，故态屡迁，律吕脉分，新声间作。而士衡名之体物,聊举于一端,子云语以雕虫,盖尊其六籍。降及近世,尤尚斯文。律体之兴,盛于唐室。贻于代者,雅有存焉。可歌可谣,以条以贯。或祖述王道,或褒赞国风,或研究物情,或规戒人事,焕然可警,锵乎在闻。国家取士之科,缘于此道。九等斯辨,寸长必收。……既格乎雅颂之致;斯乐也,亦达乎韶夏之和。臣子之心,岂徒然耳!"①范仲淹的35篇律赋较为全面系统地阐述了他的政治思想。《易兼三才赋》、《天道益谦赋》、《水火不相入而相关赋》、《用天下心为心赋》等探讨为政的总体原则,即法天地、天人合一、刚柔相济、虚己包容、异情同用,等等。《王者无外赋》、《君以民为体赋》、《水车赋》、《圣人大宝曰位赋》等阐发为君之道,即:无公无私、以民为本、无为自然、德治、重农、举贤授能、保尊位强君权等。在《礼义为器赋》、《大礼与天地同节赋》、《六官赋》、《临川羡鱼赋》等阐发为臣之道,主要有:事天子、亲仁人、安天下、修礼义、谦退自牧等内容。这些赋共同构成了一部范氏的政治思想理论。

疑传惑经是宋儒构建学术体系的首要工作,这是他们的共识②,疑传惑经,其实质是依己意推测圣人之志,是以意逆志的治学方法。在他们心目中,有一个依靠自己的学术修养和人生体验虚拟出来的

① 范仲淹:《赋林衡鉴序》,《范文正集》别集卷四,文渊阁四库全书本。

② 关于这个问题,王安石在《书洪范传后》说得最为透彻,他说:"古之学者,虽问以口,而其传以心;而其传以心,虽听以耳,而其受以意,故为师者不烦,而学者有得也。孔子曰:'不愤不启,不悱不发,举一隅不以三隅反,则不复也。'夫孔子岂敢爱其道,惊天下之学者,而不使其蚤有知乎?以谓其问之不切,则其听之不专;其思之不深,则其取之不固,不专不固,而可入者,口耳而已矣。吾所以教者,非将善其口耳也。孔子没,道日以衰熄,浸淫至于汉。而传注之家作。为师则有讲而无应,为弟子者则有读而无问,非不欲问也,以经之意为尽于此矣,吾可无问而得也。岂特无问,又将无思,非不欲思也,以经之意为尽于此矣。……夫如此,使其传注者皆已善矣,固足以善学(转下页注)

圣人形象,他们认为这才是真实的圣人,自己乃是圣道薪尽火传的重要一环。正是这个原因,当时的儒者普遍地具有拟圣倾向,自视为贤达甚至圣人,远绍圣统,肩负着光大圣道大济苍生的使命。他们非常愿意通过与心目中虚拟圣人进行心灵沟通,借以表达自己的学术思想,乃至人生困惑。当时推逆圣人心志,与圣人、"古人"心灵沟通的文学作品愈发多了起来,就是基于这样的文化环境。

刘敞的《在陈赋》以推测孔子困厄陈蔡时的人生追求,彰显他为天下作则,为治世立法的使命感。刘敞疑传惑经的精神在这篇赋中表现得相当特出。赋序曰:"予读《孔子世家》,盖三至陈,皆困焉。及他传说,亦往往言孔子在陈事。窃以谓贤者辟地,翔而后集,危邦不入,乱邦不居。以彼其明圣,则宜有以先知,无颠沛之忧矣。然而动离厄难,至于门人加疏,喟然思归,遂终不悟,何哉?予甚惑焉,作赋以辩之。"作为圣贤之人,孔子为什么要深入凶顽之邦呢?赋作表现了作者深深的迷惑,"在天纵之将圣兮,亦何所其不容?周四海而历聘兮,汔栖迟于此邦。似先迷而后得兮,反过涉而为凶。方从者之告病兮,门人愠而加疏。虽藜羹有不具兮,死与生而杂居。麟伤足于锄商兮,龟见縻于豫且。处陷阱而不知避兮,谓圣智其焉如?其身之不皇恤兮,庸后世之能图?游中国莫我信兮,在蛮貊而行乎?吾诚疑此二三兮,亦君子之病诸"。孔子周游列国,或许以期知遇明主(赋中化用《易·坤卦》卦辞,卦辞曰:"君子有攸往,先迷后得主,利;西南

(接上页注)者之口耳,而不能善其心,况其有不善乎!宜其历年以千数,而圣人之经,卒以不明,而学者莫能资其言以施于世也。"(《临川先生集》卷七十一,北京:中华书局,1959年)可见,这不仅简单地突破经学的家学师承,而且是学风的转变,由墨守章句传注转向演绎阐释,甚至依己意发挥,更是经学学术观念的转变,它在张扬独立思考的精神和关心现实的情怀。这种揣摩圣人心志和言外之意的学风,和文学构思活动是有相通之处的。当时抒发济世怀抱的赋作,与这种学风几乎同一机杼。

得朋,东北丧朋,安贞吉")。但是,无主可从仍要汲汲以求,那就不合中正之道了(赋中化用《易·大过》上六爻辞,辞曰"过涉灭顶,凶,无咎")。何况获麟伤足,豫且得龟,夫子明知自己道穷矣。仍然处陷阱不知避,这谈不上是圣智的选择。自身都难保全,还要希求大道行于后世?大道在中华之地都不被看好,难道能行于蛮貊吗!孔子的这种选择似乎是不明智的,但是他不是那种痴愚之人,他具有超人的智慧,"惟微服以过宋兮,又接淅而去齐。诡蒲盟而信迈兮,临晋渊而思归。狂狡无所售其谋兮,奸邪不得以遂非。亦何先觉之昭昭兮,至于今而忽迷"。他曾为躲避宋桓司马的谋杀,微服而过宋;曾为离开齐国险地,接淅而行。他曾与盟而不胫胫然坚守小人之义;曾面临晋楚攻伐而见机思归。这都说明孔子具有大智慧,可是为什么偏要局促在陈国那样的嚣顽之地呢。孔子所处,早不是尧舜那样的时代,是争于权诈武力之秋,提倡礼乐教化是没有意义的,"信天命之固然兮,亦人事之未尽。非骄气与矜色兮,谬伯阳之所徇。傥修身以饰智兮,惑任公之幽训。不捐尽而绝学兮,伤莱子之深吝。时滑稽而倨傲兮,自晏婴而患进"。当时的政治乃是骄气矜色之会,希求谄曲之域(赋中化用《法华经》句子,曰:"国王、王子、大臣、宦长者,骄气矜色之会,希求谄曲之域也")。"夫大白必污兮,大直必曲。赍章甫而适越兮,谅求荣而愈辱。天下多大国兮,何必安此陋俗。谓舜后为庶几兮,日不知《韶》之已亡。明楛矢之远集兮,既惊愚而骇狂。不德我以刺讥兮,反仇予以甲兵。鷃鹂之智不给处兮,千古之愚而知来。孰有诚明之全德兮,顾临几而惑哉!"儒者的崇尚礼乐,很容易被认为是饰知惊愚,修身明污。应该向老莱子等那样灭景人境,绝学无忧①。孔子的

① 《庄子·杂篇·外物》莱子劝孔子曰:"丘,去汝躬矜,与汝容知,斯为君子矣。"

那一套治国理想，连晏婴都不以为然①。所谓大白必污，大直必曲。他的栖栖惶惶，近似赍章甫而适越，不仅不会成功，反而会招来误解与羞辱。鷦鸸之智，都明白的道理，孔子为什么临机而惑？刘敞反思的结果是："所贵松柏之特操兮，非以其在春夏而青青。必将历岁寒而后凋兮，斯可以见天地之炳灵。且夫水激则旱，矢激则远。孰知夫桑落之下兮，乃春秋以终显。"水激则悍，矢激则远，孔子的行为何尝不是因祸致福，他的奔波列国，虽然没有立竿见影，但是为圣道的畅行天下准备了条件，是为万世开太平的使命感驱使孔子如此行事的。此赋对遁世无闷、明哲保身的立身原则是不能苟同的，主张不论穷达都应济世救民，他认为这是孔子对后世的重要人生启示。刘敞在《七经小传》卷下解《论语》"子曰：道不行，乘桴浮于海，从我者，其由与"章说："'浮于海'，非仲尼意，而仲尼为若言者，盖言己在天下，道不行，则去周流四方，若乘桴之游海，随波转薄矣。"把"乘桴浮于海"解释为"周流四方"去传道，这当然有悖于文献原意，却表现了他的立身原则和治学作风。这则文献与《在陈赋》表达的思想是一致的。在刘敞看来，不管穷通与否，都应该肩负起挽救世道人心的使命，自强不息。立足于这种人生态度，他不主张隐居守志，而是提倡效命于当世。他的《吊海文》凭吊徐衍等人，这些人处身君王昏政乱之时，自放海上，刘敞感觉自己和这些人的心灵是相通的，"先生之意，我知之矣，上暗下塞，是非罔诏，孰若自放至清之流？行乎无朋，言乎无伍，孰若高蹈，与世无睹"。同时又指出浮海的行为不足取，"嗟东夷之溷

① 《史记·孔子世家》载晏婴谏齐景公曰："夫儒者滑稽而不可轨法，倨傲自顺，不可以为下；崇丧遂哀，破产厚葬，不可以为俗；游说乞贷，不可以为国。自大贤之息，周室既衰，礼乐缺有间。今孔子盛容饰，繁登降之礼，趋详之节。累世不能殚其学，当年不能究其礼。君欲用之以移齐俗，非所以先细民也。"（《史记·孔子世家》卷四十七）

浊兮，孰有慕夫先生之所为？诚自托于圣人兮，名磨灭而无期”。指出消极避世非儒者之举。

王安石的《历山赋》追思大舜的业绩，仰慕其遗风，流露出大济天下的壮志和不得同道的孤独，赋中写道：“历山之峨峨兮，予汝耕之，孰汝强之？此匪予私云然兮，谁汝使子，人之子兮余师。历山之峨峨兮，则维其常，人之子兮云曷而亡。云曷而亡兮我之思，今孰继兮我之悲，呜呼已矣兮，来者为谁？”①“人之子”指的是大舜，舜耕历山，历山之人皆让畔；渔雷泽，雷泽上人皆让居；陶河滨，河滨器皆不苦窳。一年而所居成聚，二年成邑，三年成都。王安石不禁发问，谁说你一个人的气力强大啊，是德行感召了人们。对虚无缥缈的大舜表现出的真切的缅怀情绪，给人的感觉好像大舜是一个去作者不远的几乎触摸可感的人物，这种追思古圣先贤的情怀是当时儒者普遍的一种心理状态。而且，赋家们还喜欢用宽泛的“古人”来指代自己从经籍中体会到的理想人格。王令在骚体《我思古人》中，视“古人”为自己的同调，追求独拔流俗的人生，赋曰：“我思古人兮，不古今之异时？生兹世以谁期，欲勿思而奈何！独斯人之不见，聊永怀而自歌。乐吾行之舒舒，忘兹世之汲汲。睇万里以自骛兮，岂宁俯以效拾？”借仰慕虚拟的“古人”来寄托人生理想这一点上，王令与陶渊明那之类的高古之士有一致之处。他的政治理想也和陶渊明的桃花源理想有相通之处，都是建立在道德纯朴基础上的无君无臣的小国寡民社会。其他如狄遵度的《石室赋》、《凿二江赋》，陈洙的《漫泉亭赋》，蒲宗孟的《肄业堂赋》，苏轼、苏辙的同

① 这篇赋有论者认为是王安石就某次争讼事件而作，其实，赋序中说得很明白：“余杭县人有与季父争田，于县、于州、于转运使，不直，提点刑狱令余来直之。将归，闵然望历山而赋之。历山在县西上虞县界中，或曰舜所耕云。”（《临川先生文集》卷三十五）指的就是因人与其季父争田而讼，联想到大舜的以孝悌之义事父瞽叟和弟象，以仁义对待他们的迫害。

题之作《屈原庙赋》、慕容彦逢作《韩信背水破敌赋》、秦观作《郭子仪单骑见虏赋》、孔平仲作《战彭城赋》等，均是己意体会忠臣良将之忠义情怀的作品。

由此推而广之，不仅是圣人，那些能够引起他们思古之幽情的种种人物、物象，被赋予了生命、灵魂，都在向他们诉说着古道，指引着他们的人生方向。刘敞的《秦昭和钟赋》通过昭和钟之律和《韶》、《濩》，能够幽赞神明、交通天人来巧妙地喻指自己探圣贤之壶奥，直承圣贤古道的人格追求。赋中钟和作者本人几乎同一化了。昭和钟湮没无闻，与作者独处衰世的孤独是同一境况，“夫固夏声之所出兮，袭二周之余徽。苟延陵之既没兮，哀知音其为谁。询款识之尚传兮，邈沮、颉之遗迹。世行隶之趋俗兮，又虽久而不觌。响沉潜以寂寞兮，文幽晦而蔽匿。鲜人情之好假兮，在独异而为谪”。他认为长沮、延陵等固守节操不慕荣利的世外高人才可引为同调。末世人心趋俗，古风泯灭，自己曲高和寡，知音难求。赋中他还通过昭和钟幸蒙君恩庇于高阁，但“俪笙镛以干际兮，终诡时而不逢”的窘境来表现他虽立于庙堂，但不善逢迎，无法施展抱负，挽救世道人心的处境。

宋人是对儒家经典的重视，韩愈起到了中介的作用。韩愈所代表的中唐以来儒学的实用主义倾向被发扬光大。仁宗亲政后意欲有所作为、积极推进变法的动向，大大地激发了经世致用思潮的发展。在儒学内部，其注意力则由对王权的规范逐渐转向对士人心灵的重构，以至移风俗、正人心，在此基础上构筑开万世之太平的蓝图。确立一种忧乐关乎天下苍生的儒者胸怀，正是这个时期儒学的重要任务之一，这也是儒学干预现实人生的重要途径。真宗以来的积弊丛生、士风萎靡刺激着有识之士急迫地摆脱这种粉饰出来的太平盛世，希望以一种全新的昂扬向上的精神面貌来振起颓势，仁宗的亲政给这种压抑已久的情绪提供了张扬的契机①。作为对时代风气的呼应，儒学内部由外王之学向内圣之学过渡，庆历年间激励名节、振作士气的风尚，便是其中的重要环节。在辞赋中，这一风尚有较为饱满的表达。

第三节　重视名节、忧患天下

重视名节、忧患天下，是儒者一以贯之的人生态度，宋人尤其从孟子那里得到的启示更多②。这种人生态度，与真宗以来平庸沉闷无所作为的太平环境格格不入。因此，以这种积极用世的儒者胸怀为立足点来观照现实、表现对人生苦闷与无奈的辞赋便大量涌现。

王令是当时颇具代表性的赋家。他的赋多表现悲愤的情绪，这种情绪，不是惯常的那种怀才不遇、不得见知于当世的落寞孤独，而是对高尚人格之追求的坚守，是孤高之情的表露。这是一种已经超越了仕与隐的道德人格追求。他的《南山之田赠王介甫》，表达了坚守道德人格的人生追求。题目的“南山”，指隐者所居之地，是操守道

---

① 邵伯温《邵氏闻见录》卷三记载：“伯温侍长老言曰：‘本朝唯真宗咸平、景德间为盛，时契丹通和，兵革不用，家给人足。以洛中言之，民以车载酒食声乐，游于通衢，谓之棚车鼓笛。仁宗天圣、明道初尚如此，至宝元、康定间，元昊叛，西方用兵，天下稍多事，无复有此风矣。元昊既称臣，帝绝口不言兵。庆历以后，天下虽复太平，终不若天圣、明道之前也。’呜呼，仁宗之兵，应兵也，不得已而用之，事平不用，此所以为仁欤！”（北京：中华书局，1983 年，第 23 页）这段颇有怀旧情绪的文字如实地反映了真宗时期和仁宗亲政前的时代风气。当然，若就用兵言之，北宋的士大夫普遍地具有一种戒备甚至怯懦心理。但是，就士风来说，真宗时期和仁宗亲政以后，气象是不能同日而语的。

② 宋初以来的孟子升格运动，说到底，是对一种超越个人荣辱与穷达得失的人生态度的确认与张扬。传统儒家当中的用舍行藏、与道委蛇等人生观念逐渐被积极用世、处江湖之远而心系天下的人生观念所代替。

德、固穷励志的象征。他以耕耘南山之田比喻追求道德的完善。赋曰:“要以田兮寄于治,我耕浅兮谷不穟,耕之深兮石挠吾耒。吾耒挠兮嗟耕难,雨专水兮日专旱。借不然兮颖以秀,螟悬心兮螣开口。我虽力兮功何有?虽然,不可以已兮,时宁我违,而我不时负。”这片南山之荒田,在作者笔下俨然就是渐趋荒凉的道德之田,圣人远矣,大伪斯兴,辛勤耕耘于此,收获却虚无缥缈,自己或许生不逢时,但是绝不放弃追求。他的《藏芝赋》是自况之词。他自比为深埋于堆薪之下的芝草。赋中以芝草自喻,借芝草的质美喻己之卓尔不群,“不为常生,特见挺出,芝则神兮,灵干不阿,众叶类附,不孤有邻兮!”“茨莱翳阴,高出下蔽,适以取容兮!朝菌射干,齐长并秀,德不校同兮!”以灵芝埋没于薪柴喻己不见知于世,“荒原秽壤,弃放委废,若将终兮!知者谓谁,何为来哉,似不必逢兮!困于不知,来于薪苏,自信不耻兮!”即使埋没于当时,也依然固守节操,不以穷达转移。此赋在《橘颂》两句一节的基础上加长了句式,变音节紧凑而为舒缓,给全文增添了一种似低回婉转的艺术效果。王安石的《芝阁记》曰:“噫!芝一也,或贵于天子,或贵于士,或辱于凡民,夫岂不以时乎哉?士之有道,固不役志于贵贱,而卒所以贵贱者,何以异哉!”这段话与王令这篇赋的立意相同,或许受此赋的影响。王令的辞赋,郁结着一种道德孤独感,这种孤独感,在当时的儒者当中是普遍存在的。人们往往像王令那样,通过骚体创作来表达这种情绪。

北宋中期,随着激励名节成为风气,骚体创作勃然而兴。人们注意到时代赋予的孤独感与屈原的忠愤之情具有相近的内涵,都是在坚守自己的高洁品格,都是忧虑国家的未来,而且这些觉醒的儒者,他们的处境和屈原的遭际也有相似点,都是不见知于当世。因此,人们选择骚体来表达自己对道德的坚守和孤独感。王令存世的 13 篇赋作全部是骚体,而且几乎都是在表达这种情感。其他如蔡襄也是大量创作骚体的作家。《季秋牡丹赋》、《慈竹赋》多审视穷通之理以寄孤愤与王令同调。较为优秀的作品还有郑獬的《小松赋》、《剑池赋》、狄遵度的《放言》,等等。

宋初以来,随着儒学的发展,不事王侯、高尚其志的人生理想逐渐被心系家国的忧患意识冲淡了。人们对世外高士的崇敬着眼点往往是他们对气节的固守,如范仲淹在他著名的《桐庐郡严先生祠堂记》中标榜严子陵就是着眼于他"而使贪夫廉,懦夫立,是有大功于名教也"的道德感召力量。使隐居具有浓烈政治含义的是伯夷、叔齐的义不食周粟,但是,在王朝建立之初,针对他们的歌咏或许被理解为对"革命"成功的新君的含沙射影;而且,在五代宋初,隐居多被理解为像林和靖的梅妻鹤子或者陈抟的修道华山,而不是伯夷、叔齐那样的采薇而食。因此,直到明道、庆历年间,人们才开始关注伯夷、叔齐,辞赋中才出现了对他们的歌颂,其阐发角度和范仲淹对严子陵的理解一致,是激励名节。蒋堂的《首阳山赋》作于庆历六年(1046)。同样的提倡有汉代杜笃的《首阳山赋》,杜赋全文通过与伯夷、叔齐鬼魂的对话展开情节。杜笃生活于两汉之际,这篇赋可能作于新莽易代之时,故而借以表达不食周粟的情怀。蒋堂这篇赋与杜笃赋在立意上不同,他是凭吊遗迹来抒发对两位高士的缅怀之情。杜赋的开篇描绘首阳山长松落落,卉木蒙蒙的景色,为下文与鬼魂的对话设置怪异的背景。蒋赋的开篇也描绘了首阳山的景色,但作者只以"古木苍苍,愁烟凄凄"勾勒,其用意显然与杜赋不同,是以古木愁烟来暗示伯夷、叔齐颇为悲壮的笃守气节的情怀。赋的主体部分表达对二位高士的仰慕,"山之云兮荟蔚而兴,山之风兮清微有声,意夷、齐之光灵兮倏变而成。山之木兮岁寒不折,山之兰兮香摧不灭,意夷、齐之气质兮既化而结"。作者感叹道:"贤乎哉!救时以仁,垂教以义。生有一朝之耻,殁无万世之丑。激贪夫廉,立懦夫志。宜乎竦闻其风,无泯厥祀。"这几句话可能是从范仲淹的《桐庐郡严先生祠堂记》中化用而来的。由此也可见出此赋激励名节的用意。

郭祥正的辞赋多表现在仕与隐之间的矛盾徘徊,也是基于这样的文化背景。他的赋作有的在重复过去的入仕以养亲的主题,《泛江》是一篇模仿屈原《涉江》的作品,作于嘉祐五年(1060)。作品表现因赡养父母不得不踏上仕途的无奈,“士有以处兮,无亩以耕,眷余绪之尚抽兮,慨慈亲以迟荣”。“惚恍恻怆其不得已兮,谁察予情。”在《言归》中,他追思父母的养育之恩,希望归养父母,文中写道:“慨薄德之眇末兮,今愈壮而不扬。吾母耆兮恋故乡,虽得邑而禄兮,曾瘏瘵之弗遑。与音问之吉兮,孰若朝夕而在傍。谁絷予足兮,眷白云之徜徉。还印绶于有司兮,贤守足以往诉。”他虽然一再表述要回到双亲前以尽孝道,但似乎有一种力量促使他无法忘却仕途,不忍遽去。在《广言归》中,作者明确指出这种力量是政治上有所作为的愿望,“朝廷清明兮,予忠曷施,道弗行于家兮,何以教吾民之为哉?”为朝廷尽忠、推己及人化成天下,这正是他所憧憬的理想。文中虽然也谈到“蹇何忧兮何思,恬无闷兮无知,休欤归乎,以退为进兮”,劝自己急流勇退,不过,这只是自慰之词罢了。梅尧臣的《言归赋》所表达的思想与此一致,两篇作品可能有因袭关系。郭祥正的归欤之叹,只不过是以亲情来抚慰仕途上的不得志罢了,并非真的要归去。他的《招遁》是反淮南小山《招隐士》之意的作品,畅言遁隐之乐,但是结尾,一反前意,曰:“马肥驭良兮,迟子以归;虎豹啮人兮,胡独为宜。朝有好爵兮,廪有好禄,遁勿遁兮于斯之时。”文中所招的,乃是仕途坎坷者,对于有好爵好禄者来说,则不宜去。和其他士人相比,郭祥正对名节的追求似乎不是太过强烈,他的许多赋甚至还在重复陶渊明那样的田园情调,但是,他内心的矛盾,正反映了儒家思想在整饬士风的过程中,传统的生活观念在逐渐被革新的事实。

同样的矛盾在沈括的《幽命》中也得到充分的表现。赋曰:“山木啸兮云幽幽,秣我归马兮无为久留。江鼯翔兮雨没没,回予车兮水渐幰。使何为兮中野,澹将洋兮疏驾。目游兮形留,郁逍遥兮日下。

泻慕兮流观，舞节兮浩望。驷黄戾兮靡骋，旋吾轮兮焉往？不虚我兮斯辰，思何为兮鞅掌。”马积高先生在《赋史》中指出此赋作于熙宁四年，当时作者奉诏察访淮南水灾之地。我们认为，此赋也许是因水灾道路泥泞，有感而发，但是，辞既以“幽命”为题，应该暗示了命运面临选择的困惑。一般文学作品中的泥途多有隐喻色彩，此赋应该也不例外。沈括处身于党争趋于激烈之时，他的仕途并不顺利。面对这种状况，作者忧思鞅掌，进退维谷，政治理想面临着严重的危机，这就是赋中“施吾轮兮焉往”的主旨所在。但是作者仍希望有所作为，不忍遽去，故曰：“不虚我兮斯辰。”赋作表现的是有所作为使命感和命途不济的矛盾，其实质和楚骚的贤人失志的怨愤相通。

激励名节的劲风也使咏物赋的内容在悄然发生着变化，创作主题逐渐聚焦于那些能够体现人的高尚品格的物象上来。范仲淹是激励名节的典范，他的《秋香亭赋》赞扬佳菊独傲霜露，得君子之道，异于小人之草，“独有佳菊，弗冶弗夭。采采亭际，可以卒岁。畜金行之劲性，赋土爰之甘味。气骄松筠，香灭兰蕙。露溥溥以见滋，霜肃肃而敢避。其芳其好，胡然不早，岁寒后世，殊小人之草；黄中通理，得君子之道，饮者忘醉，而饵者忘老”。在穷秋季节，万木凋零，独有秋菊，傲然独立，君子之道也是这样，不以物喜，不以己悲。秋菊逐渐地远离陶渊明那样的隐士形象，而向着表现气节的方向发展，此赋应该是比较早的一篇。欧阳修的《黄杨树子赋》也是一篇激励节操的名作。赋作于景祐三年（1036），范仲淹当时因与宰相吕夷简政见不合，被贬外放，欧阳修激于义愤，慷慨陈词，亦因此被贬为峡州夷陵县令，于是作此赋以明志。赋以生长于绝崖的黄杨树子自况。赋作表现了黄杨树子顽强的生命力，“若夫汉武之宫，丛生五柞；景阳之井，对植双桐。高秋羽猎之骑，半夜严妆之钟，凤盖朝拂，银床暮空。固已葳蕤近日，的皪含风，婆娑万户之侧，生长深宫之中。岂知绿藓青苔，苍崖翠壁，枝蓊郁以含雾，根屈盘而带石。落落非松，亭亭似柏，上临千仞之盘薄，下有惊湍之渍激。涧断无路，林高暝色，偏依最险之处，独立无人之迹。江已转而犹见，峰渐回而稍隔”。作者特意点出宫中的五柞双桐，指出它们陪伴皇帝后妃左右，枝叶婆娑，好不风光，而断崖上的黄杨树子则处身疾风骇浪之间，无人知晓。这两幅画面暗示了两种人生：养尊处优的权臣和贬谪荒原的道德君子（也就是欧氏这样的人），这是两种不同的命运遭际，也是两种不同的人格，一种是望秋先陨、随世俯仰的平庸人生；一种是凌寒劲节、傲然独立的道德人生。赋作感叹道：“嗟呼！日薄云昏，烟霏露滴。负劲节以谁赏，抱孤心而谁识？徒以窦穴风吹，阴崖雪积，哢山鸟之嘲哳，袅惊猿之寂历。无游女兮长攀，有行人兮暂息。节既晚而愈茂，岁已寒而不易。乃知张骞一见，须移海上之根；陆凯如逢，堪寄陇头之客。”海上之根指竹子，陇头之客指梅花。沐浴在寒风霜雪的黄杨树子没有五柞双桐那般的门庭若市，它是孤独的，但是它并不因此而改变志向，因为它就像那竹子和梅花一样，具有凌寒傲雪的品格，在人而言，就像汉代的张骞和三国东吴的陆凯那样，具有不可予夺的品格。可以看出，范仲淹、欧阳修等人，他们崇尚那种不以物喜不以己悲的超脱个人荣辱的道德自足的人生，这正是维系宋代士大夫尊严的可贵的精神力量。其他像刘敞的《栟榈赋》、蔡襄的《慈竹赋》等均是咏物的佳作。文学中咏物创作的这种倾向，最终凝结为“岁寒三友”这样的象征士大夫气节的物象，并深深植根于我们的文化当中。

咏物创作的这种风气，还使得过去不怎么用来象征气节的物象也被附丽上某种高尚的特点。如牡丹，过去的文学当中，一般把它描绘成艳丽端庄的女子，或者暗示富贵祥和，而蔡襄的《季秋牡丹赋》则把它描绘成一个埋没乡野的道德君子，牡丹本来初夏盛开，作者写的却是穷秋的牡丹，这就暗示了贤人失志的含义。赋序称：“昔骚人取香草美人以媲忠洁之士，牡丹者，抑其类与。”蔡氏承袭骚辞香草美人传统，却以牡丹喻美德，这应该是破天荒的。赋浓墨重彩地描绘了牡丹独拔流俗,“丽或中人,香可专国,刻红炬以烘焰,缀丹霞而荐色。郁茀谁语,丰茸自持。非倚瑟之神女,抑善赋之文姬。俯清都而时下,簸晴阳以孤嬉。胥颢瀚兮排金扉,气沆荡兮张宝帷。霓烨煜兮揭朱旗,云曈曈兮翻缥衣。纂绿跗兮矉修眉,姹鲜萼兮伸微辞。沛怡愉兮新相知。眇凄恻兮送将归。桃有援兮溪之曲,莲为媒兮泽之湄。嗟此物之善远,亶夫君之后时。”这段文字从句式到意象都有明显因袭《九歌》之《湘夫人》、《山鬼》的痕迹。赋中对女性化的牡丹的描写寄托了作者对自己道德的坚守和爰时进取的积极人生态度。“亶夫君之后时”的结局与《九歌》中表现恋爱的结局相同,作者继承男女比君臣的传统,给这个结局赋予了不得知遇于当世的意义。赋的结尾,强调不合时宜的穷秋牡丹的特质,“今何为兮江之干,地之卑兮风将阑。荆芜北兮霜日寒,望下苑兮思上兰。嘉木擢兮灵根盘,泊淮波兮鲜楚山。……然贵贱反衍,祸福倚伏。其暮也何遽不为贵,其独也庸知不为福”。安贫守志、高尚其事的生活态度彰显了对道德人格的满足。

总之,经世致用的儒学精神,深刻地改造了宋代士人的思想境界。他们对经传的怀疑和对圣人心志的内省求索,使得文学创作表现出饱满的现实热情,那种对隐居生活的向往、怀才不遇的抑郁等惯常的文学表现的主题被置换为道德的自足,人格完善,这大大地丰富和提升了文学表现的境界。

第三章　熙宁变法语境下的学术纷争与辞赋创作

北宋中期的政治革新是儒学实用主义在政治生活中的具体反映。短暂的庆历新政之后，变革思潮已成不可阻挡之势，终于引发了更为深入、规模更大的熙宁变法。庆历以后，学统四起，是这场变革乃至后来的元祐更化等政治事件的重要理论支撑。从熙宁到元祐年间，因政治革新导致的结党纷争，其背后是儒学各派之间的斗争。如果说庆历新政期间士人尚气节重操守，使得党争与学术之争还保持着君子风度的话，那么，熙宁以后的政治与学术斗争意气相争的倾向越来越浓厚。这除了在专制皇权社会里政治斗争缺乏必要的法律约束以及政治道德的严重缺失之外，还与儒学本身的学术排他性密切相关。这一时期的辞赋创作，较为深入地展示了与党争扭结在一起的儒学纷争的状况。

第一节　对王安石学术的反思

熙宁变法的指导思想是王安石等编纂的《三经新义》，王亲自撰写的《礼周新义》尤为重要。变法时期的王安石思想与之前他的思想还是有所区别的，不应同等看待。前期的王安石着意于心性本体的建立，应该说是当时儒学发展的先锋力量。变法期间，他的学术思想倾向于为变法寻找理论支持。他与司马光、苏轼等的学术争论，是基于政见之争基础之上的。

司马光及其周围的人物，其儒学思想偏于保守，对当时如王安石等的援佛道入儒的做法不能苟同。他在作于熙宁二年（1069）的《论风俗札子》中对当时的学风这样评论道："窃见近岁公卿大夫好为高奇之论，喜诵老庄之言，流及科场，亦相习尚。新进后生，未知臧否，口传耳剽，翕然成风。……且性者，子贡之所不及；命者，孔子之所罕言。今之举人，发言秉笔，先论性命，乃至流荡忘返，遂入老庄。纵虚无之谈，骋荒唐之辞，以此欺惑考官，猎取名第。禄利所在，众心所趋，如水赴壑，不可禁遏。彼老庄弃仁义而绝礼学，非尧舜而薄周孔，死生不以为忧，存亡不以为患，乃匹夫独行之私言，非国家教人之正术也。魏之何晏、晋之王衍，相与祖述其道，宅心事外。选举者以此为贤，仕宦者以此为业，遂使纪纲大坏，胡夷并兴，生民涂炭，神州陆沉。今若于选士之际用此为术，臣惧向去任官之士，皆何晏、王衍之徒，则政事安得不隳？风俗安得不坏？正始、永嘉之弊，将复见于今矣。伏望朝廷特下诏书，以此戒厉内外公卿大夫，仍指挥礼部贡院，豫先晓示进士，将来程试若有僻经妄说，其言涉老庄者，虽复文辞高妙，亦行黜落。庶几不至疑误后学，败乱风俗。"①这篇没有奏上的奏章字面上针对的是科举文风，其实是直指王安石学术的，王氏学术杂用释老等众学的特征在当时非常具有影响，且个性鲜明②。庆历年

① 《全宋文》第55册，第190—191页。据序文中说，这篇奏章写成于熙宁二年，那正好是神宗任用王安石变法的当口。此文反映出司马光对王安石引领的杂用老庄众学、探讨心性本体之学的担忧。他把这种学问视为玄学一路，以他历史家惯有的敏锐，他预感到这种空疏的学问可能是国家潜在的威胁，它会像玄学那样，把世风引向不理事务的玄远之境。

② 王安石自己就说："庄生之书，其通性命之分，而不以死生祸福累其心，此其近圣人也。自非明智，不能及此。明智矣，读圣人之说，亦足以及此。不足以及此，而陷溺于周之说，则其为乱大矣。墨翟非亢然诋圣人而立（转下页注）

间，王安石撰成《淮南杂说》，其中明显地就圣贤本身提出一些独特的思想，时人以《孟子》比之。晁公武《郡斋读书志·后志》卷二引蔡卞曰："（王安石）初著《杂说》数万言，世谓其言与孟轲相上下，于是天下之士，始原道德之意，窥性命之端云。"①可见，王安石学术是开创心性本体之学的先锋力量。司马光指责当时的科场学风，正是以王安石学术为鹄的。

在司马光看来，王安石等的对心性本体的探索，容易把士人引向玄虚之境，与六朝时期的王衍之流相类，国家衡才看重这样的人，那后果将是相当严重的。他不仅在奏议当中忧心忡忡，而且也通过辞赋表达了他的不安。在《稷下赋》中，他描绘了齐王重金厚遇邹衍那样夸夸其谈的人物，"齐王乐五帝之遐风，嘉三王之茂烈，致千里之奇士，总百家之伟说。于是筑钜馆，临康衢，盛处士之游，壮学者之居。美矣哉！高门横闶，夏屋长檐，樽罍明洁，几杖清严"。这让人联想到王朝对文臣的优渥和宽容。然而，这些人除了不着边际地侃侃而谈外，全无用处，"尔乃杂佩华缨，净冠素履，端居危坐，规行矩止。相与奋髯横议，投袂高谈，下论孔、墨，上述羲、炎。树同拔异，辨是分非。荣誉樵株，为之蓊蔚；訾毁理美，化为瑕疵。譬若兰芷蒿莎布濩于云梦之洳，鸿鹄鹈鸽鼓舞于渤澥之涯。于是齐王沛然来游，欣然自喜，谓稷下之富，尽海内之美"。这些人衣冠楚楚、奋髯横议、投袂高谈，

（接上页注）其说于世，盖学圣人之道而失之耳。虽周亦然。韩氏作《读墨》，而又谓子夏之后，流而为庄周，则庄、墨皆学圣人而失其源者也。老、庄之书具在，其说未尝及神仙，唯葛洪为二人作传以为仙。而足下谓老、庄潜心于神仙，疑非老、庄之实，故尝为足下道此。老、庄虽不及神仙，而其说亦不皆合于经，盖有志于道者。圣人之说，博大而闳深，要当不遗余力以求之。"（王安石：《临川先生文集》卷七十七，《答陈柅书》，第818页）他认为老庄之学对道德性命之际具有启发作用。

①《郡斋读书志·后志二》，《王氏杂说十卷》，文渊阁四库全书本，第674册，第394页。

其实良莠不齐，如鸟雀般聒噪不已。这种“济济多士”的场面，实在是太具有讽刺性了。司马光对这种宽松自由的学术环境不以为然，认为于事无补。他是以过于务实的甚至是恪守传统儒家思想的眼光来看待宋代的学术大发展的。因此，赋中接着写道：“祭酒荀卿进而称曰：‘吾王辟仁义之涂，殖诗书之林，安人之虑广，致治之意深。然而诸侯未服，四邻交侵，士有行役之怨，民有愁痛之音。意者，臣等道术之浅薄，未足以称王之用心故也。’”这是说一味高谈阔论，对国计民生毫无用处。司马光的理想是建立一个稳定的风俗醇厚的治世，但是，他以为通过拯救世道人心就可以万事大吉，他对儒学在学理发展方面面临的挑战没有充分的认识，采取一种保守的置之不理的态度，这和欧阳修等过分主张务实的为政策略是一致的。司马光等对儒学内部向形而上发展的趋势没有给予足够的关注，赋中写道：“王曰：‘先生之责寡人深矣，愿卒闻之。’对曰：‘臣闻之，碱砆乱玉，鱼目间珠，泥沙涨者其泉慁，莨莠茂者其谷芜。网者弃纲而失叙，行者多歧而丧涂。今是非一概，邪正同区，异端角进，大道羁孤。何以齐踪于夏商，继轸于唐虞？诚能拨去浮末，敦明本初，修先王之典礼，践大圣之规模。德被品物，威加海隅，忠正修列，谗邪放疏。行其言不必饱其腹，用其道不必暖其肤。使臣饭粱啮肥而餐骄君之禄，不若荷锄秉耒而为尧舜之徒。惜夫！美食华衣，高堂闲室，凤藻鸱义，豹文麋质。诵无用之言，费难得之日。民未治不与其忧，国将危不知其失。臣窃以大王为徒慕养贤之名，而未睹用贤之实也已。’”这段话清楚地表明了他的为政思想，就是杜绝异端思想，淳风俗、厚人伦，庶几国家可以长治久安，对学术发展的新趋势，采取一种保守的抵触的态度。他的政治思想具有浓厚的守成、因循的因素，对大举更张持谨慎的态度。也正因为此，当王安石张扬孟子思想时，他对此表现出深重的忧虑①。

① 王安石对孟子的肯定，一方面是由于孟子对性命问题的探讨有助（转下页注）

当然,司马光绝非见识浅陋之人,他对儒学形而上的趋势还是有所体会的,他的《灵物赋》这样描绘对道心惟微的体会,“有物于此,制之则留,纵之则去;卷之则小,舒之则钜;守之有主,用之有度;习之有常,养之有素;誉之不喜,毁之不怒;诱之不迁,胁之不惧,吾不知其为何物,聊志之于兹赋”。这篇赋模仿荀卿五赋,是一篇隐语式的格言赋。此赋作于元丰元年(1078)。赋中的“灵物”是指“道心”。不过,他不是从本体论的角度来认识这个问题的,而是展示一种精诚专一的人格。他的理想是人人应该向着道心迈进,这是致太平的基础。他着眼点在立德方面,不希望大有为于天下。有意思的是,王安石也有一篇模仿荀卿赋的作品《龙赋》。赋这样写道:“龙之为物,能合能散,能潜能见,能弱能强,能微能章。惟不可见,所以莫知其乡;惟不可畜,所以异于牛羊。变而不可测,动而不可驯,则常出乎害人;而未始出乎害人,夫此所以为仁。为仁无止,则常至乎丧已;而未始至乎丧已,夫此所以为智。止则身安,曰惟知几;动则物利,曰惟知时。然则龙终不可见乎?曰:与为类者常见之。”赋中对龙性的概括和司马光对道心的体认如出一辙,都具有极强的伸缩性和弹性的品格,亦即具有无限的能动性。但王安石借此要指出的是龙具有大为于天下的潜能,这是仁的品格,为普天下带来福祉。相对于司马光的立德,王安石更倾向于立功的情怀。这其实反映了他们

(接上页注)于他对儒学本体性的思考,如在《对难》、《扬孟》中对性命问题所作的探讨,就是依孟子所论而申发之。同时,孟子讲权变,主张天下有道,以道殉身、天下无道,以身体殉道的担当意识,这是欲大有为于天下的王安石所需要的。其仁政的思想也为变法提供了思想资源。王安石是当时推崇孟子最积极的人物,熙宁四年,《孟子》由子部上升到经部,成为科举的必考科目,这也是其变法的一项内容。司马光对孟子思想的忧虑主要在于他对汤武革命的赞同上,担心这是为有不臣之心的人提供理论依据。他在元丰五年所作的《疑孟》主要是辩说孟子思想中潜藏的不稳定因素。至于苏轼等人对孟子的非难,则更多的是出于对王安石和新法的不满。

儒学治道观念的分歧，透露出激进的思想家和稳健的历史家政治倾向的差异。

第二节　熙宁变法与法家用事

北宋中期围绕着变法产生的结党纷争，既是政见之争，也是学术之争。王安石在政策以及用人方面大刀阔斧地改弦更张，促使朝野上下形成两大对立的政治与学术营垒。在用人上，他没有选择包容，尽可能地团结各种势力，以期在变法上达成一定程度的共识或者谅解，而是力排众议，压制异议，甚至把大批重臣逐出朝廷，启用一批附和自己主张的新人；学术上，他通过科举更张，把《三经新义》指定为科考范围，希望对其他学术形成压抑钳制态势。毕竟王安石和神宗都不具备成为一个强大的独裁者的能力，而且宋廷自开国以来宽松的文化环境也没有给他们提供这种可能。因此，他的这种具有独裁倾向的举措并不能彻底解决异论纷扰，反而促成了反对势力的成长和其内部向心力的加强。旧党并没有因为王安石等的排斥而变得弱小，反而在政见与学术方面与新党以及新学展开了持久而深入的争论。王安石等表现出的大举更张、力排异议，以及近乎独断专行的为政风格，营造出一种偏于法术的为政之道的话语空间，这就使得熙宁新政似是而非地被罩上了法家用事的阴影。

为了推行新法，王安石从儒典的诠释中寻找依据，比如对《尚书·君陈》“尔无忿疾于顽，无求备于一夫。必有忍，其乃有济；有容，德乃大”这句的解说，《东坡书传》苏轼曰：“有残忍之忍，有容忍之忍，《春秋传》曰‘州吁阻兵而安忍’，此残忍之忍。孔子曰：‘小不忍则乱大谋’，此容忍之忍也。古今语皆然。不可乱也。成王指言三细不宥，则其余皆当宥之。曰‘必有忍其乃有济’者，正孔子所戒‘小不忍则乱大谋’者也。而近世学者，乃谓‘当断不可以不忍，忍所以为义’，是成王教君陈果于刑杀，以残忍为义也夫。不忍人之心，人之本心也，故古者以不忍劝人，以容忍劝人也，则有之矣。未有以残忍劝人者也。不仁之祸至六经而止，今乃析言诬经以助发之，予不可以不论。”①苏轼所谓“近世学者”，就是针对王安石在《尚书新义》中析言诬经，以残忍释“忍”，申说“此刚柔相继，仁义并行之道。忍，所以为义，故能济；容，所以为仁，故能大”②的思想，苏轼则与之针锋相对。王安石对这段文字的曲解，意在暗示法术之道在治理国家当中的重要意义，为钳制异论推行新法寻找理论依据。王安石的果敢独断的为政风格和变法思想具有比较浓厚的法家用事的味道。旧党人物及其同情者，多秉持儒家的仁政治国理念，他们抨击法术之道，甚至借讨论商鞅来对王安石和新法含沙射影。苏轼在《商君功罪》中说：“商君之法，使民务本力农，勇于公战，怯于私斗，食足兵强，以成帝业。然其民见刑而不见德，知利而不知义，卒以此亡。故帝秦者商君也，亡秦者亦商君也。其生有南面之福，既足以报其帝秦之功矣；而死有车裂之祸，盖仅足以偿其亡秦之罚。理势自然，无足怪者。后之君子，有商君之罪，而无商君之功，飨商君之福，而未受其祸者，吾为之惧矣。”③实际上是在暗指王安石不以淳风俗厚人伦为务而专任法术之道，其中“后之君子，有商君之罪，而无商君之功，飨商君之福，而未受其祸”这几句，影射王安石和新法的用意极其明显。当时借商鞅

① 曾枣庄、舒大刚主编：《三苏全书》第2册《东坡书传》卷十六，北京：语文出版社，2001年，第195页。在该书这则传后附录有林之奇的《全解》的解释：“此盖指王氏以为言，如以忍为义，此申、韩之言，岂六经之训哉。”指出王安石在此的曲解，实在是在申说离申不害、韩非等法家的思想。

② 程元敏整理：《三经新义辑考汇评——尚书》，台北编译馆，1986年，第212页。

③ 苏轼：《苏轼文集》，孔凡礼点校，卷六十五，北京：中华书局，1986年，第2004页。

来暗讽新法和王安石似乎是反对新法者的一种风尚①。

在这样的语境中，人们对法术之道用事作了深入的反思。刘跂的《宣防宫赋》写汉武帝于瓠子口采取壅堵之法治河之事。这篇赋很像是一篇寓言赋，明写黄河水势，暗喻天下人心。而壅堵与疏导之法，则暗示了法家和儒家的治国策略。赋中极写黄河水势之盛，“盖闻大川之源，发乎昆仑之神墟，出阳纡与陵门，导积石而沉浮，包浑沦与俱游，羌亹亹其徂征。千里一曲，万里九折，盘礴瀇滉，呼歙汹潏。荡然长波，激为迅湍，莽不知其几何，遂异派而同澜。已而略广武，循大伾，辚沛轹洛，积为委输，瀵沸出乎地上，恍莫际其焉如”。这里暗含着水所以载舟所以覆舟的儒家古训。然后指出：“粤若神禹，继道

① 张耒的《商君论》几乎是接着苏轼《商君功罪》话茬的进一步申说：“昔者商君之治秦，贵利尚功，明赏罚，信号令，使其日夜趋于功利之域，而无闲暇乐生之心，勇于公战，怯于私斗。盖凡所以养生者，非从事于公不得也。不过十年，而秦遂以强，后世因之，以有天下。盖始皇之王，自商君启之，而世之议者，以为秦以商君而兴，而不知商君之术，是秦之所由亡也。……昔者三代之圣人也，其得天下也，不为旦夕之谋，揉伏其民而和辑其国，一出于恺悌忠厚之政，使其民无勉强不得已之心。故其功成事立，而民莫有厌之之意，是以享国长久而无后忧。彼商君以为仁人之术非所以速功，朝有所为而夕望其利，日夜峻治其刑罚以驱迫其民，斩艾惩创以齐肃其怠惰之气，汲汲然常若不可以终日。故方其效也，所求者得，所敌者破，徭役使令，莫不如意。然至于后世，天下已定，而吾之所欲已得，而后前日怨毒之志，乃始大发而不可制。故更二世而秦亡，原其所以取怨于下者，岂一日之积欤？呜呼！商君实首之也。夫民之力，人之血气，一也。可以徐治，而不可以求近功。夫欲求近功，则必出于深刑、痛罚、毒石、恶草。夫四者用，而危亡之祸可立而待。故曰：商君之术，是亡国之术也。”（张耒：《柯山集》第5册卷三十六附拾遗，北京：中华书局，1985年，第434—435页）这篇文章对法家用事反思是相当理性和深刻的。其他如苏辙的《商君论》、华镇的《蠹论》、晁补之的《商君败俗》、陈师道的《商君论》、林之奇的《论商鞅客舍之报》、吕诲的《论新法奏》（熙宁三年）等都难出此文苑囿。而且人们在探讨国策和反思新法的时候，也不约而同地把新法和商鞅联系起来。

作德，范围天仪，联络地脉，疏排淤漫，镌凿岿峉。平野其艺，人有安宅，化鳞介为冠冕，盖千有八百国。”从大禹开始，治河就是以疏导为主，防民之口胜于防川，为政者当深鉴之。而武帝治河则是以塞为主，赋中借东方朔之口说：“乃始伐薪石，程畚鍤，汰鸡距之防，横锯牙之木，上下连环，旁侧伏阙。竹落千緷，夹艘而下，岌乎喘牛，蹶若踶马。糗粮齐山，徒庸成林，商羊鼓舞，泽门讴吟。析骸樵苏，惨于长平之祸；累块珠玉，埒乎水衡之藏。谅人谋之或违，将度数之适逢？今夫呼吸潮汐，关窍丘源，洲潭浮空，雍洹旁穿，井乍甘而撤舍，麦未槁而培根。何灵鳌之下伏，寓三峰乎层巅，表泰紫之嶕峣，陋灵光之岿然。长封为扃，土键石镉，守如崤函，万叶不拔。然而燕雀贺而人吊，枝叶茂而本拨，财乏力屈，河且再塞。”表面来看，这种方法立竿见影，成效显著，但只是权宜之计，这就像雷厉风行地变法以解决国家积弊一样，若不从根本上着眼，那只能是饮鸩止渴，遗患无穷。这篇赋气势凌厉，暗喻规讽，令人深思。此赋选择汉武帝瓠子口治河事颇用了心思，在北宋时期，汉武帝是作为违背儒家治国之道的多欲之治的殷鉴出现在人们的话语中的，因而，其规讽的深意更为明显。

法家讲究法、术、势，崇尚舞智御人，纵横捭阖，运天下黎庶于股掌。这与儒家的内圣外王、以德治国是冲突的。王安石的变法之举，的确重视权变，奋其心智，以兴利除弊，因此，“智”与“德”的争论便显现出来。黄裳的《不以智治国论》是对这个问题反思比较深入的文章，他说：“道之末为万物之散殊，为万物之成理。而君人者，法天而体道者也。以道之至虚，可以受天下之群实；以道之至无，可以御天下之群有；以道之至静，可以驭天下之群动。盖夫万物之变，尝在道之末，而体道者则寓乎万物之上焉。总一其成理而治之，非敢作也，故物之有生也，因之以致其成；物之有作也，顺之以致其复。而天下之民知有常性之可乐，不知物之能乱我焉，于是德生矣。民之德生，则君人者何为哉？时不劳其事，事不劳其形，形不劳其生，恭己正南面而已矣。此以道治国,而为国之福者也。彼间间之小智,方制乎名教之中耳。夫制乎名教之中,有足以蔽之者,虽欲见其成理而辅之,亦何可得哉?其势乃至于作聪明,奋机巧,滋法令,以制其众。而天下之众不出诚之所向,亦必以机巧待之,故上以数乘下,下以数计上。故虽探筹不足以致其公,斆概不足以致其平,别契不足以致其信,道德始下衰,而万物之真理丧矣,于是贼生焉。此以智治国,而为国之祸者也。"①这实是在发挥老子绝圣弃智、以一无御万有的思想,虽然法家也讲究君王遁迹于无形,执一御万,行法术以驾驭群臣,但它更强调"智"的运用。与黄老之术还是有区别的。当时的旧党人物的确是佐黄老之术来反对新法之扰攘天下。在这样的语境中,对"智"的思考便具有深刻的现实意义。秦观的《浮山堰赋》写的是梁武帝决淮灌城以破敌的史实,这个貌似高明的灌城举措结果使生灵涂炭,民不聊生:"哀死者之数万兮,孤魂逝其焉游?背自然以司凿兮,固神禹之所恶。世苟近以昧远兮,或不改其此度。螳螂怒臂以当车兮,精卫衔石而填海。憯梁人之不思兮,卒取非于异代。岂方迫于寻引兮,不遑议夫无穷?将奸臣取容以幸人兮,公相援而欺蒙?抑五材囚壮之有

① 黄裳:《演山集》第3册卷四十二,上海商务印书馆景印《故宫博物院藏四库全书珍本初集》,1934年,第3页。陈襄并没有完全陷入玄虚中无法自拔,而是强调"智"要和"德"统一起来,在这篇文章中,他接着说道:"然则以道治其国者,其弃智乎!以道治其国者,真一而得心,虚一而得性,小智大智明者也。大智以道观物,吾非物也,然后见物之成理而达之。仁之于父子,义之于君臣,信之于朋友,礼之于宾主,万物之于天伦也,有生者具焉。……而圣人也,体道之无为而已矣。虽然,唐虞至周,所以能此道者,自非以道观物,则万物之成理,四时之明法,天地之大美,其能在物之中而得之乎?不可以物之中得之乎?不可以物之中得之,则彼徒奋其私智,而与万物竞矣。彼与物竞,非特未足以胜物也,而物之变常亦不在理焉。夫物之变常不在理,而或未足以胜之,则为国之祸,何可胜言哉!君人不可不察也。"这就是说,要用道德的正义性来约束规范心智的运用,要以正道治国,而非设机穽以陷民,运网罟于天下。

数兮,特假手于憧憧? 系曰:敦阜寇冥大川屯,精气扶舆变乾文。运徒力顿漂无根,潮波复故弥亿年。”梁武帝刚愎自用、奋其私智,而一二大臣希风承旨,助纣为虐,终于酿成滔天巨祸。这篇赋虽然够不上指桑骂槐,但是对为政者一意孤行的讥刺入木三分,而王安石正是给人刚愎自用的印象,他的许多新措使得天下苍生扰攘不安,这实在引人联想。苏轼的《黠鼠赋》以灵动之笔刻画老鼠的智慧,读之令人发噱,其对“智”的思索也是基于这样的语境。

第三节　民本思想与富国强兵

熙宁变法被似是而非地与法家用事联系起来,不全是出于旧党人物的意气用事,它还有着更深层的文化背景,那就是中唐以来的文化保守主义已经成为当时知识和思想体系的重要组成部分,以儒家思想为核心建立一个统一的王朝已成共识。人们早已厌倦了秦皇汉武等君王滥用民力、追求建立大功业的多欲之举。民本思想在当时的政治哲学中具有重要的地位,而多欲之举的理论支撑往往是法家思想。从宋初以来的辞赋创作中可以强烈地感受到士大夫们对以民为本的仁政的呼唤。当新法扰民的担忧变成现实时,很容易唤起人们潜在的对儒家王道能否得到贯彻的焦虑。宋初以来在梁周翰的《五凤楼赋》、赵湘的《姑苏台赋》、张咏的《声赋》等作品中蕴含的对不顾恤民力、独乐误国的忧虑,在熙宁变法期间表现得更为突出。

我们注意到,新法的基本目的是富国强兵,说到底,就是增加国家财政收入,以解决“三冗”问题造成的国库空虚。民生问题则在其次。因此,推行者虽然一度努力抑制土地兼并,并幻想恢复井田制度以彻底解决土地高度集中的趋势,但由于其出发点是加强皇权对财富的控制，这就偏离了民本思想的宗旨①。而且，倘若打破土地的自由买卖，会触及各个阶层的利益，可能导致高度集权，重蹈王莽的覆辙；况且，一旦土地被强力控制，人的自由迁徙的权利等也将随之丧失，整个国家有变成一个个禁锢人身自由的劳动营的可能。这将是历史的大倒退。苏辙在《诗病五事》中说："祖宗承五代之乱，法制明具，州郡无藩镇之强，公卿无世官之弊。古者大邦巨室之害，不见于今矣。惟州县之间，随其大小皆有富民，此理势之所必至，所谓'物之不齐，物之情也'。然州县赖之以为强，国家恃之以为固，非所当忧，

① 虽然熙宁新法的一个重要宗旨是损有余补不足，但是在具体推行过程中，增加财政收入成了主要目的，民生问题并没有得到足够的重视，新法扰民的现实加重了有识之士对当道者偏离民本思想的忧虑。国富并不等于民富。政府的富裕甚至是建立在民众的贫困和苦难之上的。《管子·牧民》、《治国》等文献中提到，"仓廪实，则知礼节；衣食足，则知荣辱；上服度，则六亲固；四维张，则君令行"；"凡治国之道，必先富民。民富则易治也，民贫则难治也"等思想在当时被不断地强调。如晁补之在《策问二·用威爱之道》中说："问德惟善政，政在养民。王者务养民以德而已"（《鸡肋集》卷三十九，四部丛刊景明本，第213页）；黄裳在《知予为取政之宝论》中说："百亩之田以备其饥，五亩之宅以计其寒。南亩之馌，北堂之馈，不失乎所供；山泽之余，鸡彘之饲，不乏乎所用，此富之矣，所以去其贫。仓廪实，知礼节，衣食足，知荣辱，然后有贤者可任，有能者可使。尊之有人徒，益之有稍秩，隆之有轩车，庄之有冕服，此贵之矣，所以去其贱"（《演山集》卷四十二，见《全宋文》第103册，第140页）；华镇在《治论上》中也说："付之田畴，教之种息，桑麻以为衣，鸡豚以为食，山林川泽，时入而无禁，勤者劝之，惰者督之，时使轻役，不夺其时，赋歛以度，不尽其材，衣服食用吉凶之费，为之节文，使无侈靡，则民富矣。进礼乐之教，退刑法之政，畅醇厚之风，惩刻薄之俗，示之以君臣父子之伦，风之以孝悌忠顺之义，循理者旌异之，不率者放弃之，则民善矣"（《云溪居士集》第1册卷十四，上海商务印书馆景印《故宫博物院藏四库全书珍本初集》，第8页）；慕容彦逢在《代宰臣以下贺狱空及大理寺断绝表》中说："窃以治格熙淳，教化行而争讼息；俗跻富寿，衣食足而廉耻兴。乃形止辟之风，克副好生之德。"（《全宋文》第135册，第213页）他们的普遍思路就是从民富裕到淳风俗，最后归之于国家大治。

亦非所当去也。能使富民安其富而不横,贫民安其贫而不匮,贫富相恃,以为长久,而天下定矣。王介甫,小丈夫也。不忍贫民而深疾富民,志欲破富民以惠贫民,不知其不可也。……及其得志,专以此为事,设青苗法以夺富民之利。民无贫富,两税之外,皆重出息十二。吏缘为奸,至倍息。公私皆病矣。吕惠卿继之,作手实之法,私家一毫以上,皆籍于官。民知其有夺取之心,至于卖田杀牛以避其祸。朝廷觉其不可,中止不行,仅乃免于乱。然其徒世守其学,刻下媚上,谓之享上。有一不享上,皆废不用。至于今日,民遂大病。"①新法非但没有达到均富的目的,而且在加强政府对天下财富控制的同时还加重了黎民百姓的负担。这与法家主张的加强皇权对社会生活的控制相一致。因此,人们对法家用事危害的强调,其实是反映了他们对偏离民本思想的不安。如陈襄《论青苗钱第四状》劈头就说:

① 《栾城集·三集》卷八,见《全宋文》第96册,第57—58页。苏辙的这段话常被解读为王安石变法触及了富豪的利益,这也是新法受到抵制的主要障碍,有学者甚至据此来评判变法的合理性和司马光等旧党的反动性。其实,苏辙强调的是由于土地制度是传统中国社会生活的核心,轻率地更改之,无异于撼摇国家的根本,后果可能是不堪设想的。在这段话之前,苏辙从历史教训入手谈到这个问题的严重性,"从圣人之御天下,非无大邦也,使大邦畏其力,小邦怀其德而已;非无巨室也,不得罪于巨室,巨室之所慕,一国慕之矣。鲁昭公未能得民,而欲逐季氏,则至于失国。汉景帝患诸侯之强,制之不以道,削夺吴楚,以致七国之变,竭天下之力,仅能胜之。由此观之,大邦巨室,非为国之患,患无以安之耳"。在自给自足经济为主的传统中国社会,自有其自我调节的机制,富贵无定势,田宅无定主,土地的自由买卖,在一定程度上调适着社会财富的合理配置。而土地和财富的过度集中,往往是皇权恶性膨胀的结果。因此,抑制皇权才是保证社会发展的要务。一直以来,学术界普遍认为在所谓"封建社会"(个人以为称作"皇权专制社会"似乎更符合实际)的中国,地主和农民的矛盾是基本矛盾,但是我们深入历史就会发现,这种说法是值得推敲的,皇权和大众的矛盾似乎在当时的社会经济生活中更具决定性作用。苏辙等的忧虑正在于皇权失去制约的独大局面对社会的破坏作用。

"商君之术,非陛下之所宜行。臣愿陛下为尧舜之君,以仁义治天下,不愿其为霸主也……陛下但慎选主计之臣,付与利柄,取天下赋入之籍,度县官调度之数,百用为之均节,而归之艺极,则浮费省而财用足,斯可以行王政矣。省徭役,薄赋敛,则天下之农,不释耒而耕矣;宽关市之征,弛山泽之禁,则天下之商,不藏镪而行矣;修庠序之教,劝之以忠信孝悌,则天下之民,皆遣其子弟而兴于学矣;尊贤而使能,才者进,不才者退,则天下之士,皆励其德行而为良吏矣。农有余粟,商有余财,民服其教,吏称其职,然而国不富而政不王者,未之有也。"①他认为变法的首务不是控制天下财富,而是要轻徭薄赋,不扰民,休养生息,藏富于民,走由富民到教化之路,则天下大治。

陈襄的《咸阳宫赋》生动地反映了变法使得笼罩在士大夫心头的秦王朝梦魇是何等浓重。虽然这篇赋是沿袭了杜牧《阿房宫赋》的套路,但是其忧虑更具体而强烈,"始其择吉日,申旧章,坦隆基于四隅,郁华构于中央。分左宗右社之规矱,正面朝后市之纪纲。顺阴阳之开阖,放太紫之圆方。由是入九贡之资,诏六工之良,度材用之经费,旅珍产之非常。离娄督绳以分其曲直,公输削墨以形于短长。运雄风于斧斤,架文虹于栋梁"。宫观之修筑既已竭天下之物力,宫阙之壮丽当无与伦比,"藻井灿兮群葩竞芳,觚棱耸兮金爵交翔。罗玉阶兮彤庭,俨峻宇兮雕墙。朱紫炳焕,下以被其土;金璧峥嵘,上以饰其珰。其高也,侔列宿于紫宫;其大也,出冠山之朱堂。颙颙昂昂,复道还相。上截乎渭川,直走于阿房。是何蝼蠖相经,连绵不止!映朱阙之双立,压金城之百雉。被卿霭以上覆,馥天香而特起。巍巍乎,若高浪之奔,架蓬莱而直上;盘盘乎,若巨鳌之出,戴灵山而遐峙。则有千庐传呼,洞门方轨。披广路之三条,列金人之十二。上下端直,左

① 《全宋文》第49册,第358—359页。

右环卫。执玉帛者来朝，绾银黄者近侍。如云台之上，缥组而摩肩；临淄之间，成帷而举袂。闻之者倏尔而叹，望之者俨然而畏。其间祲威盛容，殊形诡制。钟鼓喤喤，有二四之列；衣裳楚楚，有三千之丽。珠金玉翠衒其珍，组织文章逞其贵。而又植苑囿，开沼沚。草木繁芜，蔽朱实之离离；鱼鸟遨翔，漾清流之亹亹。朝夕之所娱乐，而不知其晦明；寒暑之所隔阂，而不知其启闭”。这段比《阿房宫赋》详尽得多而且更为写实的描写充分彰显了辞赋铺张扬厉的特点，作者之所以如此泼墨如云般地大肆铺排，是要更直观地展示竭天下之物力以奉一人的穷奢极欲的丑恶行径，是要展示法家用事的秦王朝是以一种什么样的面目昭示世人的。法家用事意味着帝王独断，士大夫失去真理的解释权，皇权失去必要的约束，帝王的欲望不受节制地膨胀，“既而穷侈德，尽浇风。目倦五色，耳亡四聪。将欲慕神仙之峨峨，脱天下之汹汹。谓上游之迹，可以拍肩于洪崖；谓积学之致，可以问道于崆峒。由是拟丹台之壮丽，造秘宇之穹崇。飞甍舛互，连阁交通。冥冥乎二百余里，杳不知其所终。然后巡于陇西，封于岱宗。纪德琅琊之台，列爵大夫之松。伐湘山于既仆，破胡城于已攻。故乃俨彩仗，坐琼宫。建灵旗之五丈，排法驾于六龙。文武肃仪而在下，嫔嫱肆乐乎其中。韵乎钧天之乐，翼乎妙舞之容。左崤右蕺兮百品，椒浆桂酒兮千钟。喜气交盛，欢声一同。而皆罄山呼而浃洽，祝天寿以庬鸿。自以为子孙帝王之业，垂万世而无穷”。穷奢极欲，追求不朽，东封西祀，贪天之功，君王欲望的无限膨胀既是天下苍生的不幸，也是他个人的不幸和王朝的不幸，欲望膨胀的灾难性后果近则及诸身，远则殃及子孙，引发天下大乱，生灵倒悬，“洎乎时运更迭，基扃一空。弋林钓渚榛芜外，玉殿珍台煨烬中。项羽西归，二三世之秦风已荡；高皇东起，四百年之汉德弥隆”。秦王朝的殷鉴昭示了任法家、轻民心的下场，只有回到儒家的正道上来，以民为本，节用爱民，藏富于民，淳厚风俗，历史的悲剧才不会重演，“故宫室之作，无伤民之利；兴作之所，不劳民之力。轩辕合宫而昭俭，唐尧采椽而示质。总章合制，重华乃建于宏基；卑室兴居，夏禹遂隆于圣德。若乃商受丧乎瑶台，夏桀陨于琼室。夫差一去，游姑苏之鹿麋；晋武既亡，生铜驼之荆棘。斯皆圣人以节用而兴邦，愚者以宣骄而亡国。且强秦虎视蒸民，宸居华域，如建瓴之地，无以极其险隘；若秋荼之网，无以加其苛刻。收太半之赋敛，焚诗书之典则。而复开宫禁之宏址，殴生民于重役。农者失其耕耨，女工废其纴织。上天为之震怒，四方为之沮色。又安得延茂其邦家，而兴隆乎社稷？嗟乎，源之澄兮流必清，本非固兮枝必倾。始皇去兮沙丘既平，子婴灭兮咸阳已并。归赫赫之汉祚兮，为帝畿之三成。又何必指东门之界兮，柱立石于沧溟者也"。作品对秦王朝以及后来的重蹈其覆辙的历史教训的回顾，反映出作者对多欲政治的深深忧虑。和杜牧的赋相比，这篇赋更为重视对历史的回顾与反思，重视对多欲之治的种种表现的铺排描写，虽然较之杜牧赋，此赋更为质实一些，缺乏那种灵动流转的美韵。然而，作者的目的就在于此，他不追求文笔的灵动美丽，而是想通过反映真实的历史来警醒当道者。旧党对变法的理解是把国家政治经济拉回到仁政的道路上来，轻徭薄赋，藏富于民，淳风俗，厚人伦。他们只希望对现有行政做一番调试，而不是推倒重来，另起炉灶。或许他们对王安石的魄力和变法引发的社会震荡过于夸大其词了。不过，以后的历史不断地证明，疾风暴雨般的变革，可能会给社会发展造成巨大损失，引发灾难性的后果，甚至是社会的大倒退。人类历史的发展受到各种因素的制约，其自我调适的功能是不可忽视的，人为地扭转历史的正常进程，结果极可能适得其反。陈襄等忧虑的正是过于刚猛的新法将使国家向着法家的路子靠拢，那将是天下苍生的大灾难。

第四节　熙宁变法与歌颂文学

虽然传统中国的帝王们大多内多欲而外饰儒术，奉行内法而外儒，但是由于法家在历史上背负恶名，一般帝王不肯轻易承认其学术的治国价值。当时的新法推行者对粘贴在他们身上的法家标签并没有激争强辩。况且，熙宁变法之所谓“法”，其实是变更祖宗法度，而非行苛政，逞私欲，旧党人物的确有深文周纳之嫌。王安石及其后继者在更张法度富国强兵上殚精竭虑，但是对于旧党的借题发挥置之不理，任由评说，甚至有的人还直接以法术之道游说君王。蔡京在绍圣四年八月奏上的《论尧舜之政疏》就开宗明义道：“人主操生杀与夺之柄，而以道揆天下之事，审之以仁义，济之以威权。慢令凌政者必诛，妨功害能者必放，反覆颇僻者必窜，谗说殄行者必罚，则小大内外孰敢先后，孰敢拂违，四方将傒志而应，不劳而成矣。此皋、夔、稷、契所以吁俞，驩兜、鲧羽所以放殛也。其术至约而易知，非有高绝难能之行也。……臣愚窃谓陛下退托谦抑，未以尧舜道术加天下故也。夫生杀与夺之柄，惟人主所独制，非人臣所可共，传曰‘惟名与器不可假人’是也。陛下诚加意乎此，励劝禁于上，作威福于下，使贤者在位，而不贤者不能间，能者在职，而不才者不能夺，其以陛下之圣，尧舜不足方矣。”①蔡京的意思无非是要哲宗乾纲独断，表现出一定的

① 李焘：《续资治通鉴长编》卷四百九十“绍圣四年八月壬午”条，第11619—11620页。这段话发挥的是《韩非子·二柄》《扬权》中的思想。《二柄》云：“明主之所导制其臣者，二柄而已矣。二柄者，刑德也。何谓刑德？曰：杀戮之谓刑，庆赏之谓德。为人臣者畏诛罚而利庆赏，故人主自用其刑德，则群臣畏其威而归其利矣。”“人主将欲禁奸，则审合刑名者，言异事也。为人臣者陈而言，君以其言授之事，专以其事责其功。功当其事，事当其言，则赏；功不当其事，事不当其言，则罚。故群臣其言大而功小者则罚，非罚小（转下页注）

魄力来推行新法，而非真的要恢复秦王朝那样的严刑峻法。但是我们不可否认的是，新法在推行的过程中，打压异论，排斥异党，皇权专制得到了大力加强，为歌颂文学的发展开拓了空间。因为专制的强弱与歌颂文学的消长是相呼应的，诚如司马光在熙宁七年奏上的《应诏言朝政阙失事状》所言："今执政主新法，群下同声贤之，有以异于卫国之政乎？是以士大夫愤懑郁结，视屋窃叹而口不敢言。庶人饥寒憔悴，怨叹号泣，而无所控告。此则陛下所谓忠谋谠言郁于上闻，而阿谀壅蔽以成其私者也。苟忠谠退伏，阿谀满侧，而望百度之正，四民之乐，颂声之洽，嘉瑞之臻，固亦难矣。"①

从神宗时期两篇《汴都赋》的遭际，我们可以窥见当道者对歌颂文学的提倡。关景晖的《汴都赋》今已逸，据晁补之说："宋兴百年，仁宗时天下乂安，人务衣食。至熙宁、元丰间，积累滋久，于是天子方奋然有意修法度、齐庶官，正宗庙、宫室、井衢、城域，使各有体，以隆中兴，示天下为太平观。而奉议郎、前知亳州谯县事关景晖初奏《汴都赋》以讽，天子嘉其才，命对便殿。景晖言：'天子盛德，焦劳天下，盖四方之政所以行，而其末归之清净。'以谏上爱民力、固基本，如所奏赋旨。天子以语宰相，使补中都官之缺。景晖贫，不能留京师，乃

(接上页注)功也，罚功不当名也；群臣其言小而功大者亦罚，非不说于大功也，以为不当名也害甚于有大功，故罚。"(《韩非子集释》上册，上海：上海人民出版社，1974年，第111—112页)《扬权》中说："用一之道，以名为首，名正物定，名倚物徙。故圣人执一以静，使名自命，令事自定。不见其采，下故素正。因而任之，使自事之；因而予之，彼将自举之；正与处之，使皆自定之。上以名举之，不知其名，复修其形。形名参同，用其所生。二者诚信，下乃贡情。"(《韩非子集释》上册，第121—122页)蔡京的这篇奏章就是依照《韩非子》立意，陈说君王执行柄御人之道。

① 李焘：《续资治通鉴长编》卷二五二"熙宁七年四月十八日"条，第6164页。

官河北。"[1]关景晖的赋没有引起有司的兴趣，或许与此赋对熙宁变法的讽谏有关系，因为天子方奋然有意大事更张，而却"谏上爱民力、固基本"，这与旧党人物的论调何以相似乃尔。相比之下，另一篇《汴都赋》命运就不同了。元丰六年（1083）周邦彦献《汴都赋》，长七千字，神宗见而异之，召他到政事堂，命李清臣在迩英阁朗诵。神宗何以对周邦彦赋如此感兴趣呢？这篇赋和多数都邑赋一样，描写城市的历史、布局以及宫观的形制等，所不同者，突出了仓廪的充实、国家的富裕和营中将士的善战，这和新法的富国强兵暗合。如赋中写道："若乃丰廪贯廥，既多且富。永丰万盈，广储折中，顺成富国，星列而棋布。其中则有元山之禾，清流之稻，中原之菽，利高之黍，利下之稌；有虋有芑，有秠有秬，千箱所运，亿廪所露。入既伙而委积，食不给而红腐。如坻如京，如冈如阜，野无菜色，沟无捐瘠。"宋代重文抑武，因此宋初的歌颂辞赋中对军力的描写主要集中在其

① 在这篇序文中晁补之接着说："圣人初无意于言，六经之辞皆不得已。夫不得已故言之，致必始于详说，而后终之以说约。听廉者语，不若听夸者语，夸易好也。听狡者语，不若听婉者语，婉易从也。故赋之类常欲人博闻而微解，见人言九州山川、城郭道路、太行吕梁、舟车万里之勤，则使人思投辖弭节。见人言州闾大会、宾主酬酢、匏竹啾咽、晡夕厌满、酤酸肴胇，则使人思弛带而卧。故《上林》、《羽猎》言卒徒之盛、终日驰骋，则必以节俭成之。扬雄以谓犹骋郑卫之声，曲终而奏雅，后世猥以雄悔之，因弃不务。然补之窃怪：比来进士举有司者，说五经皆喜为华叶波澜，说一至百千语不能休，曰'不如是，旨不白'，然卒不白。至辞赋，独曰是'侈丽闳衍'，何也？景晖为人盖澹泊寡嗜好，至饭脱粟茹藿，自枯槁。与补之处，或终日不道人一事，或终岁不见其喜愠。夫固安为'侈丽闳衍'者非耶？故备论之。"（《鸡肋集》卷三十四，四部丛刊景明本，第181页）这段话是针对时人对关景晖的《汴都赋》的辩解之词，指出大赋本来就是侈丽闳衍的，人们在传注经籍时可以侃侃而谈，为什么辞赋就不能够铺张扬厉呢。况且，大赋的诡文谲谏，也是对治道有一定的意义的。其实，关的不得志于有司，正在于曲终而奏雅，而非晁补之所说的其文词的侈丽闳衍。

恪守职责、井然有序,此赋对将士善战作了一些夸张铺排,如:"夫连营百将,带甲万伍,控弦贯石,动以千数。其营则龙卫神勇,飞山雄武,奉节拱圣,忠靖宣效,吐浑金吾,掷飏万胜,渤海广备,云骑武肃。材能蹶张,力能挟辀,投石超距,索铁伸钩,水执鼋鼍,陆拘罴貅。异党之寇,大邦之仇,电鸷雷击,莫不系累而为囚。于是训以鹳鹅鱼丽之形,格敌击刺之法,剖微中虱,贯牢彻札,挥铊掷鏼,举无虚发。人则便捷,器则犀利,金角丹漆,脂胶竹木,以时取之。遴弃恶弱,割蛟革以连函,劀兕觡以为弭,剥鱼服以怀锷。百工备尽,鉎磨锲削,其成鉴钢而铩鑣,植之霜凝而电烁。故有强冲劲弩,云梯辖车,修鍜延鏦,铦戈玧殳。繁弱之弓,肃慎之矢,谿子之弩,夫差之甲,龟蛇之旐,鸟隼之旟,军事畚正,用戒不虞。"①赋的近一半篇幅是在描写宫殿的庄严壮丽和帝王受朝万方的场面,以彰显国力的壮大和帝王的神圣的权力。

刘弇的《元符南郊大礼赋》也是一味以虚声颂美为务。他在《进元符南郊大礼赋表》中说:"如《三都》、《二京》,客卿乌有之比者,窃尝谓词人文士之作,虽取经不纯,去道时远,至于变化飞动,神开笔端,得不因人,自我作古,新一代耳目,起太平极功,有如比曹,殆不多得,屈宋已还,贾生、相如、向褒、雄固,最号高手,能使往汉光华至今,数子力也。自时厥后,苟作之徒,弊毫殚楮,或文不足以起意,或趣不足以会真,而其时君至有持一时赫赫盛烈,甘心低回,委之斯人之手,磨灭就尽,岂不痛哉。"②这样的议论在宋代十分少见,它充分肯定了汉大赋润色鸿业、传上国声威气势的功能,自扬雄中年悔作大赋,斥为童子篆刻,壮夫不为,以为不勉于劝,于世无补,他的这种论调影响

① 吕祖谦:《宋文鉴》上册,齐治平点校,北京:中华书局,1992 年,第 94—95 页。

② 刘弇:《龙云集》卷一,四库全书本。又见《宋文纪事》下册,曾枣庄、李凯、彭君华编,成都:四川大学出版社,1995 年,第 783 页。

甚远。班固援《诗》以曲意回护，以为辞赋乃古诗之流，义归于讽谏。扬雄、班固虽对汉大赋褒贬不一，但立足点都是儒家的诗教说，都没有注意到汉大赋扬上国声威的功能。在当时，歌颂国势的论调得到了回应。据罗良弼《跋龙云先生集后》云："元符改元，（刘弇）进《南郊大礼赋》，君相动色，以为相如、子云复出，即除秘书省正字，稍迁著作佐郎，骎骎向用矣。高丽传诵其文。"①可见，刘弇的观点不是孤立的，而是当时的一种风气，此赋受到的追捧正与周邦彦赋受到神宗青睐一样，是搔到了当道者的痒处。刘弇在赋表中还说："弇不避潜（或作僭）易，颇复采掇西汉气质，课成《元符南部大礼赋》一通，使万世之下知有吾宋，如白日之丽庆霄，兹臣志也。夫余力逸劲，饮羽于石梁，上方宋人之弓则不足然，臣之精力自以为尽于此矣。"②"西汉气质"就是班固的《两都赋》和张衡的《二京赋》里表现的武帝时期多欲之治的图景，这就明白道出渲染、粉饰当代的强国气势以声施后世的初衷。如果和宋初的歌颂赋如杨侃的《皇畿赋》等比较就会发现，新党用事时期的颂美王朝声威的辞赋多喜堆砌辞藻，缺乏生动传神的描写，并且大量运用生僻词汇，以至于连同时代的博学人士都难以卒读，这就使得文章庄重典雅古色古香，甚至故意追求文章的凝重和呆板，以突出帝王的神圣气质。而宋初辞赋中常见的和乐融融、万众欢腾的场面描写却消失了。可见，盛世观念在这个时期已经悄然发生了变化，它不再是藏富于民和与民同乐，而是君王权威的毋庸置疑和国库的充实。这些赋描写的其实就是新法所勾勒的富国强兵和帝王独断的图景。

---

① 刘弇：《龙云集》卷末附，四库全书本。又见《宋文纪事》下册，第 782 页。

② 刘弇：《龙云集》卷一。又见《宋文纪事》下册，第 784 页。

第五节　德治与法术

反对新法者在反思法家用事的同时，他们在儒学框架之内的治国理想又是怎样的呢？虽然他们的政治思想因人、因时而不同，但是总的趋向是一致的，即他们多推崇孟子的仁政思想，希望朝廷能举贤任能，以民为本，简静牧民，对王朝的痼疾“三冗”问题，他们也希望按此思路治国，以为这样便可迎刃而解。苏轼等对待新法态度变化比较大，他对强兵、青苗法等起初是赞同的，只是因为王安石等推行得纷扰狼狈，才逐渐改变了态度，但是，其以人治为中心的民本思想则是一以贯之的。旧党人物这些理想化的主张，对于着意于充实仓廪的当道者来说，无异于与虎谋皮或者虎口夺食。宽厚爱民、轻徭薄赋，这是在宋初以来就不断被呼吁的问题了，但是要让为政者切实地实行，则显得过于天真。旧党人物对此问题显得迂腐拘泥，不识时务。诚然，这是解决一切问题的关键，但是，世易时移，这种政治的基础已经不复存在，或者从来就没有存在过，这只是古圣先贤昭示后人的一个幻梦而已。因此，他们的治国之论简直近似于大而无当的聒噪。宋庠在《蚕说》中早就以蚕设喻指出过这一点，“秦汉而下，本摇末荡，树奢靡以广君欲，开利涂以穷民力。云锦雾縠之巧岁变，霜纨冰绡之名日出。亲桑之礼颓于上，灾身之服流于下。倡人孽妾被后饰而内闲中者以千计，桀民大贾，僭君服以游天下者，非百数。一室御绩，而千屋垂缯，十人漂絮，而万夫挟纩。虽使蚕被于野，茧盈于车，朝收暮成，犹不能给；况役少以奉众，破实而为华哉！方且规规然重商人衣丝之条，罢齐宫贡服之职，衣弋绨以示俭，袭大练而去华，是犹捧甴堙尾闾之深，覆杯救昆冈之烈。波惊风动，谁能御之？由斯而谈，则予之功，非欲厚啬身以侈物化，势使然也。二者交坠于道，奚独怒我哉？"①时代已经变了，在集权制度下，要想回到小国寡民状态下的朴素之政，走历史的回头路，这是相当学究气的想法。其实，即使讲究权变的新党人物，也犯这样的毛病，他们对恢复井田制的考虑，就有些异想天开，倒是北宋初期的田锡对此有比较理智的看法②。

从朴素的仁政理想出发，旧党人物多主张藏富于民，对于理财持保留态度，认为这是与民争利，司马光在嘉祐七年（1062）奏上的《论财利疏》就说："古之王者，藏之于民，降而不能，乃藏于仓廪府库。故上不足则取之于下，下不足则资之于上。此上下所以相保也。……米盐靡密之事，皆非朝廷所当预者，张设科条，不可数纪。或不如其旧，益为民患。或朝三暮四，移左于右。其间果能利民者，不过放散县官之物以予民尔。是诚损上益下，王者之仁政也，然臣闻古之圣王，养之有道，用之有节，上有余财，然后推以予民。是以上下交足，

① 宋庠《蚕说》，见《元宪集》第4册，北京：商务印书馆，1935年，第378—379页。此文又见米芾《宝晋英光集》卷一，北京：中华书局，1985年，第4—5页。题作《蚕赋》，文字大同小异。考虑到这篇文章虽然以骋词为主，但不押韵，这和宋代文赋的特点是不一致的。当时辞赋散文化的倾向非常严重，不过押韵的特点并没有丧失，因此，题作《蚕赋》并不恰当。而且，其骋词的特色正是宋代新兴的说体散文的特点。《宝晋英光集》最早是南宋岳珂整理成的一部集子。米芾是著名的书法家，其墨宝流传甚广，岳珂收集的时候很可能把他的书法作品误认为是他创作的作品了。

② 田锡在《复井田论》中指出："齐梁之际，以版图漏略，不知生齿之众寡，乃创校籍之吏。皆沿革救弊，而井田之法，历代卒不能复。唯王莽骤欲复之，而农商失业。今之论者尚思追复，而事有不可得而复也。何哉？且今之兵异于古也。古之兵散在农亩，力于稼穑，因蒐狩而教战，为征伐而征用，用则为兵，退则为农。今则异也，聚之为营垒，仰食于廪禄，壮则责以干戈之役，老则退为游惰之民。井田不可复之验一也。其次六筦之利，历代攸先，实资丰富之民，俾为筦课之户。既资丰富，宁去兼并？兼并既存，赋役不筹，此又井田不可复之验二也。……适时从宜，以便于国，即同实异名于井田也，何必尽法周制，方谓之善哉！"（田锡《咸平集》卷十，罗国威校点，成都：巴蜀书社，2008年，第93—94页）

而颂声作矣。"①认为理财之事其实是在算计齐民百姓,非宽厚爱民之道。苏轼对此认识深刻,他屡次上奏皇帝,提醒朝廷不可一意孤行,弃民于苦痛而不顾。秦观在《财用下》中也说:"臣尝以为君子理财之术,莫若尽地力、节浮费二者而已,何则?理财之要,在乎原其所自有而为之道,要其所从无而制之法。风霆雨露之发生,山林川泽之滋养,财之所从出也。不原其所自有,不要其所从无,切切焉从事于阖辟敛散之中,则是贱丈夫争锥刀之末耳,岂君子所谓理财者耶?……横赋强市,取之于百姓,非治财之善也。是以善治水者,以四海为壑;善理财者,以天地为资。"②这就是说,理财应该是为天下百姓开财路,而非为政府开税源。

米芾的《参赋》虚设东方朔向武帝进言治道,赋由参星主民引出话头,陈说主民之道:"自周衰道丧,百里一王。嗜欲加僭,民财用伤。贪如硕鼠,堕号鹈梁。匪鸢匪鲔,或潜或翔。"周道既丧,私欲横流,诸侯们的理财就是如何盘剥百姓,这就是许多旧党人物对待新法理财的看法,而且这种私欲膨胀的结果就是暴秦荼毒生灵,"至于暴秦,袭冕而狼。赵郊坑肉,魏野封疮。粤岭山断,辽海城长。骊丘虚地,阿房绣墙"。理财的本质是控制天下财富,以逞帝王之私欲,这就是反对新法者所忧心忡忡的,他们担心这样会导致君王行多欲之治。他们认为,只要行尧舜之道,天下就能大治,"古有治君,曰尧与禹。敬时命官,以民为主。民知乐生,鼓腹歌舞。次逮成汤,视民如伤。一夫不获,如己纳隍。周之文武,迄于成康。道德浃洽,礼义兴行。刑措不用,至于百龄,则是星亦尝炜烨而晶荧"。兴礼乐文教,推己及人,宽厚爱民,仁化于无形,乃是致太平的康庄之途。君王纵然不能

① 李焘:《续资治通鉴长编》卷一九六,第4751—4752页。

② 秦观:《淮海集笺注》上册,徐培均笺,上海:上海古籍出版社,1994年,第601页。

行尧舜之道，但行与民休息的休养生息之道，也可民富国强，“乃命高祖，匹夫奋张。一洗世乱，惠绥四方。化其奸宄，约以三章。及我文、景，恭俭淳朴。隐恤赈周，德泽甚渥。太仓积红腐之粟，司农朽不较之索，则是星亦尝烨烨而灼灼”。儒家那里除了淳风俗、厚人伦的仁政之道外，具体的治国之策实在是少之又少，不得已，旧党人物几乎都倾向于向道家学习，他们把无为而治的思想和仁政思想结合起来，以对抗新党的欲大有为于天下。他们忧虑的是，在变法过程中被加强的皇权会走向武帝那样的滥用民力，扰攘天下，“今陛下承累世之休光，翕五福于仰戴。坐明堂神明之会，据建章珍陆之海。臣万国，朝四裔；名王系于祈连，宛马来于天外。致赤雁驳麃之异物，获宝鼎芝房之珍怪。名在百王之上游，德并五帝之左界。而乃暗暗而无光，臣皋所以堙郁而未快，逡巡而不对也。古训有言曰：民犹水也，可以载舟，可以覆舟”①。指出君王一定要克制自己的私欲，不然，覆舟之大患随时降临。这篇赋由尧舜之道、休养生息到克制私欲，对当道者层层退让，希望不要越过治国的底线。

在德治与任法术的关系上，旧党人物主张先道德而后政刑。视法制之道为薄仁义，峻刑罚，重督责，厚敛以毒民，肆威以强国。秦观在《法律上》中说：“臣窃观唐虞以后有天下者，安危荣辱之所从，长久亟绝之所自，无不出于其所任之术，而所任之术大抵不过诗书、法律二端而已。盖纯用诗书者，三代也；纯用法律者，秦也。诗书法律，杂举而并用，迭相本末，递为名实者，汉唐也。……盖诗书者所以崇德，其事皆孝弟忠信，人之所欲者也，而安荣长久，人之所欲者也。而法律者所以制奸，其事皆鞭笞斩艾，人之所恶，欲以报所恶之雠者也。以所恶之术报所恶之雠，亦其理之然哉。”②认为治国应该道德与法

① 米芾：《宝晋英光集》卷一，北京：中华书局，1985 年，第 1—2 页。

② 秦观：《淮海集笺注》上册，第 557—558 页。

制并用，德治为主，法制为辅。华镇几乎是接着秦观的话头进一步阐发德治与法制相辅相成的关系，“故圣人道德齐礼，不先政刑。道之有弗从，齐之有弗一，迭相陵犯，或失其平，至于狱讼，然后师尹听之，以要其情，有司明辟，以治其罪。断狱听讼，既非圣人之职，又非圣人之意，不得已而用之者也。……善听讼者，知疾病之所在者也；善教化者，能使之无疾者也。养身则慕有道之士，养民则用有司之术，是所用以养民者，或未尽矣。律令之书，有司断狱之具也。士学律令而得利禄，与经术之人俱进；吏通律令而见优擢，与勋德之士并升。……律令，申、商之遗术也；申、商之术，安足以美圣人之政者也？”①他们认为王安石等与民争利就是抛弃了德治，大肆更张、排斥异己、加强皇权就是任法制。

晁补之的《医言》是一篇赋体杂文，它通过中医之理来发挥治国之道：“上医医国。或曰不然。医曰：譬国于身，天地乃所寓之形，元气乃所恃而生。坚骨脆肉，山石壤坟也；中列五藏，五材是营也；风云其卫，百川其荣也；阖辟运转，有神欲行也。故昔之论养生者曰：‘抱形以静，神将自正，无摇汝精，乃可以长生。’盖天地亦物也，其不坏亦然。得一以清宁，其析于一成。”国家就像身体，任自然而行，才可安康。对待百姓，也应该像对待自己的身体一样，重在养，严而少恩，只能激起民众的义愤。以德治国，就是固本之举，任用法术，就是戕害身体。赋中写道：“国有常治，治不以智，若烹小鲜，时治之理。生有常经，亦不可扰，损石益谷，时医近效。滋彰法令，盗贼乃多，疾焉勿扰，气复则和。何以休之？惟勿益生。筑垣为室，蚤作晦息，平康有道，医于何力？民有圣言，有病不治，起居惟常，常得中医。”治理国家，如同烹鱼一样，不能随便搅动，就像治病一样，要培养元气。纯任

① 华镇：《云溪居士集》卷十六，上海商务印书馆景印《故宫博物院藏四库全书珍本初集》，第14—15页。

法术,法愈重,压迫越大,反抗越大,盗贼愈多。这篇赋比较全面地揭示了当时反对新法者的主要思路,他们的思路中,以民本思想为基础而倾向于黄老之术。这篇赋的思想可以用张耒的一段话很好地诠释:“今夫世之善养生者,和其血气,平其心志,安养而徐用之,导引屈伸,以宣其滞而导其和,故药石饮食,平易而舒缓。惟其然,故其效也,得其所欲而无后害。有贱丈夫焉,不知其为如此,不能忍岁月之勤,而急其效于耳目之前,于是服毒石、饵恶草以激之。方其效也,刚壮勇力倍于平时,然不过数年之后,草石之力已尽,而遗毒余孽溃裂四出。故痈疽坏决之变,一日皆作而不可制,至于是而不死者,未之有也。呜呼!用民之道,亦何以异于此?”①张耒的这段话是讽刺王安石的,其中的“贱丈夫”就是欲大有为于当世的王安石等变法人士。他以医术比喻治国,和晁补之辞赋完全一致,其中的思想又如此地相近,这两篇作品当存在一定的呼应或者互文关系。

基于此,他们认为治道的关键是淳风俗、厚人伦,以德治国,简静牧民。苏轼在《韩非论》中说:“仁义之道,起于夫妇、父子、兄弟相爱之间;而礼法刑政之原,出于君臣上下相忌之际。相爱则有所不忍,相忌则有所不敢。夫不敢与不忍之心合,而后圣人之道得存乎其中。”②他从人的本性出发来理解德治的合理性。张耒在《敦俗论》中也说:“夫天下之人,不可使求为利也。夫使天下之人,惟利之为求,则大者篡,小者叛,惟其得之而后已。呜呼!使人皆欲得其上之所乐,则将日仇其上而夺之。夫如是,则吾之立于天下之上,不亦甚殆哉!是故先王思所以长享富贵之利,求其安而无乱、服而无争。是故

① 张耒:《商君论》,《柯山集》第5册附拾遗卷三十六,北京:中华书局,1985年,第434—435页。

②《苏轼文集》卷四,第102页。苏轼在六篇《策别安万民》中,详细讨论了治国之策,指出安万民者,其别有六:一曰敦教化。其二曰劝亲睦。其三曰均户口。其四曰较赋役。五曰教战守。六曰去奸民。

为是廉耻冲退之道，使之轻禄位而贱权势，而惟仁义之知。……开功名权利之门以诱天下，而使其民汲汲然，惟利之知，而幸其区区之功利，尚功而贱德，贵才而废道，奖胜而羞退，进位而卑齿，故天下始嚣然皆有乐富好贵之心，而不安其分，反顾其贫贱而恶之，而日思其所以去之之术。夫惟人恶其贫贱而求去之，而天下之乱起矣。……利非危国，而其极至于国危。仁义者，若非所以自利也，而其效也，使人不敢遗而后之。则圣人之所以安其身者，岂匹夫匹妇之浅道欤？呜呼！孟子可谓知利之实矣。"①这是从导民的角度来理解这个问题。李复在《论治道奏》中说："臣闻圣人御天下也必以道，而道者南面之术也。其所谓道者，岂但漠然而无所事哉！其用至微，其功至周，皆隐于纲纪、法度、礼乐、德政之间，使四海安然而无事，至千万世而无弊，天下由之，不知其所以然而然也。古之致治者惟尧能之……臣愿陛下思祖宗修立纲纪法度，维持天下之意，不取目前之虚美，而求经久之远虑。使上下各安其分守，职业具举，朝廷清明，民物繁富，弊无由而起，蠹无从而生，天下不知其所以然，岂非配天广大之业哉！治道莫盛于此。"②这是把仁政思想和老子无为而治的君人之术结合起来了。

黄庭坚的《江西道院赋》就描绘了一幅以德治理、简静牧民的图景，"若乃高安之城，豫章之别，虽风气之未遂，亦嬂俗之可悦。故柳侯下车，解牛而不割；未尝发硎，初不折缺。则喟然叹曰：'江西道院，名不虚生。'爰作新堂，合陈鼓笙。有斐翰墨，宾赞令丞。作为诗歌，接民颂声。昔也忧民之忧，今则乐民之乐。怀仙伯之蜕蝉，有勿翦之乔木。制剑池之菡萏以为裳，酿丹井之清泠以为酌。醉而起舞，父老仟足，恐使君之仙去，而鳏寡之长失职也。吾闻风行于上而水波，此

① 张耒：《柯山集》第4册附拾遗卷三十四，第405—406页。

②《潏水集》卷一，文渊阁四库全书本，第1页。

天下之至文;仁形于心而民服,此天下之善化。岂可多为令而病民慢,自设险而病民诈邪?九转丹砂,铸铁成金;两汉循吏,铸顽成仁。我简静则民肃,我平易则民亲。今使高安之农,养生于桁杨之外。珥笔教讼者传问孝之章,赘耳锁亢者深春耕之耒。卖私斗之刀剑以为牛,羞淫祠之樽俎以养亲。虽承平百年,雨露滲漉,非二千石所以牧人者乎!"①在这幅图景中,太守与民同乐,以仁风感化百姓,就像邵伯甘棠听讼一样,民敬之重之,民之向化如风行水上,以人伦大义教化百姓,政治清明自然水到渠成。如果以为扰民,严刑峻法,与设险病民何异?这就是旧党人物的为政图景,无为而无不为也。

熙宁变法引发的新旧党争,在学术层面,被似是而非地演化为儒法之争,被阐释为行苛政与行仁政之争,旧党人物对革新政治的理解,是以藏富于民、休养生息、简静牧民、人伦教化为出发点的。他们对新法的不满,不仅是因为新法扰民的现实,而更是因为他们注意到推行新法过程中得到加强的皇权以及士大夫论政权力的丧失所隐含的可怕后果。历史的记忆就是在这种忧虑中浮现出来了。文化保守主义的焦虑,此时已经不是针对大一统王朝的渴求,而是针对如何限制皇权背后的私欲,如何把皇权限制在内圣外王的轨道上。和学术探讨相比,辞赋因其表意的文学性抑或含混性,更能反映士大夫内心的这种隐忧。

---

①《宋代辞赋全编》第 4 册,曾枣庄等主编,成都:四川大学出版社,2008 年,第 2129—2130 页。

第四章　北宋科场改革与律赋沉浮

熙宁四年(1071),宋廷颁布贡举新制,科举只设进士一科,撤销明经等诸科;进士科罢诗赋、贴经、墨义,以经义、策论升降天下士。这一举措影响至为深远,它既是北宋以来,尤其是庆历新政以后科场改革呼声的一个归结点,也是之后围绕科考引发的一系列争论的出发点。这次科举变法最为鲜明的特征是罢诗赋而以经义定去取,以策论定高下。在此之前,律赋在与策论的较量中地位不断下滑。元祐六年(1091),宋廷又立诗赋、经义两科,礼部试恢复诗赋取士,诗赋部分地恢复了科场的地位,但在绍圣述圣期间,又回到了熙宁新制度上来。那么,宋人为什么要改革科考,律赋在科场地位的沉浮是在怎样的学术环境下发生的呢?如果我们把这一文化现象置于儒学复兴发展的语境下进行考察,就会发现,由于儒学深入而持久地对社会各个层面的渗透,宋人的人才观、文学观均已发生了深刻的变化,这正是引发律赋在科场地位动摇的直接诱因。

第一节　围绕诗赋取士的思考

宋廷于熙宁四年颁布的贡举新制是以罢诗赋而以经义取士为核心,其学术背景乃是儒学保守主义的道德至上的人才观,是儒学在其发展过程中对政治文化进行改造的一次努力。早在庆历年间,人们就从道德至上的人才观出发对科举表示不满,熙宁变法前后,王安石、司马光等都希望通过经纶稽古，建明学校，阐扬六艺，以训后生，达到文武之道坠而复兴的目的，因此，他们对诗赋取士进行了深入反思并表示出相当的愤慨。这种焦虑，有力地推动着科场改革。

熙宁四年的贡举新制直接发端于两年前朝臣关于科场改革的争论。当时对于罢诗赋，除苏轼等外，多数朝臣持赞成态度。主事者王安石在《乞改科条制札子》中指出："伏以古之取士，皆本于学校，故道德一于上，而习俗成于下，其人材皆足以有为于世。自先王之泽竭，教养之法无所本，士虽有美材而无学校师友以成就之，议者之所患也。今欲追复古制以革其弊，则患于无渐。宜先除去声病对偶之文，使学者得以专意经义，以俟朝廷兴建学校，然后讲求三代所以教育选举之法，施于天下，庶几可复古矣。所对明经科欲行废罢，并诸科元额内解明经人数添解进士，及更俟一次科场，不许新应诸科投下文字，渐令改习进士。"①王安石雄心勃勃，希望在取士方面荡近世之流弊，继千载之绝轨，笃道崇儒，以创立大业。他的设想是先道德而后艺能，通过学校培养学行修养，诗赋拘忌于声病对偶，对于考校道德之高下没有多大益处。他的最终目标是推行学校制度，经义取士只是一种过渡。他的思路是由科场出发，道斯民于至德，洒仁风于四

① 唐武标校：《王文公文集》卷三十一，上海：上海人民出版社，1974 年，第 363 页。当时与王安石变法主张不合的韩维当时奏上的《议贡举状》却与王的主张不仅一致，而且几乎是对其主张的进一步申说："臣谨按《周礼》大司徒之职，以乡三物教万民而宾兴之，曰六德，曰六行，曰六艺，所以修身事君，事父母，接兄弟、亲戚、朋友、乡党之道，无不教也。至于射御书数，亦皆时所资用，无非事而为之者，故起而仕之。则其所施设者，皆素业也。今之士固未尝教也，而又诱之以华靡无用之文，程之以诵记不讲之言，至于行能则漫然不省矣。故及其仕也，平居之所先务者，今则无所施矣；前日之所力习者，今则不足用矣。其所以时得贤俊之士而官之者，幸也。今欲讲图善法，以变其习俗，则当先去其无益者，而使就其益者。"（《南阳集》卷二十五，文渊阁四库全书本）

区，使科考取向与儒家治国理念取得一致。

属于旧党人物的吕公著看法和王安石相呼应，他说："其为科举之法，则专以进士经学，大抵皆袭唐制而已。夫上之取士者，将以治事而长民，而所以取之者，乃不过试之以辞章、记诵之学，盖亦乖矣。今诚不能革苟且之弊，兴废绝之法，而望贤才之加多，风俗之渐变，终亦不可得也。故臣窃以谓贡举之弊不可不革，而学校之制所宜渐复。虽进士经学，行之既久，为有司者安于课试之格，为士人者狃于进取之术，可以渐去而未可以遽废。"取士的目的是临政事而治齐民，而取士的方法是诗赋这样的辞章之学和墨义、括贴这样的记诵之学，方法与目的相去甚远。在吕公著看来，政治之才应该具备一定的德行和经学修养，这样才能习民靖俗，端本抑末。他也和王安石一样，寄希望于学校举士。当然，学校之兴非一蹴而就，取士之法也应渐去而非遽废。所谓"渐去"，就是罢诗赋而用经术，"按进士之科，始于隋而盛于唐。初犹专以策试，至唐中宗乃加以诗赋，后世遂不能易。取人以言，固未足见其实。至于诗赋，又不足以观言。是以昔人以鸿都篇赋比之尚方技巧之作，此有识者皆知其无用于世也。臣以谓自后次科场进士，可罢诗赋而代以经，先试本经大义十道，然后试以论策。夫试于有司，固未能得人之实材。然此法既设，则人稍宗经。今建立学校，将以经术教养，则代赋以经，亦变法之渐也"①。为了说明律赋之无补于世，他把律赋与东汉灵帝时的鸿都门赋相提并论，这似乎颇为不伦，鸿都门赋以"辩丽可喜"为特征的具有世俗文化色彩的赋，以娱目调笑为目的，而律赋则不然。他之所以如此，无非是想说明律赋无关乎治道，因此他主张罢律赋而以与儒典关系密切的经义、策论选士。以后建立学校，也应该以经术教养士子，这样，经术取士就具有了从科考过渡到学校的功能。

① 吕公著：《答诏论学校贡举之法奏》，《全宋文》第50册，第281—283页。

司马光对此申说得更为明白,"臣窃惟取士之弊,自古始以来,未有若近世之甚者也。何以言之?自三代以前,其取士无不以德为本,而未尝专贵文辞也。汉氏始置茂才、孝廉等科,皆命公卿大夫、州郡举有经术德行者,策试以治道,然后官之。故其风俗,敦尚名节"。他理想的取士就是兴学校以养士,汉代的征辟制度因担当荐士职责的官员为有德之人,皆能做到以德为本,且试之以策论,故而注重道德至上的选才标准亦能得以贯彻。以后的选士渐去本而逐华,乖离治道,"魏、晋以降,贵通才而贱守节,习尚浮华,旧俗益败。然所举秀、孝,犹以经术取之。州郡皆置中正,以品其才行,一言一动之失,或终身为累,士犹兢兢,不敢自放。隋始置进士,唐益以明经等科,而秀、孝遂绝,止有进士、明经二科。皆自投牒求试,不复使人察举矣。进士初但试策,及长安、神龙之际,加试诗赋。于是进士专尚属辞,不本经术,而明经止于诵书,不识义理。至于德行,则不复谁何矣。自是以来,儒雅之风,日益颓坏。为士者狂躁险薄,无所不为,积日既久,不胜其弊"①。他认为九品中正制亦能做到关乎道德举士,而以后的科举则渐渐乖离根本,用诗赋则又等而下之了,儒雅之风日益颓坏、士风日益狂躁险薄的根本原因就在于诗赋取士的导向作用。

可以看出,不管是变法者还是旧党人物,他们在废除诗赋取士、彰显道德方面相当一致,这是因为他们的学术有着共同的根基,那便是从中唐时期的韩愈那里传承下来的具有保守主义倾向的儒学思想。他们都主张尽快把贤能政治落到实处,除了以内圣外王之道规范皇权外,更重视砥砺名节,提升士人的道德层次,由此而风化天下,开创太平局面。因此,这个时期的儒学思想提倡道德风范的确立,在时人心目中,人才的第一要素是学行修养,政治才能是建立在品德基

---

① 司马光:《议学校贡举状》,《司马温公集编年笺注》第三册,李之亮笺注,成都:巴蜀书社,2009年,第552页。

础上的对儒家典籍的领悟能力，六经传治国治人之道，为学要宗经，选才要考察其对经籍的领会程度。相比之下，王安石更偏重于经世致用的才能，不过，他的变法主张虽是针对现实积弊的，但是他往往从儒家所标榜的“三代”、“古者”当中去寻找变法之道，这次科场变法也是这样。在推崇经籍方面新旧党人及其内部又有各种差别，但是他们对国家选才的观念多是建立在融通儒典之上的道德至上、宗经崇道的人才观。在这样的学术语境中，若依然采用与经籍联系不太紧密的辞赋来衡才，就显得颇为不伦。熙宁年间的科场罢黜诗赋，正是这种人才观念催生的结果，也是儒学深入渗透社会生活的表征之一。

科场罢诗赋的呼声和儒学复兴几乎是同步的。宋初，人们对科考承袭唐制的合理性并没有表示怀疑①。之后，在真宗天禧年间，儒学方兴未艾之际，人们意识到诗赋不近治道，因而希望提高以阐发儒家思想和政治主张为主的策论在科考中的地位。随着通经致用成为士人的共识，律赋在衡才方面的价值不断遭到人们的怀疑，而策论的

① 太宗时期，梁颢曾上书太宗论选举，“臣历观史籍，唐氏之御天下也，列圣间出，人文阐耀，尚且渴于共治，旁求多彦，设科之选，逾四十等。当时秉笔之士，彬彬翔集，表著所以。左右前后，有忠有良，导化原、树治本者，享三百年，得人之由也。五代不竞，兹制日沦。国家兴儒，追风三代。方今科名之设，俊造毕臻，秉笔者如林，趋选者如云。贡于诸侯，考于春官，陛下躬临慎择，必尽至公。奈何所取不出于诗赋、策论，简于心者援而陟之，咈于心者推而黜之，宁无滥陟枉黜之失耶？其间阘茸妄进，滥厕科场者，间亦有之。若曰陛下嘉惠孤寒沉滞之士，罔计贤否，悉拔而登之，一视同仁。臣窃谓此非确论。盖圣人在上，则内君子而外小人。若薰莸同器，甚非所以正人伦、厚风俗也。况丘园之下，岂无宏才茂德之士。陛下诚能设科以擢异等之士，俾陈古今之治乱、君臣之得失、生民之休戚、贤愚之用舍，庶几有益于治，不特诗赋、论策之小技，以应有司之求而已”。这封奏章虽然也提醒君王重视选才的道德因素，但他重点是想提请朝廷在可靠之外应该注意对“遗贤”的延揽（脱脱等：《宋史》卷二九六《梁颢传》，北京：中华书局，1977 年，第 9863 页）。

地位却随之日益提升。到了庆历新政前后,变革科场的呼声异常高涨,我们知道,范仲淹主导的庆历新政是宋人立足于儒学思想来整饬政治的一次努力,其中一个内容就是“精贡举”,范仲淹说:“六经传治国治人之道,而国家专以辞赋取进士,以墨义取诸科,士皆舍大方而趋小道,虽济济盈庭,求有才有识者十无一二。况天下危困,乏人如此,固当教以经济之业,取以经济之才,庶可救其不逮。或谓救弊之术无乃后时,臣谓四海尚完,朝谋而夕行,庶乎可济,安得晏然不救,坐俟其乱哉!臣请诸路州郡有学校处,奏举通经有道之士,专于教授,务在兴行。其取士之科,即依贾昌朝等起请:进士先策论而后诗赋,诸科墨义之外,更通经旨,使人不专辞藻,必明理道,则天下讲学必兴,浮薄知劝,最为至要。”①他认为科考主六经才是正道,因为治人之道在六经之中,诗赋取士远离圣道,久之将引发祸乱,因此应该先策论而后诗赋,引导士子不专注于辞藻,而应用心于儒家大道。庆历四年(1044)三月十三日,宋祁、欧阳修等九人联合上奏,对范仲淹的兴学校作了进一步的申说:“伏以取士之方,必求其实;用人之术,当尽其材。今教不本于学校,士不察于乡里,则不能核名实。有司束以声病,学者专于记诵,则不足尽人材,此献议者所共以为言也。臣等参考众说,择其便于今者,莫若使士皆土著而教之于学校,然后州县察其履行,则学者修饬矣。故为学制,合保荐送之法。夫上之所好,下之所趋也。今先策论,则文辞者留心于治乱矣;简其程式,则闳博者得以驰骋矣;问以大义,则执经者不专于记诵矣。故为先策论过落、简诗赋考式、问诸科大义之法,此数者,其大要也。……及州郡封弥、誊录,进士、诸科帖经之类,皆细碎而无益者,一切罢之。凡其所

① 范仲淹:《答手诏条陈十事》,《续资治通鉴长编》卷一四三,第3435—3436页。

为，皆申之以赏罚而劝焉。如此，则养士有素，取材不遗。”①这篇奏章从道德至上的选才原则出发，肯定了兴学校和乡察里选的重要性，而把封弥、誊录等宋初三朝的“美政”视为细碎无益之举。他们重视大义和策论，认为诗赋等无关治乱，应“一切罢之”。范仲淹们看重的是人才的“经济”能力，也就是经世济国的本领，这些本领蕴含在六经之中，需要士子通过学习揣摩领悟儒家典籍来通晓，而诗赋和墨义却于此无补。这些看法正是源于儒学兴起引起的人才观念的变化，他们意识到不能致太平的关键因素是科考把人心导向浮薄之境，因此必须兴学校、崇道德、宗经籍，从根本上扭转这种延续几百年的制度。

之后，关于科场改革的呼吁并没有因为庆历新政的终止而消歇。司马光在嘉祐六年（1061）奏上的《论举选状》是一篇具有代表性的文献，“臣窃以取士之道，当以德行为先，其次经术，其次政事，其次艺能。近世以来，专尚文辞。夫文辞者，乃艺能之一端耳，未足以尽天下之士也。国家虽设贤良方正等科，其实皆取文辞而已”。这篇奏疏指出了才能的几个层次：德行、经术、政事、艺能。而诗赋只是艺能之一端，因此他主张，“及诸科所试大义，有司不以定去留，盖由始者立格太高，致举人合格者少。臣欲乞今后明经所试墨义，止问正文，不问注疏。其所试大义，不以明经诸科，但能具注疏本意，说解稍详者为通；虽不失本意，而讲解疏略者为粗，余并为不通。若能先具注疏本意，次引诸家杂说，更以己意裁定，援据该赡，义理高远，虽文辞质直，皆为优等”②。试经术莫若经义，试政事莫若策论。按此思路，诗赋在科场地位的旁落也就是自然而然的了。而且，他特别强调士子

① 欧阳修：《详定贡举条状》，《欧阳修集编年笺注》第六册，李之亮笺注，成都：巴蜀书社，2007年，第247页。

② 司马光：《论举选状》，《司马温公集编年笺注》第三册，李之亮笺注，成都：巴蜀书社，2009年，第87、89页。

融会贯通经传的能力，即"义理"的高远，这反映了当时通经明古以致用的学风。

先策论而后诗赋是庆历科场新政的重要收获。之前，叶清臣在天圣二年（1024）即以策论擢进士高第。可以说庆历年间的科场局面是积势使然。策论从汉代以来就是考试文体，不论是对策、射策还是申论治道，皆立足于治国之理，在宋代，策还被细化为时务策和子史策，旨在阐述儒家治道和国家大政方针，正可考察士子的"经济"抑或政事才能。诗、赋不过工浮词，论、策则可验实学，这是它在通经致用方面优于律赋的地方。那么，考察经术才能的经义，其科场地位自然更优于策论，在熙宁变法期间确立经义取士而罢诗赋，正是沿着这种人才观念发展的结果。当然，宋儒看重的才能的根本是"德行"，经术与德行并不是一回事，不过，经术内则修身，通向德行；外则齐家平天下，通向政事，具有贯通道德与政事的功能，修己与成物在经术这里得到了统一。可以说，以经义取士反映了王安石们落实儒家人才观念的苦心孤诣。

元祐年间，有司欲尽去新法，再一次引发诗赋经义之争，李常的上奏集中体现了主张经义取士者的思路，"以诗赋设科，是朝廷率人以浮靡，其相率为浮靡者，非士之罪，而诗赋之罪也。倡率天下学士大夫，趋向操术，不为礼义而为浮靡，可以谓之良法哉？浮靡成俗，则士无操行；士无操行则回邪奸慝，无所不为已。且朝廷公卿百执事，皆由此涂而进，今设科育材取士，以为公卿百执事将不谨其初耶？夫尧、舜、三代之治迹，《诗》、《书》存焉；赏罚褒贬之大法，《春秋》存焉。《礼》以治其显，《易》以治其微，道德性命之理，人情事物之变，立身行己，仁民爱物之术，无不备载，先王用之训迪天下，士犹有学而不知道者，又况绝之以为无用哉？"①儒家典籍有三代之治迹，是先王训

① 李常：《乞经义诗赋各设一科奏・三》，《全宋文》第72册，第247页。

示、启迪后人的致太平秘笈；诗赋则只能引导天下士子不为礼义，不仅无补治道，而且煽动浮靡之风。以后的整个宋代科场，其德行为先的人才观一直是主导思想。

其实，北宋时期科场罢黜律赋的思路并非宋人首倡。在唐代，固守“河朔”文化传统的人们依宗经和道德至上重视“经济”立论，反对进士科。开元十七年洋州刺史赵匡在《举选议》中说：“夫才智因习就，固然之理。进士者时共贵之，主司褒贬，实在诗赋，务求巧丽，以此为贤，不唯无益于用，实亦妨其正习；不唯挠其淳和，实又长其佻思。自非识度超然，时或孤秀，其余溺于所习，悉昧本源。欲以启导性灵，奖成后进，斯亦难矣！故士林鲜体国之论，其弊一也……疏以释经，盖筌蹄耳。明经读书，勤苦已甚，其口问义，又诵疏文，徒竭其精华，习不急之业。而当代礼法，无不面墙，及临人决事，取办胥吏之口而已。所谓所习非所用，所用非所习者也。故当官少称职之吏，其弊三也。……崇末抑本，启昏窒明，故士子舍学业而趋末伎，其弊四也。……故业因儒雅，行成险薄，非受性如此，势使然也。浸以成俗，亏损国风，其弊五也。”这完全是从实用的选拔吏才角度来看待诗赋取士的，他的人才观是宗经重德的道德至上的人才观。因而，他主张“立身入仕，莫先于礼，尚书明王道，论语诠百行，孝经德之本，学者所宜先习”。提出考试“笺、表、议、论、铭、颂、箴、檄等有资于用者，不试诗赋”①。唐肃宗时，杨绾的主张则与熙宁年间士大夫的主张更为接近，他在《条奏贡举疏》中说：“至高宗朝，刘思立为考功员外郎，又奏进士加杂文，明经填帖，从此积弊，浸转成俗。幼能就学，皆诵当代之诗；长而博文，不越诸家之集。递相党与，用致虚声，《六经》则未尝开卷，《三史》则皆同挂壁。况复征以孔门之道，责其君子之儒者哉。……古之贤良方正，岂有如此者乎！朝之公卿，以此待士，家之

① 杜佑：《通典》，北京：中华书局，1988 年，第 419—422 页。

长老，以此垂训。欲其返淳朴，怀礼让，守忠信，识廉隅，何可得也！……望请依古制，县令察孝廉，审知其乡闾有孝友信义廉耻之行，加以经业，才堪策试者，以孝廉为名，荐之于州。……其所习经，取《左传》、《公羊》、《穀梁》、《礼记》、《周礼》、《仪礼》、《尚书》、《毛诗》、《周易》，任通一经，务取深义奥旨，通诸家之义。……居家者必修德业，从政者皆知廉耻，浮竞自止，敦庞自劝，教人之本，实在兹焉。"①这一动议还得到古文家贾至等的呼应。唐人的这些论调当是从北周延续下来的实用主义文学观念和人才观念的回响，主张宗经、鄙薄文华风采者，大抵出于北朝以来山东士族之旧家。北宋时期反对诗赋取士、主张复古者，其立足点与此类似。问题在于，唐代的这股反对诗赋取士的逆流，其发端是南北长期的隔离和文化发展的不平衡所造成的北方一些士人对文化风采的反感，这和隋文帝时反对辞采是一脉相承的，是文化落后的后遗症，而北宋时期则不然，它反映的是儒学在其发展时期对文化发展的规范或者挤压。

第二节　征辟荐举与学校养士

王安石改革科考的最终目标是废除科考，以学校制度培养人才，这样可以关照到士人的品行，知人而用，经义取士只是在学校制度建立完善之前的权宜之计。熙宁的科场新制，是庆历新政的呼应。王安石的这一设想也得到了旧党人物包括司马光的认可。不过司马光担忧的是庆历兴学的弊端可能会重演，因此强调朝廷必须重视学校

① 《旧唐书》卷一一九《杨绾传》，北京：中华书局，1975 年，第 3430—3432 页。

教授的铨选和考核①。

但是建立学校制度毕竟是一项浩大的工程,作为一种过渡,宋人为什么废诗赋而用经义,却不恢复汉代的征辟荐举制度呢?或者取消糊名、誊录制度,结合士子的"誉望"综合衡才呢?这种举措要比经义取士更能突出德行修养的考量,更符合儒家道德至上的准则。但是欲行征辟荐举或者兼采"誉望",就必须突破糊名、誊录制度,对此早就有人呼吁过,只是宋初三朝逐步确立、完善起来的糊名、誊录制度作为杜绝官员徇私舞弊的措施,早已载入《三朝宝训》中,是圣朝美政,祖宗家法,难以轻易撼摇。包拯曾对此抱怨道:"今之取士则异于是(指三代学校选人),乡曲不议其行,礼部不专其任,但糊名誊本,烦以绳检,复于轩陛,躬临程试,三题竞作,百篇来上,不逾三数日,升降天下士。其考较去留,可谓之精且详乎?"②对于选才这样的大事,不参考基层组织的操行评议,完全取决于试卷,这是否能选择真正的人

① 司马光:《议学校贡举状》:"臣伏见自庆历以来,天下诸州虽皆立学校,大抵多取丁忧及停间官员以为师长,藉其供给,以展私惠,聚在仕官员及井市豪民子弟十数人,游戏其间,坐耗粮食,未尝讲习,修谨之士多耻而不入。间有二千石自谓能兴学者,不过盛修室屋,增置庄产,广积粮储,多聚生徒,以邀虚名。师长之人自谓能立教者,不过谨其出入,节其游戏,教以钞节经史,剽窃时文,以夜继昼,习赋、诗、论、策,以取科名而已。此岂先王立学之意邪!于以修明圣道,长育人材,化民成俗,固已疏矣。臣欲乞自今天下州学,只许置教授一人,委本州长吏于本处命官中,选择无过犯、有节行、能讲说、为众所服者,举奏补充。若本州无人,则奏乞下铨司选差,委铨司于见在铨选人内,拣选进士、明经诸科出身人,历任无赃私罪、能讲说经书者奏补,充逐州教授。仍令国子监试讲说经书。应举人初入学者,并为外舍生,唯赴听讲及公试外,不得于学中宿食。其教授每日讲书毕,取在学诸生姓名,书于签上,杂置筒中,抽取三人,问以听过书中疑义三条,使对众解说。通者置簿记录,粗者不问,不者有罚。每月中两次公试,各试所习举业,委教授考校,定优劣等第,具姓名出榜示讫,亦置簿记录。"(《全宋文》第55册,第134页)

② 包拯:《论取士奏》,《全宋文》第25册,第327页。

才,包拯对此表示怀疑。庆历新政前后,对这一制度的反思也多了起来,范镇的指责尤为激烈,"世之所谓糊名者,待盗跖可也。以待盗跖之法而欲求颜、闵之人,其为颜、闵者不化为盗跖几希矣。而议者以为糊名不可废。糊名不可废,而欲责士之行谊,难矣哉!臣请择良师而教之于学,以观其素;弛糊名之禁而待之以礼,以养其诚:以谨士之初也"①。完全忽略对士子的道德品行的考量,通过试卷"较艺",不是鼓励人心向善,而是待盗跖与颜回、闵损一视同仁,这是对有德者的极大不尊重,范镇认为弛糊名之禁而礼贤下士,择良师而教之,这其实就是庆历新政和熙宁变法主张的兴学校。

熙宁二年的科场讨论,糊名、誊录颇为人们关注,因为这是道德品行衡才的一大障碍。苏颂指出:"所谓考试关防太密,弥封誊录是也。夫弥封誊录,本欲示至公于天下。然而徒置疑于士大夫,而未必尽至公之道,又因而失士者亦有之。何则?国家取士,行实为先。今既弥封誊录,考官但校文词,何由知其行实?故虽有瑰异之士,所试小戾程式,或致退落;平时常负玷累,苟一日之长可取,便预收采。士之贤否,而进退之间系乎幸与不幸,往往是矣。是岂朝廷之本意耶?"以德治国的儒家政治观念往往忽略制度建设的重要性,在这份奏章中,他假设官员和士绅都是君子,朝廷应该用人不疑,依赖他们的荐举,这样就能真正做到以道德选士,而杜绝矜一时之艺能,以期侥幸的心理。但是,这个假设的前提就是不靠谱的,过分依赖德治而排斥法制,只能导致道德的全面滑落。苏颂天真地认为:"臣以为士子之行,莫若乡曲最知其详。傥或素履无闻,因而黜落。自厌群议,复何

① 范镇:《议取士状》,《全宋文》第40册,第224页。李觏《上范待制书》中也说"国朝患其或私谒也,于是糊其名,易其书,混致于考官之手。固不知其立身之行,干蛊之才。虽有仁如伯夷,孝如曾参,直如史鱼,廉如于陵,一语不中,则生平委地。况执其柄者,时或非人。声律之中,又有遗焉。荐于乡,奏于礼部,第于殿庭,偶失偶得,如弈棋耳。"(《全宋文》第41册,第348页)

畏乎多言邪？若其行完学富之人，偶不与荐，既知朝廷所以取之之意，则人人自重，不敢轻发。养其廉耻，异日足为嘉士，其所劝盖多矣。”其实，道德高下是人的境界问题，是难以做出精准的考量的，在这个问题上“群众”或者某几个官员的意见并没有多大的可信度，因为人们的眼睛所见只能是表象，甚至是印象，而且“群众”这个群体本身就成分复杂，庞杂无比，其眼睛不可能是“雪亮的”。以“群众意见”来考量人才，只能是一种期望，或者成为被主事者“代表”的遁词或者托词。因此征辟荐举、乡评里议，这种办法在东汉后期就已经行不通了，并且直接催生了九品官人之法，也为以后士族门阀的形成准备了条件。

宋人似乎忽略了征辟荐举制度的历史命运，一些人执意要依古制，行古礼。那么这种制度在当时真的行得通吗？刘攽就指出：“议者又谓，不如一用乡举里选者，此又知其一，未知其二也。夫二汉之用乡举里选，所以得人者，其时郡县之吏，自廷掾、诸曹、卒史、驭吏、亭长、游徼，皆贤士为之。故其临财不苟，则知其廉；值事能断，则知其智。文武材略，莫不毕效。故其誉之有实，举之不难。自流品分别，郡县吏卒，弃绝为贱，不齿于搢绅，贤士不复从此役，士之居乡里者，何由察知？苟凭虚名以进人，后有不称，将复相与蔽护其短而谓之材，终亦不得真贤实廉矣。是乡举里选，又不可尽用也。凡此数端，皆臣所以深疑者也。”①刘攽担心的是掌握选举之柄的人道德低下，缺乏识才量才之能，那样会使得整个吏治乌烟瘴气。他认为汉代官人皆贤士，这是推行此制度的保障，而如今已经失去了这一基本条件。司马光则从另一角度否定征辟制度，他说：“议者或曰：古人乡举里选，今欲知士之德行，宜委知州、知县者，采察其实，保而荐之。臣独以为不然。古者分地建国，自卿、大夫、士，皆以其国人为之，犹患

① 刘攽：《贡举议》，《彭城集》卷二十四，北京：中华书局，1937年，第338—339页。

处士之德行不可得而详也，故又择其乡之贤者，使为闾胥、比长，自幼及长，朝夕察其所为，然后士之德行美恶，莫得而隐也。今夫知州、知县杂四海九州之人，远者三岁而更，近者数月而更，或初到官即遇科场，遽责之知所部士人德行，诚亦难矣。……议者又曰：宜去封弥、誊录，委有司考其文辞，参以行实而取之。臣独以为不然。夫士之德行，知州县者尚不能知，而有司居京师，一旦集天下之士，独以何术知之？其术不过以众人之毁誉决之。孔子曰：'众好之，必察焉；众恶之，必察焉。'夫众人之毁誉，庸讵足以尽其实乎？必如是行之，臣见其爱憎互起，毁誉交作，请托公行，贿赂上流，谤讟并兴，狱讼不息，将纷然殽乱。朝廷必厌苦之。而复用封弥、誊录矣。夫封弥、誊录，固为此数者而设之也。譬犹筑防以鄣泽水也，今不绝其源而徒去其防，则横流之患，愈不可救矣。"①在这个问题上，司马光的看法还是较为实际的，这不仅是因为人们的迁徙较之前代更为自由，使得乡里评议失去了基础，而且众人之毁誉也难以尽其实，其结果就是请托公行，贿赂上流。封弥、誊录制度，就是杜绝这种情况的一道屏障。

不过，征辟制度对于当时的儒者来说是相当有吸引力的，变相的乡里评议在不违背祖制的前提下还是在尝试着。宋廷曾于大观元年（1107）推行与征辟相类似的"八行取士"，这其实是通过乡举里选的手段推荐入太学学习的名额，还不是真正意义上的"取士"。这"八行"是指："诸士有善父母为孝，善兄弟为悌，善内亲为睦，善外亲为姻，信于朋友为任，仁于州里为恤，知君臣之义为忠，达义利之分为和。"其施行的办法是："诸士有孝、悌、睦、姻、任、恤、忠、和八行见于事状、著于乡里者，耆邻保伍以行实申县，县令佐审察，延入县学，考

① 司马光：《议学校贡举状》，《司马温公集编年笺注》，第556—557页。

验不虚,保明申州如令。”①而直接启发这一制度的就是司马光②,他在熙宁年间曾经反对征辟举选,何以又提出此议呢?其实,作为具有强烈保守主义倾向的儒者,司马光是醉心于汉代的选士制度的,只不过这一举措既违背祖制,在现实中又缺乏可操作性,而这份奏章中提到的举人,其实是举选事务性吏才,而且他还建议建立严格的责任制度,对举人不当的官员进行惩罚。与司马光观点相类的还有包拯,他一方面对封弥、誊录表示不满,但是又不主张遽尔废除。在庆历年间,新的贡举条制针对发解举人不再封弥、誊录,包拯很快对此表示了反对,他的理由是:生员人数众多,难以保证有司能够恪尽职守,出于公心精于选人;生员罢听读之后,各自散去,有司无法全面考察其德行③。司马光、包拯面对举选的依违避就的矛盾心理,其实反映了儒家重视德行的人才观念在现实生活中的不合时宜和迂阔难行。而

① 杨仲良:《皇宋通鉴长编纪事本末》,哈尔滨:黑龙江人民出版社,2006年,第2115页。

② 司马光在元祐元年(1086)所上的《乞以十科举士札子》中说:“臣不胜狂愚,欲乞朝廷设十科举士:一曰行义纯固、可为师表科。有官无官人皆可举。二曰节操方正、可备献纳科。举有官人。三曰智勇过人、可备将帅科。举文武有官人,此科亦许钤辖已上武臣举。四曰公正聪明、可备监司科。举知州以上资序人。五曰经术精通、可备讲读科。有官无官人皆可举。……八曰善听狱讼、尽公得实科。举有官人。九曰善治财赋、公私俱便科。举有官人。十曰练习法令、能断请谳科。举有官人。应职事官自尚书至给舍、谏议,寄禄官自开府仪同三司至太中大夫,职自观文殿大学士至待制,每岁须得于十科内举三人。非谓每科各举三人,谓各随所知,某人堪充某科,共计三人。”(《全宋文》第55册,第296—297页)

③ 包拯在《请依旧封弥誊录考校举人》中说:“臣伏睹新定贡举条制,节文诸州发解,令知州通判职官令录等,保明行实,更不封弥誊录者,此乃三代里选之法,盖朝廷欲先德行而后词学,责成有司,不欲烦以绳检,庶取士有以得其实才矣。缘天下郡学自罢听读之后,生徒各以散去,一旦诏下,投牒求试者,比比皆是。长吏等又安能一一练悉行实哉!不免秖凭逐人,递相(转下页注)

且，“八行取士”最终因为司马光们预见到的弊端的困扰不了了之①。

可见，将儒家道德至上的人才观贯彻到国家政治生活中，选择罢诗赋而以经义策论取士，是较为便捷和务实的途径。理论上讲，这样可以诱导士人专研经籍以涵养心胸，不尚浮靡以正心诚意，由此返璞归真，淳厚风俗，揖让而四夷服，缓带而天下从，正是走向贤能政治的达途。熙宁年间的济世干才和道德君子可能没有意识到，科举本是朝廷用高爵厚利引诱天下士子入我彀中的举措，它既是在笼络读书人，以确立其政权的合法性和重申官方的意识形态，也是为了在对其有利的知识和信仰的基础上建立起统治体系，巩固士绅阶层。可以说，科举是官方和士人的一种交易或者博弈。不管是诗赋抑或经义、策论，最终是要在科场上被工具化的，即使是道德取士，道德也是要被工具化的。因此，道德至上，选贤授能，只是儒家先贤们留给后人

(接上页注)保委，然而诈伪猥杂者，亦无由辨明。兼每州用试官一员，是天下试官，逾三百余员，必恐未能尽得其人，而悉心于公取也。或缘其雅素，或牵于爱憎，或迫于势要，或通于贿赂，势不得已，因而升黜者有矣，又何暇论材艺较履行哉！洎取舍一谬，则是非纷作，不惟抑绝寒素，窃虑天下因此构起讼端多矣。况封弥誊录，行之且久，虽非取士之制，稍协尽公之道，若今来诸州发解举人，且令仍旧封弥誊录考校，于理甚便。”(《包孝肃奏议》卷二，北京：中华书局，1985 年，第 27 页)

① 吴执中在大观四年(1110)正月奏上《勿滥以八行举士事奏》，其中说：“窃闻迩来诸路以八行贡者，如亲病割股，或对佛燃顶，或刺臂出血，写青词以祷，或不茹荤，常诵佛书，以此谓之孝。或尝救其兄之溺，或与其弟同居十余年，以此谓之悌。其女适人，贫不能自给，取而养之于家，为善内亲。又以壻穷窭，收而教之，为善外亲。此则人之常情，仍以一事分为睦姻二行。尝一遇歉岁，率豪民以粥食饥者，而谓之恤。夫粥食饥者，乃豪民自为之而已，独谓之恤，可乎？又有尝收养一遗弃小儿，尝救一跛者之溺，而以为恤。如此之类，不可遽数。伏愿下之太学，俾长贰、博士考以道艺，别白是非，澄去冒滥，勿使妄进。申饬郡县长吏及学事司察验行实，有其人则举，无其人勿以妄贡，务在奉承诏旨，不失法意。”(《全宋文》第 80 册，第 370 页)

的一个美丽的幻梦而已。熙宁变法中的经义取士,注定是难以达到关乎治道的初衷的。而且,这个制度的颓势来得出乎意料的快,熙宁八年(1075),王安石把由自己组织编定、反映自己经学思想的《三经新义》作为科场的权威读本,经义矮化为阐发王安石新学的工具,“王学”则可以凭借科场的利诱遍行天下,并对其他学术形成打压之势,这是深具忧患意识的士大夫不愿意看到的。本来宋初以来形成的较为宽松的学术思想氛围,已经在因变法而不断加强的集权专制的挤压下岌岌可危,科场改制由重道德而导致“一学术”,则更使得放任的皇权难以控制,以科场新制之名行罢黜百家之实,这恐怕是司马光等道德君子始料未及的。

第三节　选才与衡文

欧阳修等倡导的诗文革新运动基本上与儒学发展保持着同步态势,古文创作在这种背景下日渐繁荣。古文是儒家思想的重要载体,宋儒在遥接韩愈学术的同时,也继承了他的古文创作传统。他们对韩愈的继承,是在发扬韩愈倡导的具有实用主义色彩的儒家学说的基础上,对其进行重构的。这就要求突破传统章句之学的束缚,甚至摆脱儒家元典和经典化了的传注的束缚,开拓相对自由的学术空间,以便依己意揣摩圣人奥旨,疑传惑经,经世致用,重构儒学体系,开太平之基。因此,古文自由表达的优势被给予了特别的关注,文学观念也因此悄然发生变化。诗文革新运动是对重构儒学体系的回应,也是对儒学影响下的士风转变的回应。于是,经世致用、激励士风、流畅自然、富于深思,就构成了文学创作的核心元素。文学观念的这些转变,自然会在科场上有所体现,而整齐密丽的律赋,则与这种文学风尚颇为龃龉,尤其是它日益繁琐苛刻的形式方面的要求,更加剧了其与主流文学创作的距离。熙宁变法是一场具有儒家实用主义色彩的变法运动，罢诗赋取士折射出已经成为主流文学观念的儒家文道观对科场衡文标准的强烈不满。

推动儒学复兴的主力之一是一批具有隐士气质或者生活经历的在野人士，如柳开、石介、穆修等。与其呼应的是范仲淹、欧阳修以及后来的王安石、苏轼等士大夫。这些在野人士有着与科考出身的士大夫对比鲜明的文化色彩。他们不同于那种高蹈尘外的岩穴处士，更不同于通过追求雅致情趣以强调自己身份地位的士大夫，他们是一群捍卫道统、抱道而居的偏执的保守主义者。正是他们，架起了连接韩愈以及中唐古文与当时学术文化的桥梁。他们与积极进取的士大夫们同气相求，促进了儒学的深入发展，也推动着文学由宋初的闲逸淡雅格调向张扬忧患意识的革新道路演进。庆历年间，这批在野人士的一些人进入太学担任教职，有些人甚至很早就在民间课徒讲学。他们的学术主张通过这种较为直接的方式对科场施加影响。宋初以来，科场不断向关乎治道的方向发展，与他们的孜孜以求不无关系。欧阳修等倡导的诗文革新运动，则在主流文学层面呼应着科场的这种潜移默化。因而，当具有浓厚儒家保守主义色彩的学术思想和追求自由表达的文风追求逐渐成为主流观念的时候，律赋辞藻华赡的审美品格就越来越不合时宜。而科场的墨义、括贴因其只考察记诵经传的死功夫，有悖于当时自由议论的风尚而遭嫌弃。律赋在这种学风文风的影响下虽然也在不断进行调整，命题范围由子史而趋向儒典，句式由以四六句为主变而为三言、七言、九言、十一言，句式不断加长，行文更为灵动，文辞更为质朴典重等等，但还是跟不上时代学术的发展。

不论当时还是以后，人们多喜欢用“险怪”来评价当时的科场文风，甚或以此来指陈推动这种文风的太学、书院的诸先生——那些在野人士的文风和人格。怪，指的是其思想或风范不合主流；险，则是一种审美感受，指的是其思维或行为执拗偏激，具有一定的感觉冲击力。这恰如其分地概括了在儒学影响下的士风和文风与宋初的尚雅的主流风尚之间的轩轾。这些“险怪”人士认为先王之道弥远，华伪之风日滋，骈体文风，以及科场上尊崇律赋，对古文的发展是相当不利的，是弘扬古道的威胁。他们对这种文风强烈不满，猛烈抨击。其实在弘道过程中他们所遇到的阻力微乎其微，他们以一种近乎夸张的亢奋来声讨圣道不行久矣的末世，并且对科场文风也给予了特别的关注。穆修就说：“盖古道息绝不行，于时已久。今世士子习尚浅近，非章句声偶之辞不置耳目，浮轨滥辙，相迹而奔，靡有异途焉。其间独敢以古文语者，则与语怪者同也。”①认为科场试诗赋是古道流行的主要障碍，古文应该占领这片领域，以便弘扬圣道。这些在野人士对律赋的憎恶，除了弘道外，是否有其他方面的因素，很值得深思。因为这些人多是出身社会文化的边缘，科考又非其强项，他们不甘心作真正的处士，不甘于被边缘化，而是意欲有所作为，因此，他们对当时文风世风的抨击似乎含有个人不遇的压抑感，而非仅仅是出于接续圣人薪火的冲动。

经过这些人不懈的努力，科场文风终于发生了转变，庆历六年（1046）张方平所上奏疏《贡院请诫励天下举人文章》指出：“自景祐元年，有以变体而擢高第者，后进传效，因是以习。尔来文格日失其旧，各出新意，相胜为奇。至太学之建，直讲石介课诸生试所业，因其所好尚，而遂成风。以怪诞诋讪为高，以流荡猥烦为赡，逾越规矩，或误后学，朝廷恶其然也，故下诏书，丁宁诫励，而学者乐于放逸，罕能自还。今贡院考试，诸进士太学新体，间复有之。其赋至八百字已上，而每句有十六、十八字者，论有一千二百字以上，策有置所问而妄

① 穆修：《答乔适书》，《河南穆公集》卷二，四部丛刊初编本，第10页。

肆胸臆，条陈他事者。”[①]这则文献清晰地展示了科场险怪文风与石介等人的关联，以及文风的转变引起的士大夫阶层的不快。科场文风追求新意、妄肆胸臆，这与儒学的疑经惑传风气相一致，而律赋等时文句式每句有十六、十八字者，则是模仿古文使然。需要指出的是，以欧阳修为中坚力量的诗文革新运动并不是完全承接这股强劲的儒学和古文的复兴思潮，而是既吸收士大夫主流文化，又融贯经世致用的淑世精神和流畅表达的古文风范，兼采众长，美善并重[②]。因此，诗文革新运动与儒学复兴的展开并不一直都是和谐的。欧阳修对那些险怪的儒者掀起的科场新风——主要是时文的空谈心性和故作艰深的“太学体”文风，从来就不是太感兴趣[③]。嘉祐二年(1057)

---

① 张方平:《贡院请诫励天下举人文章》,《乐全集》卷二十,文渊阁四库全书本,第1104册,第184页。

② 南宋的叶适在讨论北宋古文发展的历史时说:“文字之兴,萌芽于柳开、穆修,而欧阳修最有力,曾巩、王安石、苏洵父子继之,始大振,故苏氏谓虽天圣、景祐,斯文终有愧于古。此论世所共知,不可改,安得均年析号,各擅其美乎?及王氏用事,以周孔自比,掩绝前作,程氏兄弟,发明道学,从者十八九,文字遂复沦坏。”(叶适:《习学记言》卷四十七,文渊阁四库全书本,第849册,第770页)这是就总体态势而言,其实,欧阳修的古文观和柳开等人还是不太一致的。而且,欧阳修还曾经通过别人奉劝王安石为文不要太过奇崛,而王安石等则对欧阳修很不以为然。

③ 欧阳修在《答李诩第二书》中明确表示谈论道德性命问题毫无意义,“今世之言性者多矣,有所不及也,故思与吾子卒其说。修患世之学者多言性,故常为说曰:夫性,非学者之所急,而圣人之所罕言也。《易》六十四卦不言性,其言者动静得失吉凶之常理也;《春秋》二百四十二年不言性,其言者善恶是非之实录也;《诗》三百五篇不言性,其言者政教兴衰之美刺也;《书》五十九篇不言性,其言者尧、舜、三代之治乱也;《礼》、《乐》之书虽不完,而杂出于诸儒之记,然其大要,治国修身之法也。六经之所载,皆人事之切于世者,是以言之甚详。至于性也,百不一二言之,或因言而及焉,非为性而言也,故虽言而不究”(《居士集》卷四十七,《欧阳修全集》第二册,中华书局,2001年,第668—669页)。

的科场风潮就是这种冲突的结果。

文学观念向着文以载道和自由表达的方向发展，而科场律赋的发展方向却与之乖离。首先，和唐律相比，宋律的命题逐步限定在《九经》、子、史范围内，使得士子骋才的空间越来越小；其次，限韵越来越严格，唐代律赋，韵数多寡、平仄次序，没有定格，宋律不仅恪守八韵，而且遵守题目给定的用韵的次序，平仄次第用韵；第三，宋代律赋的用韵限定于《礼部韵》。宋代科考严格恪守这些规矩，一旦"不考式"，即遭黜落。在这些规矩的拘束下，宋代律赋形成了一整套极其繁琐的写作程式，这严重制约了士子心胸学力的展现，变成了在细枝末节上较艺的文字游戏①。有一种说法，认为文学如戴着枷锁跳舞，限制越严，越能自由驰骋，越能展现作者的才华。其实这是把规矩的作用绝对化了。凡事有个限度，形式方面的规矩太多太繁琐，就会扼杀作品的生命力。李调元《赋话》云："宋初人之律赋最夥者，田、王、文、范、欧阳五公。黄州一往清泚，而谏议较琢炼，文正游行自得，而潞公尤谨，欧公佳处乃似笺表中语，难免于陈无己以古为俳之诮。故论宋朝律赋，当以表圣、宽夫为正则，元之希文次之，永叔而降，皆横骛别趋，而偭唐人规矩者矣。"②宋代律赋远离唐人法度，主

① 《四库提要·〈大全赋会〉提要》说："不著编辑者名氏。皆南宋程试之文。案宋礼部科举条例，凡赋限三百六十字以上成。其官韵八字，一平一仄相间，即依次用。若官韵八字平仄不相间，即不依次用。其违式不考之目，有诗赋重叠用事，赋四句以前不见题。赋押官韵无来处，赋得一句末与第二句末用平声不协韵，赋侧韵第三句末用平声，赋初入韵用隔句对，第二句无韵。拘忌宏多，颇为烦碎。又淳熙重修文书式，凡庙讳、御名本字外，同音之字应避者凡三百一十七。又有旧讳濮王、秀王诸讳应避者二十一。是下笔之时，先有三四百字禁不得用，则其所作，苟合格式而已，其浮泛庸浅，千手一律，固亦不足怪矣。"虽然说的是南宋律赋的状况，其实北宋律赋也是一样。唐律、宋律之分，规矩方面的宽与严是主要因素。

② 李调元：《赋话·新话》卷五，丛书集成初编本，第 37 页。

要原因就是命题范围、形式规矩方面的限制使然。由于律赋的拘忌太多，一些有识之士曾希望通过提倡唐律的传统来补救。范仲淹曾编成《赋林衡鉴》一书，多选唐代律赋，在该书的序中，他阐述了对律赋的看法，“律体之兴，盛于唐室。贻于代者，雅有存焉。可歌可谣，以条以贯。或祖述王道，或褒赞国风，或研究物情，或规戒人事，焕然可警，锵乎在闻。国家取士之科，缘于此道。九等斯辨，寸长必收。……所举之赋，多在唐人，岂贵耳而贱目哉？庶乎文人之作，由有唐而复两汉，由两汉而夏三代。斯文也，既格乎雅颂之致；斯乐也，亦达乎韶夏之和。”①要让律赋具有格乎雅颂之致、达乎韶夏的功能，则必须使它能够较为自由地表达思想，不要拘忌太甚。庆历年间的复古劝学，律赋的拘忌过多也是其中原因之一。欧阳修等也认为：“又以旧制用词赋，声病偶切，立为考式，一字违忤，已在黜落，使博识之士，临文拘忌，俯就规检，美文善意，郁而不申。如白居易《性习相近远赋》，独孤绶《放训象赋》，皆当时试于礼部，对偶之外，自有意义可观。宜许仿唐体，使驰骋于其间。”②他们看到宋律已经严重阻碍了士子才华的展示，因此希望恢复唐律的传统，以救时弊。司马光看待律赋的观点也具有一定的代表性，他在元祐年间关于恢复诗赋取士的讨论中曾说：“至于以赋诗、论策试进士，及其末流，专用律赋格诗取舍过落，摘其落韵，失平侧，偏枯不对，蜂腰鹤膝，以进退天下士，不问其贤不肖。虽顽如跖、蹻，苟程试合格，不废高第；行如渊、骞，程试不合格，不免黜落，老死衡茅。是致举人专尚辞华，不根道德，涉猎钞节，怀挟剿袭，以取科名。”③认为律赋拘忌太多，一些道德低下巧于钻营的人或可因此侥幸得中，这不利于选拔人才。

---

① 《全宋文》第 18 册，第 397—398 页。

② 毕沅：《续资治通鉴》卷第四十六，长沙：岳麓书社，1992 年，第 596—597 页。

③ 司马光：《起请科场札子》，《温国文正公文集》卷五十二，四部丛刊初编本。

在熙宁二年的科场讨论中,人们对律赋的不满除了它不能对士人的德行和“经济”进行衡量外,还在于它的拘忌过多,即使它已经和儒家典籍以及思想很亲近了,但是因其表达能力的限制而难以承担载道的重任。王安石的文学观更接近于儒学君子的实用的文学观①,在这种思想的主导下,罢诗赋而用阐发儒家思想(其实就是他的新学思想)的经义取士,便是顺理成章的了。司马光虽然与那些偏执的儒学君子保持着一定的距离,但作为一个务实的历史学家和谨慎的政治家,他也看重文学的实用功能,推崇流畅自然的古文风范。在文道关系之外,他引入了“辞”这个概念,把律赋,或者一切与治道裨益不大的、重视辞采的文字,统统纳入“辞”的范畴而排斥在“文”之外②。因此,他也主张罢诗赋取士。其实,随着儒学的复兴发展,律赋在士大夫心目中的地位也在下降,许多人明确表示它只是科场工具,一旦取得科名,就甚少留意了。宋初文人的集子中收律赋较多,以后则越来越少。而且即使是作赋高手,也表现出对律赋的不屑和无奈,刘敞以律赋知名当世,但他在《杂律赋自序》中说:“当世贵

① 苏轼在杭州作《监试呈诸试官》诗:“缅怀嘉祐初,文格变已甚。千金碎全璧,百衲收寸锦。调和椒桂酽,咀嚼沙砾碜。广眉成半额,学步归踔踸。”“尔来又一变,此学初谁谂。权衡破旧法,刍豢笑凡饪。高言追卫乐,篆刻鄙曹沈。”视王氏倡导的文风与嘉祐“太学体”均为缺乏文采的假古董。见《苏轼诗集》卷八,王文诰辑注,孔凡礼点校,北京:中华书局,1982年,第367—368页。

② 司马光在其《答孔文仲司户书》中说:“若夫习其容而未能尽其义,诵其数而未能行其道,虽敏而博,君子所不贵,此文学之所以为末者也。然则,古之所谓文者乃诗书礼乐之文、升降进退之容、弦歌雅颂之声,非今之所谓文也。今之所谓文者,古之辞也。孔子曰:‘辞达而已矣。’明其足以通意,斯止矣,无事于华藻宏辩也。必也以华藻宏辩为贤明,则屈、宋、唐、景、庄、列、杨、墨、苏、张、范、蔡皆不在七十子之后也。”(《温国文正公文集》卷六十)他以为,承载六经之道的是文而不是辞。若将文与辞混同,则庄、列、杨、墨等异端之言,其华藻宏辩的程度甚至比经典文章有过之而无不及,足以泆目荡心,动摇正统意识形态学说的尊尚地位。

进士，而进士尚词赋，不为词赋，是不为进士也；不为进士，是不合当世也。君子何亟乎合当世？曰：不得已焉耳，得已，则君子必不赖也。”①这种说法很具有代表性。

文源于经，文以载道，这种观念逐渐成了知识界的主流认识，这就是熙宁年间律赋被逐出科场的思想环境。可以说，王安石的科场新制是实用主义文学观的胜利，但是这种文学观并没有牢笼一个时代，更没有取得独尊地位，欧阳修倡导的诗文革新还是给文学留下了充分的展示空间。而且，其在变法期间表现出的专制主义倾向并没有得到贯彻，这为苏轼等比较通脱的科考衡才观念的表达保留了一定的余地。

第四节　经义取士

支撑罢诗赋取士的基础是实用主义文学观和狭隘的通经致用的人才观。政治才干除读书明理外，主要依靠实际工作的磨炼。读书不仅仅是学习政治才能，更主要的是提高分析问题、解决问题的眼界、胸襟。广博的知识是造就高远的见识、开阔的胸襟的基础。经义取士真的能担当起这样的选才重任吗？

熙宁年间的科考新制并没有按照熙宁新政的设计者预想的方向发展，由于利禄的巨大诱惑，人们很快找到了对付这种考试的办法，李复曾指出：“臣恭见神宗皇帝悯士弊于俗学之久，慨然作新，造之以经术，发明圣人之遗言，使讲求义理之所归，庶知乎修身行己，上以事君，内以事亲，位官接物，弗畔于道。而今之学者，曾不思此，平日惟是编类义题，传集海语，又大小经题目有数，公试私课，久已重叠，印行传写，其义甚多，无不诵念，公然剽窃以应有司之试。终身之学止

①《公是集》卷首，傅增湘校本。

于如此,甚者至于所专之经句读不知,音切不识。或误中选入仕,平生所学皆无可用,非惟乡闾无一善可称,虽有甚不齿者亦更不问。”①科场制度的设计者们忽略了一个最为根本的问题,即科场代表着富贵利达,已经成为学优则仕的驱动力,甚至士人的心灵因此而改造,科场的任何变动,哪怕是极细微的,都会牵动整个社会的神经,它吸引的社会和知识的资源是相当庞大的,因此,当朝廷经义取士后,也引发了针对它的钻营活动,各种编类、义题、传集、海语,纷纷编辑出来,通过引导士子研读儒典以期修道德、通经济的初衷因此大打折扣,改变俗学之弊的目标迷失了。

在北宋末期,面对与金人战事的屡屡失利,科场得人与否面临着直接的考验,经义取士的弊端全面显露,对其反思就更深刻了。欧阳澈对诗赋进士与经义进士在当时的表现作了比较,沉痛地指出:“至于以经义取高第而享爵禄者,反视国家之难,如越人视秦人肥瘠而不加喜戚于其中。甚者差以运漕,尚且畏惮而不前,规规为全身计,况肯当锋镝以立忠谊耶?臣以是知丑虏为害而未能风驱电扫者,虽本于脂韦辈不足以立大事,抑亦经义科非所以得豪杰之才故也。臣观祖宗朝以诗赋而取士,则士无一经之专,贯综坟典,诸子百家之言,靡不周览,往古之存亡、用兵之得失、行事之成败,虽梦寐亦能记录。况其酝藉瑰伟,则英风锐气无施不可。”这实在是太具讽刺意味了,经义取士的目的之一就是选择道德高尚的人才,结果这些人才在大敌当前之际的表现甚至连一介匹夫都不如,而诗赋进士之人的表现则还有一定的英风锐气。因此欧阳澈不得不反思经义取士的种种弊端及其根源,“臣尝求中程式之文而读之,其间未必皆无病也,或昧于古今而以汉为唐者,或不通经旨而误引证者,或全录前辈时文者,或使故事而误其姓名者,或以神祖

① 李复:《论取士》,《潏水集》卷一,第5页,文渊阁四库全书本。

而为祖考者，缀缉不根之语而不答所问者，色色有之”。从中选的经义来看，居然有的文章昧于古今而以汉为唐，不通经旨而引证乖谬，甚至抄袭往届的时文，典故讹误，游谈无根，这种情况出现在文化昌明的宋代科场，简直匪夷所思。新政人物本来是想以此来突出道德选才的导向，结果却恰恰相反，“致有士人指考官受赂之污，摘举子谬中之失，而讼于有司，则上下互相掩覆，不为体究。故与其选者，人不以为荣。或素不知经而识字有数者有之，或能诵时文而不知经史者有之，或尘垢齷齪而言语无味者有之，或屠沽博奕辈而误墨成蝇者有之。此皆缘贿赂不公，考较无术故也”。不通经籍居然可以中经义之选，斗筲之人投机钻营，苞苴公行，争讼不已，可谓斯文扫地。可以说，经义取士的结果，就是选人的素质明显下降。而且，这些公然专营的行为有常态化的趋势，“故凡士人将就试，则预采时文脍炙人口者，以经意分排门类，每一门撰义数道，俟其入场，即以所问之题而参合辞意相类者，依本誊录，谓之迎题。或预料有司所问之题，而撰成全篇，至有五篇皆备，略不措意者。况比革科以来，每一义题，两学前后传写，不啻数十篇者有之。其辞意不出乎此，有识之士，不欲袭蹈其迹，或穿凿而为曲说，后进无识者或全录而不更一字，有司亦不能悉究。至于糊名一判，则滥进者悉皆与榜，信乎经义不足以得人也”①。由于经义的范围比较小，士子完全可能在考前有所准备，或押题，或准备程文以套作，这就使得考试失去了意义。其实经义取士很容易导致“一学术”，即使不用像王安石那样通过朝廷来确立某一学问的科场权威地位，在具体的考试当中，面对经传的种种分歧，士子们也不得不揣摩有司或者朝廷的学术倾向而有所选择。因而，学术上走向专制主义是不可避免的，在巨大的利诱面前，士子们养成趋奉揣摩上峰心理的巧佞人格就在所难免。因此，不惟宋代，历史上但

① 欧阳澈：《上皇帝第三书》，《全宋文》第182册，第378、380页。

凡意识形态突出的时代,往往奴性习气蔓延,比如明初;以琢磨、紧跟意识形态为务或者为业的人,其人格往往具有明显的奴性特征。诗赋取士,士子的学术倾向不是重点考察的内容,诗赋语言的含混特点也不利于清晰地表达学术上的细微取向,这反而使得士子在学术上享有一定的自由度。思想的自由与人格的尊严是有一定因果联系的,因此,从总的倾向来说,诗赋选才在道德人格上会优于经义选才。这一点当时人已经意识到了,但是他们只是停留在对新学的攻击,而没有理性地进一步反思。

元祐更化期间,臣工们对熙宁变法进行了反思,当然也包括科场新制。经义取士考察范围过于狭窄的弊端受到广泛的指责。元祐元年闰二月二日上书省建言曰:"礼部以掌贡举为职,伏见朝廷用经术设科,盖欲人知礼义,学探原本。近岁以来,承学之士闻见浅陋,辞格卑弱,其患在于治经者专守一家而略去诸儒传记之说,为文者惟务解释而不知声律体要之学,深虑人材不继而适用之文从此遂熄。"①经义取士引起了人才素质的下降,以至于撰写骈文公文的人选不继,朝廷不得不开制科取士以救急。在元祐更化期间,也有人对经义取士有所留恋,这包括元祐更化的主持者司马光,他说:"凡取士之道,当以德行为先,文学为后。就文学之中,又当以经术为先,辞采为后。"他是这样理解熙宁年间的罢诗赋取士的,他说:"神宗皇帝深鉴其失,于是悉罢诗赋及经学诸科,专以经义论侧策试进士,此乃革历代之积弊,复先王之令典,百世不易之法也。"他念念不忘的是经义取士对德行的彰显,完全无视这种制度造成的人才素质包括德行的整体下降态势。他认为科场的弊端在于专主于王安石一学所致,"但王安石不当以一家私学,欲掩盖先儒,令天下学官讲解及科场程试,同己者取,

① 李焘:《续资治通鉴长编》卷三六八"元祐元年闰二月二日条",上海:上海古籍出版社,1986年。

异己者黜。使圣人坦明之言，转而陷于奇僻；先王中正之道，流而入于异端。若己论果是，先儒果非，何患学者不弃彼而从此，何必以利害诱胁，如此其急也！又黜《春秋》而进《孟子》，废六艺而尊百家，加之但考校文学，不勉励德行，此其失也。凡谋度国事，当守公论，不可希时，又不可徇俗；宜校是非之小大，利害之多少，使质诸圣人而不谬，酌于人情而皆通，稽于上古而克合，施之当世而可行，然后为善也"①。持此种论调的还有朱光庭、上官均等人②。他们依然固执地重复着元祐年间废诗赋的理由，只是把一切的过错归咎于王安石的"一学术"。问题的根本并不在于是否废去新学对科场的主宰，科场上的问题在于经义取士引起士子阅读范围的缩小和单一化，以及无法考察士子以才运学的能力。恪守经义取士其实是尊经思想在起作用。在儒学居于主流学术思想的时代，儒家典籍被经典化了，但是如果盲目信从先儒们对儒典的神话，真切地认为它具有弥纶社会生活一切方面的功能，并认真地恪守之，则难免迂阔之讥，司马光等人的想法正在于此。

在熙宁年间的科场讨论中，明确反对罢诗赋的是苏轼。他在熙宁四年奏上的《议学校贡举状》中力主诗赋取士，反对过分突出德行

---

① 李焘：《续资治通鉴长编》卷三七一"元祐六年三月壬戌"条，上海：上海古籍出版社，1986 年。《传家集》卷五二《起请科场札子》。

② 朱光庭：《请用经术取士奏》云："臣窃以圣朝用经术取士，冠越前代，止是不当专用王安石之学，使后生习为一律，不复穷究圣人之蕴，此为失矣。若谓学经术不能为文，须学诗赋而后能文，臣以为不然。夫六经之文，可谓纯粹浑厚，经纬天地，辉光日新者也。今使学者不学纯粹浑厚辉光六经之文，而反学雕虫篆刻童子之技，岂不陋哉？"（《宋文鉴》卷六十）上官均元祐元年四月的《不可以诗赋取士奏》云："经术以理为主，诗赋以文为工。以理者于言为实而所根者本，以文者于言为华而所逐者末。先帝去数百年之弊，不为不艰，而议者不计本末，乃欲袭前日诗赋之弊，未见其为得也。"（《续资治通鉴长编》卷三七〇"四夏四月庚寅"条，同上）

的考量，“夫欲兴德行，在于君人者修身以格物，审好恶以表俗，孟子所谓‘君仁莫不仁，君义莫不义’，君之所向，天下趋焉。若欲设科立名以取之，则是教天下相率而为伪也。上以孝取人，则勇者割股，怯者庐墓。上以廉取人，则弊车羸马，恶衣菲食。凡可以中上意，无所不至矣。德行之弊，一至于此乎！”他指出科场重视德行的后果只能是煽动天下伪饰德行以博时誉。对于罢诗赋重经术之举，他说：“近世士大夫文章华靡者，莫如杨亿，使杨亿尚在，则忠清鲠亮之士也，岂得以华靡少之。通经学古者，莫如孙复、石介，使孙复、石介尚在，则迂阔矫诞之士也，又可施之于政事之间乎？自唐至今，以诗赋为名臣者，不可胜数，何负于天下，而必欲废之！”认为从唐到宋，诗赋得人多矣，没有必要改弦更张。而明经科的考试则弊端丛生，经义取士可能重蹈其覆辙，“近世士人纂类经史，缀缉时务，谓之策括，待问条目，搜抉略尽，临时剽窃，窜易首尾，以眩有司，有司莫能辨也。且其为文也，无规矩准绳，故学之易成，无声病对偶，故考之难精。以易学之士，付难考之吏，其弊有甚于诗赋者矣”①。以后的科场实践被苏轼不幸而言中。他在奏章中没有提到诗赋取士在当时面临的窘境，而是以崇正学术作为科场发展的方向，反对杂以佛老的性命之学，这实际上是在攻击新学，他的主张党争义气的成分相当浓厚，或许他已经感觉到王安石意欲借科场改制来推行思想专制的用意。元祐年间李常的《乞经义诗赋各设一科奏》是针对苏轼的这篇奏章的反驳：“今之毁经义、崇诗赋者，以谓国朝以来名卿贤相，事业著于世者，皆自诗赋科举得之。盖不知学士大夫有闻者，由素讲经术义理，决科之后，

① 《苏轼文集编年笺注》，李之亮笺注，第三册，第 621—622 页。他在《乞诗赋经义各以分数取人将来只许诗赋兼经状》中又说：“盖谓经义取人以来，学者争尚浮虚文字，止用一律，程试之日，工拙无辨，既去取高下，不厌外论，而已得之后，所学文词，不施于用。”（《苏轼文集编年笺注》，第 146 页）指出经义取士不仅难以分别优劣，而士子所学又与实际行政无补。

进学不已，发其聪明，乃能自立，非由辞赋之技所能成也。或者又谓诗赋有章句平侧，于有司考校为易，经义汗漫，于有司考校为难，此则尤为偏蔽不专经术之论。且六经之有义理，其简易如天地，昭明如日月，用以取人，犹权衡规矩诚陈，而方圆轻重不可欺也。议者不能深考，乃谓六经之义高远而难通，渊奥而难明，因欲以私意曲学，谋渐废之，是将聋瞽天下之士，使不知道也。士不知道，则不能诚于身，信于朋友，孝于其亲，忠于其君，无施而可也。"①他认为那些通过诗赋进士的官员，也是因为有着深厚的儒家思想修养，才成为能臣。而诗赋则是劝人浮薄，"以义理论之，则以经术劝士为先，声律为下，以教化言之，则通经术者为利博，事声律者为害大。通经术，则天下之士知道德之奥，讲礼义之要，修身治性，乃能履忠厚，崇廉耻，其磨礲成就，十有八九，必为良士，异日择取以为公卿，相与修明政刑，宣扬教化，其为利顾不博哉！事声律则涉猎浮靡，讲习浅近，所谓道德之奥，礼义之要，弗学可也，而欲望其成忠厚廉耻之风，则末矣。凡劝厉士人而礼义廉耻之风不立，则中上之才，巧佞奸慝，无不为矣，为害顾不大耶？"他的人才观依然是从修成道德到匡济天下，而诗赋简直就是名教之罪人。他危言耸听地预言，诗赋取士可能导致唐末五代动荡局面的出现，"此臣等所以虑道术日衰以就废绝，将复如唐末、五代时，学子志识浅陋，此有志之士每多太息而流涕也"②。像李常这样言辞激烈地反对诗赋取士的，在当时是少数。朝臣们普遍倾向于诗赋予经义并用的折中方式，他们认为这样既照顾到诗赋的学殖修养，又兼

① 李常：《乞经义诗赋各设一科奏·二》，《全宋文》第72册，第245—246页。

② 李常：《乞经义诗赋各设一科奏·三》中，他进一步申说诗赋取士是乱世之基，"古之为赋者亦有法度与规讽，其言又多瓌奇美丽，扬雄犹鄙之，以为雕虫篆刻，而谓文丽用寡者相如也。如王褒、张子侨辈，作为歌颂、词赋，其才固美矣，武帝止以为贤于倡优博弈。然则文章之不主于义理者，历（转下页注）

顾儒家通经致用的选才根本①。

元祐更化期间，诗赋部分地恢复了科场的地位，这让苏轼倍感欣慰，他作了一首《复改科赋》赞美其事：新天子兮，继体承乾。老相国兮，更张孰先？悯科场之积弊，复诗赋以求贤。他认为主政的司马光于此功不可没。诗赋取士的优势在于其可操作性强，而经义则无有定准，“探经义之渊源，是非纷若；考辞章之声律，去取昭然”。他推导辞赋之源曰：“原夫诗之作也，始于虞舜之朝；赋之兴也，本自两京之世。迤逦陈、齐之代，绵邈隋、唐之裔。故遒人徇路，为察治之本；历代用之，为取士之制。追古不易，高风未替。祖宗百年而用此，号曰

(接上页注)世之所不贵，况如今日之赋，文章义理，两皆失之，徒为残毁经义、破坏道德之一术尔。校其得失，何啻倍蓰千万也！”(《全宋文》第72册，第247页)他从狭隘的诗教说出发，把一切追求“美”的文字都否定了。这种偏狭的文学观念正是当时科场风雨的重要土壤。

① 如彭汝砺在《乞诗赋经义策论并重奏》中就说：“臣以谓国家取士，将欲得人才也，经义策论可以得人才，诗赋亦可以得人才，何必纷纷为此异同也？……如此，则有文词者得骋其辞，有学者得尽其蕴，有知识者得竭其虑。上无损国体，下不失士心。”(《全宋文》第101册，第65页)秦观的阐述更有说服力：“臣闻世之议贡举者，大率有三焉：务华藻者，以穷经为迂阔；尚义理者，以缀文为轻浮；好为高世之论者，则又以经术、文辞皆言而已矣，未尝以为德行，德行者道也。是三者，各有所见，而不能相通。……而隋唐因之，遂以设科取士，谓之声律。于是敦朴根柢之学，或以不合而罢去；靡曼剽夺之伎，或以中程而见收。自非豪杰、不待文王而兴者，往往溺于其间，此杨绾、李德裕之徒所为切齿者也。熙宁中，朝廷深鉴其失，始诏有司削去诗赋，而易以经义，使学者得以尽心于六艺之文，其意信美矣。然士或苟于所习，不能博物洽闻，以称朝廷之意，至于历世治乱兴衰之迹，例以为祭终之刍狗，雨后之土龙，而莫之省焉。此何异斥桑间濮上之曲，而奏以举动劝力之歌？虽华质不同，其非正音一也。……今欲去经术而复诗赋，则近乎弃本而趋末；并为一科，则几于取人而求备。为今计者，莫若以文词、经术、德行各自为科，以笼天下之士，则性各尽其方，技各尽其能，器各致其用，而英俊豪杰庶乎其无遗矣。”(秦观：《论议下》，《全宋文》第120册，第40—41页)

得人；朝廷一旦而革之，不胜其弊。谓专门足以造圣域，谓变古足以为大儒，事吟哦者为童子，为雕篆者非壮夫。"这就为律赋嫁接上关乎治道的高贵血统。他对律赋在选才方面的意义非常欣赏，"巧拙由一字之可见，美恶混千人而莫违。正方圆者必借于绳墨，定隐括者必在于枢机。所以不用孔门，惜扬雄之未达；其逢汉帝，嘉司马之知微"。然后，他把矛头指向了王安石，"噫，昔元丰之《新经》未颁，临川之《字说》不作。止戈为武兮，曾试于京国。通天为王兮，必舒于禁禴。孰不能成始成终，谁不道或详或略。……三舍既兴，贿赂公行于庠序；一年为限，孤寒半老于山林。自是愤愧者莫不颦眉，公正者为之切齿"①。在这篇赋中，苏轼仍然没有触及到宋代律赋的局限，而只是出于攻击新法的目的，对诗赋和经义过毁过誉。

就目前所见文献来看，对科场取士看法比较理性的是毕仲游《理会科场奏状》。这篇近四千字的奏文，首先指出诗赋经义之争各匿其所短，暴其所长，意气之争的成分太浓，"尚诗赋者，则指经义为易习难考，而不言诗赋之名卑于经义；尊经义者则指诗赋为雕刻无用，而不思经义于取士其实如何。诗赋、经义之利害固已未决，而又各匿其所短，暴其所长，此所以更相不信而无定说也"。他承认诗赋与经籍相去较远，"夫诗赋非经义之比易见也。使举子为声病偶俪之文章，以应有司之求，与以圣人之经原圣人之意而立其说，则道之尊卑，志之远近，不待言而可明矣"。但是在选才方面，诗赋明显优于经义，"然诗赋之行几五六百岁而未厌，自隋唐以来高才达识，立功名、有道艺者，往往出于其间。经义之行无二十年，天下已有倦色，而亟复诗赋，岂尊且远者不足以济务，而卑且近者反宜于世耶？"他认为这与两者的文体性质密切相关，"盖经术者古学也，可以谋道而不可以为科举之用，诗赋者今学也，可以为科举之用，而不足以谋道"。经义作为

① 《全宋文》第 85 册，第 160 页。

谋道之具,不具备衡才的功能,他申说道:“今若使天下之士不为科举而治经,且如辅嗣之治《易》,康成之治《礼》,安国之治《书》,杜预之治《春秋》,则虽举隋唐以来诗赋,岂能及四人之所治?如纳四人于今日科举之间,则亦化为举子之文章矣。”读经必须通过长时间甚至一生的揣摩历练,来造就耆儒硕老。可是以此来选才,则不切实际,“而熙宁、元丰之进士,今年治经,明年则用以应举。谓传注之学不足决得失,则益以新说;新说不足以决得失,则益以佛老之书。至于分章析字,旁引曲取,以求合于有司。圣人之经术遂但为卜利禄之具,要之应举得第而已,岂有正心诚意治经术,谋圣人之道者哉?”圣人之经术成为博取利禄之具,这不是对儒道的崇奉,而是亵渎。他非常清醒地指出科举是博利之途,而非成就圣贤,因而,只要能够中选,其他的意义都在其次,“夫举子之取名第,止问得失而已;既问得失,则不得不趋时所尚。故王安石在位,则经义欲合王安石;司马光在位,则经义欲合司马光”。既然科场是博利之途,那么考校的手段必须具有可操作性,亦即工具性特征必须明显,而诗赋正好具有这个特征,而经义则不然,“诗赋虽若无用,而其术能使举人粗知前言往行、治乱得失而通于事。……至于诗赋则有声律而易见,经义则是散文而难考。诗赋所出之题取于诸书而无穷,经义所问之目各从本经而有尽。诗赋则题目百变,必是自作之文;经义则理趣相关,可用他人之作。诗赋则难为豫备,足见举人仓猝之才;经义则易为牢笼,多是举人在外所撰文字。诗赋则惟校工拙,有司无适莫之心;经义则各尚专门,试官多用偏见以去取”。因此,他主张根据诗赋、经义的不同特征采取不同的选才办法,“然则专复诗赋以取士,设嘉祐明经之科以待不能为诗赋之人,而又诏天下求穷经谋道、不累科举者,使传道于诸生,则政有并举,才无或弃,亦可以释民疑矣”①。他注意到了科场取士的

①《全宋文》第110册,第213—217页。

工具性特征，这在当时是非常难得的。

经义取士的弊端是十分明显的，这也许是一种制度在建立之初难以避免的现象。元祐年间的诗赋经义取士政策还没有完全办理妥当之时，哲宗绍圣述圣，便又恢复了专以经义取士的政策。这一次，王安石的新学得到大张旗鼓的宣传。经义取士所孳生的科场痼疾，非但没有得到遏制，反而变本加厉地严重起来，造成了两宋之际人才素质的全面下滑。纵观诗赋经义取士之争，其背后是儒家保守主义与人们的习惯观念在人才观、文学观方面的较量，是儒家思想深入社会生活的深刻反映。熙宁科举新制，在制度上确立了儒家中心主义的科场文化环境，对以后的科举影响至为深远，经义在不断完善中演化出八股文，律赋也逐渐凝固为八韵，成为八股文的又一重要源头。

第五章　头顶的星空与心中的道德律：以苏轼为中心的辞赋创作与元祐学术

头顶的星空和心中的道德律是一个恒久而具有无穷吸引力的问题，人们对它的思考越深沉和持久，它在人们心灵中唤起的惊奇和敬畏就会日新月异，不断增长。宋儒同样为这一有关自然法则和内心秩序以及它们之间关系的问题所吸引。他们在形而上学方面的努力，同时也是发展儒学的冲动使然。当时，佛、道的缘起性空和天道自然已经能够对宇宙人生进行自洽的形而上的解释，宋儒要捍卫思想方面的主导地位就必须建立起具有同样特质的思想体系，而且他们致力于恢复三代之礼乐王政的愿景，只有从心灵秩序入手以及于自然宇宙之法则，才能从根本上确立开万世之太平的合法性依据。因此，宋代儒学的发展从一开始就接续韩愈等倡导的道德性命之学，王安石、苏轼等，对内心秩序、人间法则乃至宇宙秩序进行了深入的思考。理学前夜的宋代学术，如何统一个人的价值、社会的秩序、宇宙的法制等问题，已经广为人们关注。

孔子开创之儒学，“内圣外王”的思想是一以贯之的，也就是由内圣修身而实现个体生命之安顿，再外扩而为齐家、治国、平天下的外王之道。之后，儒学经由董仲舒而进入政统，其对生命的终极关怀——身心性命问题，变得越来越淡薄。后世儒学偏重于政治之用，缺少性命修为的实践工夫之路径，使儒学无法安顿身心性命，宋儒不得不引入佛、道之学以弥补自己修身实行工夫路径的不足。可以说，宋儒的努力乃是面临的学术困境使然。王安石、苏轼、二程等的学术都着力于此方面,从变法目的看,王安石与旧党人物的主要区别在于一为富国强兵,加强国家对社会的控制;一为完善现存秩序,使道统落到实处。儒学形而上学努力,容易导致士大夫掌控"道"的解释权,对纳入"道"之范畴的皇权进行规范和限制,因此当荆公新学对此的努力停顿之后,却引起旧党人物的浓厚兴趣。

对头顶的星空与心中的道德律的思考,在苏轼等旧党人物那里得到进一步的关注。关于统一个体生命与道德理想、太平愿景、自然之道的思考成为熙宁变法以来旧党学术的一个显著特征。崇宁党禁期间被打击的元祐学术,当指旧党人物的学术与文学创作,因其贯穿从个体生命到天道自然的思考,从根本上是与新党与新学分庭抗礼的,是对王安石等"一学术"独断政治和思想控制的不屑和对变法思想的消解,因而遭到禁止。苏轼的思想和诗文创作以及追随者们的创作,共同体现了元祐学术的特征。我们以苏轼辞赋及其接受为中心来考察元祐学术的特点,意在勾勒理学前夜宋代学术的发展状况及其内在动力。

第一节 家国情怀与个人命运

宋代儒学一直致力于将治国平天下的使命化而为人们的内在追求,在人生的价值和意义层面构建太平愿景,因此宋代士人具有强烈的家国意识、淑世情怀。然而,人之生命的全部意义不可能完全落实到家国天下方面,人的"自我"的人生道路的设计和崇高的道德理想、政治理想不可能是完全一致的。这样,家国情怀和个人的人生价值追求就构成了士人心灵世界的两极,在个人与家国之间的游移徘徊构成了深刻生动的宋代文学世界群像。尤其是北宋后期的旧党诸君子,他们执着于内心道德律与自然法则的统一,对家国情怀与个人价值的对立统一的体会更为深入。苏轼的辞赋在这方面的展现非常具有代表性,而且也深刻地影响了那个时代的文学风尚。

苏轼的辞赋创作贯穿了他整个生涯。入仕之初,他的辞赋有一股忠心报国奋发向上的豪气。嘉祐四年(1059)写的《滟滪堆赋》、《屈原庙赋》或议论用危为安之理,或旌表屈原的高风亮节,或反思兴衰之迹、立身之道,均涌动着济世的冲动。这种情怀贯穿了他的一生,如熙宁变法期间写的《后杞菊赋》对新法的讥刺,元祐以后他写的《明君可以为忠言赋》、《通其变使民不倦赋》、《复改科赋》等,阐发为政之道,表现了对治世之道的关切。但是,他内心的另一面,则是对个体生命自由的渴望,对人格独立的向往。他作于嘉祐八年(1063)的《上清词》与可能作于此前的《清溪词》分别模仿《离骚》和《九歌·山鬼》,描写诡异幻景,表现内心的孤独,寄托出世与入世的矛盾与彷徨,其实质乃是个人生命价值不能耦合宏大叙事的矛盾。黄州时期,经历了乌台诗案的打击,他的思想境界得到进一步提升。这个时期创作的《服胡麻赋》、前后《赤壁赋》、《酒隐赋》、《快哉此风赋》,反思人生,寻求精神的自由和对现实苦难的超越,而所谓现实苦难,就是政治理想无法实现的挫折和苦闷。元祐六年(1091)以后,蜀、洛党争加剧,苏轼对世道人情认识得更为深刻,对生命状态的体会更为独到,他在《秋阳赋》、《洞庭春色赋》、《中山松醪赋》等辞赋中表现出以超然冷峻的眼光来观察自我、观察人生,他深入庄禅,追求胸襟洒脱、风神飘逸的旷达境界。

苏轼以乐观向上的态度来统辖家国情怀与个人生命价值的追求,辞赋中极少悲叹自怨,而随处体现的是对人生、生命的礼赞。苏轼的大部分辞赋作于黄州、岭南、儋州时期,这时的他落魄蹉跎,但在作者笔下,艰苦的生活充满诗意,如《菜羹赋》是这样写自己的潦倒迁徙的,"嗟余生之褊迫,如脱兔其何因?殷诗肠之转雷,聊御饿而食陈"。以戏笑的口吻说自己如脱兔般被赶得到处跑,贫不得食,作者用《诗经·小雅·甫田》的典故:“我取其限,食我农人”,忍饥挨饿写得诗意盎然。赋中描写以菜羹充饥的情形曰:“汲幽泉以揉濯,抟露叶与琼根,爨铏锜之膏油,泫融液而流津。适汤濛如松风,投糁豆而谐习。覆陶瓯之穹崇,罢搅触之烦勤。屏醯酱之原味,却椒桂之芳辛。水耗初而釜治,火增壮而力均。滃嘈杂而廉清,信净美而甘分。登盘盂而荐之,具匕箸而晨飧。”传统的辞赋中专门描写饮食的,大多详尽描写烹调过程,这篇赋无异也借鉴了这样的手法,然而让人发噱的是,如此煞有介事地铺张描写,只是为了煮食蔓菁、芦菔、苦荠之类的野菜！同样让人会心一笑的还有《老饕赋》,赋中认真铺叙的一场盛筵却原来是南柯一梦。他的达观由此可见一斑。同时,他对社会、人生的思考又是极为冷静、理性的。苏轼具有洞悉人世的敏锐观察力和感受力,他能理性、超然地直面自己的生活状态和社会局面,因此,他能自觉地超越个人价值与家国情怀的矛盾,这种深谙人生社会的见识、境界,是一种绚烂之极而归于平淡的“老境”。

值得注意的是,苏轼的家国情怀与欧阳修、司马光的规范君王以臻于内圣外王近似而与王安石等新党人物的得君行道以“一道德”有所区别。他的家国情怀不是体现在政治上的穷通际遇,而是心系秩序的完善和对仁政理想的传承,是对宋初以来道优于势的思想和批判精神的继承。这是元祐学术共同的思想品格。正如苏轼在《与滕达道》中所说:“某欲面见一言者,盖谓吾侪新法之初,辄守偏见,至有异同之论。虽此心耿耿,归于忧国,而所言差谬,少有中理者。今圣德日新,众化大成,回视向之所执,益觉疏矣。若变志易守以求进取,固所不取,若哓哓不已,则忧患愈深。”①新党和新学在这一方面和元祐学术是不同的,王安石及其后继者看重的是政治的实际效用、当下利益,因此,他们强调的是通过君王建立起具有独裁色彩的强权政

①《苏轼文集》卷五十,第 1478 页。

治，以强力推行新政，打压异论，对君王的规范不太看重，甚至会邀宠固权，助纣为虐。崇宁年间对元祐学术的禁止，针对的应该是旧党君子的这种道优于势的政治情怀和批判精神。

在辞赋创作中，苏轼的追随者在政治抱负和对人生价值的思索方面，表现出了和他高度的一致性，共同阐释了元祐学术的特点。在政治方面，苏轼周围的人物多不以得遇君王为衡量政治成败的标准，他们执着于仁政王道理想的落实。黄庭坚作于元祐八年的《江西道院赋》是一篇表白政治见解的作品。赋中写道："吾闻风行于上而水波，此天下之至文；仁行于心而民服，此天下之善化。岂可多为令而病民，慢自设险而病民？诈耶！九转丹砂铸铁成金，两汉循吏铸顽成仁。我简静则民肃，我平易则民亲。"这段话是针对新法而说的。黄庭坚属旧党人物，主张守成法，重教化，静以养民，因此，视新法为"多为令而病民"、"设险而病民"。旧党诸君子多为道德家，把"化民"作为为政首务。赋中写道："今使高安之农养生于桁杨之外，珥笔教讼者传问孝之章，㽷耳锁吭者深春耕之耒，卖私斗之刀剑以为牛，羞淫祠之樽俎以养亲，虽承平百年，雨露渗漉，非二千石所以牧人者乎？"可以看出，旧党人士的为政主张是要把儒家的王道理想落到实处，认为社会结构是合理的，没有必要重建，只需要对其进行维护和完善。这其中暗含着对新法重建社会结构的雄心的怀疑和不满。

变法引发的新旧党争使得北宋后期的政治生态恶化，冤冤相报的党同伐异耗尽了有识之士的生命激情，这也促使人们更为深刻地思索政治理想和人生价值，家国情怀转愈深沉。当时的辞赋或抒发宦海沉浮的感慨，或排遣穷居野处的苦闷，始终伴随着忧世不治的苦闷，一己之出处与天下之兴亡结合在一起。人们虽然难以做到苏轼那样的超越自我烦恼，但是他们向着苏轼所昭示的心灵境界迈进的努力是相当明显的。张耒的《邹操》、《渡江》，程俱的《后松江》、《献占》，黄庭坚的《悲秋》、《木之彬彬》等蕴含着深沉的忧患天下的情怀。而且当时的辞赋中所透露的文人心境是以悲凉之雾愈加浓厚为特征的,深沉的忧患意识转化为对人世无常、人生不可把握的无奈和身如浮萍、心似悬旌的漂泊感。因此咏秋的赋作逐渐多了起来,且多表现悲怆漂泊的情感,如李纲的《秋风辞》、晁补之的《江头秋风辞》、毛滂的《拟秋兴赋》、郑刚中的《秋雨》、邢居实的《秋风三叠》、苏籀的《秋辞》等,多渲染肃杀悲凉的氛围,其中蕴含着政治理想的消沉和人生目标的茫然。征行赋也多了起来,这类赋滥觞于楚辞的《涉江》、《远游》,汉代班彪的《西征》、崔篆的《遂初》等表现流离漂泊、志不得行的苦闷,确立了这类赋的基调。北宋末期的征行赋表现出的漂泊感是对这一基调的继承,同时折射出处身衰世心无皈归的苦闷。这类赋主要有张耒、唐庚、邢居实的同题作品《南征赋》,李刚的《江上愁心赋》、《续远游》,程俱的《广游》等。

因此,超越现实苦恼,像苏轼那样寻求诗意的心灵栖居之所遂成为一种文学创作的潮流。与自然万物为友,将一己之生命置于自然万化之中来考察、关照,从而获得心灵的解脱的主题在辞赋中得到充分表现。比如张耒的赋作,善于将个人情绪通过自然风物的描写来表现,这不同于一般的比兴,而是将自然万物当作自己的朋友,当作唯一能理解自己的挚友。因此他尽量以己之意去揣摩去感受去把玩自然风物,以达到己之心与物之意深入契合。他的《南征赋》写自己失意南归,赋中写道:"迅沮漳而横入兮,汇物澜于左蠡。宁吾目而无恨兮,涛猛兽以噬犴。霁光风于木末兮,倏余波而犹未肯平。迷失道而问律兮……御于朱明。"作者的心里和那湍流的江流一样,波涛汹涌,不能平静。在《后涉淮赋》中作者是这样通过景物来表达心境的,"当天时之晚秋兮,风露惨其既至。山峭峭而瘦出兮,水绀洁而无滓。曳孤轮而忽骛兮,出游鲈于短苇。白鹭飞而下来兮,翩如避世之君子"。风露惨淡,山崖瘦出,这既是作者对自在之物的传神之笔又是作家不屈从于命运的桀骜性格的写照。清澈的江水,自由自在的游鱼,翩飞的白鹭则展示了在桀骜中超越主观人心的清旷一面。

北宋文人具有极强的人格独立意识,愈是政治理想迷失,人生价值迷惘,愈渴求独立的人格。他们希望在审美观照中,获得心灵的解脱和人格的完美。文人们喜欢描绘具有高洁品格的形象来寄托人格理想,宋初以来,描写松、竹、梅、菊等以寄寓高洁人格的咏物赋渐增,到后期,更是出现了一个高潮。如写竹的,有黄庭坚的《对青竹赋》、《苦笋》,李复的《竹声赋》,郑刚中的《感雪竹赋》,慕容彦逢的《岩竹赋》等;写梅的,有唐庚的《惜梅》,李纲、张嵲、李处权各有《梅花赋》,谢逸有《雪后折梅赋》,苏籀有《戏作梅花》等。苏轼《于潜僧绿筠竹轩》云:"可使食无肉,不可使居无竹,无肉令人瘦,无竹令人俗,人瘦尚可肥,俗士不可医。"①描写竹的赋,大抵为寄托高雅傲岸的人生境界。李复的《竹声赋》对竹的形象的描绘另辟蹊径,专写竹声,是这类赋中的妙品,赋中写道:"高秋气肃,夜色如水,喧逐众归,静与孤至,不知何声,纷然满耳,疑有天人,来过虚庭。琼旒宝络,玉佩珠旌。风散湘瑟,霜感缑笙。飘流苏于檐宇,缈金奏于烟云,前导既往,后陪载作,乍低徊而掩抑,俄飘起于青冥。"这篇赋发挥了辞赋体物的优长,在明净的夜色中,展示竹声之高雅、悠远,作者之胸怀,通过纯美的境界表现出来。北宋写梅的赋多受唐代宋璟《梅花赋》的影响,以表现梅花的风姿绰约、孤芳自赏见长。唐庚的《惜梅赋》将梅之高洁与处境之庸俗荒僻对比来写,言浅语深,高出流辈。赋曰:"县庭有梅株焉,吾不知植于何时,荫一亩其疏疏,香数里其披披。侵小雪而更繁,得胧月而益奇。然生不得其地,俗物溷其幽姿。前胥吏之纷拏,后囚系之嘤咿。虽物性之自适,揆人意而非宜。既不得荐嘉实于商鼎,效微劳于魏师;又不得托孤根于竹间,遂野性于水涯。恨驿使之未逢,惊羌笛之频吹。恐飘零之易及,虽清绝而安施。"这篇赋作于政和年

① 《苏轼诗集》卷九,第 448 页。

间，其时唐庚谪官惠州，他以梅自况，在孤高中又蕴涵着平和淡逸、缘性自适的情怀，很好地展示了崇尚隽雅人格的胸襟。

崇宁年间，新党将旧党人物打入另册，遍立元祐党籍碑以昭示天下，希望借此永远结束其政治生命，同时也禁止他们的学术思想和诗文创作。对学术思想的禁止出于新党一以贯之的“一学术”的主张，反映了新党人物对皇权独断的迷恋，对士大夫阶层之帝王师地位的警惕，而对诗文的禁止则在于元祐党人在诗文中所抒发的人生感慨是以王道仁政理想作为其宏大叙事的，这对新党的政治主张具有消解作用。

第二节　个人命运与社会、历史

王安石以《周礼》为变法蓝图，他的主导思想是要在人间建立起一个理想的新秩序。在这个秩序里，政府通过统一价值观，塑造“士”的思想品格，使之成为政府管理功能的一部分，把它的活动扩大到社会生活的各个方面。他的宏愿是建立一个整齐划一的、秩序井然的社会，这就要求政府必然是高度极权的，甚至在思想上也是同一的。这个变法蓝图潜藏着一个巨大的危险，那就是他所期望的是一个极端专制的政权，只有这样的制度设计才能保证社会的整齐划一。如果他的设想能够实现，秦始皇以来法家用事的梦魇将再次光临人间，对国家和民族而言，那将是巨大的灾难；长期以来，士大夫期望通过对知识和话语权的掌控来规范约束皇权的努力将付之东流。只有认可、尊重并完善现存秩序，才能有效制止王安石的富于理想主义的变法蓝图的全面实现。尊重现存秩序，就是要对历史和社会有起码的尊重，从历史发展和自然的秩序中确立社会的、甚至是人心的秩序。也就是说，头顶的星空和心灵的道德律的统一，对确立行之有效的政治思想至关重要。苏轼等元祐党人对社会历史的重视，对心灵秩序与自然、社会秩序如何统一的深入思索，与王安石变法的话语背景是密不可分的。以苏轼为核心的文学创作，反映了当时知识界对维护现存秩序的焦虑。

北宋后期的文学比较关注个人与社会的关系，尤其是恶劣的党争成为他们心头浓重的阴影。他们对个人与社会关系的反思，是以一种理想化的儒家社会图景作为批判现实的依据的，他们认为只有以儒家的治世思想规范现实社会，实现个人与社会的和谐，取得心灵秩序和社会秩序的统一，才能实现开万世太平的理想。而在当代，这个社会秩序遭到了破坏，士大夫的使命就是维护、修复这个秩序，匡风济俗，传续道统，而且，君王也应该服从这个秩序，接受约束。因此，当时的文学，在宦海沉浮的感慨中，往往蕴含着忧世不治的愤懑，他们认为变法远离了传统儒家的理想。王夫之说："宋人骑两头马，欲博忠直之名，又畏祸及，多作影子语，巧相弹射，然以此受祸者不少。"①所谓"欲博忠直之名"其实是追求社会与个人的统一，是以道统来规范人心，规范社会。这种巧相弹射的赋作在北宋后期有相当数量。如苏轼的《后杞菊赋》表面上依陆龟蒙《杞菊赋》立意而文在此意在彼，巧于寄寓，借餐菊立意而暗寓新法削减官员俸禄。有的赋在褒扬同党中暗寄政治理想，如黄庭坚的《江西道院赋》阐述简静牧民之道，是在非毁新法扰民。立足于道统对社会政治的反思也延续到了南宋初期，如胡寅的《原乱赋》以义利之辨来理解新旧党争，由人心而推及为政，所谓"君子上达，小人下达"，王安石走的是"下达"之路。对王安石的用人，赋中这样写道："饰六艺以文奸言兮，假皇威而敷之。示好恶以同俗兮，蒙一世而愚之。标荣利以为诱兮，敕罚法以为驱。""斥忤恨之异己兮，群刺天而高飞。久咸喻乎僻志兮，般新进

① 王夫之：《姜斋诗话笺注》，戴鸿森笺注，北京：人民文学出版社，1981年，第127页。

之合党。黜谏说之忠辩兮,谓以私智非其上。"认为北宋覆亡的原因是变法对社会秩序的破坏以及由此引发的对世道人心的戕害。也有一些赋作能够从社会政治的角度着眼而富于哲思,如刘子翚的《溽暑赋》这样议论大臣们的论争,"子独不闻烹饪之事乎？实水以釜,傅火以薪,熚炥烜列兮滋炽,汹涌潏溢兮骤惊。既山鸣而涧吼,亦雾翕而云蒸。靡坚革熟,鼎俎之味成焉。故水火不争为爨者怠,麹蘖不争为醪者坏,辅弼不争为国者败。斯言虽小,可以喻大也"。这段文字立意取自杜恕《笃论》中的一段话:"水性胜火,分之以釜甑,则火强而水弱;人性胜志,分之以利欲,则志强而性弱。"①杜恕的原意是说个人欲望(志)与儒家道义(性)在面对利欲时,前者往往占据上风。而刘子翚则认为只有通过朝臣的论争,才能辨明事理,使正确的为政思想为人所理解接受。如同道统万世不替一样,社会的关心与忧患深植于文化之中,个人与社会的统一就在于对社会生活的参与与批判,在于树立入世情怀。李石的《辩谤文》对朝臣的论政作了较为理性的分析。他说:"疾乎如风过河,不见其迹;讯乎如雷震山,不睹其形。如尘如冥,如注如倾,阴用其晦,阳用其明,芒乎芴乎,夫又其谁与听?"议论煌煌不仅是道统落实的舆论保证,世道人心也赖以树立,赋中的"谤鬼",亦即忠义之心,不仅是人心秩序的重要内容,也是社会秩序的道德力量,赋曰:"吾知之矣,是谤鬼也,素名有闻。吴鬼则子胥之忠魄,楚鬼则屈平之义魂。负石之鬼,勃勃不遇,捉月之鬼,聒聒申冤。""其他则道路之鬼为疠,乘狐作媚,因豕见形,吾知其名,是琐琐屑屑,又乌足论?"指出谤鬼有的是忠魂所化,这样的论政是根深蒂固的忧患意识的反映;而有的谤鬼乃乘狐作媚,是出于个人利欲,是人性中恶的因素的外化。

当时的文学对历史的认识和反思同样是立足于传统儒家理想

① 严可均辑:《全三国文》卷四十二,北京:中华书局,1958 年,第 1293 页。

的,现存的秩序是从过去传续而来的,没必要重建一个秩序以取代之。因此,对历史经验和教训的接受,就是在发明古圣先贤的治世思想,历史关联着现实,是和现实相通的。对历史的敬畏和尊重是元祐学术与新学及新党的重大区别之一。文学对历史的书写,融汇着元祐君子对变法的态度。苏轼和司马光一样,具有较强的历史意识,他的思想也影响了同时代的文学创作。《昆阳城赋》是苏轼早年的作品,赋中这样描写战争之残酷,"嗟夫,昆阳一战,屠百万于斯须,旷千古而一快。想寻、邑之来阵,兀若驱云而拥海,猛士扶轮以蒙茸,虎豹杂沓而横溃,罄天下于一战,谓此举之不再"。这段痛快淋漓的战争描写不仅是针对昆阳之役的,更是对战争的狂热和非理性的形象描述,具有普遍性,引发人们对战争的种种思索。但是这样酣畅淋漓的杀人场面其意义何在?赋中写道:"淡平野之霭霭,忽孤城之如块,风吹沙以苍莽,怅楼橹之安在。横门豁以四达,故道宛其未改。彼野人之何知,方伛偻而畦菜。"当年的鏖战之地已成田畴园圃,非理性的厮杀没有留下任何痕迹,自今日观之,也变得毫无意义。对沧桑之变的感受是古代文学作品常见的主题,在李华的《吊古战场文》、宋庠的《登应州古城赋》等作品中均表示过这种意思,而苏轼只用寥寥几笔勾勒,便境界全出,充分体现了绚烂至极归于平淡的特点。赋作非常明晰地指向一个问题,个体生命在残酷的杀戮面前其意义何在?如何能够走出为了一家之利益而置天下苍生于锋镝之前的权力更迭模式?只有完善现实秩序和人心道德,建立风俗淳厚的社会和内圣外王的统治才能彻底走出这种怪圈。历史昭示着未来,汲取历史才能穷究治乱之源,通古今之变。如张耒的《吴故城赋》、唐庚的《平台赋》、李纲的《迷楼赋》、赵鼎臣的《尧山赋》、刘跂的《防宜宫赋》、孔武仲的《吊隋炀帝赋》、张舜民的《长城赋》等,均具有深沉的历史意识,托古抒怀而表现了对现实政治的深切关怀。张舜民的《长城赋》是元祐九年(1094)出使辽国时作,他继承唐太宗《临层台赋》、徐彦伯《登长城赋》对长城的评价,认为它在军事上的价值不大,赋曰:"及乎周、隋,至于唐晚,亦我出而彼入,将屡胜而屡败。莫不火灭烟消,土崩瓦解。瓶尽罍耻,兔亡蹄在。城若有知,应为感慨。"指出:只有得民心,顺民意,才可能长治久安。赋中不无忧虑地说:"震盈丰大,求之古先,莫与京对",暗示宋王朝正走向衰败,因此,他说:"萃以除戎器,戒不虞,既济曰,君子思患而预防之。"希望统治者能以《易》之《萃》、《既济》的卦旨行事,恩威并重才能边界安宁。又如赵鼎臣在《学古堂赋》中写道:"虽世忽悔显,道常污隆。有礼乐以治性,有仁义以饬躬。行既往以无敝,播方来而靡穷。固可骛精思于物表,挹芳馨于壳中矣。在官彬彬,拊循吏民,退休愉愉,讨论诗书,朝而出,以古为律;夕而居,与古为徒。得于内者充我之不足,发于外者推吾为有余。"强调以古为师,希望既志在黎庶,又远离机阱。

赋家们深沉的历史意识还表现在对古仁人志士的赞美上。慕容彦逢作《韩信背水破敌赋》、孔平仲作《战彭城赋》、秦观作《郭子仪单骑见虏赋》等,均颂美忠臣良将,以寄忧世之情。国势日衰,愈思志士能臣,也希望把忠君爱国的道德观念落实到人心之中。孔武仲的《双庙赋》赞美固守淮阳的张巡、许远,是一篇相当出色的作品,赋中指出张巡、许远"生城守而死庙食兮,越至今几年? 望之者怵惕兮,过之者盘桓。使懦夫有立志兮,此伯夷之所以为贤。如二公之风烈兮,宜闻之者勉旃"。赋中还对当时的苟且之风进行了讽刺:"偷荣耀于一日兮,甘丑辱于千年。生为谀臣以终身兮,死为怯鬼于黄泉。"由于北宋后期大臣多固己禄,避事随时,鲜有激于大义挺身救世者,孔武仲标榜张巡、许远,忧切时事的用意是相当明显的。

对世道人心的重视也使屈原和楚辞受到关注,人们试图把屈原作为忠义传承的一环,借以唤起人心的道德感。楚辞这种文体虽然源自楚地民歌,但是其真正的创作源头则是屈原的作品,抒发忠愤之情是楚辞的特征之一。汉代以来认为屈原"贬絜狂狷",有违"温柔敦厚”的中庸之道，北宋的人们回避了屈原的扬主之过的意义指向，他们发扬光大了他对国家的维护和对君上的规范匡辅之义，元祐党人将自己置于帝王师的位置，他们要求帝王尊重古圣先贤，尊重历史，尊重道统，希望对皇权有所约束，这和新党的加强帝王独断的努力是相悖的，因此，屈原的意义就在于从道统出发而约束皇权。这方面晁补之的思想颇具代表性，他编选历代楚辞作品而为《续楚辞》、《变离骚》以接续屈原精神，他认为屈原的意义不仅在于忠君爱国，而更在于对君王的约束，他说：“世衰天下皆不知礼义，故君视臣如犬马，则臣视君如国人，而原一人焉，被谗且死，而不忍去其辞，止乎礼义可知，则是诗虽亡至原而不亡矣。”①他视屈原为诗教传统的接绪者。在《续楚辞序》中，他还说：“诗亡而春秋作，其事则齐桓晋文，其书王也，以其无王也。存王制以惧乱臣贼子之无诛者也。以迄周忘至战国时，无诗无春秋矣。而孟子之教又未兴，足迹接乎诸侯之境者，谏不行言不听则悻悻然去君，又极之于其所往。君臣之道微，寇敌方兴，而原一人焉。以不获乎上而不怨，犹眷顾楚国，系心怀王不忘，而望其改也。夫岂曰是何足与论仁义也云尔，则原之敬王何异孟子！其终不我还也，于是乎自沉，与夫去君事君朝楚而暮秦行若犬彘者比，谓原虽与日月争光可也，岂过乎哉！”②针对人们对屈原自沉是扬君上之恶的指责，他从礼坏乐崩的社会环境着眼来评价屈原，认为尊君不是盲从君王，而是以儒家之正道匡辅之。在《变离骚序下》中，他花费许多笔墨考证屈原生当孟子、荀子之间，是儒家道统传承的重要一环。可以说，在元祐学术中，屈原精神的高扬反映了人们以人心的道德律来维护道统、干预社会的努力。

苏轼和苏辙都写过《屈原庙赋》，苏轼赋以屈原之口吻写道：“历

① 晁补之：《离骚新序下》，《鸡肋集》卷三十六，文渊阁四库全书本。

② 晁补之：《续楚辞序》，《鸡肋集》卷三十六，文渊阁四库全书本。

九关而见帝兮,帝亦悲伤而不能救。怀瑾佩兰而无所归兮,独茕茕乎中浦。"①一心匡扶君王而不见知,忠君爱国的意义何在呢?赋中着重渲染了屈原身后的寂寞,从而引发人们的思索。匡救国家的孤独感是此赋的主调。苏辙赋则模仿《九歌》,表现凭吊屈原时神灵纷沓的场面,以屈原的口吻抒发处身乱世的无奈,"抱关击柝兮,余岂责以必死?宗国陨而不救兮,夫舍是而安去?予将质以重华兮,蹇将语而出涕。予岂如彼妇兮,夫不仁而出诉!"这段话其实是对《离骚》后半部分进退失据的苦闷的进一步阐说。李调元说:"两苏皆有《屈原庙赋》,宋祝尧谓大苏赋如危峰特立,有崭然之势;小苏赋如深冥不测,有渊然之光。"②指出了二苏的区别所在。黄庭坚也是一位创作骚体的大家,他的作品充分展示了对道德人心的追求,《龙眠操》、《濂溪》、《听履霜操》等对人生问题作了深入的思考。而且作品中不时闪现屈原影子,富于上下求索以探索人生意义的精神。黄震曾说:"涪翁孝友忠信,笃行君子人也。世但见其嗜佛老,工嘲咏,善品藻书画,遂以苏门学士例目之。今愚熟考其书,其论著虽先《庄子》而后《语》、《孟》,至晚年自刊其文,则欲以合于周、孔者为内集,不合于周、孔者为外集。其说经虽尊荆公而遗程子,至他日议论人物,则谓周茂叔人品最高,谓程伯淳平生所欣慕。方苏门与程子学术不同,其吐互相攻诋,独涪翁超然其间,无一语党同。……况公虽以流落无聊,平生好交僧人,游戏翰墨,要不过消遣世虑之为,而究其所能垂芳百世者,实以天性之忠孝,吾儒之论说;至若禅家句眼不可究诘其是非者,等于戏剧,于公岂徒无益而已哉!读涪翁之书,而不于其本心之正大不可泯没者求之,岂惟不足知涪翁,亦恐自误。"③的确,在黄

---

① 苏轼:《东坡全集》卷三十三,文渊阁四库全书本。
② 李调元:《赋话》,《旧话卷四》,丛书集成初编本。
③ 黄震:《黄氏日钞》卷六十五,文渊阁四库全书本。

庭坚的思想中,儒家的道德精神是他思想的基础。立足于此,他的骚体对人生的诸多问题作了深入的思考,这些思考并不全是表现为抽象的议论,而是以心灵的体验、感受来构筑诗境。

王安石曾声言"天变不足畏,祖宗不足法,人言不足恤",这种欲大有为的气魄容易使他漠视历史、传统和秩序,元祐学术对个人与历史、传统关系的重视,与变法的话语背景是密不可分的,是对变法的一种隐晦的抵触和消解。

第三节　个体存在与天道自然

元祐学术对超越性的追求更为自觉,更具主动性,但是,这种对终极价值的不断追问,容易落入消解意义的怪圈。个体的人,从一定意义上讲只是能量存在的一种形式而已,抑或是自然轮回的一个环节,一种状态,若从此着眼,那么一切存在将失去意义。苏轼等在不断追问终极价值的同时,又警惕对存在价值的消解,他们试图找到一个统摄个人与天道自然的概念,且这一概念,必须对人事具有绝对正确的指导意义,亦即具有"绝对真理"的价值,这便又回到先哲的古老命题上来了,能够赋予存在意义的,便是"道",行之于人事就是道统。然而,在韩愈以及宋初儒者那里,道统被过于政治化了,是一个具有政治学色彩的概念,其形而上的包容性被漠视。因此,元祐学术有必要对这一概念进行丰富充实,甚至重新阐释,以包容个人命运与家国情怀,统一个人与社会、自然、宇宙。如何使"道"的内涵丰富起来,是苏轼及其追随者们在文学创作,以及辞赋创作中积极展示的襟怀。

统一天道自然与人事的一个重要前提是个人、社会、自然、宇宙是以"道"一以贯之的,抑或它们存在的终极理由就是"道",因此,万事万物均蕴含着"道",均能够体现"道"。对人生的超越性认识,也就是对“道”的理解与参透、彻悟。头顶的星空与心中的道德律只有体现在自然万物之中才有价值。苏轼为文为学重视“意”,他曾谈为文之法曰:“譬如城市间种种物有之,欲致而为我用,有一物焉,曰钱,得钱,则物皆为我用。作文先有意,则经史皆为我用。”①他所说的“意”即是对自然、人生的感悟能力,亦即对“道”的感悟力。这种感悟,需要人生经验的积累,需要对历史发展的深刻了解,将人情世故与万物之理紧密结合,以“意”统御,求得情理相谐,含意深远。他在《送参寥师》中就说:“阅世走人间,观身卧云岭。咸酸杂众好,中有至味永。”至味,也就是对“道”的体会。苏轼的赋,多能从平凡的人情物态体会出含蓄隽永的韵味,赋予哲理性、思辨性,反映了统一人事与天道自然的思维范式。在《天庆观乳泉赋》中,他议论水与天道运行的呼应关系,赋曰:“阴阳之相化,天一为水。六者其壮,而一者其稚也。夫物老死于坤,而萌芽于复。故水者,物之终始也。意水之在人寰也,如山川之蓄云,草木之含滋,漠然无形而为往来之气也。为气者水之生,而有形者其死也。死者咸而生者甘,甘者能往能来,而咸者一出而不复返,此阴阳之理也。吾何以知之?盖尝求之于身而得其说。凡水之在人者,为汗、为涕、为洟、为血、为溲、为泪、为矢、为涎、为沫,此数者,皆水之去人而外骛,然后肇形于有物,皆咸而不能返。故咸者九而甘者一。一者何也?唯华池之真液,下涌于舌底,而上流于牙颊,甘而不坏,白而不浊,宜古之仙者以是为金丹之祖,长生不死之药也。今夫水之在天地之间者,下则为江湖井泉,上则为雨露霜雪,皆同一味之甘,是以变化往来,有逝而无竭。故海洲之泉必甘,而海云之雨不咸者,如泾渭之不相乱,河济之不相涉也。若夫四海之水,与凡出盐之泉,皆天地之死气也。故能杀而不能生,能槁而不能浃也,岂不然哉?”作者从《尚书大传 · 五行传》之“天一生水,地

① 周辉:《清波杂志校注》,刘永翔校注,北京:中华书局,1994 年,第 299 页。

六成之”立论，指出运行是水的根本特性，山川蓄云，草木含滋，这是水之动，而一旦化于有形，则往而不返，是其死也。运行之活水，其味甘，往而不返之死水，其味咸。水有是理，人道亦然。苏轼的赋，大多蕴含这种贯通天人的思索精神，因而具有思致深远、理趣翛然的特点。又如他的《中山松醪赋》细致入微地描写松醪的制作，而融入物之不遇与人不遇的思索，赋中写道：“郁风中之香雾，若诉予以不遭。岂千岁之妙质，而死斤斧于鸿毛。效区区之寸明，曾何异于束蒿，阑文章之纠墨，惊节解而流膏。嗟构厦其已远，尚药石而可遭。收薄用于桑榆，制中山之松醪。”或为松醪，或为松明，遇与不遇，如风吹花落，或在茵席之上，或在泥淖之中，人之际遇，亦同此类。《沉香山子赋》、《黠鼠赋》、《浊醪有妙理赋》、《后杞菊赋》、《菜羹赋》、《老饕赋》等，均是贯通天人而理趣盎然的作品。但是，这并不是作者借物象去附会“意”，而是用心体会千变万化的物象背后的一以贯之的“道”，这个道，既是自然之道，也是社会之道，或者可以说，苏轼探寻的是统摄人事与自然的规律性，糅合佛道的色彩更明显，而没有充分地和儒家的纲常结合起来，因而更具开放性和超越性。

对自然与人事超越性认识的追求是当时文学创作的较为显著的特征。当时的作家不仅能够出入物我，轻易进入与自然外物沟通的境界，而且能够妙解其中之理，反诸自身，能够致虚极，守静笃，万物并作，吾以观复。比如张耒的咏物赋体现出以心灵亲近外物，物我交融的美境。他的《问双棠赋》则将树木当作朋友，与双棠进行心灵的对话，手法较前人高出一筹。这篇赋是作者在元符元年（1098）被贬黄州时所作。赋追想当年在宛丘所植双棠，眷念之情油然而生，“陆走千里，止于江滨。天星一周，穆然旧春。想见吾棠，粲然含姿。俯睨旧堂，今居者谁？婉如怨而有待，淡无言其若思。嗟乎，始种自我，其享将获。盈我旨酒，会我宾客。一酌未举，俯仰而失。事至而警，其初孰测？惟得与失，相寻无极，则亦安知夫此棠不忽然一日复在余侧也?且夫棠得其居,愈久愈敷,无有斧斤斫伤之虞。我行世间,浮云飞蓬。惟所使之,何有南东?夫以不移,俟彼靡常。久近衡从,其志必偿”。自己漂泊不定,而双棠依旧,作者魂牵梦绕,只希望双棠无斧斤之虞。这好像是对一个老朋友的慰问和牵挂,作者在自己与双棠之间,建立起一种人生际遇上的联系。鸣蛙是春天的点缀,张耒在《鸣蛙赋》写道:“夏雨初止,积潦过尺,有蛙百千,更跳互出。幸比新霁,夜月清溢,我劳其休,归偃于室。”一种对大自然的生生不息的命力赞叹流露其间。作者又充满热情地描绘了蛙鸣,“于时蛙鸣,若啸若啼,若诉若歌,若惧而悲,若喜而语,若怒而诟,若哕而呕,若咽而喇,喑者之呼,吃者之斗,或急或缓,或清或浊。若羌丝野鼓,杂乱无节兮,又似夫蛮歌獠语,诡怪之迭作也”。此前还没有人如此细腻地描绘鸣声聒噪的蛙声,在这一阵阵嘈杂中,张耒似乎了解了蛙们的心声。“尔其困于泥潦,失其所处而悲。又若失旱暵既久,得其所处而乐也。”作者以人事之不平之鸣来看待、理解蛙鸣,由此出发,作者推己及物,以心灵揣摩蛙声,“尔乐而歌,而哀则哭,哭则悲嗟,有声曲。聚语群争,引吭而呼,一日之间,不宁须臾。蛙不汝嫌,汝奚蛙诛?万物一府,谁好谁恶?”作者以仁者的胸怀对自然之物由衷地礼赞:“而观夫春露初霭,朝华始敷,文羽清喙,飞鸣自如。若奏琴筝,而和笙竽,清耳悦心,听者为娱。及夫阳春既徂,炎火将极,恶草蕃遮,淫潦逐积。蛙于此时,生养蕃息,跳梁号呼,意气横逸,子如之何?时不可逆时乎!时乎!美恶皆然。当其盛时,谁得而迁?及其雪霜既降,木实草衰,飞蝇聚蚊,孽无所施。于是此蛙,敛吻收足,尪然土中,一声不出。党散巢披,不可终日。”蛙的呼号与人世间的各种声音、生存状态被等量齐观,自然之理与人事之理取得一致。谢逸的《吊槁杉赋》亦能够贯通物我,寻绎其中贯通之理。赋曰:“后皇畀物兮,灵衷不私。禀受殊气兮,土地异宜。芸芸其生兮,情之不齐。嗟此杉兮,其大百围;修且长兮,蔽乎云霓。樛枝偃蹇兮,如龙虎之驰。植之于庭兮,如正人端士之威仪。挺然独立兮,如不附丽于当时。斫为栋梁兮,负殿堂而不欹;刳为舟航兮,触风波而不危;梁百步之川兮,历千载而不隳。今其槁死兮,无可用之资。不慊于霜雪兮,无求乎雨露之滋。赖根干之存兮,得永托于庭墀。夫何不仁之甚兮,肆斧斤而芟夷!昔子胥怨毒兮,平王既死而鞭尸;魏公忠直兮,肉未寒而仆碑。自古莫不然兮,岂如今世之可悲。呜呼槁杉兮,夫复何疑?"挺拔的杉树曾经可作栋梁之材,一旦枯槁,便失去可用之资,其曾经的伟岸,也为人遗忘。人世间这样的事例不也比比皆是吗!又如黄庭坚的《白山茶赋》赋予山茶花人格特征,"是花也,弃金天之正气,非木果之匹亚。乃得骨于昆阆,非乞灵于施夏。造物之手执丹青而无所用,析薪之斤虽睥睨而幸见赦。高洁皓白,清修闲暇。徘徊冰雪之晨,偃蹇霜月之夜。彼细腰之子孙,与庄生之物化。方坏户以思温,故无得而陵跨。盖将与日月争光,何苦与洛阳争价"。作者没有正面描写其形态,而是铺叙其禀性,并且化用许多典实,以突出其文人化的气质,这种人与物的混融,同样表现的是对贯通万物的"道"的探寻意识。有些赋作则不借助于物事的描写,而是直陈贯通古今的道理,如张舜民的《火宅赋》,此赋借用佛家"火宅"来指代烦恼的俗界,表现为情欲所摆布的人生状态的种种幻象,"金玉满堂,簪组成行,珠栊璧房,冬温夏凉,地控水陆,宾客侯门,趑趄彷徨,……门可炙手,室如探汤,春来秋去,其乐未央"。富贵而骄纵之心日滋,及其"檀槐改而不举,回禄监而不禳,以致宝台酒熄,武库腾芒,城门烟墙,宣榭荧煌。闵池鱼之亡及,略厩马之式伤"。古往今来,没有长久的富贵,终于"三途炽然,火自心起,倏尔大作,肇本中除,次及堂筵,邻里奔迸"。这时合族之人各奔东西,狼奔豕突,"当是时也,巢居飞扬,穴居深藏。或艺毛而杀羽,或跳灶而乘墙。各奏生路,安能缓步。已半生而半死,犹或散而或聚"。这段描写是对争名逐利的生活的形象概括。阮籍在《拟咏怀》就有"歌舞未曲终,堂上生杞荆"的诗句,表现人世的无常,但不像此赋具体、形象,具有可感性。骆宾王的《长安古意》和杨炯的《帝京篇》也对盛极而衰作了铺张描写,但缺乏此赋深刻的洞察力。这篇赋中,视凡界的奔竞为利欲冲动的盲目行为,作者以旁观者的清醒来审视人世的幻象。

可以说,贯通天道自然是北宋后期文学创作的普遍追求,支撑这种创作倾向的学术背景就是对形而上的"道"的感悟与体认。然而,以一种怎样的人生态度和境界去生活才算是体道而行,亦即如何确立心中的道德律,这是人们思索的重要问题。当时文学追求老境美,其实就是一种"理性"生活的境界,这个"理性",就是体会生生不息的万事万物所获得的对生活的感悟和对人生价值的深入理解。是通古今之变,穷天人之理,以平静的心境观览万物,以朴素的表现蕴含自然、人生奥旨的审美特征。个体以怎样的状态生存才能够体会履道而行的人生呢?这是当时人们探索人生的重要命题。苏轼努力变外在"道"的追求为内在妙明本心的发现,重视当下直接的生命体验,化物我相互奴役为齐同物我的人生境界。他的两篇《赤壁赋》,反映了对人与自然关系的思考。《赤壁赋》将人置于万顷波涛之中,"白露横江,水光接天,纵一苇之所如,凌万顷之茫然",浩浩乎如行太空,飘飘乎如登仙府。似得解脱,似很畅然,然而那悲伤的调子从江面、从天穹、从游者的心中涌起,由洞箫声勾连其历史、英雄,人在天地之间,如"驾一叶之扁舟,举匏尊以相属,寄蜉蝣于天地,渺沧海之一粟",但是,人并不能真正如草木一般生存,人如何处置自我意识,如何对待我外物,即使"哀吾生之须臾,羡长江之无穷,挟飞仙以遨游,抱明月而长终",无以消解这种由人的智性带来的烦恼。在永恒面前,一切功名索取的意义荡然消弭于历史的时空中,一切价值尽皆拆去,只剩下一个孤独的我徘徊于历史与当下、有限与无限中。《后赤壁赋》中的"江流有声,断岸千尺,山高月小,水落石出","曾日月之几何,而江山不可复识矣!"同样是表现这种由价值解构带来的焦虑。

如果不能给“道”注入意义，对形而上之追求的结果就是解构人生，消解价值，苏轼的忧虑正在于此。因此，他强调当下的意义，强调心灵对永恒的瞬间体会，这就遁入释家“无还”之论。其《醉翁操》云：“琅然清圆，谁弹响空山无言，惟翁醉中知其天。月明风露，娟娟人未眠。荷蒉过山前，曰有心也哉此贤。醉翁啸咏，声和流泉。醉翁去后，空有朝吟夜怨。山有时而童巅，水有时而回川。思翁无岁年，翁今为飞仙，此意在人间，试听徽外三两弦。”此赋说欧阳修之事，讨论琴声何来，强调当下直接的体验，不在琴，不在指，在“徽外”，在瞬间的际会，在那个不可重复的当顷，在“一期一会”中。这就是“雪泥鸿爪”的境界。

当时的文人多对履道而行的人生的思考怀着浓厚兴趣。如张耒的许多辞赋，表现了悠然于天地间，与自然万物亲近的情趣。张耒一生落魄，然而他能从贫困的生活中体会到与自然的和谐，在安贫乐道之外又有一种对淡泊生活的深情，在《芦藩赋》中，他写道：“张子被谪，客居齐安。陋屋数椽，织芦为藩。疏弱陋拙，不能苟完，昼风雨之不御，夜穿窬之易干。上鸡栖之潇涩，下狗窦之空宽。先生家贫，一裘度寒。曾胠箧之不须，何藩篱之足言？鼓钟于宫，声出于垣。中空然而无有，徒望意而辄远。故吾守此败庐，其故比夫河山。若夫朝阳不出，微霰既零，声如跳珠，淅淅可听。及夫衡门暮掩，乌雀就栖，挂荒山之落景，络衰蔓之离离。其下榛草，樵苏往来，蝼蚓出入，羊牛觇窥。”虽然贫困，但毫无瑟缩之气。淅淅之流可比鼓钟铿鸣，樵苏往来，可比冠盖往还，在世俗之外，张耒要确立一种与自然亲和的人生。辞赋追求老境美还表现在善写枯淡之境，以寄托清旷索然的人生态度。苏轼的《秋阳赋》、《黄泥坂辞》以简笔写意，传达出枯索简远之境，化巧为拙，蕴真于朴，初读如嚼枯木，细味之如啜茗，堪为典范之作。孔武仲的《鸣虫赋》也是一篇优秀的表现枯淡之境的赋作。赋中写鸣虫道：“嘈然四起，杂尔相呼。其幽阴悲秋，如寡妇秋叹于帏幄；

其荒凉惨淡,似客舟夜语于江湖。"颇有悲酸愁苦之感,赋接着借秋虫之口写道:"岁既秋矣,凉生暑徂。霜以将结,露炯炯而归芜。茁然丰者为白草,蓊然秀者为枯株。彼无情而若此,况吾俦饮泉食土,寿命不长者与!"在故作放达中蕴含着不甘寂寞之情。赋中又以作者的口吻写道:"是何浇浇之多也! 天地至公,惟有生死。抱阴而陨,乘阳而起,顾无物而不然,尚何为乎忧喜。"故作旷达,以求心情的宁静,赋的结尾写道:"既而长城(夜)鼓阑,远汉星没,日出东隅,虫声遂歇。"作品尽力将生死这样的问题消解,勾勒出一副惨淡之景。

在履道而行的意义上寻求人生道路,苏轼等的探索最终为程颐等人拈出"天理"所完成。但是,苏轼等的价值在于,他昭示了自然人生的丰富性和多样性。

需要强调的是,当时的咏物赋创作通过物象以寄托精神情操已蔚为大观,对这种现象,我们不能简单视为是对"比德"传统的继承发扬。这同样反映了人们统一头顶的星空与心中道德律的追求。除了李复的《竹声赋》、唐庚的《惜梅赋》(参见第一节),还有邹浩的《四柏赋》,他从人间的圣贤来逆推柏树的精神气质,赋曰:"商山逸叟见邀于子房兮,将以翼储君而经营? 抑康庐胜友自得于莲社兮,方且傲当世而洁清? 想昔日之巍然广殿兮,对先圣以交荣,如子路、曾皙、冉有、公西华之侍坐兮,垂绅端拱,各控其素志之诚。……曾此柏之不顾兮,其青青固自若也,岂以此自少而遂衰。及夫时运遄往,木帝无为,骤雨滂沱以涤荡,狂飙奔腾而折摧,昔蕃鲜兮何在,今寂寞兮空枝。使当年之好事,惨搔首以兴悲。独此柏之不变兮,其青青固自若也,亦岂以此自多而增奇。呜呼! 柏之所以为柏兮,其常德若兹。仆幸得之而深兮,胜老马以为师。允蹈贤圣所期于学者,死而后已兮,肯以穷达异其毫厘! 庶几无愧乎柏之常德兮,不为君子之弃而小人之归。"在人世间有一种人,他们以接续道统自命,不以物喜,不以己悲,宠辱不惊,贫富不移,柏树,就是自然界的这类圣贤。所以,我们不能简单视为作者在运用比拟的修辞手法,而是在体会贯通自然与人事的一种精神气节。

在佛道走向形而上的时候,宋代学术,尤其是元祐学术,所表现出的对头顶的星空和心中的道德律的关注,其实是使儒学走向形而上焦虑的一种表现。元祐党人对现实政治的关心是立足于天道自然和人生、历史的,是贯通家国情怀、历史意识与天道自然的。他们努力把政治变革与人生问题统一起来,较之新党人物,更具深刻性、彻底性,也更稳健。最终,他们把心中的道德律落实到“天理”上面,完成了对儒学的革新。而苏轼等对这个问题的思考,则为人生的多样性预留了一定的空间。

第六章 新学独尊与两宋之际的颂美辞赋

专制政治与歌颂文学是一对孪生兄弟，政治上的极权专制需要高度一致的意识形态作为保障①，这就意味着士人群体独立思考精神可能面临着严重的遏制，文学可能矮化为服务于意识形态的传声筒和点赞器。两宋之际的新学独尊期间，极权专制进一步强化，歌颂文学大行其道。新学独尊与歌颂文学之间，必然存在着某种千丝万缕的联系，甚至是因果联系，这是本章要考察的重点。

两宋之际是指从北宋哲宗亲政后到南宋高宗朝这一段时期，大体上从绍圣元年到绍兴三十二年（1094—1162），大约七十年时间。这个时段往往为文化史研究界所忽视，这不仅因为其时元祐诸贤大多退出历史舞台，南宋活跃的学术文化人物还未完全成长起来，文化出现断层，相对落寞，而新学因为历史偏见及资料缺佚，不受重视；更因为学界习惯于把这段时间分割成南北宋两段来研究，其政治文化的连续性被割裂，学术文化的价值和意义因之被冲淡。其实，这个时

① 传统中国并不存在“意识形态”这样的现代词汇，但却有一个与之相近的词语“政教”。政，不仅是指行政，还包括调整思想、规范行为等内容；教，不仅是指教育，还包括向社会全员灌输关于社会秩序的善恶标准。在宋代，担任政教任务的指导思想是儒学。不过，儒学早已内化为传统，在当时呈现为一个伸缩性很强的、流派纷呈的庞大体系。根据不同的历史阶段的政治形态，其侧重点和倾向性又有所不同。

期的政治、学术自成一完整系统,其政治上浓重的专制主义色彩和学术上多数时间的新学独尊呈现着明显的连贯性和统一性。新学独尊集中在北宋绍圣之后到靖康年间的绝大部分时间以及南宋绍兴和议达成(绍兴十一年,1141)以后,只是在靖康之难以后到和议达成的不足十五六年时间,元祐学术与新学才呈现角逐之势。极权专制与新学独尊互相配合,互相促进,当时的文学创作颂美、颂圣蔚然成风,别具一格。

我们以润色鸿业见长的辞赋作为考察对象,以展示政治、学术上的专制主义与该时期歌颂文学盛行的因果联系。

第一节 两宋之际的新学独尊与极权专制

熙宁变法期间王安石为了排除异己势力对新法的妄议,主张"一学术",即把新学作为国家意识形态。学术与政治联姻,学术借重权力来把自己的理想落实到政治层面,凭借富贵利达引诱天下士子入吾彀中。在新学与其他学说的论争中,其依靠政治权势打压对手的结果,远远超出王安石们壅堵言路的初衷,而是渐变为学术、思想上的专制,并与变法期间不断加强的皇权专制互相呼应,一直以来较为宽松的文化环境为之一变。问题的严重性不仅在于学术园地众学凝霜,一枝独放,而且还使得学术界把控的知识解释权和士大夫占据的帝王师地位,面临着失控和旁落的危险。新学显贵如蔡京等,基于以吾党行吾道的考虑,一味迎合帝王,投其所好,学术失去了对皇权的约束力,独尊的新学成了皇权恶性膨胀的帮凶、皇家的奴才。学术与政治的专制主义,是导致靖康之难的根本原因之一,也是促成士风低迷猥琐、文坛歌功颂德之风盛行的重要因素。

新学并非在王安石"一学术"之后马上就对众学形成钳制之势,而是经历了一个彼此斗争的过程。变法之初,新党在政治和学术文化上的优势并不一致，司马光、苏轼等的号召力甚至超过王安石等人；而且，在洛阳形成了一个以司马光为核心的在野清议群体与之分庭抗礼。这些巨擘及其志同道合者的批判声浪，有力地遏制了新学对意识形态的控制；而科场对社会文化结构的改造亦不可能一蹴而就，它需有一个渗透的过程；此外，王安石的政治品格和人品修养也使他能够容忍来自异见者的指责，神宗皇帝在一定程度上仍然秉持着异论相搅的帝王法术，对旧党人物颇为宽容。因之，当时的学术园地并非新学独秀、众学凋零。然而，在绍圣年间，旧党以及元祐学术随着司马光、苏轼等的谢世或淡出政坛而失去了其政治和学术上的有力支撑，执政的新党是一些意锐谋强的政客型人物，政治品格严重缺失，党争失去了君子之争的风范，意气用事的色彩越来越浓，与此同时新学对科考的影响力进一步得到彰显，这些因素都促成了旧党和元祐学术面临着残酷的打压与迫害，新学作为国家意识形态的地位得到不断加强①。徽宗即位后主张建中靖国，试图调和新旧党争，但他很快对旧党君子不负责任的喋喋不休失去了耐心，崇宁以后的政治文化依然是新党和新学一统的局面。当然，徽宗崇奉道教，对道家典籍多有颁行，而且在选择撰著者方面尽量排除新党的痕迹②，不过这些举措并不能改变新学在意识形态领域的强势地位。

靖康之难，士大夫压抑已久的愤懑之情全面爆发，人们对蔡京的憎恨、对新学的反感，似乎出离了政争与学术之争的范畴，本该理性反思的国破家亡之痛被党同伐异所代替，置大计于不顾，快一时之恩

① 宋廷不仅在绍圣元年（1094）全面恢复了专以经义取士的熙宁新制，绍圣时期还不断颁布新学著作来强化新学的地位，如王安石的《字说》，王雱的《论语解》、《孟子注》等均由国子监雕版印行。

② 比如新学人物多有注《老子》者，徽宗皆弃而不用，亲撰注解，作为官学颁行。其实道家著述多有颁行，但是新学人物的相关著作甚少入选，比较典型的如王雱的《南华真经新传》、吕惠卿的《庄子义》等。

仇。靖康元年(1126),以重新审视科场制度发端,元祐党人的后继者对新党和新学大加挞伐。这场争论源之于对辽用兵失利导致的对经义取士的反思,垄断科场的新学自然成为靶标。很快,理学传承者杨时等人发难,把蔡京与王安石联系起来,由对新学的批判引申到对王安石人格修养的攻击,直取王氏心肝。之后,高宗皇帝出于新学作为国家意识形态受到广泛质疑的考虑,施展政治平衡权术以稳固地位,团结人心,提出"最爱元祐"的口号,遂使元祐学术与新学成鼎足之势。此时的科场经义与诗赋并重,理学思想开始大举渗透,士林也出现分化①。

这种情况在绍兴和议达成时出现了转变,同样是出于对朝野横议的担忧,高宗和秦桧打算像熙宁变法时那样壅堵言路,打击对和戎政策持异见者,新学在秦桧的庇护下余焰复燃。绍圣年间新学独尊以来,并没有彻底遏制住其他学术的发展,其中理学因此而强力反弹,并在士林下层滋长蔓延,随即成为之后对抗新学和新党的主力。因此,绍兴党禁主要是针对道学党和理学的。其时,新学已经失去了北宋末期的气势,只是由于秦桧的护佑,才勉强居于独尊的地位。权相秦桧排斥理学,提倡新学,残酷打击道学人士,学术专制与政治专制取得高度一致。据载,包括高宗在内,众人多持新学与理学各有所长之论,但是秦桧独擅新学,"绍兴十四年三月,尹和靖既去,秦桧进呈讲筵阙官,因言士人读书固多,但少适用,或托以为奸,则不若不读之为愈。上曰:'王安石、程颐之学各有所长,学者当取其所长,不执于一偏,乃为

① 据李心传《建炎以来系年要录》卷八十八记载:"时尚书左仆射赵鼎素尊程颐之学,一时学者,皆聚于朝。然鼎不及见颐,故有伪称伊川门人以求进者,亦蒙擢用。"(北京:中华书局,1956年,第1477页)当时洛学成为进身求荣的阶梯,其结果是"近世小人,见靖康以来,其学稍传,其徒杨时辈骤跻要近,名动一时,意欲歆慕之。遂变巾易服,更相汲引,以列于朝,则曰:'此伊川之学也。'其恶直丑正,欲挤排之,则又为之说:'此王氏之学,非吾徒也。'"(李心传:《建炎以来系年要录》卷一百八,第1759页)

善学。'桧曰:'陛下圣学渊奥,独见天地之大全,下视专门之陋,溺于所闻,真太山之于丘垤也。'桧所谓'专门',指伊川也。自赵忠简去后,桧更主荆公之学,故上训及之。然桧非但不知伊川,亦初不知荆公也"①。这则材料清楚地表明秦桧的学术好尚所在。绍兴党禁前后,学术风尚转变明显,史载:"向者朝论专尚程颐之学,有立说稍异者,皆不在选;前日大臣则阴佑王安石而取其说,稍涉程学者,一切摈弃。"②当时,被禁的新学核心典籍《三经新义》也恢复了科场的地位。

新学对其他学术打压最严酷恶劣的时段是在崇宁党禁和绍兴党禁期间,是权臣蔡京和秦桧分别专权之际,这也是宋廷政治专制程度最为深重的时期。一些研究者从当时相权的强势,得出君权相对削弱的结论,这种看法是相当片面的,因为无论蔡京还是秦桧,其权力均来源于皇帝,他们都是一味揣摩圣意以邀幸固宠的佞臣型人物,他们的政治倾向与君王保持高度一致,已经失去了其应有的对君王的匡扶救弊、拾遗补阙之任;从当时的历史来看,这些权相就是君王的代言人,君权的执行者,君过的替罪羊。因此,相权的膨胀,也就意味着君权的膨胀,被削弱的,不是君权,而是朝臣以至于整个士大夫阶层执政与参政议政的权力。在整个宋代,君王一直没有掌握住知识的解释权和信仰的垄断权,但是,掌控意识形态是专制极权的必要条件,因此,君王对知识与信仰的控制,必须假手于权相,蔡京、秦桧们的一个重要任务,就是帮助帝王控制意识形态,而操控的工具,则历史地落在了新学的肩上。

儒学具有强烈的参政意识和排他品格,由其发展而来的新学、理学等宋代学术继承并发展了它的这些特点,它们都主张传承道统,严格文化的边界,弘扬修齐治平的人生方向,推崇内圣外王的治国理

① 李心传:《道命录》,知不足斋本,第42页。

② 李心传:《建炎以来系年要录》,北京:中华书局,1956年,第2847页。

想,凡此种种,表现出浓厚的文化本位主义和专制主义色彩。在向形而上的方向迈进时,宋代学术普遍地把等级观念——伦常,作为终极真理,使宗天神学转变为宗天哲理,把皇权确定为社会秩序乃至天地秩序的总纲。宋学是沿着韩愈以来知识界对统治失序的焦虑而发展演进的,捍卫绝对皇权是它们的共同追求,只不过宋学在发轫之初,始终掌握着知识和信仰的解释权,把对皇权的规范作为其重要目标。

较之其他学术,新学对帝王独断的提倡更为强烈、专制极权的色彩更浓,宽宥、迎合君王的能力更强。新学秉持以《周礼》为治国蓝图的内圣外王之道,但内圣之学严重不足,它追求君主对国家的高度控制,国家本位是其显著特色。王安石对这一治国理念多有发挥,他提出治国以礼、乐、刑、政的临驭"四术",其核心就是君王极权专制。他多次阐释这种主张,例如对《尚书·君陈》"尔无忿疾于顽,无求备于一夫。必有忍,其乃有济;有容,德乃大"的解说,《东坡书传》苏轼曰:"有残忍之忍,有容忍之忍,《春秋传》曰'州吁阻兵而安忍',此残忍之忍。孔子曰:'小不忍则乱大谋',此容忍之忍也。古今语皆然。不可乱也。成王指言三细不宥,则其余皆当宥之。曰'必有忍其乃有济'者,正孔子所戒'小不忍则乱大谋'者也。而近世学者,乃谓'当断不可以不忍,忍所以为义',是成王教君陈果于刑杀,以残忍为义也夫。夫不忍人之心,人之本心也,故古者以不忍劝人,以容忍劝人也,则有之矣。未有以残忍劝人者也。不仁之祸至六经而止,今乃析言诬经以助发之,予不可以不论。"①文中所谓"近世学者",就是针对王安石在《尚书新义》中析言诬经,以残忍释"忍",申说"此刚柔相济,

① 曾枣庄、舒大刚主编:《三苏全书》第2册,《东坡书传》卷十六,北京:语文出版社,2001年,第195页。在该书这则传后附录有林之奇的《全解》的解释:"此盖指王氏以为言,如以忍为义,此申、韩之言,岂六经之训哉。"指出王安石在此的曲解,实在是在申说申不害、韩非等法家的思想。

仁义并行之道。忍,所以为义,故能济;容,所以为仁,故能大"[①]的思想,王安石对这段文字的解说,意在强调执政者果敢刚毅的风格,主张皇权独断。又如杨时曾指出:"昔神宗尝称美汉文惜百金以罢露台,安石乃言:'陛下若能以尧、舜之道治天下,虽竭天下以自奉不为过,守财之言非正理。'曾不知尧、舜茅茨土阶,禹曰'克俭于家',则竭天下以自奉者,必非、舜之道。其后王黼以应奉花石之事,竭天下之力,号为享上,实安石有以倡之也。其释《凫鹥》守成之诗,于末章则谓:'以道守成者,役使群众,泰而不为骄,宰制万物,费而不为侈,孰弊弊然以爱为事。'《诗》之所言,正谓能持盈则神祇祖考安乐之,而无后艰尔。自古释之者,未有泰而不为骄、费而不为侈之说也。安石独倡为此说,以启人主之侈心。后蔡京辈轻费妄用,以侈靡为事。安石邪说之害如此。"[②]从历史上看,君王的独断和多欲之治是连在一起的,王安石从典籍中为帝王侈泰寻绎理论根据,其目的就是为了强调君王的独断,为此,他曲解儒典中关于尧舜之治的具体内涵。他的这一思想为蔡京发扬光大,蔡京在绍圣四年(1097)八月奏上的《论尧舜之政疏》就承王安石之说,这样阐释尧舜之道:"人主操生杀予夺之柄,而以道揆天下之事,审之以仁义,济之以威权。慢令凌政者必诛,妨功害能者必放,反复颇僻者必窜,谗说殄行者必罚,则小大、内外,孰敢先后?孰敢拂违?四方将徯志而应,不劳而成矣。此皋、夔、稷、契所以吁俞,驩兜、鲧羽所以放殛也。其术至约而易知,非有高绝难能之行也。……臣愚窃谓陛下退托谦抑,未以尧、舜道术加天下故也。夫生杀予夺之柄,惟人主所独制,非人臣所可共,传曰'惟名与器不可假人'是也。陛下诚加意乎此,励劝禁于上,作威福于下,

① 程元敏整理:《三经新义辑考汇评——尚书》,台北:编译馆,1986 年,第 212 页。

② 《宋史》卷四百二十八《杨时传》,第 12742 页。

使贤者在位而不贤者不能间,能者在职而不才者不能夺,其以陛下之圣,尧、舜不足方矣。"①他反复强调君王恩威并施、掌握杀夺之权的重要性,为不断膨胀的皇权专制提供理论依据。可见新学"挟管、商之术,饰六艺以文奸言"并非无根游谈。之后蔡京倡丰亨豫大之说,也是这种思想的自然发展。这方面,新学主张的为政方略具有明显的专制主义倾向,它不大重视士绅阶层对规范皇权与整饬风俗方面的作用,而是在富国强兵的旗帜下时常侵害宗族社会的权利,主张朝廷应该控制一切资源和民众。在大众和朝廷之间,如果失去了作为中间环节的士绅,大众直接面对强权,皇权的恶性膨胀就在所难免。因此,新学思想当中的专制主义倾向较之其他学术更为强烈。

新学尊经卑史的思想也助长了皇权的膨胀。王安石的历史观来源于六经,认为六经是先王之学,是治国之本;而史,记载后王之迹,是流俗之学,是治国之末。王安石的治国理想依托于虚无缥缈的尧舜之道,主张对待历史应该有先入之见,即"识",认为王霸之道的区别只是在于帝王的心术,帝王有行尧舜之道的"识",所行之政即是王道,反之则是霸道,这就过分突出了君王的个人意志。这种学风容易忽视对历史成败之迹的借鉴,忽视历史发展的传承性,从而失去士人以史为鉴来规讽皇权的传统,这为帝王的独断和多欲之举提供了学理上的支持。正是基于这方面的价值,以后的新学人物都积极主张尊经卑史,打击异己之学,树立帝王权威②。况且新学学风更为务实开放,讲变通重权变,看重现实的政治需求,这不同于理学的深于道

① 李焘:《续资治通鉴长编》卷四九〇"绍圣四年八月壬午"条,这段话发挥的是《韩非子·二柄》、《扬权》中的思想。北京:中华书局,2004年,第11619—11620页。

② 清代赵翼指出:"自王安石以猖狂诡诞之学要君窃位,自造《三经新义》,驱海内而诵习之,甚至诋《春秋》为断烂朝报。章、蔡用事,祖述荆舒,屏弃《通鉴》为元祐学术,而十七史皆束之高阁矣。嗣是之道学诸儒,讲求心(转下页注)

德性命之际①，这种种因素也容易使其蜕变为权臣逢迎君主、为皇权专制助力的工具。新学独尊期间，学术与政治互为奥援，相得益彰，极权专制得到强化。权臣们还通过定国是，来锻造一柄集思想与权力于一身的利剑来捍卫专制，引导舆论，打压异己，如徽宗时的丰亨豫大、高宗时的和戎等都是。

皇权的恶性膨胀、士大夫阶层帝王师地位的失落，很容易导致士人群体的人格矮化、担当意识缺失，助长文人钻营帮闲的习气，造就文人无限雌伏、无限谄媚的精神。而且，北宋后期专以经义取士的科场制度也对士子的钻营心理起到推波助澜的作用。专制主义往往需要不断寻求以及强调自身的合法性乃至神圣性来维持统治局面，这就需要倡导一种与意识形态合拍的文学——为专制皇权歌功颂德的文学。钻营猥琐、文丐奔竞的士风为这种文学的流行准备了条件，新学独尊、皇权独断的必然结果便是歌颂文学的发达。由于学术文化发展的惯性特征，使得两宋之际的主流文学一度沉浸在虚声颂美的气氛中，颂美辞赋的流行是当时政治学术生态的鲜明表征。

(接上页注)性，惧门弟子之泛滥无所归也，则有诃读史为玩物丧志者，又有谓读史令人心粗者。此特有为言之，而空疏浅薄者托以藉口，由是说经者日多，治史者日少。彼之言曰：经精而史粗也，经正而史杂也。”(赵翼：《廿二史札记校证》，王树民校证，北京：中华书局，1984 年，第 885 页)

① 正如朱熹指出：“若夫道德性命之与刑名度数，则其精粗本末虽若有间，然其相为表里，如影随形则又不可得而分别也。今谓安石之学，独有得于刑名度数，而道德性命则为有所不足，是不知其于此既有不足，则于彼也亦将何自而得其正耶。夫以佛老之言为妙道，而谓礼法事变为粗迹，此正王氏之深蔽。”(《读两陈谏议书》，朱熹撰，朱杰人等主编：《晦庵先生朱文公集》，《朱子全书》第 23 册，上海：上海古籍出版社、合肥：安徽教育出版社，2002 年，第 3382 页)

第二节 辞赋对皇权神圣性的叙述

在传统中国政治文化中,颂圣文化是其重要组成部分之一。皇权源自暴力,但是统治者并不想让天生烝民只意识到这一点,他们更愿意让人们相信他们的权力是上天赐予,具有不容置疑的合法性和唯一性。为此,暴力政权往往诉诸祭祀、祥瑞等来交通天人,通过强调上天因垂青现政权而赐予的风调雨顺的年景、繁杂丰茂的物产、平安祥和的生活等来宣扬皇权翼护苍生。也就是说,皇权需要凭借神权来扶佑,而且,专制程度越深,越需要证明其统治的伟大、光荣与正确,其对神权的倚重也就越强。两宋之际的歌颂文学,有相当的内容是表现极权统治的合法性和神圣性的。

古者天子建国,宗庙为先,典礼在政治生活中占有重要位置,吉礼之中尤以每三年一次皇帝亲祀的"郊祀"天地礼(南郊)最受重视。不过这种礼仪性排场至两宋之际,其沟通天人的用意已经弱化,变成了皇家昭示其垄断神权的表演,象征意义超越了实际意义。目前能见到的这个时期的典礼赋有刘弇的《元符南郊大礼赋》和王洋的《拟进南郊大礼庆成赋》等,其重点已经不再像真宗时杨亿所作的《天禧观礼赋》、仁宗时范镇所作的《大报天赋》那样陈述上天眷顾,而是展示国家的气势和治国方略。同样的情况也表现在《扬都赋》、《会稽风物赋》等地理赋方面,其彰显皇权神圣的用意退居其次,变成了对国家"气质"、"形象"的张扬,对此我们将在下文讨论。当时最能够体现皇权神圣性的是辞赋中对祥瑞的描写。

传统儒家对怪力乱神持敬而远之的怀疑态度,但又主张神道设教,为天人相与之说开启方便之门。汉代今文经学,尤其是春秋公羊学以微言大义解经,畅言祥瑞灾异,终至发展为谶纬神学。宋学总体倾向于道德理性主义,对汉学的谶纬之风大加排抑。当时的儒者基于规范皇权的目的，对灾变之说颇为注意，而对祥瑞呈现则表现得相当冷静和理性①。熙宁变法期间，司马光等指出："天文之变无穷，上下傅会，不无偶合。"②王安石则申言"天变不足畏，祖宗不足法，人言不足恤"③。但是，天人相与之说从汉代以来已经发展成为儒家政治文化的重要组成部分之一，处于独尊地位的新学和日益加强的皇

① 宋初以来，祥瑞纷纭，冠冕堂皇的颂美文学也有一定的市场，但是宋代文人对祥瑞基本上抱着较为冷静的态度，他们反复申言所谓祥瑞其实只是自然现象，与国家治乱没有必然联系。田锡《符瑞图序》的说法颇具代表性，他说："暗君暴主，不无祯祥，衰世乱邦，亦有符瑞。故王莽矫诈而白雉入贡，晋恭衰微而驺虞乃来。"他认为祥瑞乃是"天之六气，杼轴元化之万物，陶熔成质。在生植之多品，因邂逅而不类。所以禾之秀也，成异亩而同颖；谷之实也，或一年而再稔。实天地偶然之理，非时政必应之感。"他还含沙射影地指出："以贤人为瑞，则国之福也。贤之不来，由谗邪奸佞之为灾；为灾不已，则智者填言以避祸，怨者有心以思乱；思乱不已，则揭竿于耒耜，争危于社稷。当是时，虽获九苞之禽，双觡之兽，俾靖邦国之难，不可得已。"（《全宋文》第5册，第241—242页）田锡在强烈地暗示呈献祥瑞者可能有些是谗慝之臣，人君沉迷祥瑞，是国家祸乱之源。余靖《正瑞论》也说："国之兴也，在乎德，不在乎瑞；国之亡也，在乎乱，不在乎妖。"（《全宋文》第27册，第36页）但是，和祥瑞相对的灾变，士人们则采取另外一种态度，他们坚持认为灾异是上苍的谴告，必须慎重对待。这一点继承了董仲舒借天变来约束帝王的动机。比如赵普的《论彗星奏》、苏绅的《以灾异言政事疏》、蔡襄的《论灾异实由人事奏》等。当然也有人指出灾异实由"时数"，非关政治，针对这种言论，富弼在《论灾变而非时数奏》中凛然指出："然臣窃知累有人奏，请凡百灾变，皆系时数，不由人事者，不知有之乎？若诚有之，此乃奸人谄佞之说，上惑圣聪，臣所谓不近正道者也。"他指出儒者重视灾变而不重视祥瑞的原因在于警示人君，"昔仲尼作《春秋》，不书祥瑞而独书灾异者，盖欲以警戒人君，使恐惧修德，以应天地之变，不闻以灾异归之时数也"（《全宋文》第28册，第365页）。对祥瑞和灾变态度的不一致，恰恰反映了士人期望获得约束君王权力的愿望。在熙宁七年的大旱中，反对王安石变法的人大言灾变天谴，希望阻止变法的进程，把王安石赶下台。

② 毕沅：《续资治通鉴》卷七十一，北京：中华书局，1957年，第1781页。

③《宋史》卷三百二十七《王安石传》，第10550页。

权专制不可能抛弃对神权的控制和依傍。新党主政期间，弃灾变而兴祥瑞，为皇权专制服务，为皇权专制的合法性和神圣性服务。变法以来，祥瑞不断呈现，徽宗时期，朝廷有意识渲染盛世气氛，祥瑞因此纷至沓来，蔚为大观。朝臣们的奏疏中充斥着大量针对祥瑞的贺表，诗词创作一片盛世吉祥的称颂之声，润色鸿业的辞赋自然不会缺席。承此余绪，南渡后，针对高宗再造中兴的聒噪不绝于耳，尤其是在绍兴和议达成后，出现了一个赞美高宗、韦太后、秦桧神性品格的高潮。

由于澶渊之盟的缘故，真宗时期和仁宗前期是祥瑞多发期，以后渐次消歇。神宗变法期间，鲜有祥瑞，倒是借灾异以反对变法的言论不少。周邦彦的《汴都赋》历数汴梁一带祥瑞呈现的历史，以凸显汴梁乃上天眷顾之地，笔触不及当代祥瑞。李长民的《广汴都赋》是对周邦彦赋的补充，而非踵事增华，主要补充的是徽宗时国家出现的新气象、新面貌，当时祥瑞势头正猛，赋中提及当时的盛况曰："众制备，群音叶，天地应，神人悦，修贡效珍，应图合牒。上则膏露降，德星明，祥风至，甘露零；下则嘉禾兴，朱草生，醴泉流，浊河清。一角五趾之兽，为时而出；殊本连理之木，感气而荣。嘉林六目之龟，来游于沼；芝田千岁之鹤，下集于庭。期应绍至，不可殚形。"指出祥瑞纷呈的原因是徽宗的大举更张和修明法度得到上天的赞许，是天人感应的结果。可见当时的祥瑞纷沓是为新党和徽宗的美政在上天那里寻求合法性，而非习惯性的应景之举。从目前所见朝臣们的各色贺表来看，当时的确是一个祥瑞集中爆发的时期，而且规模空前绝后，诸如白兔、白龟、翔鹤、蟾蜍背生芝草、朱草、瑞麦、连里木、瑞木、瑞石、甘露、竹上甘露、红盐、河清、庆云、天书等等不一而足，仅仅政和年间上奏的灵芝就有二三万本，山石变玛瑙以千百计，山崩出水晶几万斤，山溪生金数百斤，其他草木鸟兽之珍不可一二数，"皆以匣进京师"，

“一时君臣称颂，祥瑞盖无虚月”①。而且这势头也蔓延到皇宫中，蔓延到皇帝身边，譬如延福宫、端成殿等均有醴泉、灵芝、翔鹤等出现。徽宗就生活在这样一个祥瑞灵异环绕的神仙气息氤氲的氛围中，他是个具有艺术家气质的皇帝，很容易模糊艺术与生活的界限，随着自我意识的膨胀，他真切地相信自己非肉身凡胎，是天才，是神，这是个人崇拜的最高境界。徽宗已经不再满足于祥瑞不期而至，而要使其成为常态化的生活图景，因此，他纲运天下奇石嘉木、大兴土木，以此来显示天下人神相和的时代特征。当时所建的艮岳、延福殿等，就是巨大的祥瑞之渊薮，而且徽宗本人也是一个祥瑞，过去的礼乐制度已经不能很好地沟通神人了，他要另创新制，宫中的玄圭、新制的九鼎、八宝等均成为国家的圣物，在彰显皇权神圣化过程中，他自我作古，大晟府的设立，就是在推进这项工作。徽宗在全力以赴引领他的国家和人民走进遍地祥瑞、和谐融洽、吉祥止止的新时代，艮岳就是这个新时代的结晶。

目前所见描绘艮岳的辞赋有两篇，即李质的《艮岳赋》和曹组的《艮岳赋应制》，李长民的《广汴赋》也少有涉及。李质赋以游踪为线索，移步换形，详尽描绘其仙境般的美景；曹组赋则以类相从，纵笔铺排山形、水势、嘉木珍果、奇禽异兽，重在渲染气势。两赋具有一定的互补性。李赋突显的是艮岳沟通天人的意义，“何诸山之环异，均赋美于一端。岂若兹岳，神模圣作，总众德而大备，富千岩兮万壑”。这座人造的山岳和其他那些名山相比，更具神圣性，从各地移植迁徙的种种动植物，均具有非凡的品格，“且帝泽之旁流，复上昭而下漏。宜乎绝珠殊祥，骈至迭辏。潜生沼之丹鱼，萃育薮之皓兽。神爵栖其林，麒麟臻其囿。屈轶茂而黄荚滋，紫脱华而朱英秀。何动植之休嘉，表自天之多祐”。箫韶九成，凤皇来仪，徽宗恩泽滂湃，天下嘉木

① 周密：《齐东野语》卷六，北京：中华书局，1983 年，第 108 页。

珍物荟萃阙下，也就是说，艮岳中的在在物什，皆是祥瑞，这是一座人间的仙山。山不在高，有仙则灵，徽宗这个从“丛霄”降临人间的、旷世祥瑞盘桓于此，即使人造的山，也有了仙品。曹赋虽然声言艮岳在祈求子嗣绵绵方面的意义，但是赋作主旨是强调徽宗旷世的神圣品格，“今以一人之尊，大统华夏，宰制万物，而役使群众，阜成兆民，而道济天下。夫惟不为动心，侔于造化，则兹岳之兴，固其所也。而况水浮陆走，天助神相，凡动之沓来，万物之享上，故适再闰而岁六周星，万壑千岩，芳菲丹青之写图障也”。艮岳的出现，是由于徽宗出神入化的统治，使天下人咸被其泽，天人相感，祥瑞麇集。曹赋也和李赋一样，指出移来艮岳的物什，皆是祥瑞，“盖闻橘不逾淮，貉不逾汶。今兹草木，来自四方，原莫知夫远近”。曹赋在盛赞皇上方面比李赋略胜一筹，“天子神圣，明堂颁制，视四海为一家，通天下为一气。考其迹则车书混同，究其理则南北无异。故草木之至微，不变根于易地，是岂资于人力，盖已默然运于天意。故五岳之设也，天临宇宙；五岳之望也，列于百神。兹岳之崇也，作配万寿。彼以滋庶物之蕃昌，此以壮天支之擢秀。是知真人膺运，非特役巨灵而驱五丁。自生民以来，盖未之有”。草木禽兽，不分南北，均在艮岳生机勃勃，这种超越生活逻辑怪事的发生，乃是徽宗的神圣光辉使然，是上天对徽宗神性的认可，是国家祥和的瑞兆，是常态化的祥瑞，也是国家吉祥的写照。李长民的《广汴都赋》在描写艮岳时写道：“瞻彼艮维，肇崇琳阙。始真天祥，旷分彪列。妙道由是聿兴，至教于是旁达。辛卯之梦既符，壬辰之运斯协。外则立仁济辅正之亭，行玉笥考召之法。博施于民，俾绝夭阏。神符一出，群邪四詟。馘毒治病，功深效捷。内则艮岳屹以神秀，介亭耸以巀嶪。天人交际之夕，清供于此备设。俄而玉斝自倾！宝剑如掣，骇震霆之轰轰，灵圉下兮杂沓。”他没有拘泥于对苑中殊类万品以及仙境般美丽的描绘，而是直奔主题，赞美徽宗不同凡响的、沟通天人的神圣品格，真可谓知音者也。

徽宗通过使祥瑞常态化来凸显自己的神性，他在《艮岳记》中盛赞这座人造建筑群，“真天造地设，神谋化力，非人所能为者”。人工是不可能如此巧夺天工，只能是神助之功。这座山和人间的山岳相比，不仅毫不逊色，而且更为神圣，“四方之远且异，徒各擅其一美，未若此山并包罗列，又兼其绝胜，飒爽溟涬，参诸造化，若开辟之素有，虽人为之山，顾岂小哉。山在国之艮，故名之曰艮岳。则是山与泰、华、嵩、衡等同，固作配无极”。

这些赋作从沟通天人和神化徽宗来彰显那个太平盛世，彰显执政者无可争辩的合法性，这种自我作古来神化皇权的意识，的确是前无古人的。真宗皇帝通过天书、降神来装神弄鬼的举措与徽宗相比，显然逊色得多，徽宗的所为乃是白日见鬼，自诩太平。蔡绦南宋年间追忆说：“大观、政和之间，天下大治，四方向风……天气亦氤氲异常。朝野无事，日惟讲礼，庆祥瑞，可谓升平极盛之际。”①显然，这个升平之世是个幻象，是君臣在打压异论、新学独尊的背景下入戏太深走火入魔的幻象。与那座人造仙界相配合的是，徽宗不断地强调他的神性，不断地搬演着一出出白日见鬼的大戏②。

① 蔡绦：《铁围山丛谈》卷二，北京：中华书局，1983 年，第 27 页。

② 徽宗的自我神话，其思想资源有相当一部分来源于道教神霄派，他的造神活动更为系统，也更具有白日见鬼般的迷狂色彩。据载：“上搢大圭，执玄圭，以道士百人执仪卫前导，蔡攸为执绥官。玉辂出南熏门，至玉津园，上曰：‘有楼殿重复，是何处也？’攸即回奏：‘见云间楼殿台阁，隐隐数重，既而审视，皆去地数十丈。’顷之，上又曰：‘见人物否？’攸即奏：‘若有道流童子，持幡节盖，相继而出云间，衣服眉目，历历可识。’”（黄以周等辑注：《续资治通鉴长编拾补》[第三册]，宣和元年[1119]八月丙戌条，北京：中华书局，2004 年，第 1067 页）又，徽宗在政和七年（1117）下诏曰：“朕乃昊天上帝元子，为大霄帝君。睹中华被金狄之教，盛行焚指、炼臂、舍身，以求正觉，朕甚悯焉，遂哀恳上帝，愿为人主，令天下归于正道。帝允所请，令弟清华帝君权朕大霄之府。朕夙夜惊惧，尚虑我教所订未周。卿等表章，册朕为教主道君皇帝。只可教门章疏用，不可令天下混用。”（毕沅：《续资治通鉴》，长沙：岳麓书社，1992 年，第 2402 页）

南渡以后，不断有人奏上赤芝、枯秸生穗、重萼牡丹、鼎生金莲祥瑞等，以讨好邀宠。惊魂甫定的高宗最希望看到的是国家能够立稳脚跟，在江南一带延续国祚，对这些盛世黼黻不太感兴趣，他反复说岁丰才是上瑞①。在绍兴和议以后，君相之间互相配合，皇权专制得到强化，新学在秦桧的护佑下重新取得独尊地位，高宗以及江南这个朝廷的合法性问题又提上日程。绍兴二十五年(1155)，太庙生九茎灵芝，秦桧帅百官朝贺，高宗欣然领受②，接着，赣州太平瑞木，黎州甘露，道州连理木，遂宁府嘉禾，镇江府瑞瓜，南安军双莲花，严州兜率寺，信州玉山寺芝草等等，祥瑞纷纷呈现。我们现在能看到的胡铨的《衡阳瑞竹赋》③就是在这种氛围中创作的。此赋创作于绍兴二十九年(1159)，其时胡铨被贬衡阳编管。赋作对瑞竹呈现的意义和形貌有详细的叙述："于是若动若植，物物遂生。叶气横流，薰为太平。虽枿朽株，犹能蒸出芝菌，以为瑞物，而况乎修竹之萌，宜其挺挺对茁，猗猗并荣，俨若蜀道之两笋，宛如仙掌之双茎，固异槐龙之际翠，岂同桧尘之俱青。若夫同颖之禾，共稃之米，草有合欢，木多连理，松或交柯，蘧乃并蒂，木药双头，金芝合砌。至若比目之鲽，相依之鱼，俱飞之蝶，双飞之凫，共命之乌，比翼之鸟。征瑞牒以求比，非此君之与俱。若仆者，徒颂于盛美，百分未究其一偏，盖莫能悉数也。"指出天子圣明，感发而生瑞竹，是太平之象。文中通过一连串生动的比喻来描绘瑞竹的形态，行文至此，蓄势待发，下文对王朝的歌颂自然水

① 高宗在绍兴年说："岁丰人不乏食，朝得贤辅佐，军中有十万铁骑，乃可为瑞，此外不足信。"(《宋史》卷三百六十九《刘安世传》，第11482页)

② 高宗说："朕每以岁丰为上瑞，虽灵芝朱草固未尝以为意。至于宗庙产芝，则非它比。……许宰臣率文武百僚诣太庙观芝，次日诣文德殿拜表称贺，许之。"(李心传：《建炎以来系年要录》，北京：中华书局，1956年，第2748页)

③《海外新发现〈永乐大典〉十七卷》之卷19866，上海：上海辞书出版社，2003年，第637—643页。

到渠成。可是作者偏偏于此笔锋陡转，直陈治国理政应轻祥瑞而重仁政，“夫三五之兴也，以至仁而得天下。详人事而略符命，盖祯祥所未尝言，史官靡或书焉。于斯之时，凤凰仪廷，或鸣岐山。嘉禾合穗，符应斑斑”。仁爱以待天下苍生，祯祥自然呈现，不必刻意追求。经过这一铺垫，赋作转入对尧舜之治的铺陈，国泰民安就是最大的吉祥，“岂特夸一草一木之茁，一虫一鱼之异，以为观美云尔哉！”在把祥瑞焕发与仁政爱民作了一番对比之后，赋作用反问句式，将这种对比更形象化地、充满气势地呈现出来，“且夫天降甘露，孰与雨则霡霂，雪则优渥。地出醴泉，曷若郑白之沃，衣食之源。朱草生，孰与庶草蕃庑，百谷用成。金芝九茎，曷若九谷如云。麟凤在郊薮，孰与牛羊被野，麀鹿麌麌。龟龙游于沼，曷若洿池无数罟，鱼鳖不可胜取。山出器车，孰与大路越席，昭其俭欤。山车垂钩，曷若君子之车，既庶且多。山得银瓮，孰与田家老瓦之适于用。山出丹甑，曷若野人土铿之为正。野兽并角，孰与尔羊来斯，其角戢戢。众枝内附，曷若桑无附枝，麦秀两歧。东平木连理，孰与拔茅而连茹。南郡白虎仁，曷若奸吏不暴民。黄龙见成纪，孰与朝廷多君子。日月如合璧，五星如连珠，曷若三光全寒暑。平虎渡河，孰与守令之政无苛。蝗不入境，曷若潢池无桴鼓之警。稆谷生禾，野蚕成茧，孰与男务耕耘，女修织纴，而全家之饱暖也”。那些林林总总的祯祥瑞应，能够庇护烝民不饥不寒吗？能够保护他们不受强权暴力的侵害吗！这是对徽宗以来一味渲染吉祥气息的最深刻的反思和谴责。赋的结尾以箴言点题，令人印象深刻，“于赫正符，正符煌煌。唯德是征，匪物为祥。沐浴膏润，至仁汪濊。云谁之思，唐虞三代”①。胡铨乃理学名家，因强烈反对

① 胡铨的议论继承了北宋以来儒家士大夫对待祥瑞的一贯态度，而且也在当时人那里得到回应，“绍兴元年秋七月乙未朔，刘光世以枯秸生穗为瑞奏之，上曰：‘岁丰人不乏食，朝得贤辅佐，军中有十万铁骑，乃可为瑞，此（转下页注）

秦桧的专制而被流放，这篇赋既反映了作者对高宗合法性的确认和推崇，也体现了其对祥瑞冷静的认识：贤人为瑞，丰年为宝。这表明理学与新学对待皇权专制的差异，理学等元祐学术主张把皇权规范在儒家仁政的轨道内，当时的新学以及新党则更看重皇权独断的重要性。

高宗禅位后，隆兴二年（1164），太庙现十二茎灵芝，高宗兴奋异常，作序以记其盛，高宗如此大肆张扬，无非是为了告诫孝宗不能忽视他这位躲在幕后的政治老人。孝宗为此赋诗一首表明态度。针对此事，薛季宣写了一篇《灵芝赋》，赋作首先点出灵芝的出现是两位皇帝的融洽关系感动了上天，于是灵芝献瑞。也许作者明白这其实是一次政治事件，高宗通过祥瑞来暗示自己的政治存在，因此赋中这样解释祥瑞出现的原因，“和气致祥，允天子之慈孝；天施地产，诚圣人之达德也”。赋对瑞芝的描写颇为详尽，“有茁者芝，有粲其房。不植不根，于殿之梁。轮囷扶疏，馨香有飶。紫色氛氲，交光晔日。欻腾龙而翥凤，追金相而玉质。焕耀宸居，清明帝闼。阅之者神惊，瞻之者目夺。一本同柯，支生十二。错地分州，蟠天列次。瞻彼日月，膺期嗣岁。亦有律吕，八音以谐。仙馆玉楼，光于泰阶”。这个瑞兆不仅模样神奇，十二茎还暗合尧舜时天下十二州，暗示了高宗父子禅让取法尧舜，其伟大和神圣亦如尧舜。不过，薛季宣也谈祥瑞不足恃，

（接上页注）外不足信。朕在潜邸时，梁间有芝草，府官皆欲上闻，朕手自碎之，不欲主此奇怪事。’辅臣叹服。臣留正等曰：‘天人之际，相与至密，国家将有失道之败，则有灾异以为之谴告；然则政教之修明，中和之浃洽，亦岂无符瑞以示其嘉祥乎！然而古人于灾异则深警惧之，符瑞则重黜绝之，何哉？知其有灾异则戒，信其为符瑞则怠，人之常情也，去其怠而谨其戒，则所益不知其几何，不然则徒以自慢而已，奚益哉。此《春秋》所以记异不记瑞，而柳宗元《正符》所以谓不于其天于其人也’”（李心传：《建炎以来系年要录》卷四十六，上海：上海古籍出版社，1992 年，第 821 页）。

慈孝相谐才是天下的福祉,“乃若汉之宣、章,号称七制。仁民得天,休符接至。桓、灵何道,而产中黄之藏,有芝英之瑞也。由是言之,妖祥叵测”,“逮乎季末,谀辞麏至。鬼目呈符,菌宫贺瑞。岂……于惟我后,秉文之德。昊天景贶,三辰耀色。虽无此芝,何损于治”。灵芝的出现具有不确定性,而且和帝王的品行也没有必然的联系,妖祥叵测。他的这段议论婉而多讽,不像是在讥刺高宗等迷恋祥瑞,更像是在娇嗔,所谓曲终奏雅,这在歌颂文学中是惯用的手法。

高宗时期也有一些赋借祥瑞书写赞美国家中兴,重新确定国家的合法性,如张昌言的《琼花赋》:“盖艳冶而争妍者,众之所同;而蠲洁向白者,我之所独。是以兵火不能禁,胡尘不能辱。根常移而复还,本已枯而再续。疑神物之护持,偏化工之茂育。抑将荐瑞于中兴,而效祥于玉烛。”琼花拔出流品的美质、枯而复生的坚韧,寄托着作者对国家民族的殷切期望。其他如苏籀的《牡丹赋》、王灼的《朝日莲赋》、李纲的《后荔支赋》、李石的《栀子赋》、何麒的《荔子赋》等。

第三节　辞赋对圣王美政的歌颂

对于歌颂文学来说,对政治的献媚最爽利的手段当然是直接赞美帝王,以及他所推行的“美政”。当然,如果帝王的形象已经与辅佐他的“良弼”融为一体,如蔡京之于徽宗,秦桧之于高宗,对这些权相的歌颂也是必需的。

徽宗时期对圣王美政的直接讴歌如上引李长民的《广汴都赋》,其中描绘的举国狂欢的场面其实就是在图解丰亨豫大的国是,以及襄助此事的蔡京;在一些辞赋中徽宗被描绘成神仙下凡,这也是在歌颂他超过一切帝王的不同凡响之处。就目前文献来看,绍兴和议达成之后,对圣王美政的狂热歌颂就出现了。

对于江南一带飘摇不定的南宋朝廷最大的安慰,莫过于得到大金的和平承诺。在高宗的授意、秦桧的努力下，和平终于得到了。在秉持文化中心主义的话语世界里，这件事无疑面临着诸多理论上的尴尬和滞塞，御用或者希望被御用的文人，则必须开动才智，给这件事披上华丽的外衣，打扮得尽量体面些，以使传统话语系统可以接纳它。

立足于中央大国朝贡体系的外交思维，与周边国家以对等或者低一等的关系来缔结和约是不可想象和难以容忍的。绍兴和议，如果高宗们没有非凡的勇气和异乎寻常的决心，恐怕难以达成，就当时的情势看，这是于国于民最为务实的选择，但是，这件事能否受容于传统话语体系，则需要相当的智慧，因为高宗必须对人们有个交代，而且必须交代得有尊严、有体面，不然天下汹汹，朝野横议，会使皇家仅剩的一点颜面扫地而尽。针对此事，文人们的“急智”着实令人佩服，他们提供了摆脱这种尴尬话语窘境的绝佳思路。黄公度的《和戎国之福赋》为此事提供了一个近乎完美的思路，“上圣图治，远戎请和。民获安而不扰，国膺福以滋多。俯亲庶俗之情，信行蛮貊；诞保有邦之祜，时戢干戈”。开篇点题干净利落，指出和戎是远人请求，皇恩浩荡，施与了金人和平。这就轻易把屈辱的缔约行为改变成一种符合朝贡思维的施恩行为。这种思维的转化，让人击节叹赏。作者是这样理解和戎的伟大意义的，“尝闻帝王盛时，不无蛮夷猾夏。治失其术，则咸尚诈力；御得其道，则悉归陶冶”。与战争相连的是诈力，只有政治失道，弃仁义而尚诈力，才会兵戈连连，民不聊生。这几句，很轻松地就把孟子有关仁政的论述附会到和戎的政举之上，意在说明和戎符合圣贤古训，于是推动和戎的高宗也被打扮成一位仁君；赋作进一步阐述道：“惟天子修盟讲好，德莫厚焉；俾戎人稽首称藩，国之福也。莫不肤使交聘，丹诚远通。厚赐之子女玉帛，俾修其朝觐会同。用珪璋而结好，无甲胄以兴戎。”缔交的另一方被视为稽首之藩国，朝廷维护了尊严和体面，“我无诈而尔无虞，遐陬内附；灾不生而祸不作，百顺来崇。时其万国怀柔，四方澄寂。内不耸于边鄙，外靡攘于夷狄。措乃国之龟鼎，脱斯民于锋镝。良由礼招携而柔服，故得道建极而敷锡。揉兹荒裔，俾为不二之臣；介尔中邦，永保无疆之历”。这几句是在描绘和戎预示的美好生活，它让天下苍生普遍获得好处。接下来，作者沿袭了西汉以来对蛮夷的看法，认为他们不讲诚信，从历史看，对蛮夷的方略无非是和与战，当今之策应该恩威并施，不可好战而矜能。而且怀柔远人是圣朝明君的首选，战争是不得已的行为，“所以事彼昆夷，果见周家之盛；会于戎子，因知晋室之兴。彼有汤后征南，宣王伐北，或隆肇造之业，或启中兴之德。虽曰奉天而致讨，岂不蠹财而伤力？必也礼怀远裔，道交邻国”。战争蠹财伤力，孰若礼怀远裔，道交邻国。和戎岂止是使国家获得休养生息的机会，其意义是相当深远的，“毡裘气暖，行观塞草之长，沙漠气清，坐见边烽之熄。前古既远，后王不思，惟务力制，类非德绥”。古往今来，中央帝国边境上无休止的缠斗从此一去不复返了，高宗的功绩前无古人。边境的宁靖是多少代人的梦想，而今实现了，“侯空号于定远，将徒劳于贰师。闭玉关而谢质者，不闻世祖；罢朱崖而切谏者，无复捐之”。作者通过一连串的典实，暗示了种种史实和言论，汉代出使域外的班超、没于匈奴的李广利、贾捐之的《弃珠崖议》，等等，意在为和戎之策在历史中寻找依据，而且，被动地规避战争也被置换为主动地选择和平。最后，作者指出和戎是目前国家的最好选择，“殊不知秦帝击胡，必底乱亡之患；武皇征虏，迄成虚耗之危。上方敦宠泽以抚绥，冀狼心之辑睦，务使逊安而远至，蔑有兵穷而武黩”。滥用武力会导致生灵涂炭，甚至亡国，唯有和戎是圣明之举。这篇精悍的律赋机智地、全面地、创造性地阐述了和戎的伟大意义，使其合乎传统话语体系的价值标准，这是对辞臣们宣上德以尽忠孝的最好诠释。

曾协的《宾对赋》是对黄公度《和戎国之福赋》的进一步发挥，然而这种近乎谄媚的慷慨陈词由于过度铺陈和肆意渲染，反而放大了黄公度等解释这件事的“急智”，使得其中的牵强附会一览无余。其实，历代的那些勇于献媚的弄臣总是自作聪明地把意识形态巧妙编织的话语弄得一团糟。曾协抛弃了黄公度的那些闪转腾挪的遁词，而是径直宣扬“和”比“战”好，战争是可怕的，灾难性的；和议昭示着和平，幸福。而其背后的诸如屈辱与尊严、正义与不义等等，都被他遮蔽掉了。这篇赋首先述及“古之兴王，必有武事以震叠海内，治金伐石，昭示万代”，然后铺叙战争的恐怖和破坏性，“及其介马而驰之，莫不魂褫魄夺，拳物喘汗，侧匿鼠扶，周章鸟窜，脯尸而食，薪骸以爨”。问题在于这是传统中国政权更替的规律性暴行，与当时来自金人的军事威胁风马牛不相及。如果这篇赋是反思权力出于暴力的可怕与可恶，那应该是一篇相当具有忧患意识和“现代性”的作品，因为近代以来的有识之士一直在为如何走出传统中国的权力更替怪圈而大伤脑筋。不过这篇赋产生的语境告诉我们，这是为和戎之策“开脱”的作品，作者不可能在那个时代讨论朝廷应该和平地交接国家权力的问题。作者指出，对武力的迷恋是不足取的，“壮武威之遐暨，而不知文德之远届；愤敌国之俱立，而不知王者之无外”。也就是说，曾协想从“王者无外”的角度来理解和戎，但是这个角度的前提是“有征无战”，就朝廷来说，是没有这种实力和地位的，它没有其他选择，战必败，和或可苟延残喘。接下来，作者从生灵涂炭着眼来反思战争，“厥初生民，浩浩其多，林林而群。虽形万之不同，俱一气之细缊”。天生烝民，其生命权是均等的，君王驱之于锋刃之端，是不仁不义之举。赋中着力突出战争给苍生带来的苦难，“若夫勒卒万旅，出车千辆，劳徒众于绝域，逞雄心于一饷，缭绕重湖，间关迭嶂，屣弃稚耄，星驰丁壮，风劲路永，天凄野旷，既啜泣以相送，复望辕而凄怆，则或马负金勒，弓间锦韔，怅暴骨之何所，抚游魂而伪葬。天下之人既夕得哺，当寒未纩，辍衣食之所资，足军须于塞上。曾分攘之几时，已持兵而相向。霜积锋刃，星攒铠仗。肉饫野草，血殷川浪。系赤子以为俘，乃矜功而献状。杀不辜其几何，夫焉取乎霸王？"这段文字的立意来自贾捐之的《弃珠崖议》①，其中的"伪葬"与贾文中的"虚祭"形成一种关联，都指战殁无尸，亲人只好行伪葬、设虚祭以致哀矜之情。汉武帝的征珠崖，主导权在自己手里，而绍兴和议，是我方乞和，二者有本质的差别，曾协把这段历史与当下附会在一起，无非是为了使眼下的和议体面一些。以义服天下则四海归心，天下大同，这是孟子反复申说的仁政王道思想，曾协如此阐释战争与和平，是背面傅粉之法，潜台词就是高宗具有内圣外王的素质，那些大启土宇的帝王如汉武帝、唐太宗等辈，在高宗目前是多么的黯然失色。在反思和与战之后作者纵笔渲染和平的美好，"夫其闲暇也，考制度，修宪章，制旌旗，陈舆裳，法度著，礼乐彰。辑瑞三朝，升烟一阳。千亩之甸，九筵之堂。宾太一于闲馆，谨燕禖而祈禳。考鼓叩钟，玉帛低昂。搜简编，集缣缃，施丹青，刊琳琅。渊泙铿锵，焜耀炜煌。聚画史而绘事，莫克象日月之光。兹所以轥夏轹商，磅礴虞唐，甄陶帝皇，垂永宪于万祀，掩成功于百王者也"。这是对高宗献上的颂歌，和戎国是既定，内修文教，以致太平，其取得的成就足以垂万世、掩百王。动荡了多年之后，秩序的建立是多么可贵，而与秩序感相随的，是向往已久的美好生活终于呈现眼前，"人曳绮縠，家储稻粱。更饷迭馈，一肉五浆。仁心所覃，鸟鱼勿伤。秋秋跄跄，圉圉洋洋，如栖邓林而乐濠梁。槎蘖自保，乔木相望"。平常的生活被作者赋予了盎然的诗意。作者还动

① 贾捐之《弃珠崖议》曰："当此之时，寇贼并起，军旅数发，父战死于前，子斗伤于后，女子乘亭鄣，孤儿号于道，老母寡妇饮泣巷哭，遥设虚祭，想魂乎万里之外。""今天下独有关东，关东大者独有齐楚，民众久困，连年流离，离其城郭，相枕席于道路。人情莫亲父母，莫乐夫妇，至嫁妻卖子，法不能禁，义不能止，此社稷之忧也。今陛下不忍悁悁之忿，欲驱士众挤之大海之中，快心幽冥之地，非所以救助饥馑，保全元元也。"（严可均辑：《全汉文》卷十六，第171页）

情地描绘了士人、农人的生活,“其为士者,则荫以夏屋,范以良师,饱以粱肉,训以书诗,非正不谈,放远怪奇”。“其为农者,则力役不兴,年谷屡丰。屏斥蟊贼,扫除螟螽。人力不施,十雨五风。町畦绮错,渠脉相通。交灌牙澍,蜿如游龙。白露始降,场圃献工,或黍或稷,或稑或穜,粼粼重重,纷纷芃芃,如雾散云,合之无穷。”作者表现的都是相当普通的生活场景,这些普通生活场景之所以具有如此动人的魅力,就在于其背后隐含着对战乱动荡的恐惧,对和平生活的渴望。在经历了战乱的人看来,和平本身就焕发着迷人的光彩,最平常的生活场景也充满了诗意。和平给国家带来一派国阜民丰的景象,“白叟黄童,扶携笑歌,以输于公。如川之融,如山之崇,茫洋巃嵸。归视其家,囷廪既充,酾酒伐羔,以娱岁终。昔时服田,畏秋之逢。霜至草衰,肥马劲弓。汗邪满车,弃捐成功”。在曾协笔下,国家处处焕发着迷人的诗意,文人墨客笔下隐居避世的恬淡、乡居田园的陶然都成了和戎国策的最好注脚。这篇赋非常生动地展现了靖康以来动荡的时局给人们心里留下的浓重阴影,人们渴望和平,渴望正常的生活秩序,可以说,高宗们的举措是反映了这种民意的,赋中对和平的赞美是由衷的,对高宗的礼赞是发自内心的,问题在于作者大力宣扬以和为贵、反对武力征伐的思想,把穷兵黩武与收复失地、捍卫国家民族利益的战争混为一谈。赋作在怀柔夷狄的思想框架内来理解和议,为之巧作言词,大加粉墨,使和议失去了卧薪尝胆、励精图治的积极意义。赋作暗示给人的印象是,一旦获得和平就万事大吉了,盛世已经到来,可以高枕无忧地享受太平了。

和戎的另一个成果是韦后南归,文人们从高宗纯孝的角度来歌颂这件事。当然,对高宗孝道的赞美除了要塑造他内圣的品格外,也是出于当时政治策略的考量。靖康之难以后,元祐党人高举道德保守主义的大旗,对新学和新党大加挞伐。高宗和戎的最大阻力,就是来自于这种高调的道德保守主义①，他们的主张虽然不识时务，或许只可能把国家带到苦难的深渊，但是其踞守道德的制高点，杀伤力是相当大的。客观地说，由儒家的华夷之辨所衍生的民族文化中心的观念已经积淀成一种民族心理和民族思考习惯，无条件地反对一切形式的妥协和和议，过度地张扬民族大义而视务实变通为出卖民族利益，对国家民族利益的伤害是不可估量的②，民族文化中心的观念，正是道德保守主义的核心。南宋朝廷要在江南立足，就必须与北方的大金媾和；媾和，就必须对付道德保守主义的挑战，尤其是作为在野清议主力的道学党人。道学人士是狂热的主战派，他们绑架民族文化中心观念以取得在和战之争中的舆论支持，置新学与新党于道义绝境，从而实现自己对权力的渗透与进驻。面对挑战，高宗们没有现成的理论武器来应对，因为对方背后，有着深厚的传统价值体系作为支撑。高宗必须也从传统观念那里找寻有利于自己的思想来与之抗衡。他找到了孝道，这是传统文化，尤其是道德保守主义的基本价值观念。在孝道与和戎之间，存在着这样的逻辑关联，徽宗、钦宗以及高宗的生母韦后等，被作为人质扣押在金国，与金人交战，就意

① 如反对和议的胡铨在他的《戊午上高宗封事》中说："陛下一屈膝，则祖宗庙社之灵尽污夷狄，祖宗数百年之赤子尽为左衽，朝廷宰执尽为陪臣，天下士大夫皆当裂冠毁冕，变为胡服。异时豺狼无厌之求，安知不加我以无礼如刘豫也哉？夫三尺童子至无识也，指犬豕而使之拜，则怫然怒。今丑虏则犬豕也，堂堂大国，相率而拜犬豕，曾童孺之所羞，而陛下忍为之耶？"（《全宋文》第159册，第47页）

② 汤思退的看法于当时的情势不是没有道理的，他说："此皆以利害不切于己，大言误国，以邀美名。宗社大事，岂同儿剧？今日议和，正欲使军民少就休息，因得为自治之计，以待中原之变。"（李心传：《建炎以来朝野杂记》甲集卷十九"癸未甲申和战本末"条，第468页）李石在《送丁子近赴陕西宣谕幕序》中也说："儒者贵仁贱权，率以战伐为愧。一遇以仓猝之变，则曰我以仁义。未效而覆军杀将，以血肉赤子、丘墟城郭者相望，岂仁义之罪哉，不知权故也。"（《全宋文》第205册，第338页）

味着把这些人质置于极端危险的境地，对高宗来说，这就是不孝，这是为传统道德不能容忍的恶行；只有与金国交好，才能换得亲人的安全。因此，对高宗纯孝的赞美，其实就是对和戎国是的赞美。高宗强调孝道，是以高调的道德主义来回敬主战派的掣肘，是以子之矛攻子之盾。

作为和戎之策重大成果之一的韦后南归，被赋予了高宗赞美内圣外王品格的堂皇基调。当时负命往北国请还梓宫、太母、天眷的曹勋创作的《迎銮赋》是对描绘迎接太后南归整个事件的十幅图画所作的解说性文字，写得比较简略，这十篇短赋的核心，就是歌颂高宗行孝道，为天下作则。《许还》篇中说："仗威灵兮下九阍，格骄虏兮答辞甚温。纷馆舍之蹀躞，传虏帐之有言。以帝意之诚孝，其前事兮莫论。太母康福，宜奉晨昏。"短短几句，是说韦后被放归是金人为高宗的诚孝所感，还有什么言语能比敌人的折服更具有说服力呢？而且敌人还是不讲仁义的蛮夷之邦！看来，和戎的达成、和平的取得，要归功于高宗的人格魅力，是他的仁孝使远人慕化，销锋镝、致太平，这是那些传说中的圣王才能办得到的战胜于朝廷之举。《上接》篇中说："有国所无，迎还銮舆。渡江淮兮波平，鼓迓楫兮鳞趋。于是天子俨法驾，陈路隅。事创见，民倾都。仰二圣之重会，浃八纮以欢呼。天地清明，子母如初。"这段的重点在于"天地清明"一语，是说高宗的孝道不仅使母子如初，而且也揭开了国家的新篇章。

韦后南归后被安置于慈宁宫，王廉清的《慈宁殿赋》是专门来揭示这件盛举的重大意义的。赋中纵笔铺排韦后南归引发的天下百姓的狂热之情，"乐极者或至于抃跃，感深者争先于驰骛。沈漻晏然兮屏翳收风，叆叇不兴兮丰隆霁怒。双阙敞兮如升，万室昂兮如诉"。这件事的象征含义就在于其背后暗示着和平的永远到来，金人威胁的彻底结束，当时朝野上下都以为和戎之后就万事大吉了。万民狂欢的场景，是在歌颂由高宗开创的新纪元的开始。赋中没有忘记交代秦桧等“良弼”对开启这个伟大时代的襄助之力，“若乃万寿诞日之辰，一人会朝之际。济济峨峨，群臣在位。皆辅皋而弼夔，过房杜兮丙魏。奉玉卮兮琼甓，展采仪兮文陛。皇帝躬蹈事亲之美，以独高于万世。进退礼乐，抑崇下贵。隆帝业兮亿载欢，祝圣人兮千万岁”。衮衮诸公为太后祝寿的场面构成了一幅朝廷印象的图画，高宗和秦桧等朝廷核心，以仁孝得到远人的尊重与慕化，以仁孝取得太平和繁荣，其修为是何等的高尚、英明、睿智、圣明！而且，这仁孝也是立国的根本，高宗们的圣举向外怀柔远人、向内感召痴顽，淳风俗、厚人伦，“皇帝躬蹈事亲之美，以独高于万世。进退礼乐，抑崇下贵。隆帝业兮亿载欢，祝圣人兮千万岁。然后敷兹睿化，遍于中下。尊卑模范兮盈里闾，膏泽渗漉兮盛王霸。工在衢，士在朝，而农在野。百度修明，万几闲暇。无有遐遗，睦如姻娅。四海安若覆盂，九有基如太华”。高宗孝道的感召下，不惟化干戈为玉帛，而且境内人人各安其所，法度修明，国家安如磐石。孝道之功可谓大矣。赋的结尾，作者献上了一曲赞美纯孝的颂歌：“苍苍高旻，覆下民兮。与物为春，泽无垠兮。一人孝至，通帝意兮。金石可开，不可移兮。”“光启中兴，祖武绳兮。绍复大运，法尧舜兮。旋泽曲轸，翕然顺兮。孝道克全，鉴上天兮。寿禄万年，其永延兮。圣人孝兮，感人深。责成贤辅兮，隽功克忱。”“财丰俗阜兮，写于熏琴。百姓克爱兮，诸侯克钦。亘万国兮，得其欢心。”作者如此对高宗的孝道津津乐道，不仅在于韦后南归的人伦典范意义，而且在于弘扬孝道本身就是高宗们为和戎之策找寻到的理论武器，更在于当时向内收敛的国家气势必须以高扬人伦的旗帜来重新定位形象、树立自信。

直接歌颂圣王美政的赋作还有葛立方的《九效》，这组模仿屈原

《九歌》的诗篇把颂美的情感表达得曲尽情状,殊为难得[①]。在《慈宁》中他歌颂高宗和秦桧以过人的智慧和魄力达成和议,韦后得以南归,赋中大量的香草美人的描写给高宗们涂抹上一层神仙色彩,如此歌颂当道说明作者谄谀的手段是何等老道。作者的颂美非常周到,在《强弱》中,他称扬高宗和秦桧审时度势以成和戎的功绩,“拯乱兮不如图治,锐进兮不如观势。以弱为强兮以予为取,边庭无犬吠兮息旗与鼓”。《医国》中,他盛赞高宗收兵权的刚毅果敢,在《君臣》中他颂扬秦桧及其同党等“贤人得位”,朝廷“芳菲菲兮满堂”。《自修》、《鸣穷》两篇是作者自赞之辞,说自己是怎样的一位眼界极高的世外之士。历史上的确出现过招徕隐士以妆点朝廷多士的虚伪君王,也有身在丘山而志深轩冕的所谓“山中宰相”,但是像葛立方这样自抬身价以献媚邀宠的斯文败类还是比较少见的。类似的作品还有叶子彊的《迎送神辞》也是一篇模仿《九歌》的作品,其目的也是在赞美当道。

文学发展的历史也是文学作品被不断审视的历史,那些能够反映人类普遍价值追求、唤起人类共通性灵的优秀作品最终融入到民族语言的有机整体中,有些更是被经典化了,成为反映民族心理与民族品格、传承民族文化的重要载体;而那些在当时颇为行时的向权力献媚邀宠的作品,绝大多数遭到历史无情的淘汰。两宋之际的新学独尊期间,在专制主义感召下,歌颂文学大行其道,诗赋篇章汗牛充栋,但是流传下来的却非常稀少。从这些为数不多的作品中,我们还

① 作者赋序称:“某也生于昭代,又幸预缙绅后尘,则楚人之词毋作可也。然而逊者上天悔祸,将还长乐之辕,而固陵梓宫、椒房题凑亦复远至。某既喜中兴有期,又喜无前之勋,成于我公之手,而感今怀昔,又不能无悲者。是以辄效屈原《九章》、《九歌》体,作为《九效》,非敢追湘累之逸步,聊欲因琐琐之文,少见其志云耳。”说明这组作品模仿屈原而一反他愁怨哀绝格调,以歌颂当道为务。

是可以找寻到专制政治与歌颂文学之间的因果关联。歌颂文学不能简单地理解为无行文人向权力展示无限雌伏、无限谄媚的心理状态的工具，它其实还是极权政治寻找统治合法性、展示统治形象、规范意识形态的重要手段。歌颂文学可以构造虚假的民意，图解政治意图，强化意识形态，以此向权力献忠纳诚。

第七章 转向内在:辞赋创作视野下南宋初期国家形象的演变

国家形象是当下颇受关注的一个学术概念,它是指公众针对国家本身、国家行为、国家的各项活动及其成果所引发的领悟、回忆、印象、审美的总和,它立足于个人对国家的情感认知和评价。不过,国家可以通过宣传策划来影响、引导个人对国家的认知,塑造国家形象的主导权掌握在国家公权力手里。在公众心目中展示怎样的形象,与国家意识形态密切相关。在传统中国,统治者同样重视对国家形象的塑造,生活在特定社会环境中的个人,对国家形象的感知,深刻依赖主流意识形态的影响和引导。辞赋,尤其是描写都邑、地理、典礼等作为高文典册的大赋,其浓厚的意识形态色彩以及对铺张扬厉手法的特别重视,使得它在塑造国家形象方面具有无可比拟的优势。本章拟以南宋初期国家形象的重大转折为切入点,对宋代辞赋作重点考察,以期展示国家形象在宋代文学话语中的演变轨迹。

第一节 南宋初期朝贡体系面临的窘境与国家形象转向内在

北宋的覆亡是在新党主政下发生的,南宋初期,富于理想主义的变法之门被彻底关闭,当时的执政者多是一些习惯了新法的碌碌政客，国家形象在文化中心主义的传统话语和惨淡的现实之间艰难调适，最终，它转向内在，转向了自我充实和自足发展。从当时的辞赋创作中，可以清晰地勾勒出国家形象的这种转变。

北宋的覆亡并未使华夏文化的优越地位和优越感受到实质性的挑战，虽然偏安一隅的南宋朝廷实际上已经沦落为地方性政权，但是人们对王朝形象的认知，仍然停留在维持着朝贡体面的中央大国的想象中。由这一巨变引发的学术与政治重组，使得文化中心主义更为顽固地盘踞着思想与道德的高地。靖康之耻让士大夫阶层深感屈辱，他们从文化中心主义的眼光来审视国家的巨变，甚至高宗皇帝渡海避敌，也令他们痛彻心扉，认为是奇耻大辱。人们似乎没有勇气来直面现实、深刻反思，只是躲在天朝大国的幻梦中涕泣涟如，鲜有发扬蹈厉奋发图强者。根深蒂固的中央王朝形象与残酷的现实之间出现的巨大裂隙，凸显出朝贡体系面临着空前的话语窘境，传统的国家形象面临着根本性动摇以及结构性重构。当时的辞赋创作真切地反映了思想文化的这种尴尬局面。

南宋初，出现了几篇宣扬王朝声势的大赋，如高衮的《二都赋》、施谔的《行都赋》、傅共的《南都赋》等，其中傅共的《南都赋》是完整保存下来的篇什之一①。此赋竭力维护朝贡体统的国家形象的用意相当明显。赋中这样描写四方之物辐辏于都下，“马乳来于西域，人面贡于南州。杨梅卢橘，乃果中之俗物；方红陈紫，实荔枝之无俦。剅象率舞，生犀可羁。猩猩之笑，狒狒之啼。秦之吉了，陇之鹦鹉，黑衣之郎，雪衣之女。孔雀之文，翠禽之羽，或能言而诵诗，或闻声而起

① 赋中有“堂堂元老，天子之师。弥纶其缺，辅相其宜。虎节阴符，张弛随时。斟六韬于帷幄，胜百里之熊罴。端绅笏而不动，安社稷于无期。与长江而表里，夫孰得而雄雌？”这是和议以后对秦桧赞美的统一口径，因此此赋应该创作于绍兴十一年（1141）和议达成之后。

舞。飞走之奇,夥不可数。朝献于上苑,夕贡于玉津。藏之于内府,守之于虞人。以供燕闲之玩好,而备赐于臣邻"。"四方贡异,则有桂蠹范卯,玉箄琼支,乌孙之柿,大谷之梨,千年之枸杞,万载之肉芝,会稽之竹箭,吴江之莼丝,江瑶之柱,海鲨之鬐。登乎鼎俎,竞荐新之斗奇。黜驼峰于熊掌,鄙铎俗之貔狸。萍实如斗,莲耦若船。巴邛之橘,固蒂巢仙,如瓜之枣,辟谷引年。龙眼鸭脚,湖目鸡头。"域外的与域内的物品被混为一谈,外方之商品与藩属之贡物被并举铺排,边鄙之地被拉来冒充藩国。这不是作者分类不清晰,而是有意为之,故意混淆,他之所以巧为缘饰、虚张声势,虚拟出一个万国来朝的场面,是文化中心主义的惯性思维使然,他试图通过弘扬中央王朝的国家形象来张扬文化自信心和王朝政统的合法性。传统的中央大国的国家形象已经成为遥远的幻梦,朝贡体系走向瓦解的局面几乎不可避免。但是人们似乎没有意识到这一点,依然在那里抱残守缺、弥缝补罅。学术思想和文学话语一时难以调适文化语境与社会现实的巨大反差。与辞赋形成呼应的是高宗的所为。高宗即使在到处漂泊时也念念不忘宗藩关系,对高丽、交趾相当留心①。南宋初期,高宗曾遣使高丽,试图恢复朝贡宗藩关系,结果无功而返。在给高丽国王的诏书中,高宗极力维持着上国的尊严,如绍兴二年诏书曰:"朕省方南国,通道东藩。载嘉享上之恭,重有观光之请。归视事于宰旅,将效勤诚;会诸侯于涂山,更惭寡德。爰即乘舆之所幸,以须信使之来庭。顾秋塞马肥,或戒严之未暇;而春潮舟稳,庶利涉以无虞。"②希望高丽能遣使朝会。即使在金人的追打下疲于奔命,也不忘通告

① 高宗分别在建炎二年、建炎四年、绍兴二年、绍兴六年多次致书高丽国王,以重申朝贡关系,并在绍兴二十六年对交趾遣使事宜还亲自下诏安排。

② 郑麟趾编:《高丽史》卷一六,北京:中华书局,2000 年。

高丽①，这一方面表现出作为上国的南宋朝廷对藩国的体恤，另一方面也表现出高宗对继续维持朝贡体系的良苦用心。

《南都赋》的作者在国家的疆域上也动足了脑筋，“我观其东，日华所宫。浴乎扶桑，驾之六龙。亘延乎旸谷之外，磅礴乎大荒之中。琉球、日本，隐见冲融。高丽、百济，航海倾风”。“我观其西，宿直娄奎。炎精景烁，太白为低。方物来于四蜀，衣裳被于五溪，想开国于蚕凫，考怪异于三犀。”“我观其南，则炎帝之墟，祝融之宅。沧溟巨壑，际天无极。化外之邦，计以千亿”，东极沧海，西抵巴蜀，向南则际天无极。秦汉以来就在中央王朝控制下的巴蜀一带被视为治外之地，把疆域之内当作外藩，借此来给高宗朝廷涂抹“大国气象”实在让人击节称奇。汉代有人以同袍兄弟为奴仆以假冒富室，此赋与此可谓同一机杼。行文至此，中央大国的形象似乎要成型了，但是，还有北方大地，作者必须得观照到，那是个让赵构们噩梦连连的北方，作者是这样写的，“我观其北，则龙舟之耀，析木之精。上腾魁杓，前列勾陈。帝居象焉，端如北辰。搀抢敛锐，荧惑销嗔。旄头先驱，风伯清尘。既偃武而修文，益亲仁而善邻。交驰乎玉帛之使，无爱乎南北之民”。面对北方，作者收起了中央大国的虚幻派头，主张要和北方睦邻，看来，在高宗们眼中，北方才是和他们地位对等的“国家”，其他地方，因为不能构成威胁，就被视为藩属了。在疆域四至的描写中，朝贡关系与对等国家关系不和谐地纠结在一起，文化中心主义所遭遇的尴尬如此生动地呈现出来，传统的中央大国的形象正在被消解。

诚然，国家朝贡体系的丧失是由于北宋政权的瓦解，而北宋的瓦

① 如建炎四年四月担心因战事而造成通使不便，下高丽国王诏曰：“言念比年，实惟多故。举中原之生聚，遭强敌之震惊。既涉地以弥深，犹称兵而未已。兹移仗卫，暂住江湖。若信使之鼎来，恐有司之不戒。俟休边警，当问聘期。……谅彼素怀，体吾诚意。”（《高丽史》卷十六）

解，直接原因是军事上的孱弱。没有强大的军事作为后盾，王朝不可能纵横捭阖，更不可能维持上国的尊严和体面。然而，南宋初期，军事是国家的短板，文化中心主义的传统语境该如何继续维持其国家形象呢？文治与武备是传统治道中刚柔相济的两个方面，既然武备不堪，那就张扬文治，这同样契合儒家的治国理想。有宋一代，是儒家文化昌明的时代，儒家思想为核心的主流意识形态塑造着权力，道德理想不仅是个人生命的基础，而且还关乎江山社稷，自此，德治的思想被发扬光大，国家在固有的圈子里自我完善、自我充实、自足发展，天朝大国的国家形象在潜移默化中悄然转向内在。在这篇《南都赋》中，高宗逃难江南被从德治教化的角度进行了改造，“惟我皇帝，膺图御世，席列圣之基绪，临诸夏而控制。参合两仪，包涵四裔。顷膺中运，遗大投艰，省方侯邦，舜历蛮荆。万国玉帛，禹会涂山。手拯涂炭，口销锋镝”。高宗的鼠窜一隅，被解释成如吴太伯那样来到江南教化愚顽，而早已经济发达文化繁荣的江南地区被描绘成未开化的荒蛮之境，“蒹葭绕岸，枫柳摇空。浮图插烟，酒旗翻风。菱歌断于画桡，胡笳动乎疏钟。洞箫桃笙，吴歈越吟，俳优唱诨，楚调南音。阛阓千门，兰灯晶莹，有类乎燕赵之歌，无异乎虾蟆之陵”。作者指出江南不仅被异端思想所主宰，而且风俗简陋堕落，是高宗的降临才改变了这一切，他君临江南是在播撒仁风雨露，拯救苍生，解放可怜的灵魂，靖康之耻就这样被遮蔽掉了，高宗这一转身着实令人错愕，华丽至极。德治的特色在国家形象中的意义因此得以彰显，“运精神以为阃奥，体道德以为堂基。礼义以为干橹，忠信以为城池。扬六乐之金鼓，揭五典之旌旗。辟阖乾坤之门，经纬日月之维”。朝廷要以道德立国，放弃力量威慑。传统的中央大国的国家形象在与文化中心主义语境不相龃龉的情况下，在向着内在的方向转化。

对于高宗最大的安慰，莫过于大金的和平承诺。绍兴和议达成后，和平的旗帜高高飘扬，和平的思想基础就是仁政德治，而武力，包括一切性质的武力,都被否定了①。在文化中心主义的话语世界里,立足于中央大国朝贡体系,绍兴和议的缔结是不可想象和难以容忍的,这件事面临着诸多尴尬和滞塞。较之高宗们缔约表现出的非凡勇气和异乎寻常的决心,让传统话语接纳这个和约,可能更为棘手,这需要相当的智慧,高宗必须对人们有个交代,而且必须交代得有尊严、有体面,不然天下汹汹,朝野横议,会使皇家仅剩的一点颜面扫地而尽。针对此事,文人们的“急智”着实令人佩服,黄公度的《和戎国之福赋》为摆脱窘境提供了一个近乎完美的思路。此赋开篇点出和戎是远人请求,皇恩浩荡,施与和平。缔约行为被轻易篡改为符合朝贡思维的施恩行为,而和戎则是德治的胜利,“尝闻帝王盛时,不无蛮夷猾夏。治失其术,则咸尚诈力;御得其道,则悉归陶冶”。作者把孟子有关仁政的论述附会到和戎的政举之上,而缔交的另一方被视为稽首称臣之藩国。于是,王朝的形象也因为放弃武力弘扬德治而发生转变,“我无诈而尔无虞,遐陬内附;灾不生而祸不作,百顺来崇。时其万国怀柔,四方澄寂。内不耸于边鄙,外靡攘于夷狄。措乃国之龟鼎,脱斯民于锋镝。良由礼招携而柔服,故得道建极而敷锡。揉兹荒裔,俾为不二之臣;介尔中邦,永保无疆之历”。恩威并施的大国形象被改造成宽厚仁慈揖让而治的君子国度。

曾协的《宾对赋》是对黄公度《和戎国之福赋》的发挥,作者通过战争与和平的比较,彻底抛弃了战争,认为一切形式的武力都是不足

① 理解这个事件的关键是高宗对和平的渴望。高宗感到外在的金人和内在的武人,无时不在危及他的安全,这令他忧心如痗。和议和收兵权杀岳飞,正是他追求和平的切实举措。绍兴和议的签订,不仅是由来已久的和战之争画上了一个句号,而且也使国家政治生活和学术文化发生重大转折。以道德保守主义为核心价值观念的文化中心主义受到打击,转向民间发展,而其思想也在这次打击下重新整合,酝酿着更大、更深入的思想革命。正是这种种追求和平的举措,使南宋的国家精神、国家形象逐步转向了内在。

取的。在反思和与战之后,作者深情描绘了诗一般美好的和平生活,描写朝廷生活曰:"夫其闲暇也,考制度,修宪章,制旌旗,陈舆裳,法度着,礼乐彰。辑瑞三朝,升烟一阳。千亩之甸,九筵之堂。宾太一于闲馆,谨燕禖而祈禳。考鼓叩钟,玉帛低昂。搜简编,集缣缃,施丹青,刊琳琅。濄泙铿锵,焜耀炜煌。聚画史而绘事,莫克象日月之光。兹所以轥夏轹商,磅礴虞唐,甄陶帝皇,垂永宪于万祀,掩成功于百王者也。"描写士人的生活曰:"其为士者,则荫以夏屋,范以良师,饱以粱肉,训以书诗,非正不谈,放远怪奇。"描写农人生活曰:"其为农者,则力役不兴,年谷屡丰。屏斥蟊贼,扫除螟螽。人力不施,十雨五风。町畦绮错,渠脉相通。交灌牙澍,蜿如游龙。白露始降,场圃献工,或黍或稷,或稑或穜,粼粼重重,纷纷芃芃,如雾散云,合之无穷。"描写民众的普通生活曰:"白叟黄童,扶携笑歌,以输于公。如川之融,如山之崇,茫洋巃嵸。归视其家,囷廪既充,酾酒伐羔,以娱岁终。昔时服田,畏秋之逢。霜至草衰,肥马劲弓。汗邪满车,弃捐成功。"这一幅幅引人入胜的画面是士人们对崇尚德治的新的国家形象的感知,与过去的中央大国形象相比,它缺少了果敢刚毅和雍容庄严的气势,焕发着和乐融融、内敛和缓、平易亲和的迷人魅力。其实作者所表现的都是相当普通的生活场景,这些场景之所以具有如此动人,就在于其背后隐含着对战乱动荡的恐惧、对和平生活的渴望,和平是人们永恒的期望,犹如阳光和空气,受益而不觉,失之则难存。在经历了战乱的人看来,和平安静本身就是充满诗意的。自此,南宋初期新的国家形象在文化中心主义的语境中得以再造,对高宗的赞美,对韦后的歌颂,都围绕着德治与和平的国家形象展开。王廉清的《慈宁殿赋》、葛立方的《九效》等作品都在弘扬这一主题。

当然,这个转向内在的国家形象既然失去了武力震慑的庄严神圣色彩,那么,其亲和平易的特征也会蜕变为局促狭小。王洋的《拟进南郊大礼庆成赋》对高宗行南郊之礼的记述极为简略,赋中表现出这个低调朴实的国家连皇帝的享用也简陋得不成样子,“屏宴游,绝田猎,且宫室至卑,膳御至菲,虽大禹之饭土增、啜土铏,不过是也。时止则止,时行则行,虽文王之遵养时晦,武王之久立于缀,无以更也”。“味不求珍,美不求异,故䵒醢粉溲、熬母芗极之味不足贵也;筦簟越席,弋绨大练,故雕文纂组、方空縠绮之靡不足美也。”功崇则业大,德盛则礼尊,然而,许多当时的文献显示,南宋从立国之始就诸事从简,这不能说与对国家形象的重新定位没有关系。而且,塑造国家形象不可或缺的祥瑞灵异等彰显国家合法性神圣性的内容也在南宋初期消沉了,代之以贤人为瑞、丰年为宝的观念。

南宋初期辞赋创作中国家形象由恩威并重转向内敛和平,由神圣庄严转向平易朴实,这种转变,总的趋向就是转向内在。这种转变的意义是相当重大的,它不仅昭示着学术文化在两宋之际的重要转型,也昭示着传统中国整个皇权专制时期学术文化的重大转型。

第二节　从安详的盛世到神圣的国度

南宋初期主流意识形态对国家形象的塑造,总的倾向是转向内在,为了进一步说明这种转变的深刻性,我们有必要追溯一下国家形象在北宋时期的演变历程。

宋王朝一直秉持着虚外守内的政策①,中央王朝对边疆地区的军事震慑作用大为减弱,北方和西北长期存在的劲敌使得大宋较之唐代在疆域上和文化上有了一条明确的边界。随着军事在国家生活

① 虚外守内是指兵力布置,相对于唐代把主要军力布置边疆,大宋把主要军力布防于国家内地,布防于京畿。兵力分布的这种转变深刻影响着国家为政方略,更影响着国家精神和国家形象。相对于发扬蹈厉的大唐气度,有宋的国家形象和国家精神呈现出内敛沉稳的风貌。

中地位的下降,文治的意义受到重视,文化优势成为中央王朝强调其尊崇地位的重要实力,也成为塑造国形象的重要特征。文化优势,在当时主要是指儒家提倡的淳风俗、厚人伦的仁政理想在政治生活中的贯彻程度。当时主流意识形态塑造国家形象的一个基本特征就是彰显文治局面,士大夫阶层对国家形象的认知,也多着眼于对仁政局面的想象图景。

重视文治并不是彻底放弃武力,而是以仁德御武力,刚柔并济、奇正相佐,这样就使得王朝焕发出仁厚庄严的雍容气质。丁谓端拱元年(988)奏上的《大蒐赋》很好地展示了这种文武相济的国家形象。大蒐是勒兵之礼,丁谓在赋中却没有着力表现军队的声威气势,而是突出行的井然有序,田猎场面只作了简笔勾勒。他还在赋中畅论好胜恶杀的田猎之道,"诸侯卒事以俨雅,百姓突围而交加。上方敛绥以惨怆,众乃靡旗而喧哗。围开一方,悯尽杀也;舍顺取逆,彰怀来也;出表不顾,耻逐奔也;等别三杀,贵宗庙也。得匪上以显孝思,下以不僭乎?鸟兽之肉,不登器者无取;貔虎之士,罔用命者有诛"。田猎是战争的象征,作者对此的描写,突出静而有动力、动而有秩序的内敛力量,这是在表现国家威严而克制的气质。王禹偁咸平二年(999)奏上的《大阅赋》则对国家武备观念阐发得更为具体,武备是国家立于不败之地的后盾,但是只有仁德精神贯穿于其中,武备才有意义。中央王朝大国形象的确立在于以军事威慑为基础,行仁德感化之王道。以文化上的优势感化远人,绥靖边疆,国家形象是靠文化上的优势奠定的,文明教化才是国家力量的核心。

因此,宋初的国家形象不是那种如震如怒、如火烈烈的发扬蹈厉的强国形象,而是文质彬彬、金声玉振的仁爱沉稳的大国形象,维系朝贡体系的,是人文化成,而非仅仅依赖军事慑服①。杨亿的《天禧

① 王禹偁在《谕交趾文》中说:"今兹圣朝,盂覆万国。太平之业,亦(转下页注)

观礼赋》则动情地描绘了真宗天书降神以来嘉靖祥和的帝国图景，“皇上御天下之二十载也，守宇嘉靖，斯民乐和，边庭卧鼓，武库包戈。讲万枢而俾人，序彝伦而可歌。南逾铜柱，西亘金河，北弥狼望，东越鳀波。四表之德咸被，崇朝之泽匪颇。锡嘉生于庶士，均善养于中何。张旃驾牡兮笃邻好，徇铎舞干兮修国教。恤人隐兮如纳于隍，握道枢兮以观其妙。弛罟之惠兮洽于怀生，非黍之馨兮升有昊。交感兮惟微，盖高兮必报”。朝廷的仁爱如春风化雨，被及天下四方，邻国献诚，内政修明，人神相和，嘉瑞屡呈。当此之时，敬天事神，四夷助祭，宗藩和谐。“观夫八狄六蛮之述职，四海九州之献力。荆楚谨包茅之供，鲜虞给守燎之役。走计车而相望，旅庭实而惟百。列三恪而有容，包十伦而为式，其助祭之尤盛也。”范镇于天圣十年（1032）奏上的《大报天赋》，则生动地描绘四夷助祭的庄严场面，“将命以方底，飞文以疾置。鼓先令于民听，俾咸知于上意。西逾月毳之垠，东走天池之纪。北穷祝栗之野，南极濮铅之地。雷出而奋豫，风兴而披靡。穹居卉服、革体木荐之酋，鬈首贯胸、离身反踵之帅，寻声望景，知中国之有至仁；梯虚航深，示戎狄之无外事。顺走我辙迹，服驯我鞭辔。乃有双觡共抵之兽，赤汗赭沫之驷，浮琛没羽之珍，文钺碧砮

（接上页注）既成矣；封禅之礼，将以修矣。俟尔至止，康乎帝躬。尔无向隅，为我小恙，俾我为绝蹯断节之计，用屠尔国，悔其焉追？夫尔水生珠，我沉于泉，尔岩孕金，我捐于山，非利尔之宝也；尔民头飞，我有车马，尔民鼻饮，我有酒食，用革尔之俗也；尔民断发，我有衣冠，尔民鸟语，我有《诗》《书》，将尔之礼也。煌煌炎洲，烟蒸雾煮，我飞尧云，洒尔甘雨；汤汤瘴海，云烧日镕，我张舜琴，扇为熏风。尔灭星辰，人谓不识，我回紫微，使之拱极；尔地魑魅，人惧其怪，我铸大鼎，使之不害。出尔岛夷，观明堂辟雍乎！脱尔卉服，视华衮山龙乎！尔其来乎，无速厥辜。方将整其军徒，戒其钲鼓，向化我其赦，逆命我其伐。惟向背吉凶，在尔审。”其在晓喻交趾时，武力的恐吓之后，主要是彰显文化的优势，希望交趾能望风归化。这正体现了中央王朝对待藩国文武相济的手段（《小畜外集》卷八，文渊阁四库全书本）。

之异。诸福之物,倜傥奇伟;众变之状,灿烂谲诡。按图谍而未书,历封禅而不至。滔滔焉,峨峨焉,来助祭者波委而岳峙。吾皇游岩廊,操绝瑞,嘉闻声教之远,乐观仪物之备"。赋中的"雷出而奋豫"①,暗示上国皇帝宣命四方,将有事于南郊。徽音如雷出地奋,疾风靡草,蛮夷之国,慕名来朝,献纳珍奇,助成典礼。帝王如震雷劲风般的仁爱力量吸引他们欣然前来,所谓上以风化下,而非军事力量的胁迫。这个场面,是战胜于朝廷的象征性图解,所展示的是文武相济、仁风远播的泱泱帝国君临万国的朝贡形象。这个曾经在班固的《东都赋》中描写的万国来朝的场面,在北宋大赋中反复出现,原因就在于此时的国家形象与班固歌颂的东汉纯用儒术的帝国图景,其思想底色是一致的。中央帝国的形象体现着礼乐政教、仁德怀远的仁者情怀。此外,宋祁的《王畿千里赋》、胡宿的《正阳门赋》等也是从仁泽广施的角度来阐释大宋的国家形象的。

在士大夫的想象中,他们处身的这个伟大王朝不仅是仁爱而庄严的,而且是通人情而察民隐的,它与民相亲,与民同乐。基于这样的感受,国家形象还被赋予了世俗化的特点。杨侃的《皇畿赋》作于真宗时。赋的主体部分描写京畿设施与风物。如写京郊的原野园圃之美景,"柳笼阴于四岸,莲飘香于十里。屈曲沟畎,高低稻畦。越卒执耒,吴牛行泥。霜早刈速,春寒种迟。春红粳而花绽,簸素粒而雪飞。何江南之野景,来辇下以如移。雪拥冬苗,雨滋夏穗。当新麦以时荐,故清跸而新至"。这些风光,在过去的帝京赋中不曾出现过。在作者笔下,郊原牛羊成群,荷花飘香,华实蔽野,黍稷盈畴。伟大的帝国,不仅仅是壮丽,更多的是祥和与安宁,花草树木自由自在地生长,人的个性自然而然地发展。刘筠的《大酺赋》描绘了民间的狂欢,

① 《易·豫》:"象曰:雷出地奋,豫。先王以作乐崇德,殷荐之上帝,以配祖考。"

充满了世俗享乐的情调，“是时也，都人士女，农工商贾，鳞萃乎九达之逵，星拱乎两观之下。举袂兮连帷，挥汗兮霈雨。钿车金勒，杂沓而晶荧，袨服靓服，藻缛容与。网利者罢登龙断，力田者竞辞畎畋。屠羊说或慕功名，斫轮扁亦忘规矩。寂寂兮巷无居人，憧憧兮观者如堵。以遨以游，爰笑爰语。一始乃抃舞于康庄，终乃含歌于樽俎”。从都人士女到农工商贾万众欢腾、饱啖酣饮，这就是与民同乐的生动场景，也是士大夫们对国家太平景象的形象感知。文人们对天下太平、国富民强的认识与前代有所不同，他们不再把帝王威行天下，四夷系颈稽首作为强大的标志，而是视百姓安居乐业，生活殷实丰足为太平之象，他们所向往的不是钟鸣鼎食般的高贵华丽，而是叩壤于途的呕哑野唱，天和景明的田园风光、余音袅袅的渔歌唱晚、揎拳捋袖的民间酣饮、人声喧杂的列肆叫卖，更能引发他们对丰腴安逸的太平生活的憧憬。

从北宋前期文人主观情感的角度来勾勒描摹，或将更有助于我们进一步理解他们想象中的国家形象。当时的辞赋喜欢表现对生活优游不迫、深微澄静的感受。他们把欣逢盛世的喜悦表现得平静安详，如沐春风，如饮清酒。如乐史的《莺啭上林赋》，以鸟之得时喻人之遭逢太平，赋中写道：“由是出彼幽谷，来依紫宸。信叶候之无爽，谅飞鸣之有因。庶籁犹沉，乍啭九重之囿；一人耸听，因思万国之春。寒轻而结杏初妍；日暖而夭桃正丽。”以处身春天豁然开朗的欣喜来表现处身太平的由衷喜悦。这是一种经过内心的玩味、滤取以后由心底自然流出的欣喜，不是狂喜，而是冷静，深执。晏殊在他的《中园赋》中寄托了优游于太平盛世的风流闲雅。那瓜碧茄紫的豆棚园圃给人以置身太平之世的种种幻想，自由舒展的菜蔬果木，处处体现着远离尘世、人与自然万物相亲相融的闲适情韵。园中的虫吟鸟鸣更增添了闲适自在的情调，置身其中，枯燥冗长的生活变得情韵盎然，具有了审美价值，这样的生活不离日用百物之俗杂，而又充满丰腴安详的情趣。其他如田锡的《望京楼赋》、《春云赋》,陈靖的《壶公山赋》等等,都在表现着他们对国家形象的感受。

如果用一曲壮丽的诗篇来概括北宋前期的国家形象,则有夏竦的《河清赋》堪当此任,赋曰:"洎我国家秉皇图,宣帝力,尊百神,朝万国,光明乎遐绝,馨香乎霄极。禅云亭而广厚,玉简即封;祀汾睢而颂祇,鸾旗未饬。西人清候而望幸,六官戒期而励弈。爰荐祉而炳灵,滟澄波之湜湜。徒观其祥风荡漾,非烟蒙幂。浮休气于川上,泛荣光于岸侧。失汹涌之黄流,湛清泠之素液。银潢之景横秋,帝台之浆映月。江练初静,壶冰乍释。鉴秋毫及纤尘,露金沙与银砾。神鱼龙马,泳深渊而不隐,紫阙珠宫,扩洪流而可觌。合济渎兮安辨,委沧溟兮竞碧。"黄河转清、千里澄碧,祥风荡漾,休气氤郁,素波枕长堤而安流,远人引领而望幸。这就是北宋前期的国家形象,一个安详的盛世。

熙宁变法之后,在新党执政的哲宗后期和徽宗时期,主流意识形态对国家形象进行了进一步的修正和充实。周邦彦的《汴都赋》突显宋都的繁荣和秩序感。他在描写汴梁的繁荣时,没有忘记强调商人对社会秩序的恪守和国家对贫富悬殊的防范,在这里,国家形象已经不再是纯用儒术的安详盛世,它既具奋发气概又有仁政气质,这是依照新党治国理念来设计的国家形象,新党的变法理念就是富国强兵和礼法治国,既要繁荣经济又要国家掌控。这个庄严的国家具有空前的神圣气质,"至于干象表贶,坤维荐祉,灵物仍降,嘉生屡起。晕适背镝,虹霓抱珥,鸣星陨石,怪飙变气。垂白鲐背者,不知有之,况能言孺倪。岂独此而已也?复有穹龟负图,龙马载文,汾阳之鼎,函德之芝,肉角之兽,箫声之禽,同颖之禾,旅生之谷,游郊栖庭,充畦冒畤。非烟非云,萧索轮囷,映带乎阙角,葱蔚乎城垒,鸷鸟不攫,猛兽不噬,应图合牒,穷祥极瑞,史不绝书,岁有可纪"。祥瑞珍并发,人神共和,天下所有的珍奇异物,周边众多的蛮夷之国,皆麇集荟萃于阙下。

徽宗朝，前无古人的光荣感进一步发展，李长民的《广汴都赋》所描绘的国家形象更强调其神圣性和所向披靡、自由挥洒的任性气质，此时徽宗皇帝神化国家的兴味正浓，丰亨豫大的国策得到充分贯彻。王朝拥有一个神霄上界降临的神圣皇帝，这是任何一个历史时期都无法比拟的，因此光荣和自豪笼罩着这个国家。赋中展现出一种神秘的、神圣的力量在支配着王朝，主圣臣贤，祥瑞遍地，神圣皇帝的恩德如春风化雨，润物无声，祥瑞不再是稀罕之物，而是常态化的生活。这样的国度，武力征伐是多余的，“故得朝廷清明，纪纲振举，威武纷纭，声教布濩。北渐鸭绿，南洎铜柱。深极沙漠，远逾羌虏。陆詟水怀，奔走来慕。雕题、交趾、左衽、辫发之俗，愿袭于华风；金革、玉璞、犀珠、象齿之贡，愿献于御府”。国家的神圣气象波及周边，边鄙之人，望风披靡，纷纷归化。赋中这样描写祥瑞纷呈的盛况，“上则膏露降，德星明，祥风至，甘露零；下则嘉禾兴，朱草生，醴泉流，浊河清。一角五趾之兽，为时而出；殊本连理之木，感气而荣。嘉林六目之龟，来游于沼；芝田千岁之鹤，下集于庭。期应绍至，不可殚形”。从当时朝臣们的纷至沓来的贺表来看，当时的确是一个祥瑞集中爆发的时期，规模不仅空前绝后，而且也蔓延到宫中，蔓延到皇帝身边，大宋处在一个祥瑞灵异环绕的神仙气息氤氲的氛围中。目前所见描绘艮岳的辞赋有两篇，即李质的《艮岳赋》和曹组的《艮岳赋应制》，其实就是祥瑞纷呈的国家形象的象征性概括。大宋的强国梦实现了，徽宗自我作古的制礼作乐之举更使大宋富丽堂皇，仙气馥郁。王朝的这种气质在张鼎丞的《邺都赋》、刘弇的《元符南郊大礼赋》、王观《扬州赋》、王仲敷《南都赋》等山川地理赋中均有明显体现。

从安详的盛世到神圣的国度，北宋以来国家形象逐渐脱离了国家生活的实际，北宋后期的那个神圣国度，在一些文人的感受中，却是另一番模样，邢居实的《秋风三叠》、李纲的《秋风辞》、晁补之的

《江头秋风辞》、毛滂的《拟秋兴赋》、郑刚中的《秋雨》等等，在一派溢彩流光的氛围中，却不和谐地吟诵着沉郁悲怆的歌调。意识形态塑造的形象与人们对国家的普遍认知发生了严重乖离，国家形象成了掩饰惭德的遮羞布、引导舆情的迷幻剂，甚至是打压异论的狼牙棒。南宋初期朝贡体系所遭遇的话语窘境，国家形象转向内在，都是针对这种安详与神圣的形象发生的急转，这种急转，不仅是因为北宋的覆亡、意识形态发生断裂使然，也是国家精神在危亡中重新寻找出路的表现。

第三节 地方意识的强化与国家形象的再造

治国之日舒以缓，乱国之日促以短，徽宗的神圣之国很快就灰飞烟灭了。不过，传统话语体系并没有很快适应这种变化，因为王朝的覆灭没有给文化带来实质性的危机。高宗们的思维还停留在传统话语当中，他们对国家的想象还流连在朝贡体系当中，这使朝廷在思想与现实之间面临着难堪。之后，随着对现状的逐步适应，人们似乎对华夷一统的重建失去了耐心，甚至对交趾、大理等前来朝贡的请求也态度冷淡。由北宋的国家形象中残存下来的一点雍容华贵的大国气度逐渐褪色。对王朝形象的重新定位变得客观务实。

高宗以后，南宋政治不再迷醉于万国衣冠拜冕旒的荣耀。万国来朝的场面已经在典礼赋中难觅踪影。如程珌的《壬申岁南郊大礼庆成赋》在声讨了韩侂胄弄兵误国之后，对史弥远的拨乱反正之功颇多溢美褒扬，在本该出现蛮夷助祭的段落，作者虚笔带过。倪朴的《环堵赋》虽然极尽铺张扬厉之能事，把帝王的南郊大礼描绘得气势赫然，但还是没有藩国来朝的影子。放弃中央王朝的体面，也就意味着武力征伐意识的淡薄，当时虽然有张浚、韩侂胄的几次北伐，但都以惨败告终。这些战略目的模糊的轻起兵衅，调整朝中权力格局的用意似乎大于光复失地本身。南北关系已经呈现出胶着的、动态的军事平衡格局,和平竞赛应该是最好的选择。孝宗时期也有一些赋在声言恢复,宣扬武力,不过这种宣扬似乎是在找寻靖康之耻以来失去的尊严和自信。比如杨冠卿的《上留守章侍郎秋大阅赋》以司马相如的《子虚上林赋》中描写天子游猎的场面为蓝本,把天子游猎的场面换成了士兵操练的场面,意在炫耀军力的强大,表现捍卫国家安全、雪耻靖康之难的决心。

后高宗时代的南宋是自信的,也是内敛而务实的,它转向寻找自身的优势和价值,此时的国家形象已经不再迷失于文化中心主义的浓雾中了,它立足于地方文化,立足于人文教化;它从帝国内部,从社会内部,从家庭和个人,来发掘迷人的"人文精神"的底蕴。我们这里所说的"人文精神",其"人文"取义"人文化成",是着眼于礼乐教化的人性关怀,我们想用这个概念来指代儒学修治平的担当情怀对传统文化中人与自然、社会相调适的一切思想资源的受容;其外在表现为对耕读传家、积善济世的深切体认和实践,外在表现为立足于天理人欲的对生命价值和生命历程的自觉完善与审美观照。应该说,高宗以后的南宋国家形象,人文精神逐渐成为其内在品格和文化底蕴。既然是以文化立国,华夏文明的代表资格就是皇权存在的基础,那么,对其神圣性和合法性的强调也就在于其人文化成的程度,而非其他,因此,高宗时期短暂的宣扬祥瑞之后,儒家话语中重教化而轻祥瑞的言论占据了舆论高地。胡铨在《衡阳瑞竹赋》中直陈治国理政应轻祥瑞而重仁政,认为国泰民安就是最大的吉祥,这种看法在当时非常具有代表性①。

---

① 胡铨的议论继承了北宋以来儒家士大夫对待祥瑞的一贯态度,而且也在当时人那里得到回应,"绍兴元年秋七月乙未朔,刘光世以枯秸生穗为瑞奏之,上曰:'岁丰人不乏食,朝得贤辅佐,军中有十万铁骑,乃可为瑞,此(转下页注)

在国家形象重构的过程中，朝廷已经退居幕后，地方意识得到强化。新的国家形象不再围绕着帝都、皇帝和万国拱卫的壮丽朝廷展开，而是具体到一个个家庭、个人，一片片田野湖山，一座座村镇城池。家庭生活，山川风物，城市乡村的风俗教化，这些帝国疆域内的林林总总的综合印象，共同构成了国家的形象。

在新的国家形象中，地方的意义凸显出来，地方的人文化成、风土人情，成为描绘国家面貌的核心。比如王应麟的《四明七观》，从山川形势、壮阔海景、丰饶海产、历代职守、历代名贤、学士闻人、理学大儒等七个方面全方位展示四明一带的历史现实画卷，其描写重点集中在人文方面，详述了历史与当下的各色优秀人物，尤其是述及理学人士及学问家。储国秀的《宁海县赋》非常详尽地描绘了帝国海疆丰富海产。对于一个以农业为主的社会而言，宁海丰富的海产正是它的特色所在，赋作还详实记录了宁海文明开化的历程和孝悌节义以及诗文方面的杰出人物。

当时的辞赋重视描绘地方的民风政风。吴渊的《江东道院赋》形象地刻画出理想的社会图景和官风政风。赋曰："观其棋布田畴，支分岸塍，平衍夷旷，曲直纵横，桑麻被野，麰麦连云。时雨少愆，有江潮以资其灌溉；涝水或降，有湖泊以泄其滔盈。是以时少旱涝，岁多丰登。奇秧绿水，喜霑足于夏种；黄鸡白酒，争庆贺于秋成。乃君其

（接上页注）外不足信。朕在潜邸时，梁间有芝草，府官皆欲上闻，朕手自碎之，不欲主此奇怪事。'辅臣叹服。臣留正等曰：'天人之际，相与至密，国家将有失道之败，则有灾异以为之谴告；然则政教之修明，中和之浃洽，亦岂无符瑞以示其嘉祥乎！然而古人于灾异则深警惧之，符瑞则重黜绝之，何哉？知其有灾异则戒，信其为符瑞则怠，人之常情也，去其怠而谨其戒，则所益不知其几何，不然则徒以自慢，而已奚益哉。此《春秋》所以记异不记瑞，而柳宗元《正符》所以谓不于其天于其人也"（李心传：《建炎以来系年要录》卷四十六，上海：上海古籍出版社，1992 年，第 325—628 页）。

民，混然大朴。惟土物是爱，故能臧厥心；惟本业是崇，是以无末作。尽力畎亩，收功钱镈。艰贫以其勤苦，易足以其俭约。故有妇女平生未识于绮罗，亦有父老终身不入于城郭。衣食足故多知廉耻，习俗厚故罕事斗角。盖皞皞乎有羲皇太古之风，熙熙然有唐虞击壤之乐。于是有厌承明之入直，乞铜虎以典州。凡中朝之人士，多出守而来侯，皆得以逃其瘝旷而遂其优游。文如伯玉，可抒六经阁之思；诗如鲁直，堪成一窝柳之讴。尔乃夜已既而更杀，日将晡而鼓掫，虽两衙其不废，纵数刻而已休。盖赋税输官而络绎，靡烦程督；讦讼造庭而希简，无可应酬。故治事之时每短，而退食之暇常遒。虽谓之邦伯郡守，实偶乎黄冠羽流。当其阶庭如水，囹圄鞠草，燕寝沉沉，铃阁杳杳，鸡鸣寂昼，鹊声闹晓，何以异于道流之清净而一尘之不到也！避堂舍盖，隐几对老，收视敛听，回光反照，虚室生白，内境火爓，何以异于道流之炼养而臻其玄妙也！华阳可巾，清香可烧，《离骚》可读，《周易》可校，南董京生，北窗梦觉，何以异于道流之萧散而寄其高傲也！着灵运履，携山翁醥，临流赋诗，登高舒啸，炮落棋声，泉响琴调，何以异于道流之放旷而纵其吟眺也！”①赋作所展示的淳朴民风和百姓祥和宁的生活，正是帝国图景的一个缩影，在这里，人人安居乐业，丰衣足食；牧守垂拱而治，化成天下。这种为政理念表面上是清净无为，但并非绝圣弃智的御宇之术，而是在祥和宁静中包含着教化、感化的力量，它体现了人们普遍向往的生活状态和为政状态。其他如姚勉的《宜堂赋》、方岳的《秀锦楼赋》等对厅堂布设乃至官人一举一动均详尽描写，突出其恪尽职守、立身行事儒者风范。官人的言谈举止本身，成为为政的一部分，甚至是主要部分，在儒家思想主导的南宋社会，官人不单是社会事业的组织者和执行者，更是感化庶民的君子，是布道者和人文楷模。傅自得的《丽谯赋》则由对谯楼的描写生

---

① 吴渊：《江东道院赋》，《全宋文》第334册，第21页。

发出为政理想和生活理想，展示出日出而作、日落而息的田园诗般的乡土生活画卷。

乡村形象是构成国家形象的基本要素之一，当时的辞赋真实地记录了帝国内部下层生活的面貌，胡次焱的《步瀛桥赋》赞美其樵叟修桥的善举，张榘的《吊丛冢文》旌表乡人出资埋葬野尸的善行，谢禹的《武安塔赋》叙写武安塔的重建过程以及开光时乡民欢庆的热闹场面。这种种图景像一幅幅风俗画卷一样，展示着南宋社会民间生活的方方面面。

家庭是人的基本归宿，它也进入了国家形象的构建当中。在传统中国，家庭是一个微型国家，儒家讲求轨物范世当从整齐门内做起，家庭的教化意义普遍受到重视。人们重视晏居乡处时的正心诚意，慎重持敬，朱熹等理学家倡导的观念已经深入人心，在洒扫应对之际涵养品德，把修身齐家延展到孝悌忠爱之义①，这些主张，被广大的读书人努力实践着。傅自得在《训畲堂赋》、《味书阁赋》中描绘了家庭生活中课儿读书的场景，作者点明读书不是为了博取青紫，也不应把教子读书看作是"籯金"般的有丰厚回报的长线投资，而应该以涵养德性为目的。丁椿的《尊经阁赋》、王迈的《爱贤堂赋》、吴如愚的《勉学赋》、王柏的《宋文书院赋》、韩补的《紫阳山赋》、方岳的《白鹿洞后赋》、刘辰翁的《东桂堂赋》等等，都在展示着一幅幅家庭生活的感人画面。诗礼传家已经成为人们普遍的生活信条，耕读生

① 正如生活在南宋后期的张世南所云："世南从三山故家，见朱文公一帖云：'讲明正学，其道必本乎人伦，明乎物理。其教自小学洒扫应对以往，修其孝悌忠信，周旋礼乐。其所以诱掖激励，渐磨成就之道，皆有节序。其要在于择善修身，至于化成天下；自乡人而可至于圣人之道。'先生教人，自致知至于知止，诚意至于平天下；洒扫应对，至于穷理尽性，循循有序。病世之学者，舍近而趋远，处下而窥高，所以轻自大，而卒无得也。"（张世南：《游宦纪闻》卷八，北京：中华书局，1997 年，第 69 页）

活成为人们陶冶性情、臻于人格完成的重要途径。胡次焱的《园山后赋》比较充分地描绘了耕读生活境界,在赋中,他明确表示,生活就是体道,就是修炼,“万汇葳蕤,一理攸寓。所贵善学,在触其类。故观松萝而知夫妇之道,观棣华而知兄弟之谊。观向阳之葵而知所以为人臣,观南山之乔而知所以为人父。观葛藟而知睦亲族,观桑梓而知洽邻里。观伐木而知朋友之当亲,观葭莩而知亲戚之当比。观于竹而知坚刚之节,观于梅而知高孤之味。观兰茝而知幽闲之雅韵,观松柏而知炎凉之一致。观篱菊不飘而知逸约之得计,观萌蘖复生而知良心之当护。观采苓而知所以远谗谮,观伐檀而知所以去贪鄙。观芄兰而知所以远骄矜,观木瓜而知所以隆报施。观梧槚樲棘而知贵贱去取之难,观蓬茅槐芷而知善恶渐染之易。观射干生于高山,而知植立贵于超人;观蒹葭老于白露,而知贫贱所以玉汝。观小草有远志,而知广狭在人所趋;观红杏与芙蓉,而知荣枯在时所遇。观于硕果而知造化之剥复,观于茅茹而知吾道之泰否。”①这段文字把经学、文学中的比兴形象与乡居景物混融为一,要人们在生活中触目所见都与圣贤精神时刻保持一致,时时克己复礼,不断反省自我、约束自我。这就是耕读传家的精髓,它要把持敬修行正心诚意变成一种自觉,一种享受。优游田园啸傲湖山的生活被附丽上格物致知、修身养性的含义,闲居野处享受天伦之乐被赋予了修身齐家之意义。

由高宗时期转向内在的国家形象以崇尚和平、以德治国为主要特征,在以后的发展中,经由文化阶层的共同构建,它形成了一种焕发着和平、宁静、秩序的光辉的乡土中国的形象,沉潜而不张狂,厚重而不呆板,耕读传家、积善济世成了国家形象的底色,它体现着士大夫们臻于大道的生活愿景。南宋初期国家形象在传统话语中所遭遇的窘境,其实是传统的中央大国的想象与现实之间的龃龉所致,辞赋

① 胡次焱:《山园后赋》,《全宋文》第356册,第106页。

创作对国家形象的认知,上承北宋时期之安详的盛世和神圣的国度的定位,下启耕读传家、风俗淳美的愿景。国家形象的转型,折射出南宋以来学术文化逐渐转向内在的发展轨迹。

第八章　理学对人生的塑造与规范

——以朱熹辞赋为中心

理学的兴起与发展是南宋最为受人关注的文化事件，它不仅塑造了学术文化形态，也深刻地塑造着以后的中国文化。理学立足于道德与秩序，追寻存在本然以及一切知识的源头，确立一种贯通自然、社会与人类的绝对真理。理学并没有改变过去的知识与信仰体系，而是在其上添加一个“理”，在其下添加一个“性”，使知识的各个领域在性与理的约束下具有了完整性和统一性。理学对人生问题的思考和规范同样是在性与理的范畴之内进行的。朱熹等理学人士的辞赋创作，很好地阐释了何为理学的人生。

第一节　何为君子

成就君子事业是传统文化当中人格修养的主要目标，在儒家看来，君子的重要标志是德行，道德修养一直是儒家文化的重要组成部分。理学更是将品德修养作为贯彻天理与人性的核心内容，把一切人事物理都建立在德性的基础之上，一切社会行为都立足于用德性来规范，来评价。因此，养成道德就成了理学塑造人格的核心内容。那么，和过去相比，理学给君子人格注入了哪些新的内涵呢？关于养成君子人格，理学著述中这方面的材料俯拾皆是，但是其与过去的差异反而不容易一目了然，从辞赋当中或许更能够看清楚这种差异，因为文学作品和思想者论述相比，更接近人的心灵，更容易展现理想人格。

朱熹的《感春赋》在展现君子人格方面颇有代表性，赋曰：

> 触世涂之幽险兮，揽余辔其安之？慨埋轮而縶马兮，指故山以为期。仰皇鉴之昭明兮，眷余衷其犹未替。抑重巽于既申兮，徇耕野之初志。自余之既还归兮，毕藏英而发春。潜林庐以静处兮，阒蓬户其无人。披尘编以三复兮，悟往哲之明训。嗒掩卷以忘言兮，纳遐情于方寸。朝吾屣履而歌商兮，夕又赓之以清琴。夫何千载之遥遥兮，乃独有会于余心。忽嘤鸣其悦豫兮，仰庭柯之葱蒨。悼芳月之既徂兮，思美人而不见。彼美人之修嫭兮，超独处乎明光。结丹霞以为绶兮，佩明月而为珰。怅佳辰之不可再兮，怀德音之不可忘。乐吾之乐兮，诚不可以终极；忧子之忧兮，孰知吾心之永伤。

这篇赋作于淳熙十年(1183)，当时朱熹因在浙东提举常平茶盐公事任内弹劾唐仲友，招致反击，愤然归乡。赋以道路险阻、行进困难暗示自己仕途偃蹇，说自己的归乡是“抑重巽于既申兮，徇耕野之初志”，《易·巽》：“巽，小亨”，“《彖》曰：重巽以申命”。唐孔颖达疏曰：“上下皆巽，不为违逆，君唱臣和，教令乃行，故于重巽之卦，以明申命之理。”这句话是说君唱臣和是为臣之道，皇帝既然下了命令，自己就得离职归乡。虽然赋的开头交代了几句临路迟徊的郁闷，然而全赋没有为这种情绪所主宰，而是很快转入了对拯救衰世的道德感和使命感的抒发，赋中不仅写了自己乡居的陶然，而且写到思接千载的归宿感，“歌商”用宁戚饭牛典故，指自荐求官，这里指冀有为于世，当指接续道统，行致太平之业。文中的“思美人而不见”，所思当时古圣先贤，而非君王。赋结尾的一句“忧子之忧兮，孰知吾心之永伤”，已经不是开篇单纯的个人穷通的苦闷,"永伤"一词见《诗经·周南·卷耳》,指深重的悲伤。朱熹用这个词是在暗示自己的悲伤和风人"永伤"之间的关联。朱熹认为此诗是"后妃以君子不在而思念之,故赋此诗"(朱熹《诗集传》卷一),赋作此处中的"永伤"是指仰慕先贤以继圣的情怀。也就是说,不管是出仕还是乡居,个人的穷通荣辱都应该置之度外,继绝学与开太平始终是理学人士的使命。因此,在开篇短暂的不快之后,作品即转入优游于庭除、忧患道之不行的主题,不仅展现了对圣贤明训的真切感悟,还表现了与圣贤心灵交流的体验。对于古之圣贤而言,即使处于江海之上,也应该思君忧君,心悬魏阙。朱熹则超越了这种对当朝政治的忧虑,他的忧患更为深远。朱熹对自己情怀的展示也是他对君子德行的理解,理学人士大都认为自己是君子。对于君子,其德行品格是通过政治上的泽被生民来体现的,孔子对管仲的赞许、孟子对王道的提倡等都指向一点,那就是君子是以家国天下为其使命的,必须对政治保持高度的关注和密切的联系,并积极参与其中;入仕,始终是儒者坚忍不拔的追求。朱熹则在入仕之外指出了另一条更为坦荡的道路,思接千载以接续圣人心传,绍续道统,践行仁义道德。这是比为政更为伟大的开太平之事业。因此,朱熹理解的君子,其使命就是接续道统,践行道德人生,由人性而臻于天理。

道统是儒家传道的脉络和系统,其说滥觞于孟子,经由韩愈等发扬光大。孟子认为孔子的学说上接尧、舜、汤、周文王,并自命是继承孔子的正统。孟子的道统侧重于心性,主张内圣外王,而以外王为归结点,其传接古圣先贤的目的在于兴王道,行仁政。朱熹首提"道统"这个概念,可见他的传承圣贤的意识非常之强烈。他在《中庸章句序》中说:

中庸何为而作也?子思子忧道学之失其传而作也。盖自上

> 古圣神继天立极，而道统之传有自来矣。其见于经，则“允执厥中”者，尧之所以授舜也；“人心惟危，道心惟微，惟精惟一，允执厥中”者，舜之所以授禹也。尧之一言，至矣，尽矣！而舜复益之以三言者，则所以明夫尧之一言，必如是而后可庶几也。……自是以来，圣圣相承，若成汤、文、武之为君，皋陶、伊、傅、周、召之为臣，既皆以此而接夫道统之传。若吾夫子，则虽不得其位，而所以继往圣、开来学，其功反有贤于尧舜者。然当是时，见而知之者，惟颜氏、曾氏之传得其宗。及曾氏之再传，而复得夫子之孙子思，则去圣远而异端起矣。①

在这里，朱熹开列的道统渊源谱系和孟子几乎一致，但是他阐述的道统内涵乃是“人心惟危，道心惟微，惟精惟一，允执厥中”的内容，这是和孟子的内圣外王不尽相同的，朱熹理解的道统乃是性理之学，他重内圣而几乎不涉及外王的内容。朱熹弟子黄榦阐释道统的内涵曰：“有太极而阴阳分，有阴阳而五行具，太极二五妙合而人物生。赋于人者秀而灵，精气凝而为形，魂魄交而为神，五常具而为性，感于物而为情，措诸用而为事。物之生也，虽偏且塞，而亦莫非太极二五之所为，此道原之出于天者然也。圣人者又得其秀之秀而最灵者焉，于是继天立极，而得道统之传，故能参天地、赞化育，而统理人伦，使人各遂其生、各全其性者。其所以发明道统以示天下后世者，皆可考也”②云云，他把道统与天道之初始联系起来的用意，在于说明道统与天地共生的绝对真理特征，这绝对真理，就是朱熹所说的天理，因为这是与天地万物存在的终极原因，因此，不断向天理靠近乃是人之

① 朱熹：《中庸章句序》，《中庸章句集注》，《四书五经》，天津：天津市古籍书店，1988 年，第 1 页。

② 《全宋文》第 288 册，第 350 页。

为人的基本要求。对道统作形而上学的理解，是理学家的共识，王柏也指出："立天道者阴阳也，立地道者刚柔也。四时行焉，百物生焉，此非天地之道统乎？圣人以仁义设教，为天地立心，为生民立道，所以继绝学而开太平。此则圣人之道统也。道统之名不见于古，而起于近世，故朱子之序《中庸》，拳拳乎道统之不传，所以忧患天下后世也深矣。"[①]道，即天理，是万物的本源，传承道统，乃是本然之理。从形而上的角度来理解道统和天理，是理学重大的理论建构，这也不难理解朱熹在塑造道统谱系时为什么要把以太极图弥纶天地的周敦颐拉进来的原因了。黄榦还进一步解释了性理之学的修养门径，"先师文公之学见之四书，而其要则尤以《大学》为入道之序，盖持敬也，诚意、正心、修身，而见于齐家、治国、平天下，外有以极其规模之大，而内有以尽其节目之详。此又先师之得其统于二程者也。圣贤相传，垂世立教，粲然明白，若天之垂象，昭昭然而不可易也"[②]。朱熹等虽然不断地提到要治国平天下，但是他们更看重的是修持的功夫，对于外王之道极少谈到。因为在朱熹看来，修持就是在治国平天下，人人成为君子，人人向天理靠近，社会就会风俗淳厚，天下大治，也就是说，内圣即外王。因此，在《感春赋》中远离君王的不快很快就为"思美人"的使命感冲淡了，赋中的美人，因袭骚体的传统，以美丽的服饰来象征其品德的高尚，这是在暗示那些传续道统的古圣先贤，远离君王固然使自己实现政治抱负受挫，但是通过个人的修为依然可以向政治理想迈进。赋中写道："披尘编以三复兮，悟往哲之明训。嗒掩卷以忘言兮，纳遐情于方寸。"通过圣贤的言论领悟到传承道统的使命感的艰巨与伟大，接着引出"思美人"的思绪，因此，美人并非以往辞赋作品所暗示的君王，而是先贤。这是太上立德的事业，与靠近君

① 《全宋文》第 338 册，第 182 页。

② 《全宋文》第 288 册，第 351—352 页。

王的立功事业相比要崇高得多。而且，理学已经把道统传续的内容上升到形而上的高度，其压倒一切的崇高感自不待言。在接续道统方面，心学人士也不甘示弱，包恢就把陆氏兄弟列为道统谱系的重要一环，“惟陆氏五世而有文达九龄、文安九渊二大儒，以人品之高，道术之明，特起东南，上续道统，实以师表四海，非仅以师表一室。《大学》致知、诚意、正心、修身、齐家、治国、平天下之全体大用，具在是矣。陆氏之所以名家者，由二先生之名世也。此非他门之所可及者二”①。可见，心学人士对道统内容的理解和朱熹等是一致的。

理学家所理解的君子人格重视内圣而忽视外王之道，和以往的归结为为政的君子观不尽相同。这并不是说理学不重视外王，而是因为在他们那里，内圣和外王是统一的。理学也没有减弱儒学的参政热情，而只是要在致太平方面和世俗权力分庭抗礼。比如张栻的《公安竹林祠迎神送神乐章》，这是赞美宋初的名相寇准的作品。此赋是为恭迎寇准神主入祠堂而作。作品盛赞主人的功德可与管仲等比肩。《论语·宪问》：“管仲相桓公，霸诸侯，一匡天下，民到于今受其赐。微管仲，吾其被发左衽矣。”这句话我们可以解读为孔子对管仲在捍卫华夏文明方面的突出贡献予以充分的肯定。寇准在契丹将破汴京的危机时刻，力劝真宗亲征澶州，从而扭转了战局。他的功劳不仅是保卫了宋王朝，在作者看来，更是捍卫了华夏文明，因此，将他和管仲相提并论。张栻没有罗列寇准的功劳，而是用这句化用自孔子的话来暗示，起到了大音希声的效果，所以黄震说：“《竹林迎神》章，惟感慨而不及寇公身事，最得体。”②既然立天道者是阴阳，那么，

① 《全宋文》第319册，第376页。又见于《永乐大典》卷三五二八。又见《象山先生年谱》，道光《金溪县志》卷五十四。

② 黄震：《黄氏日抄》，《文渊阁四库全书》第708册，台北：台湾商务印书馆，第136页。

道统的内容必须具有神圣性，放之四海而皆准，因此，朱熹等不仅要像禅宗的传灯录那样塑造一个谱系，尤其是要塑造一个从周敦颐到二程再到朱熹的当代谱系，而且必须用理学思想来验证历史，解释历史，尤其是当代史。只有这样，理学的君子人格理想才能落到实处，令人信服。朱熹把历史研究当作格物穷理的手段，非常看重义理在历史人物身上的显现，他把道德判断与事实判断相结合，重义理，亦重功业。我们可以这样认为，朱熹等理学家是用他们确立的天道性命观来理解历史、阐释历史的，也通过对历史的言说来宣扬理学思想。当时的理学家治史的目的不是在"究天人之际，通古今之变"，而是在借助史学来感悟、宣扬理学的奥义、印证理学的体系。因此，南宋初期的历史被解释为忠诚与奸邪、君子与小人两条路线的斗争史。秦桧在南宋史实中的形象通过朱熹等的过滤、遮蔽、放大、变形，由太过务实的政客转变为一个十恶不赦的恶人。张浚等被则塑造成代表正义力量的践行道统思想的伟大人物，其刚愎自用的恶行、挤兑同僚的卑劣权术以及给国家带来的灾难性的颟顸北伐等则被有意隐瞒和淡化；出于同样的目的，他把张浚和赵鼎当政时期的忧患深重的朝廷说成是具有盛世气象的"小元祐"，朱熹之所以选择张浚，除了其与理学人士的良好合作外或许还有借重张栻以发展理学的目的。为了指责秦桧的和议国策，朱熹抽去了当时的历史环境，而是从春秋大义出发指出和议是卖国行径，并似捕风捉影地暗示秦桧是女真间谍，在《戊午谠议序》中他说：

太上皇帝受命中兴，誓雪父兄之辱，虽其间亦或为奸谋之所前却，而圣志益坚。至于绍兴之初，贤才并用，纲纪复张，诸将之兵屡以捷告，恢复之势盖已什八九成矣。虏人于是始露和亲之议，以沮吾计，而宰相秦桧归自虏廷，力主其事。当此之时，人伦尚明，人心尚正。天下之人无贤愚，无贵贱，交口合辞，以为不

> 可，独士大夫之顽钝嗜利无耻者数辈起而和之。清议不容，诟詈唾斥，欲食其肉而寝处其皮，则其于桧可知矣。而桧乃独以梓宫长乐藉口，攘却众谋，荧惑主听，然后所谓和议者翕然以定而不可破。自是以来二十余年，国家忘仇敌之虏，而怀宴安之乐。桧亦因是藉外权以专宠利，窃主柄以遂奸谋。而向者冒犯清议，希意迎合之人，无不夤缘骤至通显，或乃踵桧用事。而君臣父子之大伦，天之经、地之义，所谓民彝者不复闻于缙绅之间矣。士大夫狃于积衰之俗，徒见当时国家无事，而桧与其徒皆享成功，无后患，顾以亡仇忍辱为事理之当然。①

在这段判词一样的评论中，历史环境被歪曲了，而且"归自边廷"一语引人联想，体现出朱熹文笔的老辣和心思的深密，以后朱熹沿着这一思路进一步坐实了秦桧的间谍身份和篡国企图②。这段历史轻易被朱熹改写为奸邪蒙蔽忠诚的历史，南宋初期糟糕的局面被解释成由于天理不彰，士大夫没有向君子人格迈进，没有传承道统。有学者指出："朱熹完全以道德为根据来构造南宋未能成功收复北方的历史问题，并将这一道德失败完全归因于秦桧：他最初对高宗的欺骗最终导致了公众道德的整体堕落。但是这一结论是以大量极不可靠的历史论断为基础的。"③朱熹篡改历史的目的是为了昭彰"天理"，树立理学君子群体的"民族脊梁"的地位，意在证明只有天理昭彰、任用理学君子，历史才能按照正确方向发展。因此，当他被贬斥而创作《感春赋》时，短暂的心灰意冷马上被传续道统的使命感和光荣感冲

① 《晦庵先生朱文公集》，《朱子全书》第 24 册，第 3618—3619 页。

② 参看《朱子语类》卷九十五、卷一三一等相关言论记载。

③ 蔡涵墨：《历史的严妆：解读道学阴影下的南宋史学》，北京：中华书局，2016 年，第 78 页。

淡了，因为接续道统养成君子人格才是最大的为政，也是最正确的为政。

当然，通过曲解历史来达到打压政敌、丑化异己学术，在南宋并非始于朱熹，这是二程一系学术攻击异见和异己较为倚重的手段，因为要以吾党行吾道，就得说明吾党才是君子党，吾道才是致太平之道，而对方则是小人党，所行乃祸国殃民之道。理学是以道德为核心的学术，其高调的道德主义在传统学术中具有巨大的话语空间。作为湖湘学派重要人物的胡寅，其学术尤其是史学对朱熹具有重要的启发作用。他创作《原乱赋》以探究北宋覆灭的原因，其对历史的歪曲和对异己之学的攻击与后来的朱熹颇为类似。在赋中，他把祸乱之源归咎为王安石的新学和新法，赋曰："曾议道以持世兮，申商术而施诸。昔愿治而更化兮，荆舒（王安石）秉夫国政。诋先后之持循兮，肇欲新夫邦名。憎鼎鼐之敦古兮，工凿之而锻销。悦郑卫之利耳兮，罢希夷之咸、韶。陈王度以法律兮，兴太平于聚敛。恶私藏之削国兮，曰民富尔何借？"赋中把王安石新法视为申商之法，已是似是而非之论，指责富国强兵为与民争利，更是深文周纳。对王安石的用人，赋中这样写道："饰六艺以文奸言兮，假皇威而敷之。示好恶以同俗兮，蒙一世而愚之。标荣利以为诱兮，敕罚法以为驱。""斥忤恨之异己兮，群刺天而高飞。久咸喻乎僻志兮，般新进之合党。黜谏说之忠辩兮，谓以私智非其上。"新学对儒学的发展被视为"饰六艺以文奸言"，其实王安石学术对理学的发展具有重要的启发意义，而"示好恶以同俗"、党同伐异则是当时党争的普遍形态，理学辨明学脉，在这一方面较之新党有过之而无不及，因此，这种出于排斥异己之义愤的反思很难切中肯綮，不过，胡寅等或许也不想真正从亡国中吸取教训，而是借机攻击异己，发展吾党，发扬吾道。朱熹对王安石的评价也与胡寅同一口径，"惑乱神祖之聪明而变移其心术，使不得遂其大有为之志,而反为一世祸败之原”①。理学通过对历史的重新妆扮,最终把异己者钉在了耻辱柱上。南宋后期的理学人士罗大经曾说:“国家一统之业,其合而遂裂者,王安石之罪也。其裂而不复合者,秦桧之罪也。渡江以前,王安石之说,浸渍士大夫之肺肠,不可得而洗涤。渡江以后,秦桧之说,沦浃士大夫之骨髓,不可得而针砭。”②罗大经的这对话对后世影响巨大,在以后相当长的岁月里,王安石和秦桧都被视作十恶不赦的恶人。

通过从道统之本源的寻求和历史经验的验证,朱熹等理学人士对人生进行了重新塑造,它不再依赖于政权的认可,而是通过自身的修为实现人生的圆满。在道与势对话语权的争夺中,朱熹以超越政治的深湛思辨,确立了个体生命的尊严,当然,这种尊严是以牺牲人的正常生命需求为代价的。

第二节　明诚、敬义

南宋时期的理学,其对君子人格的重视与塑造表现出了充分的关注。理学指出了成就君子的门径,它视人生为一种修行,一种不断穷理尽性、灭尽人欲的修行,也就是通过修行完成由一个生物个体向纯粹的人的过渡,其核心便体现在个人道德人格的不断完善,臻于纯粹,以达圣人之境。它主张通过个人的居敬、穷理、读书、省察、力行以穷究天理,并推而广之,以此来塑造风俗,塑造社会,造就太平盛世,由做圣人而达致太平。当时的文学对人生问题的思考与探索、对国家命运的忧患被规范为修身齐家治国平天下,那种对生命、人生的

① 《晦庵先生朱文公集》,《朱子全书》第 23 册,第 3378 页。

② 罗大经:《鹤林玉露》甲编卷三“二罪人”条,北京:中华书局,1983 年,第 49—50 页。

热情被规范为居敬穷理、格物致知。当然，这也削弱了文学对个人情感的自由真切的表达和冷静深邃的思索。

淳熙六年（1179），朱熹知南康军。他考察白鹿洞书院遗址，主持修复，书院于翌年开学。朱熹为书院制定了学规，并创作《白鹿洞书院赋》。赋的第四章和"乱"这样写道：

> 伟章甫之峨峨，抱遗经而来集。岂颛眺听之为娱，实觊宫墙之可入。愧余修之不敏，何子望之能给？矧道体之无穷，又岂一言之可缉？请姑诵其昔闻，庶有开于时习。曰明诚其两进，抑敬义其偕立。允莘挚之所怀，谨巷颜之攸执。彼青紫之势荣，亦何心于俯拾。
>
> 乱曰：涧水触石，锵鸣璆兮。山木苯莼，枝相樛兮。彼藏以修，息且游兮。德隆业茂，圣泽流兮。往者弗及，余心忧兮。来者有继，我将焉求兮！

在赋中朱熹指出诸生在书院学习的首务是在明诚、敬义方面下功夫，造就君子人格。像守本分、建妇德的太任、太姒那样，像穷居陋巷而怡然自乐的颜回那样，不以口体之奉为忧，当以修身进德为乐，不可使心智沉溺于功名富贵、势利荣显。"乱曰"部分将敬德修业与继圣弘道相联系，接续道统的慷慨之情跃然纸上。此赋通过浑厚典雅的文辞、纡徐和缓的句式、庄重严肃的语气来体现弘扬圣教的使命感和渊粹广大的精神，开创了书院类赋的先河，为道学人士提供了为赋的范式，对后世影响至远。吕祖谦的《白鹿洞书院记》和此赋在内容上颇有互补性。朱熹赋中含蓄地流露出的弘扬理学的激情，在吕祖谦的文章中则得到直接的宣扬，两文参看，方能体会出朱熹的主旨和用心，吕文曰："至于河南程氏、横渠张氏，相与倡明正学，然后三代孔孟之教，始终条理，于是乎可考。熙宁初，明道先生在朝，建自学制教养，考察宾兴之法，纲条甚悉，不幸王氏之学方兴，其议遂格。有志之士，未尝不叹息于斯焉！当建炎再造，典刑文宪，浸还旧观，关、洛绪言，稍出于毁弃翦灭之余。晚进小生骤闻其语，不知亲师取友以讲求用力之实，躐等凌节，忽近慕远，未能窥程、张之门庭，而先有王氏高自贤圣之病。如是洞之所传习，道之者或鲜矣。”①这就是说，朱熹是痛惜王安石之学阻抑程张正学、坏人心术，希望重振“正学”而创办此书院的，他的为学宗旨是要造就接续道统的道德君子，这与王学提倡的具有政治才干的人物不同。其具体途径就是明诚、敬义。明为明哲，洞察事理；诚为善真。善真为德，明哲则贤。敬义指以严肃恭敬的态度来保持内心的正直和真诚，用合乎道义的方式来规范自己的言行。敬义立则德不孤，恭敬辞让则能养成安于天命的人格境界。朱熹主张“性即理”，本性不受形气之累而发出，则为天理，不然者则所谓人欲。天理，乃凡事适得其当之谓，也就是允执厥中。要执中而行，就要保持内心的宁静安详，以恭敬诚实的态度待人应物，以正直善良的胸怀体认生命，提升心灵境界以摆脱形气之累，以洞察事理之微。因此，朱熹说的明诚、敬义也就是居敬穷理之意。《论语·雍也》载仲弓曰：“居敬而行简，以临其民，不亦可乎。”朱熹解释说：“言自处以敬，则中有主而自治严，如是而行简以临民，则事不烦而民不扰，所以为可。”②自处以敬，则内心有主而严于自律，这就是时时克己复礼，这是一种理性自觉，是在肯定人的自我认识能力的基础上对伦理关系、道德价值的自我领悟能力。这个解释朱熹只是指出了居敬在自我克制方面的意义，这是理学家主张的通过涵养性情以洞察事理、穷理尽性的基础。因此，朱熹的明诚、敬义，其核心是“敬”，他说：

① 吕祖谦：《吕祖谦全集》第1册，杭州：浙江古籍出版社，2008年，第99页。
② 朱熹：《论语集注》，天津：天津市古籍书店，1988年，第21页。

“敬之一字，真圣门之纲领，存养之要法。”①“敬字功夫，乃圣门第一义，彻头彻尾，不可顷刻间断。”②这是他对二程“主敬”思想的进一步发展。朱熹指出：“然尝闻之，程夫子之言曰：‘涵养须是敬，进学则在致知。’此二言者，实学者立身进步之要，而二者之功盖未尝不交相发也。”③他突出“居敬”与“穷理”两者的互相补充、互发并进的关系。朱熹认为人心也是一种“湛然虚明，如鉴之空，如衡之平”的“真体之本然”④状态，要达到这一状态，“敬”是自始至终的。在朱熹那里，“敬”被设定为道德修养的心理状态。他说：“敬，莫把做一件事，看只是收拾自家精神，专一在此。”⑤敬是为了求理，而理在万事万物之中，因此“敬主事。有事着心做，不易其心而为之，是敬”⑥。“敬之一字，万善根本，涵养省察、格物致知，种种功夫皆从此出，方有据依。”⑦敬是依据，只有敬才能为其他修养方法提供主观要义，敬则天理常明。他创办白鹿洞书院的主旨是通过居敬修持，群居切磋、反躬自省等以净化心灵，造就道德君子。他在《白鹿洞书院学规》中就说：“熹窃观古昔圣贤所以教人为学之意，莫非使之讲明义理，以修其身，然后推以及人，非徒欲其务记览、为词章，以钓声名、取利禄而已也。今人之为学者，则既反是矣。然圣贤所以教人之法，具存于经，有志之士，固当熟读深思而问辨之。苟知其理之当然，而责其身以必然，则夫规矩禁防之具，岂待他人设之而后有所持循哉。”⑧他视读书穷

---

①《朱子语类》，《朱子全书》第 14 册，第 371 页。

②《朱子语类》，《朱子全书》第 14 册，第 371 页。

③《晦庵先生朱文公集》，《朱子全书》第 23 册，第 2671 页。

④《四书或问》，《朱子全书》第 6 册，第 534 页。

⑤《朱子语类》，《朱子全书》第 14 册，第 378 页。

⑥《朱子语类》，《朱子全书》第 14 册，第 265 页。

⑦《晦庵先生朱文公集》，《朱子全书》第 22 册，第 2313 页。

⑧《晦庵先生朱文公集》，《朱子全书》第 24 册，第 3587 页。

理与修己立人同等重要，为学的目的是变化气质，而学无非是读书穷理与主敬存心。此赋中的“涧水触石，锵鸣璆兮。山木苯莼，枝相樛兮”几句，既是指书院幽美的环境便于学子安静心灵以穷究天理之精微，更是指对道德人格的互相启发和个人感悟如水鸣击石、风偃枝柯，既有道德的感召，也有触动心灵的顿悟。

蔡沆对朱熹的敬义思想解释说：“沆闻之先师曰：‘敬者一心之主宰，万事之根柢；义者一心之裁制，万事之准则也。’敬则涵养本原，天君常存；义则裁度事宜，天则不乱；全是二者，然后为体用之学。苟无是敬以涵养之于先，无是义以体察之于后，方其平居，夜气不存，放心外驰，良心善性，昏于物欲，及其遇事，利害计较，是非颠倒，裁制无法，而醉生梦死皆是矣，尚何望其有正本澄源之道、开物成务之方，立天下之大本，制天下之要法哉！”指出敬是涵养性情的前提，在此前提下体察揣摩，以窥义理之奥，向仁义之途迈进。不然，则放纵情志，昏于物欲，良心善性终为所掩。他还指出：“《白鹿洞赋》曰：‘明诚其两进，敬义其偕立。’有志于学者当加察也。若夫讽诵肤浅之时文，掇拾尘腐之常语，至于涵养理义之大原，培植事业之实用，漫不加意，闻见既陋，气识益卑，乌在其为远大之业也！况时文与义理之学何殊哉？《论语》、《孟子》，无非教人以存养省察之功；《大学》、《中庸》，无非教人以致知力行之实；程、朱诸儒之议论，无非启其虚灵真静之体，经纶错综之用，小得之小有受用，大得之大有受用，岂但增益其器识而已！”①进一步揭示朱熹创建白鹿洞书院是为了造就君子，而非为了科考；他的《白鹿洞赋》之主旨是在告诫诸生读书的目的是涵养理义之大原，成就君子事业，而非以富贵为鹄的，以圣贤书为博射之具。他认为汲汲于举子事业，对成就君子人格是相当不利的，读经科考容易冲淡居敬涵养的功夫，这是舍本逐末。朱熹认为举业为分外事，读

① 《全宋文》第 296 册，第 361—363 页。

书人“虽应科举，亦自不为科举所累也”①；他明确指出，为学应“无牵于章句，无滞于旧闻，要使之知所以正心诚意于饮食起居之间，而由之以入于圣贤之域，不但为举子而已，岂不美哉？”②主张对科举进行改革。当时的心学人物陆九渊的《白鹿洞书院论语讲义》，对科举与修身谈得比较透彻，他说：“科举取士久矣，……而今世以此相尚，使汩没于此而不能自拔，则终日从事者，虽曰圣贤之书，而要其志之所乡，则有与圣贤背而驰者矣。推而上之，则又惟官资崇卑、禄廪厚薄是计，岂能悉心力于国事民隐，以无负于任使之者哉？从事其间，更历之多，讲习之熟，安得不有所喻？顾恐不在于义耳。诚能深思是身，不可使之为小人之归，其于利欲之习，怛焉为之痛心疾首，专志乎义而日勉焉，博学审问，慎思明辨而笃行之。由是而进于场屋，其文必皆道其平日之学、胸中之蕴，而不诡于圣人。由是而仕，必皆共其职，勤其事，心乎国，心乎民，而不为身计，其得不谓之君子乎。”③他认为，科举激发了士人对利的追求而忽略了对义的坚守，这是涉及君子小人之辨的大问题，入仕为官重视职别之崇卑、禄廪之厚薄，更加诱使士人向“志乎利”的方向发展。因此，读书的要义在于“习于义”、“志于义”，成就君子人格。朱陆虽然在学术上有重大分歧，但是在读书以涵养性情、以成就君子方面相当一致。朱熹因此对陆九渊颇多叹赏，“他却说这义利分明，是说得好。如云：‘今人只读书便是为利！如取解后，又要得官；得官后，又要改官。自少至老，自顶至踵，无非为利。’说得来痛快，至有流涕者”④。

其实，理学在绍兴年间伴随着与王学的斗争而不断向科场渗透，

① 《晦庵先生朱文公集》，《朱子全书》第 23 册，第 2827 页。
② 《晦庵先生朱文公集》，《朱子全书》第 24 册，第 3566 页。
③ 陆九渊：《陆九渊集》，北京：中华书局，1980 年，第 276 页。
④ 《朱子语类》，《朱子全书》第 18 册，第 3758 页。

尤其在赵鼎主政期间,对科场产生了不小的影响。孝宗时期,理学的发展及其与反理学势力的斗争是以朱熹为核心的,在论争中,其影响逐步扩大,体系逐步完备,各派理学均得到长足的发展,使得理学具有了更大的包容性和对社会文化各个层面深入渗透的能力。淳熙十四年(1187)洪迈上疏指出:“窃见近年举子程文,流弊日甚,……至其程文,则或失之支离,或堕于怪僻。……所谓怪僻者,如曰定见、曰力量、曰料想、曰分量、曰自某中来,曰定向、曰意见、曰形见、曰气象、曰体统、曰錮心,及心心有主,喙喙争鸣、一蹴可到、盥手可致之类,皆异端鄙俗文辞。”程文文辞的鄙俚自王安石改革科场以来一直是困扰科举的问题,其原因在于读书人腹笥空虚、见识肤浅,对佳作名篇涵咏揣摩的功夫不够,是尚理而轻辞所致,这是专主一学必然出现的结果。洪迈所云,主要是针对当时士子生造词汇,以至于文辞古怪生涩而言,这和欧阳修力矫的“太学体”异曲同工,“太学体”的出现与当时的发展以及儒者对典雅文风的不满密切联系。引起此时科场这种风气的原因,正如这篇奏疏所说:“止缘迂儒曲学,偶以中选,故递相蹈袭,恬不知悟。”①可见,这股科场之风和嘉祐年间所反对的“太学体”之基础是一致的,都与儒学对科场的深刻介入相关,而南宋中期儒学高涨,其表现形式主要是理学的强势发展。所以,当时科场辞赋的鄙陋与理学的介入是脱不了干系的。这一点,叶绍翁说得更为明白具体,“先是台臣(一作“朝廷”)击伪学榜朝堂,未几,张贵谟指论《太极图说》之非,翥、思、德秀在省闱论文弊,复言伪学之魁以匹夫窃人主之柄,鼓动天下,故文风未能丕变,乞将《语录》之类并行除毁。是科取士稍涉义理者悉见黜落。叶、刘俱附韩,策问非文节所为也。文节与韩、赵皆无所附。翥为长,当出首篇,士愕莫知对。子纯以小

① 徐松辑,刘琳,刁忠民等校点:《宋会要辑稿》第9册,上海:上海古籍出版社,2014年,第5345—5346页。

纸帖所出于柱间，士皆感之。是时举子不事记诵，专习于空虚之谈。若射策中，至有‘心心有主，喙喙争鸣’之语，转相模写，世之识者固已患之。特适值党议之兴，而士之遭黜者往往以为朝廷不取义理之文，得以借口矣。当时场屋媚时好者至攻排程氏，斥其名于策云”①。这则记录中的“心心有主，喙喙争鸣”与洪迈奏章如出一辙，可见当时这样的句式是被传为笑谈的，这则文献给出了洪迈所谓“迂儒”的答案，就是理学人士。洪迈可能是惮于理学的势力不敢明言，其实，在淳熙五年（1178），赵彦中就直截了当地指出：“科举之文，成式具在，今乃祖性理之说，以游言浮词相高。”②因此，朱熹等强调创办白鹿洞书院的目的在于造就君子而非培养举子的时候，理学家已经不满足于通过科场来宣扬其思想、扩大其影响，它对科场提出了更高的要求，那就是它必须和理学的治世理想相一致，亦即从个人的成就君子人格向外推，由修身而至于齐家治国平天下。朱熹在《白鹿洞书院赋》中所说的“彼青紫之势荣，亦何心于俯拾”，并不是要求诸生放弃仕进，而只是说，不要刻意于富贵，成就君子人格本身，就是最基本的致太平之业。

朱熹的《白鹿洞赋》在当时和以后都有很大的影响。王柏的《宋文书院赋》写道：“幸群经之粲然，盍遗音之细绎。愿言忠告于我人，请绝时学之陋习。惟穷理与居敬，要此志之先立。咏《洞赋》之末章，矢一心之允执。既尔的而尔张，亦何劳于决拾。乱曰：玉不事雕琢，曷成尔璆兮？木不就规矩，曷正尔□兮？曰明诚与敬义，于以泳游兮。志所志学所学，亦伊颜之流兮。慨往哲之不作，何以解忧兮？矧明训之具在，它又何求兮！”赋中重申了朱熹居敬穷理的为学主张，告诫诸生不要刻意追求举业，应以接续道统开太平为务。王柏明确表示朱熹《白

① 叶绍翁：《四朝闻见录》丁集，西安：三秦出版社，2004年，第220页。

② 陈邦瞻：《宋史纪事本末》卷八十，北京：中华书局，1977年，第868页。

鹿洞赋》的末章所标举的明诚、敬义是诸生为学之圭臬。方岳的《白鹿洞后赋》还对朱熹赋末章和“乱曰”部分进行铺陈摹写，赋曰：

> 枕寒流以漱石，有书右兮左图。俨老仙之在旁，何玉我之勤渠。日三省以澡瀹，时四勿以扫除。古之人何人斯，而予肯同夫读书城南之符也！驾长风而来思，抱明月以翔集。毋空谷其遐遗，幸圣域之优入。以经籍为友朋，以泉石为供给。佩猗兰之秋香，纫芙蓉而手缉。盍归乎来山中，兑丽泽其讲习。清斯濯以自洁，起风雩而独立。挹烟云而进之，问孔圣之何执。将玉林其与遨，期瑶草之共拾。辞曰：有锵其佩，琳琅璆兮。风萧萧然，山川摎兮。翁乘白云，驾言游兮。道斯在斯，如泉流兮。勿遐尔心，为翁忧兮。归来归来，吾与子求兮。

方岳对以经训为畬菑的功利主义读书观表示不齿，希望诸生以经籍为友以砥砺人生，在泉石铿鸣的优美环境中持敬养气，涵养性情。赋中的“老仙”当指朱熹，朱熹如披挂香草的仙人一般，徜徉于白鹿洞书院的山水之间，作者希望诸生能体会朱熹的精神境界，感悟其接续道统的情怀。此赋把读书穷理的生活描写成追求精神自由的游仙境界，暗示居敬穷理的过程就是摆脱人欲桎梏的过程，精神的自由源自天理流行。

明诚、敬义是朱熹为后学指出的涵养德性、成就君子人格的途径。循此途径而上，人们就可以达到理学家一直向往的圣贤境界。在这种超越的人生境界里，内圣与外王是和谐一致的，兼济天下与独善其身也不再割裂分离，因为居敬持义、克己自修就是参与社会生活的一种方式。这样的人生观使得理学家虽处江湖之远，却仍能保持着积极的淑世精神，同时也不会丧失淡泊平和的心境以及凡俗生活的乐趣。

第三节　格物致知与曾点气象

在朱熹的思想体系中，居敬穷理是造就君子人格的实践工夫，而格物致知则是其认知工夫。他认为人心已具有万物之理，居敬穷理是为了去除心中之蔽以穷理尽性，格物致知则是为了去除对自然、社会的认识之蔽以尽性。所谓格物致知，他是这样解释的，“格物之说，程子论之详矣。而其所谓‘格，至也，格物而至于物，则物理尽’者，意句俱到，不可移易。……人之生也固不能无是物矣，而不明其物之理，则无以顺性命之正而处事物之当，故必即是物以求之。知求其理矣，而不至夫物之极，则物之理有未穷，而吾之知亦未尽，故必至其极而后已。此所谓‘格物而至于物，则物理尽’者也。物理皆尽，则吾之知识廓然贯通，无有蔽碍，而意无不诚，心无不正矣。此《大学》本经之意，而程子之说然也”①。格物之物，是相对于主体的人而言的外在之自然与社会；知，是指对天理的领悟能力。因而朱熹说的“物理皆尽，则吾之知识廓然贯通”指的是穷究人情物理，则人心去蔽尽性，天理流行，廓然贯通。因此，格物致知是发现并去除自然生存表象对人的社会本性的遮蔽，以领悟天理，检验和确证人的终极信仰。朱熹和以陆九渊为代表的心学都认为心性本体乃道德创生之源，但是在如何致知上，二者是有所区别的，心学强调发明本心，朱熹则在居敬穷理之外提出格物致知，突出存天理的实践性特点。朱熹的理论强调日用之常在穷理尽性方面的意义，也使得人们以一种道德情怀来关注、体认自然与社会的林林总总。生活之常具有了提升心灵境界的价值。因此，南宋中期以来的文学对表现平凡生活和习见之物事具有浓厚兴趣，而且这种表现多糅合了对天理人性的感悟和宣扬，这

---

①《晦庵先生朱文公集》，《朱子全书》第22册，第2037—2038页。

与格物致知的思想是一致的。

格物致知的思想落实在文学创作中,除了从万事万物的体会中感悟天理之外,还包括展示物我之间的感通交融,将我的感受移就于外物之上,这实际上就是文学上的托物言志或者物我交融,其心灵境界乃是有我之境或无我之境,它和文学上的差异只是在于所致的“知”,这种心灵感悟具有不断印证信仰的内容。可以说,格物致知只是把心对外界的感受和体悟落实到天理上而已。我们从朱熹的《梅花赋》中可以感受到这种生活理念在文学创作中的形态。此赋因袭宋玉《神女赋》的叙事框架,写楚襄王游乎云梦之野,观梅之始花者,爱之,徘徊而不能舍焉,宋玉趁机进言,说梅花“美则美矣,臣恨其生寂寞之滨而荣此岁寒之时也。大王诚有意好之,则何若移之渚宫之囿而终观其实哉?”朱熹借此暗示宋玉希望楚王起用流放中的屈原。这样就把梅花和屈原的人格联系在了一起。赋中写道:

> 夫何嘉卉而信奇兮,厉岁寒而方华!洁清姱而不淫兮,专精皎其无瑕。既笑兰蕙而易诛兮,复异乎松柏之不华。屏山谷亦自娱兮,命冰雪而为家。谓后皇赋予命兮,生南国而不迁。虽瘴疠非所托兮,尚幽独之可愿。岁序徂以峥嵘兮,物皆舍故而就新。披宿莽而横出兮,廓独立而增妍。玄雾滃而四起兮,川谷冱而冰坚。澹容与而不衒兮,象姑射而无邻。夕同云之缤纷兮,林莽杂其葳蕤。曾予质之无加兮,专皎洁而未衰。方酷烈而訚訚兮,信横发而不可摧。纷旖旎亦何好兮,静窈窕而自持。徂清夜之湛湛兮,玉绳耿而未低。方娉婷而自喜兮,友明月以为仪。欻浮云之来蔽兮,四顾莽而无人。

和同样具有节操的兰蕙与松柏相比,梅花既冒雪凌寒又风姿绰约,品格兼具众美,其屏山谷自娱,命冰雪为家,和居陋巷、蔬饭食而悠然自乐的古之君子何其相似乃尔。朱熹从梅花身上体会到了君子的道德境界。“生南国而不迁”是借用屈原的《橘颂》之句，暗示梅花与屈原的相似之处。朱熹理解的屈原应该是安于流放环境的。在对自然之物与人事的推求中，他领悟到君子处身逆境所应该具备的境界，文中放笔铺排梅花独立荒寒之境而坚守节操、怡然自乐的伟岸形象，在舍故趋新的众多草木中，梅花显得愈加醒目而美丽，其他文人笔下孤独而美丽的梅花在此被赋予了贞静从容的气质。作者通过玄雾四起、川谷沍寒等环境的严酷来反衬梅花的“不改其乐”；以杂林莽而友明月来衬托梅花的从容妖娆。朱熹想强调的是，君子的境界不是那种恪守道德而硁硁然的畏缩刻板的形象，而是在不断祛蔽、不断超越物欲之累的过程中境界得到提升、心灵得到解放的从心所欲不逾矩的自由境界，他认为，屈原就是具备这种人格境界的贤人君子。这段对梅花的描写是借宋玉之口在间接赞美屈原，接下来，作品转入对屈原人格的体会颂扬，这也是格物致知的体验，不过，所“格”之物由梅花转变为“人”了。

> 怅寂寞其凄凉兮，泣回风之无辞。立何久乎山阿兮，步何踌躇于水滨？忽举目而有见兮，恍顾盼之足疑。谓彼汉广之人兮，羌何为乎人间？既奇服之眩耀兮，又绰约而可观。欲一听白云之歌兮，叹扬音之不可闻。将结轸乎瑶池兮，惧佳期之非真。愿借阳春之白日兮，及芳菲之未亏。与迟暮而零落兮，曷若充夫佩帏？渚宫矧未有此兮，纷草棘之纵横。椒兰后乎霜雪兮，亦何有乎芳馨！俟桃李于载阳兮，仓庚寂而未鸣。私顾影而自怜兮，淡愁思之不可更。君性好而弗取兮，亦吾命其何伤！

赋作笔锋在此一转，怡然自乐的梅花形象变而为寂寞凄凉的意象，文中的“泣回风之无辞”显然是在暗示署名屈原的《悲回风》，那是一篇处身荒远而心念君王的作品,文中甚至透露了以身殉国的愿望。也就是说,君子在处身荣辱沉浮时,应该以怡然淡然的心境面对,而对于治国平天下的使命,则应该具有担当意识和忧患意识,这是君子人格的另一面。文中的“汉广之人”,语出《诗经·周南》的《汉广》,指循礼而动之人,这里指屈原。作者借用《离骚》中奇装美服纵游天界的形象暗示屈原的人格美和对家国命运的探索与追求精神。文中以草棘纵横、椒兰不芳等暗示朝政混乱,小人得志,英俊沉郁。那么,身当乱世,君子应该怎样立身处世呢,是一龙一蛇与道沉浮还是勇于担当,不移其志,从屈原身上,作者体会到了立身处世的要义。朱熹对屈原的评价与扬雄、班固等有所区别,他主要继承了两宋之际随着楚辞学的兴起而对屈原爱国精神之张扬的传统,他在《楚辞集注序》中说:“原之为人,其志行虽或过于中庸而不可以为法,然皆出于忠君爱国之诚心……虽其不知学于北方,以求周公、仲尼之道,而独驰骋于变风、变雅之末流,以故醇儒庄士或羞称之。然使世之放臣、屏子、怨妻、去妇抆泪讴吟于下,而所天者幸而听之,则于彼此之间,天性民彝之善,岂不足以交有所发,而增夫三纲五典之重!”①虽然屈原没有自觉地以传承道统为己任,但是他秉持变风变雅的刺世精神和担当意识,其核心是忠君爱国,依然是“增夫三纲五常之重”。赋结尾的“乱曰”模仿屈原的《橘颂》,文曰:“后皇贞树,艳以姱兮。洁诚谅清,有嘉实兮。江南之人,羌无以异兮。茕独处廓,岂不可召兮?层台累榭,静而可乐兮。王孙兮归来,无使哀江南兮!”这是在赞美梅花,也是在赞美屈原,作品通过此“乱”,把梅花的品格和屈原的精神融合在一起。这篇赋承袭了宋玉旧作的叙事框架和故事模式,这一模式在辞赋史上被反复模仿,已成为一种范式。朱熹借此而表现了全新的内容,他通过对梅花和屈原的深入体会,发掘二者形象内涵中共通的

---

①《楚辞集注》,《朱子全书》第19册,第16页。

气质与精神，从而形象地阐释了君子在面对逆境时所应该具有的精神面貌和心灵境界。格物致知的思想在生活实践中，就是不断地在剖析人情物理的过程中祛除自然社会现象对心灵的蒙蔽，使心灵获得提升，向天理迈进。朱熹的《梅花赋》形象地展现了君子居常应该不断地反省自我，反思社会。

格物致知的思维方式赋予了庸常生活和外在之物在修炼人格方面的意义，因此，在文学创作中，文人的写作兴趣受理学的影响，总的倾向是由宏大叙述趋向于展示庸常生活。终南宋一代，辞赋表现庸常生活的嬗变轨迹较为明晰。初期以表现富家翁般的陶然为主；中期主要倾向于展示光风霁月般的襟怀、境界和心通万物的机趣；中后期则趋于平实，展示生活中淳朴、和平、宁静的一面，其审美风尚具有"人间化"、写实化的倾向。

南宋初期的辞赋在表现庸常生活时多喜描写亭阁台榭，以展示高旷的胸怀和优雅从容的人生态度。南宋中后期，描写亭阁台榭的辞赋呈下降趋势，表现乡居生活的作品则逐渐增多，这与格物致知的认知理路密切相关。如刘宰的《漫堂赋》借客人之口说："余闻李愿安盘谷之趣，杜老喜浣花之寓。彼岂玩志于物，纵心佚豫，盖以厌俗喧卑，脱身遐举，要必有伟丽之观，幽闲之趣，以澡雪其精神，澄清其志虑。庶白日可到于羲皇，而宵梦足通于帝所。……胡不增其高而为基，夷其平而为圃？画舫浮深，修梁跨阻。嘉花美木之列植，真馆凉台之接庑。使邻曲改观，兒童欣舞。"这段话意在阐述以往那种富贵优雅忘世陶然的园林之趣，与自己的追求大相异趣，于是，篇末点题曰："彼花迷金谷之园，雪冷袁宏之渚，凄凉钓濑，富哉郿坞，拭由今而视昔，果孰去而孰取？"这种安贫乐道穷居守志的人生志趣是当时人们对乡居生活的普遍认知。此赋形象地展现了当时的乡居审美观念与以往的差异。这类作品之优秀者还有洪咨夔的《老圃赋》，方岳的《茧窝赋》，胡次焱的《山园赋》、《山园后赋》，张侃的《春风赋》，蒲寿宬的《古赋》等，它们的共同特点是表现对乡居生活淳厚质朴的深刻体认和心灵对生活状态的感受。社会生活中那些习见的人情物态每每能引起赋家的兴趣，被他们写入赋中。比如胡次焱的《步瀛桥赋》赞美其伯父樵叟修桥的善举；傅自得的《丽谯赋》以谯门为中心描写居民日出而作日落而息的生活，在悠扬的谯鼓声中把人带入农业社会那种自给自足的生活情调，引人入胜；张榘的《吊丛冢文》旌表乡人出资埋葬野尸的善行；谢禹的《武安塔赋》叙写武安塔的重建过程以及开光时乡民欢庆的热闹场面。这种种图景像一幅幅风俗画卷一样，展示着南宋社会民间生活的方方面面。日常生活中那些饶有趣味的画面也进入赋家的视野。他们不喜过去的那种以小见大、由平常见深刻的写法，而是由庸常见情韵，由平常见深情，由表现见天理。比如董鸿的《奴戒》、姚勉的《嫉蚊赋》、方岳的《茶僧赋》、李曾伯的《逐蚤吟》、李龏的《消暑赋》、洪咨夔的《烘蚤赋》、刘克庄的《白发赋》等，都善于刻画生活中的人情物态所蕴含的情韵和伦常思想。随着理学的深入人心，文学创作越来越贴近生活，展现人生的本然状态，人们对乡居生活的理解、体会和品味，没有走向隐逸般的遁世无闷的高旷和超脱，而是体会生活之理，玩味生活之趣，是心灵走向对伦理纲常等传统道德准则的自己认同和道德自足，生活本身成了格物致知的修行过程。而且，理学在传播中，其醇厚人伦的齐家理念被着力弘扬，敦厚朴实、剥落文华的人格典范被着力塑造。张世南曾指出："世南从三山故家，见朱文公一贴云：'讲明正学，其道必本乎人伦，明乎物理。其教自小学洒扫应对以往，修其孝弟忠信，周旋礼乐。其所以诱掖激励，渐磨成就之道，皆有节序。其要在于择善修身，至于化成天下；自乡人而可至于圣人之道。'先生教人，自致知至于知止诚意，至于平天下；洒扫应对，至于穷理尽性，循循有序。病世之学者，舍近而趋远，处下而窥高，所以轻自大，而卒无得也。”①可见，当时社会对理学思想的汲取，其兴趣主要在洒扫应对之际的循规蹈矩，通过对人情物理的实践性体认以获得精神的超越。

朱熹认为君子人格的最高境界是人欲尽处天理流行，是超越物欲之累、祛除外物之蔽的生命本然状态，这种状态就是“乐”的境界，这就是理学家所谓的“孔颜之乐”。儒学把生命的本然状态设定为“乐”，这在《论语》中有多次表述，如“饭蔬食饮水，曲肱而枕之，乐亦在其中矣，不义而富且贵，于我如浮云”（《述而》）；“一箪食一瓢饮，在陋巷，人也不堪其忧，回也不改其乐”（《雍也》）。应该说，“孔颜之乐”是诚敬循理之乐，是通过反躬内省和格物致知获得的内在超越，侧重于自我的身心愉悦和随性自然，是为己之学。然而，理学的归结点在于开万世之太平，个人的道德完善必须外化为影响社会的道德力量，也就是必须由“独乐”向“众乐”迈进。这种致太平的精神境界，就是“曾点气象”。朱熹曾为桂林郡虞帝庙作《迎送神乐歌》，在这首骚体中，他表达了建立尧舜那样的太平之世的愿望，辞中写道：“渺冀州兮何有，眷兹土兮淹留。皇之仁兮如在，子我民兮不穷以爱。沛皇泽兮横流，畅威灵兮无外。”“无邻兮奈何？七政协兮群生嘉。信玄功兮不宰，犹仿佛兮山阿。”希追寻先哲的道路，建立太平盛世。在《空同赋》中，他同样表达了对古圣先贤的缅怀之情，希望接续他们的功业，赋曰：

何孟秋之玄夜兮，心憀戾而弗怡？偃予躯之既宁兮，神杳杳兮寒闺。云屋掩而弗扃兮，壁带耿而夜光。宕予魄而不得视兮，怅伫立其怔营。灵修顾予而一笑兮，欢并坐之从容。寐将分而不忍兮，旦欲往而焉从？眷予衷之廓落兮，奄愁结而增忡。超吾

① 张世南：《游宦纪闻》卷八，北京：中华书局，1981年，第69页。

> 升彼昆仑兮，路修远而焉穷？忽凭危以临睨兮，蕆广寒与阆平风。信真际之明融兮，又何必怀此梦也？矢予词以自写兮，盍将反予旆乎空同！

赋作借用黄帝于空同之山向广成子问致太平之道的典故，赋中描写了与“灵修”相见的一场秋梦，梦醒之后陡增悲惋之情，希望追寻灵修的踪迹，但是路远而难求，登高而望，只有浩浩长空和阵阵天风。“真际”是指成佛的境界，赋中是真谛之意；“明融”是融通明彻之意。既然天理如此昭然明彻，何必有此梦呢！赋中的灵修是指包括黄帝在内古圣先贤，而非《庄子·在宥》里所写的那个求得个人长生久视的黄帝。因此，“何必怀此梦也”的困惑不是徘徊在儒与道之间的临路兴叹，而是关于知与行的困惑。开太平的正路就在前面，但是何时才能够得君行道呢？此赋愁思淡然，寄兴悠远，表达了作者积极用世的情怀。作为君子，既然以接续道统为使命，就不能停留在个人道德的完善，而应该具有开太平的精神面貌，亦即曾点气象。对此朱熹多有论述。在《论语·先进篇》之“子路、曾皙、冉有、公西华侍坐”章的解释中，他说：“曾点之学，盖有以见夫人欲尽处，天理流行，随处充满，无少欠阙。故其动静之际，从容如此。而其言志，则又不过即其所居之位，乐其日用之常，初无舍己为人之意. 而其胸次悠然，直与天地万物上下同流，各得其所之妙，隐然自见于言外。视三子之规规于事为之末者，其气象不侔矣，故夫子叹息而深许之。”并且引用程颐的话解释说：“孔子与点，盖与圣人之志同，便是尧、舜气象也。诚异三子者之撰，特行有不掩焉耳，此所谓狂也。子路等所见者小，子路只为不达为国以礼道理，是以哂之。若达，却便是这气象也。”又曰：“三子皆欲得国而治之，故夫子不取。曾点狂者也，未必能为圣人之事，而能知夫子之志。故曰浴乎沂，风乎舞雩，咏而归，言乐而得其所也。孔子之志，在于老者安之，朋友信之，少者怀之，使万物莫不遂其性。曾点知之，故孔子喟然叹曰‘吾与点也’。”①与孔颜之乐相比，曾点气象具有祈求太平盛世、向往恬静安谧的太平之世的内容，它侧重于开万世之太平的胸怀。它不仅仅停留在个体的精神自适与洒脱自由，更在于对世间的关怀，建立尧舜式和美社会秩序。故而，朱熹说：“若曾点所见，乃是大根大本。使推而行之，则将无所不能，虽其功用之大，如尧舜之治天下，亦可为矣。盖言其所志者大而不可量也。譬之于水，曾点之所用力者，水之源也。”②不过，曾点气象仍是建立在天理流行、无所滞碍的心境之上的，只有个体精神境界纯然天理，才能焕发出开天平的胸襟气象。

因此，从人格养成的角度来看，孔颜乐处和曾点气象互为表里，或者说，只有超越口体之奉的循理体道之乐才能焕发出曾点气象，这层意思，理学家多有表述。张栻的《后杞菊赋》表现不偏不倚与物无忤的中和之境，并且把这种境界与致太平之气象联系起来，意在打通孔颜乐处和曾点气象。陆龟蒙、苏轼、张耒都曾赋写杞菊，在他们的作品中，杞菊被描写成一种难以下咽的野菜，而张赋中则把杞菊描写成一种美味的食物，赋曰：“甘脆可口，蔚其芬馨，尽日为之加饭，而他物几不足以前陈，饭已扪腹，得意讴吟。”这其实是表现了一种超越口腹之欲的陶然忘机的人生态度，重在“饭已扪腹，得意讴吟”，与曾点的“浴乎沂，风乎舞雩，咏而归”都是歌咏太平之象，具有异曲同工之妙。和那些珍馐美味相比，杞菊的淡乎寡味更能体现道学人士出乎口腹之物，达乎中和自足之境的人生追求。这种人生追求和常人追求享乐的生活是大相异趣的，“苏公之在胶西，值党禁之方兴，叹斋厨之萧条，乃览乎草木之英，今先生当无事之时，据方伯之位，校吏奔走，颐指如意，广厦延宾，球场享士，清酒百壶，鼎臑俎胾，宰夫奏刀，

① 朱熹：《论语集注》，《四书五经》，天津：天津市古籍书店，1988年，第48页。
② 《朱子语类》，《朱子全书》第15册，第1438页。

各献其技，顾无求而弗获，虽醉饱其何忌，而乃乐从夫野人之餐，岂亦下取乎葑菲，不然得无近于矫激，有同于脱粟布被乎”。苏轼等的食杞菊是不得已而为之，而主人拥有膏粱之俸的条件，因何还要食杞菊，实在有矫激之嫌。藉此，作者认为从更高的精神层次上来看，膏粱与藿食的高下之别是不存在的。

> 天壤之间，孰为正味？厚或腊毒，淡乃其至。猩唇豹胎，徒取诡异。山鲜海错，纷纠莫计。苟滋味之或偏，在六府而成赘。极口腹之所欲，初何出乎一美？惟杞与菊，中和所萃。微劲不苦，滑甘靡滞。非若他蔬，善呕走水。既瞭目而安神，复沃烦而荡秽。验南阳与西河，又颓龄之可制。此其为功，曷可殚纪？况于膏粱之习，贫贱则废；隽永之求，不得则恚。兹随寓之必有，虽约居而足恃。殆将与之终身，又可贻夫同志。子独不见吾纳湖之阴乎？雪消壤肥，其茸萋蕤。与子婆娑，薄言掇之。石铫瓦，啜汁咀。高论唐虞，咏歌《书》《诗》。嗟乎！微斯物，孰同先生之归。

和猩唇豹胎等相比，杞菊中和品行，可以荡涤身心的浊秽，这就如同圣贤之书可以解除人心的苦闷困惑欲念一样。作品中杞菊是中和性体的隐喻，它暗示了道学家所追求的人生之境，只有执中而行，才能养成治国平天下的胸襟，才能体会到曾点之乐。张栻《风雩亭词》是就岳麓书院的风雩亭而作，作者以曾点之志激励学子道：“嗟学子兮念此，溯千载以希踪，希踪兮奈何，盍务勉乎敬恭。审操舍兮斯须，凛戒惧兮冥蒙。防物变之外诱，遏气习之内讧。浸私意之脱落，自本心之昭融。斯昔人之妙旨，可实得于予躬。循点也之所造，极颜氏之深工。登斯亭而有感，期用力于无穷。”指出通过内心的立诚持敬，不断摒弃物欲的诱惑，心灵就会与物和谐，达于不偏不倚的中和之境，这样才能够像曾点那样，表现出致太平的胸襟。此外，陈造的《行春辞》、薛季宣的《春霖赋》、陈傅良的《暮之春》、王炎的《夏日郊行赋》等也是展现这种境界的。与此联系，这个时期的人们对“中隐”表现出了浓厚的兴趣，如王炎的《中隐赋》等，这种兴趣，和六朝时期的轻视庶务一味高妙有着本质的不同，它是源自于对理学所提倡的与道优游、体会太平之象的人生境界的认同和接受，当时人们对陶渊明的接受也是从此处着眼的。这个时期拟《归去来辞》的作品依然不辍，如王质的《和陶渊明归去来兮辞》、周孚的《归愚堂赋》等，但是它已经不再表现出世之思，而是在憧憬“浴乎沂，风乎舞雩”的境界。此时赋作中表达愁苦怨怼或者远离世情的作品有所减少，表现优游自足情趣的作品则明显增加了。这种迹象在王十朋等人的作品中已露端倪，此时则蔚然成风。其原因固然是多方面的，理学人生观在士林中的影响应该说是重要的因素之一。

虽然理学内部存在着不同的派别，但其总的思想则是一致的，只是在由心入理的门径上，各家则有所差别，有格物致知者，有切己体察求其放心者，亦即是性即理与心即理之别。杨简是理学心学学派的重要人物之一。他的《广居赋》开篇以清丽之笔描绘淡远之景，赋作铺写居处春夏秋冬之美景，文字简练，韵味悠长。在作者笔下，绿野青峦、江水潮头，仿佛具有了灵性，欣欣然在作者左右布设舞台，四时瓜果、修竹绿荷、金菊黄橘、游鱼清风仿佛是高明的演员，次第登场，演出一幕幕生机勃勃的剧目。在平淡的表述中，我们能体会到宇宙生生不息的生命力和人心对这种生命力的真切领悟，这种对宇宙万物生命舞蹈的感知，正是人心对“道”的体认，也可以说是人心当中构筑起的一幅自然万物生生不息的画卷。通过这段文字，我们可以感受到心学人士所宣扬的在“思无邪”的状态下对宇宙人生本真的体认，这种体认同样是基于对孔颜乐处和曾点气象的揣摩与体会。

格物致知与曾点气象在朱熹的思想体系中是一个内在的统一过

程。通过格物致知，祛除人心之蔽，领略天理流行，进而上升到曾点气象的精神境界，这是理学精心设计的人生历程。毫无疑问，理学的人生观是具有很强的超越性的，它并不是为了满足人的基本生存需要，而是为了实现人生的真正价值。然而，理学为人生开示的超越之路却是单一的，甚至是一座独木桥，它以德性修养为旨归，把圣贤作为标准的人格追求。在这条超越之路上，人生自由选择的机会被大大缩减。如果严格地将理学的这一套理论贯彻到人世间，那么这个世上就不会有秦皇、汉武，也不会有李白、苏轼，只有循规蹈矩、言行以礼的君子。以朱熹为代表的南宋中后期的辞赋创作深受理学思想的濡染，形成了平实、渊雅的美学风格，但这一时期的辞赋缺少灵动的情思与勃勃的生气也是不争的事实。平心而论，理学家描绘的世界蓝图类似于柏拉图的理想国，它否定了世界的丰富性与多样性。

第九章　耕读传家观念的重塑与强化

——以南宋中后期辞赋为中心

乡田同井、出入相友、守望相助、疾病相扶持的田园诗般的生活愿景是深植于中国传统的一个恒久的梦。这个梦勾连着经济、政治与社会发展的不同形态,融会于古代中国的知识与信仰。在不同的历史时期,它往往呈现出形态各异的美境。在南宋时期,这个梦是通过耕读传家的生活信念体现的。

耕读传家的核心是读书,也就是说,通过倡导读书的家风,要把家族引向健康发展之路。在农业社会主导下的传统中国,勤力稼穑、贵谷务本是人们最基本的治生之道。然而要整齐门内、声施乡里,发展个人和家族,融入士绅阶层,则必须通过留意经籍,倡导诗礼继世的家风来实现。耕读传家是乡土中国生活观念的底色,南宋时期,与理学发展几乎同步,这个隐而不彰的生活观念却异常鲜明地浮现在话语世界中①,其中原因值得深究。

① 南宋时期重视耕读传家,可以从当时的许多文献中得到印证。洪迈说:“盖饶之为州,壤土肥而养生之物多,其民家富而户羡,蓄百金者不在富人之列。又当宽乎无事之际,而天性好善,为父兄者,以其子与弟不文为咎;为母妻者,以其子与夫不学为辱。”(洪迈:《容斋随笔·四笔》卷五“饶州风俗”)《浙江通志》引宋人李正民《儒学记》提到宋代海盐县风俗时也说:“海盐地形高仰,潮汐之至,非有山谷堤防而人居以安。其土黄壤,其井泉甘,鱼盐之利既溥,又沟洫之水不可潴蓄,故民皆服田力穑,利于早熟。市廛编户,(转下页注)

理学在南宋乾道、淳熙年间进入一个大发展时期。当时的理学各派多与二程洛学有甚深渊源。元祐诸学术在南渡以后以洛学的发展势头最为强劲，它主要通过书院的方式在底层社会滋生旺长，这一传播特征为后来的理学家发扬光大。理学在民间坚持不懈地传道授业，一方面改造着读书人的知识结构和观念世界，进而通过渗透科考来引导主流学术的走向；另一方面通过对士绅阶层的潜移默化，进而对整个社会的生活观念进行规范。耕读传家信念的凸显，与理学的塑造有着相当深刻的内在关联。

辞赋在南宋的发展过程中，逐渐疏离对人生问题的思索而转向展现田园乡居生活。这种转向固然与创作队伍的下移有关，但更为深层的原因，应该是主流社会价值观念发生变化使然。在当时，心悬魏阙之思淡化而规物范世热情彰显，个人修养与家庭伦常在致太平方面的意义受到普遍重视。由于文人喜用辞赋来表现政治情怀，因此我们将以辞赋为切入点来分析耕读传家信念的重塑、强化与理学思想的联系，借以展现主流生活观念的这种转变以及其对此后乡土中国之观念世界的深刻塑造。

第一节　耕读传家与兼济天下

穷则独善其身、达则兼济天下，这是儒家古老的人生信条。然而，这种富于史诗般崇高色彩的济世情怀在两宋之交逐渐淡化，代之

(接上页注)家给人足。喜教子弟以诗书。”(雍正《浙江通志》卷九十九《风俗上・海盐县》)“好学问”、“喜儒学”、“乐教子”成为南宋富民的共同特征，读书关乎家族的地位和发展。黄震就说：“盖人若不曾读书，虽田连阡陌、家赀巨万，亦只与耕种负贩者同是一等齐民。”(黄震：《黄氏日抄》卷七十八《又晓谕假手代笔榜》)没有文化教育这一立家根基，就算家财万贯，富民家庭的地位也不过泯然常人。

以学而优则仕的科举热情，以及富家翁般的陶然和超越人生苦闷的高情雅韵。如何重建儒家道德信条，如何将独善其身与兼济天下统一起来，便成为思想界面临的重大问题。对此，理学主要从强调内圣之学着眼，立足于个人，希望从淳厚风俗、整齐人伦出发，以臻于天下大治。基于这样的思路，家庭作为教化之所的意义便凸显出来。在传统中国，家庭乃是政治、经济的基本单位，是一个微型的国家，家庭的这一特性至少在宋代以前的文学中没有得到饱满的表达。南宋以来的文学，家庭的意义受到重视，尤其是辞赋，祈愿家族兴旺发达的内容显著增加，随着理学对社会持续而深入的渗透，发展家庭、家族的思想逐渐被规范到耕读传家、诗礼继世上来，被视为致太平之基石。

南宋以来，主流文化转向内在的倾向非常明显，不管是以朱熹为代表的理学还是陆九渊为代表的心学以及叶适、陈亮等的事功学派，都注意到太平治世的开创是立足于个人和家庭的，他们普遍认可洒扫应对进退之节、爱亲敬长隆师亲友之道，是修身齐家以致太平之术①。不管是格物致知还是发明本心，博文约礼乃是重要门径。在朱熹等努力确立理学谱系并使之世俗化、生活化的过程中，读书养性、敦厚人伦、重视仪规等生活观念渐渐在民众的生活中得到强化，在这个过程中，耕读传家受到普遍的重视，被赋予了开太平之基的内涵。

在南宋人眼里，耕读传家是提倡一种读书养德的家风门风，由此推己及人，淳厚地方风俗，以达到天下太平的目的，因此，其着眼点在于子弟向学，进德修业。人之为学，其根本在于变化其气质以养成道

① 比如朱熹就说："古者小学教人以洒扫应对进退之节，爱亲敬长隆师亲友之道，皆所以为修身齐家治国平天下之本。"朱熹：《小学序》，《朱子学的》，北京：中华书局，1985 年，第 48 页。

德;子弟以耕读立身,方能造就成圣成贤的书香门第①。比如王迈的《爱贤堂赋》盛赞叔父课儿读书的清贫生活,赋曰:“曰吾有书可读兮,足以藐南面之百城。曰吾有子可教兮,足以贱黄金之满籝。挟吾所有之二乐以居吾堂兮,彼区区者曾足为吾之重轻!”读书教子之乐,在于修己与齐家,是在营造读书成贤的家风,这是为传承家族的大业尽自己的力量,上对着列祖列宗,下对着绵绵子孙,其崇高感不言而喻。因此,这样的生活是美好的,甚至是充满诗意的,“若乃髹几兮昼净,银缸兮夜荧,课群儿之吾伊,咀六艺之精英。大儿引喙而高吟兮,如唳天之鹤;小儿调舌而学诵兮,如出谷之莺。吾倾耳听之兮,若不胫而造玄圃,不翼而翔蓬瀛”。油漆的书案泛着迷人的光泽,银质灯台跳动的火焰营造出安谧的氛围,孩童的讽诵声如鹤鸣在天,如春莺出谷,是天下最美妙动听的乐音。此情此景,若游仙境,让人流连忘返。这惯常的景象竟然如此引人入胜,原因就在于它承载着家族发展的希望。贱金玉而贵读书,其实就是轻口体之奉而重内心的充实与家族的未来,在一己与家族之间,孰重孰轻自不待言:“人之有生,其欲逐逐。食欲肥甘,衣欲华缛。暑棂欲凉,寒馆欲燠。至于爱子孙之贤,则又人之大欲。然或鸮鸞兮鹓鶵,或龙驹兮牛犊。”“纷八品之

① 当时对耕读传家的认同是着眼于开太平之基的宏大事业的,比如魏了翁,他把耕读生活的恢复与作为三代美政的井田制度联系了起来。他在《靖州兴贤庄记》中说:“三代教民兴贤之法,见于三《礼》者悉矣,特未知养于塾、会于饮、序于乡党也,何所取材,其升之司徒、司马,方论而未官,官而未爵而未禄也,何所续食。《诗》曰‘攸介攸止,烝我髦士’,然则自国子而下为士者,固出于乡遂之夫家,此管夷吾之所谓秀民之能为士,而班孟坚所谓且耕且养者是也。窃意田各井授,人有常产,皆足以自食其食,虽士有常心,不以饥渴之害害之,然使有以自食,则用行舍藏、体安志明,绰绰乎滋有余裕。矧又上之人以善养之,以诚求之,以礼兴之,以实将之,所以敬其事、重其食盖若此。”魏了翁:《鹤山集》卷五十,《景印文渊阁四库全书》第 1172 册,台北:商务印书馆,1986 年,第 556 页下栏。

参差,虽造物者安得人人而餍属? 则亦如彼何哉,惟自求于多福。”人之才性有高下,子弟成才与否,后天的教育是关键,生活除了稼穑治生以外,还有读书成贤以兴家传家。值得注意的是,在家族内提倡读书,往往是为了出人头地博得科举功名,而这篇赋则把读书与立德联系在一起,“故曰:太上种德,其次种木,又其次种谷。木仅十年之需,谷才一年之蓄,惟德则享之而不穷,酌之而不涸。吾门旧有三槐,其大如屋。本之以孝友兮,可以厚栽培;泽之以诗书兮,可以深灌沃。不寻之以斧斤兮,纵之以樵牧。淮水之流兮未干,文正之芳兮可续”。树立家族耕读的传统,其根本是立德,是让子弟做正人,走正路。子弟读书,预示着子孙后代在仁义之途上侧足前行,家族从而具有了未来和希望,因此作者满含激情地憧憬着家族美好的前景,后代子孙将如门前的大树,沐浴着诗书的雨露,植根于孝友的沃土,家族也将如不涸的淮水,绵绵不绝。赋中“淮水之流兮未干”句,化自《南史》卷二十四史臣论曰:“昔晋初度江,王导卜其家世,郭璞云:‘淮水竭,王氏灭。’观夫晋氏以来,诸王冠冕不替,盖亦人伦所得,岂唯世禄之所专乎?”王迈一族,或许出于琅琊王氏,固有此喻①,其中也暗含着不靠“世禄”,而以“人伦”立家兴家的深沉愿望。

强调读书养德以发展家族,这是宋人的一个进步。耕读传家的理念最早出现在班固的著述中,他说:“古之学者耕且养,三年而通一艺,存其大体,玩经文而已。是故用日约少,而蓄德多,三十而五经立也。”②班固说的到底是哪个时代的“古之学者”的为学治生之道,我们不得而知,不过他说这话的目的应该是针对当时的繁琐经学以及忽视读书养德的学风,他指出的是一种具有理想主义倾向的生活理念,这种生活理念,正如朱熹所言,是和立德兴家以致太平联系在一

① 李延寿:《南史》,北京:中华书局,1975 年,第 667 页。

② 班固:《汉书·艺文志》,北京:中华书局,1962 年,第 1723 页。

起的,“予闻古之所谓学者非他,耕且养而已矣。其所以不已乎经者,何也?曰,将以格物而致其知也。学始乎知,惟格物足以致之。知之至则意诚心正,而大学之序推而达之无难矣。若此者,世亦徒知其从事于章句诵说之间,而不知其所以然者,固将以为耕且养者资也,夫岂用力于外哉?”①在南宋之前,这种生活理念在士林中似乎没有形成共识,人们普遍注意的是读书以谋生计的工具价值。颜之推在《颜氏家训》中谆谆告诫子弟,虽然历经丧乱,铨衡选举非比从前,但是“自荒乱已来,诸见俘虏。虽百世小人,知读《论语》、《孝经》者,尚为人师;虽千载冠冕,不晓书记者,莫不耕田养马。以此观之,安可不自勉耶?若能常保数百卷书,千载终不为小人也。夫明《六经》之指,涉百家之书,纵不能增益德行,敦厉风俗,犹为一艺得以自资”②。他注意到了读书可以养德的功能,但是没有把养德与兴家联系起来,主要是视之为谋生之具。这一理念,在韩愈那里阐发得更为直接,他在《符读书城南》诗中写道:“金璧虽重宝,费用难贮储。学问藏之身,身在则有余。君子与小人,不系父母且。不见公与相,起身自犁锄。不见三公后,寒饥出无驴。文章岂不贵,经训乃菑畬。”在他看来,读书就如同耕田一样,是为了生计,人的高下之分,是由地位决定的,而决定地位高下的关键,在于是否读书博得功名利禄。北宋时期,科举成为士子晋身的唯一门径,在家族内部提倡读书更是赤裸裸地与利禄挂钩,读书养德成了一句不解世事的空话、废话。像王迈《爱贤堂赋》这样,明确把兴家与立德、读书联系起来,正是基于理学家们倡导的修齐治平的话语背景,耕读传家被赋予了致太平的崇高意义,当时的人们对耕读传家人生理想的提倡,是基于致太平这样的宏大叙事的。姚勉的《万乘翁爱贤堂记》与王迈《爱贤堂赋》都是针对同一事

① 朱熹:《一经堂记》,《全宋文》第252册,第24页。
② 王利器:《颜氏家训集解》,北京:中华书局,1993年,第148—157页。

件所作，他对读书立德以兴家族、致太平的道理说得更明白，两篇作品可以互相发明。他说："珠玉，世同爱也。子若孙苟不能有，徒爱虞剑而共池卫璧而已。氏照乘在魏，申则虏，连城入秦，婴则降，有无等也。吾知不若贤子孙矣。使吾子孙广袤田宅，吾弗爱。使吾子孙辉朱映紫，吾弗爱。使吾子孙学博而文华，吾爱矣，亦未甚爱，可爱独贤耳。吾非与世异爱也。富且贵而贤，必不骄以鄙；学且文而贤，必不矜以浮。吾固愿贤也。为人祖，为人父，以贤起家易；为人子，为人孙，以贤世家难。子而孙，孙而复子易；子贤于父，孙贤于祖难。舆子于曾，思孙于孔，不敢当，亦不敢望。"颜之推、韩愈等提倡的读书治生已被视为等而下之的追求，甚至富贵利达对家族的意义已经不那么重要了，"贤"成了家族发展的关键因素，姚勉比王迈更明确揭示了"爱贤堂"的内涵。他申述"贤"对家族的意义曰："抑贤子孙有道，家种德则子孙之不贤者不生，身行道则子孙象贤者必法，世务学则子孙贤，贤者必儒。"①耕读传家，读书养性，是培养人人向善、成圣成贤家门风尚的前提。子弟向贤，贤者必儒，修齐治平的理想就在根本上得到落实，家族也因为子孙的贤良而取得持续发展的机会。

耕读传家的核心是读书以立德，由此而达淳风俗厚人伦以至于开太平之世的目的，因此，所读之书就必须是圣贤之书，或者说，必须是儒家经籍，异端邪说、旁门左道、华彩词章均于养德无补，于构建太平盛世无益。南宋私人藏书比较兴盛，傅自得的《味书阁赋》是就一家私家藏书阁撰写的赋作，在赋中，他强调读书与养德的关系，阐发读圣贤书对致太平的重要意义。他指出，华彩辞章"味则美矣，而不适用。譬之鸡肋，虽勤抉剔，而不足疗饥"；释老之书"味则高矣，而不协于极。犹蝤蛑瑶柱，食之爽口，终不免动气而颦眉"；申商刑名之学以及战国纵横家言"味则奇矣，而用之为有害。犹河豚野菌，才一下

① 姚勉：《雪坡集》卷三十四，《景印文渊阁四库全书》第1184册，第229页上栏。

咽，而腐肠裂胃之患，已随之矣”。“惟《中庸》之诚，《鲁论》之孝弟，《大学》之德，《孟子》之仁义，食之有益而无损，咽之有信而无疑。可以泽肤，可以充腹。终朝不食，则枵然而不知其所为。”读圣贤书应以接续圣人之心传为旨归，不应硁硁于章句训诂，而应该揣摩圣人旨意，潜心理悟，“万皋稽古，未有经籍之传；良弼典学，岂待文史之富。而道贯百代，功高千祀，盖旨不在于语言，妙多离于章句。故默识者通融，心潜者理悟。傥专泥于筌蹄，亦何得于鱼兔？”丁椿的《尊经阁赋》也体现了读经以养德的观念：“乃有异端邪说，诸子百家，无父无君之学纷起，入佛入老之路太差，蚀杲日于爝火，乱大吕于淫哇。甚而荀、扬之徒，亦有纯疵之夸。况夫专明于汉，而不知同归之道，时文于唐，而谁为诸儒之倡。混乱散亡者不得其真，狂澜既倒者莫束其障。嗟圣经之不尊也久矣，此先圣所以在川上而怅也。”他立足理学文道观念，对儒典之外的一切学术、思想、文章嗤之以鼻，这既体现了理学排斥众学狭隘的一面，也体现了读经、养德、齐家、致太平的政治理念，在耕读传家观念当中，读圣贤书以敬德修业是关键因素，也是致太平的起点。

第二节　耕读养性与修身齐家

耕读传家生活观念是在理学致太平的宏大叙事中彰显出来的。其出发点是立德，这要从修身齐家做起，要在洒扫应对、举止仪表等日常生活的规范中培养，通过点滴生活的修炼和读书明理以内化为人格和人生境界。修身齐家在耕读养性中得到落实，耕读生活也是道德伦理实践的过程。当时的辞赋中真切地反映了人们对这种生活观念的理解和实践。

读书和日常生活的规范在陶冶性情方面的意义是一致的。如吴如愚的《勉学赋》就强调读书的本质是修炼，是收视反听、复归正理的过程,“绝去私欲,复还正理。视听言动,严遵四勿之戒;意必固我,默会四毋之旨。物交物而物莫能夺,心感心而心无所倚。学以聚,问以辨,志在操存;居之安,资之深,躬勤践履”。不仅要读书明理,而且生活中的一切行为,都要在“礼”的规范内行事,非礼勿视,非礼勿听,非礼勿言,非礼勿动;毋意、毋必、毋固、毋我。坚守本心,不为外物诱惑,通过读圣贤书以积累学问,通过论辨以深化认识,生活和读书因此而合而为一,都是在修炼德行、提升境界,田园生活中的所见所闻所感,也是在每时每刻修炼自己的心灵。胡次焱的《山园后赋》就描绘了耕读养性的生动图景。

万汇葳蕤,一理攸寓。所贵善学,在触其类。故观松萝而知夫妇之道,观棣华而知兄弟之谊。观向阳之葵而知所以为人臣,观南山之乔而知所以为人父。观葛藟而知睦亲族,观桑梓而知洽邻里。观伐木而知朋友之当亲,观葭莩而知亲戚之当比。观于竹而知坚刚之节,观于梅而知高孤之味。观兰茝而知幽闲之雅韵,观松柏而知炎凉之一致。观篱菊不飘而知逸约之得计,观萌蘖复生而知良心之当护。观采苓而知所以远谗谮,观伐檀而知所以去贪鄙。观芄兰而知所以远骄矜,观木瓜而知所以隆报施。观梧槚樲棘而知贵贱去取之难,观蓬茅槐芷而知善恶渐染之易。观射干生于高山,而知植立贵于超人;观蒹葭老于白露,而知贫贱所以玉汝。观小草有远志,而知广狭在人所趋;观红杏与芙蓉,而知荣枯在时所遇。观于硕果而知造化之剥复,观于茅茹而知吾道之泰否。清洁则读濂溪《爱莲说》,取舍则读日休《桃花赋》。御下则读子厚《种树传》,好客则读乐天《养竹记》。至于乐意关禽,生香交树,是又可以观浩然之气。举凡山园之内,一草一木,一花一卉,皆吾讲学之机括,进修之实地。显而日用常行之道,赜而尽性至命之事。一坐山园,而尽在于此。此

《大学》所以有致知格物之章,夫子所以有"多识草木"之语。岂但吴歈蔡讴姑乐其繁华,浆酒臛肉徒悦其绮靡也哉!

作者纵笔铺排山园风物和生活其间的情景,赋中提到耕读生活的两个层次的修养功夫,一是观物以养性,一是读书以养性。观览周遭风物,将其与典籍所载之思想内涵联系起来,观物因此变成了读书养性的延伸。赋中提到的松萝、棣花、向阳之葵、南山之乔、芄兰、小草远志以及射干生于高山、蒹葭老于白露等等既是触目所见,也是《诗经》、《楚辞》、《世说新语》等典籍中出现的意象,凝聚着其作品所蕴含的节操、品德方面的内容,而梅花、松竹、篱菊等则是积淀着特定品德内涵的形象。生活的周遭无时无刻都在昭示着读书穷理、明心见性的道理,这不能简单地理解为文学表现的比德手法的运用,而是格物致知的真谛所在。天理寓于世间万物之中,所谓"万汇葳蕤,一理攸寓",触目所见,皆有天理,圣贤书引导人们认识外物,理解世界,揭示天理、修养身心。在读书养性方面,作者写到,欲求内心清静,就读周濂溪《爱莲说》,提醒自己要有洁身自爱的人格和洒落的胸襟;纠缠于取舍得失,则读皮日休《桃花赋》,即使"狂风猛雨,一阵红去",也应固穷励志,坚持操守;教育子孙、训导下人就读柳宗元《种树郭橐驼传》,依从"顺木之天,以致其性"的"养树"法则,因材施教;好客则读乐天《养竹记》,若君子好竹那样,和固本、性直、虚心、劲节之人为友。圣贤之书弥纶天地之理,指导人们在生活中时刻向天理靠近。因此,生活中的"一草一木,一花一卉,皆吾讲学之机括,进修之实地"。耕读生活因此而成为内心趋向天理的涵养德行的道德实践。可以说,生活的过程就是修行的过程,就是践行"慎独"的过程。

建立在道德基础上的耕读传家,是理学对家庭生活观念的重塑,这种重塑,使得庸常生活、凡人俗态具有了修身齐家、立德成圣的意义,耕读生活被注入了"崇高"的内涵。这种"崇高",就是使"太上立德”的古训落到实处，道德自足真正成为高于立功、立言的社会生活观念。耕读传家之所以在当时能够得到彰显，就在于以理学思想凝聚起来的士绅阶层在社会生活中的作用越来越重要，他们要树立与极权思想相颉颃的生活观念，树立起耕读生活乃是生命自足之重要途径的信心。这样，他们必须强调耕读生活的道德修炼相对于奔波淄尘的官场人生是崇高的，树立起道优于势的自信。因此，耕读养性的一个重要内容就是鄙薄轩冕，安贫乐道，过去文学惯常表现的怀才不遇为道德自足所取代。洪咨夔的《老圃赋》是一篇描写耕读生活的佳作，全文以老农与小儿的对话结构全篇，此赋的铺排在南宋同类赋当中比较突出，其结构是宋玉《风赋》的翻版，把“大王之风”与“庶人之风”置换为“锦衣玉食”与“粗衣粝食”两种生活的对比，这种“有意味的形式”可以说是对遇与不遇、富贵与贫贱、仕宦与耕读等命题的艺术概括。它在篇首点题“汝亦知夫世有遇不遇之蔬乎”，以此领起全篇，意在说明人之富贵与贫贱是一种机遇，而这两种生活的差别只是在于口体之奉而已，人生还有比这些更重要的追求。作者饶有兴趣地铺写乡居食茹的生活情调，以表现超越物欲的恬淡人生之韵味。超越富贵贫贱、超越口体之奉，这正是修身齐家安贫乐道的重要内容，这与张栻在《后杞菊赋》中畅谈超越口腹之欲以臻于道德完善的体会遥相呼应。作者以传神之笔想传达这样一种生活理念：人应该追求超越富贵利达之上的道德自足。因而篇末点题曰：“盖穷患姱名之不立，而不患并日之食粥；达患宿学之不能行，而不患一箸之万钱。苟道义之信，饱饭蔬食而乐焉。”人生应该忧虑修名不立、大道不行，而不应该耿耿于生活的穷通。人生的遇与不遇，被道德自足化解了。

人生的穷通际遇是文学表现的重要主题，而且往往会借助道义力量和坚持操守来超越现实苦闷，因此，道优于势的主题不仅仅在南宋后期才为文人所关注。不过，理学使得这种对人生的思索变成了一定的程式，那就是以道德自足来消解苦恼、寄托人生，义与利、穷与通、仕与隐等等概念被完全对来起来，失去了文学思索人生的生动性与深刻性，这正反映了立足于道德的耕读生活信念以及生活模式在社会文化中，尤其是掌握知识话语权的士绅阶层中得到了较为普遍的认可和贯彻，变成了信条，也可以说，耕读以进德修业已经成为他们的生活常态。当时的文学，多是从道与势对立的角度来批判现实反思人生的。王休的《清清堂赋》曰："道义苟非，彼千驷兮焉视？苞苴永绝，于四知兮何畏？仰希孤竹之风，俯尝冰檗之味。祇恐清太过而罔中，不以人弗知而自弃。嗟夫山川不改，栋宇常更，品类不一，好尚殊情。匪人则然，物亦有征：凤皇非竹实不食，鸱鹗见腐鼠而争，秋蝉吸林杪之露，苍蝇集砧几之腥。欲知清浊两途之肯綮，实分乎公私一念之初萌。"清浊之分在于义利之辨，君子喻于义，小人喻于利，作者表现出与小人势不两立的姿态，仕宦、利禄与追求个人利益、道德缺陷等被画上了等号。其他如俞德邻的《荽茗赋》，以芫荽和嘉茗的对立来表现义与利两种人生追求，等等。

被理学重塑的耕读生活成为仕宦之外的另一种更具普遍性的人生范式，文学因此而丧失了其思索人生批判现实的情感独特性，变得众口一词，千人一腔。比如"送穷"这类题材，在表现命运落魄的辞赋中较为常见，一般多在细致描绘个人的窘迫状态后，以超然高雅的人生追求排遣之。当时，这种对现实苦难的超越几乎完全变成了对道德完善、安贫乐道等理学思想的宣扬，个人独特的人生苦闷、失落等已经不那么重要了。区仕衡的《送穷文》描写因贫富差别而失落的心理相当传神。

人之有生，富竟贫贱，实禀于天。惟尔五穷，窃造化之命，颛宰物之权。人或值之，绵绵延延，所以使余屯蹇困滞者，皆汝之致然耶！人之有衣，华采绚褥，羔裘豹袪，文锦秀縠。予惟单衣，布或无幅，谁其尸之，致此穷蹙？人之于食，日费万钱，烹凰炙龙，醉酴饱鲜。予惟阻饥，曲突无烟，困厄至此，是谁之愆？他人之居，潭潭其府，左青右黄，雕墙峻宇。予独无家，颠连逆旅，瓮牖桑枢，仅蔽风雨。静言思之，咎其在汝。他人之稼，五谷穰穰，黍稷穜稑，千仓万箱。予有薄田，糊口四方，年登而饥，厌此糟糠。谁生历阶，至今为殃？人之丰财，帑藏充积，明珠文犀，良金翠璧。独吝于予，家徒四壁，室如悬磬，储无儋石。匪汝之尤，曷至此极？

文章虽以“送穷”命篇，其实是“送贫”；虽然提到“五穷”，但所送五穷鬼中并不包括贫穷。对于文人来说，送五穷鬼包括的命运、智巧、学问、文章、交友等的内容，与仕途穷达相关联。比如韩愈等的送穷之作，虽多有涉及贫穷落魄的描写，但这是为了表现自己不能与时俱进、随俗浮沉所招致的屯骞困滞。此赋则根本没有涉及个人命途不济、披褐怀玉的内容，这就使的送穷失去了起码的基础。之所以如此，与理学的人生价值观当中个人才华与人生体验等已经降至不太起眼的地位有关。在理学规范的人生观念当中，个人潜能、活力的正常释放并不占有重要位置，重要的是个人道德的完善和家室的尊卑有序、孝慈和谐，是耕读生活中的道德养成和道德自足。正是从这个角度出发，作者没有在文章中抱怨人生的穷通遭遇，而是从齐家入手来表现衣食居处、稼穑帑藏等的狼狈状况。对于贫穷的郁郁不平，文中是这样排遣的，“贫贱，圣人所不去也，而子乃恶之乎？富贵，圣人所不处也，而子乃慕之乎”，“天之于物，否极泰来，久屯必亨，穷通流坎，匪人所能”。固穷励志是人们面对命途屯邅常用的排解之法，以孔子、颜回、韩愈为典型来说明人生的皈依之所，不仅是要固穷、忍耐，而且要顺应运命，在否泰流转中安顿自己的生命，这其实就是理学正心诚意、主静、内省、慎独等思想的体现。可以说，传统的这类赋中关乎现实批判和人生思索的因素被抽去了，取而代之的是理学的人生观价值观念。这篇赋中人文关怀的缺失绝非个案，而是具有普遍的意义。俞德邻的《斥穷赋》也是“送穷”的作品。这篇赋宏丽博辩，内涵较为深刻，文章以主人、四穷鬼和智鬼的对话敷衍成文。作者对为宦之道的理解也相当深入，其对天道无亲的反思相当有力度。但是，文章的结穴不是在于对人生问题的反思与批判，而在于结尾的“命玉友行成其间”，以美酒来慰劳众鬼，宾主耦俱无猜，主人像一切主祭的圣贤君子那样笑言哑哑，谈笑风生。就是说，作者没有对人生的形态与困惑深究下去，没有在更高的层次上对此进行反思，而是谨守“五穷”，以固穷守志、正心诚意的态度来安排人生。其他如叶少章的《遂性赋》、刘黻的《遂志赋》、方岳的《蚕寓赋》、林半千的《遣惰情文》等均在反思人生之后不约而同地把正心诚意作为生命皈依。

文学对人生思索的这些变化反映了理学对人生价值的规范已经深入人心，这也是耕读传家信念能够被重塑并成为士绅阶层主流意识的基础。

第三节 耕读境界与孔颜乐处

人生信念的归宿是人生境界。不管是朱熹的理学，还是陆九渊的心学，本质上都是安身立命、成圣成贤之学，其最突出的特点就是注重理想境界。“孔颜之乐”正是安身立命的体现，又是理想境界——圣贤境界的标志。理学思想规范下的耕读传家信念不仅仅依靠营造理学思想氤氲的社会文化来实现其外在超越，更需要个体通过对生活的体会、感悟，积淀为一种精神，达到一种境界，实现其内在超越。因此，理学必须能够给耕读传家信念提供实现生命自足的人生境界，其对耕读生活的提升才算完成。孔颜之乐是指向耕读生活的。乡居耕读远离廊庙，生活简单，风俗质朴，这样的环境更能够触发人们对返璞归真、悠然天地的种种诗意想象，更容易葆守人的本真的一面，相对于官场的蝇营狗苟、心气浮躁，更容易使人的精神处于安静状态。可以说，耕读生活为个体的修身养性，向孔颜之乐迈进提供了便利。人生境界的提升其实是对自身环境和自我执着的不断超越，以往的文学作品表现的对人生苦闷与执着的超越，往往通过对庄禅的适性逍遥、虚灵空幻等的体会来实现，此时的文学作品，包括辞赋，则多表现为在乡居耕读中体会孔颜之乐，而非庄禅之境。

孔颜之乐是与天地万物同体之乐的境界，是从心上去体认“仁”、“时”、“道”、“自然”，它指向人与天地的浑融一体。其最主要的特征是自然、活泼、洒落、自由。当时的人们从孔颜之乐着眼来理解耕读生活，提升耕读生活，赋予它以与天地万物同体的诗意特征。杨简是理学心学学派的重要人物之一，他的《广居赋》以清丽之笔描绘淡远之景。

> 四明杨子，家本三江之口，徙居西屿之麓。绿野横其前，青峦维其外。东海之水，不惮余百里之劳遥，崎岖委蛇，日致两潮之勤余其门，输清纳润，曾不少懈。北山之桃李，方春盛时，相与联比，参红错白，间青厕翠。组织西蜀之锦，环石鱼之楼而屏之，美于画绘。南园之竹，栉栉差差，如立万琅玕；疏疏剪剪，微风过之，萧然如奏天上之乐于碧云之端。竹之南有水，水之中有荷青圆，有蒲绿纤。水仙微酣而立，炯若出尘之风度，而隔以云烟。游鳞戏凉，群群然，幸幸然。至于芙蓉秋红，菊金布钱，橘梢之黄未垂，而葡萄堆架，拥千万夜光之珠而争先。虽朔飚之戒寒，烂丹邱于四山，而压冰之梅独出其奇，吐孤芳而盘旋。玄冥又从而佐之，剪玉镂瑶，雨花其间。有家如此，亦可谓奇矣！

这段文字由大处着笔，逐渐收缩，落实到“我”，然后由我之心扩展到无限广远之境。赋中铺写居处四时之美景，文笔简洁，韵味悠长。在作者笔下,绿野青峦、江流潮头、花卉草木、修竹绿荷、金菊黄橘、游鱼清风,各随其性,乐其所乐,而又互相呼应,成为一体。天地万品之摇曳生姿、生机勃勃,正体现着宇宙生生不息的生命力和人心对这种生命力的真切领悟,以及领悟过程中油然而生的平和怡乐,这种对宇宙万物生命舞蹈的感知,正是人心对"道"的体认,对体道之"乐"的深切感知。也可以说这是在人心当中构筑起的一幅自然万物生生不息的画卷,鸢飞鱼沉,景象万千,心胸透脱,和乐融融。然而,作者的心灵并没有局促于眼前万物"自来亲人"的美景,而是放大到无限的时空中去,赋曰:

以文宣至圣犹莫知其乡,以洙泗诸贤犹不得其门。学者愈行而愈远,智者愈言而昏者愈不闻。壁闳四辟,而宗庙之美、百官之富,非立墙之外者所扪。是中有不求自有之至乐:宫商日奏,金石日谐,油油而溶溶。易直子谅,庄敬正中。高明而有融,泰和而粹冲。世乐有穷,斯乐靡终。举视听心知之属,不以为有旦暮、有古今、有始终。而寂然莫之移,洞焉乎空空。缉熙灵府之光明,混涵圣域之冥濛。

心之放大向无限,就是放弃自我执着,放弃功利目的,趋向诗意境界的过程。这种境界的获得,是顺其自然而为,若刻意追求,虽孔圣先贤亦愈行愈远,愈言愈昏,只有安静心灵,超越外物,则易直子谅之心、庄敬正中之情,才会油然而生。正如袁甫所说:"夫广居岂室庐云乎哉?室庐有废兴而广居万古如一日,……坦坦荡荡,非偏非党,混混融融,无际无穷,……卿相之贵如其贵,癯儒之贱如其贱,万户之富如其富,穷閻之贫如其贫。各足吾分,各乐吾乐。故曰老者安之,朋友信之,少者怀之,是不亦太虚乎!是不亦无彼己心乎!无彼己心是谓道心。”[①]这是无彼己之心的道心境界，从全文来看，它是把人心由对优美的外物的关注引导向本心，由有象引导向无象，因而要超越一切的韵律和形象，超越一切给人的官能带来愉悦的东西，心之所感，唯有天理流行。朱熹在解释《论语·先进》篇里曾点说的“莫春者，春服既成。冠者五六人，童子六七人，浴乎沂，风乎舞雩，咏而归”时指出，“曾点之学盖有以见夫人欲尽处，天理流行，随处充满，无少欠阙，故其动静之际，从容如此。而其言志，则又不过即其所居之位，乐其日用之常，初无舍己为人之意。而其胸次悠然、直与天地万物上下同流、各得其所之妙，隐然自见于言外”[②]。杨简此赋所描写的，就是这种从生活日用出发，乐其日用之常，超越欲念，胸次悠然，活泼、洒落，与天地万物同流的境界，这就是孔颜之乐的境界。陈献章也说：“人与天地同体，四时以行，百物以生。若滞在一处，安能为造化之主耶？古之善学者，常令此心在无物处，便运用得转耳。学者以自然为宗，不可不著意理会。”[③]此心在无物处，就是心无挂碍，无有执着，这便是此赋“广居”的含义，而赋中始终贯彻的“乐”的感受，来源于“山林朝市一也，死生常变一也，富贵贫贱，夷狄患难一也，而无以动其心，是名曰‘自得’，自得者，不累于外，不累于耳目，不累于一切，鸢飞鱼跃在我”[④]。此外他的《东山赋》、《南园赋》也是展现在耕读生活中体会到的仁心与万物亲密无间的境界。王迈的《六野堂赋》描写乡居的山、郊、田、景、兴之野、人之野，指出“野有二义焉：自野人礼乐言之，则质朴无文谓之野；自同人于野言之，则广大无间谓之野。要之，皆古君子事也”。其“野”之二义，与杨简此赋同义。

---

① 袁甫：《跋慈湖先生广居赋》，《蒙斋集》卷十五，《景印文渊阁四库全书》第1175册，第515页下栏。

② 朱熹：《论语章句集注》，《四书五经》，第48页。

③ 陈献章：《陈献章集》，第192页。

④ 陈献章：《陈献章集》，第825页。

孔颜之乐也是超越贵贱穷通的自怡境界。朱熹在注释《论语·雍也》“一箪食一瓢饮，在陋巷，人不堪其忧，回也不改其乐”时指出：“颜子之贫如此，而处之泰然，不以害其乐，故夫子再言‘贤哉回也’以深叹美之。程子曰：‘颜子之乐，非乐箪瓢陋巷也，不以贫窭累其心而改其所乐也，故夫子称其贤。’又曰：‘箪瓢陋巷非可乐，盖自有其乐尔。其字当玩味，自有深意。’又曰‘昔受学于周茂叔，每令寻仲尼颜子乐处，所乐何事？’愚按：程子之言，引而不发，盖欲学者深思而自得之。今亦不敢妄为之说。学者但当从事于博文约礼之诲，以至于欲罢不能而竭其才，则庶乎有以得之矣。”①超越贫富穷通之欲念，所乐何事，朱熹说当于“博文约礼之诲”求之，这是指《论语·雍也》：“君子博学于文，约之以礼，亦可以弗畔矣夫”，对于这段话，朱熹解释说：“君子学欲其博，故于文无不考；守欲其要，故其动必以礼。如此，则可以不背于道矣。”②就是说，循礼而动，超越个人穷通之执着，心与道无违，就能处于“乐”的状态，所乐者，道也。程颐对此有进一步的阐发，据载：“鲜于侁问曰：‘颜子何以不能改其乐？’子曰：‘知其所乐，则知其不改。谓其所乐者何乐也？’曰：‘乐道而已。’子曰：‘使颜子以道为可乐而乐乎，则非颜子矣。’”③超越个人穷达，摆脱患得患失之忧，心灵达到自由、充实的境界，其状态就是“乐”。达到此境界，人的行为是以内在德性的中和与饱满为依据，修己、行仁成为人的信念，成为支持“人”成为真正意义上的人的自足动力与支点，故而朱熹强调“博文约礼”。达到此境界，仁心充沛，体道、弘道就成为人生快乐之源，因而面对贫困、生死的时候都可以获得一种无所阻碍的欢畅愉悦。因此这也是充满诗意的自怡境界。

---

① 朱熹：《论语章句集注》，《四书五经》，第23页。
② 朱熹：《论语章句集注》，《四书五经》，第25页。
③ 程颢，程颐：《二程集》，北京：中华书局，1981年，第1237页。

当时描写乡居生活的辞赋,多在展示超越贵贱穷通的孔颜之乐。过去辞赋中那种苟全性命的沾沾自喜或富贵通泰的洋洋得意,已经难觅踪迹。胡次焱的《山园赋》在开篇铺叙了山园的芋栗菽豆蕨笋茅韭等乡土风物之后,传神入画地描绘了山园的美好风光。

> 淡风日之明媚,纷蜂蝶之游戏,竹影琐碎而侵阶,花隐扶苏而卧砌,是则山园宜霁。滃云气于山椒,栖烟霭于木末,点芭蕉而滴沥,喧败荷之潇飒,是则山园宜雨。朔风嗥而枯声,蔺樠惨而离披,或陇梅破白,或霜叶赐绯,是则山园宜寒。蒸火云于肉山,俯佳木之繁荫,或曲弟送风,或高岭输云,是则山园宜暑。河低玉绳,桑浴铜铛,赫明暾之熹微,林霏炯其廓清,是则山园宜晓。暝色苍茫,返照依稀,牧笛怨而羊牛下来,樵路阒而禽鸟哢枝,是则山园宜暮。鹿随筇杖,鹤认茶烟,蔑红尘之污人,对清嶂以忘言,是则山园宜闲。呼风烈,猿啼月高,飞羽觞之潋滟,颓玉山于林皋,是则山园宜醉。群嶂供题,列卉献科,是则山园宜唱而宜和。俗客不来,柴扉昼掩,是则山园宜图而宜史。至于可喜可愕、可游可戏者,盖不能一二而悉数也。

作者运纵笔铺叙山园不同的风光与恬然之趣,全赋以"宜"来领起全文,宜者,所安也,是表示胸次悠然,安于自己所处的状态,安于眼前的生活。蹇滞于荒野山村,不以物喜,不以己悲,山乡的风物、居民,生活中的林林总总,构成了一幅幅洋溢着和乐欢畅情调的风景,于眼前心底纷至沓来,这是把"一箪食一瓢饮,在陋巷,人不堪其忧,回也不改其乐"的境界描写得更加具体形象了。我们看到,这座具有田园情调的山园有着与甲第朱门迥异的乡居野处的迷人情韵,徜徉在如诗如画的乡间,人的心境与自然美景不再有主客间的隔膜,人心因此而突破了尘世间种种"小我"的束缚,而放大向无限,万物万景容纳入心中，这便是超越贵贱穷通、以道为乐的孔颜之乐。文中的“俗客”，是指为世俗富贵利达所累的奔波缁尘之人，非指山居乡民，“柴扉昼掩，是则山园宜图而宜史”是指辍耕读书，是“君子博学于文”之谓也，读书可以使自己“无畔”、“不背于道”，这正是耕读生活的旨趣所在。

当时描写耕读生活情调的辞赋不少，这些作品展示贫困生活的乐趣，多立足于对“人也不堪其忧，回也不改其乐”的深切体会，能够做到处贫贱而不改其乐，需要的是对自我执着的不断超越，正如真德秀所言：“博文约礼，颜子所以用其力于前；天理浑然，颜子所以求其功于后。博文则知之明；约礼则守之固。凡事物当然之理，既无不洞晓而穷通得丧。与凡可忧可喜之事举不足以累其心，此其所以无少私欲，天理浑然，盖有不期乐而乐者矣。”①博学于文，则明理而不惑；约之以礼，则坚守本心而不逾矩。如此，才能天理浑然，心生喜乐之情。因此，孔颜之乐还包括这种向仁心迈进的砥砺和对仁心的坚守。能够做到贫贱而处之泰然，耕读而怡然自乐，就在于对“博文约礼之诲”（朱熹语）的恪守与践行。辞赋中对孔颜之乐的体会，这种坚守不能忽视。姚勉的《梅花赋》是一篇以梅花为中心展示乡居守志的作品，赋曰：

在物为梅花，在人为君子。皎茵璧之连接，莹壶冰其表里。既物我之通称，又焉得舍此而取彼。兹予所以内交于斯梅，而植之以为庭实也。方其林梢尽枯，琼萼孤出，霜风肃肃，庭有爱日，负朝暄于槛砌，而翻玩乎书帙。此时此花，味我闲适。又如残雪在檐，寒月侵室，浮云四卷，天宇寥阒，倚栏干而长啸，遇神人于

① 真德秀：《西山读书记》卷二十八，《景印文渊阁四库全书》第706册，第13页下栏。

姑射。此时此花，助我飘逸。嗟吾屋之半间，陋才止于容膝。惟此花之清绝，相娱笑以朝夕，开醉襟于酒觞，生妙墨于吟笔。使予舍此而他好，殆将丧志于玩物矣。

当时描写梅花的作品，一般多为表现梅格为主，像这样把梅花描写置于人的生活场景中，只有南宋后期才蔚然成风。此赋先多角度描写梅格，以比况君子之德，而在结尾处引入自己与梅花相伴的生活，展示自己对仁心的坚守以及由此获得的闲逸、自足之情，这不是陆游笔下梅花的那种孤寂绝俗，而是在表现天理浑然、淳美祥和的生活情趣，道德诉求与生活情调融合得浑然无迹。这种比德与生活场景并存的结构模式在当时几乎被固定下来，比如吴龙翰的《古梅赋》这样描写梅花，“或横枝照水，如纫兰之湘累；或半树粘雪，如飧毡之汉使；或荒山击寒，孤根回暖，如采薇孤竹君之二子。烈士慷慨，羁臣憔悴。茹铁筋骨，镂冰肠胃。乃道引其形躯兮，如雾拥而云垂，如鸿飞而虎踞，故能曜其夜鹤之骨，而枯其秋蝉之蜕也。若余者，与伊纳交，庐其旁，诏弟读书，对亲奉觞，呼吸清寒，咽嚼清香，而庶几泄吟笔之琳琅者乎！”在展示梅花的品格之后将自己和梅花纳入耕读生活场景，人花交相辉映，展示出透脱的胸襟、恬静的生活情趣、醇和的道德诉求、恬静的生活情趣。又如蔡戡的《蚤赋》写深夜捕蚤烧蚤的快意，结尾处道：“是物也，党散群离，灭影扫迹。又何必取快于一时，而较力于纤悉。姑少忍于须臾，盖乘除之可必。先生乃安斯寝，乃梦游华胥之国。既寝而兴，但见三竿之红日。”万物自有存在的道理，等到秋风起，万木陨，跳蚤自然消失了，这是自然的安排，捕蚤之举有违天理。赋作展示的是苦中作乐、以苦为乐的情趣，透过怡然之趣，我们能够体会到作者对安于贫困的坚守。其他如崔敦礼的《闲居赋》，家铉翁的《归去来兮辞》，姚勉的《秋怀赋》，王柏的《喜雨赋》，李曾伯的《避暑赋》，张侃的《借轩赋》、《夏喜雨赋》，李龏的《消暑赋》等，都以展示优美的耕读志趣和坚守道心的心境见长。

当然，孔颜之乐还存在于博施济众的事业之中，不可离事而言“乐”，忧乐合一，乐在忧中，也可以说具有忧天下的家国情怀便是“乐”。诚如朱熹所言：“浴乎沂，风乎舞雩，咏而归，言乐而得其所也。孔子之志，在于老者安之，朋友信之，少者怀之，使万物莫不遂其性。”①不过，这方面的内容，当时开掘的不是很充分，耕读传家人生境界对心悬魏阙的受容，有待进一步完善。

第四节　科举功名与立德兴家

耕读传家的出发点乃是家族的兴旺发达，立德对于家族的发展毕竟玄虚了些，读书应举和谋生才更为真切实际。可以说，理学从致太平的角度对耕读传家的诠释，指出了向上一路，提升了这种生活观念的格调。其实，耕读传家本身包含着立德与科举两种趋向，它们并不是对立的，不过，科举目的很可能消解立德崇高而长远的发展家族目标。虽然理学对耕读传家的渗透，使它在信念、境界等方面具备了指导人生的完备特征，但是，在富贵利达面前，那些高尚、完足的价值观很可能不堪一击。当时的辞赋如实展现了人们的这种担忧。

在传统中国，权力在凝聚家族、争取家族发展空间方面的作用是任何力量都无可比拟的。耕读生活最为吸引人之处也许在于通过科举博取功名，光宗耀祖，这与理学立德以致太平的理想大为轩轾。因此，理学主流话语必须警惕韩愈等言之津津的“经训乃菑畬”的生存之道对立德以传家信念的消解作用。当时的人们的确注意到了这个问题，傅自得在《训畬堂赋》中就表达了这种担忧。赋序中作者写道：(韩愈)“《诲子》诸篇，类皆有羡于荣禄；《勉符》一诗，以经训为菑畬，

① 朱熹：《论语章句集注》，《四书五经》，第48页。

是矣。然究其三致意者，不过公相皂隶之殊，居第舆马琐细之事，识者疑焉”。“今夫义理之腴，稻粱之甘似之；学问之勤，耕耨之力似之。吾之命名，是之取尔，岂曰朝种夕获，为荣名利禄计邪。”这里，对韩愈的“经训乃菑畬”进行了新的解释，将经训指向的荣名利禄置换为义理学问，有意回避了权力对立德传家观念的侵蚀。在赋中，他写道：

> 明经取青紫，其志固甚小；教子胜籯金，其喻亦以卑。惟下帷发愤，潜心大业，正谊不谋利，明道不计功，乃纯儒之所为。故义贵于集，不可为宋人揠苗以助长；仁在乎熟，不可使五谷之不如荑稗。规规然其守肯播肯获之戒，廪廪然其畏不稼不穑之讥。行无越思，当如农夫之有畔；播种而耰，当识同然有此心之微。谨无春耕其丘，有何时实粟之叹。谨无豚蹄壶酒，有穰穰满家之祈。

读书的目的是立德，立德需要反躬自省、虚静涵养，由个人而至于整个家族，养成以德行处世的家风，才能声施乡邦，发展家族。因此，读书是一种生活，是家族处世的一种形态，不应把倡导子弟读书看作是攫取财富的投资行为①。赋中以耕耘稼穑比喻耕读生活，意在强调读书之理与稼穑之道通，必须要具备“规规然”“廪廪然”的谨慎与坦然的心态，而且，经训传家与稼穑治生等同视之，二者兼顾，才能取得家族的殷实与兴旺。这段妙论是全赋的关键所在，也是耕读

① 视教子读书取得功名为“籯金”般的有丰厚回报的长线投资，在当时似乎是一种颇为流行的看法，李洪在《比至武原省侍叔父二兄因成二诗》就说：“并海风烟古，重来岁月侵。竹林追胜具，棠棣接清阴。酒圣连宵醉，诗魔镇日吟。凤雏欣竞爽，家学岂籯金。”（李洪：《芸庵类稿》，《景印文渊阁四库全书》第1159册，第88页上栏）文人们对这种认识的批判，真反映了其在社会上影响之巨。

传家的精要之处。然而,发展家族就是要追求富贵,而非信仰上的自足,若立德不能致富贵,则如画图波面、书字风中,了无益处。因此,赋中写道:“嚅哜道真,涵咏圣涯。如是则公相之尊,舆马之盛,昌黎之所以望符者,有所不暇计;而义方之训,端有在此而不在彼者。”学习做人,修炼德行,达到一定程度,虽不以富贵为目的,但是富贵会逼身而来,韩愈等追求的,和立德传家的义方训导,可谓殊途同归。至于立德如何能取得公相之尊和舆马之盛,作者则避而不谈。其实,在传统中国的极权社会里,权势处于核心地位,位尊自然德隆,但是不一定德隆就能位尊。作者调和立德与立功的矛盾依然援引学优则仕的老生常谈,难免苍白无力,不得要领。吴如愚的《勉学赋》这样写道:“人具四体,性均一天。由或学与或否,故有愚而有贤。德欲昭明,端在修身之谨;理资讲贯,莫先用志之专。”这段话阐发了这样的逻辑:人的贤愚之别是由学与不学决定的,学则立德,故而走向上贤,不学则愚顽,故而走向下愚。虽然把“学”视为贤愚的根本这一点和韩愈一致,但是他是从立德的角度来理解学的,这样就提升为学以博富贵的庸俗人生观念,使“太上立德”的古训落到了实处,“势荣孰若义荣之显,人爵何如天爵之高。深念惜阴之过隙,每怀继晷以焚膏。惟理义心所同然,味犹熊掌;惟富贵人所欲也,视若鸿毛。兹盖无为其所不为,于止而知所止。”在势荣与义荣之间,人爵与天爵之间,作者指出后者的可贵,只有超越世俗功名,人格才能得到完善,人才能得到解脱。当然,这里的“学”,理论上是读圣贤书以立德,但在实际操作中,读书科举才是真正目的。可以说,理学在提升耕读传家信念时,也给萤窗苦读、博取功名披上了成圣成贤的神圣外衣,这是理学人士不愿意看到的。

理学对“学”的态度始终是修身立德、齐家致太平,比如朱熹认为学习的内容,应该是明人伦,而不是记诵词章;应该是求治世之道,而不是只为科举取士。他曾指出:“圣朝教育人才之意,凡使为学者,知所当务不专在于区区课试之间。”①因此，理学对科举取士一直抱着谨慎的态度，即使其思想不断向科场渗透，理学人士也并不能满意，因为他们的理想是造就德才兼备的人才，重词章、音律的科考与他们的衡才标准很难步调一致。当时的人们从这一观念出发，对科考的弊端多有反省批评，甚至抨击，这就使得耕读传家不至于完全滑向科举以致富贵的庸俗人生观，给立德兴家的信念拓展出更大的话语空间。在文学表现中，读书立德与科举功名是被视为两种彼此对立的人生观来对待的。胡次焱的《嗟乎赋》就是一篇从读书立德着眼猛烈抨击科考的力作。作者清醒地认识到科考对才能展示的束缚作用，他认为较技于方寸之间，容易衡鉴失实、取舍不当，难以选出德才兼备之人，因为“此其雄杰之志、魁垒之行，视余子真琐琐耳，又岂肯低首下心与之较一日之长？奈何乡里举选之法坏，公卿下士之礼亡，朝廷以时文取士，士舍文则无进步用之方”。真正的才德之人是不屑于在场屋较一日之长的，科举能否得到真正的士，很值得怀疑。而且，衡才的权柄、国家的命脉、士子的命运掌握等等，由几个考官来决定，其潜在的危险不言而喻，他写道：

> 嗟乎！贵鱼目，贱珠玑。艺马兰，芟江蓠。逐鸾凤于空谷，畜鹙鹅于庭墀。斥麒骥为缓步，谓驽骀为善驰。瑚琏摈远兮，登甂瓯于清庙；黄钟毁弃兮，挟秦筝以弹之。孟娵媞媞而见逐，嫫母勃屑而侍帏。纷乱妍丑，颠倒是非。鼓瑟虽工兮，其如齐王之好竽；屠龙无用兮，不若市人之履狶。事固有可怪者，何独功名之如斯。

① 朱熹：《潭州委教授措置岳麓书院牒》，《朱文公文集》卷一〇〇，《景印文渊阁四库全书》第1146册，第412页上栏。

这段文字对贾谊《吊屈原赋》的因袭是有意为之的，他是想告诉读者，科场制度正在制造屈原、贾谊以来不断上演的文人怀才不遇、报国无门的悲剧，和帝王不同的是，考官肩负的责任与承担的后果是不对等的，因此，考官更容易从一己私心和个人好尚来举人，其危害较之帝王的昏聩更为深刻和广泛。读书的目的如果只是科考，就是把自己和家族的尊严、前程等等都托付在考官身上，这对于个人和家族，是否值得呢？作者使科举祛魅的目的，就是要引导人们读书走向上的一路，立德兴家、成圣成贤，对个人和家族将更有意义和尊严。赋中还生动地揭示了科道之乱象，以进一步使科考祛魅。

> 今者漕台之差次，只据脚色之崇卑。彼以真材擢高第者，半已昏于簿书之期会，而以假手入仕途者，又乌识文字之妍媸。糊眼之辈，冬烘之夫，盼流传于谬种，朝廷亦安得而考诸。遂使儿辈，淡笑登名。或析薪之手未洗，或荷蒉之肩尚赪。或口犹乳臭，或字仅识丁。或黄金买贵而不耻，或葫芦依本以翻腾。兔园册入其素习，羊我氏岂伊所能。缪阶计吏，迥乎可憎。而吾徒者抱周程之学问，驰韩柳之文声，乃尔寂寂，邓禹笑人。

这绝非危言耸听，而是当时选人的实情，李楠在嘉定十三年奏道："厥今之弊，曰传义，曰挟书，曰见烛，未若代笔最失本意。……今贿赂共行，代笔中选，十常二三。……至有门外假手，递稿入院，或内外通同交卷历子，先上姓名，旋将见成卷子传入填纳；或封弥之初，私置别本，记其名号，计嘱吏人涂改，以图必取。"①国家选人之道混乱如此，

---

① 李楠：《言科举之弊奏》，《宋会要辑稿》第五册，选举六之三三，北京：中华书局，1957年，第4346页；又参看周密：《癸辛杂识》前集"论科举"条，北京：中华书局，1988年，第21—22页。

士子皓首穷经于此，个人和家族的命运寄托于此，其价值意义又何在！因此赋中写道：

> 吾其卖书买牛，卖砚买犊。学樊迟之稼，耕子真之谷。少糊叔段之口，不负将军之腹。温饱可期，菽麦粗足。亦何至为诗书所误，自取挫辱。虽然，天下所赖者士，古今所重者儒。君待之而尧舜，民赖之而唐虞。山林兮长往，羌麋鹿其与居。此遗世独善之士，岂得时行道之徒。

既然科考误人，耕读立德才能完成人生的自足圆满，这也是一个儒者处身季世应该恪守的操行。文中的卖书买牛、卖砚买犊，并不是要抛弃读书，而是表示彻底与仕进绝缘。这段看似“不事王侯、高尚其事”的文字，其实是在表现耕读求志的内涵，它和离俗栖隐的遗世独立不同，像樊迟那样学稼穑于老圃，像子真那样耕于岩下，不仅是为了生存，更是为了完成诗意的人生。也就是说，个人的才华是为了内心的自足与人生的充实圆满，而并非完全是外在的功名富贵，读书成了完善的必要手段，这样的人生才是有意义的、充满诗意的人生，这就超越了世俗的价值追求，趋向孔颜之乐的人生终极目标。

方回的《石峡书院赋》更是把读书立德与读书科举对立起来，耕读立德的崇高感和浪漫情怀反衬着科举的猥琐和庸俗。赋曰：

> 嗟予学之久荒兮，艰弄斤于般匠。拾朱子之糟粕兮，窃有闻于畴曩。情之动贵乎省察兮，性之静在乎存养。未发固无所偏倚兮，发则欲其各有攸当。致知以进其识兮，居敬以除其妄。如鸟翼之必双兮，如车轮之必两。日用饮食无非道兮，勿驰情之惚恍。一念一虑之间兮，分圣狂之克罔。噫！近世之不古兮，罥名场之罝网。科举之坏人心兮，竞区区之得丧。属夜生子而取火

兮，幼尝视以无诳。以干禄为始教兮，将终身其奚仗。天或者恶其然兮，斯革弊而矫枉。无所为而为学兮，真儒庶其可访。声乃心于希瑟兮，盘厥躬于陋巷。颜、曾固何必仕兮，胜齐、鲁之卿相。或塾居而授书兮，或野芸而植杖。君子粹（睟）盎以润身兮，小人给夫一饷。化铦锋而牛犊兮，息鉦筒之鷸蚌。奉醽酒以介眉寿兮，岂太平之无象。婴吏徽而弗予蜕兮，言及兹而泚颡。予固将引而去之兮，畴敢卜邻于思旷。

格物以致知，读书以明理、居敬反省，在饮食日用中体会道理，慎其家居之所为，恪守一念一虑之间内心的端正，这才是读书的正道，也是兴家的正途，科场以名利引诱天下读书人，竞区区之得丧，人们从小就受到这种读书以博取功名的训导，一生将失去崇高的追求和生命的圆满，真正的读书应该是抱着"无为"的、非功利的态度，像曾点、颜回那样，以道为乐，即使是塾居授书，或者如荷蓧丈人那样终老南亩，只要心与道俱，那才是完美的人生。这样的人生境界成为人们的共同追求，人人向善，不再有战争和掠夺，不再有告密和尔虞我诈，太平之世才能到来。方回是以耕读立德以致太平的思路来否定科举功名的，他把孔颜之乐与个人的人生的圆满和致太平联系起来，从而给耕读立德赋予了浪漫的诗意色彩。

其实，人们更愿意在发展家族的意义上把立德与科举统一起来，而非将其对立。活动于南宋中后期的袁采的看法颇具代表性，他的《袁氏世范》卷上《睦亲·教子莫若使其有所学》说："大抵富贵之家教子弟读书，固欲其取科第及深究圣贤言行之精微。"①认为读书兼有博取功名与深究圣贤言行之精微的作用，应该科举与立德兼顾。不过他又说："士大夫之子弟，苟无世禄可守，无常产可依，而欲为仰

① 袁采：《袁氏世范》，天津：天津古籍出版社，1991 年，第 14 页。

事俯育之资,莫如为儒。其才质之美,能习进士业者,上可以取科第致富贵,次可以开门教授,以受束脩之奉。其不能习进士业者,上可以事笔札,代笺简之役,次可以习点读,为童蒙之师。如不能为儒,则医卜、星相、农圃、商贾、使术,凡可以养生而不至于辱先者,皆可为也。”①这就把读书完全当成了谋生之具了,与颜之推、韩愈的观点别无二致。这其实反映了人们对家族发展和子孙生活的深刻忧患,毕竟在专治集权社会里,作为人的、家族的各种权力随时都可能被剥夺,拥有政治权力或许能带来一点点生存的保障。他不无忧虑地指出:“子弟之流荡,至于为乞丐、盗窃,此最辱先之甚。然世之不能为儒者,乃不肯为医人、星相、农圃、商贾、伎术等事,而甘心为乞丐、盗窃者,深可诛也。凡强颜于贵人之前而求其所谓应副;折腰于富人之前而托名于假贷;游食于寺观而人指为穿云子,皆乞丐之流也。居官而掩蔽众目,盗财入己,居乡而欺凌愚弱,夺其所有,私贩官中所禁茶、盐、酒、酤之属,皆窃盗之流也。世人有为之而不自愧者,何哉?”②看来,要超越这种世俗之见,把发展家族建立在读书立德的基础之上,把子弟成圣成贤与治国平天下结合起来,中才庸常之人是难以达到这种境界的。其实科举功名与立德传家,作为耕读生活的两种价值指向,是相反相成的,若一味追求科举功名,人生的自足和崇高的诉求将无从落实,科举也会变成一种赤裸裸的对子弟的投资行为,从而失去其崇高性;若一味要求读书立德,没有功名的刺激或者引导,读书的传统很难在家族确立,更难以形成社会氛围。因此,立德兴家是宏大叙事,而科举功名是日常叙事。正因为这样,即使那些鄙夷科举的人士,在关乎日常叙事的场合,也对科举功名赞美几句。比如胡次焱的《步瀛桥赋》,这是赞美人们修桥善举的作品。赋中希望踏桥而去应考的学子们能金榜高中。

---

①② 袁采:《袁氏世范》,卷中《处己 · 子弟当致学》,第 105 页。

今吾之扁桥也，匪为神仙之荒唐，盖为功名之轩豁。慨惟槃川，夙号儒林。蔼文风于三市兮，夜檠朝牖；普教雨于四方兮，佩剑携琴。将后来之颖秀，挹前哲之清芬。一步兮奏棘闱之凯，再步兮策兰省之勋。稳步兮胪唱枫宸，高步兮玉堂金门。盖自山林布衣，而一旦纡紫镶金，有似乎肉身凡骨，而一旦驾鹤骖云。故吾即步瀛以名吾详细之桥，实揭步瀛以望吾乡之人。吾老矣，袖利涉之手，卷宏济之心。爰诏枌榆之朋友，及尔阶庭之郎君，因吾扁题之意，知吾期待之深也。

赋作本来是在赞美乡贤修桥的善举，但是桥既然名之为“步瀛”，就是希望家乡的士子能够由此桥走向科场而一举金榜题名。我们注意到，作者有意在调和修德、风俗淳美与士子的科场得意。科场的成功是读圣贤书、修德的结果，有赖于家风门风和地方风俗，是后来之颖秀挹前哲之清芬；而修桥的善举，也是仰赖风俗的淳美，是挹前哲之清芬薰习的结果。当然，作者还是隐含了对科举的功利目的的微词，他说的“袖利涉之手，卷宏济之心”，是指自己科场得意之心已经消歇，利涉大川、宏济苍生，是说君子当守中正之道，大有作为。这也是他对科举的理解，暗示科场不仅仅是博利之所在。作者想告诉自己的乡邻，科举成名固然重要，但是立德兴家才是正途。

可以说，理学对耕读传家信念的提升，不是以抛弃过去的信念为代价的，而是使其更有层次性，更丰富，也更为成熟。在理学重新塑造的人生信条中，耕读传家成为致太平事业的起点，读书受到了空前的重视。然而依照理学思想的设计，读书的根本宗旨是修身养性、立德成贤，而不是为了仕进干禄。理学家们以孔颜之乐为感召，通过读书知理，诚明敬义，努力使乡居生活达到一种光风霁月的人生境界，这无疑是理学为耕读传家信念注入的新鲜血液。经过理学的规范与重构，南宋中后期辞赋中的耕读描写反映的已经是士绅阶层普遍的生活观念。南宋之后，耕读传家的观念并没有断绝，它继续演进、发展，最终凝定为乡土中国的基本生活观念，对后世影响深远，甚至直到今天，仍存在着它的流风余韵。

第十章　南宋士绅文化的理念内涵与生活形态

——以辞赋中岩桂意象的生成为中心

南宋以来,理学思想深刻塑造着社会文化,影响着社会心理。理学思想的主要传承者是士绅阶层,理学通过士绅对乡土中国生活方式加以规范,进而重塑传统文化的观念世界。可以说,士绅阶层是生活观念与生活样态的背景和总和,它潜移默化地影响着社会风貌的方方面面。理学对乡土中国的影响具有宏大叙事的特点,具有层次性和丰富性,因而,士绅阶层的文化内涵是相当丰富而具有包容性的,一切关乎缙绅文化的讨论和描绘都可能是流于表面的、感发式的,理想化的,因而也是不尽确切的。我们注意到,传统文化中的桂崇拜在南宋时期渐转移到岩桂形象上,而且其象喻意义发生了多重内涵叠加的现象,这种转变与士绅文化理念内涵的变化密切相关。我们尝试以咸淳二年(1266)发生的一件小事作为切入点,通过岩桂意象的生成过程和思维路径,来揭示士绅生活的理念内涵和观念形态。

第一节　孙枝孰可继其芳,惟予足继

南宋咸淳二年,距恭帝北狩还有 10 年、卫王投海还有 13 年,当年宋蒙两军仍在钓鱼城一带胶着,蒙军还占领了开州,但是这种小规模的战事不足以打乱帝国内部安宁祥和的生活节奏。史籍上没有关于这年水旱饥馑等不测事件的记录，也无民变之类的暴动发生，这应该算是四时正化、黎庶安居的一年。头一年秋天，恰逢三年一度的科考，一批苦读的学子月宫折桂，给个人和家族带来了莫大的荣耀和机遇。南宋初高宗朝的名臣郑刚中的元孙（玄孙，孙子的孙子）也金榜题名，因而得意非凡。这位宦门之后在兴奋之余，为了重振家声，展开了一系列宣传活动，意在彰显自己继踪乃祖之盛德，家门再振，兰桂又芳。他请与之有世交之谊的大儒王柏之兄王桐为其楼题匾"北山之英"，并请金履祥作诗为匾额题跋；他自己写了一篇《岩桂赋》，请王柏作跋以壮声势；他还出示乃祖的遗稿，也请王柏来作跋。

王柏是南宋理学金华学派（也被称作"北山学派"）"四先生"之一，在当时德尊望隆，那一年他七十岁，位处"四先生"之列而年龄要小得多的金履祥为他的寿辰献上了充满激情的颂歌《华之高寿鲁斋王先生七十》，盛赞他为往圣继绝学的功绩。由王柏、金履祥这样的耆老时彦出面来奖掖这位名臣之后，当在情理之中。

不过，郑刚中元孙的这次宣传活动似乎不太尽如人意，金履祥在王柏"北山之英"题匾的跋诗中对元孙的褒扬相当克制，其中涉及到了元孙绍续高祖的荣耀和王柏题名匾额的盛举，"嗟我思公，去之百岁。思莫见之，见其后裔。维公之英，育多闻孙。尚继其志，而世其声。亦有适庄，景尔家世。北山之英，表此大字。北山之英，郑公之人。仰止攸同，矧其后昆。吉甫作颂，勉尔闻孙。郑公是似，北山之英"①。诗歌只是赞美元孙的"多闻"，《荀子·修身》曰："多闻曰博"，金只是说元孙"博学"，自己景仰郑北山，思莫见之，看到元孙，聊以慰藉，他并没有特别指出元孙在科场上光宗耀祖。金对元孙因科场得意而振兴家族的继起之劳，在评价上似乎有所保留。元孙请

① 金履祥：《郑北山之元孙扁其楼王适庄为书北山之英四字求跋为作诗》，《仁山集》卷四，北京：中华书局，1985年，第62页。

王柏为高祖遗稿作跋的愿望也落空了，王只让金为之代劳，金在《书郑北山帖后代鲁斋先生》中仅寥寥数语交代与郑家的渊源和对郑刚中的仰慕。

尤其是，元孙自己写的表达振兴家族宏愿的《岩桂赋》不但没有求到王柏的跋文，还招来其声色俱厉的呵斥。王柏在《回郑亲求岩桂赋跋书》中写道：

> 兹蒙宠示《岩桂赋》倡和，欲某挂名其末，甚感。某尝整衿端玩，皆轩轩然有凌云之气，诚得当今魁彦印证于后为宜。若使潦倒无成于陋巷者点缀，则为此卷之羞，不祥莫大焉。由是不敢措一词，谨归璧。然既荷不鄙夷，又不可不少见微忱。佳制有曰："孙枝孰可继其芳，惟予足继"，又曰"盛美不在予而何在"，其自任者可谓甚勇，其所以自期者无乃太浅乎？何其眇视宗族，旁若无人？大略矜夸之意多，而非所以培养退让之风也。政使盛族果无可继前芳，尤宜哀痛感慨，厚自丰植，以远者大者自期可也。每举进士不下数百人，贤否邪正杂然并进，纵在高甲，又何足以继先烈？仰惟先正师保气节勋业，著在国史，播之天下后世，岂在区区一第哉！某亦潜观密察，贤亲天资俊敏，自可有为。愿以器识为先，穷揉学问根本，见于躬行者笃实无瑕，则人称之曰：北山之后有此贤孙，曾可谓源深流长矣。盛美如是，始可继芳也。非恃亲爱，不敢出此语，惟高明亮之。①

我们已经无从得窥这篇《岩桂赋》的全貌，但从王柏的回信中引用的两句"孙枝孰可继其芳，惟予足继"，"盛美不在予而何在"可知，其内容是表现自己金榜题名的成就感和发展家族的责任感，矜夸之情溢

---

① 王柏：《鲁斋集》卷十七，文渊阁四库全书本。

于文辞。王柏表示，自己潦倒陋巷，不适合点缀这样轩轩然有凌云之气的文章，应该去找那些科场得意的当今魁彦。这实际是对志得意满的元孙的嘲讽。王柏同时指出，一介科举功名就在族人面前旁若无人地炫耀矜夸，这实在不利于修明礼义以切励家族，而退让之风未行于己，则争夺之俗未尽绝于家矣。若一介功名就可成为家族之翘楚，就声称要继先人之前芳，那家族之凋敝可知也，此尤宜哀痛感慨，厚自丰植，以远者大者自期，何必矜夸若此，徒以修为之浅陋示人。行文至此，王柏宕开一笔，指出每举进士不下数百人，贤否邪正杂然并进，纵在高甲，又何足以绍续先烈？郑刚中的勋业不是区区一第就可以继其芳的，只有以器识为先，穷揉学问根本，见于躬行者笃实无瑕，始可继北山之遗芳，也可获得家风源深流长的时誉。

至此，我们明白王柏、金履祥为何对这位元孙的科场得意没有奉上溢美之词了，他们反复强调郑刚中的学行修养，其中深意存焉。王柏等理学家们所理解的发展家族的关键是进德修业，而非仅仅依靠博取功名，这是他们与郑刚中元孙的分歧所在。元孙在《岩桂赋》中以岩桂比拟家族，自己则是那最茂盛的一枝，家族之盛美独钟于己，足以继先人之遗芳，表现出科举以兴家的当仁不让。这种因得意非凡而目空一切、藐视家族成员的心态有悖于温良恭俭让的道德人格的养成，他们希望元孙能够立德以兴家，而非凭借科举得来的权势骄横乡里。王柏是当时名震一方的大儒，金履祥在他七十岁生日时献上的寿诗盛赞他“巍巍王子，我人所宗。维北有斗，维岱在东”①。可谓推崇备至。他仍自目为“潦倒无成于陋巷者”，这绝非自谦之词，而是为了表示对科举功名的轻视，他对郑刚中元孙看似严厉的呵责，其实包含着期望其修身齐家以振家声的殷殷之情。

这场发生在咸淳年间的小小风波，反映了立德与科考两种发展

---

① 金履祥：《华之高寿鲁斋王先生七十》，《仁山集》卷四，第62页。

家族的途径在观念上的分歧,也可以说,这是士绅们所秉持的耕读传家以兴旺家族的观念与传统的金榜题名以光宗耀祖的思想的一次正面交锋。这次交锋包含着丰富的文化信息,这当中,郑刚中元孙所作的《岩桂赋》应该引起我们的充分注意,其中"岩桂"意象的内蕴,尤其值得深究。我们若以这场小风波为着眼点来梳理岩桂意象的演变,或许能窥到传统中国发展家族之观念的演变轨迹及其深厚意蕴。

第二节　岩桂辨

郑刚中元孙所作《岩桂赋》中所写的岩桂,就是古代诗文中经常歌咏的桂花,也有木樨、九里香等名称。以岩桂之称来指桂花,出现比较晚。张邦基《墨庄漫录》云:"木犀花,江、浙多有之,清芬沤郁,余花所不及也。一种,色黄深而花大者,香尤烈。一种,色白浅而花小者,香短。清晓朔风,香来鼻观,真天芬仙馥也。湖南呼九里香,江东曰岩桂,浙人曰木犀,以木纹理如犀也。然古人殊无题咏,不知旧何名。故张芸叟诗云:'伫马欲寻无路入,问僧曾折不知名。'盖谓是也。王以宁周士《道中闻九里香花》诗云:'不见江梅三百日,声断紫箫愁梦长。何许绿裙红帔客,御风来献返魂香。'近人采花蕊以熏蒸诸香,殊有典刑。"①张邦基生卒年均不详,宋高宗绍兴初前后在世。

① 张邦基《墨庄漫录》卷八,北京:中华书局,2002年,第221页。《广群芳谱》对此的阐释更为详尽,"岩桂,似箘桂而稍异,叶有锯齿如枇杷叶而粗涩者,有无锯齿如栀子叶而光洁者,丛生岩岭间,谓之岩桂,俗呼为木犀,纹理如犀,故名木犀。其花有白者名银桂,黄者名金桂,红者名丹桂。有秋花者、春花者、四季花者、逐月花者。花四出或重台,径二、三分,瓣小而圆,皮薄而不辣,不堪入药,花可入茶、酒,浸盐蜜,作香茶及面药泽发之类。天竺桂,即今闽、粤、浙中山桂,台州、天竺最多,生子如莲实,或二或三,离离下垂,天竺僧称为月桂,其花时常不绝,枝头叶底依稀数点,亦异种也"(汪灏:《广群芳谱》,上海:上海书店出版社,1985年,第941页)。

文中说到“古人殊无题咏,不知旧何名”,可见,南宋初,人们对岩桂并不熟悉。该文中提到的张芸叟即张舜民,生活在北宋哲宗、徽宗时期,其诗中“问僧曾折不知名”说明了两宋之际人们对此花相当陌生。木犀之名,所起也比较晚,张孝祥的《岸傍偶得木犀》诗中曾有“惟此木之犀,更贮万斛香”[①]之句。大致生活在理宗朝的牟巘曾说:“木犀之名,出于近代,或云即《尔雅》所谓梫木者,樛枝偃蹇,秋半始花,花过于枝,香过于花。”[②]九里香之名也当起于此时,范成大有《次韵马少伊木犀》诗曰:“纤纤绿里排金粟,何处能容九里香。”[③]桂花乃古代生活中习见之物,两宋之际的人们因何对其陌生起来呢,抑或岩桂并不是屈原以来诗文提到的“桂”?明代张志淳对此说得较为明白,“桂有桂树之桂,有桂花之桂;桂树则《楚辞》桂酒、菌桂之类,即今医家所用,取其气味辛甘,乃用其皮也;桂花之桂,则诗词所言,今人家所植,取其香气馥烈,乃尚其花也”[④]。从现代植物学的角度看,古籍中的“桂”,大致可指称两类植物:一是樟科中的桂树,如肉桂、天竺桂(即普陀樟)、细叶香桂、阴香、柴桂、大叶桂、钝叶桂、毛桂和月桂等,前几种均为樟属植物;二是木樨科木樨属中的桂树(即桂花树,亦称木樨或木犀),有金桂、银桂、丹桂、四季桂等品种群。岩桂乃是桂花之桂,木樨科之桂花获“岩桂”之名,应与其野生于砂岩、石灰岩的山地、岩岭有关。而屈原等所写的,木与皮有浓烈香味的,乃樟科之桂。南宋之前的人也在歌咏香气馥郁之桂花,只是没有详加甄别,随着文化中心的南移,南方习见的木樨科桂花日益引起了人们的关注而已。

北宋后期,以岩桂指称桂花渐成常态。黄庭坚的《题徐氏书院》

---

① 张孝祥:《岸傍偶得木犀》,《于湖居士文集》卷四,上海:上海古籍出版社,1980年,第31页。

② 牟巘:《张氏学古斋倡和诗序》,《全宋文》第355册,第273页。

③ 范成大:《次韵马少伊木犀》,《范石湖集》,北京:中华书局,1962年,第99页。

④ 张志淳:《南园漫录》卷四《桂辨》,文渊阁四库全书本。

诗:“学书但学溪老鹅,读书可观樵父歌。紫髯将军不复见,空余岩桂绿婆娑。”①诗中的“紫髯将军”用孙权“碧目紫髯”典,代指松树,从文意来看,下句的绿婆娑的岩桂,当指桂树,而非岩与桂。谢逸的《桂花》诗:“轻薄西风未办霜,夜揉黄雪作秋光,摧残六出犹余四,正是天花更着香。”②写秋天桂花盛开的景象,诗中“六出犹余四”,指桂花四出,这正是其花型的主要特征。这应该是较早使用“岩桂”来指桂花的诗篇。九里香之称也出现于这个时期,有的文献所载名曰“七里香”。据载,宣和元年(1119)九月十二日,皇帝诏臣蔡京等宴保和殿“酬劝交错,上顾群臣曰:‘桂子三秋七里香。’七里香,桂子名也”③。桂子就是桂花,如柳永词的“三秋桂子,十里荷花”,七里香,当是与“九里香”出于同一机杼的对桂花的称呼,这一时期的万俟咏有咏桂花的词曰:“芳菲叶底。谁会秋江意。深绿护轻黄,怕青女、霜侵憔悴。开分早晚,都占九秋天,花四出,香七里。独步珠宫里。佳名岩桂。却是因遗子。不自月中来,又那得、萧萧风味。霓裳旧曲,休问广寒人,飞太白,酬仙蕊。香外无香比。”④词中强调了“佳名岩桂”,而“香七里”之句正呼应着徽宗所说的“七里香”,“花四出”则是木樨科桂花的花形特征。杨万里的《凝露堂木犀》诗中写道:“雪花四出剪鹅黄,金屑千麸糁露囊,看去看来能几大,如何着得许多香。”⑤其中的“四出”、“金粟”均是就岩桂的花形而言。生活在南宋理宗前后

① 黄庭坚:《题徐氏书院》,《黄庭坚全集》,南昌:江西人民出版社,2011年,第1127页。

② 谢逸:《桂花》,《全宋诗》第22册,北京:北京大学出版社,1995年,第14865页。

③ 王明清:《挥麈余话》卷一,《挥麈录》,上海:上海古籍出版社,2012年,第184页。

④ 万俟咏:《蓦山溪·芳菲叶底》,《全宋词》,郑州:中州古籍出版社,1996年,第563页。

⑤ 杨万里:《凝露堂木犀》,《杨万里集笺校》,辛更儒笺校,北京:中华书局,2007年,第533页。

的史绳祖在其《学斋占毕》中也说："花中惟岩桂四出，余谓土之生物，其数皆五，故草木花皆五，惟桂乃月中之木，居西方地，四乃西方金之成数，故花四出而金色，且开于秋云，此桂之在离骚以喻君也，先师魏鹤《山岩桂》诗云：'虎头点点开金粟，犀首累累佩印章'，自注云：'顾虎头善画金粟佛，公孙衍佩五国相印，真善借喻而体物矣。'余亦尝赋岩桂云：'四出花中异，三开格外芳，名高评月品，韵胜霸秋香。'或者颇许之，以为弗可移赋他花木也。"①他既指出了岩桂花"四出"的特点，但是又把岩桂与"桂乃月中之木"视为一物，其实这是两个不同的树种。

汉以前的典籍对于"桂"的记载，多着眼其延年益寿的药用价值，月中桂树之说首见于《淮南子》(《太平御览》卷 957 引)。其说之缘起，与古人长生长寿的信仰当有联系，因此，传说中的月中桂应该是其皮与木具有强身健体功效的樟科之桂，而非"皮薄而不辣，不堪入药"②的岩桂。故而，许慎《说文解字》解释"桂"是百药之长。《尔雅・释木》中所言的"梫，木桂"，晋郭璞注曰："今南人呼桂厚皮者为木桂。桂树叶似枇杷而大，白华，华而不著子，丛生岩岭，枝叶冬夏常青，间无杂木。"③这是指樟科的桂木之属，如月桂等。可以说，南宋人虽然意识到了岩桂与桂木的不同，但是他们并没有打算对桂的种类详加辨别，因此，当时文章在"桂"的名目下，花香之桂与皮木辛香之桂并非犁然分明。正如南宋后期的叶寘所云："陆务观云：《楚词》所谓'桂'，数见于唐人诗句及图画间，今不复见矣。属山僧野人试求之，赋绝句云：'丹葩绿叶郁团团，消得姮娥种广寒。行尽天涯年八十，至今未得一枝看。'又别记其说云：桂花已春芳，其色丹，亦或紫。

① 史绳祖：《学斋占毕》，北京：中华书局，1985 年，第 36—37 页。
② 汪灏：《广群芳谱》，上海：上海书店出版社，1985 年，第 941 页。
③ 郭璞注：《尔雅》，上海：上海古籍出版社，2015 年，第 153 页。

《南部新书》云：钱塘灵隐山多有之，香紫可爱。白乐天谓之‘紫杨华’。今不复见，虽问灵隐山僧，亦莫知矣，往往妄指木犀为之，草木显晦，亦有时如此，可付一叹。诸老品题芳卉多矣，少问及此，或指木犀之红者为桂而已。李卫公《平泉草木》记中列桂之品三：其一红桂树，云‘此树白花红心，因以为号’；其一月桂，云‘出蒋山，浅黄色’；其一山桂，云‘此花紫色，英蕊繁缛’。三者未详孰是。《尔雅》：‘梫，木桂。’郭景纯曰‘白华。’不言丹紫也。如《选诗》‘秋风生桂枝’，亦鲜言春也。孙少愧《东皋杂录》：‘自邵州至全州，道傍多岩桂，冬初花发，芬馥特异，俗谓之九里香，又谓之木犀，以其文理黑而润，殊类犀角也。’此谓冬初花发，固由土气有异，以桂与木犀一种相传久矣，陆氏之说孤而不章，草木之显晦，感慨所托，何已哉？余不足以知之，以俟博识。”①陆游与张邦基一样，意识到了典籍中“桂”之情况的复杂性，但是其说孤而不彰，可见在当时人们的文字表述中，桂的复杂性并没有引起充分的关注，甚至可以说，人们或许是有意混淆各种桂的不同，这样就避免了桂的文化意象在内蕴上的分流，使桂的意象更为生动形象、丰富深厚，而且围绕着桂树的不同意蕴的整合，更能够承载人们对理想的生活观念的寄托。比如刘子翚《木犀古风》：“化

① 叶寘《爱日斋丛抄》卷五，北京：中华书局，2010 年，第 111 页。陆游又有诗《寄题庐陵王晋辅先辈桂堂》曰：“楚人记草木，桂在椒兰中。我怀小山句，妙绝穷化工。唐人作山水，亦以桂配松。丹葩间绿叶，锦绣相叠重。不知始何时，岩桂开秋风。楚人所称者，委弃等蒿蓬。呜呼各有时，士岂怨不逢。我作桂堂诗，广子云梦胸。”陆游奇怪开于秋天的木樨不知始于何时夺楚人所写、唐人所画的桂树而鸠占鹊巢。开花于秋风中的，的确是岩桂，即木樨，从字面上讲，“岩桂开秋风”是没有错的，不过，诗中的“岩桂”非此岩桂，是指樟科类桂树，是岩与桂两词的结合，陆游用以概括淮南小山《招隐士》中的意象，以作为桂树的美称。陆游的困惑在于，真正的桂树被人们遗忘，而木犀以岩桂之名取代桂而受到人们的歌咏，以此来审视社会人生，感慨系之。

工吝幽香，斑斑被花木。氤氲寒岩桂，高韵盖群馥。无人尽日芳，守志何幽独。士介耻求知，女贞惭自鬻。凄凉楚山秋，樛枝吐金粟。……长吟小山词，古意恐难复。”①这首歌咏木樨的诗完全建立在与淮南小山《招隐士》的互文性联系，木犀与小山所写之桂被混为一谈。曾几的《岩桂》“粟玉黏枝细，青云剪叶齐，团团岩下桂，表表木中犀，江树风萧瑟，园花气惨凄，浓熏不如此，何以慰幽栖。”②诗中出现了“粟玉”、“木中犀”等字样，说明所咏乃岩桂花无疑，但“慰幽栖”一句以及巧妙地析“岩桂”之名为“岩下桂”，这显然都是对《招隐士》内容的化用，这就混同了岩桂与樟科类桂。又如朱熹的《咏岩桂》：“亭亭岩下桂，岁晚独芬芳。叶密千层绿，花开万点黄。天香生净想，云影护仙妆。谁识王孙意，空吟《招隐》章。”③全诗檃栝《招隐士》，而“花开万点黄”则显然是岩桂的特征。

岩桂之称不始于宋代，唐代诗文中多有“岩”、“桂”连称。如唐高宗李治的诗《九月九日》：“野净山气敛，林疏风露长。砌兰亏半影，岩桂发全香。”骆宾王的诗《秋日山行简梁大官》：“百重含翠色，一道落飞泉。香吹分岩桂，鲜云抱石莲。”但这均是岩与桂构成的词组，而非专用名词。李治诗中的“岩桂”对“砌兰”，意为岩生之桂；骆宾王诗中的“香吹分岩桂”，结合上下句分析，当指香风吹动桂树，桂树与岩石因动静之别而判然分明。桂树与岩石意象的组合源自淮南小山的《招隐士》，该辞中是这样描绘隐逸山间的生活的，“桂树丛生兮山之幽，偃蹇连蜷兮枝相缭。山气巃嵸兮石嵯峨，溪谷崭岩兮水层波。猿狖群啸兮虎豹嗥，攀援桂枝兮聊淹留。王孙游兮不归，春草生

① 刘子翚：《木犀古风》，《全宋诗》第34册，北京：北京大学出版社，1995年，第21356—21357页。

② 曾几：《岩桂》，《全宋诗》第29册，第18534页。

③《晦庵先生朱文公文集》卷十，《朱子全书》第20册，第554页。

兮萋萋”[1]。以该辞为生发点，岩、桂连称或者两个形象同时出现，暗示了隐逸生活、隐逸之趣。权德舆的诗《卧病喜惠上人、李炼师、茅处士见访，因以赠》曰：“心源暂澄寂，世故方纠纷。终当逐师辈，岩桂香氲芬。”作者是把三位造访的山人当作隐逸的高人来看待的，表达了希望追随这些师辈，流连于丛桂山岩之间；徐惠的《拟小山》诗：“仰幽岩而流盼，抚桂枝以凝想。将千龄兮此遇，荃何为兮独往？”全诗以幽岩、桂枝意象以隐括小山之辞；唐太宗李世民的《度秋》曰：“桂白发幽岩，菊黄开灞涘。”在描写秋天的景象时，亦习惯性地以岩石、桂树构景；羊士谔的诗《在郡三年，今秋见白发，聊以书事》曰：“承明那足厌，车服愧无功。日日山城守，淹留岩桂丛”，是说自己在偏僻荒凉的山城做官，百无聊赖，如同隐士一般，流连于山岩、桂丛之间。还有许多诗是以“幽岩”和“桂”连称，以渲染幽静的氛围，如郭震的《同徐员外除太子舍人寓直之作》：“露湿幽岩桂，风吹便坐桑。阁连云一色，池带月重光”；骆宾王的《夏日游德州赠高四》：“白云离望远，青溪隐路赊。傥忆幽岩桂，犹冀折疏麻。”[2]又如《唐德州长寿寺舍利碑》中有“浮云共岭松张盖，明月与岩桂分丛”之句，岩桂对岭松，显然是岩与桂的合而称之[3]，等等。

---

① 洪兴祖：《楚辞补注》，北京：中华书局，2015 年，第 189—190 页。

② 以上所有唐诗，分别见于《全唐诗》，北京：中华书局，1999 年，第 22、855、3608—3609、61、9、3706、754、829 页。

③ 欧阳修《唐德州长寿寺舍利碑》云：“右《德州长寿寺舍利碑》，不著书撰人名氏，碑武德中建，而所述乃隋事也。其事迹文辞皆无取，独录其书尔。余屡叹文章至陈、隋，不胜其弊，而怪唐家能臻致治之盛，而不能遽革文弊，以谓积习成俗，难于骤变。及读斯碑有云‘浮云共岭松张盖，明月与岩桂分丛’，乃知王勃云‘落霞与孤鹜齐飞，秋水共长天一色’，当时士无贤愚，以为警绝，岂非其余习乎？”（《欧阳修全集》卷一三八，北京：中华书局，2001 年，第 2187 页）李复《回周沚法曹书承谕〈滕王阁记〉》云：“此不足称也。唐初（转下页注）

北宋早期的诗文中偶有提及岩桂者，大都是以一个词组来看待的。梅尧臣的《追咏崔奉礼小园》诗有"花搴岩桂红，石擘云根翠"①之句，岩桂与云根形成对偶，当是岩边之桂与云起之处，这是写小园的幽静勾起人们对隐逸生活的向往，还有欧阳修的《答钱寺丞忆伊川》诗中有"山阿昔留赏，屐齿无遗迹。惟有岩桂花，留芳待归客"②，这显然是对《招隐士》的檃栝，其中的岩桂，做岩石与桂树理解当更贴切。其他如孙何《桐柏观》的"微吟海月生岩桂，长啸天风起涧松"③，释智圆的《闲咏》："岩桂翠浓深雪夜，井桐黄落暮秋时。"④宋祁《还乡》诗的"陇桑濡露外，岩桂遣风馀"⑤、《寄净名莪僧长吉》诗的"孤情岩桂老，逸思暮云传"⑥等，"岩桂"对"涧松"、"井桐"、"陇桑"、"暮云"，显然是作为词组使用的。当然也有难以判断是专用名词或词组者的情况存在。可能存在一个岩桂由词组逐渐转变为专用名词的过程，但可以肯定，北宋后期，尤其是南宋以来，岩桂才作为桂花树之称，在诗文中蔚为大观，以桂岩来指称岩与桂的意象组合则很少出现了。

(接上页注)文章沿江左余风，气格卑弱，殊无古意。庾信作《马射赋》云：'落霞与芝盖齐飞，杨柳共春旗一色。'后人爱而效之。武德二年，巢剌王建舍利塔于怀州，作记云：'白云与岭松张盖，明月共岩桂分丛。'如此者甚多，当时好尚，勃狃于习俗，故一时称之。"(《潏水集》卷三，文渊阁四库全书本)

① 梅尧臣：《追咏崔奉礼小园》，《梅尧臣集编年校注》朱东润校注，上海：上海古籍出版社，2006 年，第 406 页。

② 欧阳修：《答钱寺丞忆伊川》，《欧阳修全集》卷五十二，北京：中华书局，2001 年，第 730 页。

③ 孙何：《桐柏观》，《全宋诗》第 2 册，第 979 页。

④ 释智圆：《闲咏》，《全宋诗》第 3 册，第 1570 页。

⑤ 宋祁：《还乡》，《全宋诗》第 4 册，第 2539 页。

⑥ 宋祁：《寄净名庵僧长吉》，《全宋诗》第 4 册，第 2426 页。

第三节　月宫折桂与奕世清芬

郑刚中元孙所赋之岩桂，当是指桂花树，而非岩与桂，因为他所表达的科举及第的内容，正是基于折桂的典故，而“岩”没有这方面的含义，当时人们虽然拈出岩桂之称，但是在行文中岩桂和桂树是等同的，岩桂继承了桂的各种文化内蕴。

桂树与金榜题名发生关联源于《晋书·郄诜传》，该传云：“武帝于东堂会送，问诜曰：‘卿自以为何如？’诜对曰：‘臣举贤良对策，为天下第一，犹桂林之一枝，昆山之片玉。’”①郄诜将自己比喻成桂林中的一段桂枝，昆仑山上的一块宝玉，意为幸运与才能集己一身，郑刚中元孙赋中“盛美不在予而何在”亦是这个意思。且古代科考一般在阴历八九月份，恰逢桂花开，因此，又以此衍生出折桂之说，这些文化元素与月中桂的传说叠加，便成“月宫折桂”的典实。郑刚中元孙的“孙枝孰可继其芳，惟予足继”亦是立足于折桂之说的自负之辞，只不过，他把自己比作了“桂林之一枝”，更近郄诜所云。

宋代以来，桂树成了祈愿科名高第的惯常意象。常环《丛桂堂记》曰：“国朝设科取士之制，名谓之因隋唐之旧，实肇造一王成宪。其著之甲令，纲纪条目纤悉微密，精审明白，天下安而服之。而人材辈出，公卿相望，高文绝武，巨德殊勋、镇社稷、光邦家者率由此选，故世号进士为将相科。盖其自乡党所保任，郡国所贡荐，礼部所程考，至天子亲试于廷，一切按法，无敢慢至公，虽有鬼神，不能窃毫发须臾之幸。……况于一邑之小，一家之中，而登科者蹑踪，宜乎丛桂堂之作也。”②这篇为丛桂堂作的“记”通篇在申说科考的重要和科举功名

① 房玄龄等：《晋书·郄诜传》，北京：中华书局，1974年，第1443页。

② 常环：《丛桂堂记》，《全宋文》第140册，第77页。

的荣耀，可见，堂以“丛桂”名，是祝愿此堂像丛生的桂树一样，枝繁叶茂，学子多多成才。李纲的《丛桂堂记》曰：“元丰中，沙阳人有得诗一绝于梦中者，其词曰：‘吾庐仙桂作丛荣，紫陌先登历几春。今日月娥亲付与，黄金榜上第三人。’后数年，而了翁登第，与诗语合，乃知此梦之祥，端为陈氏设也。了翁同祖兄奉议公欲取诗语名所居之坊，而不果。其子正式居忧多暇，葺隐圃小堂而新之，堂之左右有桂数本，蔚茂芬芳，因以丛桂名之，从先志也。……晚得子，虽幼，而岐嶷夙成。宜善教之，丛桂之祥，不一而足，必有在矣。”①这个涉及到一家两代人关于丛桂的富于神秘色彩的科举梦兆，反映了当时人对功名的热望是如何寄托于桂树意象的。当时的人们偏爱以“丛桂”名其堂，以祈愿家族如丛生的桂树般兴旺，子孙折桂绵延不绝。李石的《丛桂堂记》写一立志于学优则仕的人家，其教子弟取青紫如耘耔而刈，志在必得，“桂生于土，而云植于月中；人不于土生之贵，而极力于月中之植。以是为桂，是其未必有，亦未易得，然父子兄弟相语以为是可贵可求而必得之者。学之于仕未易得也，侈于得之日，犹扪月得之。噫，亦贵矣！……是其封植之高，扶立之茂，郁郁乎家霄汉间也。士夫过者式其居，因以‘丛桂’揭为其堂之名，而俾记其事。虽然，张氏之先仕九卿也，老先生字登孺者，为词场名人，吾昔拜其人”②。科举本有运气的成分，如折月中之桂，可遇不可求，但是若整个家族意志坚定，深自培植，则扪月亦可得之，子弟食息诗书而梦寝几砚，则得意青紫而唾手轩冕，亦寻常事也。其家丛桂茂盛，非幸运也，而是封植、扶立之功过于常人。当然，这与其家学渊源亦有深切关系。的确，科举功名对于广大士子来说，这是他们寒窗苦读的全部价值体现，这不仅是他们个人的努力，而且也需要整个家庭、家族参与其中，

---

① 李纲：《丛桂堂记》，《梁溪集》卷一三二，文渊阁四库全书本。

② 李石：《丛桂堂记》，《全宋文》第206册，第24—25页。

甚至需要几代人不断经营。韩元吉的《刘令君墓志铭》记载了一个家族植桂百株，立志功名的故事："植桂百株，以为桂堂。储书数千卷，招致名士，俾其子弟学，曰：'后世宜有兴乎！'一时贤公卿之在邑者，相与造焉，君必为击鲜釃酒，杖屦塘上，谈笑竟日。"①子子孙孙无穷已也，不折桂绝不罢休！那些失意科场者，亦借桂花以寄托幽愤。王迈的《莆阳方梅叔墓志铭》记录了一位科场蹉跎抱恨终身的人物，"独梅叔君怀瑾握瑜，足迹半湖海，而天无老眼，命压人头，偃蹇不得志，赍恨下泉。唐人所谓'直教桂子落坟上，生得一枝魂始消'者，非君之谓欤？"②王迈所引诗是唐代僧人之作，"忍苦为诗身到此，冰魂雪魄已难招。直教桂子落坟上，生得一枝冤始销"③。这是桂树寄托科举的另一种表达。由"桂林之一枝"演化而来的"桂枝"、"折桂"更是烂俗之套话，这一趋势，至南宋更甚。在当时人祝福、恭贺的文字中，充斥着"唾手桂枝，近龙头而中隽"④，"掉臂笑取桂枝，难栖鸾凤"⑤，"昆玉桂枝，早植无双之誉；商瑚夏琏，出为希世之珍"⑥等等谀辞。这种祝福之辞也会由折桂而及于月宫之桂，如"指岭首之梅花，春风试手；访广寒之桂子，仙籍浮香"⑦，"抽调梅鼎鼐之功，勤于菑播；示折桂云霄之手，授以箕裘"⑧等等。

在南宋人的话语表述中，他们更喜欢把科举功名与家庭、家族的荣耀和发展联系起来，这是之前的这类文章中不多见的。刘辰翁的

① 韩元吉：《刘令君墓志铭》，《全宋文》第216册，第291—292页。
② 王迈：《莆阳方梅叔墓志铭》，《全宋文》第324册，第414页。
③ 王定保：《唐摭言》卷十《海叙不遇》，上海：上海古籍出版社，2012年，第71页。
④ 陈造：《房州到任交倅事筵致语》，《全宋文》第256册，第477页。
⑤ 舒邦佐：《回潭州褚广文启》，《全宋文》第269册，第161页。
⑥ 王之望：《贺何内翰启》，《全宋文》第197册，第349页，
⑦ 李曾伯：《回宗室谢取应启》，《全宋文》第340册，第282页。
⑧ 方云翼：《贺秦相子登科启》，《全宋文》第186册，第32页。

《东桂堂赋》在反映当时科举观念方面颇值得关注。这是一篇为一户以“东桂堂”命名教子读书之所的人家所写的赋作。东桂之名当源于郄诜与晋武帝对话，说出“桂林之一枝”的那个著名典故的处所东堂。但是，刘辰翁则依字面立意，对此作了形而上的解释：“‘东乌指？’则应之曰：‘胫腪发于仁气之温厚，事业方乎青春之磨砻。物所从始，总名曰东。岂以出乎震者，然后显发生之鸿蒙？’‘然桂乌在？’‘堂即桂之宫，人即桂之丛。善培植根，茎叶菁葱。芽荄万实，皆一气之所充。’”万化皆胚腪，发于仁气之温厚，东主春天，乃万化之始，春天的卦位是震卦，表示一种向上、向外发展的趋势，因此，东代表着仁厚之气上升，家族事业蒸蒸日上；家族如桂丛，桂丛根固，则枝繁叶茂，家族子弟立德向学，则家族发展欣欣向荣。因此，东桂的含义是秀气钟毓，子弟俊茂。这种解释，较之月宫折桂，其对读书科举的理解更具哲理内涵，因而更令人信服。气备四时，作者把春天具有化育品德的仁厚之气与桂花之“清芬”勾连起来，“‘敢问秀气之所钟。’曰：‘吾之桂不待移栽于八盘之绝顶，亦岂远蹑乎五岭之遐踪。其蟠然于清虚之府者，乃密阴之所同；及其一日而来天阙者，乃清芬之所从。咏游其间，启明发聪。暮而属思，胆灵肝通；朝而运笔，活兔生风。其花也岂有不攀而挹，其香也岂有不熏而浓者乎？’”桂树来自五岭八盘之绝顶，踪影远离尘世，天地生生之气所钟，其清芬沤郁，足以化顽疗痴，启发性灵，读书其中，当胆灵肝通，运笔生风。这就把读书以求举业神圣化、神秘化了。为了扣合月中折桂的美好祝愿，赋作进一步渲染桂树之神秘色彩，“人以为山河大地者非也。婆娑婆娑，其出乎必由析木，驾苍龙。浴沧海之清润，沐阳谷之和融。故其延光舒采，芗满璇穹。郄生得其一而为瑞世之词藻，窦氏得其五而为毓秀之阴功。兹乎萃东堂之四，而斯所以为机会之逢。是则名之所定也”。桂非人间之物，郄生得其一枝而为瑞世之词藻，窦氏得其五枝而为毓秀之阴功。这里，作者除了祝愿子弟折桂，还祝愿家族能五桂连芳。五桂连芳的典实出自署名范仲淹的《窦谏议录》。该文叙述其祖辈的世交窦禹钧一生积德行善，广积阴功，终致五子登科的故事。文中还录有冯道对该事的歌咏："燕山窦十郎，教子有义方。灵椿一株老，仙桂五枝芳。"[①]这个故事暗示了科举不是个人行为，而是家族几代人共同努力的结果，个人的科举，具有发展家族的意义。灵椿一词依《庄子·逍遥游》立意[②]，指家族长辈年高德劭，"仙桂五枝芳"则含义子孙蕃茂，次第登科。这个故事在南宋时期影响甚巨，灵椿丹桂的意象组合成了科举祈愿的常见意象[③]。赋的结尾收束全文，点出奥旨："君将以主乎生者为东，而以根诸心者为桂耳。欲梯丹霄，乘素魄，以漱其芳于二十八宿之心胸。君之志诚大已。膏之沃者其光炫，根之溉者其菡浓。君诚益修乎人事，兹乃大契乎天工。然则斯堂也，熏两间之仁气，会合璧之光重。夫既已蜚英腾茂于尔嗣，而且流芳垂耀于无穷也。猗与盛哉！"[④]这段话的意思是说，读书当主乎生生之气，以仁厚立德，守乎天地之至诚，履乎仁义之中正，德行如桂之馨香，方能梯丹霄、乘素魄，出人头地，读书的根本是立德，发展家族的根本也是立德，只有这样才能蜚英腾茂于尔嗣，流芳垂耀于无穷。值得注意的是，此赋给具有功利色彩的科举赋予了立德兴家、家族持续发展的庄严含义，月宫折桂与奕世清芬得到了统一。因此，我们看郑刚中元孙的《岩桂赋》所云"孙枝孰可继其芳，惟予足继"，除了当仁不让的自负外，还有肩负发展家族的使命感的心声，其一系列基于乃祖盛德的宣传，除了自炫外，也是为了彰显家族曾经的荣耀和辉煌，以述往事，

① 范仲淹：《窦谏议录》，《范仲淹全集》，成都：四川大学出版社，2007年，第510页。

② 《庄子·逍遥游》曰："上古有大椿者，以八千岁为春，八千岁为秋。"

③ 椿桂的意象组合来源较早，冯道此诗亦是化用前人诗作。唐咸通年间诗人顾封人有《月中桂》诗，诗中有"芬馥天边桂，扶疏在月中。能齐大椿长，不与小山同"之句。

④ 刘辰翁：《东桂堂赋》，《须溪集》卷六，文渊阁四库全书本。

思来者。

给月宫折桂赋予奕世清芬的含义，是两宋之际科场文化的一个转变，这使得科场功名与立德兴家取得了一致，科举的成功在于家门荫德，子弟修身方可月宫折桂，读书以应科举不再是博取功名的手段，而是在立德修行，砥砺修为。因此，家风、家声、读书、科举形成了互济互惠的关系。据郑穆的《宋特进仪同三司少师文靖公墓志（张肩孟）》载："历官二十余年，有宅一区而已。宅之西有楼，未名，诸子读书其上，植岩桂于楼前，夜梦神人告之曰：'君看异日拿龙手，尽是寒光阁上人。'遂榜以'寒光阁'额。已而俱擢进士第，缙绅荣之，时有'丹桂五枝芳'之语。宣和间，殿撰、尚书，相继帅乡郡，龙图知建州，时有'三张'之称。"①这是范仲淹记录的窦家故事的翻版，它反映了科考成功与祖德庇荫之间的联系，也就是说，科举是需要累代经营的，是家族事业。灵椿与桂枝的意象组合也因此成了祈愿科举、发展家族的常见意象。比如周必大的《桂隐铭》赞美一位乡居的绅士，其孙科举及第而未仕，家居力教六子，曰："众芗之林，勿替以引。肆其贤孙，环桂而隐。一椿未老，六枝其芳。昔窦今向，清芬相望。仕不于身，必在厥子。同升桂堂，斯道如砥。"②"桂隐"是这家的课子读书的堂名，"桂"暗喻六子均是折桂之才，"隐"则暗示了其志向与《招隐士》主旨的联系。铭中的椿、桂、窦，是在强调这家祖、孙、曾孙四代修身养性、积德行善，一定会像窦氏五连芳那样，在科场光宗耀祖。王佐的《贺秦相生日启》写道："祝仁者寿，俾炽而昌。衍金昆玉友之荣，积桂子桐孙之庆。庄椿不老，八千岁以为春秋；周鼎同扶，七百年

---

① 郑穆：《宋特进仪同三司少师文靖公墓志（张肩孟）》（绍兴壬子正月初吉，孙男左宣议郎、知福州怀安县、主管劝农事、赐绯银金袋元瑜谨立。乾道壬辰五月望日，曾孙右通直郎竢修），《文献季刊》，2006年，第1期。

② 周必大：《桂隐铭》，《全宋文》第232册，第161页。

而十世算。”[①]祝福秦桧一家永葆仁厚之风，子弟立德行善，老者如大椿般长寿，少者均为桂子桐孙。“桂子”，指子弟如桂枝一般，金榜得中；“桐孙”语出庾信《咏树》诗：“枫子留为式，桐孙待作琴”，指子孙如制琴之桐一般成为有用之才。叶适《史进翁墓志铭》：“以学立子，以子立家；森其成材，舒英擢华。有大之椿，桂也丛生；荫垂东南，永延厥声。”[②]在椿桂意象的组合中突出了向学立德的内涵。其他如刘克庄的《杨栋故父任武德郎已赠正议大夫端仲特赠太子少师制》：“蜀无他扬之家，华崇特盛；窦有一椿之老，桂子能芳”[③]；《祭从母陈恭人文》：“果食其报，双桂一椿。季也宦达，列鼎养亲”[④]等等，其椿桂意象均包含着立德兴家、丛桂连芳、福寿绵长的含义。

桂本来就具有象征不同凡俗的内涵，金榜题名与立德兴家观念的统一，使得经过屈原、淮南小山等不断歌咏而凝固于桂树意象的高洁不凡、坚守怀抱的文化内涵愈加得到彰显，立德与科考在桂树内涵上取得了一致。月中桂的意象，在宋人那里几乎成了金榜题名的代名词，但在唐人那里，在多数诗文中，是指向《招隐士》的隐居求志的。赵蕃的《月中桂树赋》生动传神地描绘月中桂树的婀娜婆娑景象，曰：“是故邈彼轻霄，呈兹永夕，纷敷远莹，偃蹇旁射，夹馀霞而暂丹，经斜汉而弥白，临紫极而天香不散，指北斗而仙花可摘，况其远象朣胧，挂于冥空，惜迢递而遐想，况婵娟而内融，素色不雕，自挺霜雪之外，清阴迴泛，频移霄汉之中，何必咏招隐，卧幽丛，庶高枝兮可折，愿逍遥

① 王佐：《贺秦相生日启》，《全宋文》第225册，第135页。
② 叶适：《史进翁墓志铭》，《全宋文》第286册，第351页。
③ 刘克庄：《杨栋故父任武德郎已赠正议大夫端仲特赠太子少师制》，《全宋文》第327册，第111页。
④ 刘克庄：《祭从母陈恭人文》，《全宋文》第332册，第198页。

于蟾宫。"①意在彰显月中桂树逍遥于蟾宫的出尘之表、冰清之态，其冰玉之质不待咏《招隐》之辞，卧桂树幽丛，以标榜。杨弘真的《月中桂树赋》以深情婉转之笔触描绘朗月美景，由天上而及人间，由月华千里而及月影低回，由月之阴晴圆缺而及人事代谢，然后引出"耻片玉以齐价，笑三珠之可尚。彼丛生因地，森挺凌霜，验植物之斯美，杳神功之可量。垂荫何方，乃传天之下界；结根何处，宛在月之中央。又安能较其小大，齐其短长。冀一枝兮可得，敢骧首以观光"②。指出桂之仙姿过于"昆山之片玉"与三株神树，其因地丛生，森挺凌霜，得其一枝，是人们的共同的愿望。这是在礼赞桂树之美质。崔琪的《桂林一枝赋》脱出"桂林之一枝"与月中桂树合一的窠臼，而是直写桂树，附会郄诜之典以成文，将"桂"与《招隐士》直接挂钩，结合人之穷通与桂之际遇来立意属文，赋中描写山中桂树曰："颢气凌空，孤阴耀质，心既丹而不二，花又白而纯一，凝霜陨而色鲜，严景凋而叶密"，桂具有如此仙姿美质，但若不遇，则"如孙弘已落，郄诜未第，沮尘色与灰心，然粒玉而烬桂"，然若幸而见赏，则"孰谓连卷衔半死之质，特达承再生之惠，淹留君之庭，芳郁君之砌"。宦途蹭蹬之人，绝望至极，恨不能燃玉焚桂，一旦承再生之惠，则淹留君庭，芳郁君砌。这篇赋的精巧之处在于对"桂林一枝"典故的反向立意，即以桂喻人，桂之际遇亦如郄诜之穷达一样，具有偶然性，抑扬之权操与君王之手，故而，"向使便辞仙客，永弃幽林，委根不用之境，灭影空山之阴，又焉能擅昆玉之高价，吐岁寒之宿心，彼徒见零落，焦梧再斫，恩深于既往，殊不知摧残朽桂，一枝重遇于当今"。赋中描写桂的穷通之状，是以其仙姿美质为基础的。

---

① 赵蕃：《月中桂树赋》，《历代辞赋总汇》第 3 册，长沙：湖南文艺出版社，2014 年，第 2141 页。

② 杨弘真：《月中桂树赋》，《历代辞赋总汇》第 3 册，第 2154—2155 页。

应该说,屈骚以来关于桂树桂花的文学创作,表现馨香不俗、灵根幽姿等内容是其主调,尤其是诗词创作,更是如此。南宋人的咏桂创作较之前代陡然而起,其超凡脱俗、坚守怀抱的内涵亦得到充分彰显。除了诗词而外,辞赋创作更表现出勃然而兴的局面。这些作品延续着前代的主题而又踵事增华。刘学箕的《木犀赋》在序中提纲挈领地指出木犀为花,高雅出类,馨发而不淫,清扬而不媚,有隐君子之德,对桂花气质的归纳非常精当。赋曰:“悯百草之殄瘁,惊木犀之吐香。绿叶扶疏,高枝蟠虬。润沐乎晓烟夕露,清扬乎皓月明秋。崇冈之崖,小山之幽,黄英灿然,宛其靓修。可援可攀,可处可游。俨商山之隐士,邈未可以晤语。”这段描写从《招隐士》而来,只是将桂木置换为桂花,并对其作较为细致的描写。接着,又将桂花描绘为仙女,继承了月中桂的古老传说:“左揖手兮素娥,右拍肩兮青女。青女兮拭妆,素娥兮照袂。散十里之清芬,扬郁烈而不媚。兹盖与菊英兮齐驱,并梅花于伯季者也。”作者由桂之形、色、香一步步推进,将其与菊花、梅花相提并论,对桂花的推崇可谓备至。赋作进而描写岩桂之德,“惟此丛生,雅有深致。独抱明哲,远屏声利。托根云林,绝迹朝市。饱三秋之风霜,复优游以卒岁。韬叶底之轻明,类有德者之避世。迨夫冰雪冱寒,晚节弥厉。虽零落于山樊之间、苍苔之上,有骚人雅士申之以无斁之歌,亦既见止,不忍遐弃。收其朽腊,暇日而爇之,明窗净几,犹足返其魂而续其遗味也耶”①。岩桂远屏声利,不媚不俗,不畏冰雪冱寒,晚节弥厉,即使秋英飘零,亦可收而爇之,以成桂香,使人氤氲其精神魂魄。释宝昙的《木犀赋》直接将月中桂与岩桂混同视之,并发挥了宋代以来流传的月中落桂子的传说以显然其独拔尘世的神秘性,“桂生月窟,其大几何?下陨桂子,直东南柯”。接着,笔锋一转,“谁其之植,被于岩阿。迈群芳以孤往,粲一笑之微

① 刘学箕:《木犀赋》,《全宋文》第300册,第387页。

涡。转金粟之溥溥，峙绿云之峨峨。不以色夸，而以香胜，匪天人而则那"①。该赋在彰显桂花的不俗。月中落桂之说古已有之，但是在南宋初期一直流传着月中桂子落入杭州灵隐寺之说，故而，释家的宝昙从此传说落笔，来展示桂花与释家的因缘。桂子，既指桂花，也指桂花的果实，此赋中的桂子，当时桂之实。桂子落入人间，生于岩阿，超凡不群，金粟溥溥，绿枝峨峨，不妖不媚，而以香胜，人间卉木岂能望其项背。杨万里的《木犀花赋》以传神之笔描绘了一个梦境：霁月半璧，天地空明，天风骤来，妙香之郁然，其香使人有超于广寒之上、表里澄澈之感，这样就暗示了桂花与月宫的联系，然后，直接描写月下之桂花，"玉阶之前，有团其阴，蔚乎琉璃之叶，摵乎瑟琴之音。天葩芬敷，匪玉匪金，细不逾粟，香满天地。盖向者之所闻，乃于兹其良是"。由香而及桂影、清风摇曳之音，然后及于桂花，再回到桂香，层层勾勒，使人如鼻嗅其香，身临其境。然后以欲伐桂枝以移栽人间而为羿妃所阻的超现实描写，突出了岩桂的仙根灵种，不同凡俗。赋以"杨子耸然而悟，月尚未午，客亦未去，顾而见木犀之始花，宛其若天上之所睹"②，寥寥几笔，月中桂与人间岩桂沆瀣一气。

南宋时期，南方各地遍植桂树，桂已成重要的园林景观树种，这是咏桂创作勃兴的物质基础，而全民参与、家族式累代经营的科举行为也推进了桂文化的丰富发展。科举的立德兴家含义使得桂文化蕴含的坚守怀抱的内涵向厅堂、学舍、书院、贡院、孔庙等一切与读书有关的建筑设施延伸，可以想见，这些地方皆广植岩桂，奕世清芬的祈愿广衍为对地方淳风美俗的美好祝愿。家族教学读书之所一般以桂名堂，如"丛桂"、"椿桂"、"五桂"等自不待言，面向大众的教育机构也多广植岩桂，或以"桂"名。幸元龙作于嘉定五年（1212）冬《桂岩

① 释宝昙：《木犀赋》，《全宋文》第241册，第134—135页。

② 杨万里：《木犀花赋》，《全宋文》第237册，第7—8页。

书院记》就记述了其家族以“桂岩”命名的书院，该书院“因植桂百株，结草堂数间，为斋者四。讲隶有舍，庖膳有所。益国周公为大书匾曰‘桂岩书院’，复得魏公鹤山匾曰‘桂岩精舍’。日与诸弟课书其中，相勉以振祭酒遗绪，庶乎此名之不朽也”①。文中提到的“祭酒”是指书院的创办者、主要活动于唐代元和年间的幸南容。幸元龙是科举考试的积极拥护者，他曾在《论取士法疏》中说：“试法一行，非特进士可以罗孤寒之士，……有势力者其计无由行，无势力者不患不显达。无材能者其身无由进，有材能者不患不见知。如此，非徒可以销泯贪冒，亦可以激昂学问。心术日正，而气节日隆，风俗日厚，士大夫各安其分，而无躁进之心，各安其业，而无幸侥之望，则贪吏影灭迹绝，而廉吏布满天下。”②在荐举和科考之间，他选择后者。因此，其书院的宗旨就是要绍续家族荣耀，子弟金榜题名，其植桂百株，自然寄托着发展家族的愿望，同时也是希望子弟读书其间，能够涵养气质，陶冶性情，启迪文思，坚定发展家族的神圣感和使命感。王应凤在《通州贡院记》中也说道：“且今之新长桂丛者，非向之畦而茹者乎？向也汗陋，今也高明，地不改辟而气象异焉。学者志于上达，盖知所取舍矣。莫尊于道义，莫美于名节，以致远自期，以务实自励，夫是之谓修其天爵而人爵从，夫是之谓夙夜强学以待问，怀忠信以待举，力行以待取。”③通过新长之桂丛，寄托移风易俗的美好愿望，希望学子治举业应以立德为先，修其天爵而人爵从。其他如谢天民的《仙游重建儒学记》提到“植佳木于岸，又手植岩桂于殿阶之四维，面势轩豁，坐揖前山之爽气”④，楼钥的《聚奎堂碑》提到“圣意攸属，昭

① 幸元龙：《桂岩书院记》，《全宋文》第303册，第408—409页。
② 幸元龙：《论取士法疏》，《全宋文》第303册，第391—392页。
③ 王应凤：《通州贡院记》，《全宋文》第354册，第367—368页。
④ 谢天民：《仙游重建儒学记》，《全宋文》第194册，第201页。

然着见。复揭‘荣桂’旧题于便坐，植岩桂以环之”①等等，皆是通过岩桂以寄托立德、功名、淳厚风俗的美好愿望。

可见，随着金榜题名与发展家族、匡风济俗等观念的日益结合，桂的各种象喻意义也呈现出叠加融汇的特点。遍植于江南各地的桂花树，承载着人们对美好生活的种种憧憬和祈愿。可以想见，郑家大院的那座楼旁，也许有几丛枝繁叶茂的岩桂；在桂花待芳的时节，郑家元孙离家走向决定身家发展的科考途程；还是在桂香氤氲中，他等来了金榜题名的消息；某个月明之夜，盘桓于枝叶婆娑、金粟溥溥的丛桂之下，他一定想到了乃祖的荣耀和家族曾经的辉煌，于是，振兴家族的使命感于心底沛然萌生，不能自已，捉笔在手，来不及细加推敲，一挥而成《岩桂赋》。那时，他的乡邻、亲族、世交、地方的缙绅、守土的官长，也一定送上了美好的祝福，祝福郑家岩桂清芬，足以荣耀乡里，告慰先人。于是，元孙深感有必要恳请乃祖的道友、当今的贤哲，如王柏、金履祥等，为自己说几句赞美的话，以炫耀乡里，激励族人；那座丛桂披拂的小楼，也应该悬挂起王柏这样的贤达题写的匾额，以做永久纪念。

第四节　举子事业与君子事业

本章上引王柏对郑刚中元孙在《岩桂赋》中流露出的矜夸情绪的呵责，主要包括两个方面，一是修为之浅陋，“其自任者可谓甚勇，其所以自期者无乃太浅乎？何其眇视宗族，旁若无人？大略矜夸之意多，而非所以培养退让之风也。政使盛族果无可继前芳，尤宜哀痛感慨，厚自丰植，以远者大者自期可也”；二是科场得志不足以绍继先祖功业，“每举进士不下数百人，贤否邪正杂然并进，纵在高甲，又何足

① 楼钥：《聚奎堂碑》，《全宋文》第265册，第260页。

以继先烈？仰惟先正师保气节勋业，著在国史，播之天下后世，岂在区区一第哉！”这其中暗含着对进士取士的态度以及读书的目的所在等问题。读书以历练学力胸襟还是成圣成贤，抑或取士是量才还是量德，这是从北宋以来就聚讼纷然的命题。虽然当时立德兴家思路给科举的功利目的披上了一件华丽的外衣，而且理学思想基本上主宰了科场，但是，这种重辞章的取士方式还是难以为理学人士所接受。理学人士从立德的角度对科考的臧否，形成一种针对科场文化的张力，这在一定程度上对科场的功利化博弈起到纠偏的作用。

传统中国是道德至上的社会，读书以成就君子，而非仅仅是举子，这是宋人的共识。黄庭坚曾谈道：“观古人书，每以忠信孝悌作服而读之，则得益多矣。亦不必专作举子事业，……文章取士，眷惟较艺当以少年心志，治君子之事业耳。学问当以不及古人为戒，勿以一日之长，系主司得失为意，则世间疾苦不能入矣。”[①]黄氏将读书目的区分为君子事业与举子事业，并认为求举子则“世间疾苦不能入矣”，其实，作君子又何尝一定就能入得民间疾苦！只要是关乎利禄，一切取士手段都会变成博弈工具。古今以来，有几个以儒者自命的人物是高尚者！但传统中国学术的根本就是立德，尤其是南宋兴起的理学，更是将一切上层建筑建立在立德之上。王柏对元孙的呵责，就是立足于读书以成就君子事业的观念。

作为理学大儒，王柏特别强调个人的修为在齐家治国方面的意义。他说：“国本在家，家本在身，一身之本，方寸虚明。明德新民，先觉后觉，推以教人，勉之实学。……立国之本，恃此人才。学不务实，吁其殆哉！”[②]立国之本是人才，人才之本是立德。他强调：“惟人之性，原于一善。欲动情胜，恶然后见。人之好之，我所固有。若存若

① 黄庭坚：《与周甥惟深》，《黄庭坚全集》，第612页。
② 王柏：《本斋箴饯府博修史荣满造朝》，《鲁斋集》卷六，文渊阁四库全书本。

亡,好未必久。利害可移,外物可改。昔也所好,今也何在?君子惟学,必有诸己。其所谓信,实而已矣。”①学的目的,就是要移人性情,祛除欲望,归于性理。治国牧民,无非之穷理尽性,承天地之正气,推己及人,“天道发育,有万斯类,得气正通,惟人为贵。立人之道,曰仁曰义。乾坤父母,四海兄弟。兄弟一门,父母乾坤。分殊为义,理一为仁。良知良能,莫不敬兄。兄兄弟弟,是乃爱亲。……尚期力学,穷理致知,知宜之义,得义之宜。齐于一家,推而一国。必有事焉,神明厥德”②。因此,他指责元孙浮躁矜夸之气是无以修己立人的,不利于培养家族“退让之风”,希望他“以器识为先,穷揉学问根本,见于躬行者笃实无瑕”。基于这样的理念,王柏对重视辞章而忽略立德的科举不以为然。他曾说:“自科举之法立,而乡举里选之制坏。此无足怪,盖取士之法坏于淫乱之妇人,历数百年,圣贤之君不能复,此为可恨。……以一二人才之偶得,遂谓千万人之皆然,不亦太疏乎!凡诬经诡圣,希求苟合,莫不中选,而抱道守义,拙于华藻者,莫不屏黜,是岂法之果幸哉,乃士之大不幸也。”③科举之法不复古,天下则无可治之理。他意识到辞章不仅无法选贤授能,而且还坏人心术,“后世以文取士,而文始衰,榷无用之词为有用之的,上慢于择,下苟于应,上下以虚相与,遂至于天下无实学。无实学则无实才,无实才则无实政,圣贤明善诚身之本、礼义廉耻之教几泯焉不闻。俗弊风讹,迭相夸尚,心迹言行晓然相违而不以为异,事情物理公然相背而不以为羞,举天下驱而囿之于一虚之中而不知变”④,认为科考时文推动迭相夸尚、言行不一之世风,于事无补,其对元孙在《岩桂赋》中

① 王柏:《充实斋铭》,《鲁斋集》卷七,文渊阁四库全书本。
② 王柏:《宜斋箴》,《鲁斋集》卷六,文渊阁四库全书本。
③ 王柏:《题吕申公试卷》,《鲁斋集》卷十一,文渊阁四库全书本。
④ 王柏:《宋故太府寺丞知建昌军王公墓志铭》,《鲁斋集》卷二十,文渊阁四库全书本。

流露的“夸尚”心态严加苛责，也是渊源有自。他主张为人为学当以平实古雅为上，“既而闻尝登当今大人君子之门，而所得以平实古雅为主，此为学第一义。尝谓平实是躬行工夫，古雅是讲学工夫。躬行不可不平实，讲学然后能古雅。若论轻重，则躬行重；若论后先，则讲学先。则知已得造道入德之门，深切起敬。及观所惠书，陈谊甚富，立志甚高，论孔颜之所乐及周程之传授，又皆洞究大原，曲折详密。自非深造自得，何以至此？敛衽三复，为之跃然”①。这里谈的是“讲学”，其与为学当是一以贯之的。王柏理想中的文章是从经籍中流出的道德之文，而非辞人之文，他指出：“每谓后世文章之所以不古者，止不本诸经而已。苟能于《大学》以求其用，于《论语》以求其教，于《孟子》以求其通，于《中庸》以求其原，如是则义理沛然，此文章之元气也。此四书者，固非为文章设也，乃经天纬地之具，治世立教之书，潜心涵泳，有自然之文故也。近世之文，大坏于举业，浮而诞，凿而诬；其次坏于骈俪，弱而鄙，丽而谀。”②因此，我们虽然无法得窥元孙《岩桂赋》全貌，但显然不是道德之文，且从目前留存的两句来看，其语气接近骈俪之文，这更是王柏所反感的，从文辞观其心性，为人为文之浮躁孟浪，根柢篾如便一目了然。

在理学滋长蔓延的南宋时期，王柏的修己成物兴家治国思想非常具有代表性。修己在于立德，在于坚守素抱，安贫乐道，不以欲伤生，不以利累己，在于树立君子人格。在这样的文化氛围中，守持正固便成为当时文化精神的主流。也是基于这样的文化氛围，桂花，这种象喻着高洁不凡品质的物象，其抱道坚守的君子人格内涵被突出加强。在之前的文学创作中，桂花披风傲霜馨香无尽的精神偶有提及，而在南宋时期则蔚为大观。如张孝祥的《岸傍偶得木犀》：“惟此

① 王柏：《复吴太清书》，《鲁斋集》卷八，文渊阁四库全书本。

② 王柏：《四答王栗山书》，《鲁斋集》卷八，文渊阁四库全书本。

木中犀，更贮万斛香。雄姿傲霜雪，鳞甲森青苍。三贤鼎足立，正色凛相望。岂比桃李徒，红紫纷披昌。聊息贪者心，未上君子堂。岁晚从我游，寘汝兄弟行。”①将桂花与松、菊并称，突出其傲霜雪而修己利人的节操。李洪的《哀岩桂赋》因袭庾信《枯树赋》以树喻人、树移而殒的主题，这种构思在赋作中较为常见。此赋描写由岩岭移入官厅的岩桂根干凋瘁，枝叶萎蘛，山间之桂烂然吐芬，芳芗袭人。兹桂则因封殖失地，坐视群葩竞秀，不能荣擢其华，争妍一时。于是引出“木犹人也，士之赋材禀教，怀文抱质，不犹此木之受气毓形乎？种学绩文，澡身浴德，不犹此木之芬芳郁烈乎？挺姿岁寒，老死岩穴，不犹此木之托植山谷乎？弹冠结绶，愿登王畿，不犹此木之徙幽崖而入帝乡乎？逮其争春于蒲柳之侧，承泽于文昌之台，见辱皂隶，取消舆儓，日滋月往，遂为枯荄，不亦可哀乎？”的感慨。显然，作者是沿着小山《招隐士》的思路，视桂为高蹈遁世的栖隐形象，具有隐士情怀。我们知道，隐与仕是一对从名利着眼的相反相成的概念，隐者追求精神的自由，贱视轩冕，弃名利如蔽屣；仕者则是放弃人格的独立和精神的高尚，志深轩冕，追逐利禄。这种思路其实忽视了入仕以泽惠苍生、治国平天下的担当意识。不过，对隐逸的崇尚，是对入仕求志的一个补充，它提醒仕者要时刻保守人格的独立、精神的纯净和理想的高尚，并且，隐逸也是对个人操守的一种坚守，是导民以善的途径之一。从赋中强调士之赋材禀教、怀文抱质、种学绩文、澡身浴德来看，作者崇尚的是一种道德自足的隐居生活，是一种抱道自守的君子人格。赋作围绕放笔铺排岩桂的超凡脱俗，“既迢遥于闲旷，亦泯绝于势利。乃吸坠露以嗅其菁英，展裓衣而收其萼蕊。或佩服以配秋兰之纫，或熏沐以陋蔷薇之水。非其标致不凡，安得赏玩若此？至于结根灵囿，

① 张孝祥：《岸傍偶得木犀》，《于湖居士文集》卷四，上海：上海古籍出版社，1980年，第31页。

托体连昌，晞风盖之朝日，被龙颜之末光。白榆历历于天上，江梅垂垂于玉堂。依尧蓂而并砌，嗤汉柏之为梁”。既写其曾受君王之眷顾，又写其与屈原那样的贞士和高蹈尘世的修炼者为务，这些都是为了表现其身份的高贵，接着写岩桂局促于文昌之禁省，眩金炉之夕熏，“无连珠聚星之吟客，有鞭算心计之重臣。惟国用之所制，匪词人之拟伦。埋没于喧嚣倥偬之地，低回于霜霰风雪之辰。纤柯困于敲榜，蒸粟化于缁尘。俗眼屡白，捧心漫颦，莫不对春雨而泫泣，望秋日以伤神。然其深根固蒂而负岁寒之期，改柯易叶而无摇落之变”。由高洁之姿与污淖之处境形成的反差，反衬出不得其地的不堪，心为形役的痛苦。君子得其时则驾，不得其时则蓬累而行，若委曲求全，只能纤柯困于敲榜，蒸粟化于缁尘。赋的结尾，以山中招隐之辞重申归隐之志曰：“秋桂丛生，托岩阿兮。团栾葰茂，禀太和兮。回溪深壑，水扬波兮。秋风披拂，兰菊芳兮。郁烈袅娜，芬都房兮。一粟粒中，万斛芗兮。山中之人，玉云颜兮。薜荔女萝，蒙讥讪兮。归欤归欤，保岁寒兮。”①这篇赋发挥岩桂的隐逸内涵，突出其在坚守节操方面的意义，这与当时理学文化重视修为、节操的思想是一致的。当时的岩桂书写，于此立意者不在少数。

古人为文，惯喜望文生义，宋人于此为甚。“岩桂”之称，在当时本属于专用名字，但是他们在“岩”字上做文章，以丰富岩桂的象喻意义。在桂树从屈原、淮南小山那里继承下来高洁不凡内涵的基础上，他们又生发出抱道自守的意义，这与桂花傲霜扬芬的精神深相契合。宋人对岩桂意象在抱道守正方面的丰富发展，也许有“介于石”观念的潜移默化。他们由岩桂之生于岩岭的特性与《周易·豫卦》六二爻辞之“介于石”建立起联系。《周易·豫卦》六二爻辞曰：“介于石，不终日，贞吉。《象》曰：‘不终日贞吉’，以中正也。”李觏解释说：“谓顺

① 李洪：《哀岩桂赋》，《全宋文》第241册，第104—105页。

不苟从,豫不违中,不改其操,是以吉也。"①朱熹说得更明白,"是上下皆溺于豫,而独能以中正自守,其介如石也。其德安静而坚确,故其思虑明审,不俟终日而见凡事之几微也"②。意喻君子即使具有豫之卦时,也上不媚谄,下不亵渎,坚守节操。张栻也说:"君子上交不谄,下交不渎,何以谓之知几其神乎?交际易于因循。上交主于恭,过其则斯为谄;下交主于和,过其则斯为渎。能持而不失,非知几其能之乎?圣人论'介于石'之义,而独以上下交之事为言,惟笃实为己者,知其为甚切要也。"③就是说,介于石,就是要笃实辉光,日新其德,上下相交,守中正之道。包括曾几、朱熹等众多人物的咏岩桂诗歌,多依"介于石"立意,展现桂花孤独坚守而又自得其乐的情操,这使得其隐居高志的内涵更为丰富,更具现实意义。与郑刚中元孙《岩桂赋》同题的赋作,南宋还有几篇,多依"介于石"立意,与元孙赋作的意旨迥乎不同,颇值得讨论。廖行之的《岩桂赋》描写穷秋之际,众卉凋零,而岩桂挺然独立,独主秋光,"何其挺挺乎不徇世态,飘飘乎欲凌高旻也邪!当其玉宇涵空,金行夺暑,庭梧憔悴于银床,江蓼凄凉于沙渚,眷篱菊之未敷,叹园葵之已暮,兹桂也,压众卉以推先,争秋光而独主"。"时也,莫不缘蓓攒枝,吐芳露奇,若琐若碎,若繁若稀,若什若倍,若赢若畸。或出类以若长,或附承而若卑。珠缀甚富,酥凝未澌。虽玉虫差拟,风韵之奚取;金粟可媲,典刑之已非。至若露霁晨兴,月浮夜明,动微飔于披拂,畅奇芬而远闻,荡世俗之喧浊,扫鼻观之嚣尘。可使沉水敛烟于燕寝,猗兰夺气于深林。得非蓐收肃杀之威或有所寓,太白刚劲之气或有所凭而然耶?彼芙渠兮不亦华乎!"文中对岩桂姿态、花形、花香的描写突出其高洁不群,而又寓

① 李觏:《易论第四》,《直讲李先生文集》卷三,四部丛刊本。

② 朱熹:《周易本义》,《四书五经》,第18页。

③ 张栻:《答吕子约》,《张栻集》,第795页。

有不畏严霜的精神气质，这是《招隐士》辞等作品中没有进一步生发的内涵，是对“介于石”意蕴的绍续。行文于此，作者点出了岩桂的节操所在，“宁寒岩之一枝兮名园之属子，宁霜林之独秀兮韶华之付尔。君不见伯夷之行兮得清之全，风闻百世，激贪懦之心焉。又不见孟轲之志兮养其浩然，至刚至大，则天地而塞焉。此蓄之有素而发之无前，岂与夫竞纷华于顷刻、夸美艳之鲜妍者同年而语哉！此东皋子之问答，所以发德馨于幽潜者也”①。岩桂让人想到激贪厉俗的伯夷叔齐之隐，非肥遁以高尚其志者可比也，岩桂彰显的是天地间的浩然正气，至刚至大。这也是朱熹等针对“介于石”所阐发的“守中正”之义。结尾的“东皋子之问答”，是指初唐王绩的诗《春桂问答》，其诗曰：“问春桂，桃李正芬华。年光随处满，何事独无花。春桂答，春华讵能久。风霜摇落时，独秀君知不。”②其“独秀”，就是抱道守正而不为外物所溺所惑之义。这篇赋对岩桂“介于石”之意蕴的阐发相当深入。

李曾伯《岩桂赋》写岩桂乃金、水、木、土四气之相生，常娥氏为之胚胎，蓐收氏为之发育，根蟾宫之窟穴，种鹫峰之岩谷，其出生超凡脱俗，而其姿态之青葱乎碧玉之树，髣髴乎黄金之粟，其质地若灵犀之角，其馨香若麝馥之郁，则更为不同凡响，以此来表现岩桂的高洁不俗，“其标格以屑屑乎造物，其风味何飘飘而轶俗。于时羊角拂轩，兔影照屋，挹有余馨，采不盈掬，如廉吏之遗芬，类文人之剩馥。若乃露叶垂珠，雨枝滴玉，一尘不侵，孤标自鬻，若盛德之不缁，似幽人之新沐”。其在人间，便是廉吏、文人、幽人，盛德不缁，孤标自鬻，由此转入对岩桂精神气质的刻画，“是盖得刚方劲直之所赋，而为清修明洁之所毓者也”。这与贫而慕荣、以色事人、富贵骄人者不可同日而语，

① 廖行之：《岩桂赋》，《省斋集》卷一，文渊阁四库全书。

② 王绩：《春桂问答》，《全唐诗》，第484页。

赋写于此，作者以阐发“介于石”之理来呼应岩桂之禀四气，“此花之生虽晚，非迟也，时也。虽小，非卑也，分也。客有课《花谱》者，不许之第一，岂在第二耶？已矣乎！花未萌兮暑正酷，花已芳兮天始肃。何以远交兮？永谷傲寒之梅。何以引类兮？霜篱香晚之菊。夫岂特此花而已哉！”这是一种不以己悲、不以物喜的抱道自守的精神，是对学而优则仕之外的另一种有尊严的生活的探索的体现。李曾伯此赋作于理宗宝庆二年（1226），当时他随父在蜀地，还无科举功名。因此，赋的结尾又发挥了桂树关乎科考的象喻，希望自己能够青云得志，“我欲乘仙槎兮访灵根，安得紫皇兮迎我以黄鹄！”①这篇赋将岩桂的高洁不发、守正不移、金榜题名的意象都涉及到了，而以“介于石”的内涵一以贯之。

岩桂意象中抱道自守的意蕴的强化，折射出宋人在月宫折桂的举子事业之外，他们还崇尚砥砺人格的君子事业，如岩桂之托根幽岩而履中正，清芬远扬而不矜夸，这是理学文化所塑造的人格理想对时代文化的一种规范。重令誉而轻禄位，这从当时人对“天爵”、“人爵”这对古老命题的关注也可以反映出来。《孟子·告子上》曰：“有天爵者，有人爵者。仁义忠信，乐善不倦，此天爵也。公卿大夫，此人爵也。古之人修其天爵，而人爵从之。今之人修其天爵以要人爵，既得人爵，而弃其天爵，则惑之甚者也。”赵岐注：“天爵以德，人爵以禄。”②天爵指高尚的道德修养，因德高则受人尊敬，胜于有爵位，故称。人爵，即尘世人们所封的爵位。所谓天爵，就是君子事业，就是通过个人的砥砺节操，以获得高名令誉。个人的修为可举斯心加诸彼，刑于寡妻，至于兄弟，以御于家邦，可收“知效一官，行比一乡，德合一君”之效，这正符合理学家修齐治平的治国之道。南宋人对此

① 李曾伯：《岩桂赋》，《全宋文》第339册，第4—5页。

② 赵岐注、宋孙奭疏：《孟子注疏》，北京：北京大学出版社，2000年，第371页。

所发之论,多针对举子事业与君之事业,因为当时的人爵,主要是科考。董楷在作于咸淳五年(1269)《古修堂记》中说:“昔孟子以为古之人修其天爵而人爵从之,其所谓人爵者,不过仁义忠信、乐善不倦,然则为士者宜知所用力矣。……古者圣王设为学校以教民,自格物、致知、诚意、正心、修身,修此而已。……自宾兴选举之法坏,一以时文取士,父兄之责望,师友之讲明,率时文之为务,孔、孟、周、程之书,或乃不过剽窃为时文之资,而吾心秉彝之性,父子、君臣、夫妇、长幼之伦,得于天赋,不可一日离者,漠然视之,若吾身外事,尚何望其少有益于斯世!……或曰:科举可不务乎!曰:古修者本也,科举者末也。大儒亦多自科目出,是岂不修其天爵者!若夫人爵则命之于天,固非学者所当计也。”①他主张读书的首务是立德,而非科场剽窃为时文之资,学校教民,自格物、致知、诚意、正心、修身,修此而已。因此,修天爵而科举以济世救民之效亦自随之。姚勉《涧堂书院讲书》中亦阐发此义曰:“紫阳朱夫子曰:‘修天爵以要人爵,固已惑矣;得人爵而弃其天爵,其惑又甚焉。’今科目所以求人爵者也,盍亦修其天爵,可乎?伊川程夫子曰:‘或谓科举事业夺人之功,是不然。一月之中,十日为举业,余日足可为学。’又曰:‘人多说某不教人习举业,某何尝不教人习举业也?若不习举业而望及第,却是责天理而不修人事。但举业既可以及第则已。’明道程夫子亦曰:‘惟能诚心,其文章虽不中,不远矣。’然则诚心固可用于文章,而举业尽无妨于道学也。”②宋儒在以立德贯穿修己与科考,以调和二者的对立,亦即修其天爵而人爵从之。魏了翁在《资州新创贡院记》中说:“尝试使今之校士者,参诸古人之所以取,惟正学之尚,而不必泥科臼以榷陈腐之文。今之充赋者,思古人之所以进,务正学以言,而不必曲程度以循

---

① 董楷:《古修堂记》,《全宋文》第355册,第157页。

② 姚勉:《涧堂书院讲书》,《姚勉集》卷九,第88页。

有司之陋。……'言寡尤,行寡悔,禄在其中矣',在云者,非必役役于干禄也。'修其天爵,而人爵从之',从之云者,非必区区于要禄也。夫如是,不惟得之有道,士之闻风者且将日改月化,惟本之趋,视夫词华之工、科级之盛者,且将有所不屑也。推之以用世,况肯不义而富且贵乎?"①读书当以修己立德为上,而非干禄;为国家选士衡才,当以德为上,引导风气,使人心趋善,而非趋利禄。如此,则向士之闻风者且将日改月化,惟本是趋,视词华之工、科级之盛者,且将有所不屑也。这样才能起到正本清源之效。包恢在《盱山书院记》中,对读书修己与科考之关系阐述得更为深入,他说:"然予谓圣贤之书所以明道,书即道,道即书,非道外有书,书外有道而为二物也。患在人以虚文读书,而不以实理体道,遂致书自书,道自道,人自人,而三者判然支离矣。问其书则泛然能举其文,问其道则茫然莫知其实,甚至口道先王语而行如市人者,滔滔也。况读书非为应举也,若其所读者徒以为取科第之媒,钓利禄之饵,则岂为贞志者哉!且先儒又尝谓读书而不通于心,不有于身,犹不免为书肆耳。……今志在科名者,岂不曰名甲天下之为美也?然孔、孟之门各有四科,文学下矣,事君人者非矣。未达而在下,则颜子甲四科而德行为第一;已达而在上,则大人甲四科而正己为第一。如能试入此科也,其高尚有过此者乎?由此其选,则仁义忠信之天爵既修,而公卿大夫之人爵皆将从之。不然,则有莘躬耕之野,固自有尧舜君民之大业,陋巷箪瓢之中,又自有四代礼乐之盛典,何慊乎哉!读书而圣贤之道如此,然后见书之功用实而非虚也。徒以一日之长、一时之文擢高科,登显仕,而幼之所学曾不见于壮之所行,书中经纶之道略不得其一二以施诸用,则非予之所

① 魏了翁:《资州新创贡院记》,《鹤山先生大全文集》卷三十八,文渊阁四库全书本。

敢知也。”①读书的目的是明道，而非科场博弈，读书只为应举而不以之润身，那与书肆何异！孔门四科，据《史记·仲尼弟子列传》司马贞“索引”，是德行、言语、政事、文学，这便是孔门的举业，文学最下，亦即科举以试文辞，是孔门之末业。故而，读书立德，是用实而非虚也，徒以科场得中为务，是舍本逐末。

重天爵而轻人爵，桂花“比德”的意义得以彰显。王十朋的《天香亭记》就对桂花在发兆与“比德”方面的内涵作了深入阐发，他说：“有岩桂数百根，皆古木也，苍然成林，森然而阴，洞然而深。……学者方未第，志在乎得耳。得则喜，失则非，故以登科为化龙，为折桂，春风得意，看花走马，昼锦还乡，世俗相歆艳，曰仙子天上归也。是特布衣之士，诧一第以为天香耳。若夫学士大夫所谓香者，则不然。以不负居职，以不欺事君，以清白正直立身，姓名不污干进之书，足迹不至权贵之门，进退以道，穷达知命，节贯岁寒而流芳后世，斯可谓之香矣。”②显然，他更看重桂花对人品德的昭示作用。姚勉的《五桂坊记》说：“夫花类至夥也，不它乎取，而独取于桂，岂无义哉？桂之为物，芳馨而辛烈者也。楚灵均撷众芳以菲其身，而于木焉则独取桂，桂非他植类也。花不芳于烟柔日媚之春，而芳于风高露洁之秋，且又岁寒不凋，与松柏一节，盛芬酴郁，滂葩四达物有芳者莫能似焉。故自唐有科目以来，皆荣之以折桂，而托之于月桂，其万木之首出者欤。桂何以能若是哉？亦曰辛烈之所发耳。士之有风节，桂之辛烈也。”③他强调从屈原以来对桂的赞美除了“芳馨而辛烈”而外还在于

① 包恢：《盱山书院记》，《敝帚稿略》卷三，永乐大典本。

② 王十朋：《天香亭记》，《王十朋全集》卷二十六，上海：上海古籍出版社，2012年，第946页。

③ 姚勉：《五桂坊记》，《姚勉集》卷三十五，上海：上海古籍出版社，2012年，第394页。

“岁寒不凋”,这样就把守志、立德与桂树的品格紧密联系在一起。人们对桂花的赞美,不应仅局限在折桂的含义,而更应该看重其“辛烈”的风节,桂花的“比德”内涵被进一步张扬。林埛的论述更为深入,在《丛桂堂记》中,他说:“筑堂于西,垂以半水,拱以桂林。既成,榜其扁曰‘丛桂’。……学贵乎有用,而不汲汲于求用。韩文公子符读书城南,作诗劝戒,爱子之意悉矣。然教之以勤学则可,而以富贵利达动其心则不可。……夫困穷生死举不足以入其心,而后所志定而所守坚,所养深而所造远。若夫怵于荣辱得失之中,利可动则害可沮,作辍因之,非古之学也。今贤侯方崇教养,诸生亲承明师,驰骛礼义之涂,湛泳道德之渊,偃息诗书之府,当求夫古人所以致力之地,审义利,辨是非,择而执之,不为异物所迁,而自立于高明广大之域。异时出而用之,治国平天下,分内事耳。”①文章中提到韩愈的诗歌《符读书城南》,这首诗标榜“文章岂不贵,经训乃菑畬”,是把读书当作博取富贵的工具来看待的,这应该是科举时代人们普遍的看法。因此,作者先力破此说,然后指出读书有更崇高的目的,即是对道统的传承,对人格的砥砺,对性情的转移。在贵天爵的思路下,桂花的折桂以求富贵的思想受到一定的遏制。

修其天爵,而人爵从之,基于这样的理念,南宋人在岩桂意象中,不惟发掘其抱道自守的含义,而且也以此来调和金榜题名与敬德修业的两种人生,务求使其统一起来。包恢的《桂林说》力求在桂树的内蕴上统一二者,他说:“自昔人有误以月中有桂、而以桂林一枝为策高第之喻者,于是迄今又误以为秋举登名者之喻,此其智识之不明甚矣。……若曰果有桂可折,是与儿童之见何异?然则桂之所以可贵者何如哉?盖万物莫不盛开于春而衰谢于秋,独桂乃当衰谢之时而为盛开之日。上焉如二南变尽,鲁叟乃笔《春秋》;七国战处,邹轲方

① 林埛:《丛桂堂记》,《全宋文》第304册,第249—250页。

谈仁义。其次如伯夷在商季，众浊而独清；屈原当楚乱，众佞而独忠。谁实为知花之贵者哉？戒以白露，申以严霜，而其色黄中，其香高清，有霜露不能瘁，若威武不能夺者。秋方悲忧而此则坚正自得，秋方萧条而此则幽独自媚。不以炎变凉而异，不以燠变寒而沮，不求闻而香自远，不求怜而人自爱，乃花中之特立独行者，固不愿与春花之富贵者争妍而竞丽也。而人能卓然自立于衰乱之俗，悠然自乐于山林之中，不悲贱贫，不贪富贵，不怨失时，不悔晚达，不恶淡泊，不恋纷华，惟知上师孔孟、下反夷原，以遗芳于万世者，乃人中之桂也。曰希桂云者，取科第云乎哉！"①他否认月中有桂之说，力破月宫折桂的迷障，指出人们对桂的崇拜在于它蕴含着古圣先贤的精神气节，他们能卓然自立于衰乱之俗，匡风济俗，开万世之太平，与悠然自乐于山林之中的桂花何异！他们是人中之桂，不悲贱贫、不贪富贵、不怨失时、不悔晚达、不恶淡泊、不恋纷华正是桂花的精神之所在。人们在读书应举的同时，当思其要义所在。杨长孺的《桂芳堂记》对此的理解更为精要，文章说："桂，古也；清辉之芬媲之于兰，小山之幽侪之于松，仰天之高神之于月，非古也，盖自灵均以来昉乎尔。昉者何？《骚》焉而已矣。《骚》者何？文焉而已矣。既而布衣韦带之士由乎文，希乎名，敷奏明试，乃计功而取象焉。至于唐，进士遂以艳科目之得隽，命之曰'折桂'。桂之初服岂端使然哉？虽然，进士之科目，桂之似焉否也？桂之在月否也？月中之桂可得而折否也？士取天子之科目而已，折月中之桂自珍，然则无天子之科目，则有天上月中之桂否乎？盖神之耳。"文章梳理了桂之内蕴的衍变，指出对月中桂的崇拜乃是立足于天子以科举考试，故而神之以劝人而已，是禄在其中矣，此桂之末也。人而为人，当思桂之本，而非逐桂之末，文章是这样追索桂之本的，"吾将有问焉，问恶在？人是也。人恶在？学是也。有学此

① 包恢：《桂林说》，《敝帚稿略》卷七，永乐大典本。

有人,有人此有桂,有桂此有芳。抑尝观其芳乎?木若白玉,质之淑也。华若金粟,花之英也。叶追璧瑶,非智之巧乎?芗塞清霄,非圣之清乎?曰淑焉,曰英焉,曰巧焉,曰清焉,士者反躬,不当尔耶?既树之必攀之,既手之必身之,故曰君子于桂比操焉。然则唐人折桂之名抑末耳,盍反其本?"①作者从桂的木、花、香、叶中生发出其淑、英、巧、清等美质,士若反躬,比德于桂,历练修为,修其天爵,则何必孜孜于折桂以求人爵!吴泳《胡应桂字说》也力矫时弊,人们以"桂"命名当思桂之本旨所在,他说:"近世之士多取'桂'为名,盖自郄诜对策东堂,唱为'桂林一枝'之语,世遂以士之决科者为折桂。唐温庭筠诗云'故人新折桂',老杜亦谓'礼闱曾折桂',皆承讹袭谬,冥迷于利禄之关而弗之悟也。吁!抑陋矣。嘉南州之炎德兮,丽桂树之冬荣。其植也秉阳,其生也好直,其居处也不群,其芳洁似君子,其偃蹇似幽人,其丹心之自渥似忠臣义士。吾以其德命桂,则桂必领受无愧色,科第何足以溷之耶?"②以"桂"命名,当是寄托了长辈对其金榜题名的期冀,但是人之所以为人,当思名字中"桂"字的重要内涵,即"秉阳"、"好直"、"不群",也就是要养成君子人格、忠义之士,这才是"桂"重要的精神内涵,也是立人必须坚守的道德情操。

在理学为核心的社会文化层面,修天爵而人爵从之的思想是其共识,桂岩超凡脱俗的含义被凸显,抱道自居的内容被充实进去,这构成了修天爵思想的重要象喻,而且,其折桂的含义与人爵扣合,于是,岩桂就聚合了君子事业与举子事业相统一的内涵。王柏之读书立德为文主张,皆固守理学之园囿,修其天爵而居敬持志是其立身行事的准则,故而对郑刚中元孙因举进士而生出的骄躁情绪和矜夸心态不以为然。结合相关文献可以推测,元孙的《岩桂赋》与同时代其

① 杨长孺:《桂芳堂记》,《全宋文》第297册,第59—60页。

② 吴泳:《胡应桂字说》,《全宋文》第316册,第362页。

他咏岩桂的赋作以及其他文学作品的内涵是不同的，他的赋不可能表现修天爵而人爵从的时代精神，不可能表现“介于石”的道德坚守。若他能够在该赋中刻画丛桂之仙姿玉质与澄怀自守、清芬远扬与甘于寂寞、遁世无闷与为民作则等等的内容，贯通天爵与人爵，对自己金榜题名的欣喜能够有所克制，或许，王柏的反应当不会这么激烈，甚或会深感欣慰，真的会由衷发出“北山之后有此贤孙，曾可谓源深流长矣”的感慨！

第五节　积善传家久，诗书继世长

修天爵何以人爵从之呢？也就是说，历练个人修为，何以就能获得高名令誉？而获得高名令誉，何以对个人和家族的发展有所增益？要知道，抱道守持而默默无闻老死岩穴者何可胜数！因此，作为一种生活理念，修身以致治国平天下的人生道路必须具有得以存在的社会基础和文化氛围，这样才能为人们所接受。而桂岩意象之所以生发出立德兴家的象喻意义，也有赖于这种社会基础和文化氛围。王柏能够对郑刚中元孙言之铮铮，也是因为其占据主流话语的优势，而主流话语，当然是社会文化基础的反映。因此，我们必须聚焦于当时社会基础和社会文化的动向，才能明了岩桂意象的生成，才能透彻了解咸淳二年这场小风波的本质。

我们仍回到这个事件中来分析。郑刚中元孙在金榜题名之后，想到的是继先辈之遗芳，而王柏也是从发展家族的角度来呵责这位元孙的，“政使盛族果无可继前芳，尤宜哀痛感慨，厚自丰植，以远者大者自期可也”。“仰惟先正师保气节勋业，著在国史，播之天下后世，岂在区区一第哉！某亦潜观密察，贤天资俊敏，自可有为。愿以器识为先，穷揉学问根本，见于躬行者笃实无瑕，则人称之曰：北山之后有此贤孙，曾可谓源深流长矣。盛美如是，始可继芳也。”可以说，他们不约而同地都认可在家族发展这个前提下获得人生的意义。岩桂意象由月宫折桂向奕世清芬的转变，也彰显出家庭、家族在现实个人价值中的地位。从经济层面考察，当时的土地制度与北宋时期无大的改变，其基本经济单位依然是家庭。因此，家庭、家族在生活观念中的彰显，除了维系家族纽带的血缘、经济而外，更有文化的因素，根据可以观察到的事实，当时的确存在着皇权隐退于幕后而地方意识、家族意识凸显的倾向。这与处于思想核心的理学对社会文化的塑造有着直接的关联。

我们知道，科举制度要解决的是士与国家政权的关系问题，要确立皇权与士的共治局面，这在宋代更为明显。但随之而来的是文化家族长期徙居城市，与乡村宗族同舟共济的关系面临挑战。乡村的宗族因精英的流失，或许无法发挥太多的社会政治影响，官僚与乡村社会联系可能被撕裂。唐代柳冲就说："罢乡举，离地著，尊执事之吏，于是乎士无乡里，里无衣冠，人无廉耻，士族乱而庶人僭矣。"①欧阳修也说："且今入学之人，皆四方之游士，赍其一身而来，乌合群处。非如古人在家在学，自少至长，亲戚朋友、邻里乡党众察徐考其行实也。不过取于同舍一时之毁誉，而决于学官数人之品藻尔。然则同学之人，蹈利争进，爱憎之论，必分朋党。昔东汉之俗尚名节，而党人之祸及天下，其始起于处士之横议而相訾也。"②在国家教育机构学习的学子变成了没有家园寄托的"游士"，而且，通过科考进入仕途的人们，也因为避籍的原因，只有脱离仕途才能荣归故里，即使告老归乡，和家乡的精神联系业已大打折扣，家成了绵亘于士人心中的永远无法回归的家园。而让宋人更为忧虑的是科考对衡量德行的无能为力。"今教不本于学校，士不察于乡里，则不能核名实。有司束以声

① 欧阳修、宋祁等：《新唐书·柳冲传》，北京：中华书局，1975年，第5678—5679页。
② 欧阳修：《议学状（嘉祐元年）》，《欧阳修全集》卷一百一十，第1673页。

病,学者专于记诵,则不足尽人材。此献议者所共以为言也。"①士脱离乡评里议的文化环境,仅仅依靠应举时文是无法判别一个人的德行的,这是宋人关于科考的聚讼点之一。王安石等恢复井田制的想法和"三舍法"的尝试,在取士方面就是想对士在德行衡量上确立制度保障。可惜王安石的变法具有追求"普遍化权力"的倾向,而德行的评价有赖于公权力的下移和分散,因此,其科场变法注定因手段与目标的南辕北辙而失败。理学的兴起,为政权与士在政治上妥协和混融提供了新的模式。除了在治国层面上实践天理而外,读书人亦可在修身齐家层面实践天理,家族和地方成了士施展平天下开太平抱负的又一个舞台。只要修己立人,推己及人就等于是在维护国家的秩序,实践着与"治国"同等的价值。在维护仁政秩序这一点上,在野的士与在朝的士取得了一致。因而,在野之士的担当意识高涨起来,在朝之士也找到了他们与地方、乡邦、家族的连接点。一个独立于政权之外并与政权存在一定依附关系的,具有一定思想话语权的阶层,即士绅阶层,在理学通过科场、书院、私塾等讲学手段滋蔓渗透中逐渐强化了其担当意识。乡居的读书人、落第的士人、归乡的旧官人等是这个阶层的主体。这个阶层是以理学思想为其宗旨的,这是它的基本特征,并非简单地从经济关系上称之为地主阶级,他们具有鲜明的文化特征,而非财富特征。随着经济和教育的发展,读书群体的扩大,士绅阶层在不断壮大,理学思想也因之在社会生活中发挥着更为重要的作用,皇权对思想的垄断受到一定的遏制,南宋中后期以来,皇权在思想世界中的地位在下降,而地方和家族凸显出来,其原因就在于士绅阶层的兴起与壮大。南宋理宗以后,理学取得了思想界的独尊地位,但是皇权专制却没有因此而加强,原因就在于理学的主要承载者是士绅阶层。在理学政治思想的影响下,天下变而为"州

① 欧阳修:《详定贡举条状》,《欧阳修全集》卷一百四,第1593—1594页。

县之积"，地方变而为家庭、家族的聚集，因此，天下太平着眼于家庭和睦，家族兴旺，治理天下的核心归之于匡风济俗，家庭和家族受到重视，修己立德也具有了与治国平天下同等的价值。在这样的话语环境中，我们就容易理解郑刚中元孙兴家的热望和王柏对元孙的逆耳诤言了。

士绅与官僚有着天然的联系，二者存在着上下流动的关系。士绅阶层是知识的占有者，具有一定的知识和信仰的解释权，官有更替，不如绅之居处常亲。官有隔阂，不如绅士之见闻切近。因此，它是地方文化的主要载体，这构成了士绅阶层对社会意识的强大影响力。士绅作为官府与社会的缓冲，其与皇权取得一定程度的均势。它横亘于皇权和大众之间，在上，以理学思想规范着皇权；在下，以理学思想教化地方，整齐门内。它制约着皇权的恶性膨胀和对大众利益的无限度侵害。同时，它的存在又必须依赖皇权的护佑，因此，二者必须建立一种相辅相成互依互存的关系，理学向科场的渗透就反映了二者关系的这种态势。姚勉在宝祐元年（1253）殿试的策论中对士绅与皇权合作的可能性进行了讨论，他说："臣但愿陛下以道而淑天下，使天下之士知天爵之可贵，而人爵之不足贵，知义荣之可尊，而势荣之不足尊，利禄之心轻，则科举之念亦轻。不得已而后应科举，则恬退静重之士出，而顽钝无耻之风亦可少息矣。""后世以来，所习者词章，所志者利禄。进士可以求仕，则挟书假手者有之矣。学校可以求进，则诡名冒贯者有之矣。世禄之家，能学有几。里社之人，可试尚多。贤良惟僻书奥传之观，而道则不知。词科惟奇文丽藻之习，而道则愈暗。武科则岂真有山西将帅之学，遗逸则不过惟终南快捷方式之求。道之不闻，弊乃至此！无他，上之人求之者以文，则下之应之者亦惟以文也。陛下而欲一新乎士习，盍亦先正乎人心。人心正则士习新，虽以科目求士，亦皆得人矣，尚何学术才智之乏哉！"这是一篇相当重要的科考文献，在近万余言的煌煌之论中，姚勉全面回顾了宋代科场变革的历史，而归之于“人心正则士习新，虽以科目求士，亦皆得人矣”，姚勉之论，其核心就是以科举的形式，考理学的内容，这样，立德与举业达成了一定程度的一致，修天爵人爵从之也可在科场部分得以实现。姚勉立足于家族与乡邦的治国理想在这篇献策中也有所体现，“况乎古之所以用乎士者，所献之书虽登于天府，所仕之地则不出其乡闾，故天下之士皆知所以自重，而无所谓奔竞之习。今之所以教天下，则异是矣。六艺云者，古之人所谓末节也，今之士亦皆不复知矣，而况所谓六德、六行哉。未仕者志高科，已仕者志高位，不得不止，愈进愈贪，弃父母，左亲戚，背坟墓，远乡邦，逐逐然惟利禄之计，则科举之法有以坏之也”①。他理想中的选才理国，应该立足于地方、家庭和家族的安靖而教化，重建士与家族和地方在学理层面的联系。姚勉的这一看法在理学人士中具有相当广泛的代表性。士绅阶层的理学化和科考的重理学，重构了仕宦之人与地方的联系，宦游在外的官人，其月中折桂被解释为其家族积善立德的成果，他的官声关乎家族在地方上的声誉以及其告老以后地方士绅对他的接纳程度，因此这在一定程度上实现了儒者憧憬的乡里评议的规制。

南宋的科举以理学思想为重，这部分地打通了立德与治国的联系，科举是发展家族的强心剂，族中丛桂屡芳，不仅能给家族的兴旺发达提供权力保障，还能带来积善之门的令誉。地方上士绅阶层的舆论主导地位为天爵得以认可提供了保证。因此，我们看到，在岩桂意象中，科举与家声被紧紧地结合在一起。而且，从家族发展来说，家声的长远意义更为重大，因此，规范家内与族内，就变得异乎寻常的重要。桂花的暗示子弟金榜题名与身家的立德向善取得一致，个人的价值和品德以及令誉和桂花之馨香建立了联系，王迈在《清芬堂

① 姚勉：《癸丑廷对》，《姚勉集》卷七，第49—51页。

记》中说："惠安谢桂卿娶赤湖郑氏，其冰翁于其所居敞一堂，制度甚古，下植桂一本甚蕃，上书'清芬'二字为扁甚泽。盖取邓公肃《岩桂诗》'清芬一日来天外，世上龙涎不敢香'之句。郑君知桂卿与仆厚善，嘱之求文为记。仆语之曰：子不观夫堂下之桂乎，桂秋而花，秋之为气清，花发而黄，黄之为色正。非松非竹，而柯贯四时；非兰非茝，而香闻数里。吾尝比德于君子焉。清者君子立身之本也，芬者君子扬名之效也。芬生于清，身验于名。采薇饿夫，高风万古，胡椒八百斛，闻者掩鼻而过之。自立于世者，宜知所轻重矣。郑君寺丞之后，冢木拱矣，其祖父以清白遗子孙，是以其子孙愿而文，其族绪衍以大，清之功用于是乎验。郑君学世其家，有子为后来之秀，继自今必能力学攻文，重班、马之香，摘李、杜之焰，而为一身之芬。必能取巍科，跻膴仕，采秘阁之芸，握粉省之兰，而为一家之芬。又必能仗节义，报国家，垂名画龙之旗，勒勋函牛之鼎，而为千万世之芬。种德有后，子姑俟之。"①文中的"清芬"既指桂花之香，也指累代之积善、乡里之令誉，同时还暗示有此家风，子弟一定金榜题名。希望家族发达与道德传家的意思均借桂这一意象得到发挥。值得指出的是，"清芬"一词，在南宋时期，指代桂花之馨香和家族之令誉的含义明显增强，桂花意象的不断丰富，说明立德、科举、兴家三者在桂花意象上进行了叠加，月宫折桂与奕世清芬取得了一致，举子事业与君之事业得到了统一。

家族子弟在科场的成功，不仅能给自己赢得荣耀，还能给家族带来令誉，并使家族得以跻身士绅阶层，或者巩固加强其在士绅中的地位，蓬生麻中，不扶而直，子弟的折桂，关乎家族的馨香绵远，是家风敦良的反映。周必大在《重立芰堂记》中记太守三子，次第登第，"官舍西偏有桂，甚茂，诸子弦诵其下，榜曰'桂堂'。去之三十年间，致君、致明、致虚、致厚相继登第。……左右植四桂，面列槐三，而以花

① 王迈：《清芬堂记》，《全宋文》第324册，第388页。

竹环其外。识者皆知尚贤劝善之意,岂特为观美而已”。茂盛之桂象征着众子科场得志,同时也蕴含着家风的“尚贤劝善”之意。洪咨夔在《桂岩双莲图序》中介绍科场连中的何姓一门曰:“紫水何君器之以《嘉莲图》来示云:‘大儿自任舍桂岩沼中所产也,前是庭砌尝长异篁,今复有此,乡之耆耋隽艾相与夸咏以为瑞,惧弗克当也,子以为何如?’余抚图太息言曰:深哉,造物之意也!鸤鸠在桑,其子七兮。淑人君子,其仪一兮。鸤鸠之哺其子,朝从上而下,暮从下而上,均平如一。君以义方名家,以厚德燕后,男子四,叔、仲、季连著声科级而伯未也。伯有子,亦复崭然露颖于场屋,派义方之泽,蔓厚德之庆,犹鸤鸠晚哺,已遍于下,方进而上及,固有开必先乎!夫英华者,和顺之发也;馨香者,忠信之达也;充实辉光者,善美之形见,呈露不可遏者也。君观是华,根培而干擢,歧芳而趾荣,天理人事之相为符昭昭也。惟无必其在天,而后知天之可必也。”①一门四人,三子科场得志,一孙亦著声场屋。庭砌尝长异篁,乡之士绅相与夸咏以为瑞,产于桂岩之下的一子或当月宫折桂。天意之必然源自人事之修行,一门丛桂叠芳,当是由于“派义方之泽,蔓厚德之庆”,是家门积德行善所致,是立德兴家的明证,这里的岩桂,其寓意除了折桂外,更有立德行善、家门馨香之意。黄震在《书桂芝堂记后》中说:“古括俞君先世皆奋科级,近忽其佳城三岁产三桂,君亦三得男。森森三秀,适与桂符,祥有开而必先,运无往而不复,亦奇矣。然材非天不生,非人不成。灌溉而培殖之,使异日馨香满天下,以无负造物所钟意,君尚勉之哉!君之子亦尚皆勉之哉!”②这家人累代孜孜以求科举功名,近岁其墓地三岁生三桂,主人易得三子,这个吉兆预示着三子当折桂。作者指出,科举成功,如桂之成材一般,必须灌溉而培殖之,方能异日馨香满天

① 洪咨夔:《桂岩双莲图序》,《全宋文》第307册,第120—121页。

② 黄震:《书桂芝堂记后》,《全宋文》第348册,第198页。

下，不负造物所钟。其中的“灌溉而培殖”，当是指读书求志，历练修为，积德行善，敦厚家风。

士绅阶层立足于地方，其基本单元是家庭和家族，决定一个人在地方上地位和声誉的因素，在相当程度上源自其家族自身，这包括家族的现在和历史。因此，累代的立德行善和科场折桂是奠定其奕世清芬的基础，举子事业和君子事业的修行，往往在地方士绅的历史记忆中呈现出来，并在地方上构成关于家族声誉的评论。当时，随着士绅阶层的活跃，家族的历史也备受重视。杨万里在《赵氏三桂堂记》中详述赵氏一门从宋初到当下的贤达，以褒扬赵家清芬远扬，“国朝皇族之英，自拔于绮襦金貂之林，而争衡于秀孝文儒之囿者，岂少也？而六世业儒，三世中文科者，亦往往如麟之角。兼此而趾美者，其惟少师惠国良公之一门乎？……徽州公又传正议之业，以训其子亮夫，亮夫以训其子时侃、时俊。二子皆以文词荐名，而时侃遂中庆元丙辰之科。是岁六月，时俊来为吉州户曹掾，携徽州公书遗予曰：‘彦恂愚不肖，不能大先公之门。惟是世业一卷之书，六叶授受，不敢污莱。尝励诸孙曰：“汝傥世科，当为汝作三桂之堂。今不践言，罔克用劝。”先公之故人惟子者，盍为我记其说，用光光前文人，以起起吾又子又孙，子独得辞？’余报之曰：‘自晋人以桂林一枝自况，相传至唐，乃以策第礼闱，谓之擢桂，歌于杜氏之诗。今君家擢桂三世，可不谓衣冠之盛事矣哉？抑君其懋，诸子诸孙，以君家一卷之书。且一卷之书未易言也，顾所用何如耳。收科发身，一卷之书也。惟忠惟孝，以维城王室，盘石国祚，俾宋万嗣复无极，则君家子孙久大闳远，亦与宋罔极，亦一卷之书也，顾所用何如耳！’”①赵家六世业儒，而今又三子登科，实乃衣冠之盛事。因此，三桂之兆，也寓意着其家门累代忠孝。当年其祖以“一卷书”利国家，传之久远，此“一卷书”，正是其家门立

① 杨万里：《赵氏三桂堂记》，《杨万里集笺校》卷七十五，第3124—3125页。

德守持的明证。

积德行善方可使家族传之久远，诗书立家方能继世绵长。由于权力结构的变化，阀阅在士绅阶层主导的时代，已经变得不再必要，功勋卓著者，没有积德业儒的家风门风，也难保其长久富贵；世代稼穑者，敬德修业亦可清芬远扬。姚勉在《双桂亭记》中记述通州崇明的施姓家族，累代读书有家声，“先是，君之曾大父以诗书起家，知其后之必茂，乃于诸孙讲肄之地，手植桂二，而扁其楣曰双桂”。嗣后，施家三徙而所折桂枝亦于其居所随处茂盛，“君家之居三徙，而桂三植矣，而桂之茂如昔，擢高科者愈盛。吾知君家所植在德，不在桂也。陵谷之迁变不常，草木之荣悴亦不常，而君家之桂随植而随茂，岂非根心之德寓于是桂之根欤，不然，王侯邸第，骈列异卉，植桂者亦众，高台倾而曲池平，桂则翦而童烬矣，安能随所分之根，随所植之地而俱茂乎。万形皆有弊，惟理独不朽。某于君家之桂益信。君其益种厥德，以昌斯文，则君之弟又将擢颖世科，伯仲联芳，如君之二季父，而双桂益验矣”①。文章从桂随施家迁徙不断茂盛与其家次第金榜题名的联系入手分析，指出君家所植在德，不在桂也。几代人读书励志，才是他们成功的关键，君家之桂随植而随茂，岂非根心之德寓于是桂之根！这是天意，更是人事之努力的结果。尤其注意的是，作者将士绅的立德兴家与王侯的遽兴骤败做了对比，钟鸣鼎食之家靠着血统的高贵或者权力的眷顾而获得富贵，其遽兴骤败，这是古往今来人们不断歌咏感叹的，当其败时，高台倾曲池平、桂翦而童烬。可见，桂并不能给人们带来永久的富贵。只有读书立德，才能保证家族的持续发展。对世家大族的不屑，“诗书继世长”的笃信，反映了当时士绅阶层蓬勃向上的朝气。袁甫在《袭桂堂记》中赞美勋业卓著的杨姓家族，累代敬德修业，子子孙孙，传袭至于无穷，则从另一个侧面反映

① 姚勉:《双桂亭记》,《姚勉集》卷三十六,第 411—412 页。

了士绅阶层的主宰地位和阀阅观念的日渐淡薄，文章说："国朝承唐旧，以进士为重，人不荣世阀而荣儒科，风俗流传有年矣。袭桂堂者，武恭杨和王四世孙名白字淳则之所名也。高庙南渡初，武恭戮力王室，勋在竹帛。孳孳诲子业儒，……上距敷文公八十有五年，流风余韵，辉映先后，袭桂之名不忝矣。余读《楚辞》淮南小山《招隐士》有曰：'桂树丛生兮山之幽，偃蹇连蜷兮枝相缪。山气巃嵸兮石嵯峨，溪谷崭岩兮水曾波。猿狖群啸兮虎豹嗥，攀援桂枝兮聊淹留。'其末章曰：'王孙兮归来，山中兮不可以久留。'夫《招隐》而咏桂，何也？若曰：桂生岩中，隐士在焉。猿狖之与俱，虎豹之与群，桂虽可攀援，然非可久处，盍归乎来？此《招隐》所由作也。国于天地，必有与立。君臣之义，如之何其废之？摄世科，跻膴仕，以是为桂若何？吁！桂乎桂乎，义岂尽此乎！仕途险巇，君子畏之，挹此桂芳，莫如清白。武恭忠贯神明，出入兵间四十余年，避宠辞荣，无少瑕玷，休光鸿烈，衣被后昆。盖尝以清白名堂。今与袭桂对峙，而并垂芳焉。吾观《后汉书》，君家与吾鼻祖，位登鼎铉，号东京名族，俱流传至今。淳则勉之！顾瞻典型，动循礼度，自待其身，常如未第时，则姓名益香矣。余病世人未识桂之所以为桂，故特发小山之微旨，以见未为时用，香蕴诸身，招之使来，香满斯世。他日倦游而就闲，晚节之香，不愧青史，斯其为桂大矣。武恭种之于前，淳则袭之于后，子子孙孙，又传袭至于无穷，与世间凡种迥殊。此乃吾自有之物，非袭而取之之谓也。昔尝与淳则同寅，知其美秀而好修，兹请余记其事，故以祖烈期淳则，亦因以自警焉。"①这篇堂记指出科举取士以来，人不荣世阀而荣儒科，因此，像杨家这样戮力王室、勋在竹帛的家族要永葆兴旺，就得以道德立家，以儒学兴家，杨家自南渡以来，遵循祖训，世代业儒，流风余韵，辉

① 袁甫：《袭桂堂记》，《蒙斋集》卷十四，《丛书集成初编》第 446 册，北京：中华书局，2010 年，第 206—207 页。

映先后，因而能够继承祖先的荣耀，这就是以“袭桂”命堂的含义，这里的桂，是指品德馨香，袭桂，则是奕世清芬的意思。桂的品行高洁的象喻与小山《招隐士》中描绘的高蹈遁世是结合在一起的，作者由桂之德行立意，而矫正其遁隐高世的指向，指出君臣之义不可废也。作者感慨世人未识桂之所以为桂，故特阐发小山之微旨，以见未为时用，香蕴诸身，招之使来，香满斯世。这才是桂之大者。

靠举业兴家固然重要，但是能够金榜题名者毕竟凤毛麟角，非生活之常态。农耕才是传统中国的常态化生活。因而，必须把谋生和读书结合起来，才能使修德兴家具有实践性。这种生活，在班固那里就已经绘制了蓝图①。士绅阶层在耕读生活中融入涵咏性情、修己立人的因素，使生活具有修身养性的格调和情趣。历练修为不能视为是索取名利之举，而应是生命历程的体验和自足圆满，读书，不是为博弈科场的准备，而是塑造君子人格、锻铸名门望族，这是常态化的生活。这样就形成一种贯通耕与读的生活模式，即耕读传家。耕读生活不仅包含着通过累代的耕读，保证子弟能在仁义之途上行之久远的内涵，还具有接续道统、坚守品德节操的意蕴。因此，奕世清芬的岩桂信仰寄托着对家族成员教化深笃、积德淳厚、崇礼向学、知书达理的向往和践行。理学人士坚信，只有立德积善之家，才能传之弥久，绵绵不绝。班固描绘的耕养之道的蓝图被南宋士绅践行了。吕午在《李氏长春园记》中指出：“人生天壤间，有屋可居，有田可耕，有园池台榭可以日涉，有贤子孙诵诗读书，可以不坠失家声，此乐也，而纡朱怀金不与焉。顾能备是乐极鲜，或买山无资，或立锥无地，或读书种子未必尽如人意，往往而是。间有高堂大厦，绚丽靓深，西陌

① 班固曰：“古之学者耕且养，三年而通一艺，存其大体，玩经文而已。是故用日约少，而蓄德多，三十而五经立也。”（《汉书·艺文志》，北京：中华书局，1962年，第1723页）

东阡，日增月广，园囿景物之可纵所如，兰玉绳艺之相为辉映，岂不可乐？而后役于富贵利达，如蜗牛升高而不疲，蝜蝂好上而不已，卒于钟鸣漏尽，未尝得一日少安厥居，载美酒、逐清景以自乐其乐者，亦可怜已。”①耕读传家理念具有极强的受容性，徜徉田园，遥接神农真朴之风，诗书教子，尽显人间天伦之乐。它融汇天理自然，与道逍遥，彰显着对中国文化中一以贯之的贱视轩冕、富贵无常的批判精神，昭示着此生的满足和不坠失家声的希望，在耕读生活中，人们依稀能够感受到大道之行的生活面影。徐元杰在《金氏三桂堂记》中记述南浦金家三代修德，堂前桂芳，鼎鼎品列，“此唐人科目所以拟也，此西山夫子所以播之诗也，此静春先生所以有冰玉切磋之益也，师友渊源所渐远矣。尔父尔子，格物以致其知，制外以养其内。外之荣悴，莫不有时，群葩春妍，万叶秋脱，金飙扫荡之后，屹然芬郁于岩窦之间也，桂所以有似乎君子也，故桂之贯四时也。桂之止于下而渐于上，君子之学亦无止法也。居是堂也，婉容愉色，和乐怡怡，上以奉灵椿之老，下以发桂枝之荣。其为学也，身必三省，道必三贵，取友必三益：此古者所以为己也。其推己也，文必三德，教必三物，扶世必三纲：此成己所以成物也。学君子之学者，以此讲贯，以此体践。言行为坛宇，敬则其基也；文艺为枝叶，德则其根也。自敬厥德，彻上彻下，栽培滋沃，力到功深，人尽而天明，时至而气化，干茂而叶敷。三科登唐，三杰用汉，植立为三代以上人物，将见荣三釜养而吐诗书之芗，郗林不足贵，燕山不足多，讵止一门三秀而已哉！”②三代人砥砺修为，以立德兴家，获得地方的令誉，此三桂之喻，桂林一枝与昆山片玉，与累代的家声相比，不足为贵。三代人秉持耕读生活，读诗书而明礼义，以之修身齐家，上以奉灵椿之老，下以发桂枝之荣，享人间天伦之乐，且生活

① 吕午：《李氏长春园记》，《全宋文》第315册，第120—121页。

② 徐元杰：《金氏三桂堂记》，《全宋文》第336册，2006年，第341—342页。

充满脉脉温情和殷殷期望，这才是生活的本然之态。金家的三代耕读修德，具有一定的代表性，徐元杰还有诗赞之，“见说庭阶玉树芳，薰教书史郁心香。郤诜林峙应难并，燕窦枝繁未足方。莫羡三槐森钜府，且看三桂列华堂。多闻直谅成三益，松竹梅花共雪霜”①。真德秀亦有诗歌咏其事，“唐人重科甲，拟以折桂荣。一登群仙籍，不羡千佛经。终全岁寒姿，乃比秋香清。咄彼牛李辈，伊优至公卿。迨今齿其人，名字犹臊腥。卓哉刘户曹，直气霜棱棱。一朝脱淡墨，千古扬芬馨。鸡峰有名家，奕叶影儒缨。庭中三嘉树，屹立长宁宁”②。徐诗以窦氏一椿五桂之喻盛赞之，而以“松竹梅花共雪霜”暗示其家风之品德操守，彰显了桂在象喻高洁方面的蕴意。真德秀的诗从其家门不重科第入手，指出其具有松之品性，以刘桢诗檃栝其家风，“秋香清”，则是指其家风具有桂花之馨香远扬的令誉，这样的家族，必定“屹立长宁宁”。在当时，传承耕读生活的家族受到普遍的关注和赞誉，比如从宋代刘敞、刘攽以来的刘家，其传人刘清之等在当时稼穑而业儒，朱熹在《刘氏墨庄记》中盛赞其家门曰：“呜呼！非祖考之贤，孰能以《诗》、《书》、《礼》、《乐》之积，厚其子孙；非子孙之贤，孰能以仁义道德之实光其祖考。自今以来，有过刘氏之门而问墨庄之所以名者，于此乎考之，则知其土之所出，庐之所入者，在此而不在彼矣。”③朱熹指出耕读传家是一种在家族内部形成良性机制的生活模式，修己的意义落实到整齐门内，是家门向善，其结果就是家族的兴旺和自己德行被子孙发扬光大，这是另一种立德立功与立名，同样是

① 徐元杰：《题金氏三桂堂》，《全宋诗》第60册，北京：北京大学出版社，1995年，第37815页。

② 真德秀：《题全氏三桂堂》（案，全当为金之误，本章上引徐元杰《金氏三桂堂记》中“此西山夫子所以播之诗也”，正是指这首诗），《全宋诗》第56册，第34837页。

③ 朱熹：《晦庵先生朱文公文集》卷七十七，《朱子全书》第24册，第3731页。

不朽之业。

耕读传家把立德与遁世栖隐以坚守道德情操融合起来，士绅们在对子孙月宫折桂的殷殷期盼中，通过隐逸情怀来化解愁烦，安身立命，或者在诗书修德中寻找到了自己寄托生命的乐地。绝意仕进、立德兴家、安靖地方、淳厚风俗，耕读生活为他们提供了安顿心灵、实现人生价值的精神家园。南宋文士的隐逸情怀有其深刻的儒家哲学背景，它指向儒者艳称的淳朴陶然的唐尧之世。那种高蹈尘世的岩穴栖隐与他们的志趣颇有扞格，他们向往在现实人生的常态化生活中获得心灵的安宁与解脱。岩桂意象中的栖隐遁世内涵并没有因为敬德修业的指向而削弱，而是转化为羲农生活的憧憬表现出来。牟巘在《耕隐说》中阐述这种耕读隐居的生活时说："自昔以来，士率以隐遁为高，事或不同，其致一也。有隐于耕者，长沮、桀溺耦而耕是也；……吾友俞好问之田邻蔡道明，字子诚，自号'耕隐'，其慕耕耦隐者欤？'但存方寸地，留与子孙耕'，为此言者可谓知本矣，要使其后人长留得读书种子耳。吾老农也，曾无寸土可以施其锄镢，于耕隐盖不胜健羡，因书而归之。"①认为耕读生活是在接续长沮、桀溺那样追求洁身自好的生活，同时还有使家族后人确立读书兴家的理想。袁甫则认为，"耕非可乐，乐道耳。然则耕非道乎？于耜举趾，是穮是蓘，何者非道？妇子馌饷，年谷丰登，何者非乐？其乐耕也，即乐道也。……伊尹乐尧、舜之道，果在耕之外乎？"②躬耕生活是在履道而行，古圣先贤的道，含蕴于耕读生活。方岳在《耕舍记》中也说："其岁时推择，兴于甿者不少，南山有台，北山有莱，此岂与少室山人等伍，要亦幡然于畎亩如伊尹者，顾其事业不至于尧舜君臣耳。故古之

① 牟巘：《耕隐说》，《全宋文》第355册，第351页。

② 袁甫：《耕乐说赠项吉甫》，《蒙斋集》卷十五，《丛书集成初编》第446册，第214页。

士起田莱而岩廊，释锄耒而簪绂，而其在东阡西陌之间者，犹能夫耕妇馌以酿成醇风。"①认为不管是在官或者在野，都不应断绝与土地的联系，耕读才是亘古不变的生活常态。耕读生活，是一种境界，是思接千载、心通圣贤的心灵体验。刘学箕的《耕隐上梁文》描绘了耕读生活的栖隐情境，他说："方是闲居士家传儒业，身服圣言，语彼世纷，全兹天性。功名浪语，嗟壮志之未酧；轩绂傥来，念此日之足惜。虽袖山林之手，不忘畎亩之忠。春雨鸣蓑，负耒耜钱镈之器；寒烟湿屦，滋稻粱黍稷之苗。植杖或耘或耔，荷蒉且疆且理。矧在昔之君子，犹下同于野夫。卧南阳庐，耕有莘野。以乐尧舜之道，以诵周孔之书。不以独善而肆厥身，终期兼济以行其志。识其大，遁世无闷；非斯人，将谁与归？……伏愿上梁之后，人安盘谷，诗咏辋川。鬼神呵禁不祥，龟筮协从迪吉。鸡豚蕃息，虎豹遁潜。仓积坻京，茧肥瓮盎。式谨三时之务，请言四体之勤。落日长镵，草软牛羊之夕；西风短笠，波平鸿雁之秋。多酿榨头春，以延方外士。"②读书拥褐，陶然耕桑，家传儒业而身服圣言，在尘世的纷扰之外，获得一方安顿心灵的所在，这所在不需逃世避世，其关键是以什么样的眼光和理念来观察和体会自己的生活。耕有莘之野，乐尧舜之道，诵周孔之书，历史与现实、自然与生活、个体与家族，种种人生体验在耕读生活中以心与物游的陶然之境呈现出来。吕午《李氏长春园记》更为具体地描绘了耕读生活的情趣，"与其子愚谷朝暮吟哦其间，本之以魏晋之高古，参之以晚唐之清幽，每出一篇相娱，则为之寝食有味，无异坡翁之与斜川也。而又藏书有楼，读书有堂，日课二孙于斯。愚谷琢句余暇，俯从事举子业亦于斯，所谓无适而不自得者。盖其菑畲之入，足办所需，而无求于外，故优哉游哉，而乐亦无穷也。视夫不能备是乐，与有

① 方岳：《耕舍记》，《全宋文》第342册，第349—350页。

② 刘学箕：《耕隐上梁文》，《全宋文》，第300册，第410—411页。

其乐而不能以自乐者,万万不侔矣”[1]。躬耕以纳稼,心不为物役,翱翔容与,不与世俗争进。用之则行,舍之则藏。子孙向学修业,身心通泰,止止吉祥。因此,躬耕生活所体现的是士绅们对三代之治的生活趣味的向往,这种情景,不需像陶渊明那样滤去现实的凡俗而将之理想化,而是以一种自然的心境去感受现实生活,给耕读生活赋予了接续道统的意义。

岩桂作为江南各地随处生长且为乡居园林中普遍种植的树种,其在耕读生活展现羲农之世的境界中,蕴含着“浓薰不如此,何以慰幽栖”的隐居守志、子孙骏茂等等象喻意义,它与其他具有比德价值的卉木一起,共同构筑了士绅文化的艺术境界。洪咨夔的《竹洲记》在描绘陶然而居的乡下园田时写道:“飞玉泉漱其左,松风岩敞其右,高槐老桂,参错蔽亏,风雨晦明,姿度百出。……而于水石为最宜,因依映带,鱼鱼翼翼。如家人拂髦栉縰,端鞸佩纷,林立于严君之侧;如冠者童子,试春服于舞雩;如子大夫射策于廷,如百辟鸣玉而朝,御史执法之在旁,屏气若不息;如三军衿甲而陈,大将军旗鼓中立,坐作进退,唯其令也。故有志于久大者取焉。淇奥之竹以猗猗言,识者谓即淇园之竹。”[2]艺圃寓明心,高槐老桂、游鱼荇芷,园中景物一如道友,环立左右,耕读其间,鱼鸟自来亲人。吴儆《竹洲记》同样以“环以岩桂、万年枝及诸后凋难老之木”来构筑自己的耕读乡居美境,并深感“谓其幸生尧舜之时,得奉吾亲长见太平如击壤之民也”[3]。方岳的《跋奚朝瑞诗》则以“月夕坐丛桂下,鼓《归耕》一再行”[4]作为耕读之至乐。其他如洪咨夔《善圃记》、《东圃记》,冯多福《研山园记》等,均

① 吕午:《李氏长春园记》,《全宋文》第315册,第121页。
② 洪咨夔:《竹洲记》,《全宋文》第307册,第237页。
③ 吴儆:《竹洲记》,《全宋文》第224册,第121页。
④ 方岳:《跋奚朝瑞诗》,《全宋文》第342册,第331页。

在乡居生活的描绘中,通过岩桂、丛桂等意象寄托着隐逸陶然与立德兴家的祈愿。这种躬耕境界与举业是不冲突的,它并不因为具有隐逸之趣而排斥月宫折桂,如张守《植桂堂记》中就说:"即居之南圃,筑为游息之地,士大夫过之,则授馆置醴,将考德问业,以卒其志焉。属余名之,余名以'植桂圃'。广数亩,修竹嘉木,奇花名果,分畦行列,所植不可胜计,而予独以桂命堂,何哉?盖士患无志,志苟不夺,何求而不获?蔡子朝夕堂上,岂独资燕居耳目之娱?固将徜徉乎书林,驰骋乎义路,岂高而放目,漱流而洗心。自是射策决科,与镊髭拾芥等耳,郄生一枝可指日俟云。"①这里的桂树,既是主人考德问业、遨游书林的象喻,也暗含了对金榜题名的渴望。刘辰翁《蹊隐堂记》中说:"子以为隐者之隐,必孤山之梅,小山之桂,竹林之密密,兰畹之幽幽乎?必去人愈远,于人所不好而后隐,则丹崖之浑沌,绝涧之沉沦,虽今无闻可也。……今夫静对轩窗,行吟花下,生意自然,一举目而足,不待游嬉远想,而光阴华悴,感发无穷,则学之所得或在是矣。园林如此,他时子孙仕宦,倦而思归,乃与松菊留情,居然无异,则亦兹花之为助也,何伤于出,而何憾于隐?"②文中作者讨论"隐"之内涵,认为不应是孤山之梅、小山之桂那样的弃绝人事,而是一种躬耕以陶然、读书以明理的生活,这种生活是悠游于天地之间,而子孙向善、甚至科举兴家的生活。

传统中国是以"己"为中心逐渐向外推延的差序结构的社会,由己出发,到家、国、天下,其关键在于"己"。因而理学的修身、克己复礼,目的即在以人伦关系来塑造个人与家庭的关系,并把这一关系固定化推广到个人与国家、个人与社会的层面。费孝通指出:"一个差序格局的社会,是由无数私人关系搭成的网络。这网络的每一个结

① 张守:《植桂堂记》,《全宋文》第174册,第16—17页。

② 刘辰翁:《蹊隐堂记》,《须溪集》卷三,文渊阁四库全书本。

附着一种道德要素，因之，传统的道德里不另找出一个笼统性的道德观念来，所有的价值标准也不能超脱于差序的人伦而存在了。”整个社会正是在这样的基础上构成的，“中国的家是一个事业组织，家的大小是依着事业的大小而决定”①。社会结构的基础在于家庭，而家庭的基础在于个人之间的亲属关系，从己到家、国、天下只是个人关系在更大范围内的复制和再造，其整个模式即为人与人之间的人伦关系，亦即“伦理本位”社会。最终，理学规范的社会伦理，其归结点是家庭伦理和家族伦理。理学通过士绅阶层将家庭伦理和家族伦理归结于耕读传家的生活理念，岩桂象喻则是这种理念的具象化呈现。

耕读传家远，诗书继世长。士绅阶层的生活观念是当时社会的主流观念，这是一种贯通古今、思接圣贤、悠然天地、于常态化生活中见出意趣和希望的生活，它极具包容性，承载着士绅们对于自然社会人生的愿景，而这愿景，在岩桂意象上面均得到呈现。我们看到，郑刚中元孙因科场成功而流露出的沾沾自喜，在王柏等看来，是浅薄庸俗的表现，这与士绅阶层对生活的认知是颇为轩轾的。王柏等人希望他能“愿以器识为先，穷揉学问根本，见于躬行者笃实无瑕”，是希望元孙能够陶冶情操，读书穷理，器识高远，真正引领家族积德行善，耕读以传家，诗书以继世，如此始可继芳。王柏等对郑刚中的追慕，也是因其德行过人。王柏曾题跋郑的梅花诗，曰：“诗言志，志者事之符也。北山公赋梅花三绝，岂非平生之箴辞乎？券台之上，宜植十数根，林立于翁仲之间，使公生气常伸于严冬大雪之中，胜于丰珉信后之刻多矣。”②在《书郑北山祭吴忠烈庙文》中，更是对其人格推崇备至，“每读北山郑公吴庙之诔，使人跃如凛乎，壮哉辞也！默成先生所

① 费孝通：《乡土中国》，北京：生活·读书·新知三联书店，2013 年，第 42、48 页。
② 王柏：《跋郑北山梅花三绝句》，《鲁斋集》卷十三，文渊阁四库全书本。

谓至矣远哉，尤有余味。然不有英气鼓舞于灌荐之表，警戒岂能竦然于称赞之中乎？”①元孙的《岩桂赋》若只以折桂立意而不涉及立德兴家与陶然天地的意象，这显然有悖于士绅们的生活理想。

第六节 攀援香满袖，叹息共心期

咸淳二年之后十年，即宋德祐二年、元至元十三年（1276）四月，全太后、宋恭宗赵㬎被元军掳至上都；三年后，即元至元十六年（1279）卫王赵昺于崖山投海自杀，南宋灭亡了，中华大地置于蒙古政权的统治之下。南宋王朝的覆灭，是亡国，而非亡天下，顾炎武曾说：“有亡国，有亡天下。亡国与亡天下奚辨？曰：易姓改号，谓之亡国；仁义充塞，而至于率兽食人，人将相食，谓之亡天下。”②虽然朝廷不再姓赵，而且变成了异族胡人，但是仁义没有充塞，中华文明的根脉没有断绝，承载着中华文化血脉的士绅阶层依然是乡土中国的中坚力量。王柏已于咸淳十年（1274）年去世，金履祥则在宋亡后隐居金华仁山下，筑室讲学著书，以淑后进，一直活到元大德七年（1303）。郑刚中元孙可能因为这场巨变而宦途中断，于是归隐林下，耕读以度日，抑或已仕新朝，由于信史缺如，我们无从得知。承载着士绅生活观念和人格理想的岩桂，包括郑家宅院的那株，则依然茂盛地生长于南国大地，金秋时节，金粟溥溥，天香四溢。不过，元孙的那篇《岩桂赋》或许已经失传了好多年了。

蒙古人的统治，并未引起乡土中国社会的结构性变化，传统生活秩序并未发生大的改变，因此，中华文化得以延续。文化是民族的灵

---

① 王柏：《书郑北山祭吴忠烈庙文》，《鲁斋集》卷十三，文渊阁四库全书本。

② 顾炎武著、黄汝成集释：《日知录集释》卷十三《正始》，长沙：岳麓书社，1994年，第471页。

魂，是维系国家统一和民族团结的精神纽带，是民族生命力、创造力和凝聚力的集中体现。文化的力量是民族生存和强大的根本力量。斯文不坠，则国家民族不会灭亡。中华文化因士绅阶层的存在而具有深入底层的特点。在传统中国，人之本务不外耕读二事。盖勤耕则可以养身，勤读则可以润身、荣身。绅士肩负着一种使命，其居乡者，必当维持风化，其耆老望重若王柏、金履祥那样的宣道者，亦当感劝闾阎，启发情性。以耕读传家为业的士绅是理学规范社会重塑人生的践行者，是社会文化的主导者，斯文因士绅而不坠，文化亦因道统薪传而不灭。士绅阶层以修己立人为中心的人生哲学具有极大的包容性，修己，融入了抱道守真的人生境界，并使读书穷理与科场功名在一定程度上取得了一致；齐家"事业"，则指向了生活的本然状态，关联着幽隐生活的种种意趣和儒家关于太平之世的种种憧憬。积善兴家、诗礼济世就不仅仅是生活信条，更是生活境界，因此，洋溢着温情与守持精神的耕读传家观念，足以担负起一个民族、一种文化对人生、生活的理解与愿景。士绅阶层，其实就是一个社会的思想精英阶层，耕读生活的基础随着社会的进步会消失，但是社会不能失去思想文化的觉悟者和秉持良知的精英者，不然，文化就会成为无以依附之毛。

木樨科桂花，即岩桂，在唐宋以来逐渐进入庭院园林，因而进入文学视野，得到了一定程度的审美表现。北宋中期以来，文化重心的逐渐南移，这为南方各地遍地生长的岩桂与主流文化的深入结合提供了契机。其时，理学正向社会蔓延，并日渐改变和重塑着人们的生活信念。岩桂生长于庭院、园林之中，是人们的习见之物，而且其所承载的高世遁隐与月宫折桂等象喻是人生所直面的问题，被赋予全新意义的耕读传家观念务必对岩桂的种种意象进行改造和重组，以使其变成新的生活观念的文化象喻。因此，岩桂意象的内涵是丰富而具有层次性的，一如耕读生活内涵的丰富而具有层次性，它承载着耕读生活的种种意趣和理想,是中华民族割不断的“乡愁”象喻。

如果土地所有制形态没有改变,家就会继续承担着“事业组织”的作用,传统就可以有效地应付生活,社会基本结构就不会发生质的变化,文化就不会断裂。如今,耕读生活的基本条件已经不存在了,我们能否就此认为承载着种种生活意趣和理想的岩桂意象就失去了附着之物呢?当然不是,因为耕读生活所昭示的,是人与自我、自然、家庭、社会的种种关系和因之构成的生命意识和人生境界,是中华大地上形成和发展起来的道德价值和审美信念,是我们民族薪火相传的最深沉的精神追求,它具有普遍性和超越性,是构成中华文化的基因,它不会因时代的变化而湮灭,文化是可以脱离其形成的基础而存在的。因此,岩桂连接着我们民族祖祖辈辈对人生和生活的深沉思考和追求,也将启迪我们的良知,唤醒我们的性灵。

当我们徜徉在旧式的民居、园林中,欣赏着月中折桂、一椿五桂、丛桂幽岩等等的砖雕、木刻纹饰,流连于枝叶婆娑、金粟层叠的桂丛之下,此时此刻,清风徐来,动微飔于披拂,畅奇芬而远闻,浓薰萦怀,荡喧浊,扫嚣尘。对此良辰美景,我们是否泛起深沉的历史感和对自然人生的思索,是否萌生对耕读传家和道德圆满的向往,是否对着金粟仙人,发出“攀援香满袖,叹息共心期”的感慨。若我们能够自视为中华文化传承历史的一环,能够体会到岩桂内涵的人生意绪和读书传家的生活情趣,能够体会到天理良知和人性之自然,借用王柏当年勉励写《岩桂赋》的那位元孙的一句话:“曾可谓源深流长矣。盛美如是,始可继芳也。”复兴民族文化,不在于用过去的一套规矩去规范约束现代生活,而在于能否和传统建立起心灵上的联系,走进他们的内心,体会他们的境界,从他们对个人与自然、社会之关系以及人生意义等的思索中得到滋养和感悟,丰富内心,启迪现实。

第十一章　人文化成：南宋中后期辞赋创作中地方意识的凸显

在整个南宋时期，理学基本上保持着在知识界滋长蔓延的趋势，即使是在庆元党禁期间，其影响力也不可小觑。理学的发展是自下而上的，它通过书院、闲居的理学人士以及具有理学色彩的地方官员等，在地方上对人们的观念信仰等施加影响。因此，南宋社会在其持久而深入的浸润之下，国家治理理念发生了变化，观念世界、国家想象也随之发生了改变。国家作为强权的象征已经悄然退居幕后，天下（国家）作为“州县之积”①的观念逐渐深入人心；地方，作为国家治理的立足点和国家形象的缩影异常清晰地浮现在人们的观念世界当中，人们对国家的想象也落实到地方上来。辞赋清晰地记录了当时社会文化的这种改变。

第一节　国家隐退与地方凸显

南宋中期以来，辞赋创作中对王朝的赞美总的趋向是趋于沉寂，这与王朝的专制程度逐渐淡薄联系密切，也反映了士人对国家和政

---

① 王阳明曾说：“天下之大，州县之积也，州县无不治，则天下治矣。”（《王阳明全集·下》，上海：上海古籍出版，2015 年，第 867 页）这段话准确地概括了理学治道重视地方的观念。

治认识的某种转变。葛沣的《圣宋钱塘赋》大约完成于南宋前中期[①]。当时的临安府辖钱塘等九县,但是从赋对杭州地区历史沿革的追述,对府衙和杭州地区全方面的描写来看,赋题的钱塘是借用杭州的古称,指临安府。这是一篇献给行在临安的颂歌。

高宗在建炎中驻跸杭州,之后曾移驻南京,绍兴八年三月,诏复还杭州。像东汉光武帝就定都问题曾依违于长安与洛阳从而引发论都辞赋的创作一样,南宋初期也就此出现了一个论都辞赋创作的小高潮[②],以附会光武中兴,烘托高宗的中兴气象,目前可以看到的针对这一事件的完整辞赋是傅共的《南都赋》。之后,针对杭州的颂歌很少出现,葛沣此赋可以说是对这一传统的绍续。与傅共的赋一样,此赋也描写了杭州美丽的湖光山色和炫人耳目的富庶,所不同者,它没有突出杭州作为事实上的皇都的特点,而是由内而外,详尽描写临安府形制风物。此赋首先追述临安府的历史沿革,接着描写杭州城内的城墙、闾阎、市廛、官府、府学、武备,城中的吴山,城外的西湖、长堤,然后述及临安府九县概况,此地佞佛的风俗和境内的群山、河流、动植水陆之物产。赋的后半部分,将临安与建康、成都进行对比,指出二邦以战争而衰,杭州以效顺而兴,与南宋初期的论都辞赋的创作遥相呼应。

这篇赋给人印象深刻的是它对杭州作为事实上的帝都特点的刻意忽略,它在彰显钱塘作为一个“地方”的特色。从班固的《两都赋》以来,辞赋对皇都的描写即时时处处在彰显皇德。宋代早期杨侃的

---

① 此赋称钱塘为帝都,则作者显为南宋人;朱熹弟子祝穆在《方舆胜览》中曾征引其赋,则当早于祝氏,因此,葛沣大约应是与南宋四大家同时代人。

② 《玉海》云:“建炎中,驻跸临安。绍兴八年三月,诏复还。十五年,高衮上《二都赋》,十七年,施谔上《行都赋》。”转引自厉鹗等撰《南宋杂事诗》卷五,杭州:浙江出版社,1987 年,第 173 页。

《皇畿赋》,虽然是在描绘汴梁的郊野,但是那一幅幅田园风俗画卷处处在展现着上以风化下的伟力。周邦彦的《汴京赋》和李长民的《广汴赋》则把帝都描绘成人间仙境,一座天上的城。傅共的《南都赋》从教化蛮俗的角度把高宗打扮成一个江南地区的"解放者",其对杭州的描写围绕高宗的教化生民展开。可以说,辞赋中的帝都描写,多是以歌颂帝王为旨归的,其作为一个"地方"的特征则被帝王的光芒冲淡了,被人为地忽略、遮蔽掉了。这篇赋也在以凌云健笔描绘着一幅幅都邑的自然和社会生活画卷,但是它刻意在回避这种种的美好图景与皇德的联系,而把这一切归之于风俗之美。我们当然不能据此认为作者对"今上"不恭,但是,应该看到,作者对皇德的理解已经发生了变化,帝王的力量不应该每时每刻鲜明地浮现在人们的思想世界当中,它应该褪去堂皇的色调,退居幕后,化形无迹。赋中写道:"世守良工,竞精旧业。缋画函鞾,刮摩搏埴。裂帛之掤,裁木之瓠,瓶物器具,交持递挈。百所为备,纤微罔阙。背窳就攻,丰阜积墆。学古者不知力农之劳,通鬻者不知伎巧之法。熙熙陶陶,含哺鼓腹,沐浴皇灵,优游化国。"这段话在强调市廛百工之精益求精和职业化的分工纯乎自然而然,市场上熙熙攘攘的人群沐浴着皇恩却很少有人意识到这一点。在淡化皇恩的同时,作者则不断提及在此地传播教化、移风易俗的著名人士。

不唯如此,作者似乎对官府的治理也不太感兴趣,他没有描写地方官长的美政,而是突出地方的安靖,官府对地方的管理也隐然退于幕后。例如在描写官府的部分,表现的是"圜扉静兮束矢罕入,帑藏启兮金帛广储。鹾矾榷酤,秉式法而受授;常平镇城,积红腐而羡余。其岁月有会有计,其参勾有籍有书。庭无壅滞,繄师帅之明健;人耻斗讼,由易俗于恬愉"。不需要监督,不需要督促,官府对城市的管理依成例、制度、习惯等,井然有序地推行,人民循礼而动,耻于诉讼,不治而不乱,不言而自信,不化而自行。我们结合赋中对江山风物之美的描绘综合考察就会发现，此赋是在表现一种无为而治的生活图景：江山形胜，人民安居乐业，草木自然而然地生长，人们自然而然地生活，像春华秋实一样，人人依照亘古养成的习惯来打发光阴，黄发垂髫，并怡然自乐。但是，这和老子设想的小国寡民的社会不同，它是建立在教化生民的基础上的，是人文化成的国家图景。也就是说，在这篇赋中，作为行在的杭州，是一座人文化成的城市。在与建康、成都的比较中，作者也突出了杭州的这个特点，自唐以来，虽然天下纷扰，但是钱塘赖守土以安居，晏然无事：

> 圣朝几百年间，安堵无虞，干戈有备而不试，四民奠枕于里闾。方太宗皇帝之当天，繄太平兴国之三年，镠裔曰俶，遂捧图籍以所管而献焉。是邦之内，曰民曰军，讵知血战之忧苦，畴当矢石之辛勤。矧历休平，八圣相承。铺鸿藻，申景铄，洒德波，散皇明，教条备，民风纯。小而任一同之宰，皆是荣途之遴选；大而拥麾旄之牧，莫非鹓行之贵臣。勤劳劝课，惠养斯民，兹其繁富日增者也。

对宋初钱缪的归顺，宋人是从仰慕王化的角度来解读的。也就是说，从传统上看，钱塘之地就有心向王化的传统，以后，沐浴着大宋的恩德，人心向善，民风淳朴，这正是推行王道之治的基础。文中提到杭州的主政官，皆是一时之俊彦，他们劝课、惠养百姓，这是指官员在移风易俗，传播王化。也就是说，从传统到现实，杭州一直在仁义的达途上行进，因此，其焕发出的宁静祥和氛围，乃是风俗淳朴、政和民恬使然，这是大同社会映射于现实中的景象，也是帝王行在的杭州沐浴皇恩的明证。

这篇赋对国家和地方行政的忽略，反映出当时的治国理念发生了变化，无为而治的政治理念其重要内容是教化，即是通过权力来推进生活伦理与道德秩序,以化成天下,垂拱而治。地方风俗乃至于百姓素质的良窳关乎太平,移风易俗构成了政治的中心,这正是儒学、理学政治思想的核心。在这种理念支配下,家庭、地方凸显出来了,国家不再是那种鞭笞生民、如震如怒的威严形象,也不是文质彬彬、金声玉振的沉稳形象,而是化而为“州县之积”,对国家的描写不再围绕着壮丽的帝都、庄严的皇帝和万国拱卫的朝廷展开,而是具体到一个个家庭,一片片田野湖山,一座座村镇城池,这些帝国疆域内的林林总总的综合印象,共同构成了“国家”,那个君临一切的“国家”隐退了。这篇赋回避对朝廷和帝王的描写,其用意就在于彰显这种国家观念,彰显具有大同社会气质的杭州乃天下之首善,甚或是国家的缩影。南宋中期以来的辞赋中,直接描写国家形象的作品几乎难觅踪迹,而表现家庭生活、地方风俗等的作品则显著增加,这一趋势和理学对政治生活的浸入是同步的,是理学政治理念对文学创作的潜移默化使然。

第二节　无为政治与教化生民

儒家倡导的“无为”政治,亦即以教化为根本以求风俗淳厚的为政之道被南宋时期的理学家发扬光大,在具有理学背景的官员和地方士绅的努力下,地方控制除了朝廷刚性力量外,还有无为政治的柔性力量在发挥着作用,而且在朝廷力量鞭长莫及的边鄙、乡村,教化的力量更是举足轻重。教化生民至于风俗淳美,这个过程是地方主官和民风的互动,于是,地方的意义在南宋的政治文化生活中变得日益重要。因而辞赋描写地方官风和民情的作品也逐渐多了起来。

儒家的为政理念具有“无为”的特点,孔子说:“无为而治者,其舜也与?夫何为哉?恭己正南面而已矣。”(《论语·卫灵公》)这里的“无为”,不是被动地顺应自然,不作为,而是要使为政化形无迹,无迹无象,不可感知,这种境界,就是内圣外王的境界,是由个体身心性命的安顿而推己及人,达于家国天下的安定和谐。这种境界,只有尧、舜这样的圣贤明主才可以达到。因此,儒家讲的"无为而治"不是道家自然主义的小国寡民、绝圣弃智,而是为政以德,修己化人。通过道德感化,如和风偃草①,生民慕化而风俗归淳,天下大治。因此,儒家的为政理念是通过和风细雨般"有为"的教化,来达到风俗淳厚的"无为而治"的目的,它并不拒绝"刑罚号令"、"礼乐刑政"和"簿书之类",贤人以德感化乃是其为政的基础。对于孔子所说的"无为而治",何晏集解曰:"言任官得其人,故无为而治。"邢昺曰:"帝王之道,贵在无为清静而民化之。"②朱熹说:"无为而治者,圣人德盛而民化,不待其有所作为也。独称舜者,绍尧之后,而又得人以任众职,故尤不见其有为之迹也。恭己者,圣人敬德之容。既无所为,则人之所见如此而已。"③这些注释都集中表达了这样一个观点,即只要举贤授能,推己及人,由"民化"便可达到"无为而治"。理学的终极目的是开万世之太平,它继承和发展了儒家的无为政治理念,立足教化来移风易俗,以开创太平基业。

与理学对政治生活的渗透同步,南宋中后期的政界,无为政治的思想相当流行。无为政治的核心是道德感化,但是在具体操作中,修己以化人是相当玄妙的行为,很难考评权衡,这也为一些官员懒政提供了借口,他们既不屑于具体的行政,又以不作为来标榜自己,这就背离了儒家的为政理念而类同道家的无为而治。当时的许多赋针砭官场的懒政作风,如刘克庄的《诘猫赋》、洪适的《弃猫文》等,都是基

① 《论语·颜渊》季康子问政于孔子曰:"如杀无道,以就有道,何如?"孔子对曰:"子为政,焉用杀?子欲善而民善矣。君子之德风,小人之德草,草上之风,必偃。"

② 邢昺:《论语注疏》,《十三经注疏》,北京:中华书局,1980年,第2517页。

③ 朱熹:《论语集注》,北京:中华书局,1983年,第162页。

于这样的政治文化环境。其中吴渊的《江东道院赋》最为深入翔实。此赋形象地刻画了类同黄冠羽流的官场习气和对为政背离儒家理念的忧虑。道院本指道士所居之处，因其清净安闲，被引申为风俗淳厚的地方，赋中道院这两种义项都有，其以道院代指官衙，讽刺的意思相当明显。他写道：

> 虽谓之邦伯郡守，实偶乎黄冠羽流。当其阶庭如水，囹圄鞠草，燕寝沉沉，铃阁杳杳，鸡鸣寂昼，鹊声阁晓，何以异于道流之清净而一尘之不到也！避堂舍盖，隐几对老，收视敛听，回光反照，虚室生白，内境火爓，何以异于道流之炼养而臻其玄妙也！华阳可巾，清香可烧，《离骚》可读，《周易》可校，南董京生，北窗梦觉，何以异于道流之萧散而寄其高傲也！着灵运履，携山翁醥，临流赋诗，登高舒啸，炮落棋声，泉响琴调，何以异于道流之放旷而纵其吟眺也！

阶庭如水，囹圄草滋，酣睡沉沉，官衙寂静，这与道士的一味清净何异！收视反听，存思默想，这与道士的修炼何异！展卷俯仰，北窗梦觉，这与道士的寄情玄虚何异！琴棋书画，游山玩水，这与道士的放旷何异！作者指出官人一幅道士的模样做派，这种"无为"与儒家的"为政以德，譬如北辰"相去甚远，它抽去了修己以化人的主旨，只剩下道家人物无为而治的怡然高乐。当然，官人如此是有充足的理由的，因为天子神明，以德化人，地方风俗淳厚，臻于无为政治的终极目标，天下太平，这个地方也是名副其实的"道院"。然而，即使地方已如道院般安靖，官人也不应该如道士般闲逸，在赋中，作者重申了儒家无为政治的主旨：

> 夫吾儒与道流，邪正不对，官府与生民，休戚相关，必也道吾

> 之道而不道彼之道，乐民之乐而后乐己之乐，使是邦不徒有太平之名而乃有太平之实，则是院不徒揭名道之扁，而有体道之诚。不然则月三夜而旱告，雷一声而水浸，穑事靡秋，菜色实繁，人纪弗植，天常既残。又不然则簿书如海，文牒如山，刁方成于珥笔，讼咸甘于褫鞶。当是时也，其容心逸而身闲乎！……所以贵乎道院者，非乐慕道流为高致，谓重夫清净而吾以民为乐也。……惟当以清净为本，以烦扰为忌，政教因乎民，本非容心，号令从乎俗，未尝作意，则有无为之为、不治之治。

同样是着眼于“无为”，儒与道判若两途，为官应该遵儒道而行，以德化民不是废去行政事务，应该乐民之乐而后乐己之乐，不能像道流人物那样把清闲享乐放在首位。正如朱熹所说：“无为而治者，圣人德感而民化，不待其有所作为也。”“圣人所谓无为者，未尝不为，依旧是‘恭己正南面而已矣’。是‘正己而物正’，‘笃恭而天下平’也。”为政以德，也就是懒政怠政，“为政以德，不是欲以德去为政，亦不是块然全无所作为，但德修于己而人自感化。然感化不在政事上，却在德上。盖政者，所以正人之不正，岂无所作为！但人所归往，乃以其德耳。故不待作为，而天下归之，如众星之拱北极也。”“为政以德，非是不用刑罚号令，但以德先之耳。以德先之，则政皆是德。”“所谓无为，非是尽废了许多簿书之类。但是我有是德而彼自服，不待去用力教他来服耳。”“以身率人，自是不劳力。礼乐刑政，固不能废。只是本分做去，不以智术笼络天下，所以无为。”①不理民事，历久成习，则将使黎民蒙殃，官事丛脞，乱象丛生，风俗浇薄，当此之时，岂容官人心逸而身闲哉！道院的真正旨归，在于为政以求取地方清静为根本，官

① 朱熹：《论语·为政以德章》，《朱子语类》卷二十三，黎靖德编，王星贤点校，北京：中华书局，1986年，第533—537页。

欲清静,当与民共享,与民同乐,教化生民,休养生息,如此,则是无为之为、不治之治的美政。吴渊此赋命意模仿黄庭坚的《江西道院赋》。黄赋是从反对新法扰民的角度提倡“我简静则民肃,我平易则民亲”的为政之道的,所不同者,两赋一为抨击懒政,一为讥刺扰民,各执两端而旨归相同,都把“化民”作为为政首务。

据《宋史》本传记载,吴渊为政严酷,积极有为,时号“蜈蚣”,因而他对地方主官之袖手临事的作风很不以为然。这样的忧虑恰恰说明了在理学的浸润下,南宋的社会管理和社会控制悄然发生了变化,朝廷的刚性官治网络与教化的柔性意识观念控制都在发挥着作用,而且,邦伯们更重视对地方的教化,他们更愿意在百姓和同僚面前,把自己塑造成一个与民同乐的道德君子。陈造的《行春辞》三首就是表现这种境界的。行春本是汉代的一种巡行制度,每年春天,太守巡视所辖州县,督促耕作。该赋重点在描写行春时的恬然心境。赋的第二章这样写道:“谍兮纠纷,榜檛兮未全。闲色不形兮意孚,每厚颜于曩贤。揖父兄兮使前,尚笑语之怡然。道菽粟兮卒岁,审里闾之相安。食三鬴兮袴襦,悼单栫于昔年。我酒旨而肴可茹兮,属餍兮共此柈。觞一行而三谢兮,起且坐而喧繁。归目送而扶路兮,予亦倦踞而假僧毡。”相对于与纷扰的公事俗务,这位太守更喜欢在乡下与父老言笑晏晏,共话桑麻。查问里闾,劝农稼穑,这是邦伯之要务,与民把酒言欢,怡然笑语,这就是以德化人的为政之举措,郊游一般的踏春之行,其实是一次教化生民的政事。这组辞的第三首,作者表现了类同道流的生活旨趣,“懑官曹兮缚虎,拥簿领以昏愦。窃逍遥于数刻,偿澒汩于终岁。倚僧垣睨鸿影兮,涤胸尘而一快。饭云子而泛乳兮,引吟兴之未沫。……顽予姿之麕鹿兮,合岩栖而钓濑。恍泉石之入眼兮,浩归怀之自倍。计三径之可具兮,顾二顷之犹在。明年其饯西归兮,将家渔舟老牛背也”。在这里,作者表现出和吴渊《江东道院赋》描写的邦伯一样的旨趣,不屑于事务性的行政,向往闲逸的生活,所不同者,陈造希望归田渔钓,而号称江东道院的主官则隐居官衙,过起了“中隐”的生活。但是,陈造之归田愿望,不能理解为陶渊明笔下的官场与田园的清浊对立,不具有对政治的反思和批判精神,他并不是真的要归田,而是在表现自己的人格境界,是在突出自己的“德”,是想说明自己具有如此不俗之人格境界,作为地方主官,自然可以教化一方,安靖地方了。

傅自得的《丽谯赋》还形象地描绘了地方主政者应具备的心理。谯门是乡土中国习见的建筑,在自给自足的意义上具有代表性,谯楼的钟鼓规范着人们日出而作、日落而息的生活。而且还在警示着为政者心念苍生:

> 昼下漏于抗爽,夜鸣钲于虚敞。角凌霜以腾音,鼓逐风而震响。岂非宾饯有法,天时于焉正邪?听休有时,郡政于焉修邪?作止有候,民事于焉节邪?驾受有式,兵籍于焉制邪?东望则长川喧豗,趋我城郭,云树参差,月波瀺灂。南望则巨石峙立,伟然下阚,狻麑蹲踞,鬔鬙攫啖。西望则奇峰插天,刻削巀嶭,白露晨萦,红曦夕抹。北望则超超九逵,直走京畿,郊原苍莽,亭驿纷披。盖今之多熟禾秀,芒芒布野,昔之霜露荆棘而伤心者也。

谯门四望,黍稷离离,亭驿逶迤,昔日的荒凉之地一派生机盎然,这正是牧守忧勤民生的结果,这就是政通人和!由此,我们也就明白,表面上是无为而治,内底里是仁风远播,泽被万物。《江东道院赋》对这种太平盛世的景象描绘得更为生动感人,赋曰:

> 圣主既纡于皇眷,高穹亦为之世情。乃施天造,乃饬地灵,乃胚胎而酝酿,乃培养而发生。乃滋硗瘠,或为膏沃之壤;乃化刀剑,亦为淳厚之民。观其棋布田畴,支分岸塍,平衍夷旷,曲直

纵横,桑麻被野,麰麦连云。时雨少愆,有江潮以资其灌溉;涝水或降,有湖泊以泄其滔盈。是以时少旱涝,岁多丰登。奇秧绿水,喜沾足于夏种;黄鸡白酒,争庆贺于秋成。乃君其民,混然大朴。惟土物是爱,故能臧厥心;惟本业是崇,是以无末作。尽力畎亩,收功钱镈。艰贫以其勤苦,易足以其俭约。故有妇女平生未识于绮罗,亦有父老终身不入于城郭。衣食足故多知廉耻,习俗厚故罕事斗角。盖皞皞乎有羲皇太古之风,熙熙然有唐虞击壤之乐。

天子德风披靡,硗瘠化为沃壤,顽嚣化为顺民。风调雨顺,岁稔丰登,人民安居乐业,尽力农桑,克勤克俭,谨守礼法,安土重迁,这是一个天下太平的盛世。南宋后期的辞赋很好地阐释了理学的政治理念。

第三节　地方主政者登场

无为政治下的邦伯,其道德修养关乎地方风俗之良窳,因此,赞美地方主官辞赋的增多反映出了理学政治理念的不断强化。当时的亭台赋作多有赞美主官者,其实,主政者建立这些亭台的目的,就是为了表记自己为政功劳的。方岳的《秀锦楼赋》在赋序中写道:“直宝谟阁汪侯守歙之明年,政恬事熙,民以嘉豫。”赋中动情地描写政恬事熙、民以嘉豫的景象。

岿问政之东峙兮,逗春雾于花屏。飘吾袂以轻举兮,训许聂乎深云。纫崇兰以为珮兮,缀明月而成缨。受山气之朝爽兮,截鹭波之晚清。夕阳淡其未收兮,指素娥以将升。弄林影以扶罪兮,酹吾樽于江山。曰尧民其熙皞兮,吾何心于铸顽。鹿扰之则骇逝兮,鱼自乐于深潜。审左餐而右粥兮,桁杨卧而昼闲。来牟

> 蓊以相依兮，桑麻沃其蓁蓁。吾与客而乐此兮，觊枌社之皆春。

这段描写明显受到了欧阳修《醉翁亭记》的启发，作者刻意强调了麦秀桑麻的勃勃生机和百姓的怡然而乐，以及万物各得其所的和谐融洽，以彰显政通人和、天人相谐的主题。太守的清静牧民之道就融汇在这样的描写中了，其人格力量也尽在不言中。易祓的《真仙岩亭赋》也是模仿欧阳修《醉翁亭记》的赋作，作品赞美融川太守筑亭真仙岩与民同乐。姚勉的《宜堂赋》则直接阐发太守人格与地方之关联：

> 公之意在于尔民而乐事其寓也，故其为堂也，不雕其楹，不峻其宇，席可函丈，室如环堵。寓意于鼓琴弈棋之间，而意不在于樽俎，托兴于赋诗吟啸之时，而兴不在于歌舞，故能无所往而不宜。而斯堂也，亦真宜行乐之所。是故烟晴景明，花菲柳萦，则宜于春。翠荫郁苍，冰壶昼凉，则宜于夏。风露鲜霁，则宜于秋之晨。雪月争清，则宜于冬之夜。焚香读《易》，则宜于自公之余。品茶评诗，则宜于对客之暇。颂声溢清水之庭，诉牒稀蔽棠之舍。此宜堂之无所不宜者也。

官人的厅堂布设乃至一举一动，恪守着儒者风范，这些都是为政的内容。也就是说，地方主官并不单单是社会事业的组织者和执行者，更是感化庶民的君子，是感化师、布道者。

在地方风物赋这样的鸿篇巨制中，过去绝少直接描写主政者，但在理学治道的影响下，表现官长的人格气度几乎成了当时这类作品的套路，因为地方的人文化成仰赖官长的教化熏陶。孙因的《越问》专设《良牧》一章，历数南渡以来的各位父母官，而于当下主官描写尤多，赋曰：

> 维我新安公兮,骛逸驾而独攀。剖滞讼如澌流兮,召雨旸如应响。使百城俱安堵兮,令沧海无惊澜。立吏胆于秋霜兮,洽民气于春泽。出干将于宝匣兮,照沉鳖于铜盘。圜扉鞠为茂亓兮,麦岐蔼其连秀。令修户庭之内兮,民乐湖山之闲。既修政而人悦兮,文书省于幕府。新百废以具兴兮,耸轮奂之伟观。八邑不知有役兮,一道不知有费。若天造而神设兮,岂民力之或烦。化榛莽为宏丽兮,敞隘敝为爽垲。革蠹挠而雄叠兮,易朽腐而垩丹。兹栋隆之规模兮,特于此乎小试。

主官不仅排纷解讼如水泄流般通畅,而且求雨止雨也如回声应响般灵验神奇,他不仅是能吏,还是巫师。他兴废继绝,造福百姓,地方因此建筑轮奂、风调雨顺、民淳俗厚。然而,这一切的美政化形无迹,如天造神设,百姓并没有感到赋役的烦扰。文中以修葺房屋庭院比喻主官的政举,“化榛莽为宏丽”等句,当是指其割除弊政,移风易俗,“栋隆”语出《易 · 大过》:“象曰:栋隆之吉,不桡乎下也。”喻指艰苦创业,任重道远。使越地发生如此大的变化,只是主编小试牛刀而已。其他如储国秀的《宁海县赋》、王应麟的《四明七观》等均以相当的篇幅介绍当时地方主政者的美政和移风易俗的教化之举。

当然,依靠地方官的修养和人格魅力来移风易俗毕竟过于玄虚,无为政治的要务是按照儒家教义的设计来建构和谐安靖的地方秩序和礼义伦理观念,从而导民循礼,劝民向善,致民孝慈,教民忠义,化民成俗。辞赋中所表现的邦伯类同道流般飘逸潇洒的精神气质其实是在彰显其教化地方取得的和谐和睦的社会氛围。深受理学思想熏习的地方官们由于要教化百姓,他们普遍地深入地方民众的普通生活,努力使自己与民同乐,也希望百姓能够理解自己的良苦用心,感受自己的道德魅力。有的官员就宣称:“本司以劝农河渠系衔,水利固当定夺；本职以明刑弼教为先，名分尤所当急。”①也有官员指出，地方政治“惟以厚人伦，美教化为第一义。每遇厅讼，于父子之间，则劝以孝慈，于兄弟之间，则劝以孝友，于亲戚、族党、邻里之间，则劝以睦姻。委曲开警，至再至三，不敢少有一毫忿疾于顽之意。剽闻道路之论，咸谓士民颇知感悟，隐然有迁善远罪之风，虽素来狠傲无知，不孝不友者，亦复为之革心易虑”②。劝农制度古已有之，有宋立国以来更是不断重申之。但是，目前我们能看到的宋代劝农文有百十来篇，绝大多数集中在南宋的中后期。不是说之前的地方官不写这样的官样文字，最大的可能是感觉其意义不大没有很好地收集整理。显然，在张扬理学治道的政治氛围中，劝农这类能够体现亲民爱民、教化生民的文章为人们所看重。当时除了劝农文以外，还有劝种麦文、劳农文、喻俗文、劝喻文等样式。这些文章，除了推广良种、鼓励百姓致力稼穑外，几乎无一例外地充斥着消弭诉讼、劝导孝悌、和睦邻里等内容。而且除了个别的写得佶屈聱牙，在乡民面前炫耀学问外，大多能做到文辞通俗，贴近生活。比如真德秀的《再守泉州劝农文》曰：“又须谨身节用。念我此身，父母所生，宜自爱惜，莫作罪过，莫犯刑责，得忍且忍，莫要斗殴，得休且休，莫生词讼，入孝出悌，上和下睦，此便是谨身。财物难得，常须爱惜，食足充口，不须贪味，衣足蔽体，不须奢华，莫喜饮酒，饮多失事，莫喜赌博，好赌坏人，莫习魔教，莫信邪师，莫贪浪游，莫看百戏。凡人皆因妄费无节，生出事端，既不妄费，即不妄求，自然安稳，无诸灾难，便是节用。谨身则不忧恼父母，节用则能供给父母。”③文章从百姓的角度着眼，从自身的感受出发，辞意恳切，循循善诱。而吴儆的《劝农文》以和百姓絮叨家常事

① 《名公书判清明集》卷十，北京：中华书局，2002 年，第 392 页。

② 《名公书判清明集》卷十，第 363 页。

③ 真德秀：《真西山先生集》卷七，北京：中华书局，1985 年，第 125 页。

的语调来劝谕："噫！尔之家虽甚苦而有天下之至乐，尔之业虽甚劳而有天下之至利。官长以父母年老无以为养，勉强从仕，以苟寸禄，若与尔父老相安三年，善罢而归，定当子负耒耜，妇供饷馌，相与深耕于旧陇，以尽菽水之欢，遂安居之乐，与尔父老同为太平之耆民，志愿足矣。"①

无为政治理念使得地方要员更加贴近民众的生活，也更多地介入民间事务。可以说，从意识形态的导向作用而言，南宋以来的柔性权力其对地方的控制较之过去深入多了。官员的形象也由过去的那种昂然而尊的威风凛凛变得贴近人情，和蔼宽厚。陈炳的《望黄山词》写道："予朅来兮江东，元砻窍兮储并。井邑荒兮穷谷，门两版兮常扃。泛袯襫兮良勤，几视日兮占星。粟星斗兮莫饱，将填壑兮鳏茕。官吾卑兮何求，职水旱兮忧矜。愿时以云兮又以雨，黄之田兮世世可耕。"这是一篇祈雨之作，其与众不同之处在于作者把个人的际遇与祈雨时的急迫心情结合起来，说自己生活已经相当不堪，位卑窘迫，希望白龙能够顾念自己，赏赐雨水，帮助自己完成职守。个人的穷愁潦倒流露于庄严典则的求雨辞中，相当有创意，雅有风致。

第四节　人文化成与地方风俗的张扬

观乎人文，以化成天下，是儒家治道的基本信条。人文是指社会人伦，通过教化，在天下建立起人伦道德秩序，儒家认为这是为政之首务，开太平之关键。不过，教化不能仅仅依靠权力系统的皇权和官府来施行，还要依靠对传统的承袭以及士大夫阶层对地方社会风气的熏陶。故而，"教化者，朝廷之先务；廉耻者，士人之美节；风俗者，

① 吴儆：《竹洲文集》卷十二，北京：线装书局，2004年，第554页。

天下之大事。朝廷有教化，则士人有廉耻；士人有廉耻，则天下有风俗。”①连接朝廷与大众的士人，是化成天下的关键。士人，包括入仕的官员和居乡的士绅，其中，士绅阶层因其植根于地方，在厚人伦、美风俗方面具有无可替代的重要作用。“风俗”这一概念在传统中国主要用来论述社会风尚、评价政治、臧否道德等内容，是从政教的角度着眼的，它指政治教化力量在地方上形成的生活习尚。地方习尚的形成，依赖于政治权力和士绅阶层的共同作用，它体现着人文化成的水准和礼义道德对当地浸润的程度，可以说，地方风俗，是理学提倡的无为政治关注的重要内容。在南宋中后期的辞赋当中，这一内容得到了高度重视。

风俗，是生活习惯和生活方式，理学所关注的是其背后蕴含的致太平方面的价值，辞赋在展示地方风俗时，所侧重的就是这方面的内容。储国秀的《宁海县赋》将宁海依海而生的风俗人情一一展现，并着重表现了当地生活中“人文”的成分：

> 伟宋德之当天，同文轨于殊方。崇姬孔而抑聃释，业文策而变工商。越嘉、治、佑、宣之熙洽，联周、王、罗、李之骞翔。赫名第而起晦，辟井社以劚荒。迨六飞之度南，广仁泽之延袤。东西王两族之望，左右许一门之秀，疏学殖之根源，竞贤路而辐凑。乡贡之家，比比乎连甍；桥门之彦，翩翩而结绶。或骞华于童习晚恩，或擢颖于宗英世胄，或文武科之踵升，或内外优之迭奏，或能流光于宦业，匪徒角胜于文囿。尔乃白屋公卿，青云步骤，乌台骑省之出入，虎节菟符之先后。重典选于春闱，侈归荣于昼绣，簪笔素以对天光，典枢衡而应台宿。等而上之，来者靡究。

① 顾炎武：《日知录校释》卷十七，张京华校释，长沙：岳麓书社，2011年，第569页。

大宋开国以来,王风所化,宁海进入"文明"的新时代,家家向善,读书成风,或立功,或立言,科第联芳、管缨显宦之家,比比皆然。人文化成的一个重要标志是读圣贤书,成圣成贤,而王朝引导天下人成圣成贤的手段是功名利禄,这虽然看似悖论、吊诡,但是却行之有效,并且,其内在逻辑上是相关联的,王朝所行的大业是致太平,这和古圣先贤的愿景是一致的,要把致太平的理想付诸实践,科考以济世是便捷之达途。王朝的合法性和人文化成的成绩皆系于地方上对读书科考的认可和参与程度。因此,地方上政教风俗之得失也变成了对其科举功名的考量。当然,这种逻辑上成立的前提是科考的目的是匡时济俗,而非功名富贵,匡时济俗才是读书的核心,因此,当时的辞赋在表现地方上科考"政绩"的同时,往往会用些矫正补救的手段以淡化科考隐含的博取功名富贵的生活态度,如表现当地的孝悌之俗、隐逸之风,等等。储国秀在铺叙了宁海县的科举风尚之后,接着辅以补救之笔:

> 更有尚清修而立门户,轻进取而安里廛。泥滓名位、胶漆林泉。泻陶篇而杜什,藐岛瘦而郊寒。蒙庵文会,襄阳之旧耆;阆风诗侣,江西之派源。或辟野堂而讲学,或储墨藏之遗编,或守柴桑之庐而厌仕,或结香山之社而逃禅。信君子之行藏,表乡里而率先。士得师于庠塾,农勤身于桑田。工执艺而精良,商通货而贸迁,举乐道而怀德,知委顺而乐天。于是俗化,明表里正,有事生事亡之合于理,有为妇为母之一于敬。守义者却婚于崔卢,笃教者媲贤于陶孟。兹阳倡而阴和,犹宫动而商应。

科考功名只是当地风俗的表面,耕读传家的生活愿景才是其底色。那些居住在乡间的读书人,他们把读书当作一种生活,他们藐视轩冕,寄情林泉;他们或著书立说,或结庐讲学。但是他们又不同于那些隐居以避世的人，他们以身作则，立范乡里，引导乡民，崇厚风俗，所谓“信君子之行藏，表乡里而率先”。这些人，就是乡居的士绅。这个阶层在南宋时期的发展与壮大，与理学的发展是同一节奏的，凝聚这一阶层的思想就是理学。这一社会精英阶层对于南宋以及以后的乡土中国，意义重大。地方风俗，就是通过这些人体现出来的。士绅阶层所倡导的生活是耕读传家式的自足生活，他们在地方上代表着道德和舆论，既对地方政治监督、襄赞与规范，也对乡民教化、救济与规范。他们的所为，襄政教是而助王政，宣教化而济斯民，地方之风俗之良窳系于他们。士农工商，在他们的引导下，人人安居乐业，孝敬守义，乐天知命，所谓“兹阳倡而阴和，犹宫动而商应”。

士绅阶层与过去的那种隐居求志的隐士是不同的，耕读生活与独善其身以固穷守志的隐居生活也是不一样的，理学给过去的那种遁世无闷的隐居生活以积善济世的新内涵，南宋以来描写“钓台”以讴歌严子陵的文学作品不断涌现，就是着眼于其乡居以襄助风教的意义的，体现的就是士绅的生活价值观念。《宁海县赋》在描写了地方的达官贵人后在笔墨倾注于这些人身上，反映了这一阶层在地方风俗方面的作用举足轻重。孙因的《越问》在《隐居》一章中铺写越地的隐居之士，说他们“彼皆不事王侯兮，以高尚而辟世。亦地气之所钟兮，多秀水与名山。客曰士各有志兮，斯固古之逸民。夫何欲洁其身兮，弗念君臣之大伦”。越地山川灵秀，高人辈出，但是不事王侯、高尚辟世，废君臣之义，欲洁其身而乱大伦，无乃不可乎。乡居以赞王政的士绅阶层，虽不仕，但依然是“行其义也”。孙因所表达的，是那个时代文人的普遍心声。可以说，地方风俗，士绅阶层成了其重要的表征。王应麟《四明七观》的描写重点在人文方面，赋中详述四明（宁波）的历史与当下的各色优秀人物，尤其是述及理学人士及学问家，与过去的地方风俗赋迥然有异。

> 庆历师儒，燕及孙曾，曰楼宣献，斯文统盟，有德有言，既和且清。洄沂绝学，阐自关洛，朱、张、吕子，绪承先觉。临川一陆，自得于心，若异而同，为己功深。淳熙四儒，探颐性渊，并游三先生之门，独契陆子之新传。处则讲贯以淑艾，仕则善教以昌言。长庚晓月，惟杨暨袁。袁亦有子，授业于杨，进礼退义，家学用光。春木苞兮，高山仰止，人固亡而书存，世未远而道迩。颜何人哉，希之则是。若鲁庐江赞名德先贤，沛三辅序耆旧节士。后有着者，孰谓知管晏而已？

这里提到的楼钥擅长内外制及书奏启札之类应用文字，博通经史，讲求实学，长期供职内廷，是当时著名的才学之士；舒璘、杨简、袁燮、袁甫则是当时著名的心学人物。济济多士，秉文之德，尤可见出四明风俗之淳美。

士绅阶层中还包括致仕赋闲的官人，他们在乡间也承担着襄助王政、教化生民的责任。辞赋中也出现了这类人的形象。王炎的《水西风光赋》是赞美赋闲后卜居新安的吕广问的。赋作说新安一带是“飞仙窟宅于其中”的秀杰之地，备受历代名流青睐，此为全篇之文眼，“岂非人物为主，山川为宾，故风光虽满于天下。而大半落莫（寞）无闻。苟有待而获传，历千载而不朽。有白傅而知香滩，因叔子而知岘首。浣花寄声于工部醉吟之篇，辋川托迹于右丞丹青之守”。这段论述使人联想到孔稚圭《北山移文》中山林因处士离去而顿然失色的描写，此赋反其意而用之，指出新安山水因吕公的居住而顿然生辉。赋中写到州人因吕之居此而欢欣鼓舞的情形，“公旧为伯于此邦，留去思于千里，父老儿童，见公而喜。故虽山灵与溪神，争欲回巧而献技。揽波光空翠于冥蒙杳霭之间，阅云烟沙鸟于旦莫晦明之际”。这是与民同乐的教化之功使然。结尾颇为出人意表，“无已，则犹有太公望之事乎。处则钓渭水之璜，出则佐六州之王。方圣天子之仄席,登耆英于庙堂。胸中之策十未用其五六,恐未可留意于山水之风光”。吕卜居此地如太公垂钓于渭水,大有用于世也未可知。作者没有延续描写主人闲云野鹤般闲居的老套,而是说吕壮心不已,胸怀有拯时救世的才能,这或许是赋闲的官员最想听到的赞词吧。

当然,地方风俗也体现在普通百姓的积德行善和生活情趣上。胡次焱的《步瀛桥赋》赞美当地一樵叟捐资修桥的善举。张榘的《吊丛冢文》没有表现这类题材惯常的对生死问题的探讨,而是旌表乡人出资埋葬野尸的善行;谢禹的《武安塔赋》叙写武安塔的重建过程以及开光时乡民欢庆的热闹层面。这种种图景像一幅幅风俗画卷一样,展示着民风民俗的方方面面,体现着人文化成的动人愿景。

第五节　地方风物描写的写实倾向

风俗是在一定地域形成的群体的生活方式和思维习惯,因此,移风易俗除了教化之功外,还应考虑具体的地理环境。班固说:“凡民函五常之性,而其刚柔缓急,音声不同,系水土之风气,故谓之风;好恶取舍,动静亡常,随君上之情欲,故谓之俗。孔子曰:‘移风易俗,莫善于乐。’言圣王在上,统理人伦,必移其本,而易其末。此混同天下,一之呼中和,然后王教成也。”①他把风俗分成风和俗两个方面,风是一定地域形成的群体习性,俗是在上者亦即社会导向对社会群体价值判断的影响,为政就是从这两个方面着手来教化生民。这一看法影响甚大,理学家们相对关注地理与风俗的关联,生活在南宋后期的学者王应麟指出,“《诗》可以观广谷大川异制,民生其间者异俗,刚柔轻重迟速异齐。声音之道与政通矣,延陵季子以是观之。……人之心与天地山川流通,发于声,见于辞,莫不系水土之风,而属三光五

① 班固:《汉书·地理志下》,第306页。

岳之气。因《诗》以求其地之所在,稽风俗之薄厚,见政化之盛衰,感发善心,而得性情之正,匪匪徒辨疆域云尔"①。他认为从作品可以观地理,进而了解其风俗。人的心与山川地理流通,文学表现山川风物,从中可以窥见风俗志薄厚、王政志盛衰,可以感发善心,得性情之正。南宋中后期山川地赋的创作,明显渗透着地理关乎风俗的观念。

当时描写山川地理的辞赋,多不务司马相如、扬雄大赋那样的假称珍怪、以为润色的虚言游谈,而是对地方风物详加考证,忠实描写,突出地方物产、生活等的特色。孙因的《越问》是为弥补王十朋《会稽风俗赋》之不足而作的一篇地理赋。赋序中述及王赋之缺憾之四端,其中两个方面是对王赋没有突出地方特色的不满,"会稽土地所宜,以金锡竹箭为称首,职方氏九牧之贡莫先焉。盖金锡竹杖,戎备所资,非其他一草一木比,正当表而出之。而是赋作述,乃杂举夫粳秫桑蚕、枫松梓桐、鸡头鸭脚、马乳凫茨、木兰海榴、园蔬木菌之属,他郡独无之乎?""并海鱼盐之饶,东南大计仰焉。……兹赋才一语及之。往往纤悉于赤鳝黄颡之族,而缺略于纵壑之巨鳞,搜罗乎余朴石英之品,而简弃夫积雪之宝盐。"这段序文清楚地显示了孙赋与王赋的差异所在。王赋的目的是想说明东南可资帝业,克复神州,故搜罗品物,述其人文,虚辞滥说,唯以渲染气势为务,以见其物产丰饶、人才辈出,王赋虽未堕入虚诞一途,但其旨归与司马相如大赋同类。孙赋则从事实出发补缺纠偏,反映出当时地理赋的风尚乃在于征实。孙赋的《封疆》、《金锡》、《竹箭》、《鱼盐》是就王赋之偏而谈的,针对性极强;其《舟楫》、《越酿》、《越茶》、《越纸》是就王赋缺略之越地独特风物的补充,且每一部分述其渊源特征文字质朴准确,无夸饰失实之病。其述人文方面,补入了《神仙》、《隐逸》、《舜禹》等内容,以期完整反映越地之文化源流。王应麟的《四明七观》在重征实方面更进

① 王应麟:《诗地理考·序》,四明丛书刻本,民国二十一年(1932),第30页。

一步。作品为了显示其崇实黜虚的宗旨,作者又详细笺注,字字作实,句句不虚。

地理塑造风俗,对地理的准确描绘是和当地风俗的展示联系在一起的。山川地理赋在描写风物之后无一例外地详述当地之风俗。储国秀的《宁海县赋》对宁海的历史沿革考辨详实,对其山川、树木、农稼、盐铁等的叙述简略而真实,不务虚夸。尤其可贵的是,赋中非常详尽地描绘了此地航运之便利和海产之丰富。对于一个以农业为主的社会而言,宁海航运和海产正是它的特色所在。然而,滨海的地理也造就了此地生活方式的独特之处,不仅渔业经济具有不确定性,而且土地斥卤,农业对气候的依赖性极强,"海濒斥卤,旱干无备。三日不雨,则田龟坼而枯焦;一谷失收,则民憔悴而狼狈。枯富家之储赢,仰客舟之米至。此合推广社仓之成规,以为凶年之久利。万户酒酤,沉湎荒恣,大家造年计以縻谷,细民乏朝炊而求醉。是虽郡国之委输,终亦县家之枵匮。此合稍复发卖之通规,以贮公私之元气"。赋中提到的社仓是南宋时期出现的一种储粮制度,这一制度得到具有理学背景的士绅的大力支持;发卖指商业,海边生活的不确定性造就了此地人民得过且过,图一时之享受的生活习惯,因此,官府应该引导百姓建立社仓,鼓励商业,这不仅是使百姓安居的美政,更是移民秉性的移风易俗之举。

描写山川地理的辞赋就其艺术表现来看,有夸饰和写实两种艺术倾向。像司马相如、扬雄等的大赋,重夸饰而不顾事实,刻意创造出一个琳琅满目、繁盛丰茂的艺术世界,其用意在于渲染王朝的声威气势,这样的赋多出现在皇权专制加强、统治者需要营造一种君临天下的政治氛围之时,南宋初期傅共的《南都赋》等,就是出于这样的动机而刻意营造琳琅满目的艺术世界。不惟描写帝都的作品,对地方风物的肆意渲染,同样是为了展现皇权的尊严和皇恩浩荡,而非彰显地方风物之美,如徽宗时期出现的王观《杨都赋》等就是这样。可以说,艺术上的夸饰是在粉饰太平,为皇权的合法性寻找依据。南宋中后期这类辞赋向写实倾向的转变,意味着皇权专制程度的某种削弱,起码在公共话语中,皇权不再是压倒一切的核心,像《圣宋钱塘赋》那样刻意回避对皇权的描写来突出地方特征,其对山川风物的描写也是写实的,而非虚诞夸饰。可以说,在写实倾向的背后,关联着对地方自然、人文、风俗等的全方位展示,存在着一个淳厚风俗的宏大叙事背景。

班固"赋者古诗之流"的观点,暗含辞赋关乎美刺,是诗教传统的延续。班固所说的"或以抒下情而通讽喻,或以宣上德而尽忠孝",是包括美和刺两个方面的。不过,在以后的发展过程中,美,被辞赋家发挥成谀美,失去了诗教的意义。班固《两都赋》对西都的夸饰是在展示"多欲之治"偏离王道,而非"宣上德",对东都的收敛而写实的描写是在彰显王道之治。接续班固等创作传统的著名之作是左思的《三都赋》,皇甫谧在该赋的序中写道:"古人称不歌而颂谓之赋。然则赋也者,所以因物造端,敷弘体理,欲人不能加也。引而申之,故文必极美;触类而长之,故辞必尽丽。然则美丽之文,赋之作也。昔之为文者,非苟尚辞而已,将以纽之王教,本乎劝戒也。"①赋要骋辞铺排,但不能流于虚辞滥说,因为其归结点是"纽之王教,本乎劝戒"。左思自己在赋序中也说:"盖诗有六义焉,其二曰赋。扬雄曰:'诗人之赋丽以则。'班固曰:'赋者,古诗之流也。'先王采焉,以观土风。""余既思摹《二京》而赋《三都》,其山川城邑则稽之地图,其鸟兽草木则验之方志。风谣歌舞,各附其俗;魁梧长者,莫非其旧。何则?发言为诗者,咏其所志也;升高能赋者、颂其所见也。美物者贵依其本,

① 皇甫谧:《三都赋序》,《全上古三代秦汉三国六朝文》,石家庄:河北教育出版社,1997 年,第 747 页。

赞事者宜本其实。匪本匪实,览者奚信?”①左思崇尚“征实”是要张扬诗教传统,而非仅仅为了“真实”。南宋中后期山川地理赋的创作,是沿着班固、左思等的一路,是寄寓着“美刺”精神的,这种精神,就是理学的政治观念,通过淳风俗厚人伦而达于无为之治的大同社会。也可以说,辞赋艺术世界中国家隐退与地方凸显,其实是专制政治思想削弱而王道思想彰显的体现。

从重视风俗的角度出发,南宋中后期辞赋注重对山川风物的写实表达,以此彰显地方特色,展示地方人文风俗的生成环境。这是对这类辞赋虚辞滥说传统的反驳,对诗教精神的复归,是理学政治思想对文学渗透的一种表现。

随着理学在南宋中后期的发展,深受理学观念浸染的士绅阶层恪守和发扬了儒家人文化成天下的使命,醉心耕读传家、关心民风民俗,注重地方治理成为他们的自觉追求。反映在辞赋创作中,即对地方教化的意味更加明显。他们开始用更多笔墨描写地方风化和民情。注重用人格中的高尚品德感化民众,担当精神进一步得到提升。同时,随着南宋中后期集权控制的松动和理学观念影响,士绅阶层对以皇权为特征的国家意识逐渐疏离,对为政之道注入了新的理解。在这种情形下,看似道家无为而化民的追求,仍然体现着理学以德为政的圣人教化意味。也可以说这是以文人士大夫为代表的士绅阶层教化一方心忧天下的另一种“理学化”的表达方式。这种看似矛盾的思索,反映了士人思想的转变,是他们主动教化地方和间接参与国家治理的表现。

① 左思:《三都赋序》,《文选》,上海:上海古籍出版社,1986 年,第 174 页。

第十二章　夷狄行中国之事曰僭：南宋中后期辞赋的华夷之辨

华夷之辨是《春秋》大义之一，它要明辨的是华夏与四夷的不同。这包括所处地理、习俗与文化上的差异，其中，文化的差异是其核心。它既主张内诸夏而外夷狄，又推崇以华化夷，所彰显的是华夏本位主义，这也为后来的文化中心主义奠定了思想基础。这一观念在北宋除了宋初石介等人严明华夷之别以尊王攘夷之外，并没有引起思想界太多的关注和发挥。南宋以来，由于国家面临着来自北方夷狄政权空前巨大的威胁，华夷之辨成了当时思想发展的底色；孝宗即位之后，锐意恢复，这一观念逐渐显现；蒙古灭金以后，南宋政权如燕雀处堂般危在旦夕，这一观念成了延续华夏文化的巨大精神支柱。辞赋在南宋时期依然作为表现政治怀抱的重要文体而受到青睐，南宋中后期的辞赋清晰地反映了华夷之辨在当时社会思想观念中的发展历程。

第一节　华夷之辨与复仇论

在宋代，华夷之辨已经失去了以华化夷的含义，而主要指对地理边界与文化边界的坚守、捍卫。而且，华与夷也不再是一个以文化来区分的概念，而是以地理和种族。在宋人的心目中，夷狄主要是指威胁国家安全的北方和西北的异族政权，而对于朝贡不断的朝鲜等，则不再严明华夷之别。尤其是，北方政权为了在文化上自立于“唐宋之间”，舍弃朴茂之风而强效华风，逐渐形成了自己特色的制度、风俗、儒学、文艺。北方的“汉化”实际上是北族文化与中原文化“涵化”的结果，是杂糅胡汉，以夷变夏，兼容华夷。这种对中华文化的改窜、混淆以及潜在的僭夺、取代的威胁，是南宋人尤为厌恶、排斥和深为忧患的，甚于政权的被颠覆。因此，南宋以后，以华夷之辨的观念来看待北方敌对政权的思维模式更为明晰，而且随着南北局面的改变，其内涵也随之发生微妙变化。南宋时期有两篇以“雁”为题的赋作在阐发华夷之辨思想方面颇有特色，这就是作于孝宗时的王质的《问北雁赋》和作于理宗宝庆二年(1226)的李曾伯的《闻雁赋》。

雁是文学表现中比较常见的题材，以“雁”或“鸿”为题的赋作代不发作，然多以状物为主，这两篇赋则以北雁南飞、经行北方着眼，类似于纪行赋之通过时空交织以展露情思的构思，这与赋作要表达的关于沉沦的中原大地的内容是非常契合的。

王质的《问北雁赋》表现亡国之痛，突出的是复仇的主题，赋中写道：“燕赵之野，土梗俗劲，慷慨大呼，前无白刃。齐负东海，鲁挟龟蒙，士辩而智，谭高气洪。三秦以西，狎武喜功。今皆弗闻，为有为无？以为有耶，固未有奋精忠之烈，建殊效于中都者也。以为无耶，山川兴气，星辰定区，奚独于今而变于初？”赋中讯问北来的大雁：中原各地，风俗各异，如慷慨悲歌之燕赵，巧智博辩之齐鲁，尚武喜功之关陇，现在，这些风俗还保留着吗，没有化于胡虏之俗吗？靖康难后，南北隔绝，忠烈之气还存在于中原之地吗？作者忧虑的是华夏文化是否还留存于北方，多年的“和戎”之后，故国人民对宋室还存在民族认同和文化认同吗？这些问题也是萦绕于许多人心头的疑问，这在出使北方的文人的诗文中也有明显的反映。赋作还流露出对北方同胞的真切牵挂和对故国风貌的深切眷恋。

> 凡汝所经与汝所知,比屋赤子,为喜为悲,饥兮何食,寒兮何衣?故老遗民,为亡为存,城郭苑囿,桑麻草木,为仍其生,为一扫而更?山兮崇崇,为陷而深,有渊其谷,为标而平。古帝园陵,绕墙崇扉,为雄茂而森肃,为寒凉而惨凄?秘殿崔嵬,邃馆沉宫,为丹青兮不改,为荆榛兮灌丛?异芳名英,瑰奇怪石,为形貌之犹然,为苍莽而不可踪迹也?

这一连串的发问,饱含着深重的家国之痛和沧桑之感,这是来自于一个文化传承者和宗主对故国子民的牵挂、眷恋与忧虑。因此,他设想了故国人民如弃儿般的惨淡悲哀的生活境遇和城池宫室化而为榛莽灌丛的荒凉景象,在对亡国之痛的咀嚼中,寄寓着奋发气概。故国和人民如此不堪,中华文化如此凋敝,必须去"解放"他们,拯救他们,恢复华夏文明的光荣。文学中这种反映沦陷地人民心怀故国盼望王师的作品在孝宗以后就多起来了,这是一种出于文化中心主义的推测,这可能是一种貌似一厢情愿的"伪造"的民意,可以说是为主战制造舆论的一种策略,这就把文化上的"内诸夏而外夷狄"与《春秋》大义之复仇论结合起来了。作为臣民,王室蒙尘、宫殿倾颓,这是莫大的耻辱,它不仅是国家被征服奴役的象征,更暗示着文化命脉和传统被割断的危机。因此,接下来作者问道:"秘殿崔嵬,邃馆沉宫,为丹青兮不改,为荆榛兮灌丛?异芳名英,瑰奇怪石,为形貌之犹然,为苍莽而不可踪迹也?"这段文字蕴含了悲恸的黍离之悲、麦秀之叹,这不仅是对王朝繁荣的追忆与缅怀,更是对徽宗误国的深刻反思。赋的结尾,以意味深长的描述收缩全文,"于是哀鸣咿嘤,若避若趋,倏飞去兮不可追,黯落日兮平芜"。一切归于无奈和黯然,因为虽然"遗民忍死望恢复",但是王师却迟迟没有作为。作者是以解放者和拯救者的姿态来塑造故国与人民的,其枕戈尝胆、修政攘戎、以报不天之雠、以刷中国之耻、恢复故地的用意非常明显,这是建立在国力增强基础上的文化自信力的恢复。王质在隆兴二年(1164)给孝宗的《论和战守疏》可以对此赋流露的壮怀激烈而又壮志难酬的苦闷作一个很好的说明,“今陛下之心志未定,规模未立,或告陛下金弱且亡,而吾兵甚振,陛下则勃然有勒燕然之志;或告陛下吾力不足恃而金人且来,陛下即委然有盟平凉之心;或告陛下吾不可进,金可入,陛下又蹇然有割鸿沟之意。臣今为陛下谋,会三者为一,天下恶有不定哉!”[①]他希望孝宗坚定信心,锐意北伐,这不仅是恢复故土,更是以华夏文化驱逐夷狄文化,捍卫文化边界,这是文化中兴!我们看到,此赋中流露出的华夷之辨思想突出了拯救华夏文明和向夷狄复仇的用意,突出了华与夷的文化对立,深化了复仇的正当性和紧迫性,这一思想与绍兴和议以来的和戎国是是扞格不通的,这反映了在孝宗即位以后决心恢复的环境下华夷之辨思想显现的事实。

华夷之辨与复仇论的结合,可以追溯到南宋初期的胡安国,他和他的后学们远绍石介严明华夷之别的思想,在南宋政权在江南风雨飘摇之际,坚决主张北伐决战。这种主张只能说是一种情绪宣泄或者是一种政治上和学术上抢占舆论高地以发展自我的策略,施之于政事未免不切实际,因此,其对主流学术的影响是有限的。我们看到,当时对于高宗最大的安慰,莫过于大金对高宗政权的认可和对和平的承诺。较之高宗们缔约表现出的异乎寻常的决心,让传统话语接纳这个和约,可能更为棘手,高宗必须对人们有个交代,而且必须交代得有尊严、有体面。针对此事,文人们为摆脱窘境提供了一个近乎完美的思路。黄公度的《和戎国之福赋》开篇点出和戎是远人请和,皇恩浩荡,施与和平。缔约行为被轻易篡改为符合朝贡思维的施恩行为,而和戎则是德治的胜利,“尝闻帝王盛时,不无蛮夷猾夏。治失其术,则咸尚诈力;御得其道,则悉归陶冶”。作者把孟子有关仁政

① 毕沅:《续资治通鉴》卷一三八,北京:中华书局,1957年,第3688页。

的论述附会到和戎的政举之上,而缔交的另一方被视为稽首称臣之藩国。当时的华夷关系不再是严明夷夏之防,而是销锋镝以和万国,德绥远人,“我无诈而尔无虞,遐陬内附;灾不生而祸不作,百顺来崇。时其万国怀柔,四方澄寂。内不耸于边鄙,外靡攘于夷狄。措乃国于龟鼎,脱斯民于锋镝。良由礼招携而柔服,故得道建极而敷锡。揉兹荒裔,俾为不二之臣;介尔中邦,永保无疆之历”。曾协的《宾对赋》则通过战争与和平生活的比较描写,彻底否定了战争,并认为不以战争手段取得和平的高宗是前无古人的伟大君主。当时的主流文学,不约而同地把高宗和秦桧塑造成一对缔造和平的圣君贤相,崇尚道德、珍视和平被视为赵构秦桧新政的核心内涵和华夏文化的核心价值观。因此,在高宗朝的思想界,华夷之辨并没有人们想象得那么影响深刻。南宋初期也出现了几篇赞美高宗君临江南的赋作,突出其天下共主和华夏文化传承者的地位,如傅共的《南都赋》、王廉清的《慈宁殿赋》等。这些作品宣扬礼制,彰显高宗莅中国而抚四夷的地位,这其实只是为朝廷在南方立足的合法性寻找依据,并非如有些论者所指出的那样,是当时华夷之辨意义凸显的反映,因为这种论调不存在明确华夷文化边界的意义,没有辨别华夷的用意。

华夷之辨是在孝宗锐意恢复的话语背景下得到彰显的,并且它的复仇指向相当明显。华夷之辨含有民族歧视和民族排斥的观念,内华夏而外夷狄,贵中华而贱夷狄,藉此,形成一种种族或文化上的等级名分制,并且认为非我族类,其心必异,这种极端的文化中心主义倾向把夷狄置于“他者”甚至“犬羊”的地位,容易导致对异族的敌视乃至讨伐,亦即“德以柔中国,刑以威四夷”①。如果这种等级名分

① 参见《左传·僖公二十五年》,《四书五经·春秋三传》,天津:天津古籍书店,1988年,第190页。当然这种偏激的文化中心主义并不能反映华夷之辨的全部内涵,孟子主张“莅中国,而抚四夷也”(《孟子·梁惠王上》);(转下页注)

被打破，甚或夷狄君临华夏，则以“尊王攘夷”相号召的反抗斗争或复国运动就具有了捍卫优势文化的正义感和种族复仇的使命感。可以说，复仇论是夷夏之防、华夷之别的题中应有之义。孝宗亲政后，决心复亡国之仇，雪靖康之耻，严明夷夏之防的呼声因之高涨。楼钥在绍熙二年（1191）二月上封事说：“阳者，天道也，君道也，夫道也，君子也，中国也。阴者，地道也，臣道也，妻道也，小人也，夷狄也。”①这样的言论在当时不在少数。像王质的《问北雁赋》等文学作品表现的那样，夷狄蹂躏中原，以夷变华，这是对道统和政统的公然践踏，这是以下犯上，复仇的正义感在这样的语境中得以伸张。叶适就说：“夫复仇，天下之大义也；还故境土，天下之尊名也。以天下之大义而陛下未能行，以天下之尊名而陛下未能举，平居长虑远想，当食而不御者，几年于此矣。”②激励君王践行《春秋》大义，复万世之大仇。

在这样的语境下，像王质《问北雁赋》那样彰显华夷之辨与复仇思想的文学作品在当时大量涌现，成为一种创作思潮。在辞赋方面，如杨冠卿的《上留守章侍郎秋大阅赋》写绍熙元年（1190）建康行宫留守章森校阅军旅的情形。赋作以司马相如的《子虚上林赋》中描写天子游猎的场面为蓝本，不同的是把打猎的场面换成了士兵操练的

（接上页注）荀子主张“四海之内若一家。故近者不隐其能，远者不疾其劳，无幽闲隐僻之国，莫不趋使而安乐之。夫是之谓人师。是王者之法也”（《荀子·王制》）。这里的“四海”，当然包括九夷、八狄、七戎、六蛮。这种以华化夷、德绥四海的思想其实是华夷之辨的主调，像唐太宗、朱元璋这样的雄主，在面对复杂的民族矛盾时，均能够做到“王者视四海如一家，封域之内，皆朕赤子，朕一一推心置其腹中”（《资治通鉴》卷一九二，武德九年九月）；“朕既为天下主，华夷之间，姓氏虽异，抚宁如一”，“一视同仁”（《明太祖实录》卷一三四，洪武十三年冬十月丁条），这也是他们才能够建立起多民族的强大国家的因素之一。

① 楼钥：《攻媿集·雷雪应诏条具封事》，北京：中华书局，1985年，第326页。

② 叶适：《廷对》，《全宋文》第285册，第84页。

场面,意在表现同仇敌忾、复国之仇的豪情。赋的结尾,点出整肃军队的目的是"将以归齐人之疆、澡渭水之耻",这里用了战国时齐将田单以莒城为基地反击燕军恢复齐国和唐太宗与颉利可汗订立"渭水之盟"而后雪耻的典故,暗示恢复故土的决心。倪朴的《环堵赋》以汪洋恣肆之笔表现了君王郊祀天地的场面,以展示王朝气壮山河的气势,以突出"奠南北以为一"的主题。李石的《章华台赋》发了这样一段饶有兴味的议论,"中国之人果有异于夷狄禽兽。彼郢裔之啸呼,起蓝缕之小丑。三进爵而获齿,敢一鼎之藉口。乃其卑而欲登,下而欲升,屈千人万人之力,以逞匹夫之能,如蚍蜉运土穴中,宛然于堆阜。辽乎邈哉!成败废兴,若不足录而足惩,吾于是有感于《春秋》之严,而笑浮屠语之陋也"。对楚灵王的谴责不再是道德人格上的,而是从文化上着眼,这继承了《春秋》公羊学的主张,视楚国为华夏文化的异类,是夷狄文化,那么,面对具有先天合法性的华夏文明,楚国的问鼎中原就如同蚍蜉撼树,螳臂当车。这种看法,放在当时的语境中,其意义非同寻常,它反映了面对金人摧枯拉朽的军事优势,南宋文人表现出的文化上居高临下的心理优势和排斥夷狄文化的心态。陈造的《酹淮文》以铿锵的节奏行文,强调"燕然有石,可继勒兮",几乎是一篇讨伐夷狄的檄文。

孝宗的恢复热情随着张浚北伐的惨败而一蹶不振,以后的开禧北伐以函首安边告终,主战的呼吁悄然消沉。不过,别华夷以复仇的思想并没有完全消褪。本来,图谋恢复是以清算秦桧倡导的和戎之策为出发点的,在这之后秦桧被描绘成一个成色十足的恶人,理学也藉此乘势而兴。在北伐之梦破灭后,理学必须进一步申明其思想的正确性,并使之继续成为指导文化的主流,也就是说,要使对秦桧的清算和华夷之辨以及复仇论变成人们的共识,而不至于因为又一个和议的来临而受挫。朱熹的《戊午谠议序》作于隆兴和议之后,除了强调秦桧作为国家罪人、华夏公敌的邪恶外,他进一步重申复仇的正当性,“君臣父子之大伦,天之经,地之义,而所谓民彝也。故臣之于君,子之于父,生则敬养之,没则哀送之,所以致其忠孝之诚者,无所不用其极,而非虚加之也。以为不如是,则无以尽乎吾心云尔。然则其有君父不幸而罹于横逆之故,则夫为臣子者所以痛愤怨疾而求为之必报其仇者,其志岂有穷哉!故记《礼》者曰:‘君父之仇,不与共戴天;寝苫枕干,不与共天下也。’而为之说者曰,复仇者可尽五世,则又以明夫虽不当其臣子之身,而苟未及五世之外,则犹在乎必报之域也。虽然,此特庶民之事耳。若夫有天下者,承万世无疆之统,则亦有万世必报之仇,非若庶民五世,则自高祖以至玄孙,亲尽服穷而遂已也。国家靖康之祸,二帝北狩而不还,臣子之所痛愤怨疾,虽万世而必报其仇者,盖有在矣”①。在此时强调复仇的意义,其用意相当明显,就是要使道统的传承不能因此而发生混乱,别华夷而复仇的文化危机感不能因此而钝化。的确,隆兴和议之后的学术文化并没有出现绍兴和议以后的那种歌功颂德的局面,而是依然保持一种枕戈待旦之势,华夷之辨和复仇论思想沉潜内转,以一种郁而不发的、忧思深沉的愤懑与怅惘持久地留存于思想观念世界。我们要讨论的另一首关于雁的赋作,即李曾伯的《闻雁赋》很能说明这种转变。此赋作于理宗宝庆二年(1226)。当时,蒙古早已在大漠崛起,并已在北方驰骋多年,就在李曾伯作《闻雁赋》的这一年,蒙古发动了一次比以往更大规模的战争,给予西夏致命一击。岌岌可危的金则早在十二年前就已迁都汴梁。此时的蒙古铁骑,同样是南宋挥之难去的浓重梦魇。

李曾伯《闻雁赋》所表现的,就是分别华夷的思想在此时遭遇的困境。这篇赋依然是从让宋人魂牵梦绕的北方大地落笔,“其来也,

---

① 《晦庵先生朱文公文集(五)》卷七十五《戊午谠议序》,《朱子全书》(修订本),第 3618 页。

岂从龙荒朔莫之墟,将自狼居姑衍之地。过西域之后门,亦尚记于汉垒;历长安之铜驼,抑曾饮于渭水。麦芃芃兮如何,黍离离兮奚似!谅山河之无恙,今风景之不异。尔能为予而一鸣,予亦将有以告乎尔"。作者点出的大雁飞临的几个地名颇具暗示意味,它是和汉武帝、唐太宗征伐夷狄的赫赫功勋联系在一起的,曾经的光荣和现实之惨淡所形成的巨大反差,更凸显出文化中心主义面临的严峻挑战。赋中写到大雁"久之有声,从天而来,如怨如诉,如悲如哀。物若是以有情,人胡为而忘怀。虽至于无可奈何者已,是得不为之长太息也哉!"摹写出了内心深深的失落。接下来以七事询问大雁:

> 尔其有中原之信音,又胡不诣上林而报天子!于时桂影沉夜,桐声响秋,既感物之可感,又忧人之所忧。其有穷征绝塞,远戍它州,念百战之已老,苦数奇之不侯。如李广、班超之徒,闻此之声,安得不发怒而眉愁!其有缱绻河梁,投老遐陬,思故国之越吟,作他乡之楚囚,如李陵、苏武之徒,闻此之声,安得不涕雪而泪流!或有遭时摈斥,与世沉浮,逐汨罗之渔父,盟江上之沙鸥,如屈平、贾谊之徒,闻此之声,安得不含愤而怀羞!或有随牒千里,寄情一邱,动莼鲈之佳兴,赋松菊之西畴,如渊明、季鹰之徒,闻此之声,又安得不神往而形留!或有萤雪案前,风雨床头,誓击楫以自励,痛枕戈之未酬,如刘琨、祖逖之徒,闻此之声,又安得不命咎而时尤!又有闺房荡子,江湖远游,倚日暮之修竹,望天际之归舟,如潇湘溢浦之妇,闻此之声,又鲜不寓心于伉俪,托兴于绸缪!或又有月冷金殿,霜凄锦裘,恨弊履之已弃,悲纨扇之不收,如长门、卓郡之人,闻此之声,又鲜不寄言于赋咏,属意于悲讴!

李广、班超之百战而不得封侯,李陵、苏武之投老遐陬而心念故国,刘琨、祖逖之击楫枕戈，荡子思妇之离别相思，这一幕幕场景展示了夷夏纷争中的各种令人痛心疾首的情形。屈原、贾谊的遭时摈斥，陶渊明、张翰的捐弃轩冕，以及月冷金殿、霜凄锦衾则暗示了世道叵测，英雄报国无门。对这几句文字的理解，我们不应拘泥于其字面意义，而应该视之为是对悲怆心绪的层层皴染，借以营造沉郁氛围，深化主题，征伐夷狄的成败系于朝政的良窳，复仇宏愿的消沉源于政治的昏聩。赋的结尾写道："然则衡阳以北，代地以南，千万人之心不同，又岂一人之心可拟！"很明显，这里点出了作品铺写的，是与沉沦的北方相关联的种种痛苦，是关乎拯救华夏文化以及向夷狄复仇的使命所触发的深重痛苦。作者从汉武帝、唐太宗的功业落笔而着力渲染悲情色彩，在与夷夏纷争若即若离的铺写中，流露出飘忽不定而又忧思深重的心绪①。这是一曲为消歇的复家国之仇的壮志唱出的悲歌，也是一曲为远逝的华夏文化的光荣唱出的挽歌。

华夷之辨在文化中心主义的影响下，演化为向夷狄复仇的信念，这一信念在南宋初期因和戎国是的高扬而潜藏，又因孝宗锐意恢复而显现，但终因蒙古的崛起而归于沉寂。

---

① 李伯曾在《代上郑制置》所表现的对复仇的无奈，与此赋同调，"念二百年之天下，中限华夷；顾八千里之坤维，外临京洛。帐中之席未暖，塞上之毡已寒。诵旌旗色，鼓角声，犬羊之魄顿褫；对草木风，关山月，貔貅之胆益张。惟义故可以伸《春秋》攘狄之功，惟静故可以得《大易》制动之理。人心所以悦于扶杖一见之顷，士气所以张于挟纩片言之间。难得之机，不容以发。是以善觇势者，知其有成功乎！某昔有志焉，今无能矣。扬州一梦，桃李犹荣；楚户三霜，萍蓬可笑。不谓摇落栖迟之晚岁，复遇贤明忠厚之主人。剑遂重弹，屐不觉折。舟分一楫，中流可避于波涛；屋耸万间，半夜不忧于风雨"（《可斋杂藁》卷七，《景印文渊阁四库全书》）。

第二节　得天下者,未可以言中国;得中国者,未可以言正统

面对蒙古铁骑空前巨大的军事压力,南宋朝野复仇之念渐趋消沉而夷夏之防的坚守更为严厉。华夷之辨观念当中,华与夷在文化上转化的内容被拒绝了,变而为以道统传承者自命而拒斥一切夷狄的成分。这是华夏文化面临灭绝危机所激发出的自我保护机制,或许,1233年蒙古政权在北京修建新的孔庙以将自己打扮成儒教帝国的举动不仅没有消弭文化上的成见,反而加深了南宋思想界的忧患意识。因而,这种延续文化的危机感和使命感有着空前动人的悲壮色彩,即使在国破家亡之际,包括辞赋在内的文学作品依然高唱着忧患民族和文化危亡的悲怆乐音。

郑思肖的《泣秋赋》①在表现忧患民族和文化方面颇具代表性,赋曰:

> 受命大谬兮身于危时,议论迂阔兮谋不及寒与饥。哀歌悲激兮声洞金石,洒泪吊终古兮周览冥迷。南仰炎邦兮黄𧄍杳杳,北俯阴域兮枯草凄凄。东望蓬莱兮,烽烟昏于日本;西忆锦城

① 郑思肖:《心史·杂文》。郑思肖《心史》之真伪是学术界关于南宋末期文献聚讼的焦点之一。主真者从作品与时代史实和学术等多方面的关联立论;主伪者比较过硬的证据就是该书发现的戏剧性让人疑窦丛生,尤其是沉入井中之盛书铁函可以三四百年不坏,这有违常理。目前宋代文学研究界多偏向于承认其真实性。我们认为,在明王朝国之将亡的时局之下,出于宣扬气节的目的,当时人或许编造了该书的发现过程,甚或书中也有当时人的文字阑入,但是这不妨碍该书的真实性,本章所引该书文献,其与南宋末期的学术与文学局面互相发明,深相契合,因此,本章采取学界较普遍的观点,在没有新的、过硬的证据的情况下,承认此书是宋元之际的作品。

兮,妖气绝其坤维。天地之大兮,既无所容身;所思不可往兮,今将安之?

礼废兮道丧,气变兮时推。夭乔短阏兮,杀气何盛?阴寒痴惨兮,生意何微?黄花傲荣兮,睇晓而若泣;宾鸿感气兮,逢秋而来飞。日月无情兮,积昏晓而成岁;翠华巡北岳兮,六载犹未遄归。野鬼巢殿兮梁上而啸,妖兽据城兮人立而啼。大块鼓灾兮庶物命断,问汝群儿兮知而不知?

每泣血涟如兮,为大耻未报;誓挺空拳兮,当四方驱驰!非我自为戾兮弗安厥生,惟理之不可悖兮虽死亦为。金可销兮铁可腐,万形有尽兮此志不可移!天虽高兮明明在上,一忱啮蘖兮,宁不监予衷私!谋为仁义吐气兮,人不从之,天必从之。太誓死死不变兮,一与道无尽期。

踽踽凉凉兮,独立独语;彼沐猴而冠兮,反指唾其痴。安知我之志气兮其动如雷,我之正直兮其神如蓍!外被污垢之衣兮,内抱莹净之珠;终身一语兮,不敢二三其思!死灰焰红暖兮,易一哭为众笑;倏于变以道兮,万世其春熙!

赋作表现出的国破家亡的孤独感,源于文化之根的断裂,这不仅仅是王朝灭亡的"惶惶如也",更是乾坤倾覆的呼天抢地。顾炎武说:"有亡国,有亡天下。亡国与亡天下奚辨?曰:易姓改号,谓之亡国;仁义充塞,而至于率兽食人,人将相食,谓之亡天下。""是故知保天下,然后知保其国。保国者,其君其臣肉食者谋之;保天下者,匹夫之贱与有责焉耳矣。"①亡天下较之于江山易主更具悲怆色彩。赋作指出这种寂寥孤独源自天地变色,礼废道丧,生灵涂炭,而且,皇帝北狩已过

① 顾炎武著、黄汝成集释:《日知录集释》卷十三,长沙:岳麓书社,1994年,第471页。

六年（即至元十九年，1282），大宋光复的迷梦彻底破灭。当此之时，作者依然不认可蒙古这个野蛮的夷狄君临华夏的事实，他认为他们的统治是“野鬼巢殿”、“妖兽据城”，他担忧华夏子民被暴力挟持而俯首为奴，他满怀惶恐地探问“问汝群儿兮知而不知”。然而他仍然坚信华夏是道统的传承者，道不灭，华夏亦不灭，因而，光复的希望明灯将永远指引华夏子孙去捍卫过去的光荣，开启崭新的未来。赋的结尾，作者重申了对蒙古统治的敌视，认为他们如同春秋时期的夷狄之国楚国那样，即使躬行华风也是沐猴而冠，华夏文化终将光耀千秋。

宋元之际，辞赋中的亡国之音是异常沉重悲恸的，据载，谢翱曾作骚体以抒愤，“宋亡，文天祥被执，翱悲不能禁。严有子陵台，孤绝千尺。时天凉风急，挟酒登之，设天祥主，跪酬号痛。取竹如意击石，作《楚歌》招之，其辞曰：‘魂来兮何极？魂去兮江水黑。化为朱鸟兮，其噣焉食？’歌阕，竹石俱碎，失声大哭，作《西台恸哭记》”①。寥寥几句，字字血泪。对于王朝的灭亡，文人们感受最深的不仅是山河变色，进退失据，而且更是由此而来的华夏文化命脉的深重危机和义不与戎狄戴天的道德情怀。对他们来说，人生的一切意义都不存在了，横亘于心的只有深深的耻辱和激愤，哀莫大于心死，文人们必须直面人生的绝境和未来的幻灭，如刘辰翁的《归来庵记》（后半部分是赋），连文凤的《虚舟赋》、《登高赋》、《独居赋》等着重表现幻灭和空寂，很好地阐释了亡国之痛。这种普遍的孤独与幻灭情绪，底色是对蒙古政权和夷狄文化的决绝排斥，表现了南宋后期华夷之辨的新特点，那就是拒绝与夷狄进行一切形式的沟通和交流，从道统的传承者自命而绝不认可君临中国的夷狄政权的合法性，亦即“得天下者，

① 丁傅靖：《宋人轶事汇编》（下），北京：中华书局，1981 年，第 1052 页。

未可以言中国;得中国者,未可以言正统"①,这是在蒙古势力崛起以来南宋学术思想的主流意识。

宋理宗景定元年(1260),北地大儒郝经受蒙古大汗忽必烈之命赴南宋议和,被宋人囚禁达十六年之久。善待来使是外交道德的基本要求,何况宋人是在捋虎之须,履虎之尾。后来的修史者把这一不理智的行为归咎于权臣贾似道,这似乎难有说服力。贾是一个势焰遮天的权臣,他岂能为隐瞒自己的冒功行为而不惜铸下这等滔天大错,这种小儿之智与贾似道的身份、阅历、为政经验等是很不协调的。这应该是南宋政坛集体犯下的大错,是南方思想界主流意识对蒙古政权深入骨髓的敌意和文化上的极端蔑视使然。这一行为为蒙古向南宋用兵提供了绝好的口实,几乎之后的每次讨伐,蒙古都把扣留来使作为借口,即使1274年攻克临安,寻找郝经的下落也是蒙古军队的任务之一。这一事件,印证了王夫之关于华夷之辨的那句话:"夷狄者,欺之而不为不信,杀之而不为不仁,夺之而不为不义者也。"②因为蒙古是夷狄,是禽兽,对他的来使就可以不讲信义,这集中体现了南宋思想界极其狭隘的严防华夷之别的特点。

其实,郝经是一位卓有成就的理学家,他信奉华夏文化中心主义,和其他理学家一样,也将是否尊崇"道"作为判定政权合法性的唯一标准,这种看法和南宋理学家毫无二致。在华夷之辨方面,他继承了传统儒家以夏变夷的思想,认为夷狄接受华夏文化则视同华夏,华夷的区别只在于"道",因此他指出:"中国而既亡矣,岂必中国之人而后善治哉?圣人有云,夷而进于中国,则中国之。苟有善者,与之可也,从之可也,何有于中国于夷?故苻秦三十年而天下称治,元魏数世而四海几平,晋能取吴而不能遂守,隋能混一而不能再世。以是

① 郑思肖:《古今正统大论》,《全宋文》第360册,第58页。

② 王夫之:《读通鉴论》卷二十八,北京:中华书局,2013年,第845页。

知天之所与，不在于地而在于人，不在于人而在于道，不在于道而在于必行力为之而已矣”①。这和传统儒家的见解是一致的。从此点出发，他认可南宋政权的合法性，也认可蒙古政权作为“中国之主”的合法性，他说：“本朝立国，根据绵络，包括海宇，未易摇荡……其风俗淳厚，禁网疏略，号令简肃，是以夷夏之人，皆尽死力。”②他认可的依据就是其躬行汉法，从华夷之辨的立场出发，是蒙古行汉法，会逐步接受华夏文化，化而为“华”的。而正是在这一点上，郝经和南宋思想界发生了巨大分歧。

当时南宋的思想界，其华夷之辨的立场已经有悖于传统儒学，由于承受着深重的亡国灭种的危机，他们严格捍卫种族、地理、习俗、文化的界限。对于郝经的看法，可以用郑思肖的有关论说来答辩，他认为北方的蒙古是没有资格接续中国之正统的，他说：“中国正统之史，乃后世中国正统帝王之取法者，亦以教后世天下之人所以为臣为子也。岂宜列之以嬴政、王莽、曹操、孙坚、拓拔珪、十六夷国等，与中国正统互相夷虏之语，杂附于正史之间？且书其秦、新室、魏、吴、元魏、十六夷国名年号，及某祖、某帝、朕、诏、太子、封禅等事，竟无以别其大伦？”他比以往更为严苛地甄别政权的政统资格，夷狄政权被完全排斥在外。“若论古今正统，则三皇、五帝、三代、西汉、东汉、蜀汉、大

① 郝经：《时务》，《全元文》第4册，南京：江苏古籍出版社，1998年，第259页。

② 郝经：《上宋主陈请归国万言书》，《全元文》第4册，第134—135页。按：南宋灭亡之后，南北两朝对立的政治局面消失了，南方的一些有识之士也能够像北方儒者那样，以变通务实的眼光来看待华夷之辨，如家铉翁评论元好问《中州集》曰：“壤地有南北而人物无南北，道统文脉无南北，虽在万里外，皆中州也，……盛矣哉，元子之为此名也！广矣哉，元子之用心也！夫生于中原，而视九州四海之人物，犹吾同国之人；生于数十百年后，而视数十百年前人物，犹吾生并世之人。片言一善，残编佚诗，搜访惟恐其不能尽，余于是知元子胸怀卓荦，过人远甚。彼小智自私者，同室藩篱，一家尔汝，视元子之宏度伟识，溟悻下风矣。”（《元文类》卷三八，《景印文渊阁四库全书》）

宋而已。司马绝无善治，或谓后化为牛氏矣。宋、齐、梁、陈，藐然缀中国之一脉，四姓廿四帝，通不过百七十年，俱无，不可列之于正统。李唐为《晋载记》凉武昭王李暠七世孙，实夷狄之裔，况其诸君家法甚缪戾，特以其并包天下颇久，贞观、开元太平气象，东汉而下未之有也，姑列之于中国，特不可以正统言。夷狄行中国之事曰'僭'，人臣篡人君之位曰'逆'，斯二者天理必诛。"和夷狄文化具有血脉联系或者行事有违华夏传统道德的政权，天理必诛。"圣人、正统、中国，本一也，今析而论之，实不得已。是故得天下者，未可以言中国；得中国者，未可以言正统；得正统者，未可以言圣人。唯圣人始可以合天下、中国、正统而一之。"中国与道统、与圣人之化紧密地结合在一起，"大哉'正名'一语乎！其断古今之史法乎！名既不正，何足以言正统与？正统者，配天地、立人极，所以教天下以至正之道。彼不正，欲天下正者，未之有也，此其所以不得谓之正统。或者以正而不统、统而不正之语，以论正统，及得地势之正者为正统，俱未尽善"①。名不正则言不顺，夷狄而君临中国，不管其化而为华与否，都是名不正的，是不能为中华文化所接纳的，这就给华夷之辨观念对夷狄的排斥找到了强有力的理论依据。躬行中国之法，和德比圣人绝不是一个概念，南宋人以内圣外王的标准来衡量夷狄政权的合法性，而道德是一个随意性很强的概念，因此，要让他们认为夷狄君主德配天人，具有圣人之品格，夷狄政权行仁政王道，则需要漫长的道路要走。因此，像郝金这样，长期处身于女真人的大金统治下，而今又不得不接受蒙古人统治的汉族士大夫，其华夷观不得不是开放的，只有这样才能够使华夏文化求得一席发展之地，这反映了华夏文化坚韧而务实的一面；而长期面临深重危机的南宋，其文化机体里对夷狄的敌视和排斥一直在滋生旺长，形成内转而坚守的文化品格，反映了华夏文化重节

① 郑思肖：《古今正统大论》，《全宋文》第360册，第56—59页。

操而不屈服于强暴的一面。南北两方的华夏士人,共同诠释着中华文化的精髓所在。要知道,文化中心主义其保守的倾向对国家和民族的发展是相当不利的,但是在面临亡国危机时刻,它能唤起华夏子民的民族自豪感,激发人们掷头一击、舍生取义的慷慨豪情。宋末辞赋当中表现出的孤独与空幻感,其实就是这种不屈精神的形象体现。

从南宋初期以来,北方夷狄政权就被理解为不守信义的野蛮之邦、禽兽之域①。那么,华夏文明在对抗夷狄时,或许军事上难处上风,但是夷狄的文化根性注定了它的军事优势和政权决不会长久,当时的人们还从历次的华夏与蛮夷的争斗中寻找这样的证据,他们坚信,恪守传统道德,传承道统,国家就可以长久,文明就不会断绝,这是华夏之所以为华夏的优势所在,天不灭,道亦不灭,承载道统的华夏文明亦不灭。朱熹就说:"中国所恃者德,夷狄所恃者力。今虑国事者大抵以审彼己、较强弱为言,是知夷狄相攻之策,而未尝及中国治夷狄之道也。盖以力言之,则彼常强,我常弱,是无时而可胜,不得不和也。以德言之,则振三纲,明五常,正朝廷,励风俗,皆我之所可勉,而彼之所不能者,是乃中国治夷狄之道,而今日所当议也。诚能自励以此,则亦何以讲和为哉?"②认为在对夷狄的斗争中,中华可凭恃者是道德教化,立足于此,才能扬长避短,取得优势。他的这一看

① 如李纲在《论与夷狄同事》中说:"夷狄之性,贪婪无厌,不顾信义,可以威服,难以恩结。既借其力,与之图事,则必有轻中国之心;情实既露,为彼所料,则必有窥中国之志。奉之过情,则启其贪;不满其意,则易生衅。此所以必为患者,其事势然也。古者戎狄荒服,其来则坐诸门外,使舌人体委与之,不使知馨香嘉味,而况竭中国之货财珍异以赂之,欲借其力而结其心哉? 悲夫! 谋之不臧,宜后王之深戒。"(《全宋文》第172册,第135页)

② 朱熹:《晦庵先生朱文公文集(二)》卷三十《答汪尚书甲申十月二十二日》,《朱子全书》(修订本),第1299页。

法影响很大,真德秀认为:“臣闻中国有道,夷狄虽盛不足忧;内治未修,夷狄虽微有足畏。”①关系华夷力量对比的关键因素是“道”。魏了翁对此阐发得更为清晰,“臣闻善为天下者,不计夷狄之盛衰,而计在我之虚实。中国夷狄一气耳,其盛衰诚无与于我者。先王以其叛服去来荒忽无常,故虽怀之以德,接之以礼,未尝逆示猜闲,然亦岂引而致之,倚与为援,而略无防虑也?”“古之所谓待夷狄者,亦惟尽吾所以自治之道而已。顾舍其在我以资乎人,祇见其害,未睹其利也。结赞既退,旋复旧京,初无赖乎蕃戎。”②在蒙古势力崛起之时,南宋朝野的看法是修明内政,以德治国,不计夷狄之盛衰,计在我之虚实,这其实是在发展自我,等待倏忽而强的夷狄能倏忽而灭。因此,当众望所归的真德秀入朝参与大政时,开出的治国良药是“真心诚意”,据载:“真文忠负一时重望,端平更化。人徯其来,若元祐之涑水翁也。是时楮轻物贵,民生颇艰,意谓真儒一用,必有建明,转移之间,立可致治。于是民间为之语曰:‘若欲百物贱,直待真直院。’及童马入朝,敷陈之际,首以尊崇道学,正心诚意为第一义,继而复以《大学衍义》进。愚民无知,乃以其所言为不切于时务,复以俚语足前句云:‘吃了西湖水,打作一锅面。’市井小儿,嚣然诵之。士有投公书云:‘先生绍道统,辅翼圣经,为天地立心,为生民立命。愚民无知,乃欲以琐琐俗吏之事望公,虽然负天下之名者,必负天下之责。楮币极坏之际,岂一儒者所可挽回哉?责望者不亦过乎!’公居文昌几一岁,洎除政府,不及拜而薨。”③看似高论有余不切世用,其实反映了在强敌压境的情况下理学人士的为政观念,他们认为只有突出自己在“道”方面的

① 真德秀:《使还上殿札子甲戌二月一日》,《西山先生真文忠公文集》卷三,上海:商务印书馆,1937 年,第 46 页。

② 魏了翁:《进故事论夷狄叛服无常力图自治之实》,《全宋文》第 310 册,第 251 页。

③ 周密:《癸辛杂识》,北京:中华书局,1988 年,第 43 页。

优势,率道而行,才能够使国家转危为安。当蒙古势力在亚欧大陆摧枯拉朽之时,南宋政权能够独立支撑三十多年,其道德自信、文化自信、制度自信的意义不容忽视①。

面对深重的文化危机,人们想到了箕子,那个在国家阽危之时,逃往海隅以图传承华夏文明的志士。金履祥的《广箕子操》写道:

> 炎方之将,大地之洋。波汤汤,翠华重省方,独立回天天无光。此志未就,死矣死南荒。不作田横,横来者王;不学幼安,归死其乡。欲作孔明,无地空翱翔,惟余箕子仁贤之意留沧茫。穹壤无穷此恨长,千世万世闻者徒悲伤。

关于"操",有这样的说法:"其道行和乐而作者,命其曲曰畅……其遇闭塞,忧愁而作者,命其曲曰操。"②琴曲中的"操",是"辞"的一类,属于辞赋范畴。这首表达忧愁情绪的琴曲,通过缅怀箕子,表达了对华夏文化深重的忧患意识。据说,此曲是献给誓死抵抗蒙古的

① 正如方大琮所指出的,"嗟乎!中国尊安,道统嗣续,此岂非天地之本心乎?至其往来升降之不齐,离合去就之靡定,虽天地不能自必,况于人乎?虽然,圣人所以斡旋造化者,固亦有道矣。中国夷狄相与角立于世,异端正学其较胜负不少相下,圣人凝然在上,以身挽之,修立人道以正天下,其卫甚固,其具甚密,以此定天下之势,而使之不得自为转移也"。"后世之夷狄未始不可驯,异端未始不可化,上之人不能以一身持天下之势,而听其所至,其纲维统摄之具疏漏而不周,至使狙公稷下之流皆得以鼓簧一世,蛮居种食之人亦得以抗衡上国。此其人至卑且陋也,何足以关存亡之数?一得其隙,而天地为之失其常经者数十世,亦足以悲后世维持之无力也。"(方大琮:《一统天地之常经论》,《全宋文》第322册,第211—212页)

② 应劭著,王利器校注:《风俗通义校注》卷六,北京:中华书局,1981年,第293页。

陈宜中的①。北宋时候，毛滂写过《箕子操》，表达的是朝廷昏聩而忠良屏远的忧虑，金履祥此曲则是从延续文化的角度着眼的。天地倒置，沧海横流，皇帝流落天涯，民族面临着前所未有的灾难，不学田横，放弃抵抗，也不学辛弃疾，放弃理想而归乡隐居，要像诸葛亮之锐意北伐，要像箕子远处穷壤之朝鲜，应该把延续华夏文明作为己任。其实，南宋后期，在巨大的危亡的阴影之下，人们已经注意到了箕子的文化价值。真德秀勉励南去为官者时曰："然尝窃叹古之为政者变戎而华，今之为吏者驱民而狄。昔者箕子八条之化，孔子九夷之居，皆圣人事，吾不敢以律后世。若锡光、任延，汉守将尔，于交阯能兴其礼义之俗，于九真能迪以父子之性，是不曰变戎而华乎？今之饕虐吏罗布郡县，细者为虻为蚋，以嚼人之肤；大者为猰貐、为凿齿，以血人之颅，以猘其家，以封其孥，于是民始蒿然丧其乐生之志，而甘自弃于盗贼之徒矣。是不曰驱民而狄乎？故为政者厚视其人，虽戎而华可也；以薄视其人，则虽民而狄弗难矣。循其本而思之，为吏者不自狄其身，然后能不狄其民。盖黩货而忘义者，狄也；喜杀而偭仁者，狄也。以中国之士大夫为天子之命吏，而其所为无异于狄，亦何怪其民之狄哉？予方疾当世之吏阱吾民于狄，故因君之请而一吐之。"②八条之化是指箕子居朝鲜与土人约法八条以化之，真德秀忧虑官员不以仁义之道对待夷狄之人，违背以华变夷之道，反映了他对于传播华夏文明的积极心态，这和北宋时期的那种无可无不可的态度大不相同，其所透露的，是对民族和文化的深刻忧患。那么，这种忧患一旦

① 此曲见《仁山文集》卷二，吴师道跋云："宋季为相者曾聘先生馆中，先生以奇策干之，不果用而去。先生感激旧知，后为赋此。辞旨悲慨，音节高古，真奇作也。"（《景印文渊阁四库全书》）

② 真德秀：《送南平江守序》，《西山先生真文忠公文集》卷二十八，上海：商务印书馆，1937 年，第 501 页。

面对国破家亡的境遇,则表现为一种强烈的拒斥夷狄、执着于文明传承的情愫,金履祥的琴操,表现的就是这种对华夏文化的使命感。

南宋末期的华夷之辨,具有强烈的排斥夷狄、捍卫华夏文化传承的倾向,这种捍卫,在文学中表现为捍卫文化的崇高感和孤独感,而且,对华夷之别的理解也执着于是否是道统传承之一环,因而,夷狄被彻底拒斥于华夏之外。

第三节　琼花、梅花与岁寒三友

南宋端宗景炎三年(1278)十二月,宋右丞相文天祥在五坡岭兵败被俘,南宋少帝(赵昺)祥兴二年(1279)四月,被从潮州解往大都。所到之处忠义之士纷纷为其送行,更有义士王炎午等情绪亢奋,一路随行,并张贴祭奠文丞相的文字,劝其为国殉节。这种残酷的道德绑架在当时人看来并没有什么不妥当,王炎午等还因此博得了高名令誉。和北宋灭亡时的群臣望风遁逃相比,南宋人对王朝更多了些眷恋之情,甘愿为之殉节、守节者不在少数。这是一个相当耀眼的文化现象,这说明,节操在当时的社会价值观念中具有多么重要的位置。这种节操,与北宋时期范仲淹等人提倡的气节不太相同,气节有忧患天下的担当意识在,而节操,则重在个人对道德观念的坚守,和气节相比,节操更偏于内在,注重心灵的砥砺修炼。这种文化品格的形成与理学对社会价值观念的重塑密切相关,而理学在人心灵上做功夫的动因,则离不开北方的蛮夷投向南方的浓重阴影,理学要在人的心灵上筑起一道捍卫华夏文化的长城,也就是说,华夷之辨在南宋是以夷夏之防的内涵浸入其文化之中的,是严明夷夏之防的文化底色塑造了南宋重视节操的文化品格,较之北宋的雍容闲雅,南宋多了些坚韧和孤独。南宋人的节操观念,在文学创作中表现较为充分,我们想通过琼花、梅花等艺术形象的分析以窥豹一斑。

宋代扬州后土庙的一株琼花老树，很早就引起人们注意。宋初王禹偁所作的《后土庙琼花诗・序》云："扬州后土庙有花一枝，洁白可爱，且其树大而花繁，不知实何木也，俗谓之琼花。因赋诗以状其态。"①其后欧阳修、韩琦、刘敞、王令、秦观、晁补之、贺铸等都有歌咏。据载："扬州后土祠琼花，天下无二本，绝类聚八仙，色微黄而有香。仁宗庆历中，尝分植禁苑，明年辄枯，遂复载还祠中，敷荣如故。淳熙中，寿皇亦尝移植南内，逾年，憔悴无花，仍送还之。其后，宦者陈源命园丁取孙枝移接聚八仙根上遂活，然其香色则大减矣，杭之褚家塘琼花园是也。今后土之花已薪，而人间所有者，特当时接本髣髴似之耳。"②或许，琼花这种难离本根的特性会使南宋人体会到在夷狄的巨大威胁下坚守华夏文明之根的可贵和崇高。周煇的《清波杂志》记载道："琼花，……特以名品素高尔。后土祠前后地土膏腴，尤宜芍药。岁新日茂，及春开，敷腴盛大，纤丽富艳，遂与洛阳牡丹并驱角胜。孔毅父尝谱三十有三种，续之者才十余种。夫岂能备，固宜有所增益。钱思公尹洛，一日，幕客旅见于双桂楼下，见小屏细书九十余种，皆牡丹名也。洛花久污腥膻，扬花在今日尤当贵重。"③洛阳牡丹随着北地的沉沦而久污腥膻，扬州的琼花在今日尤当贵重，这充分显示了琼花所蕴含的恢复古圣先贤之光荣的意义。又据杜斿在《琼花记》中载，宋高宗绍兴年间，金兵南下侵略，扬州琼花被连根拔去，但被铲的根旁，又生出了新芽，终于慢慢恢复了原状，这一事件所彰显的在夷狄暴力下的坚守的主题就更明显了。张昌言作于南宋初期的《琼花赋》就是歌咏这件事的。张昌言在赋序中称："扬州后土祠琼花，经兵火后，枯而复生，今岁尤盛。邦人喜之，以为和平之证，乃

① 王禹偁：《后土庙琼花诗・序》，《小畜集》卷十一，四部丛刊本。

② 周密：《齐东野语》卷十七，北京：中华书局，1983 年 11 月，第 321—322 页。

③《清波杂志校注》卷三，刘永翔校注，北京：中华书局 1994 年，第 113 页。

赋之。"可见,作者是把枯而复生的琼花作为坚守中华之脉的象征来看待的,人们从琼花的遭遇中感悟到了与个人、王朝以及华夏文化相类似的境遇,以及此时需要表现出的坚守节操的勇气。赋中作者极力渲染琼花的不同凡品,"俪靓质于茉莉,抗素馨於薝蔔,笑玫瑰于尘凡,陋荼蘼于浅俗。惟水仙可并其幽闲,而江梅似同其清淑。真绝代之无双,久弥芳于幽谷"。由此引出对它作为王朝中兴之瑞应的赞叹,"盖艳冶而争妍者,众之所同;而蠲洁向白者,我之所独。是以兵火不能禁,胡尘不能辱。根常移而复还,本已枯而再续。疑神物之护持,偏化工之茂育。抑将荐瑞于中兴,而效祥于玉烛"①。琼花拔出流品的美质、枯而复生的坚韧不正是王朝中兴和民族不屈精神的形象写照吗!当此之时,华夏子民不正需要焕发出这种不屈服于暴力的节操吗!其后,吴宗旦在为此赋写的跋文中也提到,"此花瑰丽,冠绝群品,而寿乃若是,物理岂一端而已!恐不屈于崇高,有节妇之操;不滞于荣枯,有列仙之姿。孰云无知?似有道者"②。对琼花意蕴的揭示颇为得旨。而且,我们注意到,之后渐趋淡出文学视野的琼花在南宋亡国前夕又一次引起了人们的注意,吴龙翰的《古梅赋》在描写梅花时就称:"忻故园之古梅兮,灿珊瑚之宝树。悬瑶台之明月兮,的皪琼花,玲珑玉蕊。"以琼花比拟凌霜傲雪的古梅。陈景沂在《全芳备祖序》中说:"琼花玉蕊,胡为而躐处其上?答曰:此尊之也。或曰:牡丹、芍药、海棠之无实无香,胡为而亦处其上?答曰:此贵之也。是皆奇葩异卉,特立迥出,胡可以一说拘也。"③对琼花推崇备至。李丑父的《天妃庙记》写道:"俪新庙兮淮东,琼花时兮来过。配富媪兮民

① 张昌言:《琼花赋》,曾枣庄、吴洪泽主编:《宋代辞赋全编》,成都:四川大学出版社,2008年,第2717—2719页。

② 吴宗旦:《琼花赋跋》,《全宋文》第259册,第160页。

③ 陈景沂:《全芳备祖序》,《全宋文》第343册,第292页。

庸，江与淮兮无波。彼佐禹兮巫峰，视功载兮同科。”①把琼花视为保佑安宁的神圣之物。琼花在当时观念世界的重新显现，与人们对捍卫文化之使命感的呼唤密切相关。

节操的凸显与理学的提倡密切相关。理学是在南宋特殊的时局之下勃然而兴并蓬勃发展的，它的思想以严明夷夏之防为底色，它对节操的张扬，具有深重的发展民族和延续文化的忧患。对于节操，它不仅是作为一种个人的心灵修炼，而更视之为一种国家精神、民族精神。强敌压境，南宋政权大多数时间取忍气吞声、负重致远之态势，国家和民族在此种境遇下要图谋复兴，唯有坚韧坚守才能至之久远。因此，重视节操的文化品格，是华夏文化对危机局面采取的应对机制。这种坚守，是对民族心理的一种砥砺，是民族精神的一次升华。除了琼花，人们又在南方山间水旁遍地生长的梅花身上，找寻到了这种不屈精神的寄托，并通过对梅花的礼赞，诠释着民族精神的种种内涵。

在中国文学中，梅花从春花时艳的感伤绮怨形象上升为崇高的道德人格象征，经历了一个审美认识持续发展的过程。宋以前的梅花审美以色香、习性等物色特征的认识把握为主，比如唐代的宋璟作《梅花赋》，被人目为“风流艳冶”。林逋以来进入了品格德性意义抉发的新阶段。梅花意象最终凝固成民族精神的象征，则是在南宋中后期以后，是严明夷夏之防内化为文化气质的一种表现。南宋初期的咏梅赋多表现梅花的丰姿绰约和清逸旷达的特点。它们或者把梅花作为怀乡、悲叹命运的起兴之物，如唐庚有《惜梅》，谢逸有《雪后折梅赋》，或者刻意渲染梅花旖旎动人的美感，如李纲、张嵲、释仲皎的同题《梅花赋》。这些赋多以梅花比仙女。这在北宋时期极其少见，但在南宋却蔚为大观，究其原因，主要是梅花的韵致与当时文人

① 李丑父：《天妃庙记》，《全宋文》336册，第399页。

旖旎婉转的情怀产生了共鸣，文人们的那种从容美丽的人格诉求与梅格深相契合。清人谢章铤就说："予尝谓南宋词家，于水软山温之地，为云痴月倦之辞，如幽芳孤笑，如哀鸟长吟，徘徊隐约，洵足感人。然情近而不超，声咽而不起，较之前人，亦微异矣。……有花柳而无松柏，有山水而无边塞，有笙笛而无钟鼓，斤斤株守，是亦只得其一偏矣。"①虽是在讨论南宋词风，移之于南方文人之气质，同样适用。与此并行的是当时的一些咏梅赋刻意把梅花比作孤独的君子，这昭示了在夷狄压境的恶劣形势下，人们寻求孤独坚守的精神支撑的努力，梅花在这方面的意义受到关注②。人们既看重妩媚婉转又景仰胸次清旷的人格追求，使得梅花在比附奇男伟士方面展现出广阔的前景。南宋初期文人由于世事的惨淡和人生的支离飘萍，国家民族与华夏文化命悬一线，更容易从梅花感悟到幽峭、野逸等种种意趣，周紫芝就指出："草木之妖丽变怪所以娱人之耳目者，必其颜色芬芳之美。而梅之为物则以闲淡自得之姿，凌厉绝人之韵，婆娑于幽岩断壑之间，信开落于风雨，而不计人之观否，此其德有似于高人逸士隐处山谷而不求知于人者。方春阳之用事，虽凡草恶木猥陋下质，皆伐丽以争妍，务能而献笑，而梅独当隆冬冱寒风饕雪虐之后，发于枯林，秀于槁枝。挺然于岁寒之松让畔而争席，此其操有似于高人逸士，身在岩穴而名满天下者。"③葛立方也指出："近见叶少蕴效楚人《橘颂》体作《梅颂》一篇，以谓梅于穷冬严凝之中，犯霜雪而不慑，毅然与松柏并

① 谢章铤：《赌棋山庄词话续编卷五·杨夔生词》，《词话丛编》，北京：中华书局，1986 年，第 3561 页。

② 当然，梅花的比德方面的意义不是南宋以后才受到重视，而只是说其彰显品格的特点蔚然成风。北宋的文同就说过，"梅独以静艳寒香，占深林，出幽境。当万木未竞华侈之时，寥然孤芳，闲澹简洁，重为恬爽清旷之士所矜赏"（文同：《赏梅唱和诗序》，《丹渊集》卷二十五，《景印文渊阁四库全书》）。

③ 周紫芝：《双梅阁记》，《全宋文》第 162 册，第 275 页。

配，非桃李所可比肩，不有铁肠石心，安能穷其至？此意甚佳。审尔，则惟铁肠石心人可以赋梅花，与日休之言异矣。”①又如姜特立在《跋陈宰〈梅花赋〉》中也说：“夫梅花者，根回造化，气欲冰霜。禀天地之劲质，压红紫而孤芳。方之于人，伯夷首阳之下，屈子湘水之傍，斯为称矣。自说者谓宋广平铁石心肠，乃为梅花作赋。呜呼梅乎！斯将置汝桃李之间乎？余谓唯铁心石肠，乃能赋梅花。今靖侯不比之佳人女子，乃取类于奇男伟士，可谓知梅花者矣。”这样的言论在当时相当多。在这种审美诉求的促使下，咏梅赋中融入了拗劲磊落的情感，阴柔之韵中浸入阳刚之气、君子之风。王铚的《早梅花赋》开篇表现梅花的风姿绰约，然后又表现梅花胸次清旷的特性，“兹梅也，排风日而迥出，傲霜雪而独丽。色靡竟于阳春，志可期于晚岁。所以兴动钱塘之老，妙语增新；香贻陇首之人，芳期远契。彼清露兮，被三径之菊；彼光风兮，泛九畹之兰。歆红蕖于夏永，破丹杏于春寒。丽质鲜妍，则比我已远；高情潇洒而方兹实难”。这段文字把梅花阴柔与阳刚两个方面的特性都关照到了。李处权的《梅花赋》则特出梅花在比附品德方面的价值，“懿江梅之秀出兮，俨亭亭而绝比。既婵娟以映岫兮，复窈窕以临水。类忘言之贞士兮，肖独洁之君子。……寄美人之一枝兮，想横斜于镜里。抗翠袖于天寒兮，抚修竹而孤倚”。从辞赋中梅花品格既崇尚旖旎情怀而又重视胸次清旷的特点，并赋予了梅花贞士、君子的形象。咏梅赋中隐约透露出人们对节操内涵的一些体会，他们所理解的节操，不是刻意苦修的道德约束，而是在蛮夷暴力的威慑下激发出来的孤独坚守而又自在美丽、自足自怡的精神境界。不能说南宋初期的文人们没有注意到凌寒傲雪的梅格，而是凌寒傲雪般的坚韧与孤独品格在他们的精神世界中没有充分凸显

① 葛立方：《韵语阳秋》卷十六，何文焕辑《历代诗话》，北京：中华书局，1981 年，第 616 页。

出来。

理学彰显了节操在孤独坚守方面的含义,国家民族的危机也使得日渐成熟的士阶层深刻体会到对家国天下的担当应该在养成道德心性上下功夫,富贵不淫,威武不屈,坚守内心,捍卫道统。因此,随着理学的发展,咏梅赋突出了卓然坚守之品格的意义。舒邦佐的《雪岸蓁梅发赋》描写于春寒料峭之际踏雪赏梅的意境,写到了赏梅人与梅花同为风景、互为风景的意趣,"肯同国艳之争春,谁似梅稍之映雪?遂使竹头压白,愿同入于画图;柳眼偷青,记相逢之时节"。在以下的行文中,赏梅被描写成与美人对雪饮酒赋诗的欢会,孤芳自赏的人格诉讼与文人的诗酒风流结合在一起,令人耳目一新。林学蒙的《梅花赋》则以梅花自况,通过描写梅花寒冬傲雪凌寒与阳春藏香遁迹来表现对振起世风而又功成不受赏的人格的追求。

梅花的形象由自在而美丽转向孤独坚守,同时又融入孤芳自赏的情韵,当时的咏梅赋是对之前赋作体现出的梅格的融汇与升华,使得节操的内涵更为丰富饱满。南宋后期的赋家则多把梅花描写置于生活场景之中,梅花与人的精神生活结合得更为紧密。姚勉的《梅花赋》、胡次焱的《雪梅赋》等多展示自己与梅花相伴的生活,展示自己的道德自足与安于孤独的生活情调。这种比德描写与生活场景并存的结构模式在当时几乎被固定下来,比如吴龙翰的《古梅赋》这样描写梅花,"或横枝照水,如纫兰之湘累;或半树粘雪,如飧毡之汉使;或荒山击寒,孤根回暖,如采薇孤竹君之二子。烈士慷慨,羁臣憔悴。茹铁筋骨,镂冰肠胃。乃道引其形躯兮,如雾拥而云垂,如鸿飞而虎踞,故能曜其夜鹤之骨,而枯其秋蝉之蜕也。若余者,与伊纳交,庐其旁,诏弟读书,对亲奉觞,呼吸清寒,咽嚼清香,而庶蔑泄吟笔之琳琅者乎!"在展示梅花的品格之后将自己和梅花纳入生活场景,人花交相辉映,人的精神与伯夷、叔齐、屈原、苏武这些坚守节操的古之君子相交通,赏梅而格物致知,领会坚守道统、捍卫华夏文化的不屈精神,升华自己的精神境界。

梅花象征着节操。在南宋时期的创作实践中她凝结着中华民族危难时刻所表现出的坚韧不屈的品格，也蕴含着在坚韧不屈中追求自足自适的高洁情操。梅花作为精神情操的象征已深深融汇于民族文化之中，成为中华民族的精神图腾，还没有哪一种花卉能够像梅花这样能够体现民族精神，凝聚民族力量，鼓舞民族斗志。每当国难当头之时，梅花的象喻意义就格外引人注目，这从一个侧面反映出在南宋时期的险恶环境中，民族精神中注入了一种深沉的忧患意识和孤独坚守品格，这是推动中华民族发展的最可珍视的文化基因。

在华夷之辨的文化底色映衬之下，南宋文化固守家园的意识空前强烈，理学提倡的格物致知使民族精神之寄托随处闪现。当时的咏物赋擅长表现关乎道德坚守的主题，除了蔚为大观的梅花文学以外，诸如歌咏桂花、水仙、兰花等的作品也相当之多。此外，岁寒三友物象的定型尤其值得关注。有论者以为此物象在北宋末就已经为人们熟知习见了，这个说法不太确切。作为特定的符号，岁寒三友为社会文化所接受的重要标志是其象征意义能够凝固下来，这就需要深入到当时社会文化中去观察其演变轨迹，仅凭一两条含义模糊的文献很难说明问题。

松竹和梅联称，或在一篇作品中同时出现，与南宋时期江南庭院园林多以此三物构景有关。松竹梅三物的形态各异，枝柯之生长方向、花叶之形态等，具有很大的互补性，三者构景错落有致，层次感、纵深感强，因此也能够增添景致的丰富感；而且三物在早春时节能够焕发出生机，是萧条的自然最早出现的一道风景，因此当时人们喜以此三物错落种植，构建园林景观。曹彦约在介绍一处园林时说："冲佑阁在所性堂之上，向背一律，前对高坡，有松数万，其高才六七尺。松间有台基，尽见庐阜，而玉京最近，名曰玉京台。半坡微南有基三间，许作真面目堂，方鸠工未就。旁有梅桃李数百本，名曰东蹊。""楼西有阶数级，杂植群花。稍北有杏数种，花外有竹，环之以墙。”①姚勉在《胡氏双清堂记》中说：“支筇而观于山，放棹而游于水，丛溪以竹，阴径以松，根石以梅，畹兰沼莲，亭桂藩菊，人见胡君取乎在地之清者然也。”②舒岳祥在《篆畦诗序》也说：“由桧亭橘圃夹径以东，植栝松。东折而南，又沿桧障以东，右植蜡梅，左植白茶，为阶三级以上，即指竹亭西之桧障也。障外皆植梅，与乘桴亭西之梅接。梅间横开小径，以入指竹之右腋，又阶以升乘桴也。”③这是以松竹梅和其他花木构筑错落有致的园林景观，这样的记载在南宋中后期的文献中相当多。有的文章则在介绍园林景致时只突出松竹梅三物，其凌寒坚守的主旨就相当明确了。比如周紫芝的《双梅阁记》这样写道：“而梅独当隆冬沍寒风饕雪虐之后，发于枯林，秀于槁枝，挺然于岁寒之松让畔而争席，此其操有似于高人逸士，身在岩穴而名满天下者。余之论梅有得于此，而无所发其狂言。”“除土为小圃，以为池亭花竹之观，而又结飞楹于圃西以为之阁。阁虽小而甚高，下视圃中，可数毛发。隐君问名于仆，与之徜徉圃间，得双梅对植草间，适得其中，若有为之者。”④张栻的《南楼记》写道：“亭曰须友。亭之旁植竹与梅与松，吾将与之友，亦且须吾友朋而共乐乎此也。”⑤松竹梅被框入文人的视界之内，园林景致中的意蕴相当明晰。周紫芝突出其不畏严寒的品格，张栻则强调与此三者为友，也就是说要学习它们的品格。幸元龙的《天台陈侯牧斋记》云：“堂后种竹莳松于梅林之侧，一室萧然，则扁曰‘四友’，则雪饮风餐，清高不改，知所自重矣。”⑥四友就是

① 曹彦约：《湖庄创立本末与后溪刘左史书》，《全宋文》第293册，第17页。
② 姚勉：《胡氏双清堂记》，《全宋文》第352册，第86页。
③ 舒岳祥：《篆畦诗序》，《全宋文》第353册，第9页。
④ 周紫芝：《双梅阁记》，《全宋文》第162册，第275页。
⑤ 张栻：《南楼记》，《张栻集》，长沙：岳麓书社，2010年，第589页。
⑥ 幸元龙：《天台陈侯牧斋记》，《全宋文》第303册，第408页。

松竹梅与自己,这与张栻的意思完全一致。

松竹关乎品格方面的意义古已有之,南宋中期以后梅花凌雪傲霜的品格得到进一步彰显,象喻指向与松竹逐渐取得一致,松竹梅联称的文化象征意义得到确立和稳定。由于受到理学的影响,人们徜徉园林美景时,喜欢格物致知,从松竹梅等自然物象当中体会天理,砥砺节操,这为松竹梅象喻的确立和稳定准备了条件。姚勉在《赋梅楼上梁文》中写道:"锦千花之步障,碧万竹之油幢。吟红药,对紫微,静纶阁文书之意思;抚苍松,摩翠柏,屹明堂梁栋之观瞻。虽无轮奂之翚飞,亦是园池之要会。然命意不轻于取物,而扁名独美于赋梅。见贤思齐,论世尚友。……俨相望而玉立,均不辱于冰姿。凛若犹生,希之则是。愿坚持于劲操,初不尚于浮荣。先天下春,储万斛香。本为盛事,开雪里枝;回孤根暖,方见清标。古人实获我心,天下莫非吾事。"①作者强调从松竹梅等草木中体会天理,见贤思齐,突出不畏严寒的凛然正气。同样的例子还有刘学箕的《爱说》,文章指出:"子猷爱竹,槛有竹焉;元亮爱菊,篱有菊焉;隐居爱松,山有松焉;君复爱梅,亭有梅焉;茂实爱莲,池有莲焉;屈原爱兰,砌有兰焉;僧儒爱石,山有石焉;御寇爱泉,川有泉焉。夫以数弓之地,而古之人爱者萃聚无遗,古人得其一,亦足以乐其生,我今兼之,是天与也,地与也,造物与也。"②对景致格物致知式的欣赏涵咏,容易归纳出景物的品格特点,松竹梅就是在这样的涵咏中,其不畏严寒、风雅自赏的特点才逐渐固定下来,其含义,包含了松的傲岸、竹的劲节和梅的妖娆,同时,这些物性又是围绕着"凌寒"而展开。这与南宋时期处于夷狄威逼、华夏文明前途堪忧的处境相契合。南宋后期文献中以"三友"称之,说明松竹梅喻象的完成。郑域《桂氏东园记》写道:"熏风自南,芳意

---

① 姚勉:《赋梅楼上梁文》,《全宋文》第352册,第198—199页。

② 刘学箕:《爱说》,《全宋文》第300册,第398页。

未歇,葵榴之竞艳,莲苻之吹香,兰畹之凝馨,槐帷之迭秀,夏之花也。一叶飘然,玉露洒凉,丹桂之筛金,芙蓉之迭锦,菊坡之傲霜,蓼圩之摇风,秋之花也。朔令行权,万柯赤立,松竹梅三友,兴来物交,虽无红紫之惊目,而有清白之契心,冬亦未始无花也。”①在这里,松竹梅被称作“三友”,其特点是处严冬而有“清白之契心”,这其实就是节操所强调的坚守之志。姚勉的《三友轩说》云:“若之何而为三友也?人有言曰松、竹、梅为岁寒三友”,“格之物,竹挺而不屈近直,松岁寒而不改近谅,梅质而华近多闻”②。徐经孙《三友轩铭》也说:“大伦有五,友居其中。于以辅仁,匪直朋从。直谅多闻,乃益厥躬。便柔则损,友道斯穷。或取诸物,曰梅竹松。亦以岁寒,匪蒲柳同。”③松竹梅的绘画出现的应该很早,牟巘的《谢竹所岁寒图》曰:“我观在昔,交道实难。风雪凌芳,众卉日殚。眷乃三友,媚于岁寒。松劲梅清,绸缪相欢。竹亦欣然,枝举叶攒。如相告语,晚节是完。”④看来,此画的主题是彰显三友在严寒中坚守节操的品格。

松竹梅从园林构景中脱颖而出,在格物致知式的审美涵咏中,其象喻得以凝固。松竹梅和梅花一样,是时代精神的象征,也是中华民族不屈精神的写照,华夷之辨观念演生出来的危机意识、家园意识在它的象喻中得到很好的体现。在辞赋作品中,三友的象喻由于其表现手法上的铺张扬厉和层层渲染,展现得更为充分。李石《红梅阁赋》写梅而以松竹映衬,“夜半朔风,隐然动地。草木摇落,鸟惊蛰闭。姚黄魏紫,灰冷无气。猗彼嘉树,俨乎庭前。含太素以独秀,破小萼之微丹。友松与篁,真伯仲间。咄严霜其何畏,似古人之岁寒”。天

① 郑域:《桂氏东园记》,《全宋文》第285册,第12页。
② 姚勉:《三友轩说》,《全宋文》第352册,第60—61页。
③ 徐经孙:《三友轩铭》,《全宋文》第334册,第144页。
④ 牟巘:《谢竹所岁寒图》,《全宋文》第355册,第400页。

地冱寒，梅与松竹为友，形成一股弘扬天地正气的力量，而且，梅花在不畏严寒之外还有“耿耿清质，忍令暗投。影横陈以向夕，香彻晓而不收”的妖娆之美。刘学箕《画壁赋》描写松竹梅兰的壁画，在三友之外加入兰花，然而赋作中，则突出了三友的特点，“松老而寿兮，历世故之旧兮。竹清而瘦兮，中立而不疚兮。梅偃蹇而横枝兮，吐岁寒之芳姿。兰滋芳于水涯兮，美不蕲人之知。介于石兮，黝而丑兮。合四花兮，成五爻兮”。兰花的滋芳于水涯而“不蕲人知”也是当时的咏梅文学中常出现的形象，表现其孤独而自在自洽。赋中的“及其遐想玄陆，霰雪交集，北风呼号，万木冻立。吾不知松竹梅兰之为画耶？意其真是而相错乎山之隙也”，突出其凌寒傲霜的品格，其实，兰花是无法傲霜的，这是三友的节操特点。这说明，随着三友的象征意义的普遍被接受，冲淡、掩盖了其他物象的寓意。富伟的《松竹梅赋》以游仙的手法礼赞三友的品质，写松曰：“三冬兮操冰霜，千尺兮材栋梁。下有茯苓兮，华盖苍苍。凝为琥珀兮，亘千古而犹香。”写竹曰：“劲吾节兮心虚，挹夷齐兮为徒。长龙孙兮招凤雏，岁既寒兮誓不渝。”写梅曰：“冰雪其姿兮霜月其神，孤标耿耿兮万花让春。荐嘉实兮南风熏，调羹鼎兮莫逡巡。”三友的共性和个性都得到了关照，较为全面地刻画了这一喻象的内涵。

岁寒三友的喻象的确立，是基于梅花喻象生成的同样的“岁寒”环境，逐步完成的，我们没有必要、也很难找寻它的起点，它是以梅花象喻对民族精神的进一步补充和完善为基础的，其含义比梅花更为丰富，指向更明确。

从琼花、梅花到岁寒三友，面对严酷的民族和文化生存环境，南宋主流思想转向内在，转向从心灵捍卫道统，捍卫民族和尊严，立足于华夷之辨观念的文化底色，在孤独中坚守节操成了普遍的道德追求。也正是出于这样的道德观念，当文天祥被俘时，人们更愿意他以不屈而死的风采来彰显华夏民族的节操，捍卫民族和文化的尊严，激励华夏子民的志气。

1279年的崖山海战是南宋政权以惨烈方式进行的谢幕,较之北宋灭亡时的军民望风逃遁,这个偏安王朝的结局更具悲壮色彩。南宋王朝始终局促于北方夷狄政权浓重的阴影之下,它忍气吞声,负重致远,以光复和传承华夏文明自任。因之,它褪去了北宋的那种雍容闲雅,而是内敛严谨,表现出强烈的危机意识,并通过理学在心灵修筑起一道捍卫华夏文化的长城。华夷之辨的观念因南宋国力和自信力的恢复而得到彰显,并激发出复仇的热望,因北方威胁的加剧而内转为孤独坚守的节操。这种节操深刻地塑造着当时的文化。由于处境严酷,当时的华夷之辨思想具有着强烈的排他性特点和保守倾向,他们坚持"夷狄行中国之事曰僭","得天下者,未可以言中国;得中国者,未可以言正统"。这种保守的文化中心主义理念几乎是出于本能地拒斥传统的变革和一切外来的文化,这对以后的中国产生了深远的影响。

附录一　论宋赋的滑稽艺术

辞赋创作自娱娱人的内在冲动相当明显，和其他文体相比，辞赋从它形成之时就和娱乐性结下了不解之缘。汉赋的一个重要源头就是古优的优语、俳词。《史记》中将这一类人列入《滑稽列传》，以表彰其"谈言微中，亦可以解纷"①的政治价值。以"滑稽"称之，是指优人的俳语既具有出口成章、词不穷竭、能言善辩、言辞流利的节奏美感又具有内容上的诙谐谑噱性质②，本附录所谓的滑稽，就是指辞赋创作的这一特点而言。六朝时期，谑戏文章成为俳谐文一体，专以调笑诙谐为目的的辞赋也被称为俳谐赋。不过，辞赋与生俱来的滑稽基因并没有因为赋的体式分工而减弱，其几乎在一切赋体中均有显现

---

① 《史记·滑稽列传》，北京：中华书局，1982 年，第 3197 页。周紫芝在《滑稽小传序》中对司马迁的话作了很好的解释，他说："孔子大圣人，犹以言戏子游。卫武公周之大臣，尚作《抑》诗以戒厉王，且以自警，想其为人严肃端毅，非滑稽谐谑之流，而诗人美之曰：'善戏谑兮，不为虐兮。'司马迁作《史记》一书，上下数千载，而特为滑稽立传。东方曼倩目如悬珠，齿如编贝，胸中有书四十四万言，而以滑稽自雄。岂非滑稽之中自有箴讽，或能感动人情，使之改过，是以有取焉耳。"（《太仓稊米集》卷五二，《全宋文》第 162 册，第 167 页）

② 前人对《史记》的《滑稽列传》和《樗里子甘茂列传》以及《楚辞章句》的有关注释，皆把滑稽训释为酒器，似没有充分的证据，但从酒器中引申出来的"圜转纵舍无穷之状"，则是相当正确的，滑稽，就是对戏剧性的很好概括，而滑稽表演的俳词，妙思迭出，滔滔不绝，既具有语言的节奏美感又具有内容上的诙谐谑噱性质。至于汉语流畅整理的语言，尤其是韵语，对营造喜剧效果、烘托喜剧气氛的作用，是一个值得深思的问题。

的可能。辞赋重视行文流畅整齐，铺排协韵，其语言的节奏美感，较之俳谐文更能体现文学的娱乐精神。宋赋直承汉魏六朝辞赋传统，具有集大成倾向，而且创作中追求介于似与不似之间的破体为文，因此，辞赋中引人入胜的滑稽描写备受关注，并将之发扬光大。宋代文化重视学殖深淳、理趣盎然和道德情怀，这三者构成了宋赋滑稽艺术的基本要素。从整体创作来看，宋赋的滑稽色彩是相当浓厚的，本附录就其滑稽艺术有别于前代的突出特征似作探讨，以就教于大方之家。

一、立足于融会贯通的互文性观照

宋代是一个文化昌明的时代，文人大多兼具学者与作家身份，其诗文创作相当重视彰显学术，他们崇尚的创作状态是融汇众学，以才运学，通过对既有知识和历史经验的把握来提升自己的识见，行之于文，以展示自己的文华风采和胸襟学力。基于这样的创作倾向，那些优秀的诗文，往往涉及众多前代的类似作品和过去关于这方面问题的种种思考和探索，他们善于揣摩、体会前人的心理、境界，并通过自己的创作来融汇、超越前人。因此，从互文性的角度来观照宋人的创作是非常有意义的，对于宋赋的滑稽艺术，这种探索也同样有价值。

宋代辞赋的滑稽成分，有许多是基于具体源文本的转相祖述。扬雄的《逐贫赋》和韩愈的《送穷文》是将“贫”“穷”拟人化以自嘲的俳谐佳作，而且二者之间也存在着互文关系①，宋人创作以二赋为

---

① 黄庭坚《跋韩退之送穷文》曰：“《送穷文》盖出于扬子云《逐贫赋》，制度始终极相似。而《逐贫赋》文类俳，至退之亦谐戏，而语稍庄，文采过《逐贫》矣。大概拟前人文章，如子云《解嘲》拟宋玉《答客难》，退之《进学解》拟子云《解嘲》，柳子厚《晋问》拟枚乘《七发》，皆文章之美也。至于追逐前人，不能出其范围，虽班孟坚之《宾戏》，崔伯庭之《达旨》，蔡伯喈之《释诲》，仅可观焉，况下者乎！”（《山谷全书·别集》卷七，文渊阁四库全书本）

本,或铺采摛文,踵事增华,或反其道而行,翻新出奇。赵湘的《迎富文》顺二文之势,在送穷、逐贫之外,以迎富构思,同一机杼,各写两边,所趋相同。赋中铺排仁富、义富、信赋、孝富,意在说明若仁义信孝,即使贫穷,人格上是富有的,人生也是充实的。读之令人会心一笑。王之望的《留穷文》基本上是对韩愈《送穷文》的模仿,其中描写个人际遇一段,完全脱胎于韩文,“我乃子之穷鬼。吾与子游,今三十年。子在孩提,我矜我怜。及子稍长,戏游蹁跹。子能读书,佐子精研。艰难辛苦,不尔弃捐,望尔有成,报我周旋。事乃大谬,百无一然。子年日长,子穷日炽,流离困厄,无复生意。半生应举,无所识拔,易耨深耕,种而不刈。偶得一官,日望其禄,不才无庸,所向墙谷。缨冠束发,号称曰儒。不获其利,苟得有余,人皆为之,尔独不屑”。较之韩文,描写更为具体,语言更为整丽流畅,也更为引人入胜,通过这种对原作毫不避讳的有意“冒犯”来与之争衡,是宋人惯常的做法,意在显示自己的才华不输前人。而且,这种模仿不是偷偷摸摸的,作者故意强调了作品与韩文的联系,“吾读韩子,久闻尔名,谓子有知,庶几神灵。子则不然,憎贫弃旧,我不尔驱,尔顾我咎。凡人之生,各有定分,贵贱穷达,造物所命。天生我穷,令与子俦,命实为之,汝安归尤?物极必反,否泰相缪,吾穷久矣,庶其有瘳”。这是在说此作是受到韩文的启发,见识的高下留待读者评说。作者想在词章和义理方面和韩愈一比高下。如果对韩文不了解,此赋的意蕴可能难以理解透彻。崔敦礼的《留穷文》则反扬雄、韩愈之义,铺写五穷,即仁穷、义穷、礼穷、智穷、信穷,暗扣赵湘《迎富文》主旨,意在强调人有此五德,何穷之有!将二文之义又转深一层。区仕衡的《送穷文》之于扬雄《逐贫赋》,与王之望《留穷文》之于韩愈《送穷文》一样,都是通过故意模仿来和古人比试高下。赋作贫苦之状部分被模仿得极其精彩,穷形尽相,“人之有衣,华采绚缛,羔裘豹祛,文锦绣縠。予惟单衣,布或无幅,谁其尸之,致此穷蹙?人之于食,日费万钱,烹凤炙龙,醉醲饱鲜。予惟阻饥，曲突无烟，困厄至此，是谁之愆？他人之居，潭潭其府，左青右黄，雕墙峻宇。予独无家，颠连逆旅，瓮牖桑枢，仅蔽风雨。静言思之，咎其在汝。他人之稼，五谷穰穰，黍稷穜稑，千仓万箱。予有薄田，糊口四方，年登而饥，餍此糟糠。谁生厉阶，至今为殃？人之丰财，帑藏充积，明珠文犀，良金翠璧。独啬于予，家徒四壁，室如悬磬，储无儋石。匪汝之尤，曷至此极？"较之扬雄，这部分篇幅被放大，铺排更为具体深入，语势更为流畅自然，滔滔不绝，富于气势，节奏更为顿挫，内容上也更具生活感。如果是与作者境遇相仿的，或者是同时代的人阅读此篇，较之韩文的感染力将更为强烈。王令的《送穷文》是借他人酒杯浇胸中块垒，题目虽然与韩愈的赋相同，文中则是将自己种种落魄遭遇一一陈述，音节铿锵，行文跌宕，给人以生新之感。与此相类的俞得邻的《斥穷赋》则是责问人世的不公道，"尧何疵兮殄世，瞽何饰兮裕后？桀何德兮瑶台，宪何尤兮瓮牖？何冪武而汤偏，何跖肥而夷瘦？何壤耄而由醢，何回夭而籛寿？何阖闾之死而金玉其穴，何黔娄之亡而手足不覆？"使扬雄、韩愈二文讨论的问题转向人生困惑的角度。可见，宋赋的滑稽在转相祖述的过程中，源文本的语词、主题、结构得到了不同程度的充实和发展，词章方面也不断得到加强，内蕴得到充分挖掘，宋人往往强调"无一字无来处"，对宋赋滑稽艺术的理解，如果没有一定的知识储备，很难理解其中之况味。

宋赋滑稽的互文性流变，是一个不断被修改、变形的过程，有时候其对源文本的扩大、升华，呈现出意义上的"增值"特点。苏轼的《后杞菊赋》仿陆龟蒙的《杞菊赋》，二赋均表现贫而餐菊的洒脱人生，苏轼将此境界表达得相当传神，"人生一世，如屈伸肘。何者为贫，何者为富？何者为美？何者为陋？或粮核而瓠肥，或粱肉而墨瘦。何侯方丈，庾郎三九。较丰约于梦寐，卒同归于一朽。吾方以杞为粮，以菊为糗，春食苗，夏食叶，秋食花而冬食根，庶几乎西河南阳之寿”。几个问句咄咄逼人,引发读者对齐物达观的深切体认,暗示膏粱肥腴与糙粝藿食没有本质区别,然后以轻快的语调写出餐杞菊不仅可以果腹,而且可以助寿。其中流露的自解自嘲情绪令人发噱,这比源文本只是阐述杞菊助寿要深刻得多。如果再联系苏赋的上文,其调侃用意便豁然开朗,“吁嗟先生,谁使汝坐堂上称大守?前宾客之造请,后椽属之趋走。朝衙迭午,夕坐过酉。曾杯酒之不设,揽草木以诳口。对案颦蹙,举箸噎呕。昔阴将军设麦饭与葱叶,井丹推去而不嗅。怪先生之眷眷,岂故山之无有?”身为太守而食藿充饥,未免太夸张了,其实,这是在拿新党执政减少官员薪俸的举措来调侃。作者想说的是,王安石是要让官员们都成餐菊延寿的世外高人!张耒的《杞菊赋》大肆美化苏轼的餐菊之举,借此彰显自己作为新法对立面的政治身份,作者在赋中传达了这样一个信息,新法的反对者,都是像苏轼这样的君子,都具有像屈原那样的餐菊饮露的高洁品格,思想意蕴比苏轼更进一层。张栻的《后杞菊赋》则是借苏轼餐菊的形象来表现物我相得的自适心态,其思想深度超过前两篇,文章滑稽成分在于把苏轼的自解自嘲提升到一个哲理的高度,这只有在阅读前两篇的基础上才能够体会出来。应该说,滑稽的增值现象在宋赋中是普遍存在的,这正是其文学追求“夺胎换骨、点铁成金”的创作倾向在辞赋中的表现之一。

宋赋滑稽的互文性有时候不仅立足于某一篇或几篇源文本,而是对于各种文学作品共同表现的某类意象的融会贯通与铺张排比。它的互文是针对某类内容或某类思想的。薛季宣的《七届》铺写七种人生追求,其一曰:“我有高堂金玉,成之琼室;椒房珠玑,荣之华阁。曾楼接汉,凌烟浮庑。修廊凝虚,回环后耸。崇台间以流泉,雕楹刻桷。柏梁桂楣,深湛海阔。岌嶪天齐,悬壁珰蕊。绣栭宛曲,槛俨玄墀。甍云连而鳞比,檐轩翥而鸾飞。星居焕其错落,粲神光之陆离。列姬姜之婵娟,皆红妆而翠眉。发鬒如云,粉光如土。丽质天成,清标振古。冠芙蓉之嵯峨，曳霓裳之楚楚。众乐合奏，八音具举。吹洞箫，鸣建鼓，霭登歌，纷屡舞，奠金罍，酌清酤。罗珍羞之百味，具凤卵与龙肝。文豹之胎，玄熊之蹯，丙穴之鱼，槎头之鳊，红脍丝琼而并荐，晔果肴其丽鲜。方丈绮错，五齐浓渊，燕乐嘉宾，以毕岁年。耳热酒后，醉歌狂颠。"对饮食和美色的铺张由来已久，楚辞《招魂》中就出现了饮食男女的描写，继宋玉《登徒子好色赋》后，女色的描写在舞蹈、音乐、神女等辞赋中就逐渐泛滥，甚至像张衡的《南都赋》等都邑大赋也时或有之。对饮食的描写枚乘《七发》较早，以后在都邑赋和"七"等便于抒发人生追求的辞赋中几成俗套，枚乘的《七发》合二者为一，指出享乐生活是"甘餐毒药、戏猛兽之爪牙"，薛文的这段描写要比枚乘详细得多，他显然不是单单对《七发》的模仿，而是针对一系列前代的关于饮食男女的作品，在几成俗套的滑稽描写中，作者希望自己的文笔更具辞章方面的审美性，更具哲理的深度，更能吸引人。赋中对这段描写点题道："瞽哉！燕安枕藉，吾知其斧斤鸩毒也，不知其它。"这和《七发》的"伐性之斧"之说遥相呼应，但是它又不单单是绍续枚乘之说，女色伤身是古人共识，《庄子·达生》曰："人之所畏者，衽席之上，饮食之间，而不知为戒者，祸也。"①汉严遵《座右铭》："淫戏者，殚家之堑。"②枚乘的《七发》更是张皇其事，称之曰"伐性之斧"；嵇康的《养生论》曰："唯五谷是见，声色是耽，目惑玄黄，耳务淫哇，滋味煎其府脏，醴醪鬻其肠胃，香芳腐其骨髓，喜怒悖其正气，思虑销其精神，哀乐殃其平粹。"③乃至于孟郊的《偶作》还说："利剑不可近，美人不可亲。利剑近伤手，美人近伤身。道险不在广，十步能摧轮。情爱不在多，一夕能伤神"等等，显然，薛季宣的描写以及观

---

① 《庄子集解》，《诸子集成》本，北京：中华书局，1959 年，第 117 页。

② 严可均：《全上古三代秦汉三国六朝文》第 1 册，第 360 页。

③ 戴明扬校注：《嵇康集校注》，北京：人民文学出版社，1962 年，第 151 页。

点是对一系列作品和见解的总括。范成大的《问天医赋》对于这一系列的话语表述，其互文性的表达更具概括性，“人之多疾，自取自探。不一其凡，大略有三。其一者心根泄机，命门丧阻。明消精散，形弊神苦。掷温玉以畀火，奉甘餐而戏虎。阴惑阳而化蜮，风落山而成蛊。若是者得于晦淫，命曰伐性之斧”①。作者之所以没有详细阐述食色害人，是基于对前代类似文本的互文性概括，暗示读者去联想前代类似作品。林半千的《遣惰文》沿着薛季宣的路子，融饮食与美色于一体，他将之概括为人的惰性，赋曰：“世有雕堂绮栊，翠帱翡帷，高门鼎贵，安居自怡者，汝盍往而从只！有出舆入辇，鰍钟椌鼓，美人杂坐，喉歌掌舞者，尔盍往而从只！有寒鸡炙凫，燸鳖炮羔，饭囊酒瓮，口腹贪饕者，尔盍往而从只！有冰纨火毳，云组雾縠，喜事容饰，鲜衣邪服者，尔盍往而从只！”“愚者去些！出悦纷华，方寸日蹙，腐肠伐性，东骛西逐。”作者模仿屈原《招魂》的结构，把灵魂的流荡往返置换为心志的懈怠低迷，内容上则是如薛季宣赋那样，立足于过去作品对饮食男女的描写和看法。类似的还出现在宋代大量的以调侃笔调描写暑热的赋作，如题为《病暑赋》、《却暑赋》、《大暑赋》、《消暑赋》、《避暑赋》等作品，其源文本是建安文人创作的一批“暑赋”。作者在对建安文人甚至同时代人暑热描写的模仿中，展示自己的感受能力和辞章修养。

宋赋滑稽艺术的互文性特征，建立在他们良好的学术修养和文学素养基础之上，他们在对前人的模仿中同中求异、求变，力图檃栝前代作品而有所突破，有所变异，这和“抄袭”有着本质的区别。其

① “风落山”，《周易·蛊卦》象曰：“山下有风，蛊。”（阮元校刻：《十三经注疏·周易正义》，北京：中华书局，1980年版，第35页）《左传·昭公元年》云：“女惑男，风落山，谓之蛊。”（阮元校刻：《十三经注疏·春秋左传正义》，第2019页）

实,文学的发展就是通过融汇前代成果并不断创新来实现的。

二、游走于雅俗之间的诙谐幽默

关于宋代文学的雅俗之辩,古今论述汗牛充栋,由于雅与俗是一对具有感性色彩的伸缩性很强的概念,要犁然分明,并非易事。宋代士大夫是一个享有政治特权的文化精英阶层,他们对自己的身份和文化具有高度自觉的认同意识,他们崇尚的"斯文"便具有浓厚的"我们这个文化"的含义。这种身份认同不仅表现在他们具有较之前代任何时期的文人更为强烈的政治抱负和使命感,更表现在他们对低俗、庸俗情调的警惕、抵制与排斥。他们希望通过超越性的思维和心境来理解人生,感受生活,拒绝平庸浅薄的趣味,他们追求不累于俗、不受制于外物束缚的精神愉悦和贯通历史与知识的远见卓识,以达观超然的态度和深刻的哲思来化解生活中的不快、不幸,在自嘲自讽中获得精神的升华。他们眼中的"俗",不仅包括平庸的情调,也包括作为这种情调的载体、形式,以及庸常生活中不具有高雅气质的琐细微末之物态。他们对于无处不在、触目可及的"俗",大多采取以俗为雅、化俗趋雅的"提升"的态度。滑稽从一开始就与世俗有着亲缘关系,低俗、浅俗、媚俗甚至是滑稽艺术的重要构成元素。对于滑稽的世俗特色,宋人在辞赋创作中同样以提升的态度来面对,而非拒斥。游走于雅与俗之间的宋赋,在庄严与轻佻、高雅与平庸的巨大反差中凸显着滑稽艺术的幽默诙谐特色。

生活中的琐细之物、庸常之事,是咏物赋的表现内容之一,其潜在的滑稽因素颇为赋家关注。宋人用流畅优美的文辞来铺写这些俗物俗事,使其脱离过去的那种鄙俚浅陋气息,以文雅写庸俗,同时,这类作品惯常的粗俗噱笑被提升为超越凡俗的高雅趣味和高妙道理,以雅趣化俗情,使其与士大夫阶层的思想境界和审美风尚相契合。

蛙的可憎面目和其鸣叫的聒噪不已使它成为俳谐文学热衷表现的对象。张耒的《鸣蛙赋》这样描写蛙鸣，“于时蛙鸣，若啸若啼，若诉若歌，若惧而悲，若喜而语，若怒而诟，若哕而呕，若咽而嗽。暗者之呼，吃者之斗，或急或缓，或清或浊。若羌丝野鼓，杂乱无节兮，又似夫蛮歌獠语，诡怪之迭作也”。作者紧扣悲和乐，组织一连串的比喻，描摹蛙鸣执着、持久、放肆、呕哑嘲哳的特点，行文至此，应该是一篇很完足的俳谐文章了，但作者在结尾加了这样的一段：“尔其困于泥潦，失其所处而悲；又若夫旱暵既久，得其所处而乐也。”蛙絮聒不已的呼号，是缘于得时抑或失时呢？这就在蛙鸣与文人对人生的思考之间建立起若隐若现的联系，得势者的炫耀鸣唱不就像蛙鸣那样惹人讨嫌吗？困厄者的悲叹号呼不就像蛙鸣那样焦灼悲酸吗？顺着这个角度去体会，作者对蛙鸣的描写不仅仅引人发噱，更有关注人生、默然心会的解颐一笑。结句的一点，使具有世俗色彩的滑稽描写具有了一种符合士大夫雅趣的深远韵味。李新的《蛙赋》显然受到张耒的启发，赋以与蛙的对话结构全文，对于自己的呼号不已，作为居士的蛙是这样回答的，“兴《考槃》之歌，赋《衡门》之诗，引《泽畔》之吟，咏《北门》之薇。士不得志，故嗟叹之。鸟鸣常山，孤雉朝飞；杜宇亡国，秋猿号儿。物不得平，哀也无期”。蛙的鸣叫与有志不得伸的屈原等贤人同调[①]，蛙鸣与贤人失志的高雅主题联系在了一起。南宋理学家杨简的《蛙乐赋》循着这一思路，以相当优美的比拟来描摹蛙鸣的悦耳动听，说蛙鸣如黄钟大吕振奋人心，那声音的特点是：“其莹然之鉴，澄然之渊。至动矣而静，至繁矣而不喧。是音也可闻而不可听，可以默识而不可口宣。”单调的聒噪居然有如此悠远的美韵，给人些

---

① 《考槃》、《衡门》、《北门》，都是《诗经》的篇什，“泽畔”语出《楚辞·渔父》：“屈原既放，游于江潭，行吟泽畔。”（《楚辞补注》，洪兴祖注，北京：中华书局，1983年，第179页）

许无厘头的感觉。作者解释道："孔圣遇之而忘齐国之肉味，黄帝得之而大张于洞庭之原。胡为乎独不见省于横目之士，至憎而为烦？甚以为冤。冤矣乎，冤矣乎！"原来蛙鸣是天地之间天理或道统流传之一个环节①，大乐与天地同和，只要人们进入仁者境界，难听的蛙鸣可以成为天下最动听的音乐。在赋的结尾，有这样的点睛之笔："竹风之萧然，松月之炯然，佐以丝桐之漉然，继以是歌之游游然，可谓昭然灼然。"蛙鸣之为凡俗讨厌，与当时道学家的"鸣道"所遭受的世人非议极其相类，这种巧妙的构思和深邃的思致是非寻常人能够行之笔端的。刘克庄的一篇描写蛙鸣的"失题"之作可能是出于对杨简以蛙鸣写鸣道的不满，他这样批驳道："吾谓鸟喙，骄汝至是，煌煌太阴，汝食之既，天眼汝瞎，舜瞳汝蔽。地行臣仝，泣请于帝，刳汝磔汝，遂尸诸市，焚鞠洒灰，次及汝类。汝悔已晚，脐不可噬。"②对蛙鸣近乎谩骂式的宣泄，其背后隐含的士大夫文人思想争锋的意气用事，合而读之，令人发噱。可见，宋代的赋家缘于自己的审美立场来感受、体会琐细之物，在俗之物象和雅之情趣之间，巧妙地建立起联系。李刚的《药杵赋》和刘子翚的《闻药杵赋》能把捣药的单调声响描绘得如音乐般动听，苏轼的《菜羹赋》、陈与义的《玉延赋》能把野菜、山药描写成天下至味，等等，都是通过俗物俗事来感发文人士大夫雅怀的佳作。

---

① 杨简此赋中蛙之鸣，与道学家鸣道之鸣同类。如真德秀的这段话可以作为此赋的一个注脚："汉西都文章最盛，至有唐为尤盛，然其发挥理义、有补世教者，董仲舒氏、韩愈氏而止尔。国朝文治猬兴，欧、王、曾、苏以大手笔追还古作，高处不减二子；至濂洛诸先生出，虽非有意为文，而片言只辞，贯综至理。若《太极》、《西铭》等作，直与六经相出入，又非董、韩之可匹矣。然则文章在汉唐未足言盛，至我朝乃为盛尔。忠肃彭公以濂洛为师者也，故见诸著述，大抵鸣道之文，而非复文人之文。"（《跋彭忠肃文集》，《西山先生真文忠公文集》卷三十六）

②《后村先生大全集》卷四十九，文渊阁四库全书本。

宋代文人还喜欢用戏仿的手法来展现辞赋的滑稽特色，他们对传统成规存心犯其窠臼，以游戏心态出其窠臼，用惯常的辞赋中雅文学的表现手段来写琐细之物事。高似孙的两篇描写水仙花的赋表现的是面对水仙花产生的求女的幻觉。从楚辞以来文人雅士每每以铺写求女以寄寓人生追求，高似孙则把这一传统题材用来写水仙花，他的《水仙花前赋》仿《九歌》，《水仙花后赋》仿曹植的《洛神赋》，其感情之一往情深与文辞之飘逸清倩，深得骚人之旨。如果我们意识到这是作者表达对水仙花近乎痴迷的爱恋深情，是否会忍俊不禁呢？赋中有问难一体，主要表现文人们对各种人生道路的思考与探索。这种赋体与辞赋中抒发政治命运的“士不遇”赋同一机杼。洪咨夔的《老圃赋》①以老农与小儿的对话结构全文，暗示了其与问难体的联系，不过，全文探讨的是“汝亦知夫世有遇不遇之蔬乎”，以此领起全篇，对蔬菜命运的铺写用了近六百字的篇幅，一气流贯，节奏顿挫，类似说唱艺术的“贯口”，读来令人解颐。通过结尾一段曰：“玉糁得坡老而重，银茄为涪翁而妍。与其见赏于肉食之鄙，孰若托名于捽茹之贤？盖穷患姱名之不立，而不患并日之食粥；达患宿学之不能行，而不患一箸之万钱。苟道义之信，饱饭蔬食而乐焉”，又把蔬菜和人的政治情怀结合在一起，暗示富贵与贫贱只是机遇，这两种生活的区别只在于口体之奉而已，如果超越这种区别，乡居食茹同样可以其乐融

① 洪咨夔此赋命意从《论语·子路》中的一则故事而来：“樊迟请学稼，子曰：‘吾不如老农。’请学为圃，曰：‘吾不如老圃。’樊迟出。子曰：‘小人哉，樊须也！上好礼，则民莫敢不敬；上好义，则民莫敢不服；上好信，则民莫敢不用情。夫如是，则四方之民襁负其子而至矣，焉用稼？’”（阮元校刻：《十三经注疏·论语注疏》，第2506页）对于樊迟问稼圃之事，后儒对斥为“志则陋也”，儒者的使命在于以礼义规范齐民百姓，而非亲自从事稼穑园圃之事。作者以此命篇，暗含了对自己志向鄙陋的揶揄，同时强调了由居家修持礼义达于化成天下的含义。

融。楚辞《天问》通过不断发问来表现作者的人生困惑,以后遂成为辞赋的结构模式之一。喻良能的《古瓮赋》对着耕田所得之古瓮,也像《天问》那般困惑发问:"噫嘻悲夫! 岂秋草朔风,闺人愁心,思寄征衣,欲捣寒砧,藉尔清响,振其远音,岁久俱废,块然独暗者欤? 岂天高气清,落月横生,幽人妙兴,将调素琴,假尔逸韵,相其悲吟。人琴云亡,草蔓见侵者欤? 又其白刃纵横,窜付长林,埋金韬玉,规人莫寻,至宝忽逝,独留丝深者欤? 抑或却立炼形,鹤驾鸾骖,窖其丹砂,灵泥是缄,五色羽化,此焉嶒淫者欤?"作者设想了古瓮的四种来历:或助闺人捣衣振响,或助幽人弹琴扬声;或战乱以藏宝,或方士以窖丹。面对古瓮的这段精神游历,亦庄亦谐,引发读者对人生的种种思索。宋赋滑稽艺术中的戏仿,其原结构模式所暗示的思想内容在拟作中仍然在起作用,这就使得滑稽铺写具有了契合文人趣味的意蕴。

拟体俳谐文是滑稽文学的大宗之一,通过对严肃文体,比如公文、祈祷文、吊问文等的戏仿,营造消解庄严的戏谑效果。这类调笑文字有时虽不以"赋"命篇,其实有的形制就是赋体,属于杂赋类。宋赋中这类文体创作不在少数,而且多能在传统戏谑的基础上展现雅致情怀,这是宋人超越前代俳谐文的可贵之处。表文是陈述性的上行文章,陈造的《表盗文》是写给光顾自己家的蟊贼的。之所以以"表"的形式向盗陈述,可能是由于家贫,向空手而归的盗贼聊表歉意吧。赋以惊魂甫定的妻子之絮叨开篇:"自公之出,偷儿赴隙。一之日穴吾壁,四之日阚吾极。仆惊婢痻,已无留迹。虽幸焉而无丧,亦褫魄而震惕,揆犯险而徒还,岂来意之遽阑。盍择地而规邻,须公归而定迁",尽管家人受到了惊吓,可是由于一贫如洗,盗贼多次光顾都无功而返。在此滑稽场景的基础上作者大发感慨:不仅漫藏诲盗,高墉大屋也是累人之外物,欲望越多,痛苦也越多,对利禄无止境的贪欲只能换来无尽的烦恼。这种达观齐物的论调,出自作者这样的面对蝨贼都赧颜的贫困者之口，是有感而发呢，还是自我安慰、自我调侃呢，诙谐的笑谈中包含着深沉的苦涩。谕文，是告晓类文书，一般用于上对下。戴埴的《谕鹤文》这样晓谕与鸡争食而受伤的鹤，“饥不啄腐鼠，谓在田也；渴不饮盗泉，谓在野也。翮短尾雕，混迹鸡群，郁郁豢养，壮志未伸，又非颉颃烟霞、轩翥林汀也”。短短几句，哀其不争的感怀跃然纸上。姚镕的《谕白蚁文》写白蚁“性具五常”，以人间生活来比附白蚁的穴居，暗讽人间生活如白蚁一样蝇营狗苟。作品通过与白蚁的对比，把人类生活的一切价值观念都祛魅了，使神圣庄严回归平凡庸常，喜剧意味被蕴含其中，也符合士大夫阶层普遍的对历史发展的超越性认识。其他如陈淳的《谕蚁文》也是类似的作品。移文是官府间交往的平行文体。黄庭坚的《跛奚移文》仿王褒的《僮约》而踵事增华，并依照孟子不能与不为之辨立论，阐述量才而用的道理，赋中铺排种种奴仆庶务，流畅而整齐的韵语加强了诙谐效果。林希逸的《金天移文》也是一篇滑稽佳作。赋中写一位友人丧偶后自号“在家僧”，却写了好多淫词艳曲，因而招来了佛国的移文谴责。赋作铺排了朋友丧偶后的寂寞和难以自持、心念佳人的躁动。让人大噱的是，这位朋友在寂寞难耐之际，情不自禁把内心的冲动寄于翰墨，作下了绮语恶业。这篇赋在立意和手法上基本上承袭了徐陵的《答周处士书》。徐陵在答复周弘让书中说：“承归来天目，得肆闲居。差有弄玉之俱仙，非无孟光之同隐。优游俯仰，极素女之经文；升降盈虚，尽轩皇之图艺。虽复考盘在阿，不为独宿。讵劳金液，唯饮玉泉。比夫煮石纷纭，终年不烂，烧丹辛苦，至老方成。及其得道冥真，何劳逸之相悬也！”①字面上写周处士修行得法，劳逸相悬，实际暗指处士的修行其实是打着房中修炼的幌子在行纵欲之实。此赋把这种欲望与掩饰的窘态描绘得更为具体、传神。如果此赋的内

① 严可均：《全陈文》卷九，北京：中华书局，1958 年，第 3450 页。

涵止于此，那也不过是一篇一般意义上的谑噱之作，其令人深思的是，西天（金天）那个极乐世界面对人们正常的情爱要求，竟然如此不堪一击，可见，正常的情爱才是真正的极乐世界！其他如宋白的《三山移文》、杨杰的《南山移文》、冉木的《古富乐山移文》等，也是引人入胜的佳作。

宋赋中，祭吊祈祷之文也被拿来戏谑、调侃。晁说之的《祭麴神文》敬告麴神自己将断酒，原因是贫病无以自养，作者描绘贫病偃蹇、妻侮女嗔的窘象如闻其声、如睹其神，赋作在自嘲中寄寓的世态炎凉使作品的调笑饱含悲情。告文是祭文的一种。周紫芝的《告巨木文》是为移去宅前巨木而敬告神灵、希望取得谅解，文章列举巨木给自己和家人的生活造成的种种不便，令人忍俊不禁。其实，作者想表达的是，自己不得不在巨木笼罩下的敝庐安身，是由于家贫，没有其他安身之所，在作者张皇其事、大动干戈的伐树描写中，生活的酸楚流注其中。其他如周邦彦的《祷神文》、谢逸的《吊槁杉文》、薛季宣的《吊遗骴文》、张槩的《吊丛冢文》、周文璞的《吊清溪姑词》等，多寄寓着深沉的人生感慨，诙谐色彩相对淡薄。

三、意在言外、含蓄不尽的韵味

宋代文学的一个显著特征是追求情理相得的理趣。文学创作中理趣的获得，缘于对具体物象的哲理关照与情感体验之相谐相融，这需要作者具备丰富的知识储备、深厚的胸襟学力和敏锐的感知能力。宋代文人兼具学者的特殊身份为此准备了必要的条件。铺采摛文是辞赋的重要文体特征，这就使得辞赋表达容易言谈务尽，难以做到像诗词那样的韵味无穷。不过，宋代一些文人却能够很好地使骋辞炫学与含蓄不尽取得一致，创作出隽永优美的辞赋佳作。幽默是滑稽的重要组成要素，建立在含蓄、机智、风趣、顿悟等基础上的幽默，与理趣有非常大的一致性。宋赋创作对理趣的追求,有时候会演化为幽默,成为其滑稽艺术的重要内容。一些宋赋能够在俳谐描写中以情观物,以理释情,融情入理,情理相谐,实现超越物象噱笑层次的幽默效果和情理感悟,让人在解颐之余产生感触与遐想。

宋赋中的滑稽,多能从小事小物中引申、暗示深刻的哲理和丰富的人生况味。苏轼的《老饕赋》以优美的辞藻描绘食物之精美与女色之动人,似乎落入辞赋滑稽描写之俗套,结尾处笔锋陡转,“美人告去,已而云散,先生方兀然而禅逃。响松风于蟹眼,浮雪花于兔毫。先生一笑而起,渺海阔而天高”。原来这场食色盛宴是黄粱一梦！此赋创作于苏轼落魄黄州之时,当时的苏轼生活困顿,蔬粝充腹,做这样的美梦也在情理之中。将之写入赋中,展现自己之馋痨,已经令人发噱,而由此生发出超越食色的理念,更令人绝倒。作者郑重其事地告诉人们,人世间的蝇营狗苟、荣华富贵何尝离得了食色二字,不也是大梦一场吗！杜甫《八仙歌》诗:“苏晋长斋绣佛前,醉中往往爱逃禅。”苏轼梦中一醉亦能逃禅彻悟。引人深思的是,作者是真的逃禅了呢,还是在贫困生活中的自我排遣呢,实在是难以言表,任由读者思量。姚勉的《战蚁赋》写的是大雨将至,蚁群为争夺高地厮杀的场面,属于俳谐文学当中的寓言类。作者这样写蚁群的战争,“缘阶历坎,负块依石,若创营而立壁也。交持兢啮,以力相格,若陷阵而纵击也。弱者散惊,强者攻克,若追奔而逐北也。利吻如钳,各衔所获,若献俘而斩馘也”。作者以人间争斗的视角来审视蚁群的厮杀,甚至还有献俘斩馘告于成功的典礼,亦庄亦谐,引人深思。结尾处,作者点睛道:“一寓目而观戏,三重为之太息。天下之区区,何以异于蚁穴之微;人心之好竞,何以异于众蚁之智！……驱万姓于锋镝,争一战之雌雄。竭民膏于中国,要边功于外夷。”这“三重太息”是:感叹人间的蜗角之争;感叹蚁群竟然如人类这样残酷,从人到微虫,无不做着毫无意义的争斗,其根源就是“好竞”,就是争名夺利的欲望使然;感叹时边将邀功，轻启边衅，置黎民于锋刃之端，这与蚁群争斗何异！其他如苏轼的《黠鼠赋》、宋庠的《蚕说》、宋祁的《感蚼蟧赋》、毛滂的《送鹤文》、陈与义的《放鱼赋》、陈藻的《桔槔赋》都是类似的优秀作品。

通过宾主问答结构全篇，是辞赋较为常见的结构模式，宋代此类结构的辞赋中颇多滑稽描写，有些作品含蓄不尽的意蕴令人难忘。李纲的《答宾劳》类似三国张敏的《头责子羽文》。由客的指责展开人生的感慨。客曰："盖闻士生于世，不逢则已，苟逢其时，则必下收众誉，上结主知。舒翘扬英，发策吐奇。随势如转圜，应变如发机。默于所当默，为于所当为。服冕乘轩，衣绣执珪。泽被九族，荣耀一时。今子奋身寒苦，遭世隆昌。历金门，上玉堂，载笔螭坳，日侍清光。曾不能结舌钳口，循默自守，功名富贵，计日可取。顾乃犯忌触讳，志阔论疏，效长孺之妄发，类平仲之退趋。幸蒙宽恩，薄谪坤隅。倥偬筦库，沉迷簿书。曾不愧悔，色泽肤腴。何其谋身之拙，而执心之愚乎?"这段文辞是在檃栝战国散文的一些段落，阐述纵横策士富贵利达的人生观，这在淑世精神高扬的宋代，未免有些滑稽，作者对世道人心的感慨暗寓其中，调侃中尽显悲凉。主人的辩词曰："予方筑室山林，买舟江湖，冀蒙贷宥，得归故庐。乐惠山之泉石，友梁溪之龟鱼。圃有松竹，几有诗书。晚食当肉，安步当车。玩意寂寞，游心物初。以此终身，又安知荣辱利害之所如也！"在两宋之交的国破家亡之际，这样的辩词全无担当意识，这是被馋罢官的李纲的含泪的自嘲，其中难言的深意只有读者体会了。接下来的自我排解之词更具普遍性，"若夫方朔以滑稽而玩世，钦明以奸谀而托儒。主父愿烹于五鼎，伯伦寄傲于一壶。商鞅挟三策以钻孝公，终军请长缨而系匈奴。韩非立言于《五蠹》、《孤愤》之说，苏秦励志于捭阖揣摩之书。仆诚不能与数子者并，故默然独守吾之拙愚"。作者从历史的高度来看待自己的处境，把宋王朝的悲剧置于历史长河之中来审视，其深沉之浩叹见于言外。崔敦礼的《津人问》通过和竞舟老者的对话阐发人生道理,作品论辩滔滔,由竞舟引发出“溺于五竞”的感慨,“吾学有年矣,吾目竞于色,耳竞于声,口竞于言,貌竞于形。七情纷争,思虑营营,不得须臾宁”。人心的喧杂是由于过多的欲望引起的,舟之竞较之人心之竞,逊色得多。作品由舟推及人,推及人类社会的奔竞,层层深入,引人遐想。周南的《弃砚答》以古旧将弃的砚与主人的对话结构全文,文中通过弃砚述说作者落魄的一生、喜新厌旧的个性,由人及世,展开对人世的关怀,辩驳滔滔,奇正互见,令人解颐,引人联想。宋代这样的作品不在少数,如晁补之的《宾主辩》、曾协的《宾对赋》、程大昌的《子奇赋》等,在对话中融入人生感慨或政治见解,令人浮想联翩。

有些辞赋的故事性很强,叙事与情感相结合,营造出喜剧气氛,在噱笑中寄寓深意。释居简的《籴赋》写了一个生活片段,和尚遣仆人向富人籴米遭拒。赋中写仆人气急败坏的语气曰:“东方既明,草露未晞,请命于迈,往扣富儿。自卯及申,庾不及窥,守者瞋目,略不见治。怀鲁将军指廪若遗,嗟今之人彼何人斯。计其耕也,几觳觫之扶犁,几桔槔之灌畦;其获也,回江潮之骏奔,卷天云之暮低;其敛也,渺然基箕之山,倏然横浦之坻;其入也,岂斗筲之足算,汗牛马之载驰。”这纯粹是俗赋的声口,倒霉的遭遇成为笑料,接下来是很长的铺排,写和尚作歌谴责富人,排遣苦恼。赋中主仆二人絮絮叨叨的苦闷和索然而居的窘境以及仆人的颟顸、和尚的迂腐,则文外见意,要靠读者的想象去填补了。洪咨夔的《烘蚤赋》写的是贫苦的夫妻因跳蚤的叮咬深夜难眠,张灯捕蚤,结果把被子烧了。赋曰:“抚床以兴,子规夜吟。赤脚张灯,苍头炽煁。絮衾压篝,烈于釜鬵。初而蠕动,如商望参。少焉纷纶,如发聚簪。或壮或稚,或纁或黔,或尾而丁,或腹而壬。龙跳虎掷,疑闻呜喑,星流电激,惊逃沸浔。力穷势屈,骈搏旅擒。祈父爪牙,凯平绿林。蠢尔蕞末,虱为赏音。虱养大体,尚知酌斟。尔繁有徒，喋血憯深。”这段充满戏谑的文字其实檃栝了阮籍的《大人先生传》里关于以虱处裈中喻人之处世的描写①，赋的结尾“予其火攻，难腥斧砧。老妻在旁，一笑振衿。谓彼族赤，可为世箴。逢笋气张，见瓜影沉。王极必衰，理无古今”，正是在呼应阮籍。贫苦夫妻深夜捕蚤的手忙脚乱、焚蚤的快意，都在作者的传神描写中穷形尽相，而其中焚被的暗喻，则需要读者通过联想补足。蔡戡的《蚤赋》也写了深夜捕蚤烧蚤的快意，结尾处这样写道：“已而平心定气，泛观默识。因念天地之间，何物不殖。蠕动肖翘，胎卵化湿。蚊虻蜂蝎，螟蝗蝥螣。在物虽微，为人之贼。穷人力以剿除，恐天理之舛逆。又况暑往寒来，四时不忒，消息盈虚，循环靡极。背秋涉冬，霜风瑟瑟，万物敛藏，百虫闭蛰。是物也，党散群离，灭影扫迹。又何必取快于一时，而较力于纤悉。姑少忍于须臾，盖乘除之可必。先生乃安斯寝，乃梦游华胥之国。既寝而兴，但见三竿之红日。”万物自有存在的道理，等到秋风起，万木陨，跳蚤自然消失了，这是自然的安排，人们捕蚤是有违天理的。在消灭了跳蚤之后，作者晏然高卧，自得意满，所发的这番议论令人绝倒。灭蚤之狠毒与事后的伪善，判若两人，这似乎反映了人性的某些弱点。周紫芝《招玉友赋》描写与玉友坐而论道的陶然之境，但是如果理解了“玉友”就是酒，作者所写其实是寂寞独酌的一幕，是否能勾起读者对陶渊明“欲言无语和，挥杯劝孤影”的落寞抑或对李白《月下独酌》的故作洒脱的深切体认呢。其他如宋庠《幽窗赋》以独坐窗下、睇视浮尘来刻画精骛八极、思接千载的心绪，刘一止《三友斋赋》以麈尾、拳石、琴为三友来排遣孤独落寞，都是事

① 大人先生传里那段文字曰：“且汝独不见乎虱之处乎裈中，逃乎深缝，匿夫坏絮，自以为吉宅也。行不敢离缝际，动不敢出裈裆，自以为得绳墨也。饥则啮人，自以为无穷食也。然炎丘火流，焦邑灭都，群虱死于裈中而不能出。汝君子之处区内，亦何异夫虱之处裈中乎？悲乎！”（《阮籍集》，李志均等注，上海：上海古籍出版社，1978 年，第 65 页）

在言外,意在言外。

四、深挚而强烈的现实关怀

司马迁写《滑稽列传》的着眼点是因为其“谈言微中,亦可以解纷”,也就是滑稽之言具有一定的政治价值。之后,滑稽艺术忧时讽世、伤时骂世的特色得到充分发展。宋代文人士大夫深受儒家文化熏陶,他们的家国情怀和忧患意识非常浓厚,普遍具有深挚而强烈的现实关怀。这种现实关怀,既表现在对现实政治的批判精神,也表现在整饬世道人心的道德自觉。宋赋继承滑稽艺术的这种淑世情怀,并将其发扬光大。

宋代台谏制度发达,士大夫阶层普遍热衷于议论政治,一些政治举措往往引起朝野上下群议纷然。建中靖国元年(1101),因修建景灵西宫,徽宗命人采太湖石纲运京师。程俱的《采石赋》就此事而发。赋中以三老与吏争辩朝廷采石伤民结构全文。赋中欲扬先抑,首先强调当今皇上非古代那些大兴土木、穷奢极欲的败德之君,明扬暗贬,欲盖弥彰。吏从五个方面为朝廷辩解,其一曰:“西有未夷之羌,北有久骄之虏,顾蹀血之未艾,乍游魂而送死。方将不顿一戈,不驰一羽,殄丑类于烟埃,瞰幽荒于掌股,庶黄石之斯在,傥素书之可遇。”吏的狡辩偷换了概念,他把授兵书的黄石公和皇家采石故意混淆了。他指出,当今北有契丹,西有党项,天下不靖,若能得黄石公之奇书,若当年辅佐汉高祖的张良那样,岂不免黎庶于锋镝,静边尘于须臾。其二曰:“盖邪佞之蛊心,犹膏肓之自媵。惟属镂之无知,顾尚方之奚救? 故将铸采石以为剑,凛竖毛于佞首。若是,则在边无汗马之劳,在廷无履霜之咎也。”指出皇上采石是为了铸斩佞之剑,既斩边廷怀逆之酋,也斩朝中邪佞之臣,如此,则天地清明,盛世指日可待。为了增强说服力,他还引经据典:“《穆天子传》:‘天子升于采石之山,取采石焉,铸以成器于黑水之上。'"当今天子这是在效仿周穆王采石铸剑的圣举,而非步武魏明帝之修景福殿的败度也。其三曰:"尧不能无九年之灾,汤不能无七年之旱,虽阴阳之或盭,岂闲纵之可缓?故将放鞭石于宜都,回雨旸于咳眄。"帝王采石是在鞭石求雨,以泽惠天下。其四曰:"富者侈而贫者惰,游者逸而居者劳。虽齐导之有素,奈狡焉而是逃。故将取嘉石以列坐,平罢民于外朝。"①皇帝采石是为了施行嘉石列坐的古制,严明法制。其五曰:"方披旒而出黈,俾伐鼓而扬旌。盖萧墙之戒,坐远于千里;朽索之驭,益危于薄冰。矧四者之无告,尤圣人之所矜。故将尽九山之赤石,达万县之穷民。"②指出采石是为了效仿大禹之巡行天下,以广视听,体察民情。全赋引申归谬,正话反说,尽显采石的荒谬。作品对今上徽宗穷奢极欲、不恤国事的讽刺力度是空前的,赋的结尾,三老的一句:"圣治盖至此乎!"更是充满了挖苦之意。南宋时期,世风低迷,士大夫思欲振之,李石的《四君子汤赋》表达了对此现象的关心。赋作明写药物,暗喻医国。四君子汤是一味调理脾胃虚弱中药,此药包含人参、茯苓、当归、炙甘草四味草药,以其皆具中和之品故曰君子,赋的结尾:"大哉,四君子汤乎,此吾医国之本意",把对药性的描写上升到治国,认为治国需要君子,"力调造化,谓君者为群善之君,心中扶持,如子者乃通称之子",而君子之间,应具有中和之品,容人之量:"伏羲致无妄之喜,宣尼有未达之尝。最调和之得所,纵瞑眩以何伤?此治人之强弱,况医国之存亡。随令箸下安危,因吐哺而归汉;鼎中强弱,用滋味以干

① 《周礼·秋官司寇第五》曰:"以嘉石平罢民,凡万民之有罪过而未丽于法而害于州里者,桎梏而坐诸嘉石,役诸司空。"(阮元校刻:《十三经注疏·周礼注疏》,第870页)

② 《尚书·禹贡》:"九山刊旅。"(阮元校刻:《十三经注疏·尚书正义》,第146页)

汤。"药理与治国之理形成的双关彰显了此赋的幽默特质①。

从北宋中期以来,范仲淹、欧阳修等主张经世致用,以激励士气,挽救世道人心;理学兴起以后,更将道德人格置于至高无上的地位。终宋之世,道德自觉成为引导士人阶层的主流意识,宋赋中的滑稽艺术也深受此风浸染,有关蝇、蚊等的辞赋中,多与刺小人有关②。张咏的《骂青蝇文》是北宋早期的谴责小人之作,赋中依《诗经·小雅·青蝇》立意,责骂小人颠倒黑白,谗害忠良。其中"窃膻而蠹,芳筵预登。当是之际,无人不憎"一句,写苍蝇破坏宴饮雅兴,颇为得旨,为作者独创。欧阳修有感于英宗年间的"濮议"之争,政见不同者的恶劣表现,作《憎苍蝇赋》以刺之。他列举苍蝇之为害者有此三端,其一曰:"若乃华榱广厦,珍簟方床,炎风之燠,夏日之长,神昏气蹙,流汗成浆,委四支而莫举,眊两目其茫洋,惟高枕之一觉,冀烦歊之暂忘。念于尔而何负,乃于吾而见殃?寻头扑面,入袖穿裳。或集眉端,或沿眼眶。目欲瞑而复警,臂已痹而犹攘。"炎炎夏日,置身高堂华屋,本可安然酣眠,苍蝇却寻头扑面,烦扰不已。这段话通过反衬和白描,多角度刻画苍蝇让人心烦意乱的讨嫌。其二曰:"又如峻宇

① 此赋所写,可与朱熹的一段话互证。《鹤林玉露》甲编卷二载:"周益公参大政,朱文公与刘子澄书云:'如今是大承气证,渠却下四君子汤,虽不为害,恐无益于病尔。'呜呼!以乾淳之盛,文公犹恨当国者不用大承气汤,况下于乾淳者乎!然历考往圣,如孔子相鲁,而下大承气汤,固是对证。大舜继尧,亦不免下大承气汤。信矣,文公之为名言也。益公初在后省,龙大渊、曾觌除阁门,格其制不下,奉祠而去,十年不用,天下高之。后入直翰林,觌以使事还,除节钺,人谓公必不草制,而公竟草之。其词云:'八统驭民,敬故在尊贤之上。'宜其不敢用大承气汤也。"(北京:中华书局1983年,第22页)

② 吕南公《蚊蝇说》曰:"蚊之近人,童子知欲扑之,为其毒之足以伤人也。蝇之近人,非能致毒也,而以其生长之污,亦争灭之,与憎蚊同。呜呼,行身之曾不善也,不在乎术之足以毒人,苟为素所由者未免于污,则亦足以害其身而已矣。"(《灌园集》卷十八,文渊阁四库全书本)

高堂，嘉宾上客，沽酒市脯，铺筵设席，聊娱一日之余闲，奈尔众多之莫敌！或集器皿，或屯几格；或醉醇酎，因之没溺；或投热羹，遂丧其魄。谅虽死而不悔，亦可戒夫贪得。尤忌赤头，号为景迹，一有沾污，人皆不食。奈何引类呼朋，摇头鼓翼，聚散倏忽，往来络绎。方其宾主献酬，衣冠俨饰，使吾挥手顿足，改容失色。”这段话与张咏赋“窃膻”那句意思相同，只是描写更为详尽、传神。对宴饮场面传神刻画以及对苍蝇不管不顾的粗鄙举动的描写，是在渲染苍蝇破坏美好气氛的不知趣。其三曰：“又如酰醢之品，酱瓿之制，及时月而收藏，谨瓶罂之固济，乃众力以攻钻，极百端而窥觇。至于大胾肥牲，嘉肴美味，盖藏稍露于罅隙，守者或时而假寐，才稍怠于防严，已辄遗其种类。莫不养息蕃滋，淋漓败坏。使亲朋卒至，索尔以无欢；臧获怀忧，因之而得罪。”美味佳肴被苍蝇糟蹋了，这是在突出苍蝇的破坏性。赋作抓住苍蝇非能致毒但可厌可憎的特点，层层深入加以点化渲染，使小人的形象可会意而难以言传，难写之景如在目前，不尽之意见于言外，给人留下深刻印象。孔武仲的《憎蝇赋》仿拟欧阳修赋，结尾处的议论在欧赋的基础上翻新出奇，“至秽之形骸，外有蚤虱，内有蛲蛔，盖与生以终始，非有时而去来。舍此不思，而惟蝇是责，则我亦褊矣，何异乎援剑而逐之者哉”。比起这样让人可憎可厌的小人，那些贼害忠良、内心龌龊的恶人更令人生厌，对于苍蝇这样的小人，何如敬而远之。这段议论融入了作者宦海沉浮的真切感受。南宋以后，随着世风的败坏以及在理学推动下道德自觉的进一步加强，声讨小人的声浪更为强烈。洪适的《恶蝇赋》开篇对欧阳修赋的描写作了一番檃栝交代，“汝于此时，引朋召侣，悉投隙以寻香，窃膻芬而为蠹。才旋踵以逾时，已孳生之无数。既丑类之满盈，致所藏之臭腐。此欧阳公所以切齿而疾憎，遂援毫而成赋者也”。然后笔锋转向苍蝇间白黑的描写，声讨小人谗害忠良，危害社稷，这又是对《诗经·青蝇》的踵事增华。陈淳的《祷黏蝇文》则不再刻画苍蝇的厌恶情状，而是声讨苍蝇，不要玷污了圣贤之地，对于理学中斯文败类的憎恶之情溢于言表。

较之苍蝇，蚊虫利觜害人，是恶人之类。虞允文的《诛蚊赋》把官场比作是群蚊乱飞的蚊阵，“爰有黍民，出于庐霍。呼朋引俦，讶雷车之殷殷；填空蔽野，疑云阵之漠漠。利觜逾麦芒之纤，狭翅过春冰之薄。其赋形而至眇，其为害而甚博”。苍蝇只是令人可厌，而蚊虫，则是让人可怕。南宋初期，尤其是秦桧专权的时候，恶人充斥朝堂，动辄兴起事端，遥诼忠良，朝野上下人人自危，这与蚊阵何其相似乃尔。作者对当时趋炎附势、恃强凌弱的官场丑态作了入木三分的刻画，“慨蠢蒙其何识，亦炎凉而绝义。故有荪壁琰棂，椒房璇题。疏寮豁其文绮，绣甍焕其陆离。围鲛绡以云阵，焚椒兰而雾迷。乃戢翼以远遁，纵含毒而莫施。以贵嫔之被宠而不嚼不螫，畏长逊之当路而莫近莫窥。其或柴扉槿居，蓬室桑枢，方亲闱之定省，政黉堂之舒卷，或漂流于羁旅，或促迫于郊墟。乃引利喙以兢进，共逞贪心而自腴”。攀附权贵，攻击善类是当时官场的风气，和之前的士大夫相比，高宗朝的士人更没有操守，人格更为低劣猥琐。虞允文此赋，是一篇声讨当时官场的檄文。之后，王迈的《蚊赋》、姚勉的《嫉蚊赋》等都是按着这个思路来声讨恶人的作品。

南宋官场上因循苟且之风盛行，中期以后，王朝更是如燕巢危幕般迁延度日，当时辞赋有感而发，出现了几篇描写猫的滑稽之作。李纲的《蓄猫说》借猫喻人，希望朝臣尽职尽责戮力王室，“有天下国家者，任贤使能，蓄威望士以为用，则盗贼不敢起，奸宄不敢作，敌国不敢议。故士会在晋，而群盗奔秦，汲黯在朝，而淮南寝谋，赵奢、李牧、吴起、廉颇之徒用于国，而四邻不犯，何以异于猫之制鼠哉！”他列举历代的能臣，希望朝臣如他们那般，如猫捕鼠那般，为国家效力，看得出，李纲此文暗含着对官场苟且之习的无奈。洪适从李纲赋的反面立意，作《弃猫文》，以讥刺庸官，“惟兹猫焉，捕鼠为职。热则肆乎温凉，寒或登于寝席。鱼肉膏粱，饫充其臆。念此逆旅，曷其多鼠？”作者感慨道：“汝岂不见国家之设官乎？宠以高位，畀以厚禄，相图治于朝端，将折击于边服。……凡厥庶僚，各厥其局。一有旷瘝，旋跬屏逐。人尚如此，况于微畜。”两赋相反相成，对官员的尸位素餐深感忧虑。刘克庄的《诘猫赋》与上两赋相类而更有故事性。赋写因鼠害而储猫，结果又遭来猫灾。文中写猫在捕了几只鼠后就依功自恃，贪图享受，“俄伤饱而恋暖兮，复嗜寝而达晨。信半质之难矫兮，况驴技之已陈。彼瞷尔兮柔且仁，汝视彼兮狎不嗔。”对猫鼠狎昵的描写绘声绘色，文中对庸主悍仆的描写令人发噱，暗示邪臣嬖女的祸国行径。当然，宋赋的滑稽描写对现实的关注是多方面的，虞允文的《信乌赋》鞭挞世俗的浅陋见识，曾丰的《蠹书鱼赋》、刘克庄的《谴蠹鱼赋》对道学人士假托圣人、破碎经籍的行径表示了忧虑和愤慨，胡次焱的《嗟乎赋》对汲汲于科名的世风强烈谴责，等等。

值得一提的是，宋赋的诙谐中还有一些这样的作品，以道德卫士自居的赋家，从道德戒律出发，激于义愤，言论偏执，对不入眼的物事横加指责，以迂腐冬烘消解风趣幽默，给人以焚琴煮鹤、点金成铁之感。作品不期然而至的喜剧感来源于作者自身。竹夫人又叫青奴，是一种柱形的竹制品。宋人喜竹席卧身，拥之以消暑。辞赋中喜以“夫人”、“奴”戏称之，以取得媟亵噱笑的效果，如谢邁的《竹夫人赋》、洪适的《竹奴文》，就是这种幽默风趣的作品。其中谢邁的《竹夫人赋》于低俗中寓清新，尤为动人，赋曰：“以蛾眉曼绿为伐性，以锦衾角枕为阶祸。或偃息于风棂，或裴回于凉榭。炎曦铄石之晨，璧月澄空之夜。与夫人其同梦，感庄周之物化。”虽说美色为伐性之斧，但是与竹夫人同眠，如庄周梦蝶般陶然。金盈之的《竹奴文》则是另一幅面孔，“非有《鹊巢》之德，《采苹》之职，曷为而受夫人之呼？人之称汝，既以重诬，汝辄披襟，于汝安乎？夫金炯有清明之鉴，而袭彻侯之爵；毛颖以翰墨之勋，而掇中书之除。汝非有功有德，可与二君子为徒。今黜汝之僭号,而谓汝为竹奴。盍安名而谨分,顺主人之所驱。无沮怍以觖望,遂衔冤归憾于吾”。作者对小小的竹夫人也要辨名分,别尊卑,示等威,如果这也是幽默,那么这种幽默实在是太沉重笨拙了。赋中折射出的卫道热情和浩然正气,使得这一题材蕴含的谐趣荡然无存。目前所见宋代有近二十篇关于梅花的赋,大多把梅花与神女、美女相比附,以摹状其高洁俊逸之姿。唯独姚勉的《梅花赋》把梅花写成君子,一位男性,一位恪守道德的男性,“桃李华而近浮,松柏质而少文。未若斯梅之为物,类于君子之为人。今夫异离木而独秀,冠群芳而首春,是即君子之材。拔众萃而莫伦,立清标而可即,正玉色以无媚,是即君子之容。羌既温而且厉,寒风怒声,悄无落英,严霜积雪,敢与争洁,君子之节也。瑶阶玉堂,不增其芳,竹篱茅舍,不减其香,君子之常也。在物为梅花,在人为君子。皎茵璧之连接,莹壶冰其表里。既物我之通称,又焉得舍此而取彼”。从为人、禀赋、仪容、节操、坚守等几个方面把梅花和君子道德相比附,梅花在文学创作中凝固而成的摇曳多姿的美丽形象顿时消失。当然,君子也可以是女性,但是在文学世界里,君子的男性品格是早已定型了的。姚勉此赋显然不是以调笑诙谐为目的,但是其不期然而至的喜剧性的确令人发噱。

宋赋的滑稽艺术,是建立在融会贯通前人作品和历史经验基础上的以才运学,它立足诙谐幽默而契合士大夫阶层的审美好尚,它追求情理相谐的理趣而具有摇曳生姿之美韵,它包含着深沉的淑世精神,忧时讽世。这些特点,是宋赋对滑稽艺术的一次品质提升,使它远离俗文学窠臼而登堂入室,与士大夫阶层的“雅”文学靠拢、融合,这是宋赋的滑稽艺术在辞赋发展史上的最明显的表征。

参考书目

一、传统文献

(一)丛书、类书、大型文献集成类
《四库全书》,上海古籍出版社 1987 年。
《四库全书存目丛书》,齐鲁书社 1997 年。
《大正藏》,新文丰出版社 1973 年。
《中华大藏经》,中华书局 1992 年。
《续修四库全书》,上海古籍出版社 2003 年。
《四部丛刊》,商务印书馆 1922 年。
《丛书集成初编》,中华书局 1985 年。
《丛书集成续编》,上海书店 1994 年。
《丛书集成新编》,台湾新文丰出版公司 1985 年。
《宋人年谱丛刊》,吴洪泽、尹波主编,四川大学出版社 2003 年。
《北堂书钞》,虞世南编撰,中国书店 1989 年。
《艺文类聚》,欧阳询撰,汪绍楹校,上海古籍出版社 1965 年。
《太平广记》,李昉等编,中华书局 1961 年。
《玉海》,王应麟撰,四库全书本。
《永乐大典》,姚广孝等编,中华书局 1960 年影印本。
(二)经籍类
《十三经注疏》,中华书局 1980 年。

《经典释文》,陆德明撰,上海古籍出版社 1985 年。

《经义述闻》,王引之撰,世界书局 1975 年。

《广雅疏证》,王念孙撰,中华书局 1983 年。

《说文解字段注》,许慎撰,段玉裁注,上海古籍出版社 1981 年。

《礼部韵略》,《四部丛刊》据上海涵芬楼影印常熟铁琴铜剑楼宋刊本。

《尔雅义疏》,郝懿行撰,台湾中华书局 1968 年。

(三)历史类

1. 史乘

中华书局标点本二十五史。

《续资治通鉴》,毕沅撰,中华书局 1957 年。

《续资治通鉴》,毕沅撰,上海古籍出版社影印本 1987 年。

《续资治通鉴》,毕沅撰,岳麓书社 1992 年。

《续资治通鉴长编》,李焘撰,中华书局 1979—2004 年。

《续资治通鉴长编拾补》,黄以周等辑注,顾吉辰点校,中华书局 2004 年。

《续资治通鉴长编拾补》,秦缃业、黄以周等辑,上海古籍出版社 1986 年。

《建炎以来系年要录》,李心传撰,中华书局 1956 年。

《建炎以来系年要录》,李心传撰,上海古籍出版社 1992 年。

《宋会要辑稿》,徐松辑,中华书局 1957 年。

《三朝北盟会编》,徐梦莘撰,上海古籍出版社 1987 年。

《宋季三朝政要》,佚名撰,文渊阁四库全书本。

2. 杂史、稗史、笔记

《建炎以来朝野杂记》,李心传撰,徐规点校,中华书局 2000 年。

《困学纪闻》,王应麟撰,四部备要本。

《能改斋漫录》,吴曾撰,上海古籍出版社 1979 年。

《学林》,王观国著,田瑞娟点校,中华书局 1988 年。
《容斋随笔》,洪迈撰,穆公校点,上海古籍出版社 1978 年。
《梦溪笔谈》,沈括撰,施适校点,上海书店出版社 2003 年。
《师友谈记》,李廌撰,孔凡礼点校,中华书局 2002 年。
《曲洧旧闻》,朱弁撰,中华书局 1985 年。
《石林燕语》,叶梦得撰,宇文绍奕考异,侯忠义点校,中华书局 1984 年。
《寓简》,沈作喆撰,文渊阁四库全书本。
《老学庵笔记》,陆游撰,李剑雄、刘德权点校,中华书局 1979 年。
《隐居通议》,刘埙著,中华书局 1985 年。
《归田录(外五种)》,欧阳修等撰,韩谷等点校,上海古籍出版社 2012 年。
《青箱杂记》,吴处厚撰,李裕民点校,中华书局 1985 年。
《四朝闻见录》,叶绍翁撰,沈锡麟、冯惠民点校,中华书局 1989 年。
《癸辛杂识》,周密撰,吴企明点校,中华书局 1988 年。
《归潜志》,刘祁撰,崔文印校注,中华书局 1983 年。
《西溪丛语》,姚宽撰,孔凡礼点校,中华书局 1993 年。
《野客丛书》,王楙撰,郑明、王义耀校点,上海古籍出版社 1991 年。
《北梦琐言》,孙光宪著,林艾园校点,上海古籍出版社 1981 年。
《冷斋夜话》,释惠洪撰,陈新点校,中华书局 1988 年。
《云麓漫钞》,赵彦卫撰,傅根清点校,中华书局 1996 年。
《春渚纪闻》,何薳撰,张明华点校,中华书局 1982 年。
《墨庄漫录》,张邦基撰,中华书局 1985 年。
《梁溪漫志》,费衮著,金圆校点,上海古籍出版社 1985 年。
《鹤林玉露》,罗大经撰,王瑞来点校,中华书局 1983 年。
《儒林公议》,田况撰,张其凡点校,中华书局 2017 年。
《韵语阳秋》,葛立方撰,上海古籍出版社 1984 年。
《东坡志林》,苏轼撰,王松龄点校,中华书局 1981 年。

《冷斋夜话》，释惠洪撰，中华书局 1985 年。
《新校正梦溪笔谈》，沈括撰，胡通静校注，中华书局 1957 年。
《齐东野语》，周密撰，张茂鹏点校，中华书局 1983 年。
《邵氏闻见录》，邵伯温撰，中华书局 1983 年。
《邵氏闻见后录》，邵博撰，刘德权、李剑雄点校，中华书局 1983 年。
《南村辍耕录》，陶宗仪撰，中华书局 1959 年。
《宋朝事实类苑》，江少虞撰，上海古籍出版社 1981 年。
《宋稗类钞》，潘永因编，书目文献出版社 1985 年。
《青琐高议》，刘斧撰，施林良校点，上海古籍出版社 2012 年。
《岭外代答》，周去非撰，文渊阁四库全书本。
《瓮牖闲评》，袁文撰，中华书局 1985 年。
《泊宅编》，方勺撰，许沛藻、杨立扬点校，中华书局 1983 年。
《春明退朝录》，宋敏求撰，中华书局 1985 年。
《荆溪林下偶谈》，吴子良撰，宝颜堂秘笈本。
《侯鲭录》，赵令畤撰，中华书局 1985 年。
《铁围山丛谈》，蔡绦撰，冯惠民、沈锡麟点校，中华书局 1983 年。
《唐子西文录》，唐庚撰，历代诗话本。
《黄氏日抄》，黄震撰，文渊阁四库全书本。
《湘山野录、续录》，文莹撰，郑世刚、杨立扬点校，中华书局 1984 年。
《碧鸡漫志校正》，王灼著，岳珍校正，人民文学出版社 2015 年。
《墨客挥犀》，彭乘撰，中华书局 1991 年。
《稽古录》，司马光著，吉书时点校，北京师范大学出版社 1988 年。
《日知录集释》，顾炎武撰，黄汝成集释，上海古籍出版社 2014 年。
《十七史商榷》，王鸣盛撰，中国书店 1987 年。
《读通鉴论》，王夫之著，舒士彦点校，中华书局 1975 年。
《廿二史札记校证》，赵翼著，中华书局 1984 年。
《宋论》，王夫之著，舒士彦点校，中华书局 1964 年。

3. 诸子类

《新编诸子集成》,中华书局 1982—2009 年。

《春秋繁露义证》,苏舆撰,钟哲点校,中华书局 1992 年。

《淮南鸿烈集解》,刘文典撰,冯逸、乔华点校,中华书局 1989 年。

《颜氏家训集解》,颜之推撰,王利器集解,上海古籍出版社 1980 年。

《二程全书》,程颐、程颢撰,四部备要本。

《二程遗书》、《二程外书》,程颐、程颢撰,上海古籍出版社 1992 年影印本。

《二程语录》,程颐、程颢撰,张伯行订,正谊堂全书本。

《朱子语类》,黎德靖编,王星贤点校,中华书局 1986 年。

《项氏家说》,项安世撰,丛书集成初编本,中华书局 1985 年。

(四)文集类

1. 总集

《文选》,萧统撰,李善注,中华书局 1977 年。

《文选平点》,黄侃平点,黄焯编次,上海古籍出版社 1985 年。

《古文苑》,章谯注,北京图书馆出版社 2004 年。

《全上古三代秦汉三国六朝文》,严可均校辑,中华书局 1958 年。

《宋文鉴》,吕祖谦编,齐治平点校,中华书局 2018 年。

《全宋文》,曾枣庄、刘琳主编,安徽教育出版社、上海辞书出版社 2006 年。

《骈体文钞》,李兆洛选辑,上海书店 1988 年。

《全宋词》,唐圭璋编,中华书局 1988 年。

《全宋诗》,傅璇琮等主编,北京大学古文献研究所编,北京大学出版社 1991—1999 年。

《濂洛风雅》,金履祥选,丛书集成初编本,中华书局 1985 年。

2. 辞赋总集

《历代赋汇》,陈元龙编,凤凰出版社 2004 年影印本。

《历代赋钞》，赵维烈辑，清康熙二十五年刻本。
《宋代辞赋全编》，曾枣庄、吴洪泽主编，四川大学出版社 2008 年。
《事类赋注》，吴淑撰注，冀勤等校点，中华书局 1989 年。
《复小斋赋话》，浦铣撰，丛书集成续编本，上海书店出版社 1994 年。
《律赋正宗》，潘世恩辑，清道光二年凤池园刊本。
《赋珍》，施重光辑，明万历刻本。
《赋钞笺略》，王煡辑，雷琳、张杏滨笺，乾隆三十一年刻本。
《赋海大观》，北京图书馆出版社 2007 年影印光绪二十年鸿宝斋重印本。
《楚辞补注》，洪兴祖著，白化文等点校，中华书局 1983 年。
《楚辞笺注》，李陈玉笺注，清康熙刻本。
《楚辞集注》，朱熹撰，上海古籍出版社 1984 年。

3. 别集

《乖崖先生文集》，张咏撰，续古逸丛书本。
《小畜集》、《小畜外集》，王禹偁撰，四部丛刊本。
《范文正公集》，范仲淹撰，四部丛刊本。
《范仲淹评注》，范仲淹著，洪顺隆评注，台北编译馆 1996 年。
《文恭集》，胡宿撰，文渊阁四库全书本。
《宋元宪集》，宋庠撰，文渊阁四库全书本。
《宋景文集》，宋祁撰，文渊阁四库全书本。
《林泉高致》，郭思编，杨伯编著，中华书局 2010 年。
《宛陵先生集》，梅尧臣撰，四部丛刊本。
《徂徕石先生文集》，石介著，陈植锷点校，中华书局 1984 年。
《欧阳修全集》，欧阳修著，李逸安点校，中华书局 2001 年。
《伊川击壤集》，邵雍撰，四部丛刊本。
《端明集》，蔡襄撰，文渊阁四库全书本。
《公是集》，刘敞撰，广雅书局重刻武英殿聚珍版。

《王安石全集》，王安石著，秦克、巩军标点，上海古籍出版社 1999 年。

《彭城集》，刘攽撰，文渊阁四库全书本。

《苏文忠公诗编注集成》，苏轼撰，王文诰辑，清嘉庆二十四年武林韵山堂藏本。

《苏轼文集》，孔凡礼点校，中华书局 1986 年。

《苏轼诗集》，王文诰辑，孔凡礼点校，中华书局 1982 年。

《苏辙集》，陈宏天、高秀芳点校，中华书局 1990 年。

《栾城集》（全三册），苏辙著，曾枣庄、马德富校点，上海古籍出版社 1987 年。

《司马公文集》（温国文正司马公文集），司马光撰，四部丛刊本。

《二程集》，程颢、程颐著，王孝鱼点校，中华书局 1981 年。

《山谷全书》、《山谷别集》，黄庭坚撰，清乾隆三十四年缉香堂刻本。

《淮海集笺注》，秦观撰，徐培均笺注，上海古籍出版社 1994 年。

《后山居士文集》，陈师道撰，上海古籍出版社 1984 年影宋本。

《后山集》，陈师道撰，四部备要本。

《鸡肋集》，晁补之撰，四部丛刊影明本。

《苏门六君子文粹》，张耒等，文渊阁四库全书本。

《张耒集》，张耒撰，李逸安、孙通海、傅信点校，中华书局 1990 年。

《太仓稊米集》，周紫芝，文渊阁四库全书本。

《梁溪集》，李纲，四库全书本。

《香溪集》，范浚，文渊阁四库全书本。

《于湖居士文集》，张孝祥著，徐鹏校点，上海古籍出版社 1980 年。

《止斋集》，陈傅良，文渊阁四库全书本。

《晦庵先生朱文公文集》，朱熹撰，四部丛刊本。

《范石湖集》，范成大撰，上海古籍出版社 1981 年本。

《杨万里集校笺》，杨万里撰，辛更儒笺校，中华书局 2007 年。

《水心文集》，叶适撰，清光绪八年刻本。

《漫塘集》,刘宰,文渊阁四库全书本。
《真文忠公续文章正宗》,真德秀编,明刊本。
《文章正宗》,真德秀编,四库全书本。
《西山先生真文忠公文集》,真德秀撰,四部丛刊本。
《鹤山先生大全文集》,魏了翁撰,四部丛刊影宋本。
《后村先生大全集》,刘克庄撰,上海书店1984年。
《刘克庄集笺校》,刘克庄著,辛更儒笺校,中华书局2011年。
《陵川集》,郝经撰,文渊阁四库全书本。
《文天祥全集》,文天祥著,中国书店1985年。
《水云村稿》,刘壎撰,《文渊阁四库全书》本。

4. 诗文评

《赋话广聚》,王冠辑,北京图书馆出版社2006年。
《诗话总龟》,阮阅编,周本淳校点,人民文学出版社1987年。
《风月堂诗话》,朱弁撰,中华书局1988年。
《文则》,陈骙著,王利器校点,人民文学出版社1960年。
《艺苑卮言校注》,王世贞撰、罗仲鼎校注,齐鲁书社1992年。
《艺概》,刘熙载撰,上海古籍出版社1978年。
《历代文话》,王水照编,复旦大学出版社2007年。
《历代词话》,王奕清,词话丛编本。
《历代诗话》,何文焕辑,中华书局1981年。
《历代诗话续编》,丁福保辑,中华书局1983年。
《诗人玉屑》,魏庆之编,王仲闻校勘,上海古籍出版社1978年。
《诗林广记》,蔡正孙撰,中华书局1982年。
《彦周诗话》,许顗,历代诗话本。
《岁寒堂诗话》,张戒撰,历代诗话续编本。
《后山诗话》,陈师道著,历代诗话本。
《苕溪渔隐丛话》,胡仔纂集,人民文学出版社排印本1962年。

《林下偶谈》,吴子良撰,文渊阁四库全书本。
《后村诗话》,刘克庄撰,王秀梅点校,中华书局1983年。
《文章正宗》,真德秀编,文渊阁四库全书本。
《瀛奎律髓汇评》,方回选评,李庆甲集评校点,上海古籍出版社2005年。
《文体明辨序说》,徐师曾著,罗根泽校点,人民文学出版社1962年。
《文章辨体序说》,吴讷著,于北山校点,人民文学出版社1962年。
《沧浪诗话校释》,严羽著,郭绍虞校释,人民文学出版社1983年。
《宋诗话全编》,吴文治主编,江苏古籍出版社1998年。
《宋诗话辑佚》,郭绍虞辑,中华书局1980年。
《词林纪事》,张宗橚辑,成都古籍书店1982年。
《词话丛编》,唐圭璋编,中华书局1986年。
《历代赋话校证》,浦铣著,何新文、路成文校证,上海古籍出版社2007年。
《古赋辨体》,祝尧辑,文渊阁四库全书本。
《声律关键》,郑起潜撰,北京图书馆出版社2006年。
《雨村赋话校证》,李调元撰,詹杭伦等校证,台湾新文丰出版股份有限公司1993年。
《读赋卮言》,王芑孙撰,北京图书馆出版社2006年。
《赋话六种》(增订本),何沛雄编,三联书店香港分店1982年。

二、今人论著

(一)辞赋类

1. 赋学文献整理

《历代辞赋总汇》,马积高主编,湖南文艺出版社2014年。
《楚辞文献丛刊》,黄灵庚主编,国家图书馆出版社2014年。
《历代律赋校注》,詹杭伦、沈时蓉等校注,武汉大学出版社2009年。

《历代赋评注》,赵逵夫主编,巴蜀书社 2010 年。

《历代赋学文献辑刊》,郭英德、踪凡主编,国家图书馆出版社 2017 年。

《历代赋论汇编》,孙福轩、韩泉欣编辑校点,人民文学出版社 2016 年。

2. 赋学研究

《赋史大要》,铃木虎雄著,殷石臞译,正中书局 1942 年铅印本。

《楚辞作于汉代考》,何天行著,上海中华书局 1948 年。

《辞赋学纲要》,陈去病著,文海出版有限公司 1971 年。

《中国骈文发展史》,张仁青著,中华书局 1979 年。

《赋史》,马积高著,上海古籍出版社 1987 年。

《辞赋流变史》,李曰刚著,文津出版社 1987 年。

《辞赋通论》,叶幼明著,湖南教育出版社 1991 年。

《中国骈文史》,刘麟生著,东方出版社 1996 年。

《中国辞赋发展史》,郭维森、许结著,江苏教育出版社 1996 年。

《赋学概论》,曹明纲著,上海古籍出版社 1998 年。

《科举考试文体论稿》,邝健行著,台湾书店 1999 年。

《赋学论丛》,程章灿著,中华书局 2005 年。

《北宋科举考试与文学》,林岩著,上海古籍出版社 2006 年。

《两宋辞赋史》,刘培著,山东人民出版社 2012 年。

《辞赋文体研究》,郭建勋著,中华书局 2007 年。

《中国赋论史》,何新文、苏瑞隆、彭安湘著,人民出版社 2012 年。

(二)文学与学术思想研究类

《谈艺录》,钱锺书著,中华书局 1984 年。

《管锥编》,钱锺书著,中华书局 1979 年。

《宋代文学思想史》,张毅著,中华书局 1995 年。

《明代文学思想史》,罗志强著,中华书局 2013 年。

《中国文学精神》,徐复观著,上海书店出版社 2004 年。

《十四朝文学要略》,刘永济著,中华书局 2007 年。

《中古文学理论范畴》,詹福瑞著,河北大学出版社 1997 年。

《中国古代文体形态研究》,吴承学著,中山大学出版社 2000 年。

《文心雕龙札记》,黄侃著,中华书局 1963 年。

《宋人别集叙录》,祝尚书著,中华书局 1999 年。

《宋人总集叙录》,祝尚书著,中华书局 2004 年。

《宋文纪事》,曾枣庄、李凯、彭君华编,四川大学出版社 1995 年。

《宋代官制辞典》,龚延明编著,中华书局 1997 年。

《金明馆丛稿初编》,陈寅恪著,上海古籍出版社 1980 年。

《金明馆丛稿二编》,陈寅恪著,上海古籍出版社 1980 年。

《宋登科记考》,傅璇琮主编,龚延明等编撰,江苏教育出版社 2009 年。

《唐宋文举要》,高步瀛选注,上海古籍出版社 1982 年。

《历史的严妆:解读道学阴影下的南宋史学》,蔡涵墨著,中华书局 2016 年。

《斯文:唐宋思想的转型》,包弼德著,刘宁译,江苏人民出版社 2001 年。

《中国转向内在:两宋之际的文化转向》,刘子健著,赵冬梅译,江苏人民出版社 2002 年。